김주성 대표 작품선

불울음

서연비람은 조선 시대 왕궁 내, 강론의 자리였던 서연(書筵)에서 강관(講官)이 왕세자에게 가르치던 경전의 요지를 수집하여 기록한 책(비람備覽)을 말합니다. 서연비람 출판사는 민주주의 국가의 주인인 시민들 역시 지속 가능한 과거와 현재, 미래의 이치를 깨우치고 체현해야 한다는 믿음으로 엄선한 도서를 발간합니다.

한국현대문학전집/
김주성 대표 작품선

불울음

초판 1쇄 2020년 7월 23일
지은이 김주성
편집주간 김종성
편집장 황미숙

펴낸이 이은아
펴낸곳 서연비람
인쇄 이승욱, 이대성
등록 2016년 6월 29일 제 2016-000147호
주소 서울시 강남구 도곡로 422, 5층
전화 02-563-5684
팩스 02-563-2148
전자주소 birambooks@daum.net

ⓒ 김주성 2020, Printed in Korea.

ISBN 979-11-89171-29-2 04810
ISBN 979-11-89171-19-3 (세트)

값 14,500원

이 도서의 국립중앙도서관 출판예정도서목록(CIP)은 서지정보유통지원시스템 홈페이지(http://seoji.nl.go.kr)와 국가자료종합목록 구축시스템(http://kolis-net.nl.go.kr)에서 이용하실 수 있습니다. (CIP제어번호 : CIP2020025586)

한국현대문학전집

김주성 대표 작품선

불울음

김주성 지음

차례

30여 년 전 서른 즈음, 바로 그때의 내 나이 또래에 6.25 전쟁의 시작과 끝을 관통했던 노병 한 분과 더불어 그의 비망록 작성을 거든 적이 있었다. 전쟁 미체험 세대로 부모님과 교과서에서만 들었던 내게 그의 생생한 전장 증언은 적잖은 충격이었다. 그가 유족에게조차 돌려주지 못한 채 간직해온 전우의 수첩은 나를 전율케 했다. 화약 연기가 가시지 않은 골짜기에서 선혈에 흠뻑 젖었다던 수첩의 갈피들은 어느덧 가을날 무심히 흩날리는 낙엽의 빛깔로 변했으나 그 한 페이지에 무늬 진 글자들은 바로 곁에서 외치는 절규와도 같이 내 고막을 때리고 심장을 찔렀다. '전쟁은 지상에서 가장 추악하고 비열한 죄이자 징벌이다.'

우리는 6.25의 원인에 대하여, 그 참상과 책임에 대하여, 이념과 권력에 대하여 많은 대화를 나누었다. 그리고 그 노병은 이런 말을 남겼다. '우리는 아무도 그 전쟁의 책임에서 자유로울 수 없소.' 그가 남긴 이 말과 그의 전우의 수첩에 새겨진 절규를 반추한 것이 장편소설 『불울음』이다. 6.25 미체험 세대로는 처음으로 그 전쟁의 뜻을 더듬고 이 세대에게 연좌(連坐)된 해결의 비전을 제시했다는 평을 들으며 『불울음』은 1989년 삼성문학상(당시 도의문화저작상)을 수상했다.

오랫동안 생업을 핑계로 창작에 부지런하지 못했다. 그동안 드문드문 발표

했던 작품들을 추려놓고 어떤 일관된 의미가 담겼나 생각해 보았다. 『불울음』에서 새삼스레 건져 올린 의미가 '불화에서 화해로'였는데 신통하게도 추린 작품들 대부분에 이 화두가 흐르고 있었다. 데뷔작 〈해후〉(1986)로부터 〈실종〉(1989), 〈어느 똥개의 여름〉(1993), 〈젠틀맨〉(2013)에 이르기까지.

　사소한 개인 일상사에서부터 가족 간의 관계, 사회 공동체와 국가, 이념의 문제로 시야를 넓혀 보더라도 결국 그 모두는 '삶의 현장'으로 수렴된다. 그리고 내 눈에 그 삶의 현장은 어디나 언제나 예외 없이 불화(不和) 속에 놓여 있다. 불화의 원인을 캐는 일은 너무나 아득하여 그냥 알 수 없다고 하는 게 낫겠다. 다만 몸과 마음의 작용으로 확실한 것은 불화야말로 불편한 것이고 그래서 어떻게든 털어내야 하는 절실하고도 현실적인 과제라는 사실이다. 불화 곁에는 늘 저만치 떨어져 있듯 하면서도 그림자처럼 따라다니는 화해(和解)가 있어 불화는 불화이지만은 않아 보인다. 이 둘의 관계가 왜 그런지를 캐는 일 또한 아득하기만 하지만 함께 있으니 다행이지 않은가.

　다소 늦었더라도 이 작품집이 새로운 창작 작업의 길로 향하는 이정표이기를 스스로 다짐해본다. '코로나19'라는 전대미문의 괴질이 전 세계를 뒤덮어 안팎으로 어려운 형편임에도 선뜻 소설선집 출간을 허락해주신 서연비람에 감사드린다.

2020년 6월

김주성

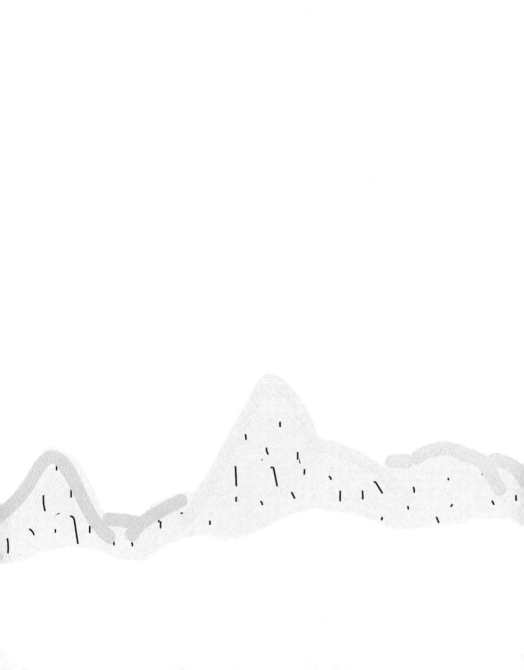

제1부 장편소설

불울음

서장

한꺼번에 너무 많은 얘기를 해댄데다 오후 내내 쉬지 않고 걷기만 해서인지 목도 다리도 다 뻐근해 왔다. 아직도 복잡한 생각에서 벗어나지 못했는지 고개를 떨군 채 타박타박 걷고 있는 명희의 발걸음 역시 꽤나 무거워 보였다. 아무 데라도 주저앉아 좀 쉬고 싶은데 언제부턴가 서로 묵계라도 한 듯이 입을 다물어버린 터여서 나는 그냥 슬그머니 걸음을 멈춰버렸다. 그녀는 대여섯 걸음을 더 걷고서야 눈치를 챘는지 돌아섰다. 그녀의 상기된 얼굴이 마침 타오르기 시작하는 노을에 비껴 눈부시게 붉었다. 여태껏 그만큼 강렬한 인상의 그녀를 본 적이 없었으므로 나는 마치 그녀를 한동안 잊어버렸다가 예기치 못한 곳에서 우연히 마주친 것 같은 착각이 들었다. 그녀는 좀 과장되게 '왜 그래?' 하는 몸짓을 지어 보였다.

"갑자기 내가 이상해 보여요?"

그녀가 이렇게 말하면서 그 핏빛의 후광을 떨쳐내지 않았더라면 나는 감히 그녀를 향해 한 발짝도 옮겨놓지 못했을 것이다.

"저 노을 탓이야. 너무 붉지 않아?"

서녘 하늘을 한번 돌아보고 나서 그녀는 어처구니가 없다는 듯이 실소를 터뜨렸다.

"그래서 화라도 난다는 투네요. 내겐 피로가 다 가실 정도로 신선한 충격인데…… 한편의 서사시 같지 않아요?"

정말 그녀의 얼굴엔 생기가 돌아 보였다.

"그래, 앉아서 저 서사시나 좀 감상하다 가자."

우리는 마을이 내려다보이는 길가 풀 섶에 나란히 앉았다. 이마를 맞대거나 어깨동무를 하고 아담하게 둘러앉은 농가의 지붕들과 그 한가운데의 널찍한 회관 앞 공터는 어느덧 노을에 흠뻑 젖어 있었다. 결실의 때에 다다른 논밭과 과수원으로부터 그리고 가까운 읍내의 일터나 학교에서 돌아오는 발길들 주위에도, 마을 뒤쪽의 목장에서 축사를 향해 바삐 몰려가는 소 떼의 잔등 위에도 붉은 황혼은 여지없이 배어들고 있었다.

방금 전 우리가 감회 깊은 눈길로 올려다보며 꼭 함께 오르자고 약속했던 거대한 닭 벼슬 모양의 연봉들 꼭대기에서도 석양은 능금빛으로 타고 있었다. 그 가파른 연봉들의 이쪽 끝 봉우리에서 한 자락 휘장 폭처럼 흘러내린 능선의 발치, 과목들과 초지로 뒤덮인 저쪽 완만한 구릉의 끝을 굽이돌아 평야를 가로질러 내뻗은 국도 또한 검붉은 노을빛에 번득였고, 그쯤에서 아련히 들려오는 자동차들의 엔진 소리만 아니라면 지금 우리가 앉아 있는 주위는 완벽한 고요지대일 것이었다.

너무나 붉고 찬란해서 황홀하기조차 한 노을빛에 돌연 사로잡힌 것일까. 가운데 한줄기 희미한 지평선만을 남기고 온통 누리에 번진 불 밭으로 넋을 빼앗긴 채 우리는 말이 없었다.

하지만 나의 시선은 처음부터 그곳에 고정되어 있었다. 주홍빛으로 끓고 있는 저수지를 끼고, 펼친 여인의 치맛자락처럼 널브러진 포도원 한가운데에 벼락 맞은 느티나무 고목의 몰골로 솟아 있는 불탄 폐가. 그 을씨년스런 풍경을 압도하며 해일 진 불바다 속에서 원뢰처럼 울려 나오는 핏빛의 주문(呪文). '우우우, 불, 부르는 소리……' 끝내 화해의 만세 소리가 되지 못하고 비탄의 단말마로 찢겨버린 그 불 울음소리가 또다시 회오리바람을 일으키며 나를 덮쳐왔다. 우우우…….

"저걸 보고 있었군요."

터진 고름 주머니와도 같은 그 저주와 증오와 후회의 뭉텅이로부터 나를 떼어내기라도 하려는 듯이 그녀는 풀밭에서 일어나 나를 이끌었다. 나는 환청을 떨쳐버리려 세차게 도리질을 쳤다.

"곧 새살이 돋아날 거예요."

절정에 이른 노을을 향해 나는 일어섰다.

"저 폐허 위의 하늘에 할아버지들과 삼촌들의 모습을 그려 보았어요. 얼굴도 모르는 분들이지만 어쩐지 그분들이 거기서 나를 부르고 있는 것 같았거든요."

고맙게도 그녀는 내 속내를 헤아려서 다독거려주고 있는 중이었지만 그러기엔 그녀의 감동이 나의 절실함에서 아직 먼 각도로 비껴 있었다. 그녀는 어디까지나 나를 이해하려는 입장이지 나 자신은 아니다. 그리고 그 이해 또한 아직은 연민이 발동시킨 동정에 가까울 것이었다.

"날이 어두워지고 있군."

우리는 올라왔던 길을 되짚어 내려가기 시작했다. 시원한 저녁 바람이 풀섶을 뒤지고 우리의 머리카락을 흩뜨렸다. 하나둘 눈뜨기 시작하는 별빛을 따라 주위 가득 풀벌레 소리가 잦아지고 있었다.

우리는 곧 뗏장들의 갈피 사이로 듬성듬성 황토가 드러난 묘지 앞에 이르렀다. 상석 위에는 아까 따라놓았던 잔과 술병이 그대로 있었다. 나는 다가가 잔을 들어 봉분 위에 천천히 뿌렸다. 그리고 다시 새로 한잔을 따르려다가 그녀에게로 돌아서서 잔을 내밀었다.

"자, 언제 다시 올지 모르는데."

그러나 그녀는 나의 이 갑작스러운 태도에 놀라기라도 한 듯 한걸음 뒤로 물러섰다. 여러 감정이 복잡하게 뒤얽히는 표정으로 그녀는 나의 내민 손만을 물끄러미 응시했다. 나는 맥없이 내밀었던 잔을 거두어들였다.

"억지로 할 수는 없지……."

내가 술병을 집어 들어 따르려고 할 때 그녀가 상석 앞으로 다가서며 외치듯이 말했다.

"이리 주세요."

그녀는 나의 손에서 잔을 빼앗다시피 하여 두 손으로 받쳐 들었다.

"내키지 않으면서 굳이 그럴 필요 없어."

"이건 진심이에요. 하지만 절은 하지 않을 거예요."

그녀는 단호하게 덧붙였다. 그러나 그것만으로도 나는 말할 수 없이 흡족했다. 잔에 담긴 석양이 물고기 비늘처럼 찰랑거렸다. 그녀는 그녀의 표정만큼이나 냉랭한 질감으로 마주 선 상석 위에 잔을 내려놓았다. 내가 두 번 절하는 동안 그녀는 나의 등에다 대고 함께 절할 수 없는 이유를 또박또박 설명했다.

"나는 아버지와는 달라요. 아버지는 나보다 적어도 한 세대 이상의 세상 경험을 갖고 계세요. 또 아버지가 직접 당사자는 아니라 할지라도 준당사자로서 이미 오래전부터 모든 사실을 자세히 알고 계셨잖아요. 그러니 그만큼 용서하실 수 있는 여유도 키울 수 있었을 거예요. 하지만 도대체 난 뭐죠. 어느 날 갑자기 벼락 맞듯이 맞이한 이 놀라운 상황 앞에서 나는 아직 당황하기에 바빠요. 내가 태어나기도 전에 얼굴도 모르는 그분들 사이에서 벌어진 일에 대해서, 어느 쪽에도 속할 수 없었던 내가 뭘 어떻게 할 수 있겠어요. 나는 억지로 어떤 태도를 꾸미고 싶지 않아요. 그건 위선이에요. 용서니 화해니 하는 것은 직접 당사자들 사이에서나 의미가 있는 거 아녜요. 이해하시겠어요?"

나는 절을 마치고 봉분 위에 잔을 뿌렸다.

"또 나는 영수 씨와도 달라요. 대단히 미안한 얘기지만, 영수 씨가 스스로 가해자라고 생각하면서 죄의식을 느끼는 거 나는 주제넘다고 생각해요. 한때는 내가 피해자라는 생각을 해보려고도 했지만 되지 않았어요. 영수 씨와 내가 우연히 만나서 지금까지 주고받은 것들이 대체 뭐죠? 우리가 왜 시간을 거슬러 올라가서 그분들과 얽혀야 하죠?"

"그분들과 우리는 남이 아니야. 그분들의 피가 우리의 피 속에 흐르고 있어."

"피는 피일 뿐이에요. 어째서 피가 진실까지도 바꿔놓을 수 있다고 생각하죠?"

"나는 피를 빙자하여 진실을 바꾸려고 하는 게 아냐."

"그렇다면 마음에서 우러나오지 않는 용서를 강요하는 건 피의 특권인가요?"

"나는 단지 피가 지닌 따뜻함, 진함, 그리고 영원함을 얘기하고 싶었던 것뿐이야."

"지금 문제는 그분들의 피가 아니라 그분들이 저질렀던 사건이에요. 그리고 그 사건은 이미 옛 얘기가 돼 버렸어요. 이제 와서 우리가 용서니 화해니 하는 것은 주제넘은 관념의 유희예요. 그분들을 이용한 우리 자신의 미화이거나 기껏해야 자위에 불과해요. 우리에게는 용서할 이유도 용서할 자격도 없어요."

"그렇게 말하는 행간에 가시가 박혀 있어. 얼굴도 모르는 사람들, 이미 옛 얘기인 사건들…… 그런데 왜 이렇게 예민한 거지?"

'예민'이란 말에 그녀는 주춤하는 듯했다. 그렇게 쉽게 풀이 꺾이는 그녀를 보니 측은한 마음이 들었다. 그녀의 음성은 거짓말처럼 차분해졌다.

"예민한 건 내가 아녜요. 제발 이런 형식적인 절차에 집착하지 않았으면 좋겠어요. 나도 언젠가는……."

"언젠가는? 그래, 언젠가는 어떻게 하겠다는 거지?"

"아니에요, 아직은…… 단지…… 내 마음이 옹졸한 탓이에요."

나의 추궁하는 눈길을 견디지 못하겠는지 그녀는 돌아서 버렸다. 그녀는 흐느끼기 시작했다. 나는 다가가 그녀의 떨고 있는 어깨를 감싸 안았다.

"내가 너무 서둘렀어. 내 흥분도 아직 가라앉히지 못한 상태에서 너무 많은 기대를 하고 있었어. 명희 아버님의 말씀처럼 이곳 방문은 좀 더 시간을 두고 생각해 보는 건데……."

그녀의 떨림과 그만큼의 체온이 내 가슴으로 전해져 왔다.

그렇다. 피해자의 가해자에 대한 관용은 선악의 분별에 의한 것이기보다 단순한 심정적 여유에서 비롯되는 것이기 쉽다. 그러므로 그런 관용이 가해자의 죄에 대한 용서가 될 수는 없다. 용서란 어쩌면 가해자가 떠맡긴 피해자의 거북살스런 짐일 수도 있다. 용서한다고 말한다는 것이, 용서한다고 마음먹는 것이, 어찌 저

질러진 죄를 말소시킬 수 있단 말인가. 흘러간 시간을 어찌 되돌릴 수 있겠는가.

그렇다면 화해란 무엇인가. 그것은 지난 불화에 대한 망각의 다짐에 불과하며 새로운 불화를 잉태시킬지라도 어쨌든 하나의 시작을 약속하는 의미에 지나지 않는다. 화해의 선언으로 곧장 이전의 믿음을 회복할 수는 없다. 그 깨어진 것은 깨어진 대로 버려야 한다. 그래서 우리는 지금 과거에 얽매여서는 안 된다. 진정한 용서란 불완전한 인간으로서 불가능한 영역이다. 지상에 있다면 오직 용서받으려는 자만이 있을 수 있다. 실로 신만이 완전한 용서를 할 수 있을 것이다. 인간이 할 수 있는 것은 화해, 곧 망각의 다짐과 새 출발의 약속뿐이다.

"진정해. 내가 괜히 고집을 부렸어. 하지만 책임질 당사자들은 다 떠나 버리고 이렇게 떠맡아야 할 책임만이 남아 있을 때 우리가 해야 할 일이 뭐겠어? 이럴 때 용서라든가 화해라든가 그런 낱말의 뜻이나 따지고 있어야 하겠어?"

"미안해요, 나도 그만큼은 알고 있어요."

그녀의 떨림은 멈췄다. 어쩌면 더 강한 또 다른 떨림으로 바뀌었다고 해야 옳을 것이었다. 나는 그녀의 귀에 대고 이렇게 속삭였다.

"너를 사랑해……."

우리는 다시 왼쪽으로 쉰 걸음쯤 내려가서 상석도 비석도 없이 한층 엉성하고 한층 외로워 보이는 또 하나의 무덤 앞에 걸음을 멈추었다. 나는 거기에 들고 온 소주병을 거꾸로 들어 골고루 뿌렸다. 석양은 이제 까치 꼬리 깃만 한 암자색의 여운을 지평선 위에 몇 가닥 드리웠고 마을 어귀엔 외등이 켜져 있었다.

"죽음까지도 저주 속에서 맞이했어. 내겐 유일하게 형제의 정을 느끼게 했던 사람인데……."

나도 모르게 나의 눈길은 또 벼락 맞은 느티나무 몰골의 폐가 쪽으로 향해 있었다.

"삼십칠 년이나 곰삭아 온 독이 토해져 나온 꼴이군."

어둠이 내리기 시작하는 허공으로 뻗쳐오를 듯이 솟아 있는 그 폐가의 실루엣은 점점 음산한 분위기를 발산하고 있었다.

"이제 다 타버렸잖아요."

그녀가 안타깝다는 듯이 말하며 나의 손을 잡아끌었다.

"다 타버렸고말고. 그런데도 아직 용서 못 할 이유가 남아 있단 말이지?"

왜 내가 자꾸 이러는 것일까. 이렇게 말해 놓고 나서 나는 곧 후회했다.

"언젠가는 나도 아버지처럼 넓은 마음을 가질 때가 올 거예요. 꼭 그렇게 될 거예요."

"남은 건 기억일 뿐이지. 기억은 또 세월이 지워줄 거고. 지금부턴 무너진 것들을 일으켜 세워야 해. 저 집의 철거를 서둘러야겠어."

"그러기 전에 일수 형하고 화해나 빨리 이루어야죠."

"일수 형이 뭐야, 시아주버니한테."

"아직 결혼도 안 했는데 시아주버니는 무슨……."

"지금부터 연습을 해야지."

우리는 곧 오솔길을 벗어나 반듯하게 시멘트 포장이 된 마을 안길로 접어들었다. 등 뒤에서 금방이라도 덮칠 듯이 내려다보고 서 있는 벼락 맞은 느티나무 몰골의 폐가를 나는 마지막으로 돌아다보았다.

1장

제시간에 대려고 허둥지둥 택시를 잡았지만 오히려 빗나간 계산이었다. 도무지 앞으로 나아갈 줄을 모르는 차량의 행렬 속에서 명희의 말대로 지하철을 탈 걸 그랬다고 후회해봐야 소용없는 일이었다. 간밤에 마신 술이 아직 덜 깬데다 잠도 모자라서 머리가 계속 지끈거렸다. 약속시간을 30분이나 넘겨서야 나는 한강 고수부지의 집결지에 도착할 수 있었다.

대기하고 있는 두 대의 버스 주위로는 이미 각 대학에서 참가 신청을 한 학생들이 대부분 도착해 부산하게 움직이고 있었다. '1989 대학생 6·25 전적지 답사단' 버스 허리에 길게 두른 플래카드만 아니라면 영락없는 수학여행단이라고 여겨질 만큼 학생들은 한껏 멋을 부린 차림으로 유쾌하게 웃고 떠들며 한적한 강변의 아침 한때를 발랄한 분위기로 장식하고 있었다. 나는 무리 속에서 어렵지 않게 명희를 찾아냈다.

"그렇게 차려입으니까 정말 몰라보겠는걸!"

늘 모난 정장만을 고집해온 그녀였으므로 청바지에 하늘색 반 팔 티셔츠를 받쳐 입은 차림이 정말 뜻밖이라고 할 만큼 신선해 보였다.

"능청 떨지 말아요. 지금이 몇 신 줄이나 아세요?"

그녀는 오므린 입술을 삐죽거리며 눈까지 하얗게 흘겼다. 그제야 나는 어제 저녁에 출발시간보다 한 시간 정도 먼저 만나서 강변 산책을 즐기자고 했던 그녀의 말을 떠올리며 뒷머리를 긁적였다.

"미안해…… 알잖아, 이 시간에 길 막히는 거."

"그게 이유가 돼요, 그럼 영수 씨보다 배나 더 먼 나는 어떻게 제시간에 도착할 수 있었죠?

"일 분이라도 빨리 오려고 택시까지 잡아탔다고."

"내가 뭐랬어요. 그래서 지하철을 타라고 했잖아요."

"그럼, 지금 다시 가서 지하철 타고 올까?"

"몰라요. 출발하기 전에 저기 선착장에 가서 커피 한잔하려고 했는데……."

그녀는 못내 아쉬운 표정으로 이렇게 덧붙였다.

"보여줄 것도 있고……."

"지금 보여주면 되잖아. 출발하려면 아직 20분이나 남았으니까 선착장까지는 못 가더라도 강가에는 잠깐 갔다 올 시간이 돼."

나는 강변으로 이어진 잔디밭 사이의 길로 그녀를 이끌었다. 보여줄 거라는 게 대충 무엇인지는 짐작이 갔다. 그녀는 다니다가 새롭거나 진기하다고 여겨지는 물건을 발견하면 꼭 구해서 나에게 가져다주는 것을 큰 취미로 삼고 있다. 그 물건들이라는 게 이를테면 무슨 창간 잡지, 요가 음악 테이프, 인디언 인형, 학과 엠티 가서 주운 조약돌이나 나무토막 같은 것들인데, 내 취미와는 거리가 먼데다 적어도 일주일에 한 번씩은 꼭 치르는 행사여서 처음에는 솔직히 좀 귀찮기도 하고 부담스럽기도 했었다. 그런 따분한 행사를 중단할 것을 제의도 해보았지만 그것이 그녀의 나에 대한 일종의 애정 표시라는 걸 알고부터는 손을 내저을 수가 없었다. 이번에도 뭔가 새로운 물건을 발견했든지 모처럼 함께 답사를 떠나는 마당이고 보면 여행에 소용이 될 만한 무언가를 준비한 것임에 틀림없다고 나는 생각했다.

시원한 바람이 불어오는 강변에 이르러서, 늘 그런 식으로 행사를 치렀듯이 눈을 감고 나는 그녀 앞으로 두 손을 내밀었다.

"그럴 필요 없어요. 보여주지 않을 거니까."

"미안하다고 했잖아. 그러지 말고 보여주라."

"안 돼요. 설명할 시간이 필요했는데……."

"뭐길래 그래? 그러니까 더 궁금해진다."

"알아맞혀 보세요."

"책?"

"아니에요."

"그럼, 선글라스?"

"제가 무슨 갑부 집 딸인가."

"손수건?"

"손수건은 며칠 전에 줬잖아요."

"에이, 그럼 호떡이나 순대 같은 거겠지, 뭐."

"장난치지 말고, 중요한 거란 말예요."

"모르겠다."

"힌트, 영수 씨 줄 게 아녜요."

"나 말고 또 사귀는 녀석이 있었나?"

"숨겨 논 남자한테 줄 선물을 이런 식으로 자랑할 만큼 나는 대담하지 못해요."

"나 참, 뭐길래 그래?"

"안 되겠다. 첫 번째 답사지에 도착할 때까지 숙제예요. 그런데 어젯밤에 또 술 마셨죠? 아직까지 눈이 빨간 거 봐."

"으응, 조금…… 진수가 휴가를 나왔어."

"그 형철이란 사람도 끼었겠죠?"

"걔하고는 이제 말이 안 통해. 답사 중단 당위성인가 뭔가 하면서 계속 억지를 부리길래 쫓아 버렸어."

"다퉜어요?"

"아니야, 이젠 내 쪽에서 아예 도외시해버리니까……. 엊저녁에도 실은 제 발로 걸어 나간 거야."

"하긴, 쫓을 용기나 있어야지…… 그러니까 후배한테까지 우유부단하니, 기회주의자니 하는 말을 듣죠."

"너무 그리지 마. 그렇긴 해도 내게 애정이 깊은 애라구."

"애정이요? 애정 있는 선배를 그렇게 매도하고 다닐 수 있는 거예요? 내 앞에서까지 냄새나는 부르주아, 타도해야 할 개량주의자 어쩌구. 자기 혼자만 무슨 애국자고 혁명의 투사인 양 잘난 척하는 꼴…… 정말 속상한단 말예요. 영수 씨가 후배들한테 그런 말 듣는 거."

"날씨도 좋은데 우리 재미있는 얘기 하자."

나는 돌멩이 하나를 주워 강심을 향해 힘껏 던졌다. 포물선을 그리며 돌멩이는 이내 수면 위로 떨어지며 흰 물방울들을 튕겨냈다.

"정말 화창한 날이다. 이 모자 어때요?"

내내 들고만 있던 노란 셀룰로이드 모자를 그녀는 뒤로 모두어 묶어서 한층 탐스러워 보이는 머리 위에 살짝 얹었다.

"이야, 정말 잘 어울리는데. 모델이 좋으니까 의상도 산다, 야!"

"허풍은, 싸구려 해 가리개 하나 가지고."

그녀의 입가로 금세 웃음이 피어났다. 그뿐만 아니라 유월 중순의 태양을 충만하게 껴안고서 강물도 눈부시게 푸르렀다. 고수부지의 드넓은 잔디밭에 흐르는 바람 또한 더없이 상쾌했다. 잘 정비된 하안의 시멘트 계단마다 벌써 낚시꾼들이 몰려와 진을 치고 있었고 하구에서 날아온 갈매기들이 강상을 낮게 비상하고 있었다. 그 모든 것들로 해서 내 마음도 차츰 설레기 시작했다.

학교 게시판에서 이 답사 참가자를 모집한다는 공고문을 보긴 했으나 나는 별 관심 없이 지나쳤었다. 그래서 그 공고문이 등장한 며칠 후, '현 정권이 벌이는 또 하나의 분단 고착화 작태를 규탄하며'라는 제목으로 총학생회 명의의 불참 종용 대자보가 나붙었을 때도 나는 대수롭지 않게 일별했을 뿐이었다. 그런데 저희 학교 게시판에서 같은 공고를 본 명희가 답사일정까지 꼼꼼하게 살핀 후에 함께 참가하자고 나를 졸라댔던 것이다.

"이것 봐요. 이번에 새로 지정되는 노루목 전적지가 봉황산 부근이래요. 거기는 영수 씨 고향이잖아요. 게다가 낙동강으로 대구로 삼박사일 동안 회비도 없어요. 그동안 영화나 문학작품이나 역사책을 통해서만 보아왔던 현장들을 직접 확인할 수 있는 좋은 기회도 될 거구요."

이런 명희의 호기심이 내가 참가하도록 자극한 것은 사실이었다. 운동권 학생들이 주장하는 것처럼 이번 답사가 소위 골수 반공주의자들을 길잡이로 하여 순수한 대학인들에게 이제는 극복되어야 할 반공 이데올로기를 새삼 고취하고 분단 고착화 논리를 강화하려는 유치하고도 구시대적인 어용 행사라 하더라도, 주최 측의 의도나 또 운동권 학생들의 우려와는 상관없이 내게는 의미가 큰 여행이 될 것이었다.

피 같은 국민의 세금으로 마련한 무료 여행 티켓으로 유람을 즐기면서 반공 강연에 세뇌되어 하루아침에 반공투사가 되고 분단고착을 정당화할 반민족적, 반역사적 사상을 다지게 될 대학생이 과연 몇이나 될까. 삼박사일의 일정은 그럴 만큼 충분한 시간이 되지 못할 뿐더러 일정표를 대충 훑어볼 때 그토록 극적인 변화가 일어날 것 같지는 않았다. 그렇기에 나는 주최 측의 성격이나 안내교수들 또는 증언자들의 강연 프로그램에는 그다지 관심이 없었다. 명희의 말대로 그동안 영화나 문학작품이나 교과서를 통해서만 보아왔던 역사 현장들을 직접 답사할 기회가 주어졌다는데 무엇보다 큰 관심을 두고 있었다. 아마 대부분의 참가 학생들도 그런 생각이 아닌가 싶다. 여기에다 나는 행선지 중에 나의 고향이 포함돼 있으니 잠시 지나는 길일망정 명희를 어머니에게 소개하는 기회도 자연스럽게 만들 수 있으리라는 계산까지 덤으로 하게 됐던 것이다.

이런 이유 외에 나의 참가 결정을 부추긴 게 또 있었다. 그것은 이번 답사의 첫 목적지인 내 고향에 실재하는 야트막한 고개의 이름, 어릴 때부터 가족들과 마을 사람들의 대화에서 익히 들어온 '노루목'이라는 지명이었다. 명희 입에서 그 노루목이라는 지명이 발음되었을 때 불현듯 나의 뇌리를 스친 것은 뜻밖에도 강 중사의 죽음이었다.

'노루를 잡으면 사고를 당한다.' 전방에 근무하는 군인들에게는 상식처럼 돼 있는 그 금기를 깬 사흘 후, 강 중사는 매복지에서 클레모어 격발 실수를 저질렀고 형체를 분간할 수 없을 정도로 찢기고 말았던 것이다.

'정력제, 보혈 강장제로 노루 피만 한 것이 없다.' 저격수 이 병장의 조준에 허리를 관통당한 노루는 강 중사의 대검에 목통을 찔리고도 황갈색의 윤기 흐르는 털가죽을 한동안 더 떨어댔었다. '다 미신이야. 지금까지 내가 잡은 노루만도 스무 마리가 넘는다.' 누군가 떨리는 목소리로 재수 없다는 말을 중얼거렸을 때 벌건 입 언저리를 손등으로 문지르며 강 중사는 그렇게 호언했었다.

그 금기는 정말 미신일까. 그런데 강 중사의 죽음은 그 금기와 관련하여 너무나 필연 같은 우연이었다. 그리고 명희의 호기심을 불러일으킨 그 노루목이 답사일정의 중요한 목적지가 되고 있었다.

"자네 여기 있었군."

우리 대학에서 한국현대사 강의를 맡고 있는 진승규 교수였다. 명희도 나를 따라 꾸벅 절을 했다.

"자, 인사드리게. 이분이 바로 노루목 전투의 산 증인이시네."

진 교수가 동행하고 있던 작달막한 키에 까무잡잡한 피부의 한 노신사를 내게 소개했다. 답사 참가 신청서를 낼 때부터 진 교수는 내가 봉당리 출신이라는 데 대해서 특별한 관심을 보인 터였다.

"안녕하세요. 박영수라고 합니다."

"반갑소. 신명호라고 하오."

노인이 손을 내밀었다. 나는 그와 악수를 하였다. 노인의 손치고는 단단하고 힘이 있다고 나는 생각했다.

"집이 봉당골이라구요?"

"지금은 봉당리라고 합니다."

그런데 웬일일까. 우연히 내 앞에 나타난 이 육십 대 초반으로 보이는 노신사가 오래전부터 나를 기다리고 있었을지도 모른다는 터무니없는 생각에 나는 불현듯 사로잡히고 말았다.

"실례지만 나이가 몇이시오?"

"스물일곱입니다."

"군엘 다녀왔겠구만?"

"네."

까만 호마이카 칠 단장을 두 손으로 모아 짚고서 지그시 바라보는 노인의 눈길을 나는 피할 수가 없었다. 노루목, 봉당골, 산증인…… 이전에 한 번도 만난 적이 없는데 왜 이렇게 낯선 느낌이 들지 않는 것일까.

우리는 곧 출발하기 위해 시동을 걸고 있는 버스에 올랐다. 나와 노인은 약속이라도 한 듯이 운전석 바로 뒷자리에 나란히 앉았다. 버스는 이내 출발했다.

"엄친 존함이 혹……."

자신의 짐작에 대한 확인을 겸해서 그는 이렇게 나의 대답을 유도했다.

"박재필입니다."

"허, 이거 바로 만났군."

"저희 아버지를 알고 계신가요?"

"그 어르신의 명망이야 봉당골 주민들에게 익히 들어온 터이지요. 근년에는 거동하기가 불편해서 마음뿐이었소만, 몇 해 전까지만 해도 해마다 한 번씩 봉당골을 다녀오곤 했지요. 벌써 십 수 년 전에 이장을 해버렸지만 학생의 집 뒤 포도원 자리에…… 글쎄, 아직도 포도원이 그대로 있는지 모르지만……."

"물론 그대로 있습니다."

"그렇구만, 어쨌든 거기에 내 전우의 무덤이 있었소."

이렇게 말하는 노인의 눈길은 흘러간 추억을 더듬기라도 하듯 그윽했다. 아니, 나의 속마음을 훤히 꿰뚫어 보고 있는 듯한 이 노인은 내 기억 속에 전설처럼 떠돌고 있는, 귀신의 풍문처럼 불확실하고 음울한 우리 집안의 내력 속에서 어떤 비밀의 열쇠를 쥐고 홀연히 나타난 비현실적인 존재로 보이기까지 했다. 나는 목이 말라왔다.

'홍씨네 원혼이 씌었어.', '너희 집이 흉가였었대.' 지나가는 말로 마을의 어른들이 주고받던, 혹은 나와 같은 또래의 아이들이 나직이 속삭이던 그런 말들이 나의 복잡해만 가는 상념 속에서 불쑥불쑥 고개를 내밀기 시작했다.

"저희 집안 내력에 대해서도 잘 알고 계신 듯하군요."

긴장한 나머지 나의 말은 끝에서 가늘게 떨려 나왔다. 노인은 나를 한번 흘끗 쳐다보고는 차창 밖으로 시선을 던지면서 말했다.

"남의 집안일까지야 내가 어찌 알겠소. 함께 전투를 치렀던 그때 내 부하 홍 상병과 그의 집안에 대해서나 대강 알고 있지요."

노인이 말머리를 돌리는 게 틀림없었다. 나는 거기서 그냥 말 수는 없었다.

"그 홍 상병에 대한 얘기라도 좀 들려주실 수 없으십니까?"

"어려운 일은 아니요. 어차피 이따가 노루목에서 하기로 돼 있는 얘기니까.

혹 학생의 집안과 관련이 되는 부분이 있을지도 모르겠소."

여기서 노인은 잠시 사이를 두었다가 혼잣말처럼 이렇게 덧붙였다.

"하긴, 이 땅에 살고 있는 사람치고 그 전쟁과 관련 없는 사람이 누가 있겠소"

노인은 이야기를 시작하려는지 등받이에 느긋하게 기대었다. 나는 노인 쪽으로 약간 돌아앉아 귀를 기울였다.

"그럼 노루목 전투 얘기부터 해봅시다."

그날 오후, 나는 20여 명의 소대원을 이끌고 작전지역으로 떠났다. 사단 사령부와 연대본부를 잇는 통신선 가설작업 임무였다. 우리가 도착한 지역은 해발 100 내지 200미터의 야산지대였는데 해가 지기 전에 작업을 끝내기에는 빠듯한 시간이었으므로 도착하자마자 서둘러야 했다. 소대 선임하사인 박 중사는 연대본부 쪽을 지휘하게 하고 나는 사단사령부 쪽을 맡았다.

시월 초순의 들녘은 황금물결의 바다였다. 먼 산의 등줄기에도 어느덧 단풍이 물들고 있었으며 하늘은 맑고 푸르렀다. 언제 어디서 전쟁이 벌어졌던가 싶게 산야는 묵묵히 계절의 운행을 따르고 있었다.

"소대장님, 저깁니다. 바로 저 너머가 봉당골이라는 뎁니다."

전령인 홍 상병이 2킬로미터쯤 전방의 야산을 가리키며 감격 어린 목소리로 말했다. 부대가 북행길에 오르던 날부터 틈날 때마다 부대 이동로를 물으며 오늘을 기다려 온 그였다.

"평화로운 고장이군. 넌 행운아다. 오늘 저녁 가설작업 끝나는 대로 부관참모님께 말씀드려 시간을 내주지."

"고맙습니다, 소대장님!"

그의 기쁨에 넘치는 표정을 보노라니 나마저 코끝이 찡해 왔다.

"그래, 얼마 만인가?"

"이 년 만이지요. 하지만 십 년은 흐른 것 같아요."

"그동안 소식은 들었었고?"

"작년 삼월에 휴가를 다녀온 후로는 그만입니다. 다들 무사하실지……."

벌써 홍 상병의 마음은 고향 집에 가 있는 것 같았다. 그와 나란히 서서 들녘을 굽어보는 나의 시야로도 부모님과 아내의 모습이 선하게 떠올랐다. 가설작업이 거의 끝나갈 무렵 산 아래에서 작업 중이던 소대원 한 명이 숨을 헐떡이며 우리에게로 뛰어왔다.

"이 부근 장골이라는 부락에 사는 주민인데, 인민군이 나타났다는 신고입니다."

우리는 서둘러 산을 내려가 육십 대의 촌로 한 사람을 만날 수 있었다.

"집집마다 흩어져서 밥을 짓고 있어요. 삼백 명은 실히 될 겁니다."

나는 지체 없이 상황을 작전본부에 보고한 후 병력을 집합시켰다. 후퇴 중인 패잔병들이라고는 해도 그 수가 근 일개 대대 병력이나 되고 보면 섣불리 다룰 상대가 아니었다. 본부에서는 날이 완전히 어두울 때까지 적의 예상 후퇴로에 매복, 집중사격으로 퇴로를 차단하라는 명령을 내렸다. 우리의 사격 개시와 함께 2개 중대로 편성해 이동시킨 지원 병력이 즉각 포위 공격을 감행할 수 있도록 적의 기선을 제압하는 것이 우리 소대에게 잇따라 부여된 임무였다. 부근의 지리에 밝은 홍 상병과 신고를 하러 온 노인이 작전계획을 짜는

데 결정적인 역할을 했던 것은 물론이다.

"그들의 목적이 북행이라면 반드시 봉황산 줄기를 탈 겁니다. 그러자면 저 학머리봉 쪽으로 진로를 잡아야 할 텐데, 장골에서 학머리봉 쪽으로 야간에 대부대가 이동할 수 있는 길이라면 봉당골로 넘어가는 노루목밖에 없습니다."

홍 상병의 지적은 나의 예측과 일치했다. 노루목은 방금 전까지도 그가 감회어린 눈길로 바라보던 야산 줄기와 학머리봉이 만나는 지점의 잘록한 고개였다. 나는 적정을 탐지하기 위해 두 명의 소대원을 노인과 함께 장골 뒷산으로 보낸 후 소대원을 이끌고 노루목을 향해 이동을 개시했다.

상황이 기대와는 다른 방향으로 전개되고 있어서인지 길을 안내하는 홍 상병의 얼굴에는 아쉬운 기색이 역력히 드리워져 있었다. 무전기를 짊어진 그의 어깨가 새삼 무거워 보였다. 노루목에 거의 이르렀을 즈음 나는 그의 마음을 조금이나마 풀어줘야겠다고 생각했다.

"봉당골까지는 여기서 얼마나 되지?"

"오 리 정도 됩니다."

"좋다. 그럼 오늘 밤 철수는 봉당골을 거쳐 가는 길로 잡겠다."

그러나 그는 의미를 알 수 없는 웃음만을 가볍게 지을 뿐 이렇다저렇다 말이 없었다. 그때 왜 그런 느낌이 들었는지…… 그의 그 쓸쓸한 웃음 뒤에 드리운 침울한 그늘은 뭔가 불길한 징조처럼 내게는 보였던 것이다.

나는 진지 구축에 들어가기 전에 소대원들을 집합시켜 놓고 특별히 강조하였다.

"적은 패잔병들에 불과하다. 수가 많다고 하지만 패주하는 자들이라 사기가 땅에 떨어져 있을 것이다. 절대로 퇴로를 열어주어서는 안 된다. 우리가 사격을 개시하면 그것을 신호로 지원부대가 달려올 것이므로 적은 독 안에 든 쥐나 다름없다."

떡갈나무 숲속엔 한층 두꺼운 어둠이 내렸다. 시간이 흐르면서 개울 물소리는 자지러지는 풀벌레들의 울음소리에 묻혀버렸다. 싸늘한 총구와 함께 노려보는 전방의 들녘은 희부윰한 윤곽만을 가까스로 드러내었고, 한 점의 움직임도 놓치지 않으려는 긴장으로 해서 풀벌레들의 울음소리마저 어둠 속으로 스며버린 것 같았다. 나중엔 나 자신의 숨소리조차 들리지 않았다.

언제 어느 방향에서 적이 모습을 드러낼지 알 수 없는 상황. 일 초가 일 분만큼이나 길게 느껴지는 시간이 얼마나 흘렀을까. 아직도 나의 감각에 잡히는 것이라곤 숨통을 죄는 적막밖엔 없었다. 우리가 예상하지 못한 다른 길을 잡아서 이미 우리의 경계구역을 빠져나간 것은 아닐까. 아니면 우리의 작전을 탐지하고 역으로 우리를 포위하고 있는 것은 아닐까. 뭔가 조짐이 보여야 행동을 취할 텐데, 한 시간이 지났는지 두 시간이 지났는지 시간 감각마저 희미해져 버린 가운데 초조감이 엄습해 들었다.

그러나 우리의 작전은 적중했다. 마침내 나의 손아귀 안에서 땀에 흠뻑 젖은 노끈이 팽팽해졌다. 진지 전방에 매복한 청음초가 적의 첨병을 발견했다는 신호였다. 나는 떨리는 손으로 노끈을 짧게 두 번 잡아당김으로써 청음초의 철수를 명했다. 다시금 풀벌레들의 울음과 떡갈나무 잎사귀들이 서걱거리는 소리가 되살아났다. 그리고 얼마간의 시간 이 또 흘렀다.

이윽고 얕은 개울물에 발을 들여놓는 '철벅'하는 소리와 함께 두 개의 검은 물체가 개울가로 언뜻 나타났다. 나는 마른 침을 꿀꺽 삼켰다. 그러나 아직 기다려야 한다. 본대가 나타날 때까지 더 숨을 죽여야 한다. 두 개의 물체는 조금씩 조금씩 우리의 매복지 안으로 다가들었다.

그들은 이제 우리의 매복지 정중앙, 고갯길 입구까지 육박했다. 20개의 총구가 자신들을 겨누고 있다는 운명을 까맣게 모른 채 그들은 걸음을 멈추더니 저희끼리 잠시 무어라고 속삭였다. 그중 하나가 손을 번쩍 치켜들자 검은 대열이 유유히 개울로 들어서기 시작했다. 나는 침착하게 열을 헤아렸다.

"사격개시!"

금세 모든 것들이 발작을 일으키면서, 뿔뿔이 흩어지고 아우성치기 시작했다. 은백색의 조명탄이 폭발할 때마다 놀라 깨어난 떡갈나무 숲을 헤집으며 화마의 이빨이 되어 치달리는 예광탄들이 무너지는 적의 대열을 언뜻언뜻 가리켰다.

그러기를 10분여, 개울을 건넌 적들은 전멸한 것 같았다. 그리고 더 이상 개울을 건너는 그림자는 보이지 않았다. 나는 사격중지 명령을 내렸다. 다시 정적이 시작되었다. 풀벌레들마저 숨을 죽인 고요 속에서 개울물 소리만이 선명하게 되살아났다.

얼마를 지났을까. 갑자기 전방의 여기저기에서 다시 총성이 울리기 시작했다. 뒤를 이어 개울가를 따라 불쑥불쑥 나타난 적들이 순식간에 긴 횡대를 지었다. 우리의 전력을 알아채고 전열을 가다듬은 다음 정면 돌파를 감행하려는 것이 분명했다. 예상 외로 적의 화력은 막강했다. 기관포까지 무차별 쏘아대면서 새까맣게 개울을 건너 우리의 진지로 몰려들었다.

중과부적이었다. 지원부대는 어디에 있는 것인가. 작전본부에서는 우리의 사격개시에 때를 맞춰 지원부대로 하여금 협공하도록 조치하겠다고 했었는데. 가까이 지원부대가 도착했다는 기미는 보이지 않았다. 나는 급히 작전본부에 전황의 다급함을 알렸다. 그러나 이쪽의 긴박한 상황에는 아랑곳없이 작전참모는 현 위치 사수만을 강조했다.

"절대로 퇴로를 열어주어서는 안 된다. 삼중대, 오중대 병력이 적들을 포위하고 있다."

지휘본부의 작전대로 지금이라도 지원부대가 이쪽 전황을 파악해서 합류만 해준다면 다행이지만 도대체 어디쯤에서 포위를 하고 있다는 건지, 우리 위치를 정확히 파악하고나 있는 것인지 알 수 없는 일이고 보면 최악의 경우 막다른 골목에 이른 적에게 포위된 우리 소대 전원의 희생을 각오해야 할지도 모르는 상황이었다. 이미 다른 방도를 선택할 시기는 지나버렸다. 적들은 노루목을 끊기 위해 필사적으로 돌진해 왔다.

"엄폐호를 나와 산개하라! 착검을 하고 백병전에 대비하라!"

나는 최후의 명령을 내렸다. 작렬하는 수류탄의 꽝음과 단말마의 비명과 신음, 피비린내로 뒤범벅된 지옥도의 순간이 한차례 지나고서야 3중대 병력은 개울을 거슬러 올라왔다. 그때는 이미 끝까지 필사의 탈출을 감행한 일부 적들에 의해 노루목이 끊긴 후였고 노루목 일대에 70여 구의 시체를 남긴 채 나머지는 산지사방으로 흩어진 후였다. 그뿐만 아니라 선임하사를 포함한 여덟 명의 우리 소대원들이 목숨을 잃은 후이기도 했다.

남은 소대원들은 동료의 시체가 확인될 때마다 이를 갈며 복수를 다짐했다.

"쌍노무 빨갱이 새끼들. 잡히기만 해라, 모조리 찢어 죽일 거다."

우리는 노루목을 3중대에게 인계하고 봉당골 쪽에서 수색작전을 벌이고 있는 5중대와 합류하라는 명령을 받았다.

전장 수습을 끝내고 담배 한 개비를 피우며 나는 홍 상병에게 짐짓 이렇게 말했다.

"홍 상병, 드디어 고향 집에 가게 되었구나."

그러나 왜인지 그는 아무 말도 하지 않았다. 철수를 시작했을 때야 비로소 나는 그가 절뚝이고 있음을 알았다. 허벅지에 수류탄 파편을 맞은 것이었다. 그런데도 그는 다른 대원들처럼 복수의 다짐은 고사하고 다친 다리가 아프다는 내색조차 하지 않은 것이다. 순간 나도 모르게 부아가 치밀어 올랐다.

전장에서 감상이라니…… 전쟁터엔 윤리나 도덕을 편제시킬 자리가 없다. 오직 상대를 죽임으로써만이 자신이 살아 있다는 사실을 겨우 분간할 뿐인 극한 상황에서 동정이나 연민 따위를 어느 구석에 끼워 넣을 수 있단 말인가. 나는 대열에서 뒤처진 그를 향해 냅다 소리를 질렀다.

"홍경표, 빨리 걷지 못하겠어! 이건 전쟁이야. 죽이지 않으면 네가 죽는 판국이란 말이다."

그 바람에 홍 상병은 황급히 대열의 앞으로 뛰어왔다. 그의 어깨 위에서 무전기의 안테나가 휙휙 소리를 냈다.

"무전기를 벗어라. 내가 질 테니."

"아닙니다. 상처는 별게 아녜요."

그러나 그는 심하게 절고 있었다. 다른 대원들도 두 명의 부상자를 부축하거나 노획한 장비들을 한 짐씩 걸머지고 있는 형편이라 홍 상병의 무전기를 대신 질 여유가 없었다.

"잔말 말고 벗으라니까!"

그는 마지못해 무전기를 벗었다. 그러고도 못 미더워서 나는 그를 대열의 맨 앞에 세웠다. 그는 오기라도 부리듯이 성한 나보다도 빠른 걸음으로 어둠을 헤치며 나아갔다. '소대장님, 도대체 이 전쟁은 누구를 위해서 하는 겁니까?' 그런 그의 뒷모습을 보고 있자니 지난 낙동강 전투에서처럼 그는 또 이렇게 외치는 것 같았다.

누군들 즐거서 이 짓을 하겠는가. 그의 심정을 이해하지 못 하는 바 아니지만 지금 이 상황은 존재를 의식할 겨를도 없는 극한 상황이 아닌가. 여기서 살아남아야 한다는 사실 외에 더 확실한 것이 무엇이란 말인가. 그 외의 모든 것들, 반성과 후회와 용서 그리고 새 출발, 심지어 증오와 복수마저도 그런 다음에야 가능하다. 더구나 나는 20여 명의 부하를 거느린 장교였다.

나는 홍 상병을 꼭 그의 집에 들를 수 있도록 해주고 싶었다. 내 막내 동생과 같은 중학교에 적을 두고 있었다는 인연 말고도 그는 늘 나와 일거수일투족을 함께 해온 전령이었고 또한 생명의 은인이기도 했다.

후퇴에 후퇴를 거듭하는 남행길에서 나는 식중독에 걸려 사경을 헤맨 적이 있었다. 상한 돼지고기를 잘못 먹은 것이 화근이었는데 마침내 혈변을 보게 되는 이질로까지 악화되었다. 의약품이라곤 페니실린 연고와 머큐로크롬이 전부였으며 패전을 거듭하며 쫓기는 부대에서 일개 통신중위에게까지 마련해 줄 차량의 빈자리는 없었다. 억수 같은 폭우가 밤새 퍼붓던 날, 홍 상병은 혼수상태에 이른 나를 어느 빈 외딴집에 업어다 뉘었다. 그리고 얼마 후 그가 민가로 가서 구해온 것은 환약처럼 빚은 생아편 덩어리 몇 개와 참외 한 자루였다. 신통하게도 나는 그 아편을 먹고 혈변을 그쳤으며 이튿날은 후속부대의 장비 수송 차량에 힘겹게 자리를 얻어 본대와 합류할 수 있었다.

봉당골은 이미 5중대 병력이 장악해서 노루목 전투에서 이탈한 인민군 잔당들을 소탕하기 위해 집집마다 수색을 벌이고 있었다. 여기저기에서 간간이 총성이 울렸다.

홍 상병의 집은 마을 뒤로 300여 미터 정도 외떨어진 언덕바지에 있다고 했다. 본부에서는 5중대가 수색작전을 끝낼 때까지 휴식을 취하다가 함께 철수하라는 은전을 베풀었지만 소대원들은 자신들의 손으로 희생된 전우의 원수를 갚게 해달라고 아우성을 쳤다. 나는 가까스로 대원들의 흥분을 가라앉힌 다음 홍 상병을 앞세우고 그의 집으로 향했다.

"가족들이 피난을 떠났는지 안 떠났는지도 알 수 없겠군."

"노인네들이 땅을 놔두고 어딜 가겠습니까. 피난을 갔다면 제 동생과 숙부님 가족뿐일 겁니다."

홍 상병의 집이 저만치 바라보였다. 미명 속에서 반듯한 기와지붕의 선과 흰 회벽의 윤곽이 희미하게 드러났다. 집이 점점 가까워지자 홍 상병의 얼굴에 비로소 감격의 빛이 떠올랐다. 내 마음도 고향 집에 돌아온 것처럼 설레기 시작했다.

그러나 열린 대문 앞에 이르렀을 무렵, 우리는 뜰 안에서 갑자기 울려 나오는 집중사격 소리에 곤두박이치듯 땅에 엎드려야 했다.

"아직 두 놈이 부엌에 있다!"

총성에 이어 뜰 안에서 들려온 외침이었다. 집안의 여기저기서 순식간에 뛰쳐나온 대여섯 명의 아군들이 안채의 한곳을 향해 총구를 겨누는 게 보였다

"살고 싶으면 총을 버리고 나왓!"

잠시 후 양손을 머리에 얹은 인민군 한 명이 총구 앞으로 몸을 드러냈다.

"너도 빨리 나왓!"

또 한 명이 상체를 드러내는 순간, '탕' 하는 총성과 함께 먼저 나온 인민군이 풀썩 고꾸라졌다. 뒤따라 나오던 인민군이 쓰러지듯 무릎을 꺾으며 총구들을 향해 두 손을 모았다.

"살려주세요!"

아직 변성기도 지나지 않은 그 애절한 음성이 새벽 공기처럼 생생하게 나의 귓전에 울려왔다. 그러나 뒤이은 또 한 발의 총성과 함께 그도 맥없이 엎어지고 말았다.

"경수야!"

정말 눈 깜짝할 순간에 벌어진 일이었다. 허리에 쏴 자세로 소총을 거머쥔 홍 상병이 바람처럼 집안으로 뛰어들고 있었다.

"누구야! 포로를 쏜 놈이 누구냔 말이야!"

"홍경표 진정해라!"

내가 뒤따르며 필사적으로 외쳤다.

"이 새끼들 빨갱이 아냐!"

거의 동시에 뜰 안의 병사들이 불을 끼얹은 듯이 흩어졌으며, 몇 발의 총성이 울렸으며, 그리고 훤히 먼동이 트고 있었다.

전쟁이 끝나기 전엔 결코 울지 않겠다고 다짐했던 나였지만 인민군 복장과 국방군 복장으로 나란히 뉘어진 그들 형제의 시신 앞에서는 끝내 눈물을 흘리고 말았다.

나는 그들 형제의 시신을 몽매에도 돌아오기를 염원했을 그들의 집 뒤 참나무 숲속 남향받이에 묻었다.

"홍 어르신은 끝내 피난을 떠나지 않고 있다가 인민재판에 내몰려 처형을 당했지요. 부인이 서울서 공부하던 바로 저 도련님이 돌아오기를 학수고대하다가 뒤늦게야 시숙네를 따라 부산 딸네 집으로 피난을 떠난 후였답니다."

장례를 도운 그 집의 소작인인 최씨라는 사람이 이렇게 증언했다.

태양은 이슬 머금은 들국화 꽃잎을 잠 깨우며 변함없이 떠올랐다. 그리고 간밤의 살육작전에 지친 병사들의 총구 끝에서도, 그들이 뿌린 핏자국 위에서도 예외 없이 선연한 빛을 발하고 있었다. 철수하는 트럭 위에서 나는 그 어느 때보다도 비감한 심정으로 피에 얼룩진 홍 상병의 수첩을 뒤적였다.

"바로 이것이요."

노인이 손가방의 지퍼를 열고 비닐봉지에 싼 그것을 조심스레 꺼내면서 말했다. 그런 노인의 손길이 너무나 진지하였으므로 나도 모르게 두 손을 벌렸다. 낡고 변색된 그 수첩의 무게가 나의 손끝에 짜릿하게 느껴졌다. 수첩의 겉장엔 유려한 필체로 이렇게 씌어 있었다. '육군 제1사단 통신대 상병 홍경표'

각 장마다의 가장자리와 특히 앞의 여남은 장에는 겉장과 마찬가지로 거의 전면에 걸쳐 희미한 적갈색의 얼룩이 번져 있었다. 훅 끼쳐오는 냄새가 다만 세월의 냄새만은 아니라고 느껴졌기 때문에 나는 그 얼룩이 무엇인지를 노인에게 묻지 않았다. 얼룩으로 인해 반 너머의 내용은 제대로 읽을 수가 없었다.

1950년 9월 00일

드디어 북진이다. 오늘은 팔공산을 거쳐 선산에 이르렀다. 도중의 낙동강변 일대에는 인민군들의 시체가 즐비했다. 전세의 급전으로 미처 강을 건너지 못한 그들의 최후가 처절하게 기록돼 있었다.

이것이 전쟁인가. 야산 기슭에, 갈대숲에, 논두렁 혹은 길섶에 아무렇게나 죽어 엎어진 시체들…… 혹은 썩어 형체도 분간하기 어렵고 혹은 갈가리 찢기었으며 잠자듯 누워 있는 저들은 다 누구란 말인가. 이제 엎디인 땅과 부르쥔 하늘을 향해, 다만 전율스런 침묵으로 원망하고 있는 그들의 주검을 넘어서 앞으로 나아가는 우리는 또 누구인가.

남행길에서와 마찬가지로 강물은 푸르렀다. 백사장 여기저기에 썩어가는 군마의 시체 위에 들끓는 파리 떼…….

1950년 9월 00일

오늘도 우리 소대원들이 두 명의 포로를 잡았다. 한 명은 남루한 무명 바지 저고리에 중절모를 쓴 민간인 복장이었고 또 한 명은 인민군 전사 복장이었다. 민간인 복장의 포로는 어깨에 관통상을 입었는데 치료하지 못해서 썩어들어 가는지 심한 악취를 풍겼다.

그러나 그들은 포로일 수조차 없었다. 박 중사님의 지시에 따라 소대원 두 명이 숲으로 끌고 가서 쏴버렸다. 함께 이동하기에 거추장스럽고 언제 도망칠지 모른다는 것이 이유였다.

제네바협정은 어디로 날아갔는가. 전쟁은 이 지상에서 가장 비열하고 추악한 죄이자 징벌이다. 징벌이다!

이런 속도라면 내일쯤 봉당골을 지날 수도 있을 것 같다. 제발 부대가 그쪽 길을 잡기를 빌고 또 빈다.

부모님, 삼촌네, 다 무사하신지. 경수는 제때에 돌아왔을까. 저들은 경수 또래의 아이들까지 의용군이란 미명아래 총알받이로 내몰았다고 하던데……. 빨리 내일이 왔으면…….

버스는 신록의 한가운데를 종으로 가르며 질주하고 있었다. 잘 다듬어진 들판을 건너면 이내 반짝이는 도시의 외곽이 비껴 섰고, 손에 손을 맞잡은 과수원들이 또 한동안 달려가고 나면 갈림길을 장식한 꽃들이 활짝 웃으며 다가섰다.

"그때 내 나이도 스물일곱이었소."

침묵을 깨고 문득 노인이 말했다. 한결 가라앉은 목소리였다. 나는 당장 무어라고 할 말이 떠오르지 않았다. 다만 그의 말에 반응을 나타내기 위해 몇 번 고개를 끄덕거리며 잠시 내 나이를 헤아려 보았다.

노인의 이야기와 그가 보여준 홍 상병의 수첩은 분명 차창 밖으로 휙 스쳐가는 광고탑이나 이정표들과는 달랐다. 그것은 해마다 이맘때만 되면 거리와 관공서와 학교 주변에 다투어 나붙는 포스터들, '잊지 말자, 6·25', 폐허 속에서 울고 있는 한 어린이, 폭파된 한강철교, 피난민 열차, 혹은 시체더미 옆에서 오열하는 여인들의 모습······ 그 절망적인 흑백의 장면들과도 분명히 다른 감동을 내게 불러일으켜 주었다. 그것은 전쟁이 발발한 지 10년이 넘어서야 태어남으로써 아무래도 저만치 역사라는 거리를 두고 서 있지 않을 수 없었던 내겐 뜻밖이라 할 만치 가슴을 짓눌리고 피의 냄새를 맡는 듯한 충격이었다.

"흉터를 보여주면서 상처의 아픔을 느끼게 하자는 것은 물론 아니요. 그건 억지일지도 모르지. 그 흉터가 다만 우리 세대의 흉터만으로 끝나는 것이 아니기 때문에 아팠던 기억을 말해 주는 것이요. 그 아픔은 우리의 몫이었지만 흉터만은 학생의 세대에까지 남아 있잖소."

창밖에 밀려가는 풍경만을 묵묵히 바라보고 있는 나와 마찬가지로 등받이에 머리를 기댄 채 노인이 말했다. 나직한 음성이었으나 발음만은 또박또박하여 나는 노인의 말을 생생하게 들을 수 있었다.

"직접 겪고서야 그 고통을 알 수 있는 것이라면 우리는 온통 상처투성이가 되겠지요. 홍 상병을 이해할 수 있을 듯합니다."

의외라는 눈길로 노인이 고개를 돌려 나를 물끄러미 쳐다보았다.

"고맙소."

노인은 왜 하필 고맙다고 표현하는 것일까. 자기밖에 모르고, 부모들의 세대가 어떤 시련을 겪으면서 오늘이 있게 했는지에 대해 애정은 고사하고 관심조차 없는 철부지라고 생각했는데, 자기 얘기를 이해한다고 하니 대견스럽고 감격해서일까. 물론 내가 그렇게 말한 것이 그저 인사치레만은 아니었다. 내가 노인에게서 기대했던 것은 그것이 무엇이든 우리 집안과 관련된 것이었고, 정곡을 찌르기를 사뭇 조심스러워했을망정 그가 들려준 얘기는 오랫동안 잠자고 있던 나의 우리 집안에 얽힌 비밀에 대한 의혹을 다시금 불러일으키기에 충분했다. 나아가 나는 그 비밀이 6·25와 깊이 관련을 맺고 있다는 사실을 새삼 확인하면서, 우리 집안에 얽힌 그 비밀이 나 개인의 문제 이상의 어떤 의미를 지니고 있다는 느낌을 강하게 받았던 것이다.

내가 철이 든 후로는 한 번도 형이라고 불러본 적이 없는, 스물다섯 살 터울이나 나는 일수라는 사내, 그 사내가 아버지라기보다 할아버지 같은 아버지에게 술에 만취되어 함부로 내뱉던 말, '훔친 땅을 가지고 그래······.'

그렇다. 아직 끝나지 않았음에 틀림없다. 그 홍씨 집안과 우리 집안 사이에도 끝나지 않은 무엇이 남아 있음에 분명하다. 그게 무얼까?

꼬리에 꼬리를 무는 의혹들로 해서 머리가 무거웠다. 나는 심호흡을 한번 길게 하고 나서 노인에게 물었다.

"그 후의 홍씨네 운명에 대해서도 알고 계신가요?"

그러나 노인은 침착했다. 그는 이미 내가 무얼 알고자 하는지를 간파하고 있는 듯했다. 그건 달리 말해 자기가 알고 있는 비밀을 섣불리 발설하지 않겠다는 자세의 가다듬음이었다.

"그건, 학생이 더 잘 알 것이 아니요?"

"······."

"그러니까, 그 집의 땅을 산 사람이 학생의 부친이었으니 그 집안 내력에 대해서도 익히 들어서 알고 있을 텐데······."

"그렇지 않습니다. 국민학교 5학년이 되던 해부터 저는 집을 떠나 생활했으니까요."

"집을 떠나다니, 봉당골에서 살지 않았다는 말이요?"

"대전의 외삼촌댁에서 고등학교를 졸업할 때까지 줄곧 살았습니다."

"그럼 마을 사람들과의 대화도 별로 없었겠군."

"저는 봉당리에서 외지인 비슷합니다."

"음……."

다만 그렇게 소리를 낼 뿐으로 노인은 지그시 눈을 감았다. 묻고 싶은 말들이 앞을 다투어 혀끝으로 달려 나왔으나 밖으로 뱉을 수는 없었다. 분명 이노인은 자세한 내막을 알고 있는 듯한데, 자기 나름대로 어떤 한계를 정해놓고서 그 범위 안에서만 감질나게 나의 질문에 대답할 뿐이었다.

그도 그 비밀에 연루된 당사자 중 한 사람일까? 아니면 정말 그 범위 외에는 모르는 것일까? 도무치 종잡을 수가 없었다. 더 이상 어떤 질문을 어떻게 던져야 할지 감이 잡히지 않았다. 그리고 어느덧 노루목이 가까워오고 있기도 했다. 버스는 봉당리 4H클럽 회원들이 세워놓은 시멘트 이정비를 지나 곧 노루목에 당도했다.

신명호 당시 육군 중위가 1개 소대 병력을 이끌고 인민군 1개 대대 병력과 대항하여 혁혁한 전공을 세웠던 노루목 부근의 떡갈나무 숲은 이제 막 수확을 기다리는 복숭아 과수원으로 바뀌었으며, 지난해에 확장 포장된 4차선 도로가 가파른 오솔길의 옛 자취마저 완전히 지워버리고 말았다. 다만 그 역전의 용사에게 당시의 기억을 되살려 주는 유일한 징표가 있다면 변함없는 모습으로 남아 있는 봉황산의 웅자와 그 한 외봉으로 뻗어와 우아한 자태로 솟아오른 학머리봉뿐일 것이었다.

"산세가 봉황이 날개를 펼친 상이라 해서 지어진 이름이랍니다. 지금은 백로들만 간간이 눈에 띌 뿐이지만 아주 옛날엔 마을 앞 연못가에 정말 봉황이 날아와 놀았다는 전설이 있어요. 그래서 마을 이름도 봉당리지요."

"기억이 나는군. 그날 바로 저 야산 위에서 홍 상병도 그런 얘기를 내게 들려주었었지."

전적비를 세우기 위해 닦고 있는 공터는 아직 버스 2대와 80여 명의 학생들이 겨우 들어설 정도의 넓이였다. 단원들은 곧 신명호 노인을 따라 공터에서 100미터쯤 떨어진 떡갈나무 숲속에 자리를 잡았다.

노인의 증언은 버스에서 내게 들려준 얘기와 거의 같은 것이었으나, 자기 얘기에 귀를 기울이고 있는 단원 중에 내가 끼여 있음을 의식한 흔적이 역력했다. 노인은 홍 상병과 그의 부모 형제, 그리고 그들이 살았던 집에 대해서는 구체적인 설명을 피하고 다만 마을의 외딴집이라고만 표현했을 뿐이었다. 그리고 그들 형제가 비운의 해후를 맞은 그 외딴집은 전쟁이 끝난 후 다시 와보니 헐려버리고 새집이 들어섰으며 그들 형제의 무덤도 그 후 이장을 함으로써 자신들의 뜻과는 상관없이 피 흘림으로 최후를 마쳐야 했던 당시의 증거가 현재는 아무것도 남아 있지 않음을 강조하고 있었던 것이다. 그러나 지금도 엄연히 존재하는 그 집터, 그 묘자리를 알고 있는 나의 마음은 천 근 납덩어리를 짊어진 것처럼 무겁고 착잡했다.

기념촬영이 끝나자 바로 점심시간이었다. 나는 미리 허락받은 대로 한 시간 후 봉당리 마을회관 앞에서 단원들과 합류하기로 하고 명희와 함께 곧 집으로 향했다.

"어디 아파요'? 안색이 좋지 않아요."

노루목에 도착해서부터 내내 굳은 얼굴이었으니 명희가 이런 말을 할 만도 했다.

"오랜만에 차를 타서 그런가 봐. 머리가 좀 무거울 뿐이니까 너무 걱정하지 마."

"겨우 차 두 시간 탔다고 그렇게 축 처져서야 어떻게 해요. 이렇게 그리운 고향에까지 왔는데……."

명희는 나의 한쪽 팔을 잡아 힘껏 흔들었다.

"그리운 곳은 뭘……."

무의식적으로 이렇게 중얼거리고 나서 나는 곧 후회하고 말았다. 명희가 잡고 있던 내 손을 놓으며 빤히 올려다보았다.

"막상 여기까지 오니까 마음이 달라진 거죠? 나, 그냥 돌아갈 테니까 부담 갖지 마세요."

나는 돌아서려는 그녀의 어깨를 잡아 돌려놓았다.

"미안해. 그런 오해를 하게 해서. 차멀미가 나서 그러니까 이해해줘. 바람 좀 쐬고 나면 괜찮아질 거야."

"자, 그럼 웃어 봐요. 이렇게."

언제 봐도 그녀의 웃는 모습은 신선하다. 어떤 근심 걱정도 순식간에 사라지게 하고 마음을 설레게 하는 마력이 있다. 나는 정말 평화로운 마음으로 웃음을 지어 보였다.

이번 기회에 적어도 어머니에게만큼은 꼭 명희를 보여줘야겠다고 마음먹은 터였다. 한편으론 그녀가 말한 것처럼 얼마간의 부담이 없는 것은 아니었다. 잠시 후면 만나게 될 내 가족들에 대해서 그녀는 어떤 생각을 할까. 한으로 똘똘 뭉쳤거나 욕망의 덩어리거나 비틀린 몰골을 하고 있는 그들을 보면 그녀는 어떤 반응을 보일까 걱정스럽기도 했다.

일찍이 날을 잡아서 낱낱이 털어놓지 못한 게 아쉬웠다. 하지만 그런 것들이 그녀와 나 사이를 갈라놓을 만큼 중대한 것이라고는 생각하지 않았다. 사실 내 마음을 갑자기 늪 속에 빠뜨린 것은 그 역전의 용사 신명호 노인과의 대화였으며 그 대화를 통해 비로소 안개에 싸인 우리 집안의 과거 속에 어떤 무서운 음모가 도사리고 있다는 심증을 얻게 된 것이었다. 그 심증이 불러일으키는 복잡한 의혹들이 온통 내 머릿속을 채우고 있다는 사실을 그녀가 눈치채지 못할 뿐이었다.

"영수 씨, 우리가 만난 지도 벌써 2년이 돼 가죠?

"벌써 그렇게 됐나……."

"가족들에 대해 너무 신경 쓰지 않아도 돼요. 내가 그렇게 철없는 계집애는 아니니까요. 자세한 사연이야 알 수 없지만 영수 씨 가정, 그렇게 단란하지 않다는 거 짐작하고 있어요."

"미안해, 괜한 걱정까지 하게 해서."

어쩐지 어색한 기운이 우리 둘 사이에 끼어드는 것 같았다. 우리는 잠시 말없이 걸었다. 내가 분위기를 전환할 무슨 말을 생각해 내려고 애쓰고 있는데 그녀가 먼저 말문을 열었다.

"정말 아름다운 곳이에요. 처음 와보지만 왠지 낯설지가 않아요. 마치 모든 사람들의 마음속에 자리하고 있는 고향의 원형 같은 곳이군요."

그녀는 야산 능선들을 따라 굽이치는 과수원들과 은사시나무 그늘 사이로 펼쳐진 들판의 짙푸름을 바라보고 있었다.

"너무 과장된 표현 아니야? 저쪽엔 공단이 버티어 섰고 또 저기엔 고속도로가 지나가고…… 이곳도 산업화의 때가 많이 묻었지."

"에이, 멋없어. 장단은 못 맞출망정 흥까지 깨기예요?"

"하하하……."

"아, 이 상큼한 공기. 빛나는 햇살!"

"어머니께서 기뻐하실 거야. 내가 연애도 못 하는 바보로 알고 계시거든."

"참, 숙제 풀었어요?"

"숙제?"

"이렇다니까 글쎄. 그 역전의 용사와 무슨 얘기를 그렇게 심각하게 나눴길래 정신이 없는 거예요?"

그제야 생각이 났다. 하지만 그 신비에 싸인 노인의 얘기를 듣는데 온 정신을 기울이다 보니 까맣게 잊고 있었던 것이다. 그렇다고 아무 생각도 하지 않았다고 할 수도 없으니 둘러댈 도리밖에 없었다.

"그건 말이지, 시어머니에게 바칠 뇌물 같은 거 아닐까?"

"김칫국 마시지 말아요. 나 영수 씨하고 결혼한다는 말 한 적 없으니까."

"도대체 뭘 가지고 그러는 거야?"

"하긴, 반은 맞춘 셈이니까 봐주겠어요."

그녀는 손가방 속에서 꽤나 정성스럽게 포장한 성냥갑만 한 크기의 상자

하나를 꺼내 흔들어 보였다.

"마음에 드실지 모르겠네. 워낙 싸구려라……."

"뭔데?"

"알고 싶으면 나중에 어머니께 여쭤보세요."

그녀는 명랑하게 말하고 나서 재빨리 상자를 손가방에 도로 집어넣어 버렸다. 이윽고 우리는 저만치 2층 건물이 바라보이는 포도원 입구에 당도하였다.

"너무 예쁜 집이에요. 마치 동화 속에 나오는 별장 같군요."

"하지만 내 껀 아무것도 없어서 어떡하지?"

"걱정 마세요. 예쁘긴 하지만 부럽진 않으니까."

포도원에서는 열매에 봉지 씌우기 작업이 한창이었다. 포도원 울타리를 따라 곧게 나 있는 시멘트 포장길 건너로 시원하게 펼쳐진 초지에는 젖소들이 풀을 뜯고 있었다. 그때 목장 입구 쪽에서 나오던 승용차 한 대가 우리 옆에 천천히 멈춰 섰다. 일수였다. 그는 차창을 내리고 이쪽으로 고개를 내밀고는 길가로 비켜선 명희를 흘끗 쳐다보고 나서 말했다.

"벌써 방학했니?"

"아뇨, 그냥 일이 있어서요."

제발 마주치지 말았으면 했는데 그것도 제일 먼저 나타날 게 뭐람. 명희를 소개시켜 야 하나 말아야 하나. 내가 우물쭈물하고 있는 사이 멋쩍은 웃음을 씩 흘리고는 그는 곧 '부릉'하고 떠나버렸다. 명희가 내 팔목을 잡아끌었다.

"누구예요?"

"으응, 형 되는 사람이야."

"친형이요?"

"그런 셈이지."

"그런 말이 어딨어요? 내겐 왜 인사도 안 시켰죠?"

그녀는 뭐가 뭔지 모르겠다는 표정으로 나의 얼굴과 저만치 멀어져 가는 승용차의 꽁무니를 번갈아 쳐다보았다.

제기랄, 일이 왜 이렇게 시작되는 것일까. 나는 그녀의 어깨를 토닥이며 말했다.

"안심해도 돼. 오늘만 날이 아니니까. 어머니가 명희를 보면 무척 기뻐하실 거야."

그녀는 입을 꾹 다물었다. 우리는 제철을 만난 다알리아와 장미들이 화사한 뜰 안으로 들어섰다. 등나무 그늘 아래에서 아버지가 흔들의자에 깊숙이 몸을 묻은 채 졸고 있었다. 얼핏 보기에도 몇 달 사이에 체중이 더 늘었는지 그 모양이 꼭 바윗덩어리를 연상케 했다.

때맞춰 혀를 길게 빼물고서 흔들의자 아래에 엎드려 있던 왕구가 벌떡 일어나더니 맹렬하게 짖기 시작했다. 송아지만 한 토사견의 험악한 얼굴에 질렸는지 명희는 소스라치며 내 뒤로 몸을 사렸다.

녀석이 나를 대접하는 꼴은 늘 이렇다. 주인도 몰라보는 바보 같은 놈. 하긴 방학 때나 돼야 겨우 너댓새 머물다가 떠나곤 하는 주제에 주인 대접 받기를 기대하는 것이 무리인지도 모른다. 묶여 있지만 않다면 달려와서 물어뜯기라도 할 기세로 놈은 계속 짖어댔다. 그제야 아버지가 두꺼비 등 거죽 같은 얼굴을 씰룩이며 눈을 떴다.

"그만두지 못해!"

아버지가 가래 끓는 소리로 이렇게 외쳤으나 그 소리는 간신히 쥐어짜 내는 신음에 가까워서 성미 급한 그놈의 귀에까지는 돌리지 않는 것 같았다. 열심히 어르는 손짓을 해 보였지만 놈의 심사를 돋우기나 할 뿐이었다.

그때 뒤란으로부터 병수가 절뚝이며 나타났다. 돌아가는 꼴이 여기에 이르자 나는 에라, 될 대로 되라는 심정이었다. 나름대로 짜뒀던 순서가 완전히 거꾸로 돌아가고 있기 때문이었다. 도중에 일수부터 대뜸 나타나는 게 어쩐지 조짐이 좋지 않다 싶었다. 내 생각대로라면 뜰 안에 들어서자마자 화초를 손질하던 모습으로, 아니면 평상에서 뜨개질하거나 동네 아낙들과 둘러앉아 얘기를 나누고 있던 어머니가 제일 먼저 우리를 맞이해야 하는 것이었다.

병수를 보는 순간 명희는 왕구에게 놀란 것보다 더 충격적인 표정이 되더니 나의 등에 얼굴을 묻었다. 병아리 꽁지만 한 머리털이 귀 뒤에 한 줌이나 붙었을까, 훌렁 벗겨져서 반질거리는 머리와 코가 있는지 없는지조차 뚜렷하지 않을 만큼 심하게 일그러진 그의 얼굴을 보는 사람이면 누구라도 비극적인 감정에 빠지지 않을 수가 없을 것이다.

병수가 '쉭, 쉭'하는 소리를 내며 지팡이를 휘두르자 비로소 왕구는 짖기를 그치고 슬금슬금 땅에 엎드렸다.

"괜찮아."

내가 귓가에 대고 이렇게 말했을 때야 명희는 얼굴을 들었다.

"잘 있었어요?"

나는 웃어 보이며 병수에게 손을 내밀었다.

"영, 수…… 왔, 구, 나……."

병수는 혀 짧은 발음으로 이렇게 반가워하며 절뚝절뚝 내게 다가왔다. 명희는 반사적으로 몇 걸음 뒤로 물러났다. 나는 한 손으로 병수의 손을 잡고 다른 한 손으로는 등을 두드려주었다. 그리고 나서 나는 이쪽을 멀뚱멀뚱 지켜보고 있는 아버지를 향해 꾸벅 머리를 숙였다.

"안녕하셨어요?"

"누구냐, 영수냐? 방학을 했나 보구나."

"아니에요, 그저 일이 있어서……."

내가 돌아서려고 하자 아버지는 그때까지도 놀란 토끼마냥 눈을 동그랗게 뜨고 서 있는 명희를 가리키며 말했다.

"저 색시는 누구냐?"

"제 친굽니다."

"안녕하세요."

명희는 아버지를 향해 간신히 인사를 했다. 아버지가 명희를 좀 더 자세히 보기 위해 의자에서 몸을 일으키려고 했으나 원체 육중한 몸집인데다 의자가 제멋대로 흔들거려서 마치 버둥거리는 꼴이 되고 말았다. 나는 다가가 등 뒤에서 의자를 받쳐 주었다.

"어머니는 어디 계시죠?"

이 말에 아버지는 겨우 땅에 디뎠던 발을 도로 들고 의자에 털썩 주저앉아버렸다. 의자 등받이에 실린 아버지의 몸무게 때문에 나는 몇 걸음 뒤로 밀려났다. 명희를 의식해서인지 아버지는 '그래, 니 에미나 보러 온 게지'라고는 하지 않았다.

"포도 봉지 씌우는 데 갔나 보다."

아직도 꿈에서 깨어나지 못한 얼굴로 어찌할 바를 모르는 명희의 팔을 이끌고 나는 포도원으로 향했다. 등 뒤에서 아버지가 병수에게 외치는 소리가 들렸다.

"이놈아, 넌 거기 뭣 하러 따라가는 거여! 이리 와, 어여!"

우리는 곧 대여섯 명의 아낙네들이 봉지 씌우기 작업에 열중인 포도원 한 가운데에 이르렀다.

"이게 누구냐? 방학도 안 했을 텐데 웬일로 이렇게 왔어?"

이렇게 말하는 어머니의 눈길은 벌써 명희의 위아래를 훑고 있었다.

"우리 어머니야, 인사드려."

"안녕하세요. 말씀 많이 들었어요. 홍명희라고 합니다."

"아이구, 이렇게 먼 데까지 오느라구 고생 많았겠구면……."

어머니의 부드러운 눈길을 대하니 명희의 오그라들었던 마음이 얼마간 풀어진 모양이었다.

"힘드실 텐데 손수 이렇게 일을 하세요?"

"요즘엔 일손 구하기가 워낙 어려워서…… 때를 놓치면 안 되는 일이거든."

어머니는 그때까지 들고 있던 비닐봉지 묶음을 바구니 속에 내려놓고 장갑도 벗었다.

"어서 들어가자, 배고프겠다."

"아니에요, 어머니, 곧장 가 봐야 돼요."

"그게 무슨 말이냐? 이렇게 모처럼 와서, 손님도 있는데……."

"실은 저희만 온 게 아녜요. 육이오 전적지 답사단에 참가해서 함께 온 길에 잠시 들른 거예요. 명희도 소개시켜 드릴 겸……."

순간 어머니의 얼굴로 어두운 그림자가 휙 스쳤다.

"육이오 전적지 답사단?"

"예, 저기 노루목에서 육이오 때 큰 전투가 있었다면서요. 이번에 새 전적지로 지정이 됐대요."

어머니는 내 쪽으로 바짝 다가서며 말했다.

"혹, 네가 그 사람들을 데려온 건 아니겠지?"

"제가 뭘 안다고 데려와요."

"그래, 우리 집에까지 온다더냐?"

"전적지는 우리 집이 아니라 노루목이라니까요."

어머니는 좀 전의 기쁨에 넘치던 표정을 되찾으려 애쓰는 듯했지만, 그것을 쉽게 만회하지는 못하였다.

"그럼 어서 가봐야겠구나……."

전적지 답사단에 대해서 어머니가 왜 이렇게 예민한 반응을 보이는 것일까. 나는 도대체 무엇 때문에 그렇게 당황하시는 거냐고 물어볼 엄두조차 나지 않았다. 그리고 지금은 그럴 만한 시간도 없었다. 어머니는 '차비라도 가지고 가거라' 하는 말조차 생각이 나질 않는 모양이었다.

명희는 졸업 후 결혼까지 생각하고 있는 남자의 집에 어려운 발길을 해서 처음부터 끝까지 안개에 싸인 사람들만을 만난 셈이 되고 말았을 것이다. 그녀는 용돈을 털어서 마련했을 그 선물조차 어머니에게 전하지 못했다. 그렇다고 내가 옆구리를 찔러 상기시킬 분위기가 아니었다. 어서 빨리 이 난처한 국면에서 벗어나기를 나는 빌 뿐이었다.

답사단의 버스가 기다리고 서 있는 길목에 이르러서야 명희는 걸음을 멈추고 언덕 위의 이층집을 돌아보며 말했다.

"제 느낌을 얘기해 볼까요?"

"아니, 지금 얘기하지 마."

"왜요? 이 순간이 지나면 분명히 내 마음이 바뀔 거예요. 그게 두려워요."

"……."

"희극적이기도 하고 비극적이기도 한 영수 씨 가족들. 물론 즐거운 기분만으로는 아니지만, 이상하게 내 마음을 끌어요. 저 예쁜 집, 포도원 그리고 꼭 우리 엄마 같은 영수 씨 어머니…… 꼭 다시 오게 될 거예요."

2장

구름 한 점 없는 하늘에서 폭양이 쨍쨍 내리쬐었으나 냉방장치가 잘된 버스 안은 한기마저 느껴졌다. 봉당리를 뒤로한 버스는 두 번째의 답사지를 향해 남으로 방향을 잡았다. 산도 들도 여지없는 초록의 바다였고 녹아내린 태양 빛이 시야 끝으로 아지랑이처럼 퍼져 있었다. 쾌적한 진동음을 배경으로 웃고 떠드는 젊은이들의 목소리가 고속으로 질주하는 버스의 경쾌함을 한껏 더했다. 뒷자리에 앉은 축들은 나직하게 합창까지 부르고 있었다.

그러나 나는 좀처럼 마음의 평정을 이룰 수가 없었다. 6·25 전적지 답사단이 왔다고 하자 어머니는 왜 그리 안절부절못했던 것일까. 분명히 세상에 알려져서는 안 될 비밀이 있는 거다.

나는 비로소 옛날얘기를 듣듯이 흘려버렸던 어머니의 한숨 섞인 회고담들과 마을 사람 누군가가 내뱉은 대로, 저주받은 집안이라는 말이 지나치지 않을 만큼 애정 대신에 증오로 맺어진 것 같던 가족들과 어린 시절의 악몽 같은 기억들을 빠짐없이 되살려 곱씹어보지 않으면 안 되겠다고 생각했다.

한씨 부인이 돈 많은 홀아비 박재필 씨에게 시집을 온 것은 1952년 봄이었다. 소문에 의하면 박재필 씨는 전쟁 통에 부산과 대구를 오가며 미군부대에서 흘러나오는 군수물자 불하사업으로 엄청난 돈을 벌어서 이곳에 자리를 잡았다는 것이지만 확실한 내막을 아는 사람은 없는 듯했다. 그녀의 나이 꽃다운 스물한 살이었고 약혼만 한 채 전장으로 떠난 청년의 전사통지서를 받은 지 반년 후였다.

그녀가 박재필 씨를 따라 부녀지간 같기도 하고 나이 터울 큰 남매지간 같기도 한 어색한 모양으로 봉당골에 왔을 때 마을 사람들은 부러움으로 혹은 비아냥거리는 투로 한마디씩 하였다.

"그 나이에 처녀장가라니, 돈이 좋긴 좋구먼."

"색시가 불쌍타. 원 토끼 새끼하고 불곰 같은 꼴이네그려."

그녀 역시 마흔둘이나 먹은 남편이 눈곱만큼도 마음에 없었지만 당장 굶어 죽게 생긴 일곱 식구의 운명을 못 본 체할 만한 용기는 없었다.

불탄 옛 주인의 집터에 새로 지었다는 집은 변소까지도 자기가 살던 판잣집의 안방만큼이나 넓고 깨끗했으며 두 머슴과 쉰 살이 넘은 찬모조차 깍듯하게 경대하였다. 집이 마을에서 떨어져 있어 처음엔 못 견디게 적적했지만, 그것도 시간이 흐르면서 익숙해졌다. 무엇보다 남편이 자기를 끔찍이 위해 주는지라 비록 투박한 손길일망정 차츰 정이 들었다.

한씨 부인에게 있어서 행복이라고까지는 뭣하더라도 그럭저럭 평화로운 나날의 연속이던 것이 깨지기 시작한 것은 남편의 전처소생인 일수가 돌아오고부터였다.

남편은 죽은 아내와 그 몸에서 낳은 자식들에 대해 자세히 얘기해 주었었고 눈물겨운 사연을 그녀는 마음속으로부터 동정해온 터였다. 그 모든 불행이 전쟁으로 인해 발생한 것인 만큼, 그녀는 그것이 서로 위로하고 다독거림으로써 덜어질 수 있으리라고 여길지언정 추호도 자신의 앞날에 장애가 될 흠이라고는 생각지 않았다. 그래서 밤잠을 못 이루며 기다리고 찾아 헤매는 남편의 두 아들이 돌아오기만 한다면 새로 꾸린 가정에서 정성을 다해 돌보겠다고 결심해온 그녀였다.

그런데 이듬해 봄, 봉두난발에 넝마 조각을 걸치고 봉당골에 나타난 열일곱의 일수는 절치부심하며 헤매다가 마침내 원수를 찾아낸 사람처럼 살기 띤 눈초리를 하고 있었다. 그들 부자의 상봉은 차마 눈 뜨고 볼 수 없는 처절한 광경이었다.

"세상에 이런 법이 어디 있단 말이요! 병든 엄니와 굶어 죽어가는 우리 형제들은 헌신짝처럼 팽개치고……."

집안에 들어선 일수는 박재필 씨를 알아보자마자 길길이 날뛰기 시작했다. 박재필 씨도 눈물을 흘리며 발버둥치는 아들을 붙들고 뭐라고 열심히 외쳐댔지만 아들의 절규는 좀체 그치지 않았다.

"그래, 다 내 탓이다. 그렇지만 사정이 그렇게 된 걸 어쩌겠니. 이제라도……."

"천벌을 받을 거요, 아부지는. 어째서 난리 통에 처자식을 그렇게 잔인하게 내팽개칠 수 있단 말입니까!"

달랜다는 것이 오히려 불에 기름을 붓는 격밖에 되지 않고 있었다. 한씨 부인은 방안에서 꼼짝도 못하고 쪼그려 앉아 사시나무 떨듯 하고만 있었다.

"부자가 됐군요. 빨갱이 짓으로 밤낮 미쳐 다니더니 끝내 세상을 뒤집어엎었군요. 정말 운명을 바꿨네요."

마침내 아버지는 발광하는 아들을 땅바닥에 메다 꽂아버리고는 지게 작대기를 집어 들었다.

"이 미친놈의 새끼. 지난 사정 얘기나 찬찬히 들어보고 원망을 해도 할 것이고, 지랄을 부려도 부릴 일이지, 내가 무슨 웬수가 졌다고 너희들을 버렸겠느냐 말이다!"

그는 엎어진 아들의 몸뚱이 위로 사정없이 매타작질을 해댔다. 떨어지는 몽둥이를 발로 걷어차기도 하고 가까스로 맞잡아 당기느라 질질 끌리기도 하면서 그는 발악을 멈추지 않았다.

"죽이시오! 차라리 죽어서 불쌍한 우리 엄니 곁으로나 가겠소. 어서 죽이시오!"

아, 이런 광경을 어디서 보았던가. 한씨 부인은 눈을 감았다. 폭격의 굉음, 화염에 휩싸인 도시, 가족을 잃은 여인들의 실성한 눈망울, 울부짖음. 어디론가 끌려가던 사람들의 절망적인 뒷모습, 그리고 붉은 별의 병사들, 태극기…… 그건 전쟁이었다. 그녀의 사랑하는 약혼자를 빼앗아가고 이렇게 운명을 돌려놓은, 반갑게 얼싸안아야 할 그들 부자에게 증오와 배신감만을 덮어씌운 그 악마의 발광이었다.

"뒈져라, 뒈져!"

이젠 박재필 씨가 미친 것 같았다. 그는 '뒈져라'를 연발하며 부러진 지게 작대기를 집어던지고 닥치는 대로 발길질을 해댔다.

"저러다가 사람 잡겠네."

보다 못한 한씨 부인이 달려 나가 남편의 팔에 매달리지 않았던들 무슨 일이 벌어졌을지 모를 일이었다. 아들도 아버지도 마침내 주저앉아 울음을 터뜨렸다.

박재필 씨가 양식과 약을 구해 오겠다며 집을 나간 후 열흘이 채 못 되어 그의 아내는 복막염으로 띵띵 부어오른 배를 움켜잡은 채 끝내 숨을 거두고, 젖먹이와 세 살 난 딸아이마저 굶어 죽고 만 것이었다. 후일 그가 탄식과 함께 회고하던 그의 죽은 아내의 말대로, 남의 집 행랑살이로 전전하며 처자식 입에 풀칠도 제대로 못시키는 주제에 빨갱이 물까지 들어서 밤낮 없이 밖으로만 나돌던 그였다.

어쨌건 창졸간에 고아가 된 일수는 세살 아래의 '반푼이' 동생 병수와 함께 피난지의 도시들을 떠돌며 구걸과 좀도둑질로 연명했다. 그러다가 느닷없는 폭격의 와중에서 병수와도 헤어져 홀로 헤매던 중 흘러가는 소문으로 아버지의 소식을 들은 것이었다.

한씨 부인은 온몸이 피멍으로 얼룩진 일수를 밤이 깊도록 정성을 다해 간호했다.

그런데 이튿날 아침 한씨 부인이 미음을 끓여 들여가려고 할 때 방안에서는 또다시 부자간의 악다구니가 벌어지고 있었다.

"내가 버리긴 누굴 버렸다고 자꾸 억지를 부리느냐? 좀 늦긴 했다만 달포 만에 돈을 구해가지고 돌아가 보니 그 지경이 난 걸 낸들 어쩌겠느냔 말이다. 너희들만이라도 찾으려고 백방으로 쫓아다녔지만 난리 통에 그게 어디 쉬운 일이더냐."

"다 듣기 싫어요. 언제는 우리 생각해서 들고 나셨나요. 쫓겨 가는 인민군들 꽁무니라도 따라간 줄 알았더니…….”

한씨 부인이 미음 대접을 받쳐 들고 방 안으로 들어서자 일어나 앉았던 일수가 지난 밤 간호를 받던 때와는 전혀 딴판의 살기 띤 눈빛으로 그녀를 쏘아보았다.

“저 여자는 누구지요?”

그녀는 눈앞이 아뜩하였다. 그 모멸에 찬 한마디는 앞으로 그녀가 걸어가야 할 멀고 먼 가시밭길의 예고였던 것이다. 그날부터 그녀에겐 ‘저 여자’란 호칭이 하나 더 생겼으며 그것은 부자간의 끊임없는 불화의 씨앗이기도 했다

일수가 돌아온 지 반년 후에, 그가 돌아올 때만큼이나 크나큰 충격을 한씨 부인에게 안겨주면서 병수가 돌아왔다. 그는 일수처럼 난동 같은 것은 부리지 않았다. 아무 분란도 일으키지 않고 조용히, 그러나 형언할 수 없을 정도로 서글프고 음울한 그의 귀환은 그녀를 또 한번 절망의 벼랑 끝으로 내세웠다.

“볼, 불, 부루는 소리.”

어느 날 읍내에서 돌아오는 남편과 일수의 손에 이끌려 대문을 들어선 그는 이렇게 알아들을 수 없는 소리를 중얼거리고 있었다. 그의 흉측한 몰골을 보는 순간 한씨 부인은 얼굴을 돌리고 말았다. 오그라들거나 떨어져 나가서 심하게 일그러진 채로 기름을 바른 듯이 번들거리는 얼굴과 목 전체가 불에 타다 만 플라스틱 바가지처럼 그대로 흉터의 덩어리였다. 머리는 오른쪽 뒤통수 부근까지 머리카락 한 올 남김없이 벗겨져 버렸고 황토 반죽 한 움큼을 아무렇게나 칠갑해 놓은 것 같은 왼쪽 눈두덩 옆에서 남은 한 개의 눈알만 초점 없이 멀뚱거렸다.

"볼, 불, 부루는 소리."

읍내 장터에서 박재필 씨와 일수가 그를 발견했을 때, 그는 이런 주문을 외우며 혐오와 연민의 시선들에 둘러싸인 채 폭격의 화염 속에서 살아남은 모진 생명의 비애를 확인시키던 중이었다.

집안 분위기는 그날부터 터무니없이 조용해졌다. 한씨 부인이 하는 일마다 사사건건 훼방을 놓고 심술을 부리던 일수의 못된 버릇도 잠잠해졌고 그들 부자간의 악다구니도 들리지 않게 되었다. 찬모와 머슴들의 입에서도 걸쭉한 농지거리가 사라졌으며 농사일 때문에 자주 드나드는 마을의 소작인들도 잠 자는 아기라도 발견한 듯이 가만가만 속삭이다가 돌아가곤 했다.

집안 전체가 무슨 주술에라도 걸린 듯이 음울한 기운에 휩싸인 것이다. 가축들조차 그런 사람들의 조심성에 전염되어 움츠러든 것 같았다. 그런 집안의 이곳저곳에서 간간이 병수의 주문 소리만 도드라져 들렸다.

"볼, 불, 부루는 소리."

삽시간에 집안을 침묵 속에 가라앉힌 바로 그 주문이었다. 아무도 그 주문을 중얼거리며 집 안팎을 거침없이 들락거리는 병수의 얼굴을 똑바로 쳐다보려 하지 않았다. 심지어 그의 아버지 박재필 씨조차 사랑에 틀어박힌 채 방문을 열려 하지 않았으며 아무도 먼저 그의 흉측한 몰골에 대해 입을 열지 못했다.

그러나 집안 식구들의 이러한 반응을 아는지 모르는지 병수는 찬모가 부엌 한구석에 차려놓은 밥을 게걸스럽게 먹어치운 후 노래라도 부르듯이 그 주문을 외며 집 안팎을 누비고 다녔다. 그는 분명 뭇사람들의 오랜 혐오와 연민의 사슬에서 풀려난 해방감을 만끽하고 있는 중이었고 그걸 가능케 해주는 집이라는 안전하고 자유로운 울타리를 찾은 것이었다. 그의 표정은 이미 폭격의 화마가 앗아가 버렸지만 몸짓들은 한없이 만족스럽고 평화로워 보였다.

그러나 그의 그러한 자유는 오래 가지 못했다. 기필코 터지고야 말 분란의 덩어리로서, 한씨 부인이 가슴을 조이며 예감하고 있던 그 폭발의 때는 빠르게 닥쳐왔다.

병수는 마을의 아이들을 꼬리처럼 달고 다니더니 가끔 눈두덩이나 벗겨진 뒤통수에 자주 감자만 한 혹을 매달고 들어왔다. 그의 주문은 이제 그만이 아니라 마을 아이들 모두가 외고 다니는 것이 되었다.

끝내 그중 호기심 많고 배짱 좋은 아이들이 그 기괴한 인간을 뒤쫓아 주술에 걸려 잠잠해진 집안의 울안까지 넘보려는 것을 일수가 구경만 하고 있을 리 없었다. 그의 무지막지한 손아귀에 붙잡힌 아이는 본보기로 병수가 매달고 온 혹에 두어 개를 더 보태고도 쌍코피가 터질 때까지 두들겨 맞은 후 다시는 그 주문을 외지 않겠다는 다짐을 서른 번쯤 하고서야 풀려났다. 병수가 밖으로 나가지 못하도록 필요한 때만 열 수 있게끔 대문에 자물쇠가 채워진 것도 그때부터였다.

하지만 그의 입에까지 빗장을 지를 수는 없었고 집안은 온종일 불의 주문으로 타올랐다. 마침내 일수의 분노는 폭발하고 말았다.

"이 병신 새끼야. 그만하란 말이야!"

그는 동생의 일그러진 뺨을 사정없이 후려쳤다. 그러나 그것도 잠시, 병수는 맞은 곳을 손으로 어루만지며 헤실헤실 웃는가 싶더니 다시 '불, 불…….' 하는 것이었다. 벌써 일수의 손에는 장작개비가 들려졌고 짐승의 울부짖음 같은 병수의 비명이 울안의 공기를 토막 쳤다. 집안 식구들이 모두 뛰쳐나왔다. 박재필 씨의 손에 의해서야 가까스로 병수는 구출되었다.

"성한 애도 아닌데 왜 이렇게 몹시 구느냐 이놈아!"

"다 아버지 탓이라구요!"

일수는 이렇게 내뱉고는 휑하니 대문 밖으로 뛰쳐나가 버렸다.

"그래, 다 이 애비 탓이다!"

박재필 씨는 끝내 울음을 터뜨렸다. 일수가 사라지자 병수는 다시 입을 열었다.

"불, 불, 부루는 소리."

"그래, 그 불이 얼마나 뜨거웠으면 이렇게 한이 맺혔더냐."

아들을 껴안은 아버지의 눈에는 하염없이 눈물이 흘러내렸다.

이후로 그 불길한 징조 같은 주문 소리는 현저하게 줄어들었다. 박재필 씨의 묵인 하에 일수는 물론 그의 명령을 받은 머슴들과 찬모가 눈에 불을 켜고 병수의 문밖출입을 단속했을 뿐만 아니라 그 주문이 터지려는 기색만 보여도 달려가 입을 틀어막곤 했기 때문이었다.

이제 병수는 부엌이나 행랑채 쇠죽 솥 아궁이에서 타오르는 불꽃들을 볼 때나 저도 모르게 '불, 불' 하고 터져 나오는 주문을 억제치 못할 정도였고 워낙 감시가 심해서 평상시엔 소리도 내지 못하고 일그러진 입술만 옴싹옴싹할 뿐이었다.

그러나 그런 그의 생활이 얼마나 부자유스럽고 곤욕스러운지는 아무도 헤아리지 못했다. 머슴들도 찬모도 이제는 주인들 면전에서나 작은 도련님이라고 부를 뿐 저희들끼리는 으레 병신, 괴물이라 부르고 있었다.

병수가 담을 넘어, 차라리 그 뭇사람들의 질시와 혐오의 눈길 속으로 도망쳐버리기를 결심하고부터 집안의 분란은 다시 일기 시작했다.

돌아온 지 석 달 만에 탈출을 시도한 후로, 몇 달 혹은 보름 만에 일수의 무자비한 손길에 붙잡혀 끌려오기를 그는 그치지 않았다. 그렇게 그가 돌아오는 날이면 마을 사람들이 뛰어 올라올 정도로 집안이 발칵 뒤집히는 난리가 터지고야 마는 것이었다.

동생의 못된 버릇을 다스린다는 명목으로 형의 무지막지한 매질이 시작되었고 그것은 이에 끼어들 수밖에 없는 아버지와 아들간의 한풀이로 이어졌으며 마침내 불똥은 한씨 부인에게로 튀는 것이 정해진 순서였다.

"쟤가 왜 저렇게 됐어요, 엄니만 살아 있었으면 왜 쟤가 집을 나가요. 배만 부르면 다랍니까!"

"이 급살을 맞아 뒈질 놈아. 모든 게 다 이 애비 잘못이란 말이구나. 정 밸이 틀리면 네놈도 나가면 될 게 아니냔 말이다. 이놈아!"

남몰래 가슴을 쥐어뜯으며 한씨 부인은 제발 그러기라도 했으면 하고 바란 적이 한두 번이 아니었다.

"내가 집을 놔두고 어딜 나가요! 난 절대로 안 나갑니다."

일수는 이렇게 죽은 어머니의 원귀에 씌기라도 한 것처럼, 그래서 그 원을 맺어준 아버지를 쓰러뜨리기라도 하려는 것처럼 처절하리만치 어머니의 죽음에 집착하고 있었다. 더욱이 병신이면 병신인 대로 자유롭게 놔두어도 좋으련만 그 동생까지 빌미삼아 그는 온갖 분란을 만들어내고 있었다.

병수의 가출 버릇은 그가 열여덟 살이 되던 해에야 고쳐지게 되었다. 그러나 그 버릇을 고치기 위해 지불한 대가는 너무나 비싼 것이었다.

"이 병신 새끼, 집을 놔두고 또 어딜 가려는 거야! 이젠 뒈져도 이 울안을 못 빠져 나가게 해주마."

새벽에 담을 넘다가 때마침 지키고 있던 일수의 손에 덜미를 붙잡힌 병수는 일수가 누누이 다짐해온 대로 '발모가지'를 분질리우고 말았던 것이다.

일수가 제 동생의 다리마저 분질러버렸다는 소문이 퍼지자 마을 사람들은 이렇게 수군댔다.

"망할 놈의 집안이여. 저러다가 또 벼락을 맞지……."

"홍 영감네 아들들이 서로 적이 돼서 한날한시에 몰살을 당하더니만, 그 귀신이 씌인 것 아녀?"

"굿이라도 크게 한판 벌여야 쓰겠어. 거 원, 우리네까지 불안해서 살 수가 있나."

한씨 부인에겐 더 절망할 기운초차 남아 있지 않았다. 아무쪼록 자기 몸으로 아들이나 하나 낳는 게 소원이었으나 시집온 지 5년이 다 돼가도록 태기조차 없는 것이었다.

병수가 다리마저 절게 되고부터는 박재필 씨도 일수와 대거리하여 싸우기보다는 한숨을 몰아쉬며 이렇게 중얼거리곤 했다.

"내가 천벌을 받는구나……."

몇 년의 세월이 또 흘러서 일수는 장가를 들었고 그 후 얼마간은 집안이 평온하였다. 그 무렵 한씨 부인은 몽매에도 소망해온 태기가 있어 그때까지 겪었던 온갖 수모와 좌절의 아픔을 잊게 해주었다.

그러나 그것도 잠시, 일수의 처가 첫딸을 낳고 석 달 후에 한씨 부인이 영수를 낳았을 때 벙싯거리는 아버지를 향해 일수는 이렇게 내뱉었던 것이다.

"거 좋기두 하겠네요. 손녀딸보다 이쁜 아들을 얻었으니……."

이제 나이 겨우 서른을 갓 넘긴 청춘으로 시어머니가 어디 당키나 할 것이냐고 마음을 안으로만 사려먹은 한씨 부인이었지만 날이 갈수록 제 남편과 한통속이 돼서 드러내 놓고 찬밥 취급을 하려 드는 일수 처의 구박은 견디기 어려운 일이었다. 영수가 없었던들 그녀는 입술을 깨물고 봉당골을 떠났을 것이다.

박씨보다 자주 소작인들의 집을 들락거리고 모내기철이나 추수 때엔 일꾼들 곁에서 떠나지 않으며 함부로 지껄여대는 일수를 가리켜 봉당골 노인들은 하나같이 입을 모았다.

"거 대가리에 피도 안 마른 놈이 벌써 지 애비 재산 챙기려 드는구먼."

그런 일수에게 있어 박씨의 사랑을 받고 있는 한씨 부인과 그녀의 아들 영수야말로 눈엣가시가 아닐 수 없었다.

어린애들이란 으레 싸우면서 자라게 마련이거늘 박씨네 담장 안의 여인들은 유난히 아이들 싸움에 신경을 곤두세웠고 대개는 어른들의 싸움으로 확대시켰으며 언제나 쓰라린 패배를 맛보는 쪽은 한씨 부인이었다. 게다가 일수의 둘째 아들이 소꿉놀이에 끼어들 나이가 될 무렵부터 영수는 조카들과의 놀이마당에서조차 외톨이가 되고 말았다.

그 시절 영수에게 어머니 외에 그를 아껴주는 사람은 오직 병수뿐이었다. 끔찍이 위하는 한씨 부인에게서, 그것도 오랫동안 소망해오던 끝에 얻은 아들이고 보면 왜 사랑스럽지 않았을까마는, 미우나 고우나 장남인 일수와 한씨 부인의 사이가 워낙 좋지 않다 보니 영수에 대한 귀여움의 표시마저도 제대로 가리지 못하는 박재필 씨였다.

사정이 그러하였으니 영수에게 있어 일수는 형이란 의미는 고사하고 결코 정 붙일 수 없는, 한 울안에 살면서도 항상 차가운 눈초리로 자신을 노려보는 감시자였다. 늘 입가에 물고 다니는 비웃음, 함부로 내뱉는 욕설, 특히 어머니를 미워하는 그 견딜 수 없는 증오의 대상으로 그의 가슴에 깊이 자리하고 있었다. 그러나 병수는 그렇지 않았다.

조카들로부터 따돌림을 당하고 일수의 차고 무서운 눈길에 쫓기는 영수의 뒤에서 병수는 언제나 다정한 손길로 그를 감싸주었다. 어쩌면 그들은 20년이 넘는 나이 차이에도 불구하고 한 집안에서 서로 소외당하고 있다는 동병상련에 의해 쉽게 의기가 투합했는지 모른다.

그들은 똑같이 아버지인 박재필 씨를 먼발치에서 바라보았으며, 그 사이에 버티어 선 일수를 두려워했으며, 한씨 부인을 따랐다. 그들은 우선 친구였고 동지였고 유일한 형제지간이었다. 그리고 어린 영수에게 있어 병수는 믿음직스런 보호자이기도 했다.

동네 아이들과 싸움이 벌어졌을 때는 어김없이 나타나 그를 지켜주는 병수였으므로 불귀신, 찐따 불귀신, 아이들의 그 능멸의 소리까지도 영수의 추억속엔 다감한 인상으로 자리하였다.

"영수야, 우리 산으로 놀러가자."

"또 무등 태워주면 가지."

영수는 그의 높고 든든한 어깨 위에 걸터앉아 번들거리는 머리를 쓰다듬기도 하고 두 손으로 꽁꽁 그의 애꾸눈을 가려서 맴을 돌게 하는 것이 무엇보다 즐거운 놀이였다.

"볼, 불, 부루는 소리."

일수의 감시를 피해 동네 아이들이 자지러지게 좋아하는 그 괴상한 주문도 영수에게는 열 번이고 스무 번이고 들려주었다.

"형, 그게 무슨 소리야?"

영수가 이렇게 물으면 그는 헤벌쭉 입술을 일그러뜨리며 열심히 '불, 불' 하고 중얼거리기나 할 뿐이었다. 병수가 그쯤에서 멈출 줄도 모르고 숨까지 헐떡이며 계속 불에 대한 기억을 되살리려고 노력할 때면 영수는 곧 이렇게 말하곤 했다.

"괜찮아, 나도 다 알고 있어. 지금은 아프지 않잖아."

눈알을 태우고 얼굴의 살점과 머리카락까지 녹여버린 폭격 순간의 참혹상을 그 한마디 음울한 주문으로밖엔 설명하지 못하는 병수였지만 영수는 그의 슬픔으로 얼룩진 눈망울을 들여다보며 웃음을 지어주곤 했다. 그것이 자세히는 어떤 것인지 알 수 없었지만 아버지나 어머니의 말을 통해서 병수의 몰골이 어떤 불행 끝에 그토록 우스꽝스럽고도 기괴하게 됐는가를 막연하나마 알고 있기 때문이었다. 그런 영수의 웃는 모습을 보면 병수는 한없이 평화로움을 느끼고 힘이 솟는 것 같았다.

이런 그들의 사이를 갈라놓는 사건이 또 발생하고 말았으니, 집안 식구들은 물론 머잖아 마을 사람들까지 병수라는 이름 대신에 부르던 병신, 괴물이라는 별명 앞에다 '무서운', '위험한'이란 감투를 하나씩 더 붙여서 부르게 되었다.

사건은 늘 있어온 대로 아이들의 문제에서부터 시작되었다.

"영수 아재는 왜 할아버지한테 아버지라고 불러?"

"아재니깐 그렇지."

"아니야, 첩의 자식이라 그렇대."

영수가 두 조카들의 입에까지 이런 얼토당토않은 화제의 대상이 되고 있는 데 대해 한씨 부인이 뛰어 일어났던 것이다. 자신의 기구한 팔자만을 탓하며 참고 참아온 그녀였지만 아들이 당하는 모욕에 대해서는 더 이상 참을 수가 없었다.

"세상에, 해도 너무한다. 어린것들에게까지 그런 말을 가르치다니. 내가 왜 첩이란 말이냐!"

한씨 부인은 시집온 지 처음으로 며느리 앞에서 그동안 가슴에 맺힌 응어리를 토해내고 있었다. 일은 여기서 끝나지 않았다. 때마침 밖에서 이 소리를 들은 일수가 냅다 부엌으로 뛰어들면서 상황은 걷잡을 수 없는 지경으로 치달았다.

"듣기 싫소 다. 당신이 어디 사람 보고 왔소, 돈 보고 왔지!"

"이 못돼먹은 놈. 죽은 네 어미가 그리 가르쳤더냐!"

한씨 부인도 더 이상은 지지 않을 기세였다. 그동안 얼마나 참고 참아왔던가.

"이년이 죽을라구 환장을 했나!"

일수는 거칠게 달려들어 그녀를 밀어붙였다. 그의 우악스런 완력에 한씨 부인은 마른 수숫단처럼 부엌 바닥에 나동그라졌다. 그 바람에 차리고 있던 저녁상이 엎어지면서 요란한 소리를 냈다.

"이년? 감히 누구라고 그따위 욕지거리냐. 이 천하에 못돼먹은 놈! 어디다 함부로 손찌검이야 이놈아. 너 죽고 나 죽자, 이 천벌을 받을 놈!"

한씨 부인은 분연히 일어나 정말 사생결단을 내겠다는 기세로 일수의 멱살을 움켜잡았다. 영수가 달려와 한씨 부인의 치맛자락에 매달리며 울음을 터뜨렸고 이 광경을 마당 한구석에서 멀거니 바라보고 있던 병수가 돌연 미친 듯이 달려왔다.

"나빠! 형, 나빠!"

일수는 한씨 부인의 손을 뿌리치기가 무섭게 잡히는 대로 부엌 나뭇가리에 쌓인 장작개비 하나를 뽑아 들고 달려온 병수를 후려패기 시작했다.

"병신 육갑한다더니, 이젠 이 병신 새끼마저 한통속이 돼서 지랄이네."

금세 병수는 허리를 움켜잡고 부엌 바닥에 나동그라졌다. 그러나 다음 순간, 성난 짐승처럼 울부짖으며 일어선 병수의 손에는 아궁이에서 타고 있던 불붙은 장작개비가 들려 있었다.

"불, 불!"

그의 외눈은 살기로 번득였으며 휘두르는 불덩이는 아무도 막아낼 수 없었다. 부엌 안의 사람들이 그 광란을 피해 모두 밖으로 뛰쳐나가자 병수는 아궁이의 불덩이들을 닥치는 대로 끄집어내어 사방으로 흩뜨리기 시작했다.

"불이야!"

집안은 삽시간에 혼란의 도가니에 빠져버렸다. 온 집안 식구들이 몰려나와 물을 퍼 날랐고 이어 마을 사람들이 달려왔다. 다행히 불길은 크게 번지기 전에 잡을 수 있었으나 집안 식구들의 충격은 이만저만한 것이 아니었다.

그 사건이 있은 후로 안채 뒤뜰에 조그만 별채 하나가 지어졌다. 한씨 부인과 영수는 그곳에서 안채로의 발길을 거의 끊다시피 하였다.

그때부터 영수의 마음속에 다정하고 불쌍하고 믿음직스럽던 병수의 모습은 차츰 무서운 괴물의 인상으로 바뀌기 시작했다.

한편 일수도 이전까지의 그에 대한 거친 태도를 바꾸어 그의 상처 난, 마음 깊이 도사린 위험한 광기를 충동질하지 않으려고 여간 애를 쓰지 않는 눈치였다. 어쨌든 그 사건은 병수는 물론 한씨 부인 모자를 이전보다 더욱 혹독한 고립 속으로 내몰았다.

"뭔가 큰일을 저지를 위인이여."

"우리도 단속을 잘해야지, 무슨 일을 당할지 알아."

그 사건은 마을 사람들의 가슴속에 남아 있던 그를 향한 한 가닥 연민의 끈마저 잘라내는 계기가 되었다. 그를 불에 기갈 든 화마의 서자쯤으로 여기게 된 사람들은 그 후로 마을 주변에서 발생하는 크고 작은 화재에 대해 원인이 분명치 않은 것은 다 그의 소행으로 치부하게 되었다.

꽤 많은 세월이 흘렀어도 박씨네 집안의 분란은 그칠 줄 몰랐다. 그러나 그 집안의 토지를 소작하여 살아가고 있는 대부분 봉당골 주민들의 박씨에 대한 신뢰는 근래에 들어 몰라보게 두터워져 있었다. 옛 주인인 홍씨네의 비참한 몰락과 관련지어 아직도 저주받은 집안이라거나 언젠가는 망할 놈의 집구석이라고 고개를 가로젓는 노인들이 몇몇 남아 있는 모양이었지만 대개는 그런 박씨네 담장 안의 불행을 동정하기 시작했다.

"가지 많은 나무에 바람 잘 날 없다고 큰살림을 하다 보면 근심거리도 많은 법이지."

"알고 보니 세상에 그만한 호인도 없더구마는, 집안이 편칠 않은 게 참 안됐어."

몇 해 전까지만 해도 농사와 관계된 일마다 감 놔라 배 놔라 참견하고 다니던 일수의 태도까지 제법 공손하게 바뀌고부터는 누구에게서부턴가 박재필 씨에 대한 호칭도 그냥 박씨 또는 박가에서 '박 어르신'으로 격상되었다.

박재필 씨는 처음 봉당골에 들어올 때 4-6제의 소작료를 5년 후부터 2-8제로 낮추겠다고 한 그 거짓말 같은 약속을 정말 지켜왔을 뿐만 아니라 3년 전부터 갑자기 시가의 반에도 못 미치는 가격으로 소작인들에 땅을 넘겨주기까지 하고 있었다.

벌써 몇몇 소작인들은 완전히 자신들의 땅으로 등기 이전을 받았고 나머지 소작인들도 2~3년 내에 자신들의 땅을 갖게 된다는 희망에 부풀어 있었다. 그 외에도 마을의 크고 작은 사업이나 경조사 때마다 아끼지 않고 돈을 내놓곤 했으니, 마을 사람들의 박재필 씨에 대한 그런 존경과 감사의 염이 날로 커간다고 해서 이상할 이유가 없었다.

이러한 신망 때문에 곧 힘을 잃고 잊혀버렸지만 꽤나 끈질겼던 그 소문도 바로 그 무렵에 생겨난 것이었다.

"훔친 땅이라고? 어느 놈이 또 그따위 벼락 맞을 소릴 지껄이더냐?"

"우리 식구들만 모르는 일일 겁니다, 아마."

"허 참, 기가 막혀서…… 혹 최 서방이 입을 놀리지 않더냐?"

"최씨면 왜요, 뭔가 켕기는 데가 있긴 있는 모양이군요?"

"맞았어, 그놈이 아니고서는…… 내, 홍 영감의 사위하고 땅을 사러 왔을 때 증인으로 지장까지 찍었던 놈이……."

영수가 열한 살 되던 해 가을 어느 날, 어머니 심부름으로 박씨를 부르러 사랑으로 갔을 때 방 안에서 흘러나오던 박씨와 일수의 대화였다. 영수가 나타나자 대화는 여기서 중단되었지만 이 수수께끼 같은 한 토막의 대화는 영수의 기억 속에 또렷이 새겨졌다.

그리고 그해 가을걷이가 끝날 무렵 최갑득 씨네 일가는 봉당골을 떠났다. 아마도 박재필 씨와 일수 사이에 재산관리에 대한 다툼이 멎고 일수의 소작인들에 대한 태도가 일변한 것도 그때부터였을 것이다.

남편의 반대에도 불구하고 한씨 부인이 끝내 영수를 대전의 외가로 떠나보내던 그 이듬해 가을에는 도회지에서 불도저 두 대가 6·25전쟁 때의 인민군 탱크 같은 위용으로 봉당리에 들어왔으며 삽과 곡괭이를 멘 수십 명의 외지인들이 그 뒤를 따랐다. 그리하여 다음 해 봄이 되었을 때, 박재필 씨 집 주변의 야산은 온통 붉은 속살을 드러내었다. 목장을 꿈꾸어온 일수의 야산 재간 계획이 착수된 것이다.

내가 그림 조각 맞추기를 하듯이 기억의 단편들을 끌어모아 짜 맞춰 본 내용은 대략 이러했다. 그러나 정작 찾아내고자 했던 비밀은 그 기미만을 감질나게 내비칠 뿐 여전히 속 시원하게 정체를 드러내지 않았다.

그렇지만 나는 이렇게 기억을 반추해봄으로써 내가 나의 과거에 대해 얼마나 무관심한 채로 살아왔나를 뼈저리게 깨달을 수 있었다. 비록 돌이키고 싶지 않은 일들이었지만 그것들은 현재의 나를 존재하게 한 숙명의 고리들이었다. 단 1회로써 지나가 버린, 다시 돌이켜 고쳐볼 수 없는, 그래서 더욱 서글프면서도 소중한 나의 역사였던 것이다.

비밀을 알고 있으리라고 여기고 자기를 집요하게 따라붙는 나를 신명호 노인은 적이 부담스러워했다. 답사 일정의 나머지 기간 내내 나는 신명호 노인으로부터 그 비밀의 열쇠를 얻어내기 위해 갖은 노력을 기울였으나 그는 같은 말만 되풀이했다.

"그 후 압록강까지 북진했다가, 휴전이 되고서도 삼 년 후에야 홍 상병 형제의 무덤이 궁금해서 들러보았소. 그 사이에 있었던 일이야 내가 어찌 알겠소?"

답사 일정을 끝내고 돌아오는 버스 안에서 나는 다시는 이런 기회가 오지 않을 것이며 그렇게 되면 내가 밝히려는 진실도 영원히 미궁 속에 빠져 버리고 말 것이란 초조감에 사로잡혔다. 나는 신명호 노인에게 호소하다시피 매달렸다.

"그동안 우리가 왜 이런 답사 일정을 보내야 했습니까? 그리고 선생님께서는 왜 이 답사단의 증인으로 참가하셨습니까? 제가 알고 싶은 진실은 꼭 우리 집안과 홍 상병 집안 사이의 문제로만 국한되는 게 아닐 거라고 생각합니다. 대체 무얼 두려워하시는 것인지 이해할 수가 없습니다. 저를 너무 어리다고만 생각지 마시고 아시는 내용을 들려주십시오. 부탁입니다."

"세상에는 알아서 좋은 일이 있지만 앎으로 해서 병이 되는 일도 있는 법이요."

"알고 계신 게 분명하군요. 그렇다면 말씀해 주세요. 그것이 일개 가족사에 관한 일이라면 병이라는 것도 선생님께서 우려하시는 만큼 그렇게 심각하지 않을 수도 있지 않겠습니까? 이젠 밝혀도 될 만큼 충분한 세월도 흐른 마당이 아닙니까?"

"나로선 매우 조심스러운 일이요. 가족사나 한 개인에 관한 일일수록 문제는 심각한 것이요. 차라리 역사적인 문제라면 내가 이렇게 망설이지 않을 것이요. 지금의 현실이 최선의 결과라고 나는 생각하고 있소. 적어도 세상을 학생보다 많이 살아온 나의 경험으로는 그렇게 판단되오. 그러니 얼마간의 의혹이 있을지라도 덮어두고 그것에 매달릴 힘을 장래를 도모하는 데 기울이기 바라오."

노인의 이런 논리는 내게 전혀 설득력이 없었다. 나는 오히려 노인이 나의 호기심에 부채질하여 결정적인 순간까지 몰아가 주기를 바라고 있는 게 아닌가 하는 생각마저 들었다. 정말 말해줄 뜻이 그에게 없다면 '모른다'는 한마디 말고는 묵비권을 행사하면 그만일 텐데, 어떤 복선을 담은 완곡한 사양으로 나를 설득하고 있었다. 나는 문득 깨달았다. 이건 거부의 뜻이 아니다. 그는 무언가 내게 알려주고 싶은 것이다.

"말씀해 주시지 않는 한, 저는 선생님 곁을 떠나지 않겠습니다."

"허허, 이젠 떼를 쓸 작정이요?"

역시 나의 예상이 맞았다. 신명호 노인은 마침내 그 비밀의 문으로 들어가는 문을 내게 가르쳐 주었다.

"나보단 최 선생이 더 잘 알 것이요. 나도 그분에게 들은 얘기니까. 그리고 무엇보다 학생이 알고 싶어 하는 그 진실은 학생의 부친이 알고 있을 것이요. 부디 나의 선택이 어리석은 짓이 되지 않기를 빌겠소."

3장

쇠뿔도 단김에 빼랬다고 나는 돌아오는 길로 신명호 노인이 일러준 주소를 들고 최갑득 노인을 찾아 나섰다. 최 노인은 조그만 페인트 가게를 운영하는 큰아들 집에 살고 있었다. 10전 전부터 시달려왔다는 류머티즘에다가 최근에는 해수 기운까지 있어서 죽을 날만 기다린다고 했으나 일흔일곱의 나이치고는 정정한 편이었다.

"저희 아버지 연세와 같으시군요."

"그럴 게야. 세월이 참 많이도 흘렀군그래."

이렇게 운을 떼긴 했으나 최 노인 역시 쉽사리 입을 열려고 하지 않았다. 다른 학년보다 일주일을 앞당겨 기말고사를 끝낸 마당이라 나는 여유를 가지고 어떤 일이 있어도 꼭 최 노인의 입을 열게 하겠다고 마음을 먹었다.

"아, 그 퇴역 장교 말이군. 휴전되던 이태 후던가, 삼년 후던가. 봉당골엘 왔었어. 홍 어른네 두 아들이 죽던 날 아침에 처음 만났었지. 자기도 후에 부상을 당해서 휴전과 함께 제대를 하게 되었다더군. 그런데 그 사람이 날 찾아가라고 하던가?"

내가 과일이나 쇠고기 등속을 사 들고 나흘째 방문하던 날, 나의 집요함에 손을 든 최 노인은 조심스레 입을 열기 시작했다.

"이제 정신이 오락가락해서 기억이 날까 싶으네만……."

그리고 그는 지금이라도 늦지 않았으니 마음을 돌리는 게 어떻겠느냐는 듯이 고개를 살래살래 저었다.

"이미 수십 년 전에 있었던 일을 되씹는다는 게 무슨 의미가 있겠나. 지난 일은 지나간 대로 덮어두는 게 상책이지…… 긁어 부스럼이란 말도 있잖나. 꼭 들어야겠다면 내 기억나는 데까지 짚어는 보겠네만. 나야 곧 염라대왕 앞으로 불려갈 몸이지만 앞날이 구만리 같은 사람들에게 한낱 옛날얘기에 지나지 않는 일들이 화근이 되지는 않을까 하여 걱정이네."

결심을 하고서도 노인은 마지막 순간까지 내가 마음을 바꿔 먹기를 기대하고 있었고 나는 결심을 꺾지 않았다. 이윽고 노인은 생각을 간추리느라 한동안 허공을 응시하고 나서 목소리를 가다듬었다.

요사스러운 소문은 하나둘 늘어갔다. 초저녁인데도 노루목을 넘어오다가 근처 숲속에서 '각각이나 묻어주지, 각각이나 묻어주지……' 하는 웅성거림을 들었다는 사람도 있었고 달 밝은 밤 마을 앞 개울가에서 수십 명의 군인들이 밥을 먹고 있기에 나가보니 온데간데없더라는 얘기도 나돌았다.

봉당골 주민들은 애써 떡갈나무 숲에 부는 바람 소리를 술김에 잘못 들은 것이라거나 개울가에 널어놓은 빨래들이 달빛에 출렁이는 것이었다고 고개를 저으면서도 밤이 이슥토록 호롱불 주위에 모여 앉아 그런 얘기들에 귀를 기울였다.

그런 소문이 생기기 시작한 것은 마을의 개들이 밑창 없는 군화짝이나 피얼룩진 군복 조각, 잡을 일도, 잡을 돼지도 남아 있지 않은데 검붉은 살점이 붙어 있는 정체불명의 뼈다귀들을 물고 다닐 때부터였다.

흉흉한 소문이 꼬리에 꼬리를 물면서 마을 사람들은 동지를 달포가량 남겨
둔 늦가을 짧은 해가 지기도 전에 일찌감치 제집 사립문 안으로 발길을 사렸
다. 마을 어귀의 느티나무 아래에서 늦도록 뛰어놀던 아이들도 어른들이 부르
기 전에 알아서 돌아오곤 했다.

그리고 머잖아 마을 사람들은 그 몸서리쳐지는 살육의 흔적들, 결코 돌이키
고 싶지 않은 비극의 순간들을 물어 나르던 개들을 남김없이 잡아 먹어버렸
다. 그리하여 30여 호 봉당골 마을은 땅거미가 채 깔리기도 전에 무인지경과
도 같이 적막 속에 잠겨버리는 것이었다.

을씨년스럽기로 말하자면 마을 뒤 언덕 중턱에 높직이 버텨 앉아 구름을
인 봉황산으로부터 신령스러운 새가 날아와 목을 축이고 휴식을 취하며 노닐
었다는 닷 섬 지기 논배미만 한 연못을 앞에 두고 옹기종기 모여 앉은 초가들
을 도도한 자태로 내려다보던 홍씨네의 저택도 예외가 아니었다.

인민군들이 쫓겨 가면서 자취를 감춰버렸지만, 자기네 세상을 베풀겠다는
무슨 천명이라도 내린 듯이 날뛰던 지방 빨갱이들의 죽창에 홍 영감이 찔려
죽은 후, 그의 두 아들마저 비운의 해후로써 맞아들인 그 저택은 마을 어귀
서낭당 그늘보다 더 음산한 분위기에 싸여 있었다. 대부분 홍 영감 네의 논밭
을 소작하는 봉당골 사람들은 그때까지만 해도 그런 홍씨네의 비극에 대해
일말의 동정을 표하기도 했다.

"아무리 전 백성이 겪는 난리라 하지만 너무했어. 생떼 같은 두 아들을 한
꺼번에 잃어버렸으니 원……."

"쯧쯧, 하늘도 무심하지. 부인이 이 일을 알면 심정이 어떻겠어요."

그들 역시 전쟁터에 나간 아들이나 남편의 생사 또는 일부 피난을 떠난 가족들의 안부를 모르는 처지였지만 이렇게 주고받으면서 연민에 찬 눈길을 그 저택 쪽으로 주곤 하였다.

그러나 마을 사람 하나가 그 집에서 변을 당하고부터는 그런 동정의 말도 사람들의 입에서 사라지게 되었다. 그 집의 안방에서 혀를 빼문 채 죽은 사람은, 20년 동안을 그 집안에서 머슴살이를 하다가 마름으로 격상하여 마을로 살림을 난 사팔뜨기였다. 그는 홍 영감과 그 집안 섬기기를 충직한 개처럼 해온 사람이었다.

그는 홍 영감 2대가 몰살을 당한 후에도 피난 간 나머지 주인들이 돌아올 때까지 집을 지켜야 한다면서 누구도 발들이기를 꺼리는 그 빈집에서 매일 혼자 잠을 자 오던 중이었다. 살아남은 주인의 일가 누구에겐가 전해져야 할 전답 문서들과 언제나 홍 영감의 행복에 큰 몫을 차지했던 지전 뭉치들, 그리고 전쟁이 끝나고 나면 다시금 귀중한 재화로 되살아날 진귀한 물건들을 지킬 사람은 자신밖에 없다고 믿고 있던 그였다.

마을 사람들은 추녀 끝을 할퀴는 밤바람 소리에 목을 움츠리면서 이렇게 속삭이기 시작했다.

"복실 아범이 정말 귀신에 홀려 죽은 걸까요?"

"하긴 원귀가 나올 만도 하지. 그렇게들 요절을 당했으니 저승에나 옳게 갔을라구."

"예끼, 이 사람아. 요즘 세상에 귀신은 무슨 놈에 귀신이여. 헛것을 본 게지. 이 난리에 원한 맺힌 집안이 어디 홍씨네뿐이라던가."

홍 영감과 그의 두 아들의 원귀가 나타난다는 소문은 그렇게 하여 생겨났다. 안방 문지방에 엎어져 목뼈가 부러진 채 눈을 홉뜨고 혀를 반쯤 빼문 복실아범의 시체에서 별다른 상처를 발견하지 못했다는 사실 때문에 사람들은 더욱 전율스러운 기분으로 그 소문에 매달렸다.

"그 집구석에 내린 천벌을 나눠 받은 거여. 점순네가 왜 알거지가 돼서 이곳을 떴는감. 홍 영감한테서 얻어 쓴 그 쥐꼬리만 한 변리 돈 때문이 아니여?"

"그렇게 전답 뺏긴 집이 어디 점순네뿐이던가. 거, 뒷산의 반 넘어도 자기 죽마고우한테서 뺏은 거라는 건 일대 사람이 다 아는 일 아녀."

인민군들이 삼팔선 이북으로 쫓겨 갔다는 소식을 듣고 홍 영감의 아내인 정씨 부인이 봉당골로 돌아온 것은 그 무렵이었다. 두 아들의 생사가 못내 가슴에 박혀 무슨 기별이라도 와 있을까 하고 죽을 각오로 길을 나선 모정이었다.

피난을 떠나면서도 부잣집 마나님의 체신을 잃지 않으려고 물때 고운 한복에 흰 고무신을 신었던 그녀였지만 황폐한 전화의 구덩이를 보름 동안 걸어서 봉당골의 초입에 다시 돌아온 그녀의 몰골은 거지꼴이나 다름이 없었다. 하기야 거지가 따로 없던 시절이고 보면 먹물들인 군용 잠바 속에 누비저고리를 덧댄 웃도리, 누더기가 다 된 몸빼와 너덜너덜한 농구화, 그리고 헝클어진 머리에 꾀죄죄한 얼굴 같은 것이 무슨 흉이란 말인가.

그녀는 서낭당 아래 이르러 참고 참았던 눈물을 쏟으며 한동안 정든 마을과 자신의 집을 하염없이 바라보았다. 그녀에겐 지난 석 달 남짓의 나날이 새삼 아득한 세월처럼 느껴졌다.

그녀를 반기러 나오는 사람은 물론 먼저 그녀의 기척을 알려야 할 개 짖는 소리마저 사라진 마을 앞을 지나면서도 우선은 집으로 달려가는 길이 그녀에겐 더 급했다.

그러나 그녀가 그토록 굶주림과 추위와 외로움에 떨면서 찾아온 그녀의 집은 거기에 없었다. 달려 나오는 머슴들도, 한시바삐 확인해야 할 자식들도, 남편도, 아무도 그녀를 맞이하지 않았다. 열린 채 한 짝은 찌그덩하게 기운 대문 밖으로 벌써 꽤 오랫동안 아무도 살지 않는다는 것을 알리기라도 하듯 동짓달 매운 저녁 바람만 횡하니 불어 나와 그녀의 발걸음을 멈추게 할 뿐이었다.

집안을 휩싸고 있는 음산한 분위기, 냉랭하고 섬뜩한 고요, 벽과 기둥들에 뚫린 무수한 총탄 구멍들이 그녀를 다시금 문밖으로 뒷걸음질 치게 하고 말았다.

그녀는 울음조차 울 수가 없었다. 이것저것 불길한 생각들만 온통 그녀의 머릿속을 채웠다. 그녀는 쫓기듯이 마을을 향해 내달았다. 그녀의 등 뒤에서 석양의 검붉은 잔광 속에 우뚝우뚝 선 목 잘린 수수 대궁이들이 수의 같은 잎사귀들을 서적이고 있었다.

그녀가 맨 먼저 달려간 곳은 복실네 집이었다. 복실 어멈은 정씨 부인을 얼싸안고 그저 울기만 했다.

"말을 하게. 영감님은 어디 계신가. 경수는 돌아왔는가?"

복실 어멈의 흐느낌은 쉬이 멈추지 않았다. 무슨 말부터 해야 할 것인가. 정씨 부인을 보자마자 복실 어멈은 억장부터 무너져 내린 것이었다.

"답답하네, 울지만 말고 속 시원히 말을 해요 말을. 무슨 일이 있었단 말인가?"

"마나님 얼굴을 뵈니까 차마 말씀을 못 드리겠구먼요."

"자초지종부터 얘기를 하게, 이 난리 통에 난들 왜 각오가 안 돼 있겠나?"

"다 돌아가셨어요."

"다라니, 영감님 말고 또 누가 죽었단 말인가?"

정씨 부인은 복실 어멈의 적삼을 움켜잡고 눈물로 범벅이 된 그녀의 얼굴을 자기 얼굴 쪽으로 바싹 끌어당겼다.

"영감님, 겨, 경수 도련님, 경표 도련님, 그리구…… 그리구, 복실 아범까지요!"

복실 어멈이 절규하듯 이렇게 외치는 동안 정씨 부인은 그녀의 일그러진 얼굴만 망연자실 바라보고 있었다. 충격이 그녀의 감정의 돌파구마저 꽉 막아 버린 것이었다.

"그럴 리가 없어. 그 애들이 죽다니…… 누가 확인을 했는가, 전사 통지서가 왔던가?"

복실 어멈의 입에서 더 이상 다른 말이 나오지 않자 마침내 정씨 부인은 방바닥에 엎어져 오열하기 시작했다.

정씨 부인이 돌아왔음을 아는지 모르는지, 마을 아낙들조차도 복실네의 사립 문 안으로 정씨 부인을 찾아오는 사람은 없었다. 홍 영감의 후처로 들어와서 남편은 노름과 주색잡기에 빼앗기고 두 아들만 하늘처럼 바라보며 살아온 그녀, 춘궁기 때마다 양식을 꾸러 오는 소작인들을 남편의 눈을 피해 한 번도 그냥 돌려보내지 않았던 그녀를 잊었을 리 없었지만, 봉당골에서 그녀의 귀향을 아는 사람은 복실네 식구들 외에 아무도 없는 것 같았다. 다들 나름대로 그만큼씩의 상처를 입은 처지라서 새삼 나눌 것도 없다고 여겼기 때문이었을까. 아니면 위로가 아니라 상처에 소금을 뿌리는 격이 될까 봐 조심들을 하고 있었던 것일까.

그러나 그런 이유 때문만은 아니었다. 그들의 기억 속에 화인처럼 찍힌 그 악몽의 순간들을 정씨 부인에게 증언할 용기가 아무에게도 없었다.

"네놈들! 내 죽어서도 꼭 원수를 갚고 말 테다. 이 배은망덕한 놈들, 어서 죽여라. 어서 죽여!"

홍 영감은 죽창에 가슴을 꿰뚫려 선혈을 뿜으면서도 눈을 부릅뜨고 지켜보는 사람들의 심장에 복수의 다짐을 각인했던 것이다. 날뛰는 악질 반동색출대에게 홍 영감이 그렇게 처참한 죽음을 당하는데도 속수무책 구경이나 할 수밖에 없었던 자격지심에다가, 지금은 어디론가 자취를 감췄지만 붉은 완장, 붉은 머리띠를 두른 그들 몇몇이, 자기네들은 물론 이름만 대면 봉당골 일대의 누구라도 다 아는 사람이었고 보면, 어찌 함부로 입을 뻥긋할 수 있었을 것인가. 그리고 그의 원한에 찬 단말마에도 불구하고 잇따라 죽어간 사람은 그의 아들들이었고 그의 충복인 복실 아범이었다. 또 어떤 변괴가 이제는 자신들에게 닥칠지 모른다는 불길한 예감이 정씨 부인이 돌아오던 날부터 마을 사람들의 가슴을 짓누르기 시작했다.

복실 어멈의 극진한 간호 덕분에 정씨 부인은 사흘이 지나면서부터 신열이 내리고 죽을 먹을 수 있게 되었다. 그러나 육신의 회복이 마음의 평정까지 동반하지는 않았다. 몸이 기력을 되찾아 갈수록 그녀의 마음에 터진 금들은 점점 깊은 수렁으로 깎이어 맞닿을 수 없는 골짜기를 이루어갔다.

사람들은 먼발치에서 그녀의 애끓는 통곡 소리를 들었고 그녀가 남편과 아들들이 묻힌 숲속을 배회하거나 아무도 발들이기를 원치 않는 그 언덕 위의 폐가 주위에서 서성이는 모습을 발견하곤 했다. 그때마다 사람들은 혹 안타까움으로 혹은 연민의 정으로 혀를 차기도 했다. 하지만 그녀의 죽음 같은 침묵과 우울 속에서 벌어지고 있는 그 영혼이 마멸되는 고통은 오직 신만이 헤아릴 뿐이었다.

하지만 신은 천사가 아닌 악마를 보내 더 깎일 바닥마저 남아 있지 않은 그녀의 영혼을 마침내 무너뜨리고 저주의 혓바닥을 뻗쳐 무참히 겁탈케 하고 말았다. 그리하여 차라리 행복한 광인으로 일어선 그녀를 보며 사람들은 이렇게 중얼거렸다.

"귀신이 씌었어."

"미쳐도 아주 더럽게 미쳤더군."

"쫓아냅시다."

안방에서 헛간 옆 골방으로 내어 쫓긴 그녀는, 그러나 행복하게 떠들고 간혹 울기도 하면서 새벽녘에야 지쳐 잠이 들었다. 복실네 식구들은 공포에 떠느라 잠을 설치기 일쑤였다.

"아가, 어서 자야지……."

깊은 밤, 겨울을 예고하는 날 선 바람 소리에 실려 오는 이 상냥한 엄마의 음성은 느닷없이 변성기 소년의 그것으로 바뀌는 것이었다.

"어머니, 저는 이제 아가가 아니라니까요."

"영감, 경표가 언제 휴가를 왔다 갔지요? 아니, 땅속에 눕다니. 그게 무슨 말씀이세요? 총알을 맞아요? 어머니, 춥단 말예요, 추워요…… 그래, 어서 이리 오너라……."

아니, 신은 그녀에게 저주를 내린 게 아니었다. 그녀로서는 감당할 수 없는 그 고통을 거두어주고 이 지상에서 떠나버린 그녀의 사랑하는 사람들을 모두 일으켜 그녀의 터진 영혼의 골짜기에 부활시켜준 것이었다. 사람들이 그것을 이해하지 못할 뿐이었다. 이해는커녕 사람들은 혐오와 경계의 차디찬 눈초리로 쏘아보며 안전한 거리로 그녀를 피해갔다.

"아가, 여여 가서 밥 먹어야지……."

마을의 아이들은 귀신이 출몰하는 언덕 위의 흉가로 자기들을 끌어가려는 그 미친 여자가 나타날 때마다 돌팔매질을 하며 도망쳤다.

"경수야아, 경수야아!"

이슥한 밤, 그녀의 애절한 음성이 마침내 자기 집 사립문 안으로 들어서면 주인 사내는 냅다 뛰어나가 사정없이 그녀의 등짝을 몽둥이로 후려쳤다.

겨울이 깊어졌다. 봉황산 꼭대기엔 하얗게 눈이 덮였다. 홍 영감 아들들의 무덤이 파헤쳐진 흔적을 발견한 마을 사람들은 산짐승들조차 그 집안을 능멸하는 것이라고 수군거렸다.

그리고 언제부턴가 자취를 감춘 정씨 부인은 끝내 마을로 돌아오지 않았다. 사람들은 그녀가 이 엄동에 어디 가서 얼어 죽었을지도 모른다고도 했고, 다시 부산으로 내려갔다고도 했고, 혹은 읍내에서 배회하는 미친 여자가 그녀를 닮은 것 같다고도 했다. 이제 마을 사람들은 홍씨네 집 쪽으로 난 길마저 걷지 않았다.

변하지 않는 것은 계절의 운행뿐이었다. 오직 광란이라고밖에 이해할 수 없는 전쟁의 마수가 아직도 그 할퀸 자국을 맴돌며 서성거리고 있었지만, 계절은 어김없이 제 운행의 순서를 지키고 있었다.

영영 봄이 올 것 같지 않던 봉당골에도 봄은 온 것이다. 봉당골 사람들에게 그 어느 해보다도 쓸쓸하고 초조한 겨울이었다. 얼어붙었던 시냇물은 다시금 지즐대기 시작했고 버들강아지들이 기어오르는 냇가에서 종달새들이 봄노래를 불렀다.

그러나 동구 밖 저편, 아지랑이가 피어오르는 들길을 건너서 봉당골 여인들이 기다리는 아들들과 남편들은 아직 돌아오지 않았다. 혹 돌아온 사람은 팔이나 다리 한 짝을 전쟁의 악마에게 제물로 바친 사람뿐이었다. 그들이 잘린 몸뚱이로 힘겹게 짐 지고 돌아온 것은 그동안 가족들이 겪은 것보다 몇 갑절이나 더 끔찍한 절망의 기억이었다. 그리고 이따금 하늬바람에 실려 온 소식이래야 화염 속에서 본 비슷한 얼굴, 떠나가는 피난민 열차의 난간에 매달려 손을 흔들던 모습, 한 줌의 머리카락과 손발톱으로 돌아온 무언의 귀환뿐이었다. 정녕 봉당골 사람들이 기다려온 봄은 아직도 그들의 추억과 소망 속에만 머물러 있었다.

제비들이 돌아올 무렵에야 홍 영감의 동생 홍판재 씨 가족이 피난지 부산으로부터 돌아왔다. 부인 한밭댁과 열여섯 먹은 막내아들을 앞세우고, 정씨 부인이 돌아왔을 때보다 별반 나을 것 없는 행색으로 돌아온 홍판재 씨는 피난을 떠날 때보다 더 심하게 기침을 해대고 있었다.

이 불행한 가족을 혹은 동정의 눈물로 대개는 우울한 표정으로 마을 사람들은 맞이했다. 지난해 여름부터 겨울까지의 그 기막힌 사연을 대강 듣고 난 홍판재 씨는 밭은기침 사이사이에 한숨만을 내쉬었고 땅을 치며 통곡하는 한밭댁 옆에서 그녀의 아들도 눈물을 질금거렸다.

홍 영감네 소작인 서넛과 복실 어멈을 거느리고 흉가가 된 자기 집으로 가고 있는 그들 가족을 바라보며 마을 사람들은 비감한 어조로 한마디씩 하였다.

"앞으로 어떻게들 살아갈지, 안됐구먼……."

"큰아들이라도 살았어야지 원, 남은 자식이냐고 이제 겨우 솜털이나 벗었고. 저렇게 몸까지 성치 못해서야……"

"그새 바싹 늙어버렸구먼. 하긴 폐병으로 여적지 산다는 게 기적이지."

모여선 사람들은 홍판술, 홍판재 두 형제의 가족들이 다 건재하고, 판술 영감의 딸과 판재 씨의 두 딸도 아직 출가하지 않았으며, 판재 씨의 큰아들이 폐병으로 쓰러지기 전의 시절을 홍씨네의 전성기였다고 회고하면서 한동안 자리를 뜨지 못했다.

"그래, 형님이 마을을 떠난 게 언제였다고 했나?"

한밭댁은 겨울이라도 나고 자기네와 함께 돌아가자는 만류를 뿌리치고 얼른 다녀오겠다며 한사코 길을 나서던 정씨 부인을 떠올리며 다시 한번 복실 어멈에게 물었다.

"동지 지나고 사흘째 되던 날이구먼요. 부산으로 돌아가신 줄만 알았지유."

"어디 가서 깝박 얼어 죽기 십상이었을 텐데……."

"다, 이 못난 년 탓이구먼요. 도련님들 얘길랑은 아예 말았어야 하는 건데……."

복실 어멈은 이미 흥건히 젖어버린 옷고름을 들어 연방 눈물을 찍어냈다.

"생떼 같은 서방까지 잃은 자네가 무슨 죈가. 다 이 몹쓸 난리가 죄지."

그동안 아무도 발들이지 않은 빈 저택은 주인들이 돌아왔음에도 주검 같은 침묵 속에 그대로 잠겨 있었다. 반쯤 열린 채 주저앉아버린 대문을 밀쳐내고 일행은 조심스레 안으로 들어섰다. 홍판재 씨도 그의 부인도 소작인들도 약속이나 한 듯이 말문을 닫아버렸다. 따사로운 봄날 오후의 햇살은 그 저택의 뜰 안에도 예외 없이 내리쬐고 있었으나 마당의 구석구석에 새로 돋아난 엉성한 잡초들은 미풍에 손을 내저어 그들의 귀향을 거부하는 듯했다.

이윽고 뜰 안을 서성이던 홍판재 씨가 참았던 기침을 토해내며 먼지가 뽀얗게 쌓인 대청으로 올라섰다. 그러나 그는 창호지가 거의 다 뚫어진 안방의 미닫이를 미처 열기도 전에 코를 찌르는 악취에 멈칫하고 말았다.

"아니, 이게 어찌 된 일인가!"

그 자리에 발이 붙어버린 것처럼 꼼짝도 못 하고 서서 그는 이렇게 소리쳤다. 마당에 모여 섰던 사람들이 대청으로 뛰어올랐다. 행랑채의 자기 방을 둘러보던 한밭댁도 총총히 뛰어왔다.

그 누구도 더 이상 소리치지 않았으며 우는 사람도 없었다. 안방 들창 아래의 벽에 기댄 채 자기 무릎 아래 뉘인 두 아들의 잠든 모습을 영원히 지켜보기라도 하겠다는 듯이 목을 내밀고 쪼그려 앉아 망부석이 된 여인은 분명 정씨 부인이었다.

대충 장례를 끝낸 홍판재 씨 가족과 마을 사람들은 그 비극으로 얼룩진 저택의 대문을 아예 폐쇄해버렸다.

너무도 기가 막힌 경황이라 홍판재 씨는 자물쇠가 부서진 자기 형의 비밀 고리짝에 대해서도 처음엔 신경을 쓸 겨를이 없었다. 부서진 뒤주에는 쥐똥만

수북했고 고방의 곡식은 이미 인민군, 지방 빨갱이, 또 굶주리는 마을 사람들에 의해서 깨끗이 비워졌으며 혹시나 했던 누군가에 의해 부엌 바닥까지 파헤쳐져 있었다. 장독대 역시 간장 한 방울 남아 있지 않았다. 사랑에도 안방에도 쓸 만한 물건은 젓가락 한 짝도 눈에 띄지 않을 지경이었다.

나중에야 홍판재 씨는 그 열려진 비밀 고리짝에 생각이 미쳤다. 그 안에는 전답 문서들과 돈, 금붙이 같은 값나가는 것들이 적잖이 들어 있음을 알고 있는데, 물건이야 그렇다 쳐도 문서의 행방에 대해서만은 개운치가 않았다. 그는 최 서방을 불렀다.

"기탄없이 말해주게. 그동안 복실 아범 말고 우리 집에 드나든 사람은 또 없었는가?"

"자세한 내막이야 죽은 복실 아범밖에 모를 일이지요. 아시다시피 빤히 다 아는 얼굴들이고 또 어르신네 그늘에서 연명하는 처지들이 아닙니까."

"복실 아범밖에 모를 거라는 말은 무슨 뜻인가?"

"제 소견으루는, 복실 아범의 죽음이 예사롭지 않다고 느꼈습니다."

"좀 더 자세하게 말해보게."

"그러니까, 다른 사람들이 생각하는 대로 헛것에 홀려서 넘어진 게 아닐 것이란 말씀이죠."

"그렇다면 누군가 복실 아범을 해쳤단 말인가?"

"보지 않았으니 장담이야 못 드리겠지만서두. 아무래도 귀신이 문지방에 목을 대고 꺾어버린 것 같지는 않았습니다."

"그럼 누구 짚이는 자가 없는가?"

"글쎄올습니다. 이 일대에 복실 아범을 당할 장사가 누가 있습니까?"

"혹 형님을 해친 자들이 집을 뒤진 일은 없었나?"

"뒤지긴 했어도 양식이나 살림에 소용이 되는 물건들이나 훑어갔지, 그 궤짝은 찾지 못한 것 같았습니다. 그랬다면 복실 아범이 매일 밤 어르신네 댁을 지킬 리가 없었을 테니까요. 복실 아범한테 얼핏 듣기로는 그자들이 뒤질 것을 알고 미리 다른 곳에 감춰뒀다가 다시 갖다 놨다는 것 같았습니다."

"귀신이 곡을 할 일이군……."

그리고 홍판재 씨는 심하게 기침을 해대는 사이사이에 한숨만을 불어댈 뿐이었다.

"하기야, 문서만 가지고 무슨 짓을 하겠나."

한참 만에 이렇게 혼잣소리처럼 중얼거리고 난 홍판재 씨는 또 한 번 기나긴 한숨을 몰아쉰 후에 최 서방을 건너다보며 말했다.

"나중에 무슨 일이 있거나 내가 전답을 정리하게 될 때 꼭 증인이 되어주게."

"여부가 있겠습니까. 증인이라면 저 말고도 봉당골 주민 모두가 다 증인입지요."

홍판재 씨는 다시 부산의 조카딸에게로 돌아갈 결심을 하였다. 대낮에도 형네 일가의 원혼들이 집 안 구석구석에서 절규를 해대는 것 같은 그 집에는 두 번 다시 발을 들여놓고 싶지도 않았거니와, 그렇다고 병든 몸으로 춘궁기의 마을 주민들에게 언제까지나 폐를 끼칠 수도 없는 노릇이었다. 또한 하나밖에 남아 있지 않은 형의 소생인 조카딸을 만나서 집안의 장래 문제를 의논하는 일도 서둘러야 했다.

"내가 그때까지 살아 있을지 모르겠지만, 추석에 돌아올 꺼구먼. 혹 못 돌아오더라도 불쌍한 우리 형님 일가 산소에 벌초나 해주게나."

그렇게 홍판재 씨 가족은 떠나갔다. 동구 밖에 모여선 사람들은 괴나리봇짐을 이고 지고 멀어져 가는 그들을 쓸쓸히 배웅하며 홍씨네가 아주 망하였다고 혀를 찼다. 마음 한구석이 휑하니 뚫려버린 것 같은 허전함에 조바심을 치면서 사람들은 쉽사리 발길을 돌리지 못했다. 망한 홍씨네도 홍씨네지만 대부분 그 집안의 전답을 소작하고 있는 그들로서는 자기네의 앞일 또한 시원치 않게 느껴졌기 때문이었다.

"거 저 영감이 와서 농사를 지을 것 같지는 않고, 보아하니 십중팔구 남의 손에 넘어갈 전답인데…… 팔아도 우리네 농사나 지어먹게는 해줄 사람에게 팔아야 할 텐데, 아무래도 걱정이이."

"아, 이 사람아. 이런 난리 통에 누가 그 많은 전답을 산다던가. 홍 영감네 땅이 어디 개똥밭 뒤뛔기쯤 된다는 말인가. 걱정 말고 풍년이나 이루세."

"자네야 그래도 자네 땅 가지구 농사지으니 걱정 없는 모양이네만, 어디 우리네야 그런가. 새 땅 주인이 손끝이라도 짧아빠진 자린고비면 그나마 소작료를 올릴지도 모르구 말일세."

"걱정두 팔잘세, 팔려두 난리나 끝나야 팔릴 테니 너무 걱정 말게. 아니, 그러지 말고 자네가 좀 사지그려. 이럴 때야 사는 쪽에서 부르는 게 금 아니겠나."

"허허허, 그래 내가 좀 살 테니 돈 좀 꾸어주게나."

봉당골 주민들의 그런 막연한 불안도 눈코 뜰 새 없는 봄갈이 와중에 묻혀버렸고 가래질, 써레질, 와글거리는 개구리들의 번식기와 함께 여름이 가까웠다.

알밴 보리 이삭은 왜 그리 더디 여무는지, 둔덕마다 망초꽃만 흐드러지게 피어 황사 바람 아스라한 보릿고개를 메뿌리, 찔레순, 송기에 쑥개떡으로 넘어서 봉당골 주민들은 모내기를 서둘렀다. 장정들을 다 전쟁에 빼앗긴 일손이나마 남녀노소 힘들다 않고 손을 나누어 그들은 어느덧 한해 농사의 반을 끝마친 것이었다.

그리하여 잠시 한가로운 때를 맞았는가 싶었는데, 어디서 왔는지 반갑잖은 손님이 들이닥쳤다. 생전 듣도 보도 못한 괴질이 번지기 시작한 것이다. 제일 먼저 복실이, 복례 두 자매가 앓아누웠고 닷새 후엔 이씨네 막내아들이 또 쓰러졌다. 걸려든 아이들은 말도 할 수 없을 정도까지 기력이 떨어지면서 아무것도 먹지 못한 채 고열에 시달리다가 죽어갔다.

그때까지도 봉당골 주민들은 해마다 그맘때면 어김없이 찾아와서 다 키워놓은 아이들 한둘씩은 꼭 데려가곤 하던 염병쯤으로 생각했다. 그러나 이번 괴질은 그쯤에서 물러나지 않았다. 30여 호, 열 살 미만의 아이들을 가진 집이면 세 집 건너 한집의 아이들은 앓아누웠고 그 애들 가운데 반 넘어가 차례로 죽어갔다.

애들 혼만 빼먹는 문둥이 귀신인 줄 알았더니 머잖아 어른들도 하나둘 앓아 눕기 시작했다. 애장한 집들은 그만두고 달포 만에 세 집에서 초상을 치렀다. 제대로 먹지 못해 부황 든 몸뚱이들이 보이지 않는 악귀의 손아귀에 나꿔채여 맥없이 쓰러지고 있는 것이었다.

"대체 이게 무슨 변괴란 말이요."

"하늘도 무심하지, 이 땅의 백성들이 무슨 그리 큰 죄를 지었다고 왜놈들의 손아귀에서 벗어나기가 무섭게 동족상쟁을 벌이게 하더니, 이제는 몹쓸 병까지 퍼뜨려서 씨까지 말리려 드는가 말이여."

뙤약볕 내리쬐는 하늘을 올려다보며 노인들은 이렇게 탄식했다. 아무도 손쓸 방도를 알지 못했다. 앓는 사람이 늘어나면서 성한 사람들조차 기운을 잃어 갔고 일손이 미치지 못한 논밭엔 잡초들만 무성하게 우거지고 있었다.

"이러다간 다 죽고 말겠어. 정말 씨가 마르겠다고……."

사람들은 없는 살림을 긁어모아 굿을 벌이고 서낭당이며 장승터며 연못가 바위굴이며 악귀를 쫓을 만한 신령한 자리는 있는 대로 찾아내어 제물을 바치고 치성을 올렸다. 그러나 그 대답은 침묵뿐이었다.

"예사 돌림병이 아니여. 난리에 총 맞아 죽은 송장들이 썩어서 병을 옮기는 게 틀림없어."

이렇게 말한 사람은 최 서방이었다. 아직 건강한 사람들은 삽과 괭이를 들고 모여들었다. 그들은 개울가 자갈 무더기에서부터 대추나무 울타리 아래 웅덩이며 노루목의 떡갈나무 숲속까지 샅샅이 파헤친 다음 짚단과 삭정이들을 모아놓고 불을 질렀다.

그렇다고 이미 산 사람의 몸속으로 옮아붙은 병균들이 그 불에 타 죽을 리만무였다. 앓던 사람 중 또다시 두 명이 숨을 거두었다.

이제 남은 사람들은 언제 자기도 쓰러뜨릴지 알 수 없는 그 몹쓸 괴질을 퇴치하는 방법이라면 무슨 짓이든 하겠다는 눈빛들이었다.

"맞아 저놈에 저주받은 집구석의 귀신들 짓인 기여."

마침내 누군가가 이렇게 속삭였고 사람들은 비로소 잠에서 깨어난 듯이 오랫동안 잊고 있었던 그 언덕 위의 폐가를 올려다보았다.

"하긴, 복실 아범도 그 집 귀신한테 당하지 않았는가."

"그 미친 홍 영감 마누라 말여. 지 애들 송장까지 파내다가 한방에서 죽지 않았는감……."

"복실이, 복례가 젤 먼저 손님을 만난 걸 봐도……."

"그래, 저 집구석을 불태워버려야 혀."

사람들은 이렇게 쑤군거리며 확신에 찬 눈빛으로 마주 보면서 홍 영감 부자의 최후와 복실 아범의 혀 빼문 시체와 마을 아이들을 그 저주에 찬 흉가로 데려가려던, 그렇게 비참하게 미쳐버린 정씨 부인을 떠올리고는 새삼 치를 떨었다.

그러나 막상 그 집에 불을 놓겠다고 나서는 사람은 아무도 없었다. 불을 질러야 한다, 누군가 나서야 한다, 마을 사람들이 다 몰려가야 한다…… 은밀하게 그들은 이렇게 쑤군대기나 할 뿐이었고 지난봄에 폐쇄해버린 후로 아무도 얼씬거리지 않은 그 언덕 위의 흉가는 잡초에 묻힌 채 늘 그대로 마을을 내려다보고 있었다.

그러던 어느 날이었다.

"불이야! 홍 영감네 집에 불이 났다아!"

하늘이 마을 사람들의 뜻을 알아채고 맑은 하늘에서 벼락이라도 내린 것일까. 아직 멧새들도 깨어나지 않은 새벽 봉당골엔 금세 북새가 일었다.

"뭣들 하고 있어, 불은 끄고 봐야지."

새벽 단잠에서 깨어나 뛰쳐나온 사람들은 앞서거니 뒤서거니 불타는 언덕으로 달려갔다. 그러나 불길은 이미 손쓸 수 없을 지경으로 번져 있었다. 숨차게 달려온 사람들은 그저 타오르는 거대한 불기둥 주위에 둘러서서 구경이나 할 수밖에 없었다. 아무도 감히 접근을 못 하였다. 마치 보이지 않는 누군가가 그 불길 한가운데서 땀 차게 풀무질이라도 해대는 듯이, 기름이라도 쉬지 않고 뿜어대는 듯이 불길은 도도하게 타올랐다.

우우우…… 그 불 울음소리는 비감하거나 공포에 질린 봉당골 주민들의 얼굴을 벌겋게 달구면서, 그곳에서 죽어간 사람들의 울부짖음을 그들의 가슴속으로부터 솟구치게 하면서, 먼동이 짜안하게 터오를 무렵에야 수그러들었다.

그날은 유난히도 조용한 봉당골 뒷산에서 매미들만 목이 쉬어라 울어댔다. 봉황산 주위를 천천히 맴돌던 정찰기의 엔진 소리처럼, 들 건너 신작로를 따라 끝없이 밀려 내려갔다가 또 밀려 올라가던 탱크들의 먼 바퀴울림처럼 매미들만 유별나게 곡을 해대었다.

이 일이 있은 지 며칠이 지나서야 마을 사람들은 소리 낮춰 홍 영감네 집에 불이 난 원인에 대해 추측들을 하기 시작했다. 혹은 정말 청천 하늘에서 벼락을 내렸다고도 했고, 분명 용감한 누군가가 자원을 해서 은밀히 불을 질렀다고도 했다. 그러나 그뿐 아무도 더 이상은 그 화재 사건에 대해서 이러쿵저러쿵 긴 얘기를 하지 않았다. 다들 자기들과는 상관없는 강 건너에서 벌어진 일이기라도 한 것처럼 머잖아 잊어버린 것 같았다.

추석이 지난 지 보름이 돼가건만 봉당골 주민들이 초조한 마음으로 기다리는 사람들은 오지 않았다. 최 서방은 추석 사흘 전에 날을 잡아 홍 영감네 일가의 산소에 벌초를 하고 지난여름 장마에 씻겨 내린 봉분을 돋우고 군데군데

떨어져 나간 펫장까지 꼼꼼하게 다시 입히는 등 홍판재 씨를 맞을 준비를 서둘렀었다. 불에 타 무너진 집터 주변도 무성하게 자란 잡초를 뽑아내고 비질까지 해서 그럭저럭 청소를 해두었다.

지난여름, 홍씨네 폐가가 원인 모를 불로 타버리기 전까지, 그 또한 원인 모를 괴질에 마을의 아이들을 반이나 싹쓸이 당하고 어른들까지 다섯이나 잃었지만, 봉당골의 농사는 비교적 풍작을 이루어 예년처럼 소출의 4할을 지주에게 떼어주고도 내년 양식은 그럭저럭 꾸려질 것 같았다.

"남은 피붙이들마저 다 죽은 게 아니여?"

이제나저제나 하고 기다리던 사람들은 은근히 그렇기를 바라기라도 하는 어투로 이런 말을 하기도 했다.

"예끼, 이 사람아. 그러면 어디 남의 땅 제 땅 될 것 같은가?"

그러고는 너털웃음을 한바탕 웃어젖히면서 이젠 불타고 무너져 주춧돌만 남은 언덕 위의 집터를 흘긋 올려다보는 것이었다.

가을걷이가 끝나갈 무렵, 홍판재 씨 대신 돌아온 사람들은 그의 조카사위라는 해사한 중년 사내와 면 호적계 직원, 그리고 그들 중에서 제일 구색을 갖춰 입은 우람한 체구의 또 한 중년 사내였다.

그들은 매우 서둘러 걸어왔는지 이미 기운 저녁 햇살이었는데도 느티나무 그늘 아래로 들어서면서 단추를 풀거나 아예 웃도리를 벗기도 했다. 우람한 체구의 사내만이 중절모를 벗어들고 웃도리 안주머니에서 하얀 모시 수건을 꺼내 번들거리는 이마와 목덜미를 훔칠 뿐이었다. 그는 어쩐지 몸놀림이 어색해 보였다. 차라리 풍성한 한복 바지저고리가 더 어울리지 싶은 비둔한 몸매에 억지로 꿰입은 듯한 양복 차림도 답답해 보였다.

반색하는 최 서방과 복실 어멈을 앞세우고 홍 영감의 사위는 일행과 함께 불탄 집터를 말없이 둘러본 다음 장인의 묘 앞으로 나아갔다. 이미 최 서방이 벌초를 꼼꼼하게 해둔 터라 그가 누런 회 부대 종이로 말아서 들고 온 낫은 쓸 필요가 없었다. 그는 보자기에 싸 가지고 온 제물을 묘지 앞에 펼쳐놓고 꽤나 정성스럽게 절을 했다.

"구색은 못 갖췄으나마 추석 차림은 했구면요. 이렇게 사위 절이라도 받았으니 편히 발을 뻗으실 거구면요."

홍 영감 사위가 따라준 잔을 비우고 나서 최 서방이 말했다. 복실 어멈은 또 하염없이 눈물을 찍어냈다.

"숙부님이 돌아오시려고 못내 애쓰셨습니다. 눈도 제대로 감질 못하셨지요. 언젠가는 고향으로 모셔야 할 텐데, 사위 자식도 자식이라고 제 짐이 무겁습니다."

그들은 다시 한동안 허전한 집터 주위를 서성이다가 느티나무 아래로 돌아왔다. 벌써 소식을 듣고 타작 준비를 하던 집 안이나 가을걷이를 하던 논밭에서 급히 뛰어온 마을 사람들이 기다리고 있었다.

홍 영감 사위가 먼저 마을 사람들에게 인사를 하고 홍판재 씨마저 폐병으로 세상을 뜨는 바람에 부득이 자기가 홍씨 가문의 뒷일을 처리하지 않을 수 없게 된 사정이며 장사꾼인 자신은 농토를 관리할 능력이 없어서 남은 가족들이 의견을 모아 부득이 전답을 처분하기로 결정한 저간의 경위를 간단하게 설명하였다.

마을 사람들은 다들 감동 어린 얼굴로 홍 영감 사위의 말을 듣고 있었다. 그런 한편으로 호적계 직원은 물론 홍 영감 사위까지 눈에 띄게 굽신거리는 눈치로 봐서 양복 입은 낯선 사내가 바로 자기네의 새 지주란 사실을 깨달았다. 이윽고 호적계가 모여선 사람들을 둘러보며 말했다.

"자, 인사들 하시오. 이 어른이 이번에 홍판술 씨의 전답과 임야를 사실 분이요."

"박재필이라고 합니다. 잘들 부탁드립니다."

어정쩡하게 허리를 굽혀 절하는 농부들을 향해 양복 입은 사내도 머리를 조아렸다. 그리고 홍 영감 사위가 감회 깊은 어조로 자신의 처가에 대한 봉당골 주민들의 지난 정리와 노고에 대해 거듭 치하의 말을 했다. 이어 홍 영감 사위는 박재필 씨가 소작인들에 대해서도 자신의 장인과 똑같은 조건을 약속 했노라고 덧붙였다. 그가 마지막으로 박재필 씨를 잘 모셔달라는 부탁을 할 때는 코를 훌쩍이며 옷고름을 드는 아낙네도 있었다.

곧이어 호적계가 아까부터 손에 말아 쥐고 있던 서류 뭉치들 중에서 한 장을 꺼내 들고 침통한 표정으로 서 있는 주민들을 한번 쓱 둘러보았다.

"최갑득 씨와 이언년 씨가 누구시죠?"

최 서방과 복실 어멈이 앞으로 나서자 홍 영감 사위가 설명을 하였다.

"등기 이전을 하려는데, 증인이 필요하다는군요. 봉당골 주민 여러분이 다 증인이지만 그래도 제일 가까우셨던 분들이라고 들어서……."

"다 닳아빠져서 지문이나 옳게 묻어날는지……."

최 서방과 복실 어멈이 지장 찍는 모습을 지켜보던 새 지주 사내는 껄껄껄,

호기 있게 한번 웃고 나서 만족스러운 어조로 이렇게 중얼거렸다.

"거참, 절차가 꽤 복잡하군."

그리하여 세 사내들은 곧 봉당골 주민들에게 작별을 고하였다. 불타는 노을 속으로 멀어져 가는 사내들을 바라보며 봉당골 주민들은 지난봄 홍판재 씨네 일가가 떠날 때보다는 그래도 덜 허전한 심정으로 한마디씩 하였다.

"사업을 했다는 사람이 매무시가 어째 그리 투박한감. 양복은 입었지만서두."

"겨우 최 서방 낯살인 것 같은데, 뭘 해서 그 많은 돈을 벌었대, 이 난리 통에?"

"홍 영감 사위가 그러잖든가. 부산서 미군 상대로 불하사업을 해서 떼돈을 벌었다더라고."

"누가 알어, 헐값에 주고받았는지. 거 설치는 꼴들 보니까 제값 주고받은 것 같잖으이."

"난리 통에 홍 영감 사위만 횡재했네그려."

그들은 새 지주의 인상이 홍 영감 같은 자린고비 상이 아니며 투박하긴 해도 시원시원해 보이던 행동거지에 일말의 위안을 삼으며 마을로 발길을 돌렸다.

"복실 어멈은 생각 안 나요? 거 왜, 복실 아범을 소 여물통에 메꽂았다는 떠돌이 말이요."

아까부터 긴가민가하던 최 서방이 아낙들 사이에서 복실 어멈을 살짝 불러 내 한 말이었다.

"뜬금없이 무신 말이래요?"

"삼 년 전 겨울이던가, 홍 어른네 댁에 새로 온 머슴이라면서 보름 남짓

장작을 패다가 이내 자취를 감춰버린…… 거 왜, 생각 안 나요? 덩치가 크고 힘이 장사라던……."

"그때라면 복례 낳느라고 친정에 가 있을 땐데, 나중에 복실 아범한테 듣긴 들은 것 같구먼요. 근데 그 사람은 왜요?"

"아, 아니…… 갑자기 그때 생각이 나서……."

이렇게 얼버무리긴 했지만, 최 서방의 마음 한구석은 석연치가 않았다. 마을 사람들 아무도 눈치채지 못하는 걸 보면 자기가 잘못 본 것일 수도 있으려니, 쇠털같이 많은 사람 중에 어찌 비슷한 얼굴이 없겠는가 하면서도 그에겐 홍 영감네의 땅을 샀다고 온, 어딘가 어색해 보이던 그 사내가 아무래도 옛날의 그 사람을 닮은 듯이 느껴지는 것이었다.

최 노인의 얘기는 근 두 시간이나 계속되었다. 처음 얼마 동안은 썩 내키지 않는 기색으로 읊조리듯이 천천히 풀어나갔으나 한 시간쯤 지나면서부터는 청해 듣는 내가 아니라 그가 신바람이 나서 얘기를 엮어나갔다. 내게는 그런 최 노인이 당나귀 귀를 가진 임금님의 비밀을 발설하지 못해 병이 난 우화 속의 이발사 같다는 생각이 들 정도였다.

거기까지 얘기하고 난 최 노인은 기력이 달리는지 길게 심호흡을 몰아쉬면서 벽에 등을 기대었다. 나는 그런 그의 등에 베개를 받쳐 주었다.

"얘기가 거의 끝난 모양이죠?"

"내가 해줄 수 있는 얘기는 다 한 셈이네. 더 듣고 싶은 얘기가 있으면 물어보게나."

노인은 지친 목소리로 이렇게 대답했다. 나는 두 번 다시 맞이할 수 없는 기회라는 생각에 일찍부터 입안에서 뱅뱅 돌던 말을 조심스레 끌어냈다.

"그러니까, 어르신께서는 제 아버지가 바로 홍씨네의……."

"아, 아니, 꼭 그렇다는 게 아니라. 그때 내 느낌이 그랬을 뿐이라는 게지. 세상에 닮은 사람이 어디 한둘인가."

최 노인은 손을 내저으며 황급히 나의 말꼬리를 잘랐다. 그러나 나는 여기서 어설프게 말미를 흐릴 수는 없다고 생각했다. 나는 재빨리 국민학교 4학년 때 가을의 기억을 떠올렸다.

"저희 아버지와 크게 다투신 적이 있었잖습니까?"

"언제, 무슨 얘기를 하는 건가?"

"제가 열한 살 때라고 기억합니다만…… 저희 어머니나 일수 형, 그리고 아버지께서도 어르신이 헛소문을 퍼뜨렸다고 하던데요. 그 일로 해서 어르신은 봉당리를 떠나게 된 것이라고 저는 알고 있습니다만……."

사실 이 얘기는 어느 정도 넘겨짚은 것이었다. 그런데 최 노인 얼굴의 골 깊은 주름이 더욱 어둡게 파이면서 일그러지기까지 하는 것이었다. 그대로 한동안 침묵에 잠기던 노인이 고개를 들며 나를 똑바로 쳐다보았다.

"손자 같은 자네까지 그렇게 알고 있다면 내 다 말하겠네. 죽을 날만 기다리는 늙은이가 무얼 숨기겠나."

그리고 노인은 잠시 기억을 더듬는지 마음을 가다듬는지 한동안 천장을 올려다보았다.

"술김에 몇 번 허튼소리를 한 건 사실이네. 그렇지만, 그때 내가 나뭇짐을 지고 홍 어른네 집 앞을 지나오다가 봤던 사람과 자네 부친이 빼닮았다고 생각한 것도 사실이네. 그 사람은 홍 어른네 나뭇가리 옆에서 장작을 패고 있었는데 덩치가 크고 힘깨나 씀 직한 기골이 복실 아범 하나쯤은 너끈히 메꽂을 만하다고 생각했었네. 며칠 되지 않아 떠나버려서 두 번 다시 볼 수 없게 되었지만 내 기억에 꽤나 오랫동안 남았었지."

"마을 사람들 중에 또 그를 본 사람은 없었나요?"

"없었던 것 같아. 그 댁이 마을에서 떨어져 있는 데다 겨울이라 자주 드나들 일도 없었고 그 사람도 오래 머물지 않았으니 말일세. 하긴 나도 그래서 누가 또 본 사람이 없나 하고 술김에 해본 소리가 소문이 돼버렸던 걸세. 두세 사람 입만 거치면 배보다 배꼽이 더 커지는 게 소문 아닌가."

"저희 아버지는 뭐라고 했었나요?"

"그게 나도 아직껏 의문이네. 자네 부친에게서 직접 들은 것이 아니라 자네 이복형인 일수에게서 들었는데…… 홍씨네 땅을 산 게 확실하니 원한다면 홍씨네가 가지고 있던 전답 문서를 보여줄 수도 있다고 하면서, 나를 무고죄로 고소하겠다고 했었어. 내가 알기로는 그 전답 문서는 잃어버린 것이거든. 판술 어른 아우님인 판재 어른이 분명히 내게 그렇게 말했었고 내게 증인이 돼달라고까지 했거든. 그래서 동네 사람들도 다 그리 알고 있었지. 그 후 자네 부친이 판술 어른 사위하고 땅을 산다며 왔을 때, 나는 없어진 문서를 새로 만드느라 증인이 필요한가 부다고만 생각했지. 그런데 그 없어진 문서를 어떻게 해서 자네 형이 보여주겠다고 했는가 말일세."

최 노인은 끝부분에서 약간 억양을 높였고 의미를 알 수 없는 미소를 눈가에 머금었다.

나는 온몸의 힘이 쭉 빠져나가는 듯한 허탈감을 느꼈다. 맞은편 바람벽과 봉해버린 들창이 까마득하게 밀려 나가버린 듯이 시야가 뿌옇게 흐려졌다. 이미 내 치부를 훤히 알고 있는 사람 앞에서 내내 능청을 떤 자신의 비참한 꼴을 깨닫는 순간에 느끼는 그런 감정 같은 것이었다. 그러나 나에겐 아직 그도 모르고 있을, 물어야 할 것이 남아 있었다.

　"봉당리를 떠나오시게 된 연유도 말씀해 주시겠습니까?"

　"기왕 입을 연 바에야 내 다 말하리다. 내가 그런 말을 한 후로 동네 사람들은 자네 부친을 의심하기 시작했네. 소작료를 낮추고 동네의 온갖 어려운 일을 도맡아 책임지는 등 동네 발전과 주민들의 살림을 늘려주려는 그분의 노력이 물거품이 되고 말 것 같았네. 그때까지도 더러 홍 영감님의 은혜를 입은 노인들이 살아 있었고 내 생각과는 달랐지만 자네 부친의 그런 노력이 혹 다른 목적이 있어서는 아닌가 하고 의심하는 사람들도 있었고, 특히 자네 형 일수와 사이가 좋지 않은 사람들이 많았었고……. 그런 사정인 것을, 내가 어리석어 허튼소리까지 해서 악화시키고 말았던 것이네. 한때는 꽤나 위험한 지경까지 가게 되었는데, 일수와 사이가 나쁜 청년들이 우리 집에 몰려와서 내가 했던 말이 사실이라면 한번 뒤엎어보자고 울근불근하기까지 했던 게 사실이네. 눈치 빠른 일수가 그런 분위기를 모를 리 없었네. 나는 이튿날로 자네 부친한테 불려가서 많은 얘기를 나누었네. 그때 나눈 얘기는 내 체면도 있고 자네 부친의 위신을 생각해서 그만두겠네. 아무튼 나는 동네 사람들을 모아놓고 근거 없는 소문을 퍼뜨려 죄송하다고 공식 사과를 하였네. 내가 봉당골을 떠난 건 바로 그 직후였네. 물론 그때, 자네 부친이 이만하게나마 살 수 있는 기반을 마련해주었던 것은 사실이네. 지금 자네에게 맹세코 밝히지만 그때 내게 어떤 욕심이 있어서 그런 말을 한 건 아니었네."

노인이 지친 듯이 말하는 동안 나의 뇌리로는 아버지가 입버릇처럼 쏟아내곤 하던 탄식 소리가 새삼스레 들려오고 있었다.

'내가 천벌을 받는구나.'

최 노인은 잠시 숨을 돌렸다가 씁쓸하게 웃으며 이렇게 덧붙였다.

"세상에 비밀이란 없는 모양이네. 자네가 그 퇴역 장교를 만날 줄 누가 알았겠나."

나는 노인을 빨리 쉬게 해주어야겠다고 생각했다.

"그분들의 뒤 소식은 혹 들으셨는지요?"

"누구 말인가?"

"홍판재 씨 가족들 말입니다."

"판재 어른은 다시 오마고 하구선 부산으로 떠났는데 돌아간 지 몇 달 되지 않아서 이내 돌아가셨다고 하더군. 출가한 딸이 둘 있었는데 그네들 소식은 알 수가 없고…… 막내아들이 부산서 중학교 선생을 한다던가……."

"부산 어딘지는 모르시구요?"

"몰라, 누구한텐가 그 소식을 들은 게 한 십 년은 전이야. 그러니 지금도 부산에 사는지 마는지조차 알 수 없는 일일 테지."

"나이는요?"

"나이? 글쎄…… 그때 피란 가던 해에 열대여섯 살이었으니까, 한번 셈해보게나."

"그분의 성함은 기억하세요?"

"가만있자…… 윤호? 아니야. 윤호는 죽은 큰아들이었고…… 윤우, 윤우, 그래 윤우가 맞을 게야."

"홍윤우라고요?"

나는 나도 모르게 이렇게 소리치고 말았다. 그 바람에 노인은 벽에 기대었던 등을 일으켜서 나에게로 얼굴을 바짝 들이댔다.

"홍윤우라는 사람을 알고 있나?"

나는 잠시 꿈을 꾸고 있는 건 아닌가 하는 생각을 하였다. 갑자기 모든 게 비현실적으로 보였다. 그럴 리가 없어. 내가 뭔가 잘못 생각한 거야. 정말 그럴 리가 없어. 나는 다시 한번 노인에게 물었다.

"홍윤우가 틀림없죠?"

"내가 아무리 늙었기로서니 그 이름까지 잊었을 리는 없지. 그런데 왜 그러나. 아는 사람인가?"

"아, 아닙니다. 이름 같은 사람도 많던데요, 뭐……."

나는 최 노인에게 홍윤우의 직업이며 나이며 거주지까지 확인할 용기가 없었다. 최 노인이 자신의 기억에 대해 자신하고 있는 것만큼이나 나도 내가 알고 있는 홍윤우에 대해 너무나 확실한 여러 가지 사실을 이미 알고 있기 때문이었다. 이제까지 내가 알고 있는 모든 사실들과 아귀가 맞아 떨어지는 또 다른 홍윤우란 있을 수 없다는 확신이 바닥없는 낭떠러지 끝으로 나를 몰아붙이는 것 같았다.

홍윤우, 홍윤우의 딸 홍명희.

4장

　소나기라도 한차례 퍼부으려는지 하늘엔 잿빛 구름이 무겁게 쌓이고 있었고 하나둘 불을 밝히기 시작하는 거리엔 늪처럼 진득진득한 바람이 불고 있었다. 최갑득 노인의 집을 나온 나는 갑자기 갈 곳을 잃어버린 기분이었다. 내 발길이 어디로 향하고 있는지도 의식하지 못한 채 나는 걸음만을 그저 쉼 없이 떼어놓았다.

　이제 남은 것은 무엇인가? 최 노인에 의해 그 퇴역 장교의 불길한 암시들이 터무니없는 오해거나 풍문에 지나지 않기를 바랐던 것은 얼마나 허무한 기대였던가. 그의 모든 암시는 그를 처음 만난 순간에 느꼈던 그 전율스런 예감에서 한 치도 벗어나지 않은 사실로 확인되었으며, 그 사실들 속에는 꿈에도 상상하지 못했던 무서운 올가미까지 단단하게 장치되어 있음을 발견했을 뿐이었다.

　'왜 하필이면 홍씨냐?' 처음으로 명희의 얘기를 했을 때 어머니가 했던 그 말이 날카로운 파편이 되어 생생하게 되살아났다. 어머니가 그때 무심코 보였던 그 반응은 예사로운 것이 아니었다. '김씨, 박씨, 이씨. 이런 흔한 성보다야 낫지 뭘 그래요.' 나 또한 이렇게 예사롭게 대꾸하고 넘어갈 일이 아니었던 것이다.

　명희의 성이 홍씨라는 것이, 그의 아버지의 이름이 홍윤우라는 것이, 그의 직업이 중학교 국어 교사라는 것이, 그의 나이가 쉰두 살이며 부산에 산다는 것이, 그래서 그녀가 내 아버지가 훔친 땅 주인의 손녀라는 사실이, 이미 수십 년의 세월 저쪽에서 벌어지고 있었던 일인데 세대가 바뀐 지금까지 와서 그게 무슨 소용이란 말인가.

그러나 그게 아니었다. 그 소용없는 사실들은 끊임없이 나의 머릿속을 어지럽히고 있으며 가슴을 짓누르고 걸어가는 방향을 혼미케 했다. 나는 이 엄연한 현실을 자꾸만 비현실이라고 우기고 있는 한편의 나를 향해 욕설을 퍼부었다.

이건 현실이다. 나의 첫 예감처럼 그 사실들은 결코 전설이 아니었다. 흘러가버린, 이제는 잊어도 되는 미제사건이 아니다. 그녀와의 우연한 만남은 어쩌면 이미 예정된 것이었는지도 모른다. 나와 그녀와의 만남은 그 배후에 도사린 이런 필연을 확인시키기 위한 악마의 음모였음에 틀림없다. 아니 신의 은밀한 계획이었는지도 모른다.

그녀는 그날 연못가 느릅나무 아래에 쓰러져 있었다. 다연발 최루탄의 발사음이 시위대의 외침과 돌과 화염병들, 그리고 분노까지도 삽시간에 삼켜버린 순간이었다. 흰 헬멧에 주먹보호대를 착용한 백골단원들이 폭음을 신호로 하여 까맣게 달려오고 있었다. 시위대의 해산 위치를 앞질러 최루가스의 포위망이 벌써 사방에 자욱하게 드리웠고 그 필사의 내달음들 속에서 나는 그녀를 발견한 것이었다.

얼굴이 온통 땀과 눈물로 범벅이 되어 거의 실신 상태에 빠진 그녀를 그때 부축해 일으키지 않았다면 지금 이런 혼란 속에 빠지지도 않았을 것이다. 그녀가 군부 파쇼집단의 퇴진과 학살원흉의 처단을 외치기 위해 거기 있었던 것이 아니라 우연히 친구를 만나러 왔었듯이, 그야말로 캠퍼스에서 날이면 날마다 벌어지는 데모 현장에서 볼 수 있는 단순한 목격으로 끝나고 말았을 것이다.

그러나 하필 그녀는 그때 내가 내달리는 바로 앞에서 쓰러지는 중이었고, 그런 그녀에게서 다른 누구도 아닌 내가 가장 가까운 지점에 있었던 것이다. 그날 그때, 홍 상병 형제가 하필 자신들의 집에서 만났듯이…….

이 사건들은 우연 속에서 벌어진 것들이다. 하지만 그 사건들을 둘러싸고 있는 상황은 우연이 아닐지도 모른다. 덫에 걸린 쥐. 누군가 덫을 놓은 것이다. 불현듯 피로 얼룩진 홍 상병의 수첩이 떠올랐다. '전쟁은 지상에서 가장 추악한 죄이자 징벌이다.' 어째서 죄만이 아닌, 동시에 징벌이란 말인가?

지금 나는 그 벌을 받고 있는 것인가. 그렇다면 왜? 현재의 나와는 아무 상관도 없는 그때의 상황이 지금까지 쫓아와서 엉뚱한 나에게 벌을 내리는가 말이다. 그 상황 속에 존재했던 사람들과의 관계 때문에? 같은 피를 가진 사람끼리 그 피를 흘린 사실을 알고 있기 때문에? 쓸데없이 의혹의 꼬리를 잡아당긴 게 건방져서? 아니면 카인이 아벨을 죽였기 때문에? 하와가 선악과를 따먹었기 때문에……?

아니다. 이건 헛된 망상이요 터무니없는 비약일지 모른다. 나는 지금 여기 이렇게 있을 뿐이다. 나는 세차게 도리질을 쳐보았다.

바람이 잦아든 대신 어두워진 하늘의 먹장구름을 언뜻언뜻 드러내면서 번개가 쳤고 이어 폭우를 예고하는 천둥이 사위를 압도하였다. 행인들의 발길이 빨라지고 있었다. 내가 단골 술집의 문을 열고 들어서려 할 즈음 마침내 대추알만 한 빗방울들이 후둑거리기 시작했다.

술집 안은 방학을 맞은 학생들로 왁자하게 붐비고 있었으며 담배 연기와 고기 굽는 연기로 숨이 막힐 지경이었다. 나는 좁은 실내를 헤치고 들어가 맨 구석에 남아 있는 반쪽짜리 목로 앞에 주저앉았다. 벌써 창밖은 뿌연 비안개에 휩싸이고 있었다.

"어이, 형. 어딜 가서 그렇게 함흥차사였수? 종강파티에도 안 나타나고."

형철이었다. 그는 막 자리를 털고 일어서는 일행들 꼬리에서 슬그머니 떨어져 내 자리로 건너왔다. 내가 별 반응을 보이지 않자 그는 의자를 끌어당겨 앉으며 내 눈치를 살폈다.

"그래, 공짜 유람은 잘 다녀왔수?"

"……."

기분 같아서는 그의 빈정거리는 얼굴에 들고 있는 소주잔이라도 뿌려주고 싶었지만, 괜히 속을 뒤집어 보이는 꼴일 듯해서 꾹 참았다.

"형, 무슨 고민 있는 것 아니야? 영 안색이 좋지 않은데."

"술이나 마시자."

조용히 복잡한 생각들을 정리해보려던 계획은 물 건너가고 있었다. 이렇게 학교 앞의 선술집을 찾은 것부터가 잘못이었다. 나는 형철이 따라 준 잔을 단숨에 들이켜고도 거 푸 두 잔을 자작으로 비웠다. 답답한 가슴속이 조금은 풀리는 느낌이었다.

"아 참, 그러고 보니 생각이 나는군. 형수씨하고 무슨 일 있었던 것 아냐? 저녁 내내 찾아다니더라구. 종강파티 자리까지 와서 기다리다가 돌아갔는데 못 만났수?"

아뿔싸, 이런 낭패가 있나. 답사에서 돌아오자마자 최갑득 노인을 찾아 나서면서 일방적으로 오늘 만나자고 약속을 했던 것인데…… 최 노인의 무거운 입을 열고 새로 알아낸 사실들에 골몰하느라 그만 그 약속을 까맣게 잊고 있었다.

"몇 시쯤이었어, 그때가?"

"한 삼십 분 정도 지났으니까, 아홉 시쯤이었을 거야."

차라리 잘된 일인지도 모르겠다. 지금 그녀를 만난다면 무슨 말을 어떻게 해야 할 것인가. 나는 들고 있던 잔을 단숨에 들이켰다.

"정말 별일 없는 거야, 형?"

"당사자인 내가 멀쩡한데 네가 왜 안달이냐?"

그러나 내 시야엔 명희의 동동거리는 모습이 선하게 떠올랐다. 영문도 모른 채 초조하게 기다리다가 토라짐의 단계를 지나서 불안에 빠져 어쩔 줄 몰라 하고 있을 그녀를 생각하니 얼마간 풀렸던 가슴이 다시 답답해왔다.

우리의 앞날은 어떻게 될 것인가. 그것은 불을 보듯 뻔했다. 아버지, 어머니, 일수, 봉당리 주민들…… 그것은 겨우 반에 불과할 것이고, 명희의 집안은 또 얼마나 심각한 혼란을 맞을 것인가. 어떻게든 진실은 밝혀지고야 말 것이다. 진실을 알고 있는 사람들 모두가 그 비밀을 끝내 관 속에 넣어 간 후라 할지라도 내가 어찌 그 진실을 감춘 채 명희의 부모를 만날 수 있단 말인가. 그녀야말로 무슨 죄가 있는가. 그 위험한 늪 속으로 그녀를 끌어들일 수는 없다. '왜 하필이면 홍씨냐?' 어머니의 음성이 거듭 귓전에서 되살아났다.

"형, 술 안 마실 거야?"

형철이 채근했다. 그는 내 잔에 한잔을 더 채우고 나서 주섬주섬 가방과 책가지들을 챙겨 일어났다.

"아무래도 내가 방해되는 것 같아. 형, 방학 잘 보내슈."

나는 급히 그의 옷자락을 잡았다.

"너, 육이오 전쟁의 원인이 뭐라고 생각하니?"

형철은 어이없다는 얼굴로 나를 물끄러미 쳐다보다가 엉거주춤 도로 자리에 앉았다.

"갑자기 전쟁 원인은 또 뭐요?"

"술주정은 물론 아니다. 정말이지 오늘은 너하고 전쟁 얘기가 하고 싶어."

"전적지 답사에서 느낀 게 많은가 보군요."

그의 어조도 조금은 진지해졌다. 막상 그렇게 마주 앉긴 했지만, 한동안 나는 말문을 열 수 없었다. 답사를 떠나기 전날까지도 그랬지만 그는 한사코 나의 이번 답사 참가를 반대했었다. 현 정권이 소위 민중 사이에 고조되고 있는 통일 의지를 약화시키고 분단을 고착화하기 위한 일환으로 다시금 반공 이데올로기를 강화하려는 그따위 얄팍한 술책에 말려들어 깨어 있는 역사학도가 동참하는 걸 구경만 할 수 없다는 것이 운동권의 열성 멤버인 그의 주장이었다. 이번 일 말고도 나는 한때 그와 학과 문제로 해서 아직까지 씻어지지 않은 불편한 관계에 처했던 쓸쓸한 기억을 갖고 있는 터였다.

'학생운동이 어떤 특정 이데올로기를 신봉하면서 그 이데올로기의 강령을 맹목적으로 따른다면 그것은 순수한 운동이 아니라고 생각합니다. 더욱이 그 이데올로기가 폭력성까지 띠고 있다면 그 이데올로기를 따르는 운동 역시 휴머니즘의 길을 간다고 할 수 없습니다. 나는 여러분이 비판하듯, 차라리 행동 하지 않는 지식인이 될지언정 그런 폭력혁명 이데올로기의 시녀가 될 수는 없습니다. 왜 여러분은 정의니, 해방이니 하고 외치면서 폭력 쪽으로 치닫고 있는 것입니까? 그건 자가당착이며 또 다른 더 큰 폭력적인 적을 만들 뿐입니 다. 그것이 과연 여러분의 순수한 양심이 몰아치는 최선의 길이란 말입니까? 아닙니다. 여러분은 더 현명해져야 합니다. 여러분은 누구에겐가, 그 이데올 로기를 칼로 삼은 어느 집단에겐가 이용당하고 있는 것입니다. 우리의 목표는 정의이지 이데올로기가 아닙니다. 폭력혁명은 더더욱 아닙니다.'

최근의 학생운동에 대하여 이런 입장을 취해온 나는 운동권의 이슈가 학내 문제 쪽으로 돌려지면서 학과장이자 역사철학 과목을 맡고 있던 배진성 교수 가 형철의 주도 아래 어용, 무능 교수로 낙인찍혀 퇴진의 위기에 몰렸을 때, 몇 안 되는 지지 학생들과 함께 이를 선두에서 막아 나섰던 것이다.

'나는 학과의 발전을 도모코자 하는 학우 여러분의 순수한 의지마저 반대하 는 건 아닙니다. 엘리트임을 자부하는 대학인으로서 우리의 행동은 우리 자신 의 순수한 양심과 주체적인 판단에 결정돼야 할 터인데, 지금 여러분의 행동은 어떤 외력에 지배받고 있다고 생각합니다. 배진성 교수님의 연구업적과 학문 적 명성은 국내외에서 널리 인정받고 있다는 사실을 여러분은 부정하지 못할 것이며 그분이 강의에 쏟는 정열이 어떠한지, 학과와 학교를 불문하고 얼마나 많은 학생들이 그분의 강의를 필요로 하는지도 여러분 자신이 잘 알고 있을 것입니다. 그런데 그분이 어째서 무능 교수란 말입니까? 그것은 여러분이 내세 운 그 막연하고 과장된 몇몇 어용 혐의를 부각시켜서 퇴진의 명분을 만들려는 억지에 불과합니다. 나는 여러분과 어용 논쟁을 벌이려는 게 아닙니다. 학과의 발전, 나아가 사회의 민주화, 역사의 발전을 추구한다는 여러분이 그 무엇보다도 먼저 지켜야 할 인간성에 대한 존중을 무시하고 있는 오류를 지적하려는 것입니다. 우리의 스승이기 이전에 한 인간인 배 교수님을 하나의 수단으로서, 여러분의 그 이데올로기 투쟁의 제물로 삼아서는 안 될 것입니다.'

이에 앞서 배진성 교수는 최근 운동권 학생들의 역사 인식이, 특히 8·15와 6·25를 전후한 현대사의 인식이 점점 사회주의 혁명론을 합리화하려는 쪽으로 흘러가고, 운동권 일각에서 이른바 주체사상을 찬양하는 구호까지 등장하는 상황에 대해 깊은 우려와 비판의 글들을 발표해 왔으며 강의 중에도 같은 취지의 발언을 계속해왔다.

그 후 나는 온정주의자라든가, 아니면 차라리 보수주의자, 그것도 아니면 그냥 어용이라든지, 뭘 모르고 뒷북이나 치는 얼치기라고 한대도 받아들일 용의가 있었지만, 내가 보여준 행동이나 의지와는 전혀 상관이 없는 기회주의자, 이기주의자로 매도되고 말았다.

"짜식, 대학원 진학도 해야겠고, 나중에 강사 자리라도 하나 얻으려면 그럴 수밖에 없겠지…… 불쌍한 인간이야!"

형철을 따르는 소위 학투위(학과정통성보호투쟁위원회) 소속 학생들은 이렇게 간단히 나를 매도해버림으로써 자신들의 투쟁노선을 한층 선명하게 할 수 있었다.

이런 전력이 있는 사이이고 보니 그와 학생운동과 관련된 논쟁에는 가급적 끼어들지 않으려고 노력할 수밖에 없었는데, 결국 평행선을 달리다가 결론도 없이 끝날 것이 뻔하다는 걸 알면서도 오늘은 내가 먼저 얘기를 시작한 것이다.

"우리 현대사에 있어 육이오는 어떤 의미를 가진다고 생각하냐?"

약속이나 한 듯이 따라놓은 술잔만 들여다보고 있던 두 사람 중에서 내가 먼저 입을 열었다.

"형, 왜 그래?"

형철은 이해하지 못하겠다는 표정으로 이렇게 되물었다. 그도 그럴 것이, 의견일치는 이루지 못했지만, 이 문제에 대해서는 이미 진저리가 나도록 논쟁을 벌였었기 때문이고, 이제 운동권은 물론 비운동권의 상당수 학생들도 공공연히 정설로 받아들이고 있는 그 문제의 해답을 내가 새삼스레 거론한 셈이기 때문일 것이다.

"일단 화제의 물꼬를 트기 위해서다."

"정말, 그 얘기를 또 해야 하는 거요?"

"해야 얘기가 된다."

"한마디로 자주적, 주체적 통일 의지의 분출로 시작되었으나 외세의 개입으로 좌절되고 만 민족해방투쟁이었지요."

"여전히 똑같은 소리를 앵무새처럼 되뇌고 있구나. 어쨌든, 그 통일 또는 해방 의지가 꼭 그런 전쟁이란 형태로밖엔 분출될 수 없었느냐는 거야?"

"형 역시, 그 어리석은 편견에서 벗어나지 못했군요. 그 편견부터 깨부수지 않고서는 예나 다름없이 얘기가 될 것 같지 않은데요."

"어떤 편견 말이냐?"

"형은 역사의 이상을 추구함에 있어 어떤 한계를 넘어서는 안 된다는 패배

주의적 사고방식을 갖고 있다구요. 형이 가지고 있는, 그 인류이니 도덕이니 하는 관념이야말로 무기력을 감추기 위한 포장으로서 언제나 반혁명분자들의 허울 좋은 변명 수단이었습니다. 너무 낡은 건 차치하고라도 역사 발전에 하등의 도움이 되지 않는 장애란 말입니다."

"결국 폭력이 정당화되지 않고서는 역사는 발전되지 못한다는 주장이로구나."

"하지만 그것을 유일 절대의 수단으로 삼는 건 아니잖습니까. 무력은 최후의 수단이며 우리는 단지 그것을 어떤 한계의 밖에 묶어두지 않을 뿐입니다."

"그게 그 말이지, 다를 게 뭐가 있느냐. 그리고 최후의 수단이라고? 역사가 보여주는 결과는 언제나 그것이 최초의 선택이었다는 사실쯤은 너도 충분히 확인하고 있을 텐데…… 좋다, 그것 또한 하나의 이상이라고 치자. 그런데 방금 너는 우리라는 말을 썼는데 그 우리는 누구를 가리킨 것이냐?"

"진정 깨어 있는 모든 사람입니다."

"진정 깨어 있는 사람? 좀 더 구체적으로 말하자면?"

"현실을 직시할 줄 알고, 그에 따라 의롭게 행동하는 사람이겠지요."

"몹시 허황하구나. 꽤 명쾌한 넌데, 오늘은 왜 이렇게 지리멸렬이지?"

역시 대화는 발전되기보다 꼬이는 쪽으로 나아가고 있었다. 그런데 형철이 내가 처음에 제기한 문제로 되돌아가서 목소리를 높이기 시작했다.

"형, 역사 발전단계에 나타난 모든 형태의 투쟁에서 승리는 어느 쪽에 돌아갔습니까? 도덕이었나요, 힘이었나요? 역사를 지배하는 확실한 원리는 물리적인 힘의 원리뿐입니다. 우리는 통일을 눈앞에 두고도 그 힘이 약했기 때문에 잃고 만 것입니다."

"그러나 그것은 진정한 승리가 아니다. 무력의 승리는 그 행사된 폭력의 값으로 따질 수 없는 대량의 인간성을 파괴한다. 그것은 결국 발전이 아닌 퇴보를 뜻한다. 목적은 인간인데 그 수단이 반인간적이라면 그야말로 모순이 아니냐. 그래서 진정한 승리는 유예되어 왔다고 해야 옳을 것이다. 우리가 추구해야 할 궁극의 승리는 도덕이지 않으면 안 된다."

형철은 좀 짜증스럽다는 표정을 지었다.

"그런 몽롱한 환상으로 어떻게 통일을 이루죠?"

"통일이라구? 너의 주장대로 우리의 통일도 그런 힘의 원리에 지배받는 것이라면, 피 아니면 그에 준하는 또 다른 어떤 폭력으로써만이 가능하겠지. 그렇다면 나는 열 번 통일이 이루어진다고 해도 원치 않는다."

"혁명을 위해 흘리는 피는 도살장의 피와는 달라요."

"그렇다면 그 피는 누가 흘리지?"

"혁명을 위해 투쟁하는 모든 깨어 있는 사람입니다."

"깨어 있는 사람? 그게 구체적으로 누구냐 말이다? 누가 깨어 있고 누가 졸고 있느냐구!"

"……."

나는 흥분하고 있었다. 그는 대답할 말이 없어서인지, 아니면 흥분하는 내가 짜증스러워서인지 입을 꾹 다물어버렸다. 나는 빈 잔을 탁자에 탕 소리가 나도록 내려놓았다.

"그건 그 폭력을 계획한 자들과 그에 동조한 자들이어야 한다. 그런데 그 혁명이라는 미명아래 뿌려진 피는, 몇 방울을 제외하고는 다, 너의 말대로 깨어 있지 못한 몽매한 사람들의 피였다. 언제나 그랬다. 피는 누구의 피든 다 붉은 것인데 말이다."

"그것은 해방을 위해 지불해야 할 응분의 대가입니다."

"해방? 누가 누구에게 해방시켜 달라고 했더냐? 누가 누구를 억압했으며 누구에게 그럴 권리가 있는 거냐?"

"……."

나의 흥분은 가라앉지 않고 있었다. 형철이 안타깝다는 얼굴로 무슨 말인가를 하려 했지만 나는 그에게 기회를 주지 않았다.

"바보 같은 자식들. 최루탄 가스나 좀 마시고 화염병 몇 개 던져본 걸 가지고 투쟁 운운하는 것도 주제넘거니와, 이미 낡아서 저들에게조차 먼지 쌓인 참고문헌 목록에나 올라 있을 이론서 몇 줄 훔쳐 읽은 것이나, 조잡한 선전 구호 몇 마디 어쭙잖게 주워들은 걸 가지고 혁명이니 뭐니 떠들고 다니는 꼴이 정작 제 앞가림도 못 할 위인들인 주제에……."

"형, 그렇게 감정적으로 얘기하지 맙시다."

형철도 취기로 벌겋게 달아오른 목을 뻣뻣하게 세우며 나를 쏘아보았다. 내가 흥분하고 있다는 것은 나도 알고 있었다. 그리고 혀가 굳어져서 발음이 좀 거북한 것도 사실이었다. 그러나 의식만은 그 어느 때보다 명료했다. 나는 토해져 나오는 참을 수 없는 말들을 계속 쏟아냈다.

"병신 같은 자식들. 정의니, 진실이니 하고 외치는 놈들이 그래, 그따위 졸렬하고 치사한 방법밖엔 생각해낼 수가 없는 거냐? 어째서 정의라는 깃발만 치켜들면 어떤 비인간적이고 부도덕한 작태까지도 정당화될 수 있다고 믿느

냔 말이다. 너희들이 타도하고자 하는 그 타락한 무리들의 방법보다 한술 더 뜨는 주제에 무슨 해방이 거기 있겠느냐. 폭력을 선택하는 순간, 정의는 죽는다. 정의! 정의! 그 외침 속에서 허망하게 죽어 넘어지는 진짜 정의의 시체들이 보이지 않더냐? 배진성 교수의 마지막 말을 기억하겠지? 너희들은 사람은 잃고 승리의 깃발만 얻었다던. 너희들과 다를 바 없는 무고한 한 인간을 대중 앞에 끌어내어 인민재판을 자행하고, 그것도 모자라 조직폭력배들을 무색케 하는 공갈협박에다가 삼류만화를 방불케 하는 인신공격 낙서 따위로 매장하는 것이 너희들이 외치는 정의라면, 도대체 그 정의란 어떻게 생겨 먹은 도깨비란 말이냐? 너희들의 정의는 한낱 병든 너희들의 누더기일 뿐이다. 그리고 너희들을 포함해서 정말 우리의 손아귀에 남은 것은 도대체 무엇이었더냐. 찢기고 터진 상처뿐이 아니었더냔 말이다."

마침내 형철은 자리를 박차고 일어났다.

"형, 도대체 뭘 주장하고 싶은 거야? 취한 척하는 거야?"

그의 분노 같기도 하고 곤혹스러움 같기도 한, 무참하게 일그러진 표정을 물끄러미 올려다보고 있자니 나는 울고 싶은 심정이 되고 말았다.

"미안하다. 오늘 내가 말하고 싶었던 것은, 늘 이 모양이 되고 마는 이따위 허망한 논쟁이 아니었는데……."

"형하고는 여전히 벽이 높다."

"아니야. 그게 아니란 말이다. 내가 오늘 하고 싶었던 말은……."

내가 내민 잔을 형철이 빼앗았다. 그리고 나는 목로 위에 머리를 부딪쳤는데, 의식만은 명료했다. 형철이 듣고 있는지 아닌지는 모르겠으나 나는 내가 지껄이는 소리를 내 귀로는 똑똑하게 들을 수 있었다. 어쩌면 나는 처음부터 그 말들을 내 귀에 대고 외치고 싶었던 건지도 몰랐다.

"내가 말하고 싶은 것은, 지금 우리가 떠벌리고 흥분하고 분노하면서, 그토록 진지하게 외치고 있는 그, 정의고 나발이고 다, 혁명이니 해방이니 통일이니 다, 허무맹랑한 말장난에 불과하다는 거다. 아니면, 정녕 그게 그렇게 절실한 것이라 하더라도, 사실을 말하자면 몇몇 권력자나 그 유사집단들이 그 절실함을 내세워 대중 선동에 이용하고 있는 거란 말이다. 너희들이 그토록 해방시키려고 애쓰는, 그 불쌍한 민중들의 의사와는 상관없이, 또 너희들의 그 핏발 서린, 화려한 외침과는 무관하게, 비극은 언제나 천재지변처럼 폭발하고 또한 무고한 그들과 너희들만 천형처럼 그 비극의 파편을 안아야 한다는 것이다. 해방, 혁명, 통일…… 다 웃기는 개털이다. 아냐, 그것도 아냐. 그게 인간의 모습이라는 것이다. 그게 인간의 운명이라는 것이다. 전쟁이 끝난 줄 알고 있지만, 그래서 또 다른 어떤 전쟁을 너희들은 꿈꾸는 모양이지만 그렇지가 않다는 말이다. 왜, 그것이 죄인 동시에 징벌이냔 말이다. 왜 그것이……."

얼마 만엔가 나는 고개를 들었다. 줄기차게 내리는 빗소리가 시원하게 귓전을 씻어주었다. 술꾼들이 다 돌아가서 썰렁한 실내의 한편에서 주인 여자가 비질을 하고 있었다.

"형, 일어나자."

그때까지 형철은 돌아가지 않고 있었다.

"짜식, 그냥 두고 갈 것이지. 너 자취방까지 가려면 멀잖아."

"괜찮아. 어차피 우산도 없어서 비 그치기를 기다리고 있는 중이야."

"계속 오는데……."

"택시 타고 가지 뭐."

"야, 택시비 여기 있다."

나는 주머니를 뒤적거렸다. 그때 출입문이 열리며 누군가가 안으로 들어섰다. 명희였다. 그녀는 물이 뚝뚝 떨어지는 우산을 접어 들고 또박또박 이쪽으로 걸어왔다.

"형, 그럼 나 간다."

"얀마, 차비……."

형철은 가방을 챙겨 들기가 무섭게 휑하니 술집을 빠져나갔다. 나는 간신히 자리에서 일어났다. 다가온 명희가 비질을 하고 있는 주인 여자를 돌아보며 말했다.

"아주머니, 죄송하지만 물수건 하나만 주시겠어요?"

그녀는 물수건을 건네받아 나의 뺨과 이마와 머리카락을 찬찬히 닦았다. 그녀 손끝의 감촉이 혼탁한 내 머릿속을 깨어나게 했다.

"걸을 수 있겠어요? 내 팔을 잡아요."

나는 허리께로 감겨드는 그녀의 손길을 뿌리치고 출입구를 향해 걸어갔다. 배에 탄 것처럼 사물들이 출렁거렸다. 나는 금방이라도 터져버릴 듯이 답답한 가슴을 열듯 문을 열어젖혔다. 시원하게 쏟아지는 빗소리와 물안개가 실내로 쏟아져 들어왔다. 그 바람에 하마터면 뒤로 나자빠질 뻔했다. 나는 문설주를 붙잡고 용케 균형을 잡았다. 아니, 뒤미처 달려온 명희가 무너지는 나를 지탱했던 것이다.

"비가 너무 많이 와요."

우리는 우산도 펴지 않은 채 그 빗속으로 나섰다.

내가 잠에서 깨어났을 때, 방 안은 눈부신 햇살로 가득 채워져 있었다. 누가 열었는지 반쯤 열린 창밖으로 매일 이맘때의 행상인이 지나가고 있었다.

"오이, 토마토, 복숭아, 자두 왔어요, 자두."

오늘은 네 가지였다. 달랑 무와 호박이 빠진 대신 자두가 오늘의 새로운 품목으로 추가되었다. 어제 사놓은 토마토가 비닐봉지에 담긴 채로 냉장고 안에 그대로 있을 것이다. 저 행상 아저씨는 약 한 달 전부터 나의 아침잠을 기분 좋게 깨워주고 있다. 동사무소 앞 삼거리쯤에서 들려오기 시작하는 그 구성진 목소리는 이윽고 내 방 창 아래를 지나 저 위쪽 쌀가게 옆 골목으로 사라지곤 하는데, 몽롱한 머릿속에서 잠의 여운이 썰물처럼 빠져나가는 그 10여 분 동안 나는 전에 느껴보지 못했던 평화로움과 신선함을 맛보곤 하는 것이다.

그의 스피커 소리는 여느 행상인에 비해 반 정도의 볼륨밖에 안 돼서 부담이 없었다. 취급하는 품목들을 외는 품도 되는 대로 주워섬기는 것이 아니라 나름대로 질서가 있고 율과 격을 갖추었기 때문에 그냥 듣기에도 좋은 소리다. 매일 한두 가지씩 품목이 바뀌거나 늘고 줄지만, 잊지 않고 각 품목들을 돌아가면서 먼저 불러주고 마지막 품목은 꼭 되풀이해서 불러주는 그의 공평함도 마음에 든다. 아마 모든 사람의 마음이 내 마음만 같다면 저 아저씨는 반값에 떨이를 외쳐대지 않더라도 매일 흡족한 수입을 올리리라는 생각을 해보곤 한다.

힘든 삶의 현장음이면서도 찌들지 않은 그 읊조림이 무엇보다 나를 감동시키는 것은, 자리에서 일어나기 직전의 10여 분 동안 고향의 어머니를 생각하고 명희의 얼굴을 떠올리고 또한 곧 시작될 하루일과의 정리를 그 어느 때보다도 평온하고 명료한 상태에서 이루어지게 해준다는 점이다.

"복숭아, 자두, 오이, 토마토 왔어요, 토마토."

행상인의 스피커 소리가 차츰 멀어지면서 내 머릿속엔 간밤의 기억들이 되살아나기 시작했다. 모든 것이 꿈이었으면 싶었으나 하나하나 되짚을수록 그것들은 부인할 수 없는 현실의 한 부분으로 생생해질 뿐이었다. 문득 부엌에서 달그락거리는 소리가 들려왔다. 명희가 왔었지……. 나는 자리에서 일어났다.

"속은 좀 어때요?"

그녀가 문을 열고 들어왔다. 뜬눈으로 새웠는지 그녀의 눈은 빨갛게 충혈되어 있었고 낯빛도 까칠하니 윤기를 잃었다.

"나 때문에 집에도 못 들어갔구나."

"그게 문제예요? 도대체 무슨 일이에요? 일주일만의 약속까지 깰 정도면 보통 심각한 일이 아닌 것 같은데…… 내겐 아무 말도 없이 그동안 무얼 그렇게 열심히 했죠?"

그녀는 기다렸다는 듯이 쌓인 의문들을 한꺼번에 쏟아놓았다. 나는 대답 대신 담배 한 개비를 피워 물고 창가로 갔다. 비에 씻긴 주택가는 더없이 신선한 빛깔로 반짝거리고 있었다. 행인들의 발걸음도 여느 아침보다 가벼워 보였다.

무슨 말부터 시작해야 옳은가. 나는 창밖에 펼쳐진 안온한 풍경 속으로 담배 연기를 길게 뿜어냈다. 그러나 가슴속은 더 답답해지기만 했다. 징조에 불과하던 환란이 어느새 등 뒤에까지 다가온 느낌을 떨쳐버릴 수가 없었다. 양산을 받쳐 든 여인이 한가로이 걸어가는 골목길 위로 어디선가 한 떼의 비둘기들이 날아와 손에 잡힐 듯 후드득후드득 지나쳐서는 맞은편의 축대가 높은 집 지붕 위에 내려앉았다. 야채 행상의 스피커 소리도 가물가물 사라지고 있었다.

"내키지 않으면 지금 말하지 않아도 돼요. 속이 쓰릴 텐데 이것부터 마셔요."

명희가 토마토 주스 한 잔을 접시에 받쳐 들고 서 있었다. 그녀는 자두 빛 유리잔에 부딪는 햇살처럼 생긋 웃어 보이기까지 했다. 나는 가슴이 뭉클했다.

그러나 이 무슨 이율배반인가. 감동은 다음 순간, 그녀의 웃음 띤 눈가를 할퀴고 그녀의 가녀린 어깨 위로 부스스 흘러내렸다. 나는 토마토 주스를 마셨다.

"서둘지 않아도 돼요. 우선 마음을 푸세요. 너무 힘들어 보여요."

그녀는 마치 어린아이를 달래는 어머니처럼 이렇게 말하며 입맞춤이라도 하려는 듯이 내게 다가섰다. 나는 돌아서서 유리잔을 창틀 위에 올려놓았다.

"거기다 놓으면 어떻게 해요. 떨어지면 어떡하려고."

지금은 그녀의 그런 여유 있는 태도가 나의 질식할 것 같은, 타오르는 불안과 초조, 답답함을 씻어내는 데 아무런 효력을 발휘하지 못했다. 오히려 부채질이 되어 더욱 견딜 수 없는 지경으로 몰아붙일 뿐이었다. 지금 다 털어놓지 않는다면 영영 기회가 오지 않을 것 같은 강박감, 아무 일도 없었다는 듯이 태연해야 한다는 흔들림, 나는 어찌해야 좋을지 알 수가 없었다.

그러나 어차피 나는 그녀에게 꼬리를 밟히고 말았다. 그 꼬리가 너구리의 것인지 다람쥐의 것인지는 아직 상상도 못 하고 있겠지만 어쨌든 그녀는 그 꼬리의 실체를 알아내기 위해 이런 여유까지 준비하고 있지 않은가. 내게는 너구리를 다람쥐로 둔갑시킬 재주가 없다. 어떻게든 납득할 만한 해명을 하지 않으면 안 된다. 마침내 나는 입을 열었다.

"전부 얘기해 주겠어."

"심각한 건가요?"

"이런 말이 있지, 세상은 참 넓고도 좁다는⋯⋯."

"무슨 뚱딴지같은 소리예요?"

"우리 고향이 마음에 든다고 했지?"

"영수 씨 고향에 무슨 일이 생겼어요?"

"곧 생기게 되겠지. 명희네 고향도 어쩌면 그곳일지 몰라."

"정말예요, 그게?"

"아직은⋯⋯ 아마 아버님께 우리 집안 얘기를 해드린다면 더 확실한 내막을 알 수 있을 거야."

"무슨 뜻인지 이해가 안 가요."

그녀의 마음속에서 혼란이 일고 있음이 눈에 보였다. 나는 다음 말을 어떻게 이어야 할지 갈피가 잡히지 않아 또 담배 한 개비를 뽑아 들었다.

"영수 씨네 집안과 우리 집 사이에 무슨 나쁜 비밀이라도 있다는 말인가요?"

그녀의 얼굴에 어두운 그늘이 깔리고 있었다. 비밀, 그녀의 마음에 어떻게 비밀이라는 생각이 떠올랐을까. 내가 신명호 노인을 처음 보았을 때 느꼈던 그런 불길한 예감을 그녀가 지금 나에게서 느끼고 있는 것일까. 나는 태연하려고 애썼다.

"그렇게 놀라지 않아도 돼. 다 사람 사는 세상에서 벌어지는 일이니까."

"답사 동안에 무슨 일이 있었던 거죠?"

"답사 동안에 있었던 일이 아니라 삼십칠 년 전에 있었던 일이야."

"도무지 무슨 얘기를 하고 있는 건지…… 그렇게 스무고개 식으로 빙빙 돌리지 말고 차근차근히 얘기해보란 말예요. 신명호 노인은 누구지요? 지난 일주일 동안엔 무얼 했죠? 그리고 어젯밤엔 왜 그렇게 폭음을 해야 했나요?

내 가슴속의 불씨가 드디어 그녀의 가슴으로 옮아붙고 있었다. 그녀는 내 눈을 똑바로 쳐다봤다.

"피할 수 없는 일이야. 이런 경우를 두고 운명이라고 하나 봐."

"얘기해 보세요. 무슨 일이에요, 대체?"

"그렇게 다그치지 말아줘. 곧 모든 사실을 알게 될 거야."

"왜죠? 왜 지금은 안 된다는 거죠?"

"집에 내려가 있으면 며칠 후에 내가 아버님을 뵈러 가겠어."

"영수 씨가 우리 집엘……."

나는 더 이상 아무 말도 하지 않았다. 더 할 수가 없었다.

5장

차창 밖으로 힘없이 손을 흔들던 모습이 마지막 모습이 될지도 모른다는 생각을 하면서 명희를 떠나보내고 나도 곧 봉당리로 내려왔다.

아버지는 건강이 매우 나빠진 듯 자리에 누워 있는 시간이 길었다. 그의 유일한 문밖출입인 정원의 등나무 넝쿨 아래의 흔들의자에 웅크리고 앉아 있는 시간도 해 질 녘의 한 시간 정도로 짧아졌다.

돌아오는 길로 모든 비밀을 풀어헤치겠다던 나의 결심은 그 때문에 벌써 사흘이 지나도록 실행되지 못하고 있었다. 내가 입을 열기만 하면 돌이킬 수 없는 재앙의 불씨들이 집 안 구석구석에서 쏟아져 나와 평온한 집 안이 온통 불길에 휩싸일 것 같은 불안 때문에 시간이 흐를수록 나의 의지는 흔들렸다. 그런 불안 속에서 문득문득 아무도 모르는 어디론가 떠나버리고 싶은 충동도 일었다. 견딜 수 없이 명희가 그리워지면 내가 절해고도로 떠밀려가고 있다는 착각에 빠져 잠을 이룰 수가 없었다.

"그때 왔던 여학생하고 필시 무슨 일이 생긴 게로구나. 괴로운 일이 있거들랑 이 에미한테라도 털어놓거라."

어머니는 나의 건강을 염려했다. 나는 언제까지나 시간만 끌고 있을 수가 없었다. 지금쯤 명희의 집에서도 일은 벌어지고 있으리라. 아버지가 언제 몸 져누울지 알 수 없는 일이고 이미 불길은 번지기 시작한 마당이었다.

돌아온 지 닷새째 되는 날, 나는 마음을 다잡았다. 지난밤에 벽장 깊숙이에서 찾아낸 빛바랜 종이뭉치를 나는 힘껏 움켜쥐고 안방으로 건너갔다.

"아버지."

참으로 오랜만에 내 입으로 불러보는 이름이었다. 그 소리는 분명 내 음성이었지만 벽 속에서라도 울려 나오는 것처럼 생소했다. 아직 코흘리개였을 때 그렇게 불렀던 기억이 아련하게 떠올랐다. 아버지 역시 손님과 마주 앉은 것처럼 나와의 이런 대면을 꽤 어색해하는 눈치였다.

"꼭 해주셔야 할 말씀이 있습니다."

"무슨 말?"

"꼭 말씀해 주셔야 합니다."

"무슨 말이냐니까?"

"홍판술이라는 이름을 기억하고 계십니까?"

순간, 아버지는 바늘에 찔리기라도 한 듯이 퍼뜩 고개를 들어 나를 건너다보았다. 이윽고 그는 자리를 고쳐 앉으며 한숨에 실어 이렇게 말했다.

"아다마다, 이 땅의 전 주인이었지."

"그럼 홍판재라는 사람도 아시겠군요?"

"그 사람은 홍판술이 동생이다."

"홍윤우 씨는요?"

"홍판재 아들이다. 대체, 무얼 알고 싶은 게냐?"

아버지는 나의 당돌한 질문들을 대수롭지 않게 받아넘기고 있었지만, 이 뜻밖의 사태에 매우 당황하고 있음이 분명했다. 무겁게 늘어진 눈꺼풀에 경련이 일고 있는 게 보였다.

마침 어머니가 살며시 방문을 열었으므로 방 안의 긴장은 잠시 느슨해졌다.

"어머니도 이리 앉으시겠습니까?"

뭔가 심상찮은 분위기를 감지한 어머니는 나와 아버지를 번갈아 쳐다보기나 할 뿐 아무 말 없이 한편에 가 앉았다.

"바로 그 홍판재 씨 또는 그의 아들인 홍윤우 씨에게 상속됐어야 할 토지를 어떻게 아버님이 사시게 되었는지 말씀해 주십시오."

오랫동안 아버지는 침묵했다. 어머니가 안절부절못하다가 가까스로 이렇게 말했다.

"새삼스레 그게 무슨 말이냐, 너도 잘 아는 사실을 가지고?"

"제가 알고 있는 건 꾸며진 거짓입니다. 저는 지금 진실을 말씀해 달라는 것입니다."

"진실이라니, 네가 어디서 또 헛소문을 들은 게로구나."

아버지는 지그시 감았던 눈을 뜨고는 몇 번 헛기침을 했다.

"최갑득이가 아직 살아 있더냐?"

순간, 혹시나 했던 내 마음 한쪽이 와르르 무너져 내렸다. 진실을 밝혀야 한다는 마음 한편으로는 차라리 아버지가 완강하게 버텨주기를 기대하고 있었기 때문이었다. 비밀의 열쇠나 다름없는 최갑득이란 이름을 아버지가 먼저 말해버렸던 것이다. 이제야말로 상황은 돌이킬 수 없는 국면으로 접어든 것이었다.

"중요한 것은 진실입니다. 아버님께서 홍씨네의 땅을 어떻게 사게 되었는지, 그것은 최갑득 씨도, 홍윤우 씨도, 저는 얼굴도 성도 모릅니다만 그 죽은 복실 아범도 아닌, 바로 아버님께서 가장 잘 아는 사실이 아닙니까? 저는 그게 알고 싶은 겁니다."

"다 지나간 일이다."

기나긴 한숨에 실어 아버지는 이렇게 한마디를 쏟고는 입을 다물었다.

"결코 지나간 일로 끝나지 않았습니다. 지금도 계속되고 있는 일입니다. 아버님께는 모든 것이 머잖아 끝날 일일 수도 있겠지만 저에겐 지금부터 시작일 수도 있습니다. 앞일을 위해서라도 피하지 말아주십시오."

"아니, 얘가 오해를 해도 아주 단단히 한 모양이네. 그때 전적지 답산가 뭔가를 한다고 하면서 누굴 만난 게냐?"

아버지는 고개를 들어 이렇게 말하는 어머니를 건너다보더니 일이 대충 어떻게 돌아가고 있는지를 알겠다는 듯 고개를 끄덕거렸다. 나는 아버지에게 용기를 북돋워 줘야겠다고 생각했다.

"제가 말씀드릴까요?"

아버지는 고개를 가로저었다. 주름진 얼굴에 핀 검버섯과 두툼하게 늘어진 눈꺼풀이 쉴 새 없이 떨고 있었다.

"아니다. 어차피 죽기 전에 다 밝히려고 했던 일이다. 일수를 불러라."

전화를 받고 일수가 곧 달려왔다. 그는 상황파악이 잘 안 된다는 눈으로 굳은 얼굴들을 번갈아 쳐다보았다.

"오래전부터 내 이런 자리를 만들려고 했었다. 그것이 뜻과 같지 않더니 오늘 이렇게 때가 온 것이다."

"왜요, 누가 찾아왔었습니까?"

"아니다. 흥분들 하지 말고 내 얘기를 끝까지 듣기 바란다. 보통학교 일학년이나마 겨우 다닐 수 있어서 까막눈은 벗었지만 내가 마르크스가 뭘 하는 사람이었는지, 공산주의 혁명이라는 게 뭘 어떻게 하자는 것인지 자세하게 알기는 어려웠다. 그렇긴 해도 남의 집 머슴살이로 잔뼈가 굵은 나로서는 못사는 사람도 잘사는 사람도 없는, 다 같이 일하고 똑같이 나눠 먹고 사는 세상을 만든다는 그들의 말에 솔깃하지 않을 수 없었다. 그래서 나도 그 개벽한 세상의 피딱지와도 같은 붉은 완장을 찼던 것은 사실이지만, 절대로 죽창 같은 건 들지 않았다. 지지리도 못살아서 너희들(이때 일수를 보며) 호강 한번 못 시켰다만, 그들이 주장하는 대로 내가 그렇게 철저하게 노예처럼 착취당하고 있다는 데에는 공감하기 어려웠다. 나는 무식했고 원래 가진 게 없었으니 응당 머슴살이로 새경이나 받아먹고 살 팔자가 아닌가, 이런 생각을 뿌리째 바꾸기는 어려웠다.

그러니, 한 동네에서 대대로 터 잡아온 멀쩡한 집안을 지주라는 이유만으로 하루아침에 뒤집어엎고 그도 모자라 아침저녁으로 얼굴 맞대온 생사람을 죽창으로 찔러 죽이는 그런 끔찍한 짓을 어떻게 할 수 있었겠니. 소위 반동분자 색출결사대라는 무리에서 내가 사흘 만에 진저리를 치고 도망쳐 나온 이유가 바로 그것이었다. 그때부터는 거꾸로, 동지라고 부르던 사람들에게 배신자, 악질 반동의 첩자라는 누명을 쓰고 쫓기는 신세가 되었다. 혹 일수는 기억할지 모르겠다만, 그때 내가 하룻밤도 신발 끈을 풀지 못한 채 잠을 설쳤던 것도 그 때문이었다. 이미 주위 사람들에겐 빨갱이라고 낙인찍힌 몸이기도 해서 그야말로 오갈 데가 없었다.

나에겐 그 비참한 동족상잔을 자랑스레 해방전쟁이라고 부르던 그들의 말이 허울 좋은 겉치레로 들리기 시작했다. 그들이 꿈에 부풀어 떠들고 다니던 대로 그렇게 더 가진 자도 없고 덜 가진 자도 없으며, 그래서 못 배우고 못사는 사람이 없는 평등한 낙원이 이루어만 진다면 그 얼마나 좋은 일이겠느냐. 그러나 그 낙원이라는 것이 온통 세상을 때려 부수고 피를 흘리게 해서야 이룰 수 있는 것이라면, 그게 무슨 낙원인가 하는 생각이 들기 시작했던 것이다."

방 안은 숙연한 분위기에 잠겨 들었다. 그렇지만 어쩐지 아버지의 얘기가 본령을 비켜서 옆길로 빠지고 있다는 생각이 들었다. 나는 무례를 무릅쓰고 아버지의 얘기에 끼어들었다.

"홍씨네 집안과는 어떻게 인연을 맺으셨습니까?"

"그래, 서둘지 않아도 된다. 내 다 얘기하기로 마음먹고 있으니까……. 어찌 되었건 나는 이래저래 쫓기는 신세였다. 아마 일수 느이 에미 약을 구하러 나섰던 길일 게다. 하긴 약이나 양식도 중요했지만 쫓기는 신세이니 어디든 안전한 곳을 찾는 것이 내 신상에나 식구들에게나 더 절박한 일이었다.

얼마간이라도 대구나 부산으로 피신해 있으려는 생각에 이를 악물고 발길을 떼긴 했지만, 상주쯤에서 되돌아서고 말았다. 젖먹이까지 딸린 병든 아내와 올망졸망한 자식들 얼굴이 눈에 밟혀서 더는 갈 수가 없었던 것이다.

홍씨네 집은 그렇게 돌아오는 길에 우연히 들르게 되었다. 약은 고사하고 양식 한 톨 구하지 못한데다 허기까지 진 채였다. 벌써 이 년 전이던가, 그 집에서 보름가량 나무 품을 팔았던 인연도 있고 해서 혹 빈집에 감춰둔 양식이라도 있을까 하여 궁한 마음에 들렀던 것이다. 피난들을 갈 때 다 지고 갈 수도 없거니와 돌아와서도 굶고 지낼 수야 없는 일이니 가외의 양식을 감춰두고 떠나는 수가 많아서 다른 피난민들이 곧잘 그걸 찾아내어 연명을 하는 수가 있었다.

이미 날이 어두워서 그 큰 집을 구석구석 다 뒤질 수는 없었다. 마지막으로 안방이 나 뒤져보자는 생각에 들어갔더니 어둠 속에서도 어쩐지 사람이 살지 않는 빈방 같지가 않은 느낌이었다. 계속 불을 지폈는지 방 안 공기가 훈훈하더란 말이다. 벽장 속을 이리저리 더듬다가 주먹만 한 맹꽁이 자물통이 채워진 고리짝이 손에 닿았을 때 가슴이 철렁 내려앉았었다. 뭔가 귀중한 것이 들어 있음에 틀림없다는 예감이 들었다. 호신용으로 차고 다니던 칼끝으로 못을 뽑고 뚜껑을 열었을 때 지전 냄새가 확 풍겨 나왔었다. 손을 넣어 더듬어보니 돈 말고도 미끈하고 묵직한 쇠붙이들이 만져졌었다. 금괴 말이다.

그때 내 눈이 뒤집힌 거다. 하긴 배고픈 놈 떡 보고 그냥 갈 수야 없는 노릇이었다. 더구나 난리 통에 주인은 피난을 떠나고 비워둔 집이 아니더냐. 그 귀중한 것들을 버리고 갔을 리는 없고 어떤 급한 경황 중에 미처 챙기지 못했나 보다는 생각을 하며 나는 떨리는 손으로 저고리를 벗어서 고리짝 안에 든 물건을 모조리 쏟아 쌌다.

막 보따리를 둘러메고 나오려는데 문이 제 먼저 벌컥 열리더니 '웬 놈이냐'는 호통이 징 소리만이나 크더구나. 나는 엉겁결에 뒤로 벌렁 나자빠졌다. 이어서 도둑놈이 어쩌고 하는 소리를 들으니 어렴풋이 그 목소리의 주인이 떠오르는 것이었다. 덩치는 커다래가지고 좀 모자른 자가 길든 삽살개보다 더 주인에게 비굴히 굴던, 그보다 단지 품팔이꾼에 불과한 나를 시기하여 공연히 시비를 걸곤 하던 그 복실 아범이 틀림없었다.

내가 일어설 새도 없이 그가 내 배 위로 올라타며 어둠 속에 희번덕이는 것을 치켜드는 게 보였다. 낫이었다. 다음 순간, 어떻게 하여 그가 문지방 쪽으로 나가떨어졌는지는 아직도 기억이 없다. 멀리 도망칠 동안 그가 일어나지 못하게 하려고 나는 이내 그를 덮쳤고 몇 번 그의 목을 문지방에 대고 눌렀다. 오래지 않아 축 늘어지더구나.

나는 그가 죽었다고는 꿈에도 생각하지 못했고 또 죽일 마음도 없었다. 어둠 속이어서 그가 나를 알아보지도 못했기 때문에 굳이 죽일 필요가 없었다. 그럴 용기도 내게는 없었다. 그러고는 이것저것 가릴 경황이 없었다. 나는 보따리를 챙겨 들고 줄행랑을 놓았다.

그가 죽었다는 사실은 나중에 봉당골에 와서야 알았다. 나도 여러 번 죽을 고비를 넘겼다만 사람이 그렇게 쉽사리 죽으리라고는 상상도 못 했던 일이다. 나를 지금껏 죄의식 속에 살아오게 한 것은 바로 그, 마을 사람들이 홍씨네의 원혼에 홀려 죽었다고들 하는 복실 아범을 내 손으로 죽였기 때문이었다.”

“그의 가족들은 어떻게 됐나요?”

“두 딸이 있었는데 돌림병으로 다 죽었다더구나. 내가 봉당골에 들어온 후로도 그 사람 마누라는 근 십 년 가까이 살았는데, 나는 음으로 양으로 그 여자를 도와주었다. 봉당리 미망인 후원회라는 것도 사실은 그 여자를 돕기 위해 만든 것이었고, 봉당리 향토장학금도 내 속마음은 죽은 복실 아범과 그의 두 딸을 생각해서 만든 것이었다.”

“그것으로 마음이 편해지셨던가요?”

"평생을 죄의식 속에서 살아왔다고 해도 과언이 아니다. 천벌을 받은 것이다……."

아버지는 고개를 꺾었다. 일수가 서둘러 곡진한 어조로 두둔하고 나섰다.

"그건 단지 실수였습니다. 아버님에겐 살의가 없었다구요. 그런 경황에서 섣불리 굴었다간 상대의 흉기에 먼저 당했을지도 모르는 일 아닙니까. 그건 정당방위였습니다."

"그렇다 하더라도 고리짝 속의 것들은 두고 왔어야 했습니다. 그 훔친 재물로 그 집안의 땅까지 헐값에 사들여서……."

"야, 인마! 넌 도대체 뉘 집 자식이냐?"

일수가 금세 따귀라도 올려붙일 기세로 호통치는 바람에 나는 주춤하고 말았다.

"그만, 그만. 이제는 제발 싸우지들 말아라. 그리고 내 얘기를 끝까지 들어라."

아버지는 팔을 내저어서 마주 노려보는 두 아들을 진정시켰다.

"때는 아직 전쟁이 끝나지 않은 혼란의 와중이었다. 그렇긴 해도 그 재물 때문에 나는 한시도 편치 않았다. 이미 얼마간의 돈은 써버린 후였지만 주인을 찾아서 사죄하고 돌려주어야겠다는, 막판에 가서 그런 용기가 나지 않으면 그냥 그들의 소재만이라도 알아내서 던져놓고 오려는 마음을 내게 되자 얼마간 마음이 가벼워졌었다.

일수, 병수 너희들만이라도 찾으려고 피란지를 뒤지며 부산까지 내려갔으나 끝내 너희들은 만나지 못하고, 홍판재의 거처는 알아냈으나 이미 그는 죽은 후였다. 간사한 게 사람의 마음이라고, 막상 그가 죽었다는 사실을 알자 처음에 먹었던 마음이 바뀌었다. 그의 아들은 아직 어렸고 홍판술의 딸 내외는 그 큰 땅을 관리할 능력도, 의사도 없었다.

물론 내가 사실을 털어놓으면서 모든 것을 돌려주지 못한 게 잘못이었다. 나는 그때 이런 생각을 했었다. 그 땅을 내가 관리할 수만 있다면 마을의 모든 사람을 잘 살게 하겠다고……. 그때 나는 다시금 붉은 완장을 찼던 때를 떠올리며 그 땅의 관리자가 되어야겠다고 결심했다. 온 세상을 다 평등하게는 못할망정 봉당골 한 마을만은 피를 흘리지 않고도 그렇게 만들 수 있으리라고 생각했던 것이다.

그런데 그것이…… 아니, 그런 생각을 했던 게 잘못이었다. 봉당골에 와서 안 사실이지만 그것도 결국은 피 흘림의 결과였고…… 세상일은 순리에 맡겨야 하는 것인데……."

아버지는 더 잇지 못하고 탄식하며 손으로 머리를 감싸 쥐었다.

"아닙니다. 홍씨네 일가가 망한 마당에 어차피 그 고리짝 속에 든 것들은 남의 손에 넘어갈 것이었습니다. 만에 하나 복실 아범 같은 팔푼이가 그 재물을 차지했다고 해보세요. 봉당골 주민 전체가 풍비박산이 났을 겁니다. 그리구 어디 그 재산을 아버지가 몽땅 챙겼습니까? 사륙제의 높은 소작료를 이팔제로 낮추었고 그나마 오 년 후부터는 헐값으로 소작인들에게 전답까지 나누어주질 않았습니까. 그리구 어디 그뿐입니까……."

"저도 알고 있습니다. 새마을운동 때는 마을길을 넓히고 초가지붕을 걷어내고 우물을 수도로 바꾸는 사업에 앞장서서 막대한 돈을 희사하기도 하셨지요. 그래서 주민들은 아버지가 봉당리를 군내에서 제일가는 부촌으로 가꾼 공로자라고 추앙했고 하늘이 낸 사람이라는 둥, 국회로 보내야 한다는 둥, 심지어는 홍씨네의 몰락은 아버지 같은 인물을 내기 위한 액땜이었다는 둥 떠받들게 되었지요. 어디 그뿐입니까……."

"됐어! 그렇게 잘 알면서, 너는 한낱 옛이야기에 지나지 않는 그때 일을 되살려서 문제 삼는 이유가 뭐냐?"

"한낱 옛이야기라구요? 이 땅의 정당한 상속자인 홍판재 씨의 아들이 번연히 살아 있는데두요? 아버지께서는 홍윤우 씨를 한 번이라도 찾아본 적이 있었나요? 그리고 아버지가 벌이셨던 그런 사업들이 살인강도 짓에 대한 죄를 덮어버릴 수 있는 거구요? 훔친 재산을 가지고 그 범죄 사실을 은폐하기 위해 무지한 마을 사람들에게 선심 좀 썼다는 것이 뭐 그리 대단한 일이던가요. 그야말로 자기 죄에 대한 비열한 변명의 수단이요 합리화며 결국은 자기기만에 다름 아니었습니다."

"너, 어쭙잖이 대학물 좀 먹었다구 아주 유식하구나. 피는 물보다 진하다고 했는데 제 핏줄도 몰라보는 망나니 같으니라구."

"형은 언제 그렇게 피가 물보다 진한 줄 알았어요?"

"그 형 소리 집어쳐! 그래서, 이제 와서 뭘 어쩌자는 거냐구?"

"이 땅은 마땅히 제 주인에게 돌려주어야 합니다."

"제 주인? 그렇다면 봉당골 주민 전체와 그 홍판재 아들이라는 사람이 한바탕 난리를 치러야 하겠구나."

"그렇지는 않습니다. 지금 봉당리 주민들의 땅은 마땅히 그들의 것입니다.

그들은 대를 이어 일궈온 실질적인 주인이고, 또한 누구에게서 빼앗거나 훔치지 않았기 때문입니다. 그렇지만 익히 알고 계신 것처럼 아버지와 형의 경우는 다릅니다. 그래서 아버지가 형의 맹렬한 반대에도 불구하고 마을 사람들에게 논밭을 나눠준 것이 결코 공로일 수 없습니다. 우리가 이제라도 조금이나마 죄 사함을 받기 위해서는 살아 있는 홍윤우 씨에게 용서를 빌고 남은 재산이나마 돌려주어야 합니다. 지금 남아 있는 유일한 증거인 이것과 함께 말입니다."

나는 주머니에서 37년 전 바로 그날 밤, 그 비밀 고리짝 속에 지전 뭉치들과 함께 들어 있던 홍판술 씨의 전답 문서를 꺼내 펼쳤다.

"그게 뭐냐?"

일수가 재빨리 내 손에서 그 문서를 나꿔챘다. 이리저리 뒤적이던 그는 아버지를 향해 이렇게 투덜거렸다.

"아, 이런 귀신 붙은 종이쪼가리는 뭣 땜에 여태껏 갖고 계셨어요?"

그리고 그는 주머니에서 라이터를 꺼내더니 문서 한 귀퉁이에 불을 댕기는 게 아닌 가.

"이따위 것은 필요 없어. 없애버리는 게 나아."·

"안 됩니다!"

내가 달려들어 불붙은 문서를 빼앗았다. 그 바람에 재떨이가 엎어지고 그도 옆으로 나동그라졌다. 나는 손바닥만큼 타다만 문서를 간추려 재빨리 품속에 찔러 넣었다.

"이 넋 빠진 자식이!"

일수는 몸을 가누자마자 방문 쪽으로 비켜선 나의 멱살을 사정없이 움켜잡았다

"그거, 빨리 내놓지 못해!"

"안 돼요, 이것 놓으세요!"

나는 구석으로 밀어붙이는 그의 오른팔을 있는 힘들 다해 뿌리쳤다.

"어, 이 자식 보게. 감히 나를 쳐?"

도로 밀려나 노려보는 그의 눈초리는 분노로 이글거리고 있었다. 그는 다시금 달려들 태세를 취하며 한 걸음 다가섰다. 어머니가 급히 사이로 끼어들어 내 팔에 매달렸다.

"어쩌자고 이러는 거냐. 왜 평지풍파를 일으켜?"

"죄마저 대를 이을 수는 없습니다. 아버지, 말씀해 주십시오. 당신의 자식들이라도 대신 죄 값을 해야 한다고 말예요. 홍윤우 씨에게 지난 일을 사죄하고 남은 재산을 돌려주겠다는 말씀을 떳떳이 전할 수 있게 해주십시오."

목이 메어 꺽꺽대면서도 나는 마지막 이 말을 다 토해내고야 말았다. 아버지의 두툼하고 주름진 눈꺼풀이 심하게 떨리고 있었다.

"그래야지, 그래야 하고말고……."

아버지는 쥐어짜는 소리로 이렇게 중얼거리며 고개를 떨구었고 이내 쓰러지듯 자리에 몸을 뉘었다. 어머니가 달려가 이마를 짚었다. 나는 천천히 방문을 열고 현관으로 나섰다.

"너, 이 새끼 어디 가는 거야!"

주먹을 부르 쥐고 일수가 뒤쫓아 나왔다. 그러나 그는 나의 뒷덜미를 움켜 잡기 전에 문밖에 웅크리고 섰던 병수에게 팔목을 붙잡혔다.

"여, 영수, 때리지, 마."

"이 병신 새끼가. 이것 놓지 못해!"

그가 발길질을 한번 하자 병수는 현관문 유리를 박살 내며 곤두박히고 말았다.

"우우, 형, 나빠!"

나는 더 나아갈 수가 없었다. 쓰러진 병수를 일으켰을 때 그의 머리에서 피가 흐르고 있었다. 나는 손수건을 꺼내 상처를 감쌌다.

"당신이 피가 물보다 진하다는 말을 할 자격이 있어요!"

"그래, 이 넋 빠진 자식아. 나는 피도 눈물도 없는 놈이니까 잔말 말고 빨리 그 종이쪼가리나 이리 내놔."

"못 줘요. 이건 주인에게 돌려줘야 합니다."

"웃기는 소리, 그래 봤자 소용없어. 이 땅은 이제 내 꺼야. 아버지가 마을 사람들에게 헐값으로 나눠준 땅도 도로 다 찾을 거다."

"땅에 아주 미쳐버렸군요."

"뭐가 어째!"

날아온 발길에 나는 옆구리를 쥐고 나뒹굴었다. 이어 달려든 그의 우악스런 손이 웃도리 안주머니에 든 종이뭉치를 꺼내려 했다.

"순순히 내놓는 게 좋을 거다. 그걸 가지고 장난을 치면 다 된 밥에 코를 빠뜨려."

"안돼요, 안 돼!"

엎치락뒤치락하는 사이 병수가 지팡이로 일수를 내려치며 소리쳤다.

"여, 영수, 때리지, 마!"

일수가 분연히 일어섰다.

"이 병신 새끼가!"

병수의 지팡이는 이내 일수 손으로 옮겨갔고 쌩쌩, 바람을 가르며 허공에서 춤을 추었다.

"우우, 우우……."

나는 병수의 몸 위에서 난무하는 물푸레나무 막대기를 필사적으로 막아냈다. 내 어깨와 팔목에도 수없이 매질이 가해졌다. 그 틈을 타서 겨우 일어나 도망치는 병수의 얼굴은 온통 피투성이였다. 병수가 도망치고 나자 이제 막대기는 닥치는 대로 나에게 날아들었다. 막대기를 휘두르는 일수의 눈빛에는 살기마저 번득이고 있었다.

"너도 한번 뒈져봐라!"

"이러지 마세요! 제발 진정하란 말예요!"

"살고 싶으면 그 종이쪽이나 빨리 내놔!"

등이며 머리며 허리에 사정없이 내리찍히는 매질의 통증을 더는 견딜 수 없었다. 더 이상 방어 자세만 취하다가는 정말 몸이 어떻게 될지 모르겠다는 두려움에 나는 날아드는 막대기를 가까스로 붙잡았다.

"아이구, 내 팔자야. 이게 대체 무슨 날벼락이란 말이냐!"

어머니가 이쪽으로 뛰어오고 있었다.

그때였다. 갑자기 어지럽게 펄럭이며 덮쳐온 검붉은 불빛과 이어 매캐하게 번져오는 연기 냄새에 수라장은 뚝 그치고 말았다.

"불 아니야?"

"뒤란이다."

다들 정신없이 뒤란으로 뛰었다. 안채에 엉성하게 잇대어 붙인 헛간 벽에 의지하여 까마득히 쌓아 올린 포도 넝쿨, 복숭아 가지 삭정이 더미에 불길은 벌써 전체로 번져 있었다.

"우우, 불, 부루는……."

불길에 휩싸인 헛간 안에서 병수가 외쳐대는 주문 소리가 들려왔다.

"저 병신이 기어코 일을 저질렀구나."

"사람을 구해야지요!"

나는 불타는 헛간 안으로 뛰어들려 했지만, 그 열기 때문에 두어 걸음 앞에서 멈출 수밖에 없었다.

"자, 이거라도 잡아요!"

급한 김에 나는 곁에 서 있는 바지랑대를 안으로 쑤셔 넣었지만 옷에 옮겨 붙은 불 때문에 몸부림치느라 그는 정신을 차리지 못했다. 이내 바지랑대도 불덩이가 되어 중동이 똑 부러졌다.

"불, 우우, 부울!"

단말마의 비명과 함께 헛간은 무너져 내렸고 불붙은 삭정이 더미들이 사방으로 흩어졌다. 우왕좌왕하는 사이 불길은 어느덧 안채로 옮겨 붙었다.

"노인네가 위험해!"

어머니가 종종걸음으로 현관 쪽을 향해 달려갔다. 병수를 구하기는 늦어 버린 것이었다. 나도 황급히 현관으로 뛰어들었다. 그곳에도 벌써 연기가 자욱하게 들어찼으며 열을 받은 벽과 천장이 우우우, 기분 나쁜 진동 소리를 내고 있었다.

아버지는 질식한 듯 움직임이 없었다. 내가 아버지를 업고 정원까지 뛰어나왔을 때 불길은 분노에 찬 마귀의 울부짖음을 토하며 거친 기세로 타올랐다. 우우우…… 몰려온 가족들 모두 허탈한 얼굴로 멍하니 바라보거나 할 뿐이었다. 이윽고 달려온 마을의 청년들이 쉴 새 없이 물을 퍼 날랐으나 불은 탈 수 있는 것은 모조리 태워버린 후에야 스스로 꺼졌다.

병수의 뼈를 수습하는 자리에 둘러선 마을의 노인들은 혀를 차며 비감한 음성으로 이렇게들 중얼거렸다.

"불로 한을 맺더니, 끝내 불로 그 한을 풀었구먼……."

"새삼스레 그 참혹한 난리가 떠오르네……."

"에이, 쯧쯧쯧…… 형제끼리 싸우면 이렇게 벌을 받는다니까. 죽은 사람은 죽은 사람이지만서두……."

나는 아직도 화기에 달아 뜨거운 뼛조각들을 움켜잡고 별이 총총한 하늘을 올려다보았다. 손안의 열기가 가슴으로 번져 들어 주체할 수 없는 파동을 일으켰다. 나는 비로소 그의 죽음을 실감하기 시작했다. 대체 이게 무슨 짓들인가. 결과적으로 내가 그를 죽음의 불 속으로 몰아붙인 셈이 아니고 무엇인가. '우우, 불, 불…….' 그의 마지막 절규가 나의 가슴으로부터 목구멍을 타고 치밀어 올랐다. 그리고 유성이 흐르는 하늘 어딘가에서 홍 상병의 외침도

웅웅 귓전에 울려왔다.

'전쟁은 죄인 동시에 징벌이다, 징벌이다……'

이틀 동안의 혼수상태에서 깨어나지 못한 채 아버지마저 숨을 거두었다. 마을 이장을 비롯하여 생전에 고인과 정분이 두터웠던 몇몇 노인들이 마을장을 주장했지만 이에 대해서만은 상주인 일수, 어머니, 나 모두 반대 입장을 취하였다. 어머니는 이 동네 저 동네 나쁜 소문만 키우게 될 것을 우려했고, 일수는 벌써 소문이 자자한 대로 이 전대미문의 참상(慘喪) 경위가 공식화되는 것을 두려워했다. 그뿐만 아니라 평소 하나같이 자기 눈 밖에 난 그들에게 중대한 집안일을 맡김으로써 뒷일을 수습하는 데 추호라도 있을 수 있는 그들의 개입을 막아야 했기 때문이었다.

나는 누구보다도 고인이 마을장을 원치 않을 것이라고 생각했다. 유언 한마디 남기지 못했지만 사건이 터지던 날 참회의 눈물과 함께 아버지가 마지막으로 했던 말을 떠올린다면 마을장은 참으로 가당찮은 허세가 아닐 수 없을 것이었다.

군수가 조화를 보내고 면장, 경찰서장이 빈소를 다녀갔다. 봉당리 전 주민은 물론 음으로 양으로 고인의 은덕을 입은 근동의 많은 사람들이 조문을 왔다. 소문을 들어서 대충 어떻게 된 사정인지를 알고 있는 조문객들은 상주에게 위로의 말도 제대로 전하지 못하고 그저 묵묵히 영정 앞에 절이나 하고는 곧 발길을 돌렸다. 겉보기엔 성대한 듯했지만 쓸쓸하기 그지없는 장례였다. 병수의 뼛조각들은 상여도 타지 못한 채 아버지의 발치에 묻혔다.

"너의 그 꼴같잖고 철딱서니 없는 짓거리 때문에 집안이 이 지경이 되고 말았다는 사실을 알고나 있는 거냐? 진실은 무슨 놈에 얼어 죽을 진실이야. 세상에 진실 가지구 먹구사는 놈 있으면 나와 보라 그래."

일수의 이런 노골적인 비난 앞에서 나는 할 말이 없었다. 그런 사고가 터지던 날에야 비로소 아버지라고 다시 불러보았던 고인에 대한 죄책감 때문에 나는 잠을 이룰 수가 없었다.

장례를 끝내자마자 몸져누운 어머니의 말대로 내가 평지풍파를 일으키지만 않았더라면, 아니 그 퇴색한 종이뭉치만 일수에게 넘겨주었더라면, 병수도 아버지도 그렇게 비참한 죽음을 맞지는 않았을 것이다.

신명호, 최갑득 노인도 그랬고 아버지도 어머니도 일수도 모두 하나같이 그 진실이 밝혀지기를 원치 않았었다. 그들이 입을 모아 경고했던 것처럼 누구도 밝히기를 두려워했던 그 진실이 모습을 드러내면서 동시에 엄청난 비극이 몰려와 버린 것이었다. 왜, 나는 그래야만 했을까. 밝히지 않는다고 해서 내게 당장 어떤 위험이 닥치는 것도 아니었는데, 나는 왜 굳이 이런 비극의 늪으로 질주하고야 말았는가.

나는 내가 선택할 수도 있었을 다른 경우들을 생각해 보았다. 우선 애초부터 집안의 비밀이니, 전쟁이니, 죄와 벌이니, 진실이니 하는 나의 현실적인 삶과 직접 관련이 없는 그런 의미들에 대해서는 아예 관심조차 갖지 않았더라면 좋지 않았을까. 또 관심을 갖고 의혹의 근원을 파헤쳤으면 거기서 그치고 모든 걸 마음속에 묻어둘 일이지, 그것을 꼭 당사자에게 확인까지 할 필요가 있었을까. 굳이 확인까지 했더라도 이제 와서 새삼스레 사죄해야 한다느니, 남은 재산을 돌려주어야 한다느니 하고 만천하에 폭로하고 말겠다는 협박조의 주장만은 하지 말았어야 했는지도 모른다. 이 중에 어느 것을 택했더라도 결과가 이렇게 비극으로 치닫지는 않았을 것이다. 나는 가장 극단의 방법을 택한 셈이었다.

그러나 과연 내가 이 중에 어느 한 경우를 선택할 수도 있었으리라는 가정이 이제 와서 무슨 의미가 있단 말인가. 그때 나에게 있어서 다른 선택의 여지는 없었다. 나에겐 그것이 최선의 선택이었다. 그렇다면 과연 그 선택은 옳았는가? 그 선택이 진정 옳은 것이라면 왜 이 견딜 수 없는 죄책감에서 헤어나지 못하고 있는가?

후회와 자책, 그리고 무엇이 옳고 그른지 분간할 수 없는 혼란의 나날이 지나갔다. 시간은 참으로 신비한 힘을 지니고 있었다.

장례를 치른 지 닷새째 되는 날, 이번 사태의 책임을 전적으로 나에게 떠넘기며 원수 취급을 하던 일수가 뜻밖의 은근한 태도로 나를 불러 앉혔다.

"아버지마저 돌아가신 마당에 우리가 계속 쓸데없는 감정싸움이나 하고 있어서야 쓰겠니? 이제부터라도 우리가 마음을 합해야 한다."

옳은 말이었다. 그러나 나는 그가 왜 이런 태도로 돌변했는지, 그 속뜻을 잘 알고 있었다. 포도원과 복숭아 과수원, 목장, 그리고 최근에 사들인 노루목 부근의 야산 등 부동산과 십여 개의 각종 통장에 들어 있는 재산 분배 문제를 따지기 위한 것임에 틀림없었다.

"그래서 말인데, 제발 홍 머신가 하는 사람을 찾아가겠다는 생각은 이제 버리는 게 좋겠다. 아직은 상중이라 가더라도 집안의 뒷일이 정리되거든 그때는 알아서 하더라도 …… 그리고, 너도 너지만 어머니 생각도 해야 되잖느냐?"

언제 그렇게 나와 어머니 생각을 했다고 새삼스레 이러는 것일까. 그야말로 장례 치른 지 일주일도 지나지 않아서 말이다. 나는 단호하게 말했다.

"하지만 저는 가겠습니다. 형님도 보셨다시피 아버지는 홍윤우 씨에 대한 사죄의 뜻을 분명히 하셨습니다. 제 걱정은 하지 않으셔도 됩니다. 어머니에게도 상속권이 있으니 그 문제에 대해서도 너무 신경 쓰지 마시고요."

"정 가겠다는 거냐?"

"시간이 지체하면 의미가 없어집니다. 이것저것 마음대로 다 정리해버리고 나서 찾는다는 것은 그분들을 또 한번 우롱하는 짓입니다."

"그럼, 그 좀먹은 종이뭉치는 내놓고 가거라."

"그럴 수는 없습니다. 이것은 아버지가 사죄의 뜻으로 그분에게 돌려드릴 유일한 징표니까요."

"그래, 이 미련한 자식아. 가서 무릎을 꿇고 빌든 남은 재산을 몽땅 돌려주겠다고 헛소리를 하든 네 맘대로 해봐. 더 이상 말리지 않겠다. 단 이제부터는 꿈에서라도 나를 형이라고 생각하지 말기 바란다. 나하고도 끝인 줄 알란 말이다."

그의 이 무책임한 선언은 오히려 내 마음을 홀가분하게 해주었다. 후회와 자책의 먹구름으로 무겁게 짓눌렀던 마음이 비로소 조금씩 걷히기 시작했다.

나는 부산행을 서둘렀다.

6장

　명희가 일러준 대로 언덕길을 오르는 데는 숨이 좀 찼지만 노을이 번진 내항 너머로 아득히 열린 바다에서 불어오는 해풍은 말할 수 없이 상쾌하였다. 바다 쪽으로 돌아설 때마다 이마와 목덜미에 부드럽게 감겨드는 바람결의 그 비릿하고 축축한 감촉으로 해서 나는 지루했던 여행의 피로를 잊을 수가 있었다.

　해안을 따라 길게 늘어선 부두와 시가지의 전경이 한눈에 굽어 보이는 산중턱께에 이르러 나는 숨을 골랐다. 방금 전 개찰구를 빠져나와 방향을 잡기 위해 서성거렸던 역전 광장이 빤히 내려다보였다. 열 지어 정박해 있는 수천수만 톤급의 화물선들, 숲을 이룬 컨테이너들과 기중기들, 거대한 사일로, 창고들, 푸른 해면 위를 분주하게 오가는 크고 작은 배들이 손에 잡힐 듯 가까웠다.

　낯선 것들은 언제나 호기심과 설렘을 불러일으킨다. 난생처음 와보는 이 낯선 풍경의 한가운데에서 나는 문득 육지의 끝과 바다가 시작되는 늘 꿈꾸던 지점에 막 당도해 있음을 깨달았다. 단단한 육지, 고집스럽고 복잡하고 혼란스러운 땅의 발치에서 출렁거리는 가슴을 드러내고 바다는 누워 있었다. 멀리 내항의 끝 방파제 너머로 멀어져가는 여객선이 울려대는 것인가, 사이를 두고 설렘으로 충만한 이 풍경의 배경음인 양 뱃고동 소리가 들려왔다.

　나는 명희의 얼굴을 떠올렸다. '뱃고동 소리 듣고 싶지 않아요? 영수 씨 음성이랑 너무 흡사해요. 이제 난 뱃고동 소리만 들으면 영수 씨 생각이 나요.'

고향의 모습, 낯익은 봉당리의 풍경이 그 위에 겹쳐졌다. 아버지, 어머니, 병수, 일수, 조카들, 그리고 마을 사람들의 모습이 하나하나 스쳐 갔다. 장례식이 아니었으면 그 모든 사람들이 거기 그렇게 모이지 않았으리라. 그들의 아버지요, 남편이요, 할아버지, 은인 그리고 마을의 공로자이기도 했던 박재필이란 사람의 끝을 확인하기 위해 그들은 그렇게 모였고 또한 이내 흩어져버렸다.

그들은 이제 영영 그렇게는 모이지 않을 것이다. 그의 죽음은 두 번일 수 없으며 그 하나가 끝났기 때문이다. 나는 그런 아버지의 죽음이 나를 이곳, 시작과 끝이 만나는 지점으로의 출발을 열었다고 생각했다. '사랑해요. 어떤 일이 있어도 우리는 헤어질 수 없어요.' 이렇게 못 박고 떠났던 명희의 음성이 뱃고동 소리에 실려 거듭 내 가슴으로 뛰어들었다.

거의 산꼭대기다시피 한 위치에 시영아파트는 자리해 있었고, 703호는 엘리베이터도 설치되지 않은 어둠침침하고 낡은 계단의 끝에 있었다. 가르마가 반듯한 반백의 머리에 금테 안경을 쓴 오십 대 중반의 남자가 문을 열어주었다.

"저…… 봉당리에서 온 박영수라고 합니다."

문밖에서 몇 번 호흡을 가다듬었음에도 내 말은 헐떡이듯이 되고 말았다.

"어려워 말고 들어오시오. 기다리고 있었소."

반생을 교단에서 지내온 어른답게 주인의 태도는 기품이 느껴졌다. 비록 좁은 집에 화려하지 않은 세간일망정 그 정돈된 분위기에서 나는 한눈에 안주인의 세심한 손길을 읽을 수 있었다.

"우리는 막 저녁을 끝냈소만, 아직 식전인 것 같은데……."

"차에서 내리자마자 식사부터 했습니다."

안주인까지 합세하여 거듭 식사를 권했으나 나는 끝내 사양하였다. 그때까지도 명희의 모습이 보이지 않는 것이 영 마음에 걸렸다. 그냥 앉으라며 만류를 했지만 나는 예의를 갖추어 홍윤우 씨에게 큰절을 했다. 명희의 동생들이 틀림없을 두 사내아이가 기웃거리는 사이에 부인이 차와 과일을 내왔다.

이윽고 홍윤우 씨가 입을 열었다.

"부산엔 초행이요?"

"그렇습니다."

"그래, 첫인상이 어떻소?"

"올라올 때 바다에서 불어오는 바람이 참 상쾌했습니다. 항구의 풍경과 뱃고동 소리도 인상적이었구요."

"좋은 인상을 받았다니 다행이요. 올라오느라 힘이 꽤 들었지요?"

"힘들기는요. 덕분에 시내 구경을 잘한 걸요."

서먹한 분위기가 어느 정도 가셨다고 생각했는지 홍윤우 씨는 화제를 바꾸었다.

"봉당리엔 별일 없겠지요? 내가 다녀온 지도 벌써 십 년이 넘었군요."

"......"

나는 무슨 얘기를 어디서부터 시작해야 좋은지 얼른 갈피가 잡히지 않아 한동안 꿀 먹은 벙어리가 되었다. 홍윤우 씨가 다시 화제를 돌렸다.

"엄친의 함자가 재자 필자시던가요?"

"그렇습니다."

"건강은 여전하신지?"

나는 얘기가 더 겉돌기 전에 바로 본론을 시작하는 수밖에 없다고 생각했다.

"실은 며칠 전에 돌아가셨습니다."

"저런……."

홍윤우 씨는 놀라움의 감탄사를 발하며 자리를 고쳐 앉았다. 그는 조의를 표하고 나서도 사이사이 혀를 차며 고인에 대한 봉당리 주민들의 칭송과 지역 발전을 위해 공로가 컸다는 얘기는 자기도 들어 알고 있었다는 등의 얘기를 길게 덧붙였다. 나는 묵묵히 들었다.

"병환 중이셨던가요?"

"원체 연로하셨습니다. 일흔일곱이셨으니까요."

사건의 전말을 한마디로 요약하기는 너무 엄청난 일이라서 나는 대충 이렇게 얼버무렸다.

"음…… 그랬군요."

"그보다 돌아가신 아버님의 유언이기도 하고, 또 저의 바람이기도 했던 말씀을 전해드리기 위해 외람되게 뵙기를 바란 것입니다."

"유언이라니요?"

"선생님께서는 저희 아버님이 선생님의 백부이신 홍판술 어르신의 땅을 부정한 방법으로 가로챈 사실을 알고 계신가요?"

그는 나의 예상과는 달리 별다른 동요의 빛을 나타내지 않았다. 대신 그는 내가 자기를 찾아온 이유가 무엇인지 짐작하겠다는 듯한 눈빛으로 물끄러미 쳐다보다가 쓸쓸한 웃음을 입가에 머금었다.

"아마 십 년 전일 것이요. 알고 있을지 모르겠소만, 돌아가신 내 백부님 양

친과 두 사촌 형의 산소 이전 문제로 학생의 부친을 뵌 적이 있소. 다 지나간 일이지만……. 그때, 학생의 부친께서는 산소 자리만은 그대로 둬주자고 하신 모양이었는데, 학생의 형 되는 분이 끝내 이장을 주장하셨소. 선친들의 유택이라고는 하나, 이미 내겐 남의 땅이 아니오. 그분들껜 타관인 이곳으로 유택을 옮길 수도 없고, 그렇다고 고향에 새로 마련할 사정도 못 되어서 화장을 했었지요. 그때 마을 사람들에게서 그런 얘기를 듣긴 했소만……."

"믿지 않으셨단 말씀입니까?"

"허허, 그게 사실인들 어쩌겠소. 이미 상황이 바뀐 마당이 아니오. 그리고 선친들의 땅은 대부분 마을 사람들의 소유가 된 후였고, 당시엔 쓸모가 없었던 야산을 개간하여 목초와 과목이 우거진 옥토로 바꾸어 놓았던데. 그러한 배려와 노고에 대해서는 오히려 감동을 받았었소."

"물론 현재의 목장과 과수원으로 개발돼 있는 야산의 대부분은 나중에 일수 형이 사 들여서 확장한 것이었습니다. 그러나 그런 바탕은 역시 선생님 선친들의 땅에서 비롯된 것입니다."

"그럴 수도 있겠지요."

"정말 아무 미련이 없으셨단 말입니까?"

나는 좀 뜻밖이라는 생각이 들었다.

"미련이라니요. 하긴 석연찮은 구석도 없지 않았지만 그렇다고 해서 뒤늦게 내가 진상을 밝히겠다고 나선다는 것도 꼴이 우습질 않소. 공연히 평화로운 마을에 분란만 일으키게 될 것이 뻔한데…… 그리고 땅을 팔아넘긴 사람은 나의 사촌 매형이었소. 물론 산 사람이 정당치 못한 방법을 썼다는 것이 사실인지 모르겠지만, 판 사람도 선친들에게 떳떳한 입장은 아니었던 걸로 알고 있소. 어쨌든 그렇게 산 땅으로 이루어 놓은 결과를 볼 때 나는 참 다행스럽다는 생각이 드는 것이요. 과연 누가 현재의 봉당리 같은 부촌을 이루도록 그 땅을 관리할 수 있었겠소. 그래서 나는 만에 하나라도 내 자식들에게까지 그러한 소문이 들리어 마음을 혼란케 하고 새삼 과거의 비극을 되살려 앞일을 그르칠까 우려해서 애들한테는 선친들의 행적에 대해서는 여지껏 자세한 얘기를 하지 않았던 거요."

"아니, 그건 결국 산 것이 아니라 훔친 것이고 판 것이 아니라 빼앗긴 것이며 선생님은 그 상속권을 도둑맞았는데도 그 결과만을 놓고 그렇게 말씀하실 수 있는 겁니까? 너무 무책임한 태도는 아니신지요?"

홍윤우 씨가 뭔가를 잘못 알고 있는 건 아닌가 하여 나는 다시 한번 주의를 환기시켰다. 그러나 홍윤우 씨는 그 일에 대해서는 더 이상 언급을 회피하였다.

"돌아가신 분의 유언이란 무엇이요?"

"선생님께 지난 죄과를 솔직히 고백하고 용서를 빌라고 하셨습니다."

나는 무릎을 모두고 홍윤우 씨 앞에 머리를 조아렸다.

"왜 이러시오? 편히 앉으시오."

홍윤우 씨가 당황한 기색으로 나의 그런 행동을 막았다.

"남은 재산만이라도 돌려드리고 싶어하셨습니다. 아마 이렇게 뜻밖의 변을 당하지 않으셨다면 아버지께서도 분명 어떤 조치를 취하셨을 겁니다."

"그런 걱정은 거두셔도 되겠소. 나에겐 그럴 만한 자격도 의사도 없으니까요."

"정말 진심으로 저희 아버지를 대신하여 거듭 사죄를 드립니다. 그리고 이 것만이라도 돌려드려야겠다는 생각에 거두어 왔습니다."

나는 품속에서 한 귀퉁이가 불에 타버린 문서 뭉치를 꺼내 홍윤우 씨 앞에 펼쳐 내밀었다.

"오! 이것은……."

쉽사리 동요하지 않는 그였지만 이번만은 흔들리는 마음을 감추지 못하였 다. 그는 떨리는 손끝으로 빛바랜 문서 뭉치를 집어 들어 감회 깊은 눈빛으로 살펴보기 시작했다.

내가 명희와 함께 6·25 전적지 답사단에 참가해 신명호 씨를 만나고 이 어 최갑득 노인을 찾아내어 홍씨 일가의 비극적 운명과 얽힌 우리 집안의 내력을 밝히고서 아버지로부터 그 확인을 받기까지, 그리고 돌발적인 사고 로 아버지와 병수가 변을 당하게 된 경위를 거의 다 설명했을 때는 밤이 꽤 깊은 시간이었다.

"용서를 할 사람은 내가 아니라 나의 선친들일 것이요. 그리고 이미 용서를 하셨을 것이라고 믿소. 그 재산에 대해서도 이제 와서 어찌 돌려받기를 원하 시겠소. 그 재산들은 어쩌면 제 주인들에게 돌려졌으므로 이미 해결이 난 셈 이 아니요. 그럼에도 그동안 학생 가족들이 지불한 대가는 너무 비싼 것이 아 니었나 싶소. 한낱 흙덩이, 쇠붙이, 종이쪽에 불과한 그것들로 해서 전 가족이 이제까지 얼마나 많은 후회와 불안과 번뇌 속에서 살아왔소. 그리고 또 얼마 나 비참한 최후를 마쳤소. 남은 재산은 이제 마땅히 학생의 집안 것이 돼야 하오. 대가를 그토록 어렵게 치렀으니……."

홍윤우 씨는 여기서 잠시 말을 중단했다가 한층 진지한 어조로 계속했다.

"그렇소. 중요한 것은 지금 학생이 보여주고 있는 것처럼, 이렇게 화해를 이루려는 마음이며 그러기 위해 진실을 진실대로 밝혀내려는 용기일 것이요. 학생의 집안과 나의 집안에 얽힌 과거사는 이제 거리를 두고 바라봐야 한다고 생각하오. 그 비극은 더 이상 당신의 또는 나의 일이 아니라 우리의 일이요. 이렇게 우리의 것으로 확대해 놓고 본다면, 그 사건이 결코 집착의 대상이나 원한의 근원이 아니란 것을 알게 될 거요. 여기서부터 우리는 우리의 참모습을 발견할 수가 있고 그럴 때 새로운 화합도 꾀할 수가 있는 것이요."

어쩐지 홍윤우 씨와는 아직 내 마음 한구석에 여전히 께름칙하게 남아 있는 앙금들을 깨끗이 씻어낼 수 있을 것 같다는 생각이 들었다. 나는 그에게 물었다.

"어떻게 참다운 우리를 발견할 수가 있습니까?"

"학생과 내가 이렇게 만나지 않으면 안 되게 한 원인, 어쩌면 증오와 복수의 칼을 들고 만나게 할 수도 있었을 그 운명의 시발점을 생각해 보았소?"

"그건 전쟁이었습니다."

"왜 그렇게 생각하오?"

"저희 아버지를 선생님 선친의 집으로 인도한 것이나, 이미 선생님 선친의 가족들이 그렇게 몰락한 상태로 저희 아버지를 맞이하게 한 것은 무엇보다도 전쟁이란 상황이었습니다."

"하긴, 일리 있는 얘기요. 나의 백부님이 피를 흘렸고 두 형님들이 비운의 해후를 맞게 한 것도, 그래서 우리 가문의 몰락을 초래한 것도 전쟁이었소.

긴 얘기를 할 필요도 없이 학생의 그 비극적인 삶을 살다 간 형 병수의 생애로써 그러한 상황은 함축되는 것이요. 하지만 더 깊은 원인이 있소. 학생은 그 전쟁이 어떻게 해서 발생했다 생각하오? 더 구체적으로 얘기하자면 그 전쟁의 책임이 누구에게 있다고 생각하오?"

"해방이란 깃발을 앞세우고 달콤한 이념의 허울을 쓴 권력 집단입니다."

"권력이라구요?"

"그렇습니다. 그들이 해방시키겠다고 한 백성들은 아무도 먼저 그들에게 해방시켜 달라고 하지 않았습니다. 더구나 폭력을 동원하라고 하지 않았습니다. 그들은 순진한 백성들에게 민족이니 인민이니 하는 이름을 붙이고 비참한 지경에 빠진 현실을 깨달으라며 다그쳤습니다. 도탄에 빠진 민족과 인민을 해방시키겠다며 그들은 이념이라는 허깨비를 길잡이로 내세우고 그 허깨비가 쥔 사슬에 백성들을 옭아매버린 것입니다. 그리고 그들이 이름 붙인 그 민족 또는 인민은 그들의 술수대로 끌려다녔습니다. 그 결과 백성들이 얻은 것은 해방이 아니라 상상도 할 수 없이 끔찍한 초토화와 살상과 이산, 그리고 반세기에 가까운 분단의 골짜기뿐이었습니다."

"그것도 맞는 얘기요. 그렇지만, 그러한 이념과 그 이념을 앞세운 권력 집단은 누가 만들었소?"

"그건 몇몇 야심에 찬 권력자들이 아니겠습니까?"

"그 권력자들이 감히 그런 의지를 갖게 만들고 또 그에 따라 행동할 수 있게 한 원동력 말이요?"

"……"

나는 대답할 말이 막혀버렸다. 솔직히 꼬리에 꼬리를 무는 홍윤우 씨의 질문의 의도를 짐작할 수 없기도 했다.

"진부한 말 같지만 그건 욕망이요. 많이 가진 자는 많이 가진 대로, 가난한 자는 가난한 자대로, 또 많이 배운 자는 그들대로, 무식한 사람도 그들대로, 누구의 마음속에나 똑같이 들어 있는 그 욕망들이 뭉쳐서 이념을 만들고 권력을 이루도록 부추기고 그리고 결국 사람들은 그것에 내몰린 것이요."

"하지만 그렇게 해서 발생한 비극은 죄다 그 주모자들이 아닌 무고한 백성이 짊어져야 했잖습니까?"

"아직도 내 말뜻을 이해하지 못하겠소?"

"좀 더 자세하게 설명해 주시겠습니까?"

"죄는 몇몇 권력자들이 지었는데 왜 벌은 백성이든 민족이든 인민이든 힘없는 그들이 더 많이 받아야 했는가, 이 말 아니요? 신이 있다면 말이요, 왜 무고한 백성에게 벌을 내리겠소. 그들은 결코 전쟁을 원하지도 않았고, 계획하지도 않았고, 누구에게 전쟁을 해 달라고 부탁하지도 않았고, 오직 당하기만 했는데 말이요. 그러나 과연 그게 진실일까요?"

"……."

"신은 바보가 아니요. 그 죄의 씨앗을 틔우고 자라게 한 토양을 알고 있기 때문이요. 우리는 누구도 그 전쟁의 책임을 면할 수가 없소."

현실의 엄연한 사실이 아닌 추상적인 신의 존재를 갑자기 상정하여 일거에 쟁점을 마무리해버리는 그의 설명에 대해 무어라 반박할 말이 떠오르기는 했지만 그건 끝내 나의 입 밖으로 나오지 못했다. 그 반박할 내용이 말로 되기 전에 나의 뇌리에는 홍 상병의 피에 젖은 수첩이 선명하게 떠올랐기 때문이었다.

'전쟁은 지상에서 가장 추악하고 비열한 죄이자 징벌이다, 징벌이다.' 그리고 어머니의 모습과 그녀와 조금도 다를 바 없는 모습으로 그려지는 홍 상병의 어머니 정씨 부인이, 또 병수와 아버지, 막연한 모습이지만 홍 상병 형제가, 홍판술 노인이, 봉당골 주민들, 다시는 꿈에서도 보고 싶지 않은 일수, 명희의 모습들이 차례로 스쳐 갔다. 그들은 하나같이 백성일 뿐만 아니라 민족이요 인민이기도 하다는 생각이 언뜻 들었다.

반박의 말 대신 나는 이렇게 물었다.

"새로운 화합을 말씀하셨는데, 그것을 위해서 제가 앞으로 해야 할 일이 무엇일까요?"

홍윤우 씨는 한동안 빙그레 웃기만 했다. 그리고 그는 뜻밖에도 이렇게 물었다.

"내 여식 애를 사랑하오?"

"……네."

나의 대답이 좀 바보스럽게 들렸는가.

"대답이 왜 그렇소? 내 여식 애보다 더 나을 것이 없소그려."

너무 기습적인 데다, 그리 당당하게 대답할 성질의 질문이 아니었다. 굳이 양심까지야 들먹일 필요는 없겠지만 어쨌든 요 며칠 사이에 내 마음속에 자리 잡아 온 '감히……' 하는 생각과 자존심, 또는 어른 앞에서의 쑥스러움 같은 것들이 뒤섞여서 나는 어떻게 대답을 했는지도 몰랐다.

"무엇이 문제요? 세상에 영원한 것은 없소. 영원한 친구도 없는 것처럼 영원한 원수도 있을 수 없소. 한낱 껍데기들은 이제 훌훌 벗어버리시오. 그리고 지금 당장 명희를 찾아가시요. 그 애보다 먼저 달려가서 보듬으시오. 지금 제주의 즈이 외가에 가 있소."

갠 하늘처럼 밝은 미소를 머금으며 홍윤우 씨가 손을 내밀었다. 그의 손은 따뜻했다. 순간 가슴속에서 북받쳐 오르는 감동을 나는 억제할 수가 없었다. 그는 잡은 나의 두 손에 천천히 힘을 주었다.

자고 가라는 것을 나는 굳이 사양했다. 아파트 입구까지 따라 나와 배웅하는 홍윤우 씨와 그의 부인을 뒤로하고 언덕을 내려가는 나의 가슴속은 한바탕 뇌우가 휩쓸고 지나간 자리처럼 허전하기조차 하였다.

나는 올라올 때 숨을 돌렸던 도로변 난간에 다시금 기대어 서서 아래를 굽어보았다. 번들거리는 해면 위로 불꽃 만발한 항구의 풍경이 떠서 일렁이고 있었다. 비릿한 해풍이 끝없이 불어왔다. 역 앞 광장엔 엷은 주황색의 조명이 밝혀져 내륙의 어딘가로 떠나려는 사람들의 발길을 축축이 적시었고, 내 마음도 어느덧 출발의 설렘으로 떨리기 시작했다. 흐드러지게 핀 이 불꽃도시의, 가장 먼 지점까지 울려 퍼지려는 뱃고동 소리가 내 가슴에 닿아 깊고 긴 공명을 일으켰다. 날이 밝으면 건너가야 할 저 끝과 시작의 지점에서 울려오는 그 소리는 더 이상 낯선 배음이 아니었다. (1990)

제2부 중·단편소설

어느 똥개의 여름

1.

내 이름은 설구라고 하지요. 눈 설자에 개 구자 설구(雪狗) 말이에요. 개 이름 치고 이만하면 제법 근사하지 않나요? 이 이름은 은혜원에서 나를 제일 귀여워하고 아껴주시는 안젤라 수녀님이 지어주신 거랍니다.

그러니까 지금부터 다섯 달 전, 내가 이 은혜원에 오기 전에는 어디서 살았으며 나를 낳아 준 엄마는 어떻게 생겼는지 거의 기억에 없지만, 내가 이곳에 오게 된 사연은 안젤라 수녀님의 얘기를 들어서 잘 알고 있지요.

"오, 가여운 어린 양이 주님의 은총으로 살아났어요!"

그날 혼수상태에서 막 깨어나 처음 느끼는 낯선 분위기에 어리둥절하고 있는 나를 내려다보며 안젤라 수녀님이 하신 첫 말씀이었습니다. 아직 뭐가 뭔지 갈피를 잡을 수 없는 상태였지만 그 음성은 무척 감격적으로 들렸습니다. 나는 그때 잠깐이었지만 죽었다가 양 새끼가 돼서 다시 태어난 건 아닌가 하는 생각을 했었지요. 그런데 안젤라 수녀님 옆에 팔짱을 끼고 서 계시던 원장 수녀님이 이렇게 묻지 않겠어요.

"이 강아지는 어디서 데려왔나요?"

지금 와서 얘기지만, 솔직히 그때 원장 수녀님이 하신 말씀은 나를 어디서 데려왔는지가 정말 궁금해서 묻는 것이라기보다 '도대체 이런 개새끼는 뭣하러 데려왔어요!'라고 하는 것처럼 짜증스러운 말투였습니다.

나는 냉담한 원장 수녀님의 눈길과 맞추지는 순간 잔뜩 주눅이 들어서 나도 몰래 뒷다리 사이로 꼬리를 감추고는 어찌할 바를 몰랐습니다. 그런 나를 안심시키기 위해 안젤라 수녀님이 내 곁에 쪼그려 앉으며 부드러운 손길로 나의 목덜미를 쓰다듬어 주셨습니다. 그리고 내가 이곳에 오게 된 내력을 얘기하기 시작했지요.

나는 이곳에서 꽤 멀리 떨어진 마을에서 태어난 모양입니다. 포근하고 따스한 젖무덤의 기억만 어렴풋한 엄마를 따라 산책을 나왔다가 그랬는지, 아니면 집주인 막내아들의 참새 몰이에 쫓아나갔다가 그랬는지, 길을 잃고 헤매다가 지쳐 쓰러졌던가 봅니다. 어쨌든 나는 그때의 충격으로 그 이전의 기억은 거의 잊어버린 것입니다.

안젤라 수녀님의 확신대로 정말 주님이 돌보시느라고 그랬을 테지만, 마침 그곳을 지나던 안젤라 수녀님이 나를 발견한 것이었습니다. 수녀님은 그대로 두었다간 얼어 죽게 생긴 나를 가슴에 안고 마을로 가서 주인을 찾았습니다. 하지만 내가 살던 마을은 그곳이 아니었는지 주인을 찾을 수 없었습니다. 할 수 없이 수녀님이 나를 이리로 안고 와서 난롯가에 눕히고 깨어날 때까지 한 시간 동안이나 기도를 올린 것이었습니다.

"그래, 앞으로 이 강아지는 어떻게 할 생각이에요?"

안젤라 수녀님의 설명을 듣고 난 원장 수녀님은 고개를 끄덕거리면서

퉁명스럽게 말했습니다.

"당분간 제가 돌보면 안 될까요? 아직 너무 어린 생명이라……."

매우 송구스러워하는 목소리로 안젤라 수녀님은 이렇게 허락을 구했습니다. 원장 수녀님은 눈을 지그시 내리감고는 허락할 것인가 말 것인가를 생각하는 눈치더니 잔기침을 한 번 하고는 이렇게 조건부의 허락을 했습니다.

"다른 식구들에게 절대 방해가 되지 않도록 하세요."

원장 수녀님이 나가고 나자 안젤라 수녀님은 제법 안정을 되찾고 난로 주위를 쫄랑쫄랑 뛰어다니는 나를 대견스럽다는 듯이 바라보며 내 이름 짓기에 골몰하셨습니다.

'멍멍이, 복돌이, 흰둥이, 똘똘이…….' 수녀님도 처음에는 별수 없이 이런 촌스런 이름들을 나직이 뇌어보시다가는 고개를 살래살래 저었습니다. 그러다가 문득 이렇게 중얼거리셨습니다.

"참 털빛이 곱기도 하구나. 탐스럽기가 꼭 흰 눈송이 같애."

하시면서 두 손으로 나를 안아 올리시고는 창가로 가는 것이었습니다. 마침 창밖에는 함박눈이 펑펑 내리고 있었습니다.

"그래, 그게 좋겠어. 설구."

수녀님은 나를 난롯가에 내려놓고 다시 한번 부드러운 손길로 쓰다듬으며 말씀하셨습니다.

"이제 네 이름은 설구란다."

나의 은혜원에서의 생활은 이렇게 시작되었습니다. 나는 곧 안젤라 수녀님의 뒤를 따라다니며 은혜원이 어떻게 생긴 세상인지를 하나하나 알게 되었습니다.

2.

은혜원이 자리 잡은 곳은, 뒤쪽인 북으로는 까마득하게 높은 산이 우뚝 솟아 있고 좌우 동쪽과 서쪽으로는 참나무, 소나무, 잣나무 숲이 우거진 꽤 높은 능선들이 팔을 벌리고 있는데다, 앞쪽은 넓은 들판과 마을들을 한눈에 굽어볼 수 있을 만큼 시원하게 트인 남향이어서 꼭 엄마 품처럼 아늑한 곳이랍니다. 이 은혜원 바로 왼쪽 아래에는 약수터가 하나 있는데, 아침저녁으로 마을 사람들이 물을 길으러 오지요.

매일 북적대는 약수터와는 달리 우리 은혜원에는 한 달에 잘해야 두어 번 손님이 찾아온답니다. 대개 라면이나 과자, 과일, 간혹 헌 옷가지들을 싣고 버스나 승용차를 타고 오는 그 손님들이 원장 수녀님의 안내를 받아 제일 먼저 들르는 곳은 기도실과 나란히 서 있는 사무실 건물이지요. 내가 지난겨울 안젤라 수녀님의 품에 안겨 처음 들어왔던 곳도 그 사무실 건물이랍니다.

사무실 건물과 회랑으로 이어진 왼쪽에는 붉은 벽돌로 지은, 이곳 은혜원에서 제일 높고 묵중해 보이는 기도실 건물이 서 있답니다. 사무실 뒤편으로는 기도실 건물과 똑같이 붉은 벽돌로 지은 수녀님들의 숙사가 직각을 이루면서 자리해 있지요. 그 숙사에 잇대어 시골 초등학교처럼 나지막하고 기다란, 흰색 페인트를 칠해서 무척 밝아 보이는 천사의 집과 식당 건물이 기도실 건물과 거의 이마를 맞대고 있답니다. 그러니까 사무실, 기도실, 숙사, 식당, 천사의 집들은 가운데 온갖 꽃들이 만발한 널찍한 뜰을 사이에 두고 빙 둘러선 모양을 하고 있는 것이지요.

이 은혜원은 바로 30여 천사의 집 아이들을 위한 보금자리랍니다. 거기에 사는 내 친구들 얘기를 해야겠군요. 천사의 집에 사는 내 친구들은 아마 세상 누구보다도 밝고 쾌활한 아이들일 거예요. 두 팔로 온통 사방을 휘저어대면서 얼굴을 빨갛게 물들이고서야 '설구야 이리 와'라는 한마디를 겨우 할 수 있는 수동이, 수녀님들은 물론이고 천사의 집에 사는 모든 친구들과 심지어 나한테까지 '음마(엄마)'라고 부르는 방실이, 나를 잡으려고 무진 애를 쓰지만 열 번에 한 번 정도 내가 잡혀주어서야 겨우 내 목덜미를 손으로 쓸어주며 그렇게 기뻐할 수가 없는 재롱이…… 모두들 저희들이 사는 집 이름에 걸맞게 정말 천사처럼 순진하고 아름다운 아이들이지요.

그런데 이 천사의 집에 사는 아이들은 모두 나처럼 엄마가 없다고 합니다. 어떻게 해서 이곳에 오게 되었는지는 잘 모르지만 내가 은혜원에 온 후로 한 번도 엄마라며 찾아오는 사람이 없는 걸 보면 아마 나처럼 길을 잃은 아이들이 아닌가 하는 생각을 해보기도 한답니다. 돌봐주시는 수녀님들이 엄마인 셈이지요. 그래서 나는 더욱 그 애들을 좋아한답니다.

안젤라 수녀님은 천사의 집 친구들을 돌보시는 다른 두 수녀님과 한방에서 거처하시는데, 그 방 옆의 조그만 창고에 내 집을 마련해 주었지요. 처음엔 천사의 집 학습실 복도 끝에 내가 살 집을 놓아 주셨지만 천사의 집 친구들이 시도 때도 없이 나한테만 관심을 보이고 아무것도 하려 들지 않거나 도무지 수녀님들의 말씀을 듣지 않는 바람에 사흘 만에 이리로 옮겨주신 것입니다.

원장 수녀님을 빼고는 이곳의 열 두 수녀님들이 다 나를 귀여워해 준답니다. 처음엔 안젤라 수녀님이 천사의 집 친구들을 돌보시고 돌아와 밤 기도를 끝내고 잠자리에 드시고 나면 어둠과 적막 속에 한없이 외롭고 무서웠었는데 그것도 차츰 익숙해졌고 생쥐가 콧등을 간질이어서 질겁하고 깨어나 수녀님의 단잠을 설치게 하던 버릇도 이젠 고쳤답니다.

무엇보다 안젤라 수녀님이 일주일에 한 번씩 따뜻한 물로 목욕을 시켜주는 것이, 그것도 처음엔 무슨 벌인가 해서 비명을 지르고 발버둥을 치곤했지만 이제는 즐거운 일과의 하나가 되었답니다. 목욕을 끝내자마자 그 축축함을 견디지 못하고 땅바닥에 뒹굴어버려 수녀님을 낭패시키곤 했던 때를 생각하면 참 웃음이 나온답니다. 그때와는 달리 이젠 목욕 후에도 우유나 빵 조각을 주는 걸 잊어버리신 게 조금 서운하긴 하지만요.

종일 안젤라 수녀님을 비롯해 열 두 수녀님들의 분주한 손길과 노랫소리, 아이들의 웃음소리로 해서 이곳은 정말 활기가 넘치고 행복으로 가득한 분위기지요. 여기서는 아이들과 내가 하나가 된 기분을 느낄 수 있답니다. 아이들이 서로 누나, 형, 동생이라고 부르듯이 그 애들은 나를 부를 때도 자기들과 똑같은 형제처럼 불러준답니다. 안젤라 수녀님이 나를 그렇게 불러주시니까요. 그렇게 천사의 집 친구들과 뛰놀다 보면 하루해가 어떻게 지나갔는지 모르게 저녁 기도시간이 되곤 하지요.

내가 은혜원에 온 지 석 달쯤 지난 어느 날 오후에 나는 딱 한 번 기도실에도 들어가 보았지요. 이곳에서 들어가 보지 못한 곳은 원장 수녀님 방과 그 기도실밖에 없었습니다. 원장 수녀님 방은 아예 들어가 보고 싶은 마음이 나지 않았지만 안젤라 수녀님이 적어도 아침저녁으로 하루에 두 번 이상은 드나드는 기도실에는 꼭 한번 들어가 보고 싶었답니다. 도대체 그 안에는 무엇이 있기에 나를 그렇게 귀여워하시는 안젤라 수녀님조차 매번 나를 살며시 떼어내고는 하시는 걸까요.

그날은 수녀님이 기도실로 향하는 것을 보고 몰래 숨어서 뒤를 쫓아갔던 것입니다. 그리고 내 앞발 하나가 겨우 들어갈 정도의 문틈을 비집고서 안으로 살금살금 들어갔지요. 물론 안젤라 수녀님은 눈치를 채지 못하셨습니다.

기도실은 감귤 빛으로 반짝이는 의자들이 줄지어 있고 까마득하게 천장이 높은 방이었습니다. 초록, 빨강, 노랑의 색유리 창들로 장식된 기도실 안은 눈에는 보이지 않지만 아주 엄숙한 무언가로 가득 채워진 것만 같았습니다. 나는 숨도 제대로 쉴 수 없을 지경이었습니다.

수녀님은 열 지은 감귤 빛 의자들 사이로 붉은 카펫이 깔린 통로를 또박또박 걸어가서는 정면에 십자가가 부각된 단 앞에 멈추어서 성호를 긋고 무릎을 꿇으셨습니다. 이윽고 수녀님은 가슴에 두 손을 모으고 기도에 열중하기 시작했습니다. 마침 색유리 창을 통해 비쳐든 봄날 오후의 햇살이 수녀님의 그런 모습을 더욱 엄숙하고 신비로운 분위기로 감쌌습니다. 나는 몇 걸음 떨어진 의자 밑에 엎드려서 수녀님의 기도하시는 모습을 지켜보았습니다.

"……안나의 몸이 날로 쇠약해지고 있습니다. 벌써 사흘째 아무것도 먹지를 못했습니다. 주님의 어린 양들과 저희 딸들이 모두 간절한 기도 속에서 주님의 은총을 빌고 있습니다. 주님의 뜻에 따라 주님 곁으로 인도되고 있는 줄 아옵니다만, 안나는 이제 다섯 살밖에 되지 않은 소녀이옵니다. 부디 주님께서 베푸신 생명의 남은 은혜를 끝까지 평안 속에서 누릴 수 있도록 인도해 주시옵소서. 부디 굽어 살피시어……."

아, 그랬구나. 천사의 집 막내둥이인 안나는 내가 처음으로 안젤라 수녀님을
따라 거기에 갔을 때처럼 늘 백지장 같은 얼굴을 하고 멍하니 천장만 바라보고
있답니다. 천사의 집에서 유일하게 나를 알아보지 못하는 친구지요. 가끔 침대
난간으로 늘어뜨린 힘없는 손을 핥다가 못해 깨물기까지 해보아도 그 애는 도
무지 반응이 없었던 것입니다. 이렇게 안젤라 수녀님이 간절하게 기도를 올리
는 걸 보고서야 나는 새삼스럽게 안나의 존재를 떠올리게 되었답니다.

수녀님의 기도를 듣고 있노라니 왠지 내 마음도 울적해졌습니다. 나는 참을
수 없어서 수녀님 곁으로 다가가 수녀님의 꿇으신 무릎에 코를 비벼댔습니다.
처음엔 깜짝 놀라셨지만 수녀님은 이내 나의 머리를 쓰다듬어 주셨습니다.

수녀님은 기도를 계속했습니다. 나도 수녀님의 마음처럼 안나의 쾌유를 빌
며 수녀님 무릎 옆에 가만히 엎드렸습니다. 수녀님이 이렇게 기도를 하실 때
는 체온도 평소보다 뜨거워지고 몸에서 나는 향기도 한층 진해진다는 사실을
나는 알고 있지요. 오늘은 다른 날보다 더 그 체온과 향기가 뜨겁고 진하다고
나는 느꼈습니다. 기도를 끝냈을 때 수녀님의 얼굴엔 지친 기색이 돌았지만
표정만은 한층 밝아진 듯했습니다. 수녀님은 자리에서 일어나시기 전에 살며
시 나를 한번 안아주셨습니다.

그런데 그때 원장 수녀님이 기도실 안으로 들어왔습니다. 나는 얼른 안젤라
수녀님 발밑에 납작 엎드렸습니다. 원장 수녀님은 내가 바로 곁에 있다는 사
실을 눈치채지 못한 것 같았습니다.

"안나의 상태가 더 나빠졌나 보군요."

"예, 오전 내내 깨어나질 못했습니다. 주님께서 곧 부르실 듯합니다."

원장 수녀님은 십자가를 향해 말없이 성호를 그으셨습니다. 나는 이때다 하고 출입구 쪽을 향해 살금살금 걸음을 떼어놓았습니다. 어쩔 수 없이 원장 수녀님의 발밑을 지나야 했는데 조마조마한 마음으로 흘끗 올려다보니 원장 수녀님은 그런 나를 눈도 깜짝하지 않고 내려다보고 있었습니다. 나도 모르게 꼬리가 사타구니 밑으로 바짝 움츠러들었습니다. 나는 걸음아 날 살려라 하면서 출입구를 향해 달렸습니다. 그러나 굳게 닫힌 문은 나의 작은 앞발 힘으로는 끄떡도 하지 않았습니다. 안젤라 수녀님이 내게 다가왔습니다. 그때 원장 수녀님의 근엄한 음성이 기도실 안을 울렸습니다.

"앞으로는 성전에까지 개를 데리고 다니는 일은 삼가는 게 좋겠어요."

나는 안젤라 수녀님이 열어준 문을 빠져나오면서 얼마나 후회했는지 모릅니다. 기도실에는 안젤라 수녀님이 데리고 들어가신 게 아니라 내가 몰래 숨어든 것인데 안젤라 수녀님은 그저 묵묵히 원장 수녀님의 꾸중을 듣고 있었던 것입니다. 나는 앞으로 다시는 기도실에 들어가지 않겠다고 마음먹었습니다. 그리고 보면 원장 수녀님만은 나를 결코 이곳 은혜원의 한 식구로 인정하지 않으시는 것 같았습니다.

며칠 후, 안나는 안젤라 수녀님의 말씀처럼 주님의 곁으로 떠났습니다. 그날 천사의 집 친구들은 저마다 숲에서 꺾어온 들꽃들로 안나의 조그만 무덤을 장식했습니다. 안나의 무덤은 작은 꽃동산을 이루었습니다. 원장 수녀님의 인도에 따라 둘러선 수녀님들과 천사의 집 친구들처럼, 한 번도 내 이름을 불러주지 못했지만 나는 안나가 꼭 천국에 가기를 빌었습니다.

어쩌면 늘 아파서 침대에 누워 있기만 하는 것보다 친구들의 축복 속에 천국으로 가는 편이 훨씬 낫겠다는 생각도 들었습니다. 천국이라는 곳도 이곳처럼 행복한 곳이라면요. 모두들 이렇게 한마음으로 축복을 비는데 어찌 천국에 가지 못하겠습니까. 안나는 틀림없이 하느님 나라인 천국에 갔을 것입니다.

장례를 마치고 돌아설 때는 눈물을 흘리는 친구들도 있었습니다. 천사의 집에서 나를 제일 귀여워하는 수동이는 엉엉 소리 내 울어버려서 안젤라 수녀님이 가슴에 꼭 껴안아 주었습니다. 수동이의 울음소리를 들으니 나도 슬퍼져서 눈물이 나왔습니다.

3.

오늘은 우리 은혜원에 온 손님들이 떠나는 날이군요. 이 은혜원 수녀님들과 마찬가지로 하느님을 섬기는 수녀님들이 운영하는 소망의 학교라는 곳이 있는데, 그 학교에서 공부하는 팔다리를 제대로 쓰지 못하는 친구들 몇몇이 이곳 천사의 집 친구들과 일주일 동안 함께 지내고 오늘 떠나는 것이지요.

소망의 학교에서 오신 수녀님들과 이곳 은혜원 수녀님들의 말씀에 의하면 은혜원이 곧 어딘가로 이사를 해야 한다고 합니다. 은혜원 아래 넓은 들판이 곧 아파트 단지로 바뀌고 그렇게 되면 많은 사람들이 이곳 은혜원 주위로 몰려올 것이라는군요. 그래서 벌써부터 은혜원 주변에 사는 마을 사람들이 단지 개발에 걸림돌이 된다며 은혜원을 다른 곳으로 옮겨달라고 높은 사람들에게 떼를 쓴다는 것입니다.

하긴 아침저녁으로 약수터에 물을 길러 오는 마을 사람들이 은혜원을 건너다보는 눈길을 보면 왠지 마뜩찮아 하는 것 같은 생각이 듭니다. 가끔 그들을 따라온 개들조차 은혜원을 향해 턱없이 짖어대고 나를 보기만 하면 이유도 없이 이빨을 드러내며 달려드는 바람에 다시는 그쪽으로 발길을 하지 않고 있지요.

그보다 내겐 발등에 떨어진 큰 문제가 하나 생겼습니다. 이것은 나만이 아니라 안젤라 수녀님의 걱정거리이기도 하지만요. 그 걱정거리란 소망의 학교에서 온 친구 중에 휠체어를 타고 다니는 수영이라는 남자 아이가 있는데, 꼭 나를 데려가겠다고 떼를 쓰고 있는 것입니다. 어제부터 안젤라 수녀님에게 막무가내로 졸라대다가, 내가 천사의 집 모든 친구들의 친구이므로 곤란하다고 수녀님이 달랬음에도 아랑곳하지 않고 여태껏 버티고 있는 거예요. 그래서 그들을 싣고 갈 버스가 벌써 두 시간 동안이나 출발을 못하고 있답니다.

이거 정말 큰 일이 아닐 수 없습니다. 안젤라 수녀님은 어떻게 해야 좋을지 몰라서 방 안을 이리저리 거닐기도 하고 나를 안아 올려 쓰다듬기도 하시는데, 아직 결정을 내리지 못하신 모양입니다. 물론 내 마음은 절대로 그 애를 따라가지 않는 것이지요. 이때 원장 수녀님이 방 안으로 들어오셨습니다.

"안젤라, 저 개를 수영이에게 주어 보내는 게 어떻겠어요. 거기는 다른 개도 한 마리 있는 모양인데 친구가 될 테고. 그렇잖아도 수영이의 마음을 달리는 돌릴 수 없으니."

나는 나를 빤히 내려다보는 원장 수녀님의 눈길을 피해서 안젤라 수녀님의 발밑에 엎드렸습니다. 마음 같아서는 원장 수녀님의 그 두툼한 발목을 꽉 깨물어 주고 싶었습니다. 안젤라 수녀님은 태연하려고 애쓰시는 것 같았지만 섭

섭한 표정을 감추지는 못했습니다. 안젤라 수녀님이 뭐라고 대답하실까 하고 나는 조마조마한 마음으로 귀를 기울였습니다. 한동안 말없이 나를 내려다보 시던 안젤라 수녀님이 허리를 굽혀 가만히 나를 안아 올리셨습니다.

"그래, 설구에게도 이젠 진짜 친구가 필요할 거다."

안젤라 수녀님은 나의 머리를 쓰다듬으시며 이렇게 말씀하시는 것이었습니다. 나는 가슴이 덜컥 내려앉았습니다. 진짜 친구라니. 그렇다면 이곳의 친구들은 모두 가짜 친구들이었단 말인가. 안젤라 수녀님이 하신 말씀이 얼른 이해되지 않았습니다. 안젤라 수녀님의 말씀에 원장 수녀님은 만족스런 미소를 띠며 내게 다가와 이마를 손가락으로 톡 통기셨습니다. 나는 그런 원장 수녀님이 어찌나 얄밉던지 나도 모르게 그 통실한 손가락을 '앙'하고 물어버렸습니다. 원장 수녀님이 비명을 질렀습니다.

"설구야, 무슨 짓이야!"

안젤라 수녀님은 얼굴이 홍당무가 되어 얼른 나를 내려놓으셨습니다. 나는 재빨리 안젤라 수녀님 곁의 의자 밑으로 기어들어갔습니다. 그건 정말 나의 실수였습니다. 노한 원장 수녀님이 무섭기도 했지만 안절부절못하시는 안젤라 수녀님의 얼굴을 볼 용기가 나지 않았습니다.

"오, 이 개가 주인도 몰라보는 거 봐. 이렇게 사나운 개를 놔뒀다간 우리 순진한 애들 다 물어뜯겠네."

그렇게 세게 물지는 않았는데 원장 수녀님은 물린 손가락 감싸 쥔 손을 부들부들 떨기까지 하면서 이렇게 말하는 것이었습니다.

"마침 잘된 일이에요. 더 사나워지기 전에 보내는 게 좋겠어요. 이젠 이 개도 강아지가 아니잖아요. 어차피 여기 아이들은 지능이 낮아서 사나운 짐승인 줄도 모르고 전과 똑같이 다룰 텐데, 그러다가 무슨 일을 당할지 누가 알겠어요."

나는 절망적인 심정이었습니다. 원장 수녀님은 내가 이곳에 오는 날부터 못마땅하게 여기고 있는데 이런 돌이킬 수 없는 실수를 저지르다니....... 난처한 얼굴로 아무 변명도 못하고 서 계시던 안젤라 수녀님은 원장 수녀님이 나가고 나자 의자 밑에 엎드려 있던 나를 불러내 당신의 눈높이로 안아 올리시고는 이렇게 말씀하시는 것이었습니다.

"설구야. 너를 데려가려는 수영이는 아마 이 세상에서 누구보다 너를 사랑해 줄 거다. 이 안젤라보다 더 말이야. 거기엔 너보다 나이가 많은 개도 있다니 그 새 친구와 함께 더 의젓한 모습으로 클 수 있을 거구. 이건 주님의 뜻이란다."

나는 때때로 수녀님이 그렇게 들어 올려 주시는 것에 익숙해 있었고 그럴 때면 온몸의 힘을 쭉 빼고서 수녀님의 손아귀에 몸을 맡기는 것입니다. 아마도 이 세상에서 가장 편안한 손길일 겁니다. 그 느낌은 마치 무중력 상태에 떠 있는 듯한 기분이라고나 할까요. 나는 수녀님의 갈색 눈동자 속에 비친 내 모습을 보았습니다. 수녀님은 나를 한번 꼭 껴안아 주시고는 내려놓았습니다.

나는 정말 안젤라 수녀님과 헤어지고 싶지 않았습니다. 안젤라 수녀님이 없는 어딘가로 나 혼자서 떠난다는 것은 생각만 해도 두려운 일이었습니다. 나는 수녀님의 발밑에서 몇 번을 더 낑낑거려 보았으나 수녀님의 마음도 이젠 굳어지신 것 같았습니다. 솔직히 나는 이렇게 쉽게 나를 포기하시는 수녀님이 조금은 원망스러웠습니다. 안젤라 수녀님이 그렇게도 숭앙하는 천주님, 안젤라 수녀님뿐 아니라 이 세상의 모든 것을 만드신 그 조물주가 왜 나는 사람이 아닌 개로 만든 것일까요. 내가 이렇게 개가 아니라 사람이었다면 원장 수녀님이 그렇게 냉정하고 간단하게 나를 수영이에게 주어버리라고 말할 수 있었을까요. 그리고 안젤라 수녀님도 나를 그렇게 쉽게 포기할 수 있었을까요. 안젤라 수녀님은 나직한 목소리로 작별기도를 올리기 시작했습니다.

"주님, 주님의 큰 품 안에서 피조물들이 더욱 사랑할 수 있게 도와주십시오. 언제나 건강한 모습으로 당신의 영광 따라 살고, 당신의 은총 속에서 행복할 수 있도록 복을 베풀어 주옵소서. 이제 이곳 천사의 집을 떠나는 설구에게 건강과 행운이 늘 함께하도록 살펴 주옵소서. 설구를 사랑하는 수영이는 참으로 착하고 맑은 영혼을 가진 당신의 어린 양입니다. 설구와 더불어 그 어린 양의 삶이 더욱 행복하도록 인도해 주옵소서......."

이렇게 하여 나는 수영이의 품에 안겨 버스에 올랐고 해거름 녘에야 버스는 출발했습니다. 뜻을 이룬 수영이는 좋아서 어쩔 줄을 몰랐습니다. 내 얼굴에 제 얼굴을 비비는가 하면 뽀뽀까지 하는 것이었는데 참으로 견딜 수 없도록 싫었습니다. 그 손길이 거칠었을 뿐만 아니라 그 애한테서 나는 냄새는 속이 메스꺼울 지경이었지요.

"아주 헤어지는 게 아니란다. 내가 소망의 학교에 자주 가게 될 터이니 새 친구들하고 사이좋게 지내면서 씩씩하게 자라야 한다."

버스에 오르기 전 안젤라 수녀님은 나의 귀에 대고 이렇게 말씀하셨습니다. 차창 밖에서 손을 흔드시는 모습과 이 약속의 말씀을 나는 결코 잊을 수 없을 것입니다.

4.

소망의 학교는 은혜원에서 아주 멀리 떨어져 있었습니다. 날이 저물고도 한 두 시간이나 더 달려서 도착한 곳이었는데 은혜원과 같이 마을에서 떨어진 한 적한 곳이라는 점은 같았으나 주위에서 나는 냄새나 들려오는 소리는 난생처음 맡고 들어보는 것이었습니다. 나중에야 그것이 갯내음이며 파도 소리라는 것을 알았지만 그 비릿하고 한없이 깊고도 쓸쓸한 소리로 해서 나는 더욱 서글픈 심 정이었습니다. 밤이 깊어서야 도착했기 때문에 몹시 피곤하기도 했습니다.

수영이는 나를 자기 방에서 데리고 자겠다고 떼를 쓰는 모양이었지만 제발 그렇게 되지 않기를 바랐던 나의 소원이 그때만은 이루어져서 겨우 그의 성가 시고 끈덕진 손길에서 벗어날 수 있었습니다. 계속 떼를 쓰면 나를 다시 은혜 원으로 돌려보내겠다고 수녀님들이 으름장을 놓은 덕분이었지요.

"자, 곧 너와 함께 지낼 네 형을 소개하겠다."

수위 할아버지가 지친 나를 끌다시피 하여 데려간 곳은 기숙사 뒤에 있는 허름한 개장이었습니다. 나는 거기서 나의 종족인 칠칠이라는 이름의 개와 만 나게 되었습니다.

멀리서부터 나의 등장을 알아챈 그가 호기심과 적의를 섞어 컹컹 짖어대는 소리가 들렸습니다. 그 소리가 얼마나 우렁찬지 나도 모르게 꼬리가 배 밑으 로 숨고 오줌까지 찔끔 지려졌습니다. 그러면서도 나는 새로 만날 그가 어떻 게 생겼는지 궁금했습니다. 내가 나타나자 덩치가 나의 두 배는 너끈히 되어 보이는 그가 이빨을 드러내고 으르렁거리면서 잔뜩 경계 태세를 취했습니다.

할아버지는 앞발로 버티며 뒤로 내빼려는 나를 한사코 그런 그의 코앞까지 밀어붙였습니다.

"칠칠아, 새로 온 네 동생이야. 설구라고. 그만하고 환영인사를 해야지."

할아버지의 말을 알아들었는지 칠칠이는 겁먹어서 꼼짝도 못하고 있는 내 곁으로 다가와 킁킁 냄새를 맡아보기도 하고 앞발로 툭툭 건드려보기도 하는 것이었습니다. 나는 그가 나를 싫어하지 않는다는 것을 알아챘습니다. 나는 곧 기억 깊은 곳에서 아련하게 떠오르는 향수와도 같은 동족의 냄새에 친밀감을 느꼈습니다. 그것은 아마도 내가 태어나서 얼마간 엄마에게서 맡았던 그 냄새일 것이었습니다. 나는 이내 그의 환영하는 몸짓에 안도할 수 있었습니다.

칠칠이는 태어난 지 아홉 달이 됐다고 합니다. 겨우 다섯 달을 넘긴 나보다 거의 배나 더 세상 경험을 한 셈입니다. 그런 만큼 그는 나보다 아는 게 많았으며 의젓했습니다. 우리는 거의 밤을 새다시피 하며 서로에 대해서 많은 얘기를 나누었습니다.

그는 이 소망의 학교 가까운 농가에서 태어났는데 아버지는 도사견 잡종이고 어머니는 셰퍼드 잡종이라 자기도 잡종이긴 하지만 몸이 실하고 영리해서 이곳 소망의 학교에 있는 사람들이 다들 자기를 좋아한다는 등의 자랑을 했습니다. 아닌 게 아니라 그는 덩치에 비해 순하고 너그러운 성품을 갖고 있었습니다. 두 달 동안 시골에서 엄마와 함께 살다가 이곳 소망의 학교로 온 것이었습니다.

이 소망의 학교에서 공부를 하고 있는 한 아이의 어머니가 마침 집에서 키우던 개가 새끼를 낳자 젖이 떨어지기를 기다렸다가 이곳에 보냈답니다.

그래서 칠칠이는 엄마의 기억을 많이 갖고 있었고 내게 그 추억담들을 들려주었습니다. 그중에서 걸음마를 배울 무렵에 못된 고양이의 공격을 받아 혼을 빼고 있을 때 평소에는 고양이 앞에서 기를 못 펴던 엄마가 용감하게 뛰어들어 자기를 구해주었다는 얘기는 무척 감동적이었습니다. 그 얘기를 들으며 나는 나의 생모였을 어떤 털빛 곱고 우아한 암캐보다는 안젤라 수녀님의 모습을 떠올렸습니다. 내가 그런 위험에 빠졌더라면 안젤라 수녀님도 칠칠이 엄마처럼 나를 구해주셨을 것입니다. 칠칠이도 나의 은혜원에서의 얘기들을 재미있게 들어주었습니다.

소망의 학교는 여러 면에서 낯설었습니다. 우선 주위부터가 은혜원과는 달리 단숨에 뛰어오를 수 있어 보이는 야트막하고 완만한 야산에 둘러싸여 있어서 평지와 크게 다르지 않았습니다. 은혜원과는 비교도 할 수 없을 만큼 건물들이 크고 그 간격도 넓었습니다. 건물들 중 제일 큰 2층의 학사는 중앙에 자리 잡고 있으면서 앞쪽으로 드넓은 잔디밭을 펼쳐놓고 있었습니다. 잔디밭을 빙 둘러 알맞은 간격을 두고 키 큰 플라타너스 나무들이 줄 지어 서 있고 그 사이사이로 산책길이 나 있었으며 길 가에는 온갖 화초들이 꽃을 피우고 있었습니다. 학사 뒤쪽에는 휠체어를 탄 아이들이 공놀이를 할 수 있는 운동장도 두 곳이나 됐습니다. 무엇보다 나는 휠체어를 타거나 목발을 짚은 아이들이 수백 명이나 된다는 데 나는 놀랐습니다. 그 아이들을 돌보시는 수녀님들은 은혜원의 반밖에 안 되지만 대신 사복을 입은 남녀 선생님들이 수십 명이나 된다고 합니다.

그런데 이 소망의 학교도 전에 있던 어딘가에서 이사를 왔다는 칠칠이의 말을 듣고는 왠지 마음이 우울해졌습니다. 그곳에서도 주변 마을 사람들이 이사를 가 달라고 떼를 써서 이렇게 바닷가의 한적한 곳으로 쫓겨왔다는 것입니다.

나는 칠칠이의 뒤를 따라다니며 한나절 만에 소망의 학교 구석구석을 다 둘러보았습니다. 생소하고 낯설었지만 마음껏 뛰어다닐 수 있을 만치 공간이 널찍널찍한 것은 마음에 들었습니다. 다만 한 가지 학교 주위로 빙 둘러 철망이 쳐져 있는 건 좀 답답하게 느껴졌습니다. 그 밖을 물끄러미 내다보는 나에게 칠칠이가 말했습니다.

"일주일에 한 번씩 밖으로도 나갈 기회가 있어. 친구들이 선생님들과 함께 야외활동을 나갈 때 따라가면 되지. 그때 바다가 어떤 것인지도 볼 수 있고 세상 사람들이 사는 모습도 볼 수 있어."

나를 이곳에 데려온 장본인인 수영이는 나를 끔찍이 아껴주었습니다. 안젤라 수녀님으로부터 나를 빼앗아온 원망이 가시지 않은 며칠간은 결코 그를 좋아하지 않겠다고 마음먹었었는데, 알고 보니 은혜원의 친구들만큼이나 그 애도 착한 아이였습니다.

수영이는 점심시간이나 수업이 끝난 오후에 나와 잔디밭에서 공놀이 하는 걸 무척 좋아한답니다. 내가 이곳에 온 첫날부터 그 애는 공놀이를 가르쳐주었습니다. 나는 칠칠이의 시범을 보고서 아주 간단하면서도 재미있는 그 공놀이를 금방 배우게 되었습니다.

겉에 까실까실한 털이 난 노란 공을 그 애가 잔디밭 저쪽으로 던지면서 휘파람을 휘익 붑니다. 나는 때맞춰 공이 날아가는 방향으로 사력을 다해 달려갑니다. 그러면 뒤에서 그 애의 좋아 어쩔 줄 모르는 깔깔거림이 들려오고 주위에 모여 있는 아이들의 갈채가 터지는 것입니다. 내가 잔디밭에 떨어진 공을 물고 다시 달려올 때는 환희가 절정에 달하지요. 공을 받아든 수영이는 쌕쌕거리는 나의 목덜미를 쓸어주고 나서 동전만 한 비스킷 하나를 내 입에 물려주곤 한답니다.

이 공놀이가 시들해지면 휠체어를 타거나 목발을 짚은 아이들은 잔디밭 둘레로 난 숲길을 한가롭게 산책하며 재잘거리기도 하고 서로 빨리 달리기 내기도 하는데, 수영이는 이때도 꼭 내가 자기 곁에 붙어 있기를 바랐습니다. 내가 조금만 앞서 가거나 뒤처지면 이내 내 이름을 부르거나 휘파람을 휙 불어 젖히는 것입니다. 처음엔 그것이 성가시게 느껴졌지만 그 애의 입에서 흘러나오는 그 묘한 휘파람 소리에 나도 모르게 차츰 이끌리게 되었지요. 이제는 그 신기한 휘파람 소리를 한번이라도 더 들으려고 그애가 던진 공을 물고 일부러 엉뚱한 방향으로 도망을 치기도 한답니다.

그 애뿐만 아니라 이곳 소망의 학교 아이들 모두가 곧 나의 친구가 되었습니다. 그 애들은 하나같이 새로 온 나를 귀여워했습니다. 특히 여자 아이들은 나의 흰 털빛에 매료돼서 서로 쓰다듬고 어루만지려고 해서 지겨울 지경이지요. 물론 칠칠이도 그 애들과 변함없는 좋은 친구랍니다.

아이들이 모두 수업을 받을 시간에는 수위 할아버지를 따라 학교 주위를 한 바퀴 돌기도 하고 칠칠이와 함께 장난을 치며 시간을 보내지요. 서로 꼬리 물기를 하며 뛰어다니다가 갓 피어난 화단을 망가뜨려서 수위 할아버지에게 야단을 맞기도 하지만 우리는 마냥 즐겁기만 하답니다. 앞발치기를 할 때는 끝내 진짜 싸움이 되고 말아서 몸집이 작은 나를 메꽂아버리거나 꼼짝도 못하게 짓누르고는 목덜미를 정말 아프게 깨물어버리는 칠칠이가 얄밉기도 하지만 이내 아픈 곳을 핥아주고 토닥여주는 착한 친구지요.

밤이 되면 비릿하고 서늘한, 그리고 왠지 모르게 쓸쓸한 마음에 빠뜨리는 바닷바람에도 이제 익숙해졌답니다. 그런 시간엔 총총한 별을 올려다보며 안젤라 수녀님과 천사의 집 친구들을 생각하지요. 이곳에 온 지 보름을 겨우 넘겼기 때문에 안젤라 수녀님이 다녀가시기에는 아직 이른 때인지도 모르겠습니다. 왜냐하면 안젤라 수녀님은 대개 한 달에 한 번씩 외출을 하시곤 했으니까요.

그런 어느 날 밤이었습니다. 단잠에 빠진 나의 주둥이를 칠칠이가 코끝으로 쿡쿡 찔러대는 것이었습니다. 눈을 뜨고 보니 그는 귀를 쫑긋 세우고 몸을 고슴도치처럼 긴장시킨 채 집 뒤쪽의 허공에 코를 뻗쳐 열심히 냄새를 맡고 있었습니다.

깜깜한 어둠 속 어디에선가 스며오는 그 냄새, 그것은 사람의 냄새였습니다. 그러나 그 냄새는 이 소망의 학교 누구에게서도 맡을 수 없었던 낯선 것이었습니다. 은혜원에 있을 때 간혹 약수터엘 왔다가 음흉스런 눈길로 수녀님들의 숙사를 기웃거리던 사내들에게서 풍기던 냄새인 그 지독한 구린내와 노린내인데, 지금 어둠 속에서 풍겨오는 냄새는 그보다 훨씬 더 진한데다가 정체불명의 비린내까지 섞고 있었습니다. 그 비린내는 갈치 대가리나 고등어 뼈다귀 같은 데서 나는 비린내도 아니고 닭, 돼지, 소에서 나는 날 비린내도 아니었습니다. 그건 등골을 오싹하게 하는 우리 개들의 피 비린내였습니다.

냄새는 점점 가까이 다가왔습니다. 칠칠이가 눈에 파랗게 불을 켜고 목울대에서 그르렁거리는 소리를 내기 시작했습니다. 나는 칠칠이의 꽁무니 곁에 바짝 다가앉았습니다. 드디어 발자국 소리가 들리고 두 명의 괴한이 모습을 나타냈습니다. 칠칠이가 우렁차게 짖으며 달려 나갔습니다. 그러나 그뿐이었습니다. 칠칠이는 곧 '캥'하는 비명과 함께 풀썩 꼬꾸라졌고, 나 역시 집 안으로 미처 뛰어들지 못한 채 나뒹굴고 말았습니다. 괴한들이 숨죽여 킬킬대는 소리와 함께 두어 번 더 '칙, 칙'하는 소리가 들렸습니다. 목구멍과 눈알이 도려내는 것처럼 쓰라렸습니다. 숨까지 꽉 막혀서 아무리 소리치려고 용을 써봐야 가슴만 더 죄어들 뿐이었습니다. 정신이 빠져나가는지 온몸이 혼곤해졌습니다.

5.

아주 낯선 곳에서 나는 깨어났습니다. 따가운 햇살이 눈을 찔러서 나를 깨운 것이었습니다. 눈을 뜨고 얼마간 정신을 차렸을 때 나는 코에 확 끼쳐온 역겨운 냄새에 속이 메스꺼웠습니다. 꺼억, 꺼억 몇 번 마른 구역질을 해대고 났더니 머릿속마저 어질어질해졌습니다. 그렇다고 냄새를 떨쳐낼 수는 없었습니다. 숨을 쉬지 않으면 모를까 냄새는 피할 수 없을 만큼 진하고 조밀하게 주변을 꽉 채우고 있는 것 같았습니다.

그러고 보니 그 악취는 지난 밤 나를 마취시켜서 잡아온 괴한들에게서 나던 피 비린내였습니다. 도저히 견딜 수 없어서 이리저리 빠져나갈 구멍이 없나 하고 찾아보다가 포기할 수밖에 없었습니다. 사방으로 철망을 높이 둘러친 우리 안에 나는 갇혀 있었던 것입니다.

주위를 둘러보니 판자때기로 얼기설기 짜 맞춘 개집 안이나 철망 한쪽 구석에 혀를 길게 빼물고 늘어져서 몇 마리의 개들이 졸고 있었습니다. 내 또래의 은빛 털을 가진 암캐가 한 마리, 칠칠이 또래의 중개 두 마리. 그중 한 놈은 완전한 누렁이였으나 다른 한 놈은 엉덩이에 검은 털이 군데군데 박혀 있었습니다. 그리고 흔한 검둥이면서 윤기 없는 털이 때에 찌든 데다 여기저기 한 줌씩 뽑힌 자국이 역력하고 아래 눈꺼풀마저 축 처진 늙은 개가 한 마리, 이렇게 네 마리였습니다. 이처럼 성별과 연륜, 외양이 다르면서도 공통점이 있다면 하나같이 영양실조에라도 걸렸는지 아니면 무슨 병을 앓고 있는지 털가죽 위로 갈비뼈들이 유난히 불거져 보일 만큼 비쩍 말랐다는 점이었습니다.

견딜 수 없이 메스껍고 현기증이 나는 악취 속에서도 태평스럽게 늘어져서 휴식을 취하고 있는 걸 보면 이 개들은 이곳 생활에 꽤 오랫동안 적응해 온 모양입니다. 낯선 개가 주위에서 어슬렁거리는데도 그 개들은 신통하게 아무런 반응을 보이지 않는 것은 물론이고 도무지 무슨 반응을 보일 의욕조차 없는 듯이 보였습니다.

나는 칠칠이를 찾아보았습니다. 도대체 여기가 어디며, 이 역겨운 냄새는 어디에서 풍겨오는 것인지, 그리고 간밤의 그 괴한들은 우리를 왜 이리로 끌고 왔는지가 궁금했습니다.

칠칠이는 없었습니다. 내가 갇힌 우리 옆에도 그만한 크기의 우리가 또 있고 거기에도 이쪽 우리 안의 개들처럼 혀를 빼물고서 아무 데나 팔자 좋게 늘어진 개들이 여섯 마리나 됐지만 칠칠이는 보이지 않았습니다. 그쪽 우리에 있는 개들이 이쪽 우리의 개들과 다른 점은 하나같이 건강하고 통통하게 살이 올라 있으며 털빛에 윤기가 돈다는 것이었습니다.

유일하게 갇히지 않고 우리 밖의 대추나무 그늘 아래에 엎드려서 뭔 뼈다귀인가를 열심히 뜯고 있는 개가 한 마리 있었지만 그 덩치나 생김새로 봐서 역시 칠칠이는 아니었습니다.

나는 답답하기도 하고 배도 고파서 '오오우!'하고 칠칠이를 불러보았습니다. 사연이야 어찌 되었건 낯선 개가 들어왔는데도 다들 이런 사실을 까맣게 모른다는 듯이 퍼질러져 있기만 하는 개들의 관심을 끌어보기 위한 목적도 있었습니다. 그러나 개들은 귀찮아하는 듯이 돌아눕거나 멍청하니 쳐다보기나 할 뿐이었습니다.

나는 화가 나서 더 큰 소리로 짖어댔습니다. 반응을 보인 것은 밖에서 뼈다귀를 뜯고 있던 그 덩치 큰 개였습니다. 처음에는 뼈다귀를 문 채로 흘끗 돌아다 볼 뿐이었지만 이어서 내가 큰 소리로 짖어대자 물고 있던 뼈다귀를 신경질적으로 팽개치고는 사나운 몸짓으로 이쪽을 향해 달려왔습니다.

그 기세가 어찌나 무서웠는지 나는 '깨갱!'하고 주저앉아버렸습니다. 나보다 세 배 정도는 더 큰 덩치에다 떡 벌어지고 단련된 듯한 늘씬한 몸매, 풍성하고 북슬북슬한 암갈색의 기름진 털과 길고 쫑긋한 귀, 불꽃이라도 튈 듯이 부릅뜬 눈이 보기만 해도 기가 질렸습니다. 언젠가 칠칠이가 얘기해준 셰퍼드라는 개인 것 같았습니다. 그 개는 철망을 앞발로 긁어대며 몇 번을 더 으르렁거렸습니다. 철망이 없다면 나는 어떻게 됐을까 하고 생각하니 등골이 다 서늘했습니다. 그제야 그 개는 분을 가라앉히고 슬금슬금 대추나무 아래로 돌아갔습니다. 왜 우리 안의 개들이 찍소리 없이 늘어져만 있는지를 알 것 같았습니다.

나는 할 수 없이 다른 개들처럼 우리 한 구석으로 가서 웅크리고 앉았습니다. 당장은 달리 무슨 수를 써야 할지 생각이 나지 않았습니다. 그저 그렇게 웅크리고 앉아서 나는 우리 밖을 살펴보기로 했습니다.

우리 밖은 넓은 마당인데, 한쪽엔 소주병, 맥주병, 막걸리 병 같은 각종 빈 술병들이 아무렇게나 쌓여 있고 구석구석 라면 봉지나 빵 봉지들, 신문지 조각, 빈 깡통들이 어지럽게 널려 있었습니다. 게다가 그 쓰레기들 사이사이에 웬 뼈다귀들은 그리도 많이 뒹구는지 지저분하기가 이를 데 없었습니다. 마당 너머는 채소밭인데 잘 자란 상추, 들깨, 고추, 파들이 보기에도 싱싱한 잎을 하늘로 펼치고 있었습니다.

개들이 있는 우리 끝으로 파란색 비닐지붕이 보이고 붉은 철문이 달린 벽돌담의 한쪽 면도 보였습니다. 철문 밖에서는 사람들이 오락가락하는 동정이 느껴졌고, 사람의 한 길이 넘어 보이는 철문 달린 벽돌담은 마당을 기역자로 둘러싸고 있는 채소밭 주위를 역시 기역자로 둘러싸고 있었습니다.

그 철문 달린 담장 저쪽 구석에 수도가 있었습니다. 황새 모가지마냥 길게 튀어나온 수도관은 벌겋게 녹이 슬었지만 수도꼭지만은 최근에 새것으로 갈아 끼웠는지 달아오르기 시작한 한낮의 태양 빛에 유난히 번쩍거렸습니다. 수도꼭지는 열려 있는지 대여섯 살 먹은 애가 들어가 놀 만한 고동색 물통 속으로 연방 물을 쏟아내고 있었습니다.

그리고 그 옆에는 무엇에 쓰는 것인지는 모르겠지만 때가 꼬질꼬질한 양동이도 몇 개 뒹굴고 있었으며, 또한 무얼 하기에 그렇게 큰 것이 필요한지는 모르겠지만 두 아름은 너끈히 되고도 남을, 수없이 칼질당해서 가운데가 움푹하게 패인 통나무 도마가 하나 놓여 있었습니다.

그 수돗가에 그늘을 드리우며 키 큰 대추나무 한 그루가 검푸른 잎들을 울울하게 매달고 서 있었습니다. 대추나무의 가지들 중 하나가 다른 가지들과는 달리 수돗가 쪽으로 수평을 이루며 뻗어 있는데 자세히 보니 잎도 피우지 못한 죽은 가지였습니다. 그뿐만 아니라 그 가지에는 묵직한 무언가를 수없이 매달곤 했는지 사람의 손이 닿을 만한 높이의 한 부분은 반질반질 윤이 나고 있었고 거기에 두 겹으로 겹쳐진 기다란 주황색 나일론 끈이 하나 걸려 있었습니다.

이 마당과 수돗가, 채소밭 주위로 셰퍼드가 혼자서 어슬렁어슬렁 거닐고 있는데, 그놈은 갇히지도 않았고 줄에 묶이지도 않았지만 그런 동작이 몹시 따분해 보였습니다. 그놈은 거닐다가 생각난 듯이 우리 안을 한 번씩 쓱 훑어보곤 했는데 그 표정 역시 무료해서 못 견디겠다는 것이었습니다. 그놈은 이쪽 끝에서 저쪽 끝까지 몇 차례 더 왕복한 다음 어깨가 빠져라 기지개를 켜고 입이 찢어져라 하품을 한 다음 대추나무 그늘에 벌렁 드러누워 버렸습니다.

그리고 개 우리 뒤쪽 가까운 곳에 닭장도 있는지 달아오르는 땅김에 섞여 지독한 닭똥 냄새가 풍겨왔고 수탉들의 홰치는 소리, 암탉들이 꼬꼬댁거리는 소리도 들려왔습니다. 하늘은 구름 한 점 없이 맑았습니다.

이런 풍경은 한가롭고 평화로운 느낌마저 들게 했습니다. 그러나 나는 그런 한가로움을 즐길 만한 처지가 아님을 깨달았습니다. 지난밤에 나는 괴한에게 납치되어 이곳까지 온 것이며 더군다나 그때 괴한이 쏜 가스총에 맞아 한동안 정신을 잃기까지 했던 것입니다. 아직도 한쪽 골이 깨지는 듯 아픕니다. 그리고 이곳은 도대체 무얼 하는 곳인지, 그 괴한들은 왜 나를 여기에 잡아다 가둬두었는지를 전혀 짐작도 할 수 없는 것입니다. 앞으로 무슨 일이 벌어질 것이며, 자기가 어떤 처지에 놓여 있는지를 모르면서 멀쩡한 정신으로 우리에 갇혀 있는 것만큼 답답한 노릇이 또 있을까요.

얼마 동안인가 이런저런 생각을 하고 있는데, 갑자기 우리 안의 개들이 일제히 일어나더니 철망 쪽으로 달려가는 것이었습니다. 세상에 아무런 의욕도 없는 듯이 보이던 개들이 그렇게 갑자기 생기 있는 동작으로 몰려나가는 모습은 신기할 정도였습니다. 나는 곧 그 이유를 알 수 있었습니다. 사육사인 듯한 빨간 런닝셔츠를 입은 사나이가 김이 무럭무럭 나는 죽통을 들고 나타난 것입니다. 사나이의 구릿빛 얼굴은 한눈에 험악한 인상이었고 드러난 어깻죽지 또한 햇볕에 잘 구워져서 탄탄해 보이는 데다 울퉁불퉁한 근육이 힘깨나 씀 직했습니다.

그가 다가가자 셰퍼드는 꼬리로 온통 비질을 해대고 겅중겅중 뛰는가 하면 낑낑 앓는 소리를 내면서 오줌까지 질금거리는 것이었습니다. 그 큰 덩치에 어울리지 않게 참으로 가관이라는 생각이 들었습니다.

"얌전히 앉앗!"

사나이가 소리치자 셰퍼드는 는 귀를 납작 움츠리며 얌전히 앉았습니다. 사나이는 대견스럽다는 듯이 셰퍼드의 머리를 쓰다듬어주면서 죽 한 바가지를 듬뿍 떠 주고는 이쪽으로 왔습니다.

"이 똥개 새끼들. 저리 못 꺼져!"

철망에 오종종 매달려 입맛을 쩝쩝 다시고 있는 개들을 향해 사나이는 욕지거리를 퍼부으며 들고 있는 바가지를 휘둘렀습니다. 개들이 뒤로 물러나자 사나이는 문을 따고 안으로 들어왔습니다. 우리 안의 빈 그릇에 한 바가지의 죽이 쏟아지기가 무섭게 난리가 벌어졌습니다. 사나이의 무지막지한 발길질에 채여 나가떨어지는 놈도 없지 않았지만 거의 손쓸 겨를도 없이 네 마리의 개들이 한 개의 밥그릇을 향해 동시에 달려들었습니다. 한군데 몰린 개들의 머리통 때문에 밥그릇은 보이지 않았습니다. 그래서 사나이가 두 번째로 퍼부은 죽의 반 바가지는 그 네 개의 머리통에 칠갑되었습니다.

"에잇, 똥개 새끼들은 할 수 없어!"

사나이는 서둘러 한 바가지를 더 쏟아 붓고는 옆 우리로 갔습니다. 그쪽 사정도 마찬가지였습니다. 조금이라도 더 먹기 위해 으르렁대는 무리 속에 나는 감히 끼어들 엄두가 나지 않았습니다. 미친 듯이 먹어대며 서로 물어뜯기도 하면서 식사가 진행되었습니다. 그건 식사라기보다 아귀다툼이었습니다. 몹시 배가 고팠지만 어쩔 수가 없었습니다. 그리고 그 밥에서 현기증을 일으키는 그 기분 나쁜 냄새가 진하게 풍겨나고 있어서 아마 기회가 왔더라도 먹지 못했을 것입니다.

밥그릇은 순식간에 반짝반짝 윤이 날 정도로 비었습니다. 식사를 하고 나자 개들은 생기가 나고 기분이 좋아졌는지 한동안 우리 안을 활기차게 돌아다녔습니다. 서로 장난도 치고 똥도 싸고 다른 개의 뒤에 올라타 묘한 동작을 해대면서 식사 때와는 딴판으로 아주 즐겁게들 노는 것이었습니다. 배에서는 쪼로록 소리가 났지만 그런 모습들을 보니 우울하던 나의 기분도 얼마간 풀어졌습니다.

그때 한 마리의 개가 나에게로 다가왔습니다. 그 개는 이 우리 안에서 덩치도 제일 작고 무슨 병에 걸렸는지 뼈만 앙상한, 먹이를 먹을 때도 뒤에 웅크리고 있다가 큰 놈들이 싸우는 틈에 재빨리 한입씩 거들거나 하던 이 우리에서 유일한 암캐였습니다. 같은 개지만 하도 볼품이 없어서 나는 거의 관심을 두지 않았었는데 뜻밖에도 내게 관심을 보여주는 것이었습니다. 게다가 그 개는 비록 닳고 닳아서 이젠 비린내도 남지 않았을 듯했지만 뼈다귀까지 하나를 물어다 내 앞에 놓아주었습니다. 나는 감격하여 그의 주둥이를 핥아주었습니다. 그러자 그 개도 나의 입과 귀, 그리고 눈 주위까지 정성스레 핥아주었습니다. 그의 그런 행동은 칠칠이가 자주 보여주던 애정의 표시였는데 어쩐지 그보다 더 애틋하고 야릇한 느낌마저 들게 했습니다. 그에게도 내가 무척 불쌍해 보였나 봅니다.

"나는 복실이라고 해. 여기 오기 전의 주인이 지어준 이름이지."

"나는 설구야. 너도 나처럼 납치돼서 왔니?"

"아니, 나는 팔려온 거야."

"그런데 도대체 여기는 어디지?"

"차차 알게 될 거야."

복실이는 이렇게 대답했는데, 그런 질문은 하지 않는 게 좋다는 말투였습니다. 그래서 나는 칠칠이에 대해서 물어보았습니다.

"너는 나와 함께 온 개를 보았니?"

"그 개는 저 옆 우리에 있었는데 아침에 끌려 나갔어. 네가 깨어나기 조금 전에 말야."

"끌려갔다고, 어디로?"

"그것도 차차 알게 될 거야."

나는 정말 답답했습니다. 어쩐지 다시는 칠칠이를 만나지 못할 것 같은 불길한 예감이 들었습니다.

"이곳은 알 수 없는 것으로 가득 차 있구나."

"내가 말할 필요도 없이 너도 곧 모든 걸 알게 될 거야."

복실이의 말이 끝나기 무섭게 가까이서 소름이 오싹 끼치는 비명이 들려왔습니다. 활기차던 우리 안은 금세 쥐 죽은 듯이 고요해졌습니다. 무엇엔가 심하게 목이 졸려 캑캑대는 소리, 방금 전 밥을 주러 왔던 사내의 욕지거리와 채찍 휘두르는 소리.

나는 철망 가까이로 달려갔습니다. 아, 그것은 칠칠이의 비명이었습니다. 빨간 러닝셔츠 입은 사내가 칠칠이의 목을 맨 줄을 잡고 있었고, 칠칠이는 끌려가지 않으려고 사력을 다해 버티고 있었습니다. 그러나 그 뒤에서는 또 다른 사내가 사정없이 채찍을 휘둘러댔습니다. 앞으로 팽팽하게 당겨진 줄로 인해서 칠칠이의 목덜미는 두 배나 더 되게 커 보였습니다. 대추나무 아래까지 칠칠이를 끌고 온 사내는 바꿔 쥔 줄의 한끝을 재빠르고 노련한 솜씨로 죽은 가지를 향해 휙 던졌습니다. 때맞춰 채찍이 날카롭게 울자 빨간 러닝셔츠의 불거진 팔뚝에 핏줄이 솟고 칠칠이의 몸뚱이는 거짓말 같이 공중에 매달렸습니다. 마치 허공을 그러쥐고 뛰어오르기라도 하려는 듯이 칠칠이는 맹렬하게 몸부림을 쳤습니다. 그 바람에 대추나무 가지들이 우수수 흔들리고 잎새 몇 개가 흩어졌습니다. 간간이 캑캑거리는 칠칠이의 눈에서 파란 불꽃이 튀었습니다.

"살만 찐 줄 알았더니 힘도 좋은데."

빨간 러닝셔츠가 말했습니다.

"이것 봐, 만년필도 아주 쓸 만하군. 이번엔 내 꺼다."

채찍을 든 사내가 채찍 끝으로 칠칠이의 사타구니를 툭툭 건드리며 잇새로 침을 찍 뱉었습니다. 칠칠이는 몇 번 분수처럼 오줌을 싸는가 싶더니 이내 축 늘어졌습니다. 빨간 러닝셔츠는 줄을 놓았습니다.

이 믿고 싶지 않은 사건은 불과 5분여 동안에 벌어졌습니다. 나는 혀를 빼물고 눈도 감지 못한 채 널브러진 칠칠이의 시체에서 눈을 뗄 수가 없었습니다. 도무지 믿을 수가 없는 일이었습니다. 옆에 쪼그리고 앉았던 복실이가 나의 귀를 물고 잡아당겼습니다.

"이 우리 안에 있는 개들도 다 같은 운명이야."

"왜지? 인간들은 왜 우리를 죽이는 거야? 그것도 저렇게 잔인하게."

"그것도 곧 알게 돼."

이 말은 판자때기 개장 옆에 길게 엎드려서 칠칠이의 살해 현장을 별로 대수롭지 않다는 듯이 지켜보고 있던 개가 한 것이었습니다. 그 개는 식사 시간을 제외하는 걷는 꼴이 항상 갈지자가 되고 눈에는 눈곱이 지지하게 말라붙어 있는, 저 대추나무에 매어달리지 않더라도 죽을 날이 얼마 남지 않아 보이는 늙은 개였습니다. 그러나 그 말투에는 쉽사리 무시해버릴 수 없는 어떤 위엄 같은 것이 묻어 있었습니다. 나는 그 개에게로 다가갔습니다.

"그 이유를 얘기해 주실 수 있으십니까?"

"곧 알게 된다니까."

짜증스럽다는 듯이, 그러면서도 비웃는 투로 늙은 개는 말했습니다.

"칠칠이가 무슨 죽을죄라도 지었단 말입니까?"

"죄라는 것은 인간들이나 짓는 것이지."

"그렇다면 그들은 왜 칠칠이를 죽였습니까?"

"그냥 죽인 게 아니라 잡아먹으려고 죽인 거야. 인간들이 원하는 것이 바로 저 개의 고기니까. 여기 있는 개들도 다 똑같은 운명이지."

"나도 말인가요?"

"그런 게 아니라면 네가 왜 여기 잡혀 왔겠어? 몰랐다면 지금부터라도 각오를 해두는 편이 나을 거야."

그렇게 말하고는 늙은 개는 돌아누워 버렸습니다. 칠칠이가 잡아먹히다니, 여기 있는 개들이 다 같은 운명이라니, 나도 예외가 아니라니…… 등골이 오싹 저려오는 그 말을 나는 믿을 수가 없었습니다.

"그런데도 한가하게 낮잠만 자고 있을 수 있단 말입니까? 그런데도, 그 인간들이 주는 밥맛이 난단 말입니까?"

"그렇지 않으면, 어쨌으면 좋겠나?"

늙은 개는 한심하다는 투로 이렇게 이죽거렸습니다.

"안 돼, 난 죽고 싶지 않아!"

나는 나도 모르게 이렇게 소리치고 말았습니다. 그러자 철망 아래에 늘어져 있던 누렁이가 벌떡 일어서며 눈을 부라렸습니다.

"뭐야, 이거. 깜짝 놀랐잖아!"

복실이가 나의 귀를 물고 한쪽 구석으로 이끌었습니다. 그리고는 나지막하게 이렇게 말했습니다.

"이게 똥개들의 운명이라는 거야."

"똥개라구?"

"족보 없는 잡종 개를 인간들은 그렇게 부르지."

"족보란 건 또 뭐야?"

"글쎄, 나도 자세한 건 모르지만, 이를테면 저 바깥에 있는 셰퍼드라든지, 진돗개라든지, 사람들의 노리개 감인 치와와, 푸들, 뭐 이런 개들을 족보 있는 개들이라고 부르나봐."

"그럼 그런 개들은 운명이 다르단 말이야?"

"물론이지, 인간들과 거의 똑같은 대우를 받으면서 제 수명을 누리고, 죽은 후에도 그 주인이 무덤까지 만들어 준대나 봐."

"도대체 우리가 그들 족보 있는 개들과 다른 점이 뭔데?"

"날 때부터 피가 다른 거야. 이를테면 족보 있는 개들은 그들의 피 속에 다른 종의 피가 섞이지 않은 순종이란 거고, 우리는 이 개 저 개의 피가 잡다하게 섞여 있는 잡종이라는 얘기야. 그래서 쓸모라곤 복날 보신탕감밖엔 안 된다는 거지. 하기야 개고기가 정력에 좋다는 소문이 돌고 있는 요새는 아예 사철탕이라고 해서 시도 때도 없이 우리 똥개들을 잡아대지만 말이야."

"우리가 잡종인지 순종인지 어떻게 알지?"

"인간들은 우리보다 관찰력이 뛰어나고 영리하니까, 그리고 우리보다 보통 서너 배나 오래 살기 때문에 우리의 일생을 몇 대에 걸쳐서 환히 꿰고 있지. 그리고 족보라는 걸 만들어서 그 개들의 목에 걸어두기까지 한대나 봐."

그렇다면 나도 똥개란 말인가. 내가 똥개가 아니라 족보 있는 개라면 그 영악한 인간들이 나를 이렇게 가둬 둘 리가 없겠지. 생각이 여기에 미치자 나의 심정은 절망적이 되고 말았습니다.

하지만 실망하기엔 아직 일렀습니다. 절망의 틈바구니에서 한 가닥 구원의 빛처럼 안젤라 수녀님의 모습이 떠올랐던 것입니다. '가여운 어린 양' 그래, 은혜원의 난롯가에서 안젤라 수녀님이 내게 처음으로 한 말이 그것이었습니다. 그리고 나뿐만 아니라 천사의 집 모든 아이들을 안젤라 수녀님은 그렇게 불렀던 것입니다. 안젤라 수녀님은 나를 인간인 아이들과 똑같이 여기셨던 게 틀림없습니다. 안젤라 수녀님이 나를 인간들과 똑같이 여기신 것은 나의 은혜원 생활 전체를 통해서 조금도 의심할 수 없는 사실입니다. 그렇다면 나는 실제로 똥개가 아닌지도 모릅니다. 나를 여기로 납치해 가둔 인간들이 뭔가 착각을 했는지도 모를 일이었습니다. 하긴 원숭이도 나무에서 떨어진다고 하는데 인간들이 제아무리 영악하다고 해도 조물주 천주님의 딸인 안젤라 수녀님만은 못할 것이었습니다.

우리 안은 찌는 듯이 무더웠습니다. 그늘이라곤 판자때기로 짠 개장 안뿐이었는데 아예 한증막이었습니다. 나도 다른 개들처럼 땅바닥에 배를 깔고 엎드려서 혀를 빼물고 헐떡거리기나 할 수밖에 없었습니다. 우리 밖의 대추나무 그늘에 늘어져서 간간이 입이 째지게 하품을 하거나 어깻죽지가 빠지게 기지

개를 켜는 셰퍼드가 그렇게 부러울 수가 없었습니다.

파란 비닐지붕 쪽에서는 인간들의 떠드는 소리가 잦아졌습니다. 걸걸한 사내들의 음성에 젊은 여자의 간드러진 목소리도 섞였습니다. 그들은 웃고 떠들며 꽤나 즐거워하고 있었습니다.

"싱싱한 걸로 한 댓근 가져와 봐요."

"술은 뭘로 올릴깝쇼?"

"보신탕에 소주만 한 게 있나. 아참, 만년필은 없소?"

"그건 벌써 예약이 됐는 걸요. 죄송합니다."

"우리를 무시하는군. 주말마다 오는 단골인데 올 때마다 예약이 됐다고 하면 우리 차롄 언제야?"

"다음엔 꼭 챙겨드리지요. 헤헤헤……."

파란 비닐 지붕 아래서 들려오는 인간들의 이런 얘기를 듣다가 나는 곁에 엎드려 있는 복실이에게 물어보았습니다.

"저 인간들이 말하는 만년필이란 게 뭔지 아니?

나는 진지하게 물었는데 복실이는 대답은 하지 않고 비실비실 웃기나 할 뿐이었습니다. 내 말을 잘 못 들었나 해서 나는 재차 물었습니다.

"만년필이 뭔지 너는 아니?"

그러나 복실이는 여전히 웃기나 할 뿐이었고, 대신 늙은 개가 낄낄거리는 끝에 이렇게 말했습니다.

"네 배때기에도 달려 있잖니, 아직 여물지는 않은 것 같지만서두."

그래서 나는 나의 배를 보았습니다. 대체 거기 뭐가 있단 말인지 나는 알 수가 없었습니다.

"잠지 말이다, 이 애숭아!"

"인간들에게 우리의 잠지가 중요한 건가요?"

나는 늙은 개에게 물었습니다. 그러자 늙은 개는 버럭 화를 내면서 금방이라도 나를 물어뜯을 듯이 노려보았습니다.

"이런 철딱서니 없는 녀석 같으니라구!"

나는 영문을 알 수 없었지만 뭔가 실수를 한 것 같은 생각에 귀를 납작 움츠렸습니다. 그제야 늙은 개는 다시 쭈그려 앉으며 이렇게 구시렁댔습니다.

"언제 뒈질지 모르는 주제에 뭔 호기심이 그리도 많아. 국으로 죽치고 있을 양이지……."

수돗가 대추나무에서 매미들이 짜랑짜랑 울어대고 있었습니다. 몹시 배가 고팠습니다. 그리고 보니 어제 저녁을 먹은 뒤로 줄곧 빈속이었던 것입니다. 아까 복실이가 물어다 준 뼈다귀를 찾아 핥아보았으나 배에서 쪼르륵거리는 소리만 더 자아올릴 뿐이었습니다. 이런 내가 측은했던지 어느새 곁으로 다가온 복실이가 말했습니다.

"조금만 참아. 곧 저녁 시간이 될 테니까. 너도 이제 사정없이 달려들어서 먹어야 해."

이런 복실이의 말이 좀 서글프게는 들렸지만, 한편으로 어찌나 고마웠던지 나는 그의 뾰족한 주둥이며 여윈 어깻죽지를 정성껏 핥아주었습니다. 해가 서쪽으로 기울면서 더위도 그만큼씩 수그러들었습니다. 한나절 동안 겪은 여러 충격적인 사건들과 허기에 지쳐서 나는 금방이라도 쓰러질 지경이었습니다.

복실이가 나를 자기 곁에 눕도록 이끌었습니다. 나는 복실이의 겨드랑이에 코를 박고 이내 깊은 잠 속에 빠져들었습니다.

6.

해가 서산에 뉘엿뉘엿할 무렵에 복실이가 내 귀를 살며시 물어서 잠을 깨웠습니다. 정말 달콤한 잠이었습니다. 눈을 떠보니 나는 아직 복실이의 겨드랑이에 코를 박은 채였습니다. 무척 불편했을 텐데도 복실이는 나를 떨쳐내지 않고 내내 그렇게 있었던 것입니다.

문득 안젤라 수녀님의 품이 떠올랐습니다. 복실이의 겨드랑이가 조금만 더 넓고 살이 통통하다면 안젤라 수녀님의 가슴팍만큼이나 편안할 거라는 생각이 들었습니다. 비록 좁고 메마르긴 했어도 그 따스함과 부드러움이 나를 편안히 감싸주기에 부족함이 없었습니다. 내가 겨드랑이를 핥아주자 복실이는 간지러운지 진저리를 치며 뒹굴었습니다.

다들 철망에 매달려 있는 걸 보니 식사 시간이 된 모양입니다. 이윽고 빨간 러닝셔츠의 사내가 죽통을 들고 나타났습니다. 우리 안은 또다시 살벌하리만치 활기찬 분위기로 변했습니다.

나는 복실이가 하는 것처럼 뒤에 쪼그려 앉았다가 기회를 봐가면서 재빨리 달려들어 한입씩 움켜먹었습니다. 아직 내 능력으로는 누렁이와 점박이, 그리고 늙었다고는 하지만 식사 시간에 쓰려고 특별한 힘을 따로 감춰뒀다가 꺼내 놓는 것처럼 놀라울 정도로 열정적이 되는 늙은 개의 만찬에 도저히 힘으로 어울릴 자신이 없었던 것입니다. 복실이가 옆에서 응원의 사인을 계속 보내긴 했지만 온 지 하루도 채 안 된 신참으로서 고참들의 위신을 지켜주는 것도 도리일 거라는 생각이 들었습니다. 그렇게 해서 겨우 허기나 때울 수 있었는데 감질나게 먹고 나니 배는 더 견딜 수 없도록 고팠습니다. 나는 난생처음으로 배고픔의 고통이 어떠한지를 실감하고 있는 중이었습니다.

식사가 끝나고 생기를 되찾은 개들은 다시 등을 활처럼 휘어가지고 맨땅을 버르적거리며 똥도 싸고 장난도 치고 또 등 위에 올라타 낑낑거리기도 하면서 저마다 몸을 풀기 시작했습니다. 그때 점박이가 꺼억 기분 좋게 트림을 해대면서 내게 스적스적 다가왔습니다.

"헤헤, 뭐 이렇게 말하면 어떻게 생각할지 모르지만…… 에, 식사할 때 보니까 꽤 쓸 만한 친구더군."

"뭐가 말이야?"

점박이는 내가 무슨 뜻인지 얼른 알아차리지 못하자 멋쩍은 웃음을 입에 물며 말했습니다.

"헤헤, 그러니까 거 뭐냐, 매너가 좋더라고."

그러고는 내 귓가로 주둥이를 더욱 바짝 들이밀며 은근한 어조로 이렇게 말하는 것이었습니다.

"만약에 주제 파악을 못하고 설쳐댔더라면 나와 내 친구가 얼마간 손을 좀 봐주려고 했었지. 하지만 너는 매너가 좋으니까, 그런 실수를 하지 않은 거지. 어떻게 보면 재수가 좋기도 하고……."

듣고 있으려니 참 웃긴다는 생각도 들고 자존심도 상하는 말이 아닐 수 없어서 나는 좀 도전적으로 말했습니다.

"재수가 좋다는 건 무슨 뜻이지?"

그러자 점박이는 의외라는 듯 약간 기세가 꺾인 말투로, 그리고 저만치에 엎드려 있는 늙은 개를 흘끗 돌아보고 나서 이렇게 얼버무렸습니다.

"아니 뭐, 너는 매너가 좋았으니까…… 전에도 너만 한 녀석이 한 놈 들어왔었는데, 저 영감탱이가 들어오기 전이었는데, 그때는 우리가 아예 사전에 손을 좀 봐줬었지. 헤헤헤, 그래서 참고가 될까 하고……"

점박이의 말은 결국 늙은 개가 들어오기 전에는 누렁이와 함께 저희들이 이쪽 우리의 세력을 잡고 있었다는 것이며, 늙은 개가 아니라면 식사 시간에 내가 주의를 하고 안 하고를 떠나 신고식 형태로 일차 경을 쳤을 텐데 늙은 개 때문에 봐주는 것이라고 딴에 생색을 내려는 것이었으며, 이것은 또한 앞으로 저희들 마음에 들지 않으면 언제라도 둘이서 혼을 낼 것이니 알아서 기라는 일종의 협박성 경고인 셈이었습니다.

그러고 보면 늙은 개가 없다면 이 비쩍 마른 누렁이와 점박이 둘이서 기고 만장으로 우리 안을 휘어잡겠다는 속셈인데, 이는 한편으로 늙은 개의 권위가 어떠한가를 반증하는 것이기도 했습니다. 식사할 때만 어디 감춰두었던 힘을 꺼내 쓰는 게 아니라 평소에도 항상 보이지 않는 위력을 발휘하는 게 틀림없었습니다. 그래서 나는 이미 어느 정도는 느끼고 있는 터지만 늙은 개에 대한 경외심을 더욱 확실하게 갖게 되었습니다. 이 우리 안팎에서 벌어지는 여러 가지 궁금한 일들에 대해 앞으로는 늙은 개에게 물어보고 의논을 해야겠다는 생각이 들었습니다.

점박이가 별 소득을 거두지 못한 표정으로 비실비실 떠나고 나자 기다렸다는 듯이 복실이가 내 곁에 와서 쭈그려 앉았습니다. 복실이는 점박이와의 대화를 통해서 내가 충분히 짐작하고도 남는 내용의 얘기들을 무슨 비밀이라도 일러주는 양 목소리를 낮춰가며 들려주었습니다.

늙은 개가 이 우리에 들어오기 전에는 자기보다 앞서 들어온 병든 개 두 마리가 있었는데, 다 같이 죽을 날만 기다리는 처지면서 누렁이와 점박이가 그 병든 개들과 자기를 몹시 못살게 굴었다는 얘기며, 얼마 전에 설사병으로 죽어나간 검둥이가 들어왔을 때는 어찌나 못살게 굴었는지 사실은 굶어죽은 거나 진배없다는 얘기며, 그러다가 늙은 개가 들어왔을 때도 그 버릇을 하다가 오히려 늙은 개한테 콧등을 물려서 며칠 동안 밥도 제대로 먹지 못했다는 얘기, 그러나 늙은 개만 없어지면 다시 이 우리의 실권을 차지하려고 노리고 있으니 나도 조심을 하는 게 좋을 것이라는 충고 등등…….

복실이는 이런 얘기를 무척 진지하게 오랫동안 했습니다. 좀 지루하긴 했지만 나를 생각해서 그런 얘기들을 들려주는 마음이 고맙고 애틋하게까지 느껴져서 잠자코 끝까지 들어주었습니다.

생각해 보면, 참 우스운 짓들이 아닐 수 없었습니다. 언제 죽을지 모르는 운명이면서 그따위 실권을 차지해봐야 무슨 소용인가. 그러나 또 달리 생각해보면, 끝내 실권을 차지하겠다는 그들의 속마음에는 희망이라는 것이 살아 있다는 것 아닌가.

나는 여기서 잠시 더 생각을 해보았습니다. '그렇다. 희망이란 참 중요한 것이다.' 복실이의 얘기를 들으면서 우연히 떠오른 희망이란 말이 나의 머릿속에서 쉽게 사라지지 않았습니다.

서산 너머로 꼴깍 넘어가는 해를 바라보면서 나는 희망이라는 말을 곱씹고 있었습니다. 그러나 그때 옆 우리에서 벌어지기 시작한 뜻밖의 사건이 내 생각의 흐름을 뚝 자르고 말았습니다. 아까 낮에 보았던 그 살벌한 광경이 다시 벌어진 것입니다.

빨간 러닝셔츠의 사내가 한 마리의 개를 올가미에 홀쳐 끌고 나가는 것이 있었는데 끌려가는 개가 얼마나 처절하게 울부짖는지 나는 옆구리의 털가죽이 부르르 떨릴 지경이었습니다. 그쪽 우리는 말할 것도 없고 이쪽 우리의 모든 개들이 제자리에서 겁에 질린 눈들을 하고는 죽은 듯이 지켜보고 있었습니다.

올가미에 걸린 개는 우리 밖으로 끌려 나가지 않으려고 오줌을 싸며 필사적으로 버티었으나 빨간 러닝셔츠의 완력을 이기지는 못했습니다. 우리 문을 통과할 때 철망을 부여잡고 마지막 발악을 했지만 이내 다가온 또 한 명의 사내가 휘두른 채찍을 맞고 그 개는 힘없이 철망을 잡은 앞발을 풀었습니다.

그 개는 곧 칠칠이와 같은 순서를 밟아 죽은 대추나무 가지에 매달렸습니다. 그리고 가지들을 흔들어서 몇 개의 잎새를 떨어내고 이내 땅바닥으로 팽개쳐졌습니다. 그 개는 칠칠이처럼 혀를 빼물지는 않았습니다.

7.

하늘에 별이 총총하게 돋아날 때까지 나는 넋이 빠진 것처럼 멍하니 하늘만 바라보고 있었습니다.

"이제 네 운명이 어떤 것인지 알 만한가?"

어느샌지 늙은 개가 내 곁으로 다가와 있었습니다.

"이것이 바로 우리 똥개들의 운명이라는 거야."

남의 속을 빤히 들여다보면서 그 심사를 긁어놓으려는 게 아니라면 무슨 의도로 이런 말을 하는가 싶어 나는 버럭 소리를 질렀습니다.

"나는 똥개가 아니란 말이에요!"

그러자 늙은 개는 나의 바로 그런 반응을 기다리기라도 했다는 듯이 한바탕 웃어젖히는 것이었습니다.

"아직도 제 꼴새를 인정하려 들지 않는 걸 보니 꽤나 죽음이 무서운가 보군. 그런다고 여기서 살아나갈 구멍이 생기는 게 아니야."

"내 꼴이 어떻다고 그러는 겁니까?"

늙은 개는 이제 정색을 하고 말하기 시작했습니다.

"뉘 집에서 잘 먹긴 했길래 털빛이 곱고 탐스럽긴 하다만 그것만으론 안 돼. 그런 조건은 단지 네 발 달리고 털 가진 짐승이면 누구나 가진 특징에 불과하지. 너의 그 뾰족한 주둥이와 쫑긋한 귀, 말려 올라간 꼬리에서 희미하나마 진돗개의 피 냄새를 맡을 수 있긴 하지만 몸통과 불균형을 이룬 땅딸막한 키에다가 안짱다리는 대여섯 대에 걸친 혼혈의 증거며, 아무 개성도 없는 이마며, 눈빛이며, 걸음걸이, 절도나 위엄과는 거리가 먼 방정맞게 짖는 소리 따위는 수십 종의 피가 뒤범벅된 잡종임을 너무도 확실하게 말해주고 있단 말이다."

늙은 개의 이 말은 충격이 아닐 수 없었습니다. 나는 코끝이 다 시큰거렸습니다.

"아니에요. 나는 똥개가 아니란 말예요."

늙은 개는 타이르듯이 말했습니다.

"허허, 이 어리석은 놈 봤나. 그런다고 잡종이 순종이 될 수는 없어."

문득 안젤라 수녀님이 보고 싶었습니다. 은혜원의 그 한가로움과 천사의 집에 가득하던 평화의 냄새가 못 견디게 그리웠습니다. 만약 안젤라 수녀님이 옆에 계신다면 내가 똥개가 아니란 사실을 잘 설명해주실 것이었습니다. 그분이 나를 부를 때는 이름이 아니면 언제나 '어린 양'이라고 했으니까요.

"헌데 너도 이름이란 걸 갖고 있겠지? 똥개치고는 귀여움깨나 받고 자란 모양인데 주인이 이름 하나 지어주지 않았을라고……."

나는 자신 있게 대답했습니다.

"내 이름은 설구예요. 안젤라 수녀님이 지어준 거지요."

"설구라, 거 개 이름치고는 제법 그럴싸하군, 도꾸니 쫑이니 해서 미군부대 뒷골목의 썩은 빠다 냄새를 풍기지도 않고, 향수를 불러일으키는 데나 쬐금 보탬이 될 워리니, 멍멍이니 하는 이름보다야 촌티를 풍기지도 않고, 운치 있고 세련된 이름이긴 하군. 하기야 잡종 똥개라 하더라도 요즘에는 그렇게 줏대 없고 촌티 나는 이름을 가진 개는 흔치 않으니까."

"저 누렁이와 점박이도 이름을 갖고 있겠지요?"

"이름이야 좋지. 저놈들도 태어나서 주인집 애들의 귀여움을 받던 때가 있었을 테고, 그 애들 등살에 못 이겨서라도 주인이 이름 하나 짓지 않았겠어? 누렁이는 영구라고 하고, 점박이는 보람이라나. 아예 자기 막내아들 이름쯤으로 지었던 모양이야."

"참 좋은 이름이군요."

나란히 엎드려서 서로의 목덜미에 코를 박고 있는 누렁이와 점박이의 모습이 무척 다정해 보였습니다.

"어쨌든 인간들의 먹고 살기가 넉넉해지다 보니 개들에게 쏟는 애정도 한층 도타워지고 윤기가 흐르게 된 건 사실이지."

"옛날에는 그렇지 않았나 보군요?"

"물론 부잣집의 개는 예나 지금이나 잘 먹고 잘 살고 있지만, 대개는 돼지우리로 가기 직전의 설거지물 찌꺼기나, 잘해야 물 누룽지 반 대접 아니면 쉰밥 한 덩이고, 밀기울에 뜨물 섞어 끓인 죽 한사발이 고작이었던 때가 엊그제지. 지금은 어떤 개가 그런, 인간들 말로 하자면 아주 못되게 망쳐버린 '개죽사발'을 핥고 있겠어. 오죽하면 나를 낳아준 어머니는 시궁창에 약 먹은 쥐를 잡아먹고 함께 죽어야 했을까……."

늙은 개의 얘기는 나의 마음을 숙연하게 만들고 흥분을 가라앉혀 주었습니다. 나는 조금 전에 그에게 함부로 지껄였던 태도를 반성했습니다.

"영감님 이름은 뭐예요?"

"내 이름은 워리였다. 지금은 너와 마찬가지로 불러줄 사람도 없고 촌티가 나긴 하지만, 나도 그 이름으로 십 년 넘게 불리면서 한때는 답싸리 밑에 늘어진 상팔자였던 때가 있었지."

이런 늙은 개의 넋두리는 아주 희미하나마 엄마의 기억을 떠올려 주었습니다. 그리고 나는 아무런 흔적도 찾을 길 없지만 내게도 아버지가 있었을 것이란 생각을 해보았습니다.

밤이 깊어갈수록 파란 비닐지붕 쪽에서 들려오는 사람들의 소리도 잦아졌고 유쾌해졌습니다. 아마 그들은 칠칠이의 고기를 안주로 뜯으며 술을 마시고 취해 노래를 부르는 모양입니다. 하늘에는 별이 총총했습니다. 복실이가 내 곁에 와 있었습니다. 나는 복실이에게 물었습니다.

"너도 나를 똥개라고 생각하니?"

복실이는 대답을 하지 않았습니다.

"내가 정말 똥개라고 생각하니?"

그제야 복실이는 별빛을 가득 담은 눈으로 고개를 살래살래 저었습니다.

"괜찮아, 네가 그런다고 똥개인 내게 족보가 생기는 건 아닐 테니까."

나는 복실이의 주둥이며 귓바퀴를 핥아주었습니다. 담장 너머 어딘가에서 컹컹 개 짖는 소리가 공허하게 들려왔습니다.

8.

이튿날 아침 나는 식사 시간이 돼서야 잠에서 깨어났습니다. 빨간 러닝셔츠의 사내가 대추나무 아래의 셰퍼드에게 먼저 죽을 퍼준 다음 죽통을 들고 옆 우리로 들어갔습니다. 나는 아직 잠이 덜 깬 눈으로 그쪽의 동정을 멍하니 바라보고 있었습니다.

어제 겪었던 일들의 기억은 아직 되살아나지 않은 상태였습니다. 어쩌면 나는 잠깐 동안 이곳이 은혜원이거나 소망의 학교라고 착각하고 있었는지도 모릅니다. 그러나 옆 우리에서 돌발적으로 벌어진 사건이 나의 의식을 빠르게 현실로 돌려놓았습니다. 사건은 실로 눈 깜짝할 순간에 벌어졌습니다.

빨간 러닝셔츠가 들고 들어간 죽통을 내려놓고 밥그릇을 끌어당겨서 거기에 한 바가지의 죽을 막 쏟아 붓는 순간, 한 마리의 개가 쏜살같이 우리를 뛰쳐나간 것입니다. 그 개는 용케도 한 뼘 남짓하게 벌어진 문틈을 비집고 순식간에 탈출을 시도한 것이었습니다. 아마도 이 개백정 사내는 간밤에 술이 좀 지나쳤는지 우리에 들어서자마자 문부터 잠가야 한다는 생각을 깜빡했던가 봅니다.

우리를 빠져나간 개는 수돗가 대추나무 아래로 해서 채소밭을 가로질러 뛰었습니다. 빨간 러닝셔츠가 죽통을 팽개치고 뛰쳐나갔습니다.

"이런 시팔노무 똥개 새끼!"

밥그릇에 고개를 처박고 있던 셰퍼드가 빨간 러닝셔츠에 한발 앞서 탈출자의 뒤를 쫓았습니다. 탈출자는 채소밭을 미처 건너기도 전에 셰퍼드에게 목덜미를 물렸습니다. 한 덩어리가 된 두 마리의 개가 뽀얗게 흙먼지를 일으키며 채소밭에 뒹굴었습니다. 애초에 상대가 되지 않는 싸움이었습니다. 탈출자의 목덜미에서는 금세 선혈이 낭자하게 흘러내렸습니다. 피는 아침 햇살을 받아 너무도 선명했습니다. 이미 저항할 힘을 잃어버렸음에도 셰퍼드는 움켜 문 탈출자의 목덜미를 미친 듯이 좌우로 휘둘러댔습니다.

"됐어, 이제 그만해!"

뒤따라간 빨간 러닝셔츠가 명령했습니다. 그제야 셰퍼드는 탈출자의 목덜미로부터 이빨의 빗장을 풀었습니다. 탈출자는 축 늘어진 채 움직임이 없었습니다. 빨간 러닝셔츠는 늘어진 개의 뒷발 한 짝을 잡고 대추나무 아래까지 질질 끌고 와서 아무렇게나 팽개쳤습니다.

"지가 뛰어봤자 벼룩이지, 여기가 어디라고 함부로 날뛰어. 어쨌든 덕분에 아침 운동 한번 잘했네."

그리고 빨간 러닝셔츠는 이 돌발 사태로 해서 중단했던 먹이 주기를 마저 끝마쳤습니다. 그사이 또 한 사내가 가스 그을개를 들고 나와 대추나무 아래 팽개쳐진 개의 털을 그슬리기 시작했습니다. 노리끼한 연기와 함께 털 타는 냄새가 진동했습니다.

나는 밥을 먹을 수가 없었습니다. 다른 개들도 이번에는 충격을 받은 듯 여느 때처럼 활기차게 먹어 대지를 못했습니다. 누렁이와 점박이조차 식욕을 잃은 듯했습니다.

"이봐, 애숭이. 그렇다고 밥을 굶으면 쓰나. 살아 있는 날까지는 열심히 살아야지."

늙은 개였습니다. 나는 그가 어떻게 그토록 태연할 수 있는지 이해가 되지 않았습니다.

"영감님은 정말 아무렇지도 않으세요?"

"어디 처음 보는 일인가. 여기 온 지 겨우 하루를 넘긴 너도 벌써 세 번째나 겪는 일이잖아. 그러니 일찌감치 살아날 꿈 따위는 포기하는 게 남은 삶을 덜 고통스럽게 할 게야."

"정말, 살아날 구멍이 전혀 없단 말입니까?"

"이렇게 인간들 손아귀에 잡혀 있는 한 불가능하다고 봐야겠지."

"인간들이라고 다 같은 건 아니에요."

"맞는 말이다. 인간들이 하는 말 중에 끼리끼리 모인다는 말이 있다. 고기 값이나 하기 위해서 우리 똥개들이 이렇게 모여 있는 것처럼 여기 있는 인간들도 똥개들이나 상대해서 목구멍을 채우는 똥개 같은 인간들이지. 만약에 너나 복실이나 누렁이가 똥개가 아니라 어떤 씨 좋은 순종 혈통이었다면 애초에 이곳의 개백정들과도 만날 인연이 없었을 테지."

"제 말은, 여기 있는 인간들 말고 정말 우리를 인간과 똑같이 대우하는 사람들이 있다는 말이에요."

"네 말뜻이 뭔지는 알고도 남는다. 하지만 지금, 이렇게 철망 우리 속에 갇힌 신세면서 그런 인간이 있단들 그게 무슨 소용이란 말이냐?"

"영감님은 이런 상황이 잘된 것이기라도 하다는 말씀인가요?"

"이런 답답한 친구, 여기엔 희망이 없어. 더구나 똥개이기까지 한 운명인바에는 다른 어디에서도 우리에겐 희망이 없다는 걸 알아야 해."

"그렇지만 이 우리에서는 아무 일도 벌어지지 않고 있잖아요. 벌써 한 달이 가깝도록 이 우리에서 끌려 나간 개는 없었다면서요. 이 우리의 개들이 특별대우를 받고 있는지 누가 알아요?"

"옳아, 너는 마치 네가 똥개가 아니라고 착각하고 있는 것처럼 이쪽 우리의 개들이 특별대우를 받는 것으로 착각하고 있었구나. 하긴 특별대우이긴 하지. 병들고, 덜 자라고, 너무 늙어서 공급이 딸릴 때까지 예비로 돌려놓고 있는 것도 저쪽 우리의 살진 개들이 매일 두세 마리씩 꼬박꼬박 도살되는 것에 비하면 특별대우라고 할 만하지. 하지만 이것도 끝장이다. 내일모레가 초복이라는 날인데, 인간들이 보신탕이란 이름으로 개고기를 본격적으로 먹어대는 철이 닥쳐온 거야. 이제 그 특별대우도 끝이 났단 말이다, 이 애송아!"

"뭐라고요……."

"그러니, 똥개의 운명을 한시바삐 깨닫는 게 닥쳐올 죽음의 공포에서 조금이나마 벗어날 수 있는 길이란 걸 알란 말이다."

늙은 개는 이렇게 말하고 나서 냉소 띤 눈길로 주위에 엎드려 있는 개들을 둘러보았습니다. 그러다가 그는 문득 턱짓으로 복실이를 가리키면서 의미심장한 미소를 머금었습니다.

"저 암캐라면 전혀 희망이 없는 것도 아니지만……."

나는 귀가 번쩍 뜨였습니다.

"어떤 희망인데요?"

"구미가 당기나? 하지만 너는 아니야. 암캐니까 하는 말이지."

"왜 수캐는 안 된다는 거지요?"

"저것의 꽁무니를 봐라. 꼴에 그래도 암컷이라고 암내를 내는 중이다. 힘 좋은 수컷이 올라타 달라는 신호지. 개백정들 보는 앞에서 그 짓만 잘 벌인다면 틀림없이 살아날 수가 있지."

도대체 무슨 말을 하고 있는 건지 알 수 없어 내가 복실이 쪽만 멍하니 쳐다보고 있자 늙은 개가 설명을 했습니다.

"새끼를 배는 거다. 암컷만의 특권이지. 축복이기도 하고. 새끼 밴 암컷을 보신탕감으로 잡을 만큼 인간은 바보가 아니니까. 하지만 너는 상대가 아냐. 저 속없는 년이 너를 마음에 두고 있는 모양이다만 어리석은 짓이지. 너는 아직 여물지 않았어. 나는 너무 늙었고, 된다면 누렁이나 점박이 차지겠지. 그렇게만 된다면, 그리고 빨간 러닝셔츠에게 쥐꼬리만 한 인정머리라도 있다면 그 애비까지 살려주는 은전을 베풀지도 모르지."

그제야 나는 늙은 개의 말을 이해할 수 있을 듯했습니다. 그러고 보니 누렁이와 점박이가 유난히 몸이 달아서 복실이 꽁무니에 주둥이를 달고 다니고 올라타려고 애쓰는 이유가 짐작이 갔습니다. 그리고 복실이의 꽁무니가 불그스레한 물로 젖어 있고 야릇한 냄새를 풍긴다는 사실도 알 수 있었습니다.

그럴 수도 있구나. 늙은 개의 말은 참으로 일리가 있었습니다. 그것은 막연한 희망이 아니었습니다. 행동으로 옮기기만 한다면 실현이 가능한 현실적인 대안이었습니다. 나는 복실이가 새끼를 가질 수 있다는 사실이 무척 다행스럽고 기쁘기까지 했습니다. 그렇게만 된다면 복실이는 살아날 수 있을 것이었습니다.

그러나 나머지 개들은 어떻게 되는 것인가. 그 나머지에 내가 제일 먼저 포함될지도 모른다는 생각을 하니 다시금 허탈한 심정이 되었습니다. 생각하면 할수록 억울한 일이었습니다. 내가 무슨 죄를 지었기에 인간들의 몸보신용으로 죽음을 당해야 하나. 그것이 늙은 개의 말대로 운명이라면 그건 너무 어처구니없고 가혹한 것이라는 생각이 들었습니다. 멍하니 푸른 하늘만 바라보고 있는 내게 늙은 개가 말했습니다.

"아직도 너의 옛 주인이 너를 구하러 오기를 기다리는 모양이구나."

나는 아무 대꾸도 하지 않았습니다. 그건 사실이었습니다. 그날 밤 칠칠이와 내가 납치되어 이리로 끌려올 때, 몽롱한 의식 속에서도 나는 '도둑이야!' 하고 외치는 수위 할아버지의 목소리를 분명히 들었던 것입니다. 그렇게 도둑들을 목격한 할아버지가 가만히 앉아만 있을 리가 없을 것이었습니다. 할아버지는 반드시 경찰을 앞세우고 이 개도살장으로 우리를 찾으러 올 것입니다. 어쩌면 지금 오고 있는 중인지도 모를 일이지요. 이미 칠칠이가 죽고 없어서 한발 늦었긴 하지만 나만이라도 구해낸다면 얼마나 다행이겠습니까. 그러나 내가 저 개백정들 손에 끌려 나가고 난 다음이라면…….

"여기 잡혀온 개들 중에서 단 한 마리도 주인에게 되돌아간 개는 없다. 설령 네가 살아 있는 동안 소망의 학교 관리인인 그 딸기코 영감탱이가 이곳을 찾아낸다 하더라도 결국 너를 구출해내지는 못할걸."

"그건 왜죠?"

"내가 이 우리에 갇힌 지가 두 달이 넘었는데 여기로 외부인이 들어온 걸 나는 본 적이 없으니까. 가끔 순경 나으리가 저 철문 틈으로 빼꼼히 코빼기를 디미는 수가 있긴 한데, 이내 코를 싸쥐고 고개를 빼버리지. 목사리도 없는 저 셰퍼드가 맹렬하게 달려가면서 짖어대는 것도 한몫 거드는 거지. 그리곤 사바사바하는 소리가 들리고, 낄낄대고, 거나해져서 헤헤거리는 소리가 나면 그걸로 끝이지. 그 영감탱이가 용케 이곳까지 찾아온다 해도 그 영감탱이 좋아하는 보신탕 한 뚝배기에 소주 한 병이면 깨끗이 해결을 볼걸."

"영감님은 소망의 집 수위 할아버지에 대해 어떻게 그리 잘 알죠?"

"나도 한때는 거기서 살았으니까. 아마 내가 눈치를 채고 도망치지 않았더라면 벌써 옛날에 그 영감탱이의 보신감이 되고 말았을 거야. 하긴 똥개의 팔자란 게 다 마찬가지지만……. 문제는 그때가 언제냐는 것뿐이지."

늙은 개는 들을수록 믿고 싶지 않은 얘기만 했습니다. 나는 더 이상 들을 기운이 나지 않았습니다. 어제처럼 셰퍼드는 마당 이쪽 끝에서 저쪽 끝 사이를 어슬렁거리다가 생각났다는 듯이 우리 안을 쓰윽 훑어보고는 대추나무 아래로 돌아가서 입이 째지게 하품을 하고 어깨가 빠지게 기지개를 켠 다음 벌렁 드러누워 버리기를 계속하고 있었습니다.

이날 저녁, 누렁이와 점박이가 서로 올라타지 못해 안달하는 바람에 온종일 피해 다니느라 몹시 지쳐서 나의 겨드랑이에 코를 박고 누운 복실이에게 나는 조용히 말했습니다.

"영감 말대로 누렁이나 점박이 중에서 하나를 선택해. 그렇게 해서라도 살아남아야지. 이대로 있다간 이 우리에서 네가 제일 먼저 끌려 나갈지도 모르잖아."

내가 이 말을 하기가 무섭게 복실이는 나의 겨드랑이에서 코를 빼내고는 발딱 일어나 앉았습니다.

"나는 그렇게까지 해서 똥개의 팔자를 고치고 싶지는 않아. 살기 위해서 마음에도 없는 그딴 짓을 할 수는 없어. 더구나 네가 보는 앞에서는……."

복실이는 말끝을 맺지 못하고 돌아섰습니다. 특히 '네가 보는 앞에서는……' 이라고 할 때는 흐느끼기조차 하는 것이었습니다. 복실이의 그 말과 흐느낌이 나의 가슴속에 묘한 떨림을 일으켰습니다. 나는 힘없이 걸어가는 복실이의 뒤를 따라갔습니다. 그리고 누렁이와 점박이가 하던 것처럼 복실이의 꽁무니에 코를 들이밀었습니다. 복실이는 가만히 있었습니다. 나는 흘러내린 복실이의 체액을 핥아보았습니다. 역시 누렁이들이 그렇게 했던 것처럼 등 위에도 올라타 보았습니다. 하지만 나의 몸에서는 아무 변화도 일어나지 않았습니다. 복실이가 그런 나의 몸 구석구석을 그 어느 때보다도 정성스레 핥아주었지만 끝내 내 몸에서는 반응이 일어나지 않았습니다.

우리는 나란히 엎드려서 동녘 하늘에 떠오른 달을 바라보았습니다.

"너는 살아야 해. 나는 소망의 학교 할아버지나 은혜의 집 안젤라 수녀님이 반드시 찾으러 올 거야. 그때 네가 죽고 없다면 나도 이곳을 떠날 마음이 나지 않을 거야. 어차피 우리는 똥개잖아."

복실이는 하염없이 눈물만 흘렸습니다.

9.

다시 날이 밝았습니다. 오늘 아침엔 어제 저녁에 새로 들어온 개를 포함해서 옆 우리의 두 마리가 대추나무에 매달렸습니다. 땀을 뻘뻘 흘려가며 살육을 하는 사내들의 얼굴에는 희색이 만면했습니다. 아마 오늘은 보신탕을 먹으러 올 사람이 많은가 봅니다.

점심때가 가까워 올 무렵 나는 파란 비닐지붕 쪽에서 들려오는 낯익은 목소리에 온몸의 촉각을 곤두세웠습니다. 분명히 소망의 학교 수위 할아버지의 목소리였고 뒤미처 코끝에 다가온 냄새 가닥이 그가 틀림없음을 확인시켜 주었습니다. 할아버지는 개장을 둘러보게 해달라고 요구하는 듯했고 주인은 극구 반대하는 모양이었습니다.

"이것 보세요, 할아버지. 아시다시피 우리 집은 전국적으로 소문이 나서 장사가 되지 말라고 해도 저절로 되는 집인데 뭐가 아쉬워서 장물 따위를 취급하겠습니까. 정 의심이 가신다면 뭐, 한번 둘러보셔도 좋습니다만 원체 지저분하고 냄새가 심해서 권하고 싶지는 않군요."

"꼭, 의심을 해서라기보다…… 답답한 마음에 내가 실수를 했나 본데, 이해하시구랴. 업소가 업소니만큼 혹시 개장사가 찾아올 수도 있다는 생각은 할 수 있는 게 아니겠소?"

여기까지 듣고 있던 나는 더 이상 참지 못하고 있는 힘을 다해서 짖기 시작했습니다. 그 순간 대추나무 아래에 엎드려 있던 셰퍼드가 벌떡 몸을 일으키더니 맹렬하게 짖으며 달려왔습니다. 내 목소리는 금세 셰퍼드의 우렁찬 포효에 묻혀버렸습니다. 복실이가 나의 절규에 합세했으나 셰퍼드의 목청만 돋을 뿐이었습니다. 굳게 닫힌 철문은 끝내 열리지 않았습니다. 나는 짖기를 포기했습니다.

이윽고 파란 비닐지붕 아래서는 너털웃음이 터져 나오고 곧 개장국 냄새와 소주 냄새가 풍겨왔습니다.

그리고 해질녘 저녁 식사시간이 돼갈 무렵에 복실이는 누렁이와 교미를 했습니다. 어제 저녁 이후 내내 의기소침해 있던 복실이가 마침내 나의 호소와 늙은 개의 부추김을 받아들인 것입니다. 그것은 눈뜨고 볼 수 없을 만큼 처절한 광경이었습니다.

복실이의 목덜미를 물어 당기며 올라탄 누렁이는 시뻘겋게 달아오른 쇠막대기 같은 성기를 복실이의 꽁무니에 사정없이 찔러 넣었습니다. 복실이의 애처로운 비명 소리에 옆 우리의 개들이 모두 몰려와 지켜보았습니다. 우리 밖에서 셰퍼드가 쉴 새 없이 왔다 갔다 하며 식식거렸습니다. 풀무질하듯 거칠게 하체를 움직이는 누렁이의 거품 문 입에서도 연신 신음이 흘러나왔습니다. 대추나무 가지에 비낀 석양조차 유난히 붉은빛을 우리 안에 쏟고 있었습니다.

교미는 빨간 러닝셔츠의 사내가 죽통을 들고 나타날 때까지 계속되었습니다. 이 광경을 본 사내는 야릇한 미소를 입가에 흘리면서 파란 비닐지붕을 향해 소리쳤습니다.

"어이, 칠복이! 빨리 와 보라구. 아주 재미있는 장면이야."

철문을 열고 사내가 나타났습니다.

"아하, 고기 값도 못 할 줄 알았더니 꼴에 새끼 치는 법은 아는구만그래."

그들은 교미가 끝날 때까지 팔짱을 끼고 서서 히히덕거리며 지켜보았습니다. 교미가 끝나자 빨간 러닝셔츠는 수돗가로 가서 찌그러진 냄비 하나를 주워 왔습니다. 그는 죽통과 함께 들고 들어온 그 냄비에 죽 한바가지를 따로 덜어서 아직 하체를 제대로 가누지 못하는 복실이 앞에 놓아주었습니다.

"자, 이제부터 너는 특별대우다. 한 열 마리만 낳아라."

그리고 사내는 열심히 복실이의 꽁무니에서 흘러내린 피를 핥아주고 있는 누렁이의 머리도 쓰다듬으며 중얼거렸습니다.

"헤헤, 비쩍 마르긴 했어도 사내구실은 하는구나. 한 뒤 번 확실하게 더 물을 주도록 해라. 제대로 씨만 뿌린다면 너도 애비 노릇 할 기회를 주지."

10.

그날 밤, 나는 늙은 개에게 은혜원과 천사의 집, 그리고 나의 마지막 희망인 안젤라 수녀님의 얘기를 했습니다. 안젤라 수녀님이 나를 데리러 오지 않는다

하더라도 나는 반드시 이곳을 탈출하여 그곳으로 돌아갈 것이라고도 했습니다. 탈출에 성공만 한다면 나는 이곳의 모든 개들을 그곳으로 데려갈 생각이라는 말도 했습니다. 그런 얘기들과 함께 어제 저녁부터 구상해온 나의 탈출 계획을 밝혔습니다.

내 얘기를 잠자코 듣고 난 늙은 개가 가라앉은 목소리로 이렇게 말했습니다.

"네 얘기들이 그럴싸하긴 하구나. 하지만 너는 아직도 인간들이 얼마나 교활하고 이기적인 동물인지를 알지 못하고 있다. 어느 인간이 아무리 개를 사랑한다고 해도 그건 어디까지나 자기 소유물로서의 개 취급인 것이지, 자기들과 똑같은 자격으로 대우하는 게 결코 아니란 걸 너는 모르고 있다. 안젤라 수녀가 다른 인간들과 똑같이 너를 어린양이라고 부르고 귀여워했던 것은 사실인지도 모르겠다. 하지만 그 수녀가 믿는 신의 피조물로서 동등한 자격을 부여받은 존재로 너를 생각하는 건 절대 아니라는 사실을 알아야 한다. 그 수녀가 섬기고 있는 신은 인간과 개를 동등한 자격으로 창조하지 않았기 때문이다."

"그래서요?"

"그래서 안젤라 수녀는 오지 않는다."

"만약에 온다면요?"

"그런 일은 있을 수 없다. 벌써 이 도살장의 백정들이 소망의 학교 영감을 구워삶아 놓았고, 진짜 어린 양들 돌보기에도 눈코 뜰 새 없는 그 수녀가 무슨 재주로 여기까지 찾아오겠느냐. 만약 찾아온다면, 그건 기적일 테지."

나는 서서히 맥이 빠졌습니다. 늙은 개는 이렇게 결론을 내렸습니다.

"그러나, 한 마리 도둑맞은 똥개를 찾아내자고 기적을 일으킬 만큼 그들의 신은 한가하지가 않다. 너는 어린 양이 아니니까."

비록 기어들어 가는 목소리였지만 나는 항의하듯이 말했습니다.

"그래도 나는 안젤라 수녀님을 믿어요. 그분이 이곳을 끝내 찾아내지 못한다 할지라도 그것이 나를 포기한 것이라고는 생각하지 않아요. 나는 사흘간을 더 기다릴 거예요. 그리고 나서도 내가 살아 있다면 그땐 내 탈출 계획을 실행에 옮길 거예요."

"그건 어리석은 짓이다. 또 네 한 몸만 생각하는 이기적인 생각이기도 하지. 복실이와 누렁이나마 살아날 수 있는 기회를 네가 빼앗게 될지도 모른다. 너는 복실이를 사랑하잖니? 내가 살 만큼 살았으니까 이런 말을 쉽게 하는 것이라고는 생각지 말기 바란다. 선택받은 자만이라도 안전하게 살도록 돕자는 뜻이다."

"그렇게 살아난다고 해서 그것이 인간들로부터의 해방을 의미하는 것은 아니잖아요. 영감님이 말한 대로 그 시기가 언제냐는 것이 문제일 뿐 결국 같은 신세로 돌아갈 테고요. 게다가 그들의 더 많은 살육거리인 새끼들까지 낳아주고서 말예요. 이렇게 앉아서 살육을 당할 수는 없어요. 그저께 저쪽 우리에서 탈출하다가 죽은 개처럼 그렇게 죽는 편이 인간들의 손에 목을 매달리는 것보다는 낫다고 나는 생각해요. 정말이지 나는 이런 더러운 운명을 인정할 수가 없어요. 아무리 인간들을 위한 신이라 할지라도 그 신이 인간에게 아무런 해를 끼치지 않은 우리 개들을 그렇게 무참하게 학살해도 좋다고 하지는 않았을 거예요."

늙은 개는 쓸쓸한 표정을 지었을 뿐 더 이상 아무 말도 하지 않았습니다.

어느샌가 곁에 와 있던 복실이가 말했습니다.

"맞아, 나는 너를 따라가겠어."

"복실이가 간다면 나도 따르겠어."

누렁이였습니다. 늙은 개는 돌아서서 별이 총총한 하늘을 한번 우러러보고는 개장 쪽으로 무겁게 걸음을 옮겼습니다.

11.

그리고 사흘이 지났습니다. 날은 점점 무더워지고 있었습니다. 오전의 쨍쨍하던 날씨가 오후엔 거짓말처럼 한줄기 소나기를 퍼붓기도 했습니다.

그동안 매일 대여섯 마리의 개들이 대추나무에 매달리고 불에 그슬리고 수돗가에서 고기와 내장으로 해체되었습니다. 그만큼 옆 우리에는 매일 대여섯 마리씩의 개들이 새로 들어오곤 했습니다. 그에 따라 파란 비닐지붕 아래서는 밤낮을 가리지 않고 왁자한 소리가 그치지 않았습니다. 그리고 셰퍼드는 변함없이 마당을 어슬렁거리며 입이 째지게 하품을 하고 어깨가 빠지게 기지개를 켰습니다.

늙은 개는 내가 탈출 계획을 얘기한 이후 말이 없어졌습니다. 골똘하게 무슨 생각엔가 잠기는 듯도 하고 멍하니 하늘을 올려다보기도 하고, 그러다가는 우리 안을 몇 번씩이고 빙빙 돌기도 했지만 끝내 아무 말도 입 밖에 내지 않았습니다. 나도 무슨 말이든 그에게 붙여보고는 싶었지만 막상 입을 떼려면 아무 말도 나오지 않았습니다. 그런 중에 하나의 변화가 있었다면 오늘 아침 누렁이와 단짝인 점박이가 우리와 행동을 같이하기로 했다는 것입니다.

복실이는 그날 이후 두 번 다시 누렁이에게 몸을 허락하지 않았습니다. 밥을 주러 올 때마다 빨간 러닝셔츠가 복실이의 배를 만져보며 몇 번 더 교미를 하라고 지껄이는 모양이었고 누렁이도 침을 흘리며 거듭 기회를 노렸지만 복실이는 야멸차게 뿌리쳤습니다.

그런 복실이는 나와 눈길을 마주치지 않으려고 애쓰는 눈치가 역력했습니다. 어쩌다 눈길을 마주치고 보면 눈가에 물기가 고여 있곤 했습니다. 그것은 내게 견딜 수 없이 슬픈 모습이었습니다. 내가 모든 게 다 잘된 일이라고 속삭이기도 하고 나름대로 애정의 몸짓을 보이기도 했지만 복실이는 냉담하기만 했습니다.

늙은 개의 예언대로 안젤라 수녀님은 오지 않았습니다. 우리는 해가 지고 어둠이 내릴 무렵에 시작되는 저녁 식사시간을 탈출 계획 실행의 순간으로 잡았습니다. 왜냐하면 빨간 러닝셔츠는 저녁밥을 주고 나서는 더 이상 개 잡는 일을 하지 않았으며, 그 후 파란 비닐 지붕 쪽에서 이쪽으로 통하는 문은 이튿날 아침까지 잠기기 때문에 우리의 문이 열릴 기회가 전혀 없을 뿐만 아니라, 바로 그 시간에 개고기를 즐기는 인간들이 제일 많은 모양이어서 빨간 러닝셔츠 일당의 활동을 최대한 그쪽으로 붙들어 맬 수 있기 때문이었습니다. 또 금방 주위가 어두워지기 때문에 담장을 넘는 데만 성공을 한다면 그 인간들이 우리를 다시 찾아내기가 어려울 것이라는 계산도 할 수 있었습니다.

서산으로 해가 꼴깍 넘어갔습니다. 이제 약 20분 후면 빨간 러닝셔츠가 죽통을 들고 나타날 것입니다. 누렁이, 점박이, 복실이 모두 긴장된 얼굴로 말이 없었습니다.

"성공할 수 있어. 꼭 성공해야 해!"

나는 결연하게 다짐했습니다. 다들 결의에 찬 표정으로 고개를 끄덕였습니다.

우리는 빨간 러닝셔츠와 셰퍼드가 눈치를 채지 못하도록 결정적인 순간까지 평소와 똑같이 행동하기로 했습니다. 그리고 나는 이쪽 우리 안에서는 보이지 않지만 늙은 개가 일러준 대로 채소밭의 동쪽 끝, 무너진 돌담 앞까지 목숨을 걸고 뛰어야 할 시나리오를 다시 한번 머릿속에 그렸습니다.

〈빨간 러닝셔츠가 죽통을 들고 들어와서 평소처럼 한 뼘가량 열린 문을 그대로 둔다면 그가 죽을 따르는 순간 일제히 밖으로 뛰쳐나간다. 물론 그의 마음이 갑자기 변덕을 일으켜서 문을 잠근다면 아무 일도 없다는 듯이 밥을 먹고 계획은 다음날로 연기한다. 일단 행동을 개시하면 추호의 주저함이나 한 치의 실수도 없어야 한다. 밖으로 나가서부터는 각자 사력을 다해 채소밭을 통과한다. 셰퍼드가 정신없이 밥을 먹고 있을 순간이므로 그가 우리에게 주의를 돌릴 때는 이미 1초 이상의 시간이 지난 후일 것이고 최소한 10미터 이상의 거리를 두게 된다. 채소밭의 너비는 약 30미터. 담장을 통과해서는 각자 분산해서 뛰고, 200미터 앞에 있는 야산 정상에서 만난다. 돌발 사태는 각자의 운명에 맡긴다.〉

이 시나리오를 또박또박 되뇌는 동안 나의 각오는 한층 비장해졌습니다.

"빼 먹은 게 있다."

늙은 개였습니다. 사흘 동안 이 탈출 계획에 대해 일언반구도 없이 침묵만 지키던 그의 이 말에 모드들 귀를 쫑긋 세웠습니다.

"빼 먹은 거라뇨?"

"빨간 러닝셔츠는 누가 맡지?"

"······."

"그는 단순한 백정이 아니라 노련한 사육사이기도 하다. 일주일 전 옆 우리에서 한 마리가 탈출을 기도했을 때 나머지 개들을 얼마나 빨리 조치하는지 보지도 못한 모양이로구나. 그렇게 엉성한 시나리오대로 했다간 잘해야 하나가 겨우 이 문을 빠져나갈 수 있을 게다. 빨간 러닝셔츠가 너희들이 다 빠져나가도록 멀거니 구경만 하고 있을 줄 아느냐. 저 문은 툭 건드리기만 해도 닫힌다는 걸 왜 모르느냐. 그리고 빠져나간 하나도 그때 보았다시피 저 셰퍼드와 일대일로 맞서야 하는데, 게임은 뻔한 게 아닐까?"

"아!"

약속이라도 한 듯이 모두의 입에서 탄식이 흘러나왔습니다. 나도 하늘이 무너져 내리는 기분이었습니다. 늙은 개가 계속했습니다.

"하지만, 방법이 있다."

나는 다시 긴장했습니다. 늙은 개의 다음 말을 기다리느라 모두 숨을 죽이고 있었습니다.

"빨간 러닝셔츠는 내가 맡는다. 우리를 뛰쳐나가서 마당을 가로지를 때까지 뒤를 돌아다보아서는 안 된다. 그 다음, 셰퍼드가 뒤쫓을 때면 빨간 러닝셔츠의 친구가 이미 가세하게 되리란 걸 잊어선 안 된다. 그는 분명히 엽총을 사용할 것이다. 그만큼 사력을 다해야 한다. 행운을 빈다."

희비가 엇갈리는 순간이었습니다. 그러나 이 벅찬 감동을 나누기엔 너무 시간이 짧았습니다. 빨간 러닝셔츠가 죽통을 들고 이쪽으로 오고 있었습니다.

내가 먼저 늙은 개에게 다가가 그의 입을 핥았습니다.

빨간 러닝셔츠는 늘 그렇게 하듯이 셰퍼드에게 먼저 죽을 퍼 주고 옆 우리로 들어갔습니다. 늙은 개의 말대로 그는 주의 깊은 사육사답게 일주일 전의 실수를 되풀이하지 않고 있었습니다. 우리에 들어서자마자 안으로 문부터 걸어 잠그는 것이었습니다. 제발 오늘도 이 열외의 우리는 그렇게 단속하지 않아도 된다는 그의 평소의 생각이 바뀌지 않게 해달라고 나는 빌었습니다.

다행히 장사가 잘돼서 그런지 그는 휘파람을 불고 있었습니다. 이윽고 그는 이쪽 우리로 들어왔습니다. 고맙게도 그는 한 뼘가량 닫히지 않은 문에 대해서보다 복실이의 배를 쓸어주는 것에 더 관심을 가지고 있었습니다.

그가 찌그러진 냄비에 죽을 덜어서 복실이 앞에 놓아주는 순간. 나의 눈짓에 따라 점박이가 먼저 문을 밀치고 뛰쳐나갔습니다. 복실이가 재빨리 빨간 러닝셔츠의 손길을 빠져나갔고 죽통을 팽개치며 일어서는 그의 발목을 향해 늙은 개의 이빨이 믿을 수 없을 정도로 빠르고 힘차게 꽂혔습니다.

죽통이 뒤엎어지는 소리, 사내의 비명…… 나는 뒤돌아보지 않았습니다. 한 발 앞서서 복실이가 뛰고 있었습니다. 코끝에 채소밭의 흙먼지가 매캐했습니다. 키 큰 옥수수 대궁들 사이로 무너진 돌담이 지척으로 다가왔을 때. 바로 뒤에서 누렁이의 비명이 들렸습니다. 나는 돌아섰습니다. 셰퍼드와 누렁이가 한 덩어리가 돼서 채소밭에 뒹굴고 있었습니다. 점박이도 달려와 있었습니다. 우리는 누렁이의 목덜미를 물고 있는 셰퍼드의 목통에 사력을 다해 이빨을 박아 넣었습니다. 울컥 피가 솟는 게 느껴졌고 셰퍼드는 축 늘어졌습니다. 그러나 누렁이 또한 일어나지 못했습니다.

우리는 다시 돌아서서 뛰었습니다. 총소리가 어두워오는 허공을 산산이 무너뜨렸습니다. 나는 뒤돌아보지 않았습니다. 사이를 두고 총성은 대여섯 번 계속되었습니다.

어느새 어둠이 짙게 내려앉은 산정의 다복솔 아래에서 복실이가 기다리고 있었습니다. 우리는 이제나저제나 하며 한 시간을 더 기다렸지만 점박이는 끝내 오지 않았습니다.

12.

나는 기억을 더듬고 온몸의 촉각을 곤두세워 우리가 이제 가야 할 방향을 가늠해 보았습니다. 먼저 소망의 학교 쪽으로 방향을 잡아보았지만 역시 그쪽은 아니었습니다. 칠칠이도 없는 그곳에 가봐야 의지할 친구도 없을 뿐더러 이 도살장에 몰려오는 인간들과 똑같이 개고기를 즐기는 할아버지의 군침만 돋울 게 분명했습니다.

막연했지만 나는 은혜원 쪽으로 방향을 잡았습니다. 원장 수녀님이 나를 달가워하지 않는 줄 알지만, 내가 납치되어 갔다는 소식을 들었을 안젤라 수녀님이 반겨주지 않을 리가 없을 것이었습니다. 비록 옛날처럼 그곳에서 안젤라 수녀님과 함께 살지는 못한다 하더라도 다시는 이런 위험에 처하지 않을 안전한 곳으로 나와 복실이를 인도해 줄 것이라고 나는 믿었습니다.

우리는 쉬지 않고 걸어서 은혜원 서쪽 능선에 다다랐고, 미명 속에 솟아나는 신선한 새벽 공기를 한껏 빨아마셨습니다. 지금쯤이면 어느 수녀님인가 샘

물 소리 같은 새벽종을 울릴 시간이었습니다.

숨을 돌리고 보니 복실이의 몰골은 말이 아니었습니다. 땀에 흠뻑 젖은 데다 온통 피투성이였고, 몸을 잘 가누지 못할 정도로 다리를 절고 있었습니다. 나 역시 밤새 걷느라 온몸이 천근이었고 목이 탔습니다. 그러나 마침내 꿈에도 잊지 못한 자유의 땅으로 돌아온 것이었습니다.

나는 천사의 집이 깨어나는 그 평화로운 광경을 한시라도 빨리 복실이에게 보여주기 위해 앞장서서 숲을 뚫고 나아갔습니다. 안젤라 수녀님의 따스한 품과 빛나는 미소, 달콤한 향기와 부드러운 손길이 나를 부르는 듯했습니다. 수동이, 재롱이, 방실이…… 천사의 집 친구들이 일제히 뛰어나와 반겨줄 것을 그리며 뒤처진 복실이를 이끌었습니다.

아. 그런데 은혜원은 어디로 사라진 것일까요. 천사의 집 친구들은 또 다들 어디로 간 것일까요. 안젤라 수녀님은 어디에 계신 걸까요. 이게 꿈이 아니었으면 좋으련만…….

은혜원은 거기에 없었습니다. 나는 방향을 잘못 잡아서 엉뚱한 곳에 와 있는 게 아닌가 하여 몇 번이고 주위를 둘러보았습니다. 그러나 그 봉우리, 그 나무들, 그 능선과 약수터, 모두 틀림없었습니다. 지난봄에 천사의 집 친구들이 들꽃을 꺾어서 작은 꽃동산을 만들었던 안나의 무덤도 그대로 있었습니다.

그러나 은혜원은 알 수 없는 어딘가로 사라지고 없었습니다. 대신 형체도 분간할 수 없이 무너지고 파헤쳐진 기도실 터 한편에 거대한 포크레인 한 대가 웅크리고 앉아 늦잠을 자고 있었습니다. 지붕이 모두 내려앉고 벽의 형체만 앙상하게 남은 천사의 집터에는 잡초만 무성하게 자라고 있었습니다.

다들 어디로 떠난 것일까. 나는 기진맥진하여 곧 쓰러질 것 같은 복실이를 이끌고 다시 능선 위로 올라갔습니다. 그 봉우리, 그 나무들, 그 능선과 약수터, 모두 변함이 없었습니다. 나는 더 멀리까지 바라보기 위해 더 높은 곳으로 올라갔습니다. 그 봉우리, 그 나무들, 그 능선과 약수터…… 나는 주저앉아 복실이에게 말했습니다.

"네가 새끼를 낳으면 안젤라 수녀님은 내가 아빠인 줄 알 텐데……."

"새끼는 없어."

복실이는 내게 다가와 힘없이 쓰러졌습니다. 그제야 나는 복실이의 사타구니에서 쏟아지는 핏덩이를 보았습니다.

"야호!"

약수터에 오늘 첫발을 디딘 사람의 환호성이 골짜기에 울려 퍼졌습니다.

(1993)

邂逅(해후)

무사해야 할 텐데. 나는 외투의 소매를 들추어 시계를 본 후, 장갑 낀 손바닥으로 창을 문질렀다. 바람에 깎인 눈가루가 파리한 플랫폼의 불빛 속으로 증기처럼 흩날리고 있었다. 곧 회복될 겁니다. 심한 쇼크는 아니니까요. 정 박사는 수술을 성공하고 나왔을 때만큼이나 자신 있게 말했었다.

기적이 울었다. 그 길고 고즈넉한 여운을 딛고 서서 커다랗게 반원을 긋고 있는 신호수가 천천히 다가왔다. 희끗희끗한 적설 사이로 비껴가는 불 꺼진 객차들. 열차는 점점 속력을 높여 갔다. 얼어붙은 밤하늘 저편으로 그녀는 날개를 퍼덕이며 날아가고 있었다. 문득 나는 깨달았다. 이제 모든 게 지워지리라. 더는 안타깝지 않으리라. 닦아도 닦아도 이내 뿌옇게 흐려지는 창밖으로 너울거리는 불빛들이 아련했다.

"남은 방법은 이식수술뿐입니다."

정박의 어조는 꽤나 조심스러우면서도 단호했다. 벌써부터 예상해온 처지라 내겐 별 새로울 것이 없었다. 그건 사형선고나 다름없었다. 선고를 내린 사람이 법관이 아닌 의사라는 사실로 해서 더욱 냉혹한 현실감을 담고 있는. 최후 수단이란 단서 하에 이식수술이 제시됐지만 내겐 그야말로 의술이 꿈꾸는 이상이요 오만에 지나지 않는다고 여겨졌다.

첫아기마저 유산해버리고 6개월간이나 병상에 누워 있는 아내에 대해 더 어떻게 측은해하고 애태워할 기력이 남아 있지 않아서가 아니었다. 또 돈이 문제라면 처가가 건재하지 않은가. 당신의 자존심을 '출가외인'이란 한마디 고집으로 버티시면서 단칸 전세로 옮기면서까지 사돈댁의 도움을 극구 사양해 오신 아버지께서도 딸을 살리겠다는 데는 할 말이 없으실 것이었다.

아내의 몸뚱이는 수술대라기보다 실험대 위에 놓일 것이다. 아직도 사망의 판단이 완전한 객관성을 얻지 못하고 있는 상황에서 남의 심장을 이식받는다는 것은…… 그렇게 해서 살아난 사람에게 나는 무어라고 불러야 할 것인가.

그러나 집안에 손이 귀함을 늘 안타까이 여겨 오신 아버지보다 그런 아버지의 초조함에 복종하여 어색한 신혼을 시작한 나보다도 피를 나눠 준 부모의 애정은 더 짙은 것이었다. 장모나 장인에게 정 박사가 내린 그 조심스런 결론은 '아직도 이식수술이란 가능성이 남아 있습니다.'라고 들렸을 것임은 자연스런 일이리라.

"외과적 기술은 일반에서 상상하듯 그렇게 어려운 것이 아니지요. 사실 10여 년 전부터 심장이식은 포기되다시피 했었습니다. 의학계 일부에서 의술의 한계라고까지 인식하게 했던 거부반응을 극복할 수 없었기 때문이었지요. 그러나 최근에 고도의 거부반응 치료 효과를 지닌 사이클로스포린(Cyclosporine)이란 의약이 개발되면서 심장 이식수술은 획기적인 발전을 보게 된 것입니다. 저희 병원에서도 심장이식을 원하는 환자에 대비하여 첨단 의료 장비와 약품 등을 완벽하게 갖추고 있지요."

정 박사는 특히 획기적인, 첨단, 완벽 등의 낱말에 악센트를 주었다. 장인, 장모의 표정은 구원의 메시지를 듣고 있기라도 한 듯 경건해 보이기까지 했다.

"……그런데 쉽게 구할 수가 있겠습니까?"

정 박사는 나를 건너다보면서 집무 책상 위에 가지런히 올려놓은 희고 섬세한 손가락들을 가볍게 들었다 놓았다.

"저희 병원에서는 하루 평균 10명 정도의 사망자가 생깁니다. 그중 이십 세에서 사십 세까지의 여자가 두세 명 정도 되지요."

"그러나 박사님, 사망자가 제공 의사를 유언으로 남기지 않는 한 소용없는 일 아닙니까?"

약속된 질문을 받은 듯이 정 박사는 여유 있게 대답했다.

"네, 신체장애자의 장애 회복을 위해 의사는 사체로부터 필요한 부분을 적출할 수 있다는 법 규정도 있습니다. 물론 사망자 가족들과 타협을 거치게 되지요. 영혼이 깃들었던 육체를 손상함으로써 화를 입을까 우려하는 우리나라 사람들에겐 시신 해부로 두 번 죽게 할 수 없다는 인식이 골수에 박혀 있지요. 그러나 충분한 보상만 이루어진다면……."

"경비라면 염려 마십시오."

별걸 다 문제 삼는다는 듯이 장인은 나와 정 박사를 차례로 훑어보며 호기 있게 외쳤다.

그러나 이식수술 계획은 순조롭지 않았다. 열흘이 지나도록 심장을 제공하겠다는 사람이 나타나지 않았던 것이다. 막대한 돈을 요구하며 제공 의사를 비친 사람이 둘 있었으나 그때는 생리 조건이 맞지 않았다. 가족들은 조난지에서 발견한 불빛 하나가 거기 이르기도 전에 서서히 사라져버리는 것을 바라보듯 다시 허탈에 빠져들었다.

장모의 표현을 빌리자면 그것은 '신의 가호'요 '기적'이었다. 돌연 신변에 관한 일체를 비밀로 해줄 것만을 조건으로 심장을 제공하겠다는 사람이 나타났던 것이다. 정 박사는 제공자의 심장이 건강하며 생리조건 또한 환자와 비슷하기 때문에 수술 성공률이 높을 거라고 장담했다. 환자의 생명이 경각을 다투는 만큼 수술 준비는 최대한 서둘러졌다.

극히 평온한 가운데 그러나 보이지 않는 긴장이 나와 가족들을 서서히 엄습하기 시작했다. 흰 시트로 덮인 싸늘한 이동 침대 하나가 수술실로 들어가자 조금 전까지 초조감을 참고 있던 가족들의 표정은 납덩이처럼 굳어졌다. 곧 2개 조로 구성된 10여 명의 수술진에 둘러싸여 아내의 이동 침대가 미끄러져 왔다. 가슴 위에 맥없이 놓인 앙상한 손을 잡았을 때 아내는 애써 미소를 지으려고 했다. 장모는 손수건으로 눈물을 찍어냈다. 그리고 순식간에 굳게 닫힌 수술실 안으로 모든 것이 사라져버렸다.

빠르면 다섯 시간, 경우에 따라서는 그 이상이 걸릴 수도 있습니다. 아내의 병든 심장은 도려내지고 대신 그 흰 시트에 덮인 사람의 심장이 이식되리라. 그렇게 인공의 힘에 의한 부활이 시도되고 있으리라. 외과적 기술은 문제될 것이 없습니다. 초침은 바삐 움직였으나 헛돌고 있는 것만 같았다.

여섯 시간, 그건 지난 6개월을 낱낱이, 대여섯 번이나 돌이켜 견뎌야 하는 시간이었다. 이윽고 수술실 문이 열렸다.

"성공입니다. 축하드립니다."

만면에 미소를 머금은 그 정 박사의 일성은 의사로서 한 생명을 소생시켰다는 감격이라기보다 실험에 성공한 과학자의 환호성 같은 뉘앙스를 풍겼다. 장인이 먼저 감사하다는 인사를 했고 모여선 가족들도 제각기 치사를 아끼지 않았다.

나는 아내의 이동 침대가 회복실로 옮겨지는 광경을 지켜본 후 곧 원장실로 들어갔다. 그동안 긴장과 초조와 다시금 피워 올린 희망에 들떠 있느라 심장 제공자에 대한 의혹을 잊었었다. 제공 의사를 전해올 때부터 신원을 밝히지 않겠다고 했던 태도로 보아 쉽게 그 제공자의 베일을 벗길 수는 없을 것 같았지만 왠지 신분만이라도 알고 싶은 마음은 떨쳐버릴 수 없었다.

정 박사는 피곤한 기색으로 팔걸이에 길게 팔을 늘어뜨린 채 의자 깊숙이 기대 앉아 있었다. 나는 병원 측의 배려와 수술진의 노고에 거듭 감사의 뜻을 전하면서 자연스레 그 의혹의 한 끝을 던져보았다.

"그런데 그 심장을 제공한 분이 신원을 밝히지 않으려는 데는 무슨 특별한 이유라도 있습니까?"

정 박사는 순간 미간을 찌푸렸으나 곧 웃는 표정으로 입을 열었다.

"글쎄요, 승려들은 어떤 도움을 줄 때 드러내지 않는 자세를 미덕으로 삼고 있지 않습니까? 무주상보시라던가……."

그때 나의 뇌리로 번개처럼 스쳐가는 것이 있었다.

"승려라구요?"

나는 황급히 자리를 박차고 일어나 원장실을 뛰쳐나왔다. 엘리베이터 출입구 앞에 서 있던 한 스님의 뒷모습. 나는 단숨에 5층의 계단을 뛰어내려 현관을 나섰다. 약 3분이 지났을 뿐이라 곧장 밖으로 나섰다 해도 정문까지는 가지 못했으리라.

어둠이 밀려들고 있는 거리로 스님은 막 섞여들고 있었다. 내 어깨쯤에나 올까 한 키에 서른댓쯤 돼 보이는 여승의 얼굴은 차가운 저녁 바람에 맞아 퍼렇게 멍들어 있었다.

"뉘신지요?"

낯선 사내의 느닷없는 제지에도 전혀 표정을 바꾸지 않은 채 여승은 천천히 나를 올려다보았다.

"심장을 제공한 스님에 대해 알고 계시죠?"

"수술 받으신 보살님의 친척 되십니까?"

"네, 남편 되는 사람입니다."

"그러신가요, 보시한 사람이 중이라는 것만 아셨으면 됩니다. 중은 보시한 일에 대해 집착하지 않습니다."

"잘 알고 있습니다만 혹시, 그 스님의 한쪽 눈이······."

나를 정시하는 여승의 시선이 반짝 빛났다.

"혜진 스님을 아는 분이군요?"

그러나 여승은 다시 시선을 돌렸다.

"승가에서는 속세의 인연을 서로 말하지 않습니다."

나는 여승이 뭔가를 알고 있음에 틀림없다고 단정하고 끌다시피 간청하여 근처 찻집으로 들어갔다.

"그 혜진 스님이란 분은 무슨 불치의 병이라도 앓고 있었나요?"

여승은 대답이라기보다는 자기도 이제야 뭔가를 알겠다는 듯이 이렇게 중얼거렸다.

"그리고 보니 혜진 스님의 단식기도는 살신공양을 위해서였던가 보군요."

"살신공양, 단식기도…… 그럼 혜진 스님은 건강한 몸이었군요?"

나의 다급함에는 아랑곳없이 여승은 한동안 찻잔만 만지작거렸다.

"평소에 위장병을 앓고 있었지만 중병은 아니었습니다. 선방에 오래 있어본 중치고 위장병쯤 겪지 않는 경우는 드물지요. 그런데 혜진 스님은 약을 쓰지 않았습니다. 강원 도반 시절부터 사형제지간이라 제가 신경은 썼었지요. 약 먹기를 권하기도 하고 사다 주기도 했지만 죽으면 흙으로 돌아갈 육신에 뭘 그리 집착하느냐면서 한사코 듣지 않았지요."

"그럼 위장병이 악화되어……?"

여승은 고개를 저었다.

"그러니까 그 보살님이 다녀간 지가 열흘 전쯤 될 겁니다. 혜진 스님처럼 그림을 그리는 분이었는데 한 달에 두세 번씩 다녀가곤 하는 속가 친구였지요. 혜진 스님이 단식기도를 시작한 것은 그 이틀 후부터였을 겁니다."

나는 자리를 고쳐 앉으며 여승의 시선을 주시했다.

"뜬금없이 속퇴를 해야겠다는 둥, 열반할 때가 왔다는 둥 알아들을 수 없는 말을 했었지요. 기도를 시작하는 걸 보고서야 집안에 무슨 우환이 생겼나 보다 했습니다. 집안 사정은 그 보살님을 통해 소상히 듣고 있는 것 같았습니다."

"그랬군요."

"단식을 시작한 지 닷새째 되는 날, 바로 그저께였지요, 탈진하여 쓰러진 후에야 정해진 규칙을 완전히 무시한 채 물 한 모금도 마시지 않았다는 사실을 알았지요. 유서나 다름없는 쪽지를 미리 써 놓았더군요. 이 병원에 입원시켜 줄 것과 죽으면 신체의 각 기관을 필요한 사람을 위해 기증해 달라는 내용이었지요. 그리고 끝에 신원을 밝히지 말 것을 당부하고 있었습니다."

나는 온몸에 잔물결이 일 듯 떨리기 시작했다.

"회복될 가망이 없었나요?"

탁자 한 모서리께로 버려 둔 초점을 거두어들이며 나는 겨우 이렇게 말했다.

"밤 11시쯤에 병원에 도착하니 너무 늦었다고 하더군요."

"……."

그리고 얼마간의 시간이 더 흘렀다.

여승이 시간을 물었고 나도 자리에서 일어났다. 여승은 나와 혜진 스님과의 관계를 끝내 묻지 않았다.

"처사님의 생각처럼 저는 자살이라고 생각하지는 않습니다. 사바에서의 해탈은 육신 때문에 장애를 받으니까요. 다비(茶毘)는 모레 사시부터 모십니다."

수수께끼 같은 말을 작별 인사로 남기고 여승이 총총히 사라진 보도 위에 나는 오랫동안 서 있었다. 아내와의 투병일기와 오랜 망각의 그늘 아래로 가라앉았던 기억들이 다시금 자맥질을 시작했다.

열차는 줄기차게 달렸다. 불투명한 산맥의 굴곡들이 희미하게 굽이쳐 흐르는 차창 속에 건너편 좌석에 앉은 낯선 여인의 옆모습이 쓸쓸히 찍혀 있었다. 달리는 열차의 진동만이 숨 가쁘게 깨어 있었다. 아니, 나는 줄곧 그 소리를 듣지 못했던 것이다. 무어라 끊임없이 웅얼거리는 레일과 쇠바퀴의 마찰음. 그 소리는 어느새 낯선 여인의 옆모습에 겹쳐온 아내의 심장 뛰는 소리를 음울하게 흉내 내기 시작했다.

나는 꼭 24시간 만에 의식을 되찾은 아내를 물끄러미 내려다보고 있었다.

"당신이군요."

실낱같았지만 내겐 그 소리가 멀리서 울린 절규처럼 들렸다. 시든 꽃잎처럼 거무튀튀하게 죽음의 얼룩이 번져가던 얼굴에 파르르 한 가닥 미소마저 피어오르고 있었다. 그런 아내의 모습이 어쩐지 낯설고 괴이하게 보이기 시작했다. 병든 제 심장을 도려내고 남의 것을 꿰매 넣은, 시신이 꿈틀거리는 것 같은 착각이 일었다. 나는 아내의 침대에서 한걸음 물러서며 진저리를 쳤다.

정말 살아 있는 것일까. 나는 다시 침대 곁으로 다가가 시트를 걷어 내렸다. 규칙적으로 울렁거리는 가슴 위로 조심스레 귀를 갖다 대자, 쿵쿵쿵…… 틀림없는 산 자의 그 박동은 나의 고막을 거쳐 뇌수 한가운데까지 거친 파문을 일으키며 뛰어들었다.

"아, 이건 보시(補施)가 아니라 복수야!"

시트 속에서 뻗어 나온 아내의 까슬한 손가락들이 내 머리를 감싸 당겼다.

내가 정신을 차렸을 때 아내는 응급실로 옮겨 가 있었다.

차창으로 새어나가 펄럭이는 빛 자락 안으로 언제부턴가 눈발이 비끼고 있었다. 등불에 필사적으로 날아드는 날벌레들처럼 눈송이들은 창에 부딪혀 부서지고 또 날아드는 무위의 몸부림을 끊임없이 되풀이했다. 그 단조로운 눈발의 몸부림 너머로 원근과 명암을 잃은 밤 세계가 해저처럼 무겁게 괴어 있었다. 간간이 붉거나 푸른 불빛들이 어둠의 나라에 세워진 이정표들인 양 점점이 밀려왔다가 밀려가곤 했다.

소년은 할아버지의 산소에서 돌아오기가 무섭게 삼촌이 만들어 준 외날 썰매를 찾아 들고 동구 밖으로 달음질쳤다. 벌써 빙판 위에는 썰매를 지치는 아이들, 팽이 치는 아이들, 술래잡기하는 아이들로 북새판이 벌어져 있었다. 소년은 아이들이 비교적 덜 붐비는 곳을 찾아 썰매를 내려놓았다. 시골에 친척집이 없는 반 동무들 앞에서 자랑을 늘어놓고 있는 자신의 모습을 떠올리면 벌써 가슴이 설레었다. 그러나 조급한 마음처럼 썰매는 쉽사리 말을 들어주지 않았다. 가까스로 중심을 잡아 썰매 위에 몸을 싣는 데만도 몇 번이나 좌우로 곤두박질을 쳐야 했다.

뒤로 벌렁 나자빠진 소년을 둘러싸고 아이들이 손뼉을 치며 깔깔거렸다. 소녀도 쿡, 웃음이 나왔다. 소녀는 주머니에 꼭 찔렀던 손을 빼내고서 종종 걸음으로 소년에게 다갔다.

"조심하잖구, 다치지 않았니?"

소녀는 둘러선 아이들을 야멸차게 한번 쏘아보고는 소년의 한쪽 팔을 부축해 일으켰다. 그러곤 저만큼 도망간 송곳 한 짝과 썰매를 가져다가 소년 앞에 밀어 놓아주었다. 소년은 낯선 아이들 앞에서 당한 창피로 얼굴이 빨갛게 달아올랐지만 그것으로 기가 꺾이지는 않았다. 다시 송곳으로 빙판을 짚고 썰매 위에 올라앉으려 애를 썼다.

"내가 잡아줄게."

소녀가 가볍게 소년의 어깨에 손을 얹었다. 그러자 그때까지 아무 말도 없던 소년이 획 고개를 돌리며 외쳤다.

"싫어! 혼자 탈 수 있단 말야."

그러고는 무슨 기분 나쁜 물건이라도 털어내듯 어깨를 뒤채였다. 소년의 거부에 소녀는 머쓱해져서 한걸음 물러섰다.

그러나 소년의 동작은 여전히 서툴렀다. 송곳을 찍어 썰매를 앞으로 밀어낸다는 것이 주춤주춤 헛손질만 계속하고 있었다. 아이들은 잠잠히 저희 놀이를 시작하면서도 또 한 차례의 웃음거리를 기대하며 슬금슬금 곁눈질을 쳤다. 저런 고집쟁이. 소년의 동작을 조마조마하게 지켜보던 소녀는 살며시 소년의 등 뒤로 다가갔다.

"자, 누나가 밀어줄게. 그럼 금방 배울 거야."

썰매가 갑자기 스르르 밀려 나가자 소년은 재빨리 송곳으로 빙판을 찍어 버티었다.

"싫어! 너는 누나가 아니야!"

소녀의 초롱한 눈방울에 금세 이슬이 맺혔다.

"또 그런 말 해. 아빠한테 야단맞으려구."

그때였다. 소년이 한쪽 팔을 세차게 뒤로 뿌리쳤고 그와 동시에 소녀의 비명이 놀이터의 유쾌한 술렁임을 뚝 잘라버린 것은.

몰려든 아이들 표정이 일그러졌다. 얼굴을 감싸 쥔 소녀의 하얀 털장갑 사이로 새빨간 피가 번져 나왔다. 송곳을 거머쥔 채 빙판 위에 꼿꼿이 붙어 선 소년의 귀에는 이미 모여선 아이들의 웅성거림이 들리지 않았다.

동혁이 초등학교 2학년이 되던 해, 그리고 이복누이인 명희가 4학년이 되던 해 정월 초하룻날의 일이었다.

동혁은 초등학교 1학년 여름 방학이 막 끝나갈 무렵 불쑥 나타난 자기 엄마 나이 또래의 낯선 여자가 떼어놓고 간 명희라는 여자아이를 도저히 누나로 인정할 수 없었다. 아직 형이나 누나가 없는 집안에서 왕자로 군림하고 있던 동혁에겐, 나타나자마자 자기가 다섯 번이나 백점을 맞아 겨우 얻은 자전거와는 비교도 할 수 없을 만큼 값비싼 오르간을 갖게 된 명희가 용서할 수 없는 침입자로밖엔 여겨지지 않았던 것이다.

더구나 그 침입자로 말미암아 이상하게 태도가 변한 어머니로부터 누나를 가진 예절바른 동생이 될 것을 강요당하게 되었고, 그 뻔뻔스런 여자아이 또한 혁아, 혁아 하면서 정말 누나 행세를 하려 했던 것이다.

명희는 한쪽 눈에 안대를 싸매고 되돌아왔다. 그녀는 그때부터 결코 혁이란 이름을 부르지 않았고 그에게 가까이 다가가지도 않았다. 분홍색 덮개 천으로 곱게 이마를 장식한 오르간 앞에서 명희의 희고 가느다란 손가락들이 반짝이는 건반들을 꼭꼭 눌러대는 모습을 동혁은 두 번 다시 볼 수 없게 되었다. 대신 뜨락에 정렬한 화분들 주위에서 또는 2층 창가에서 가끔씩 아버지가 담배를 피우며 그러듯, 오밀조밀한 주택가 너머의 산기슭이나 흘러가는 구름을 물끄러미 바라보고 서 있는 명희의 뒷모습을 발견하곤 했다.

동혁은 명희의 그런 모습을 볼 때마다 괜히 마음이 쓸쓸해지며 불쌍하다는 생각이 들기도 했지만 감히 가까이 가지는 못했다. 그런 연민의 한편에서는 꼭 두려움이 고개를 쳐들었기 때문이었다. 명희는 동혁과 눈길이 마주치면 으레 다정하게 미소를 지어 보였다. 그러나 유난히 반짝이는 까만 눈동자 하나, 그리고 그 옆에서 푸르죽죽한 눈까풀을 비집고 인형의 눈알처럼 무표정한 또 하나의 눈알로 반만 웃고 있는 모습이 동혁에겐 원망과 저주로 일그러져 보였으며, 누나이기는커녕 사람이라고 생각하기조차 어렵게 했던 것이다.

한번은 동혁이 밖에서 놀다가 소나기를 만나 집으로 달려온 적이 있었다. 어두컴컴한 집안이 너무나 조용하여 동혁은 아무도 없는 줄 알았다. 막 신을 벗고 마루로 올라서려다가 동혁은 창가에 우두커니 서 있는 명희를 보았다. 등신대의 조각처럼 꼼짝도 않고 서 있는 명희의 옆모습 앞에서 동혁은 엉거주춤한 자세로 멈추어 섰다. 인기척을 느낀 명희가 동혁 쪽으로 돌아섰다. 그리고 그 예의 미소를 지었다. 그때 동혁은 환영을 본 것이었을까. 명희의 얼굴이 언젠가 할머니가 들려주신 옛날얘기에 나오는 귀신의 얼굴을 하고 있었다. 희멀건 한쪽 눈알이 저주스럽게 그를 노려보는 것 같았다. 저 애는 나를 죽이려 하고 있어. 내내 복수할 음모를 꾸미고 있어. 물이 뚝뚝 떨어지는 옷 속에서 동혁의 몸뚱이는 사시나무처럼 떨렸다.

"왜 그러구 섰니?"

명희가 동혁에게로 천천히 다가왔다.

"오지 마!"

동혁은 빗속으로 정신없이 뛰쳐나갔다. 그때부터였을 것이다. 동혁의 의식 한구석에 적갈색의 갑각과 날카로운 이빨을 가진 독충 한 마리가 은밀히 서식하기 시작한 것은. 그래서 그 징그러운 독충은 그의 눈길이 명희의 미소와 마주칠 때를 기다리며 그의 심장을 조금씩 갉아먹어 갔던 것이다.

어느새 눈은 그쳐 있었다. 하얀 입성을 휘날리며 열차는 조심스레 플랫폼으로 진입했다. 한밤 내 그렇게 휘몰아치던 눈발이 온 세상을 완벽하게 표백해

놓았다. 승강장으로 내려서자 찬 새벽바람이 옷섶을 헤치며 달려들었다. 나는 느슨해진 옷섶을 여미고 외투 깃마저 빳빳이 세웠다. 역전 광장에도 거리에도 행인의 모습은 눈에 띄지 않았다. 이따금씩 지나치는 빈 버스들이 바퀴에 감긴 쇠사슬을 철거덕거리며 사람이 사는 도시란 것을 겨우 일러주고 있었다. 무사해야 할 텐데……. 나의 분별없는 흥분으로 다시 의식을 잃은 아내의 파리한 모습이 거듭 또렷이 떠올랐다.

그것은 내가 철이 들면서 누이의 미소에서 추려낼 수 있는 한 가닥 확신이었다. 더는 새로울 것이 없어진 희멀건 한쪽 개 눈깔과 유난히 반짝이는 산 눈알로 지어내는 그녀의 미소 속엔 '왜 그렇게 불안해 하니, 나는 아무렇지도 않아. 네가 생각하는 만큼 그렇게 불행하지도 않고 더구나 널 원망하고 있지도 않아. 그러지 말고 이제 누나라고 불러보렴' 하는 호소가 깃들어 있었던 것이다.

나의 뇌리에 각인된 누이의 그 미소는 그녀가 보이지 않는 곳에서 더욱 선명하게 살아났다. 마치 그리움과도 같은…… 그건 도저히 뭐라 설명할 수 없는 감정이었다. 방학이 되어 시골 큰댁에 가게 되면 나는 번번이 2~3일을 견디지 못하고 집으로 돌아오곤 했다.

그러나 누이 앞에 버티어 선 벽은 여전히 견고하기만 했다. 나는 때로 꿈속에서 누이를 만났다. 꿈속의 누이는 5년이 지나도 10년이 지났어도 그 비 오던 날의 귀기 어린 모습을 바꾸지 않았다. '너는 네가 뽑아버린 이 눈알 때문에 버림받는 고통을, 꿈도 미래도 다 깨어져버린, 이 말 못하는 고통을 알기나 한단 말이냐.' 그렇게 변함없는 저주의 화신이었던 것이다. 그런 꿈을 꾼 다음 날 나와 마주치는 누이의 얼굴은 유달리 부드러운 미소를 머금고 있었다. 그럴 때마다 나는 '차라리 꿈속에서처럼 저주를 하란 말야, 저주를. 내게도 기회를 달란 말야.' 하고 외치고 싶었다.

버스에서 내려서자 한순간 강렬한 햇빛이 시각을 마비시켰다. 이미 해가 높이 떠올라 적설에 반사된 광선들이 허공에서 눈부시게 부딪히고 있었다.

'자운선원(紫雲禪院) 3km' 암갈색 바탕에 흰 페인트로 쓴 안내판이 우뚝 솟은 주봉을 감싸 안고 완만하게 흘러내린 능선들의 저 안쪽을 묵묵히 가리키고 있었다. 도회의 들끓는 일상에 시달려 온 내게 침묵한 산의 설경은 그대로 장엄한 신비였다. 다비는 사시(巳時)부터 모십니다. 나는 시계를 본 후 걸음을 재게 놀렸다.

누이는 왜 이토록 적막한 곳으로 떠나야 했을까. 무수히 걸었을 이 길 위에서 어떤 생각들을 했을까. 그녀와 나눈 단 한 구절의 대화도 떠올릴 수 없는 나로서는 모든 게 안개 속이었다. 다만 내가 높이 쌓아올렸던 그 자의식의 성곽 밖에서 조심조심 문을 열기를 호소하던, 그 간절한 미소만이 판화처럼 거듭 찍혀 나올 뿐이었다.

기회는 왔다. 그날은 마침 누이가 전국 학생불교미술대회에서 천수관음대비상이란 작품으로 입선한 축하 겸 생일파티를 열기 전날이었다. 고등학교 시절부터 불교학생회 서클 활동을 통해 불교에 관심을 갖기 시작한 누이는 대학에 입학한 후 불교미술에 심취하고 있었다.

대화는 부엌에서 들려 왔다.

"……아니, 됐어요, 어머니. 나는 혁이가 한 번만이라도 누나라고 불러 주면 좋겠어요."

사기그릇 부딪는 소리가 멈추면서 무슨 비밀이라도 털어놓듯, 누이의 음성이 은밀스레 들려 왔다.

"쯧쯧…… 내가 그 애한테 귀띔이라도 해주랴?"

"아니에요, 어머니. 큰일 나게요."

나는 눈앞이 아뜩하였다. 누가 뒤에서 둔기로 목덜미를 후려친 것 같았다. 그게 그렇게 어려웠던가. 나는 방으로 들어와 주체할 수 없이 떨리는 가슴을 억누르며 이제 막 말을 배우기 시작하는 어린애처럼 더듬더듬 이렇게 중얼거려 보았다.

"누, 나, 생일, 축하, 해요."

교수 한 사람, 젊은 비구니 둘, 아버지 친구 셋, 그리고 대여섯 친척들에 둘러싸인 누이는 무척 행복해 보였다.

조촐하게 준비한 음식 차림이 끝나자 무슨 말끝엔가 고모가 조카의 칭찬을 늘어놓기 시작했다. 나는 종일 백 번도 더 뇌어본 그 축하의 말을 거듭 확인하면서 고모의 수다가 끝나가기를 기다리고 있었다. 그런데 돌연,

"곱기도 하지, 한쪽……."

고모는 얼떨결에 뱉은 그 말꼬리를 얼른 손으로 추스르며 누이를 힐끗 건너다보았다. 누이의 당황한 시선이 나의 눈길과 부딪쳤다. 나는 앉은 자리가 까마득히 무너져 내리는 착각에 빠져들었다. 좌중의 시선이 모두 화살이 되어 내게 쏟아지는 것 같았다. 억지로 미소를 만들려는 누이의 얼굴이 처참하게 구겨지고 있었다. 나의 마주 쥔 손과 두 다리가 와들와들 떨리기 시작했다. 고모는 태연하게 훌륭한 신부감 운운으로 수다를 끝냈다.

'누나, 생일 축하해요.' 갈가리 찢어진 그 음절들이 환청처럼 몽롱하게 맴도는 의식 속에서 나는 누이의 고통스런 얼굴로 겹쳐오는 그 하얀 털장갑의 선혈을 보고야 말았다. 의식 깊숙이에서 잠자고 있던 독충이 다시금 고개를 쳐들어 그 선혈을 향해 이빨을 세웠다.

"악마! 너는 누나가 아니야! 나를 죽이려는 악마야!"

어디서 들려오는 것일까. 나는 무서운 광기에 치받쳐 누이에게 달려들었다.

누이가 떠난 곳을 아는 이는 아무도 없었다. 누이의 발길은 우리 부자의 집요한 추적만큼이나 은밀했다. 그러나 그와 더불어 쉼 없이 흐르는 세월이 지친 우리에게 차츰 망각이란 위안을 가져다주기도 했다.

나는 틈날 때마다 누이가 그린 천수관음대비상을 보러 가는 것으로 누이의 존재를 잊지 않으려고 했다. 그 그림 앞에 설 때만큼은 누이와 관련된 모든 괴로운 기억들이 눈 녹듯 사라지곤 했던 것이다. 누이의 얼굴에서 모든 고뇌를 지워버린다면 그 신비한 미소며 아름다운 눈을 가진 관음상과 똑같을 것이었다. 그 관음상의 미소 속에 누이는 이렇게 새겨 놓았는지도 모른다. '괴로워하지 마. 나는 너를 용서하고 있어. 사람들은 모두 다 죄인인걸.'

내가 문을 열었다 한들 무엇이 나의 죄를 씻어줄 수 있었을 것인가. 누이의 용서가, 누이와의 화해가? 아니다. 아무도 나를 용서할 수는 없었다. 나는 스스로 영원히 죄인이기를 고집하는 성곽을 드높이 쌓고 있었으므로. 누이야말로 그 성곽의 주인인 독충을 잠재우기는커녕 생기를 불어넣고 있었던 것이다. 누이는 절망처럼 그것을 깨달았던 것이다.

내가 또 그렇게 누이를 그리워했던 이유는 무엇인가. 끝내 누나라고 부르지 못한 안타까움 때문에? 아니면 내 성곽 속의 독충이 죽을까 두려워서…….

결국 누이는 돌아왔다. 자신의 가슴을 찢어 심장을 꺼내들고 끝내 나의 성곽 안으로 침투하고야 말았다. 이보다 더 가혹한 복수가 또 있을까.

계곡이 좁아지고 있었다. 내가 왜 또 이런 망상을 하는 것일까. 나는 세차게 머리를 좌우로 흔들었다.

사찰은 세 길은 넉넉히 됨직한 축대 위에 올라앉아 진초록의 대나무 숲에 싸여 있었다. 자운선원(紫雲禪院). 현판 아래 열반(涅槃)이라 쓴 조등 두 개가 문 너비의 간격을 두고 나란히 매달려 있었다. 10여 동의 크고 작은 건물들이 1백 평 남짓한 뜰을 중심으로 단정히 모여 앉은 경내에선 벌써 발인이 시작되고 있었다.

삼베로 휘감은 관을 멘 젊은 네 비구니를 노 비구니 둘이 목탁을 두드리며 이끌었고 20여 스님들과 30여 신도들이 나무아미타불을 염송하며 그 뒤를 따랐다.

여승이 나를 알아보고 합장을 했다.

"먼 길 오시느라 고생이 많으셨겠습니다."

"저보다는 스님께서…….""

"보살님은 무사하십니까?"

나는 무어라 대답해야 좋을지 몰라서 잠시 망설였다.

"……네, 덕분에요."

"부처님의 가호십니다. 낮에 뵈니 눈매가 혜진 스님을 닮았군요."

"스님은 알고 계셨군요?"

"언젠가 혜진 스님이 말했었습니다. 동생이 하나 있다고."

"그 말밖에는……?"

"네, 그 말밖에는."

그리고 여승은 미소를 지으며 운구 행렬로 나를 이끌었다.

나는 신도들 틈에 끼어들었다. 운구의 느린 행렬은 경내를 한 바퀴 돌아 후문을 빠져 나갔다. 대중의 염불 소리가 밀집한 활엽 잡목들의 침묵을 흔들어 깨우며 눈부신 산자락을 타고 청아하게 울려 퍼졌다.

그런데 이상한 것은 운구 행렬 속에 끼여 있으면서도 나는 전혀 장지로 향하고 있다는 기분을 느낄 수 없다는 것이었다. 단조로운 경구의 반복이었으나 한쪽에서 낮아지면 다시 한쪽에서 음을 높여 이어나가는 염불소리가 계속 사이에서 쟁쟁하게 공명을 이루어 마치 출렁이는 물결을 연상하게 했다.

나는 문득 중학교 2학년 때 할머니의 장례식을 떠올렸다. 울긋불긋한 상여, 만장, 굴건과 제복, 음울하고 애조 띤 장송곡, 끌려가기라도 하듯 하나같이 침통하던 조객들의 표정……. 나는 그때 산 사람들이 지어내는 분위기가 죽음을 슬픈 것으로 만든다고 생각했다. 그러나 이 운구 행렬 속의 사람들은 사자와의 이별을 슬퍼하는 게 아니라 오히려 찬송하고 있는 것 같았다.

운구 행렬은 곧 다비장에 이르렀다. 산비탈을 깎아 일군 2백여 평의 밭이었다. 상수리, 물푸레, 자작나무들이 빽빽이 둘러선 공터의 한가운데에 무릎높이 정도로 차곡차곡 쌓인 장작더미가 있었고 그 주위로 아직 쌓지 않은 장작과 짚더미가 널려 있었다. 다비장 위로 맑게 갠 하늘이 푸르렀다.

운구 행렬이 장작더미 앞에 이르자 나무아미타불 정근(精勤)은 일단 멈추었고 법주(法主)의 독경 소리만 낭랑하게 계속되었다. 대중은 합장을 한 채 관이 장작더미 위로 내려지는 광경을 조용히 지켜보고 있었다.

"절이몰고비구니 혜진각령…… 법이다비 분백년 홍몽지신……."

이어 관이 놓인 둘레와 위로 장작이 키 높이만큼 더 쌓이고 서까래 굵기의 적송 토막들이 둘레를 촘촘히 에워쌌다. 거기에 또 이엉이 한 뼘 간격으로 꼭대기까지 둘러쳐졌다. 남은 짚단들이 다 올려 쌓이고 이엉으로 마무리를 끝내자 흡사 작은 집과 같은 모양이 되었다. 시신을 담은 관은 이제 가연성 높은 섶과 장작더미 속에 완전히 묻혀버렸다.

"차일거화 비삼독지화 시여래일등 삼매지화……."

법주가 거화편(擧火篇)을 독송하는 동안 한 스님이 횃불을 높이 치켜들었다. 횃불은 이내 섶 아래로 내려졌고 작은 집은 순식간에 불길로 휩싸였다.

대중은 다시 법주의 뒤를 따라 불길 주위를 돌며 나무아미타불을 염송하기 시작했다. 불길은 주위의 냉각된 공기를 거칠게 빨아들이며 화산의 분출처럼 검붉게 뿜어 올랐다. 맹수의 포효처럼 불기둥이 우우 하고 울었다. 불기운이 나의 한쪽 뺨을 후끈하게 갈겨왔다. 대중의 염송은 점점 더 고조되었다. 나도 합장을 하고 나무아미타불을 따라 외었다. 따라 외었다기보다는 언제부턴지 외고 있는 자신을 발견했던 것이다.

나무아미타불 나무아미타불……. 대중은 그 똑같은 경구를 되풀이 외면서 무엇엔가 몰입하고 있었다. 그 몰입은 산화하고 있는 사자와의 인연을 회상하며 슬픔이나 아쉬움의 감상에 젖어드는 것도, 타계한 성직자의 극락왕생을 염원하는 기도 같지도 않았다. 대중은 이미 타오르는 불길을 바라보고 있지 않았다. 반쯤 눈을 내리감고 가볍게 고개 숙인 그들의 표정은 어떤 희열에 도취된 모습이었다.

다비의 불기운은 쉼 없이 나의 옷자락을 뚫고 피부의 감관을 타고 흘러 전신의 세포조직으로 짜아하게 침투해 들었다. 열기는 나의 뇌수 깊숙이까지 전도되면서 내 이끼 낀 의식의 갈피들을 한 꺼풀 한 꺼풀 벗기기 시작했다. 나무아미타불 나무아미타불⋯⋯.

열기는 마침내 맨 안쪽 단단한 벽에까지 이르렀다. 벽 주위로 계속해서 흐르든 열기는 점점 뜨겁게 괴어 갔다. 나는 그 열기를 견디지 못해 부르르 몸을 떨었다. 그와 동시에, 와르르⋯⋯ 내부에서 무너지는 소리가 들려 나왔다. 내가 그토록 견고하게 쌓고 있던 자의식의 성곽이 무너지는 소리였다. 텅 빈 그 자리에 날카롭게 이빨을 세운 독충이 널브러져 있었다. 열기는 그치지 않고 독충을 덮쳤다. 지글지글 타고 있는 독충이 처절하게 몸부림을 쳐댔다. 독충의 살점이 타는 노린내가 코를 찔렀다.

나는 번쩍 눈을 떴다. 대중은 여전히 나무아미타불을 염송하며 불무덤 주위를 돌고 있었다. 화염은 어느덧 차분히 가라앉았고 파릇한 불꽃이 피어올랐다. 나는 다시 대중 속에 섞여들었다. 시신이 타는 냄새는 오랫동안 계속되었다.

불무덤은 서서히 주저앉아 갔다. 그 적청의 불꽃 속으로 누이의 모습들이 스쳐갔다. 하얀 털장갑 새로 낭자하게 번지던 피. 그 미소와 마지막 모습이고 말았던 생일 날 저녁의 고통스런 표정⋯⋯. 그것들은 하나하나 향 내음을 발산하며 불꽃 속으로 녹아들고 있었다.

해가 기울고 어둠이 잦아드는 골 안 가득히 다비의 파르스름한 연기가 은

은하게 퍼졌다. 몇몇 스님들이 삽으로 불무덤 주위의 흙을 퍼서 불가를 다독이고 가끔씩 남은 장작을 던져 넣었다. 살을 에는 추위에도 아랑곳없이 교대를 해 가면서 스님들과 신도들은 밤새워 불무덤 주위를 돌며 나무아미타불 정근을 계속했다.

나는 한치 앞을 분간할 수 없이 자욱한 잿빛 안개 속을 헤매고 있었다. 출구를 찾으려고 헤매면 헤맬수록 안개는 더욱 짙어만 갔고 얼굴과 팔다리를 휘감는 가시덤불이 사정없이 살갗을 할퀴었다. 나는 극도의 공포에 사로잡혔다. 발을 헛디며 넘어진 자리에선 썩은 오물이나 해골 같은 것들이 엉켜 붙었다. 살려 달라고 소리쳤지만 그 소리는 목구멍 속에서만 맴돌 뿐이었다. 방황의 끝이 제자리임을 깨달으며 나는 그 자리에 쓰러지고 말았다.

몽롱한 의식을 가다듬으며 다시 고개를 들었을 때, 무엇일까 저만치의 허공이 차츰 밝아오는 것이었다. 그 허공이 감귤 빛으로 환하게 밝아지자 그 빛을 후광으로 하여 하나의 형상이 점점 뚜렷이 나타났다. 나는 몸을 일으켜 그 형상 앞으로 나아갔다. 그것은 누이가 그렸던 천수관음대비상의 형상이었다. 형상이 살아 움직이고 있었다. 눈부신 금빛 옷자락을 나부끼며 관음보살이 미소를 피워 올렸다. 아, 그건 누이의 미소였다. 그 미소는 봄날 정오의 햇살처럼 따사로운 기운으로 나의 전신에 물결쳐 왔다.

봉창이 훤히 밝아 있었다. 멀리서 딸랑거리는 요령 소리가 들려 왔다. 새벽에 세 번째 정근을 마치고 객실로 돌아온 나는 아련하게 들려오는 다비장의 염불 소리를 좇다가 문득 잠이 들었던 것이다.

대중이 둥그렇게 모여선 다비장에선 어느덧 사그라진 재를 헤치고 스님들이 마지막 남은 뼛조각들을 추리고 있었다. 스님들의 긴 나무젓가락 끝에서, 흰색, 회색 혹은 누런 색깔의 뼈 조각들이 아침 햇살을 받아 선연하게 반짝거렸다.

뼛조각들이 돗자리 위에 다 추려지고 법주의 습골(拾骨)이 끝나자 뼈들은 곧 돌절구에 빻여 바루에 8할 남짓한 가루로 담겼다.

"자, 혜진 스님이 사바와 맺은 마지막 인연입니다. 이제 삼독(三毒)을 멸한 청정한 것이지요."

나는 법주가 내민 뼛가루를 한 움큼 쥐었다. 무얼까. 불현듯 목구멍으로 무겁게 차오르는 것은. 나는 해사하게 웃고 있는 아내의 얼굴을 본 듯했다. 손바닥을 펼치며 허공을 휘젓자 뼛가루는 먼지처럼 흩날려 사라졌다.

"법신편만백억계 보방금색조인천 응물현형담저월 체원정좌보련대……."

법주위 산좌송(散座頌)이 은은하게 울려 퍼지는 계곡은 아무 일도 없었다는 듯이 또 한 차례의 투명한 깨어남을 시작하고 있었다. 마른 가지들이 우는 숲에서 산새들이 날아올랐다. (1986)

첫눈

곰실거리는 차들이 손에 잡힐 듯 투명한 저쪽 강굽이. 해는 그 다리께에서 해말간 낮빛으로 떠올랐다. 갈빛을 띤 수양버들 숲가에 한 자락 세모시처럼 드리운 안개를 헤치며 새들이 날아올랐다. 이 황폐한 도시에서도 이렇게 고운 아침이 돋아날 수 있다니……. 검은 팔들을 치켜들고 준설선들이 떠 있는 강심을 붉게 물들이며 회색 블록들이 촘촘하게 에워싼 하안으로 햇빛은 빈틈없이 번져가고 있었다. 파헤쳐진 흙더미와 중장비들과 한강 종합개발 제O공구…….

금하(錦河)라는 곳의 아침은 얼마나 아름다울까. 범람원에 복숭아꽃이 만발하면 정말 수놓인 비단이지. 그는 벌써 짐을 챙기고 있을지도 모른다. 나는 깨어나듯 다시 걷기 시작했다.

버스들은 연신 달려와서 채 멈추기도 전에 입을 딱딱 벌렸다. 그는 첫차를 막차라고 속인 게 아닐까. 누군가를 기다리는 사람처럼 나는 정류장 뒤편에 우두커니 섰다. 셀 수 있을 만큼 빈약한 가지에 그나마 몇 남지 않은 은행잎이 색종이처럼 선명했다. 아무도 그 은행잎 따위에 한눈을 파는 사람은 없었다. 다들 어딘가 서둘러 가야 할 곳이 있는 사람들뿐이었다. 576번 버스는 세 번째로 떠났다. 그러나 무얼. 자꾸 발목을 뒤로 잡아당기는 것은. 거리에 사람들은 점점 불어났다. 걸어야지. 걸으면서 노래를 불러야지.

기다림은 언제나 초조한 법이다. 영 날이 샐 것 같지 않은 새벽의 차가운 어둠 속에서랴. 이따금 회초리로 갈기듯 바람이 불었고 푸른 경비등 불빛 속에서 철조망이 울었다. 사람들은 꼼짝없이 지켜 서서 그 시커먼 철문을 노려보고 있었다. 이윽고 멀리서부터 두런거리는 소리가 들려왔다. 비로소 지켜 섰던 사람들이 웅성거리기 시작했고 나도 그들을 따라 철문 가까이로 다가갔다. 이내 철문이 열리자 나오는 사람들과 달려간 사람들이 뒤섞여 우왕좌왕했다. 훤칠한 키에 주저 없는 걸음걸이, 미명이었지만 나는 금방 그를 찾아내었다. 묵직한 것이 울컥 목구멍으로 차올랐다. 나는 달려가서 그의 훵한 머리에 털모자부터 씌웠다.

"고생 많았지?"

"……."

새벽바람이 너무 차가워서였을까. 그뿐, 우리는 한동안 입을 열지 못했다. 설렁탕 국물을 훌훌 마시다 말고 그가 내뱉었다.

"어리석은 짓이야. 역사, 역사 좋아하구 있네."

순간, 나는 유령의 신음을 들은 것처럼 오싹 소름이 끼쳤다. 그의 초췌하고 무표정한 얼굴에서 툭툭 떨어진 그 음절들이 나의 그 떨쳐지지 않던 불안을 눈앞으로 홱 끌어내었기 때문이었다.

산기슭에도 어느덧 진한 빛깔의 단풍은 자취를 감추었고 여기저기 성급하게 옷을 벗은 나무들이 주뼛주뼛 서 있었다. 하긴 입동도 지났으니……. 어느새 가을은 훌쩍 달아난 것이다. 눈이라도 오려나, 언제부턴지 하늘이 뿌옇게 흐려지고 있었다.

"돌아가자."

갑자기 그는 이렇게 말했다.

"얼마 만예요. 준우 씬 학교가 그립지도 않았어요?"

"이젠, 내가 올 곳이 아니야, 너무 낯설어 뵈는군."

나는 그의 눈에 비친 것을 보았다. 마른 담쟁이덩굴과 돌이끼 무늬로 장식된 그 석조건물의 이마에 '고뇌하는 자만이 들어오라'라고 새겨진 글자들이라든가, 연못가의 벤치들이라든가, 헐벗어가는 나무들의 여린 신음 같은 것들이 아니라, 그 물상들에 배어 있는 앙상한 분위기, 겨우 반년이 지났을 뿐인데도 그 반년이 반세기쯤으로 느껴지는 그런 아득함을. 왠지 낯선 타인의 팔에 매달려 있다는 생각이 들어 서먹했다.

아카시아 꽃향기가 진동하던 5월 중순이었다. 고시연구원은 법정대 뒤편 숲속, 기숙사에서도 한 50미터나 깊숙이 들어앉아 있었다. 학보사 기자가 아니었다면 졸업할 때까지 모르고 지낼 뻔했다는 생각이 들었다. 늦은 시간에 남자들만 있는 건물을 방문한다는 것이 좀은 불안하기도 했지만 그 남자들만이라는 뉘앙스가 왠지 야릇한 호기심을 일게 했고 엄연한 취재 목적이란 게 용기를 북돋우어주었다.

"어떻게 오셨습니까?"

수위의 얼굴에 의외라는 빛이 역력했다.

"학보사에서 나왔다는데요. 원생 중의 한 분을 만나 뵐까 하구……."

나는 잠시라도, 밤늦게 남학생이나 찾아다니는 한심한 계집애라는 오해를 받고 싶지 않아서 학보사를 앞세웠다.

"학보사에서 나오셨다면 고시연구원의 출입 규칙쯤은 알고 계실 텐데. 지금이 몇십니까. 사전 통보도 없이……."

수위는 노골적으로 귀찮다는 표정을 지었다. 그렇다고 9시 이후에라야 그 학생을 만날 수 있고 또 직접 만나야 설문지 작성에 도움이 된다고 일러준 선배 언니의 조언을 곧이곧대로 털어놓을 수는 없었다. 나는 진심으로 미안한 마음을 표했다.

"죄송해요, 아저씨 사정이 있어서……."

"누굽니까, 그 학생이?"

수위는 좀 누그러진 음성으로 호의를 베풀었다. 나는 그의 마음이 변할세라 재빨리 법학과 2학년 박준우란 이름을 댔다.

막상 수위가 그를 부르러 2층 계단을 올라가고 나자 나는 후회하기 시작했다. 이 기사를 맡지 말았어야 하는 건데. 벽시계가 9시 30분을 가리키고 있었고, 홀 안의 분위기가 나를 더욱 초조하게 만들었다. 벽시계와 각종 고시관계 공시물들이 다닥다닥 붙어 있는 게시판, 벽면 하나를 거의 반이나 차지하다시피 한 '盡人事待天命'이란 해서체의 액자가 장식물이자 시설물의 전부였다. 그 흔한 소철 화분 하나, 풍경화 한 폭도 눈에 띄지 않았다.

이윽고, 수위의 뒤를 따라 한 남자가 계단에 나타났다. 그는 헐렁한 운동복 하의에 체크무늬 남방셔츠를 걸친 차림으로 실내화를 끌면서 내 앞으로 다가왔다. 아무리 늦은 시각이고, 일개 학보사 기자라지만 숙녀 앞에서 좀 너무한다 싶었다. 그러나 필요한 쪽은 나였으므로 최대한 상냥하려고 노력했다.

"늦은 시각에 죄송합니다. 몇 가지 부탁드릴 게 있어서…… 김지향 씨 아시죠?"

"아, 그 일 때문에 오셨군요. 8시쯤 지향 씨를 도서관에서 만났어요."

그는 의외로 부드럽고 시원시원했다. 더구나 굵은 뿔테안경 너머로 보이는 커다란 눈망울이 어린아이의 그것처럼 순진해 보였다.

"여긴 보시다시피 의자 하나도 없답니다. 제 방에는 수위 아저씨가 허락하지 않을 테고…… 밖으로 나가시죠."

그가 오히려 주뼛거리고 서 있는 나를 인도했다. 나는 비로소 긴장이 풀리고 느긋한 마음이 되었다.

"막 들어와서 옷 갈아입고 씻은 참이었어요."

그러나 나는 이미 그의 무례함을 용서하고 있었을 뿐만 아니라 그런 복장이 더 자연스럽다고까지 생각하고 있었다.

"염려 마세요. 나중에 죄 지을지도 모를 걸 생각해서 용서해드릴 테니까."

나의 방문 목적에 대해서는 선배 언니가 자세히 설명을 했을 터이므로 '가능한 한 전원이 설문에 응할 수 있도록 각 호실을 직접 방문하여 설문지를 돌릴 것, 문제점은 구체적으로 쓸 것, 가능한 한 끝까지 설문에 응답해줄 것' 등을 강조할 사항만을 한 번 더 덧붙이고 설문지를 건네주는 것으로 족했다.

자욱한 아카시아 꽃향기 때문이었을까, 반듯한 이목구비만큼이나 정중한 그의 태도, 굵직하면서도 맑은 목소리. 그런 것 때문이었을까. 나는 예상보다 일이 너무 싱겁게 끝난 것이 아쉬웠다. 그는 정경대 입구까지 바래다주겠다고 했고 나는 사양하지 않았다.

"분위기가 너무 삭막해요."

"저 말입니까?"

"댁이 아니라 댁이 사는 집 말예요."

"그럴 수밖에요. 법이란 게 원래 삭막한 것이 아닙니까. 어쩌면 세상의 삭막함을 죄다 끌어모아 응축시켜 놓은 게 법이고 그걸 더 차갑게 냉각시킬 궁리에 골몰하는 장소가 이 연구원이니까요."

간사스럽게도 이 기사를 떠맡긴 선배가 언니가 고맙다는 생각마저 들었다. 누가 아니, 법관 남편감을 만나게 될지, 나는 그 잔망스런 생각을 감추려 길가에 부옇게 휘늘어진 아카시아 꽃무더기로 손을 뻗었다.

"꽃향기는 어둠에 묻히지 않는군요."

"어둠 때문에 오히려 더 빛을 발하죠."

정말 그 비릿하고 싸한 향기는 빛을 발하고 있는 듯했다.

다음날 정오에 설문지를 돌려받기 위해 도서관으로 가고 있던 나와 마주친 선배 언니가 호들갑을 떨었다.

"어머, 웬일이니? 너 그 남자한테 반했나 보구나."

나는 대학에 들어와 처음으로 성장(盛裝)을 했고 어머니 화장대 앞에서 꽤 오랫동안 얼굴도 매만졌던 것이다. 그는 내가 강조한 사항에 대해 완벽할 정도로 신경을 써주었다. 감사의 뜻으로 차를 대접하겠다고 했더니 그는 스스럼없이 점심까지 사라고 했다.

그는 1학년을 마치고 군에 입대하여 군법무사 당번병으로 군법회의에만 따라다닌 덕분에 법 집행에 대한 실무경험을 많이 쌓았노라고 했고, 졸업 전에 사법고시에 합격하는 것이 꿈이라고 했다.

　나를 더욱 주눅 들게 한 것은 국문학과생인 내가 부끄러울 정도로 방대한 그의 독서량이었다. 바이런의 연애담에서부터 희랍 신들의 족보를 낱낱이 풀어헤치는 데는 자리를 고쳐 앉지 않을 수 없었다. 대화에 열기가 오르면 어느새 연설조가 되었고 반론에 대해 무리한 설득을 강요하려는 고집도 없지 않았으나, 그것도 내겐 법대생의 매력이라고 여겨졌다. 무엇보다 그는 나도 모르고 있던 내 장점들을 발견하여 칭찬해줄 줄 아는 센스를 갖고 있었다.

　버스 안은 수십 명이 내뿜는 탄산가스로 인해 숨이 막힐 지경이었다. 김 서린 차창을 손바닥으로 문지르자 밀폐된 공간이 그만큼의 넓이로 틔어졌다. 트인 공간으로 잡답한 거리의 풍경이 비껴가고 있었다. 무슨무슨 간판들이, 영화포스터가, 골목 어귀에 쳐진 불조심 강조 현수막이…… 그리고 뿌연 먼지를 일으키며 공사장 주위를 황망히 쓸고 가는 바람을 피해 사람들은 잔뜩 웅크린 채 걷고 있었다.

　나는 눈을 감고 목덜미에 칙칙하게 휘감긴 습기를 쓸어내렸다. 손끝에 마치 슬픔 같은 것이 묻어났다. 그건 내 기억력이 가장 멀리까지 헤아릴 수 있는 다섯 살 때의 추억보다 몇 갑절 더 아스라한 촉감이었다. 아니야, 그는 지금 나를 기다리고 있을지도 몰라. 막차로 간다고 한 것은 내게 기회를 주기 위해서였을 거야. 그리고 나는 새벽부터 서둘렀잖아.

　바다는 망망하게 펼쳐진 남빛이었고 갈매기들은 하얀 날개를 젓고 있었다. 그리고 나머지는 그 단순한 원색의 출렁임과 날갯짓 사이에서 멍하니 비어 있었다. 차 안도 여전히 빈 채였다. 멈추는 정류장마다 타는 사람이 더 적었다. 갑자기 왜 그 카드가 떠올랐던 것일까. 그 그림보다 시의 첫 행이 먼저 떠올랐다. '내용 없는 아름다움처럼' 빨간 고깔모자와 파란 조끼에 밤색 바지를 입은 소년이 허리에 매단 조그만 북을 치고 있는 그림. 그 카드 한 귀퉁이에 적혀 있던 시행의 다음은 이렇게 이어지고 있었다. '가난한 아희에게 온, 서양 나라에서 온, 아름다운 크리스마스카드처럼'. 그리고 다음 행은 기억이 희미했다. 마지막 행은 '진눈깨비처럼'이었던가.

"그 카드 생각나요? 재작년 겨울에 보낸 크리스마스카드 말예요."

"갑자기 그 카드는 왜? 크리스마스는 아직 멀었는데."

"그 시인이 누구라고 했죠? 이상하게도, 슬픈 시였어요. 무슨 예언 같은……."

"이젠 시라기보다 현실이지."

내 눈에는 보이지 않는 수평선 너머의 그 무엇엔가 눈길을 빼앗긴 채 그는 무감동하게 중얼거렸다.

파도가 밀려와 보드랍고도 미끈거리는 포말을 좍좍 토해냈다. 한 찰나에 불과한 미물아, 미물아……. 그 끊임없는 중얼거림이 한탄처럼 나의 가슴을 저몄다. 안타까이, 그의 굳은 표정과 저녁 바다를 사랑하는 뭇 발길들 속에서 나는 그와 나 사이에 은밀히 스며들고 있는 짜디짠 배신을 맛보고 있었다.

요 맹충아, 요조숙녀인 체하지 말고 일찌감치 마음 돌려먹어. 낼 모레면 졸업인데……. 그렇지만, 다음 말은 왜 생략 부호니? 그 남자는 학교에서 쫓겨났고 전과자인 데다 시골 출신이란 말이지? 나는 왜 이렇게 쏘아주지 못했을까.

"다음 학기까지는 근 1년이나 남았잖아요?"

하지만 그게 무슨 소용이란 말인가. 나도 모르게 튀어나온 이 말에 화들짝 놀라며 그를 올려다보았다.

"우리 배 탈까?"

그는 빙그레 웃으며 막 닻줄을 풀고 있는 유람선을 가리켰다. 제철이 지나서인지 여남은 명의 단체 행락객 외에는 우리밖에 없었다. 해풍은 몹시 차가웠다. 아이, 추워. 나는 그의 두툼한 외투자락을 헤집고 그의 넉넉한 품으로 파고들었다. 그 바람에 그는 선실 벽에 가볍게 어깨를 부딪쳤다.

"우리 꼬맹이 많이 자랐군."

"언제까지 꼬맹이라고 부를 거예요?"

나는 가슴께로 다가와 깍지 낀 그의 손등을 살짝 꼬집었다. 마른 솔잎 냄새 같은 그의 체취가 훈훈하게 나를 감쌌다. 손에 닿을 듯 뱃전을 오락가락하는 갈매기들의 날개가 눈부시게 희었다. 물결은 무슨 형체를 만들려는 듯이 쉴 새 없이 일렁거리며, 또 다른 물결에 부딪쳐 깨어지면서 어지럽게 어지럽게 뜻 모를 동작을 거듭하고 있었다. 아득한 호선 너머로 연보랏빛 육지는 거대한 뗏목처럼 떠서 출렁거렸다.

"생각나요? 2학년 때 여름."

"저 방죽에서였지, 폭풍우를 만났었고……."

"그것밖에?"

그는 하늘을 올려다보며 방죽의 길이가 3킬로미터가 넘는다는 것을 강조했었다. 더구나 어둑신한 저녁 무렵이었다. 나는 끝내 그의 우려를 무시하고 방죽의 끝에 있음직한 어떤 황홀한 변화를 향해 내달리기 시작했다.

해안 쪽으로 향한 방죽 길을 따라 중간쯤에나 이르렀을까. 점점 험악한 표정으로 변해가던 하늘이 기어코 나의 철딱서니 없는 호기심에 분노를 터뜨렸다.

검은 구름들이 뒤집히고 분해되고 소용돌이치면서 도적떼처럼 몰려들었다. 그 야만적인 기세에 짓눌린 사위는 동작을 멈춘 채 한순간 죽은 듯이 엎드렸다. 파도마저 숨을 죽인 듯했다. 이윽고 굵은 빗방울들이 후두둑거렸다. 나는 속치마 끝을 감추느라 자주 허둥거렸다. 안 되겠어. 이 방죽을 넘어야겠어. 그쪽엔 바람이 좀 덜할 거야. 그의 외침이 강풍에 휙휙 날렸다. 경사는 30도쯤이었지만 거친 화강암 비탈이라 굽이 좁은 구두를 신은 나는 위태롭게 기우뚱댔다. 한걸음 위로 올라선 그가 손을 내밀었다. 그 와중에서도 나는 그의 소매를 잡으려 했다. 그렇게 잡아서는 소용이 없어. 그는 재빨리, 나꿔채듯 나의 손목을 움켜잡았다. 그리고 찢기고 깨어지는 처절한 비명과 함께 하늘은 수억 입자의 물안개로 무너져 내렸다.

건져낸 빨래같이 되어 방죽의 끝에 이르렀을 때, 이미 사위는 캄캄한 어둠이었다. 거기 이정표처럼 발갛게 불을 밝힌 아크릴 간판 하나가 우리를 기다리고 있었다. '바다여관'.

그렇게 말없이 붙어서 있기만 한다는 게 어쩐지 우스꽝스럽다는 기분이 들어 나는 그의 품에서 슬며시 빠져나왔다. 찬바람이 기다렸다는 듯이 나와 그 사이에 비집고 들었다. 등 뒤에서 문득 그가 말했다.

"우리 꼬맹이 예언이 맞았어, 내게 투사니 정의니 하는 것들은 어울리지 않아. 결심했어. 결심이라고까지 하니까 좀 우습다. 그래, 결정이라는 표현이 낫겠다. 시골로 내려갈 거야. 들판에 새싹이 돋고 과목들 가지마다 눈이 터지는 소식을 전할게."

내가 언제 그런 말을 했던가. 갑자기 그가 노인이 돼버린 것 같다는 주책없는 생각을 하며 나는 황급히 그를 향해 돌아섰다. 그는 빙그레 웃고 있었다. 멋대로 자란 턱수염과 백합같이 창백한 안색, 갈색 털모자를 눌러쓴 그의 얼굴이 정말 예순은 돼 보였다. 바람이 나의 머리카락을 마구 헝클어뜨렸다. 그는 쓰고 있던 털모자를 벗어 히스테리를 일으키고 있는 나의 머리카락을 전정시키려는 듯 덮어씌웠다.

"괜찮아요. 추울 텐데."

그가 손을 떼기 전에 나는 털모자를 다시 벗어버렸다. 그는 전에 없이 어색한 표정으로 마지못해 모자를 도로 받았다.

"졸업하면 좋은 사람 만나 시집이나 가라. 어머니 속 썩이지 말고."

"……!"

나는 흔들리는 가슴을 보이지 않으려 뱃전으로 돌아섰다. 그의 묵직한 손이 나의 어깨를 감싸 당겼다.

"하나의 변화가 완성되기도 전에 또 하나의 변화가 그것을 지워버리고 그것은 또 다른 변화에 지워지고, 그 사이에서 시간이 피와 살점들을 발라버려 기형의 앙상한 뼈다귀만 남겨놓게 되지. 역사, 그 기형의 뼈다귀가 바로 역사인지도 몰라. 우린 역사를 만들지 말자."

그가 변하기 시작한 것은, 그의 꿈, 그가 갖고 있던 정의의 칼이 위태롭게 그의 칼집에서 빠져나오려고 흔들리기 시작한 것은, 3학년 2학기의 가을이 깊어갈 무렵부터였다. 두 번 낙방의 고배를 마시긴 했어도 그것이 직접적인 원인은 아닌 듯했다.

그는 도서관 대신 정경대생과 법대생들로 조직된 무슨 독서클럽이라는 데를 자주 드나들었고 법률 서적보다 해방이니 혁명이니 민중이니 하는 제목의 책들을 끼고 다녔다. 그가 소개하는 사람들 역시 서로를 투사니 전사니 하고 불렀으며 나로서는 지루할 뿐인 역사와 사상들을 끝도 없이, 진지하게 토론하곤 했다.

너는 아예 그 데모라는 거 구경도 하지 마라. 틈날 때마다 귀에 못이 박히도록 당부하시는 어머니의 말씀이 아니더라도 나는 방관자임을 자처하고 있었다. 학생의 날 기념식을 마치고 벌어진 시위사건에 연루되어 학보사 선배 두 사람이 학교를 떠난 사실을 알고부터는 무관심 이상의 회의마저 느끼게 되었다. 그 남자 요즘 사람 돼가더라. 가끔 도서관 입구에서 마주치는 지향 언니가 빈정대는 건지 칭찬하는 건지 모를 그런 말을 할 때면 나는 한동안 우울해지곤 했다. 왜들 이러는 걸까. 이제 그마저……

"역사는 대체로 왜곡돼 왔어. 정의는 철갑을 쓰고 칼을 든 권위가 아니기 때문이야. 기록으로서가 아닌 호흡으로서의 역사는 진실로 깨어 있는 지성만이 감지할 수 있는 거야. 나는 여지껏 죽은 지식만을 습득해 왔어. 안다는 것은 곧 실천한다는 것이고 그 실천은 행위로 표현돼야 해."

"하지만 정의가 부정 앞에 칼을 든다면 그것 또한 정의가 아니잖아요?"

나의 비판 수준은 고작 이 정도였다. 우리는 점점 어긋나고 있는 것 같았다.

"맞았어, 이 시대에 정의는 없어. 아니, 지상에 정의는 없었어. 우리가 정의를 세워야 해."

새 학기가 시작되었다. 남의 일만 같던 취업 걱정으로 벌써부터 다들 전전 긍긍이었다. 나라고 예외일 수 없었다. 한 분밖에 안 계신 어머니. 에미 걱정은 말고 공부나 열심히 해라. 내가 아직 잠자리에서 일어나기도 전에 살며시 대문을 나서시는 아머니. 아이쿠, 허리야, 나도 이제 늙었나 보다. 파김치처럼 후줄근한 모습으로 밤늦게 돌아오시는 어머니를 뵐 때마다 나는 다짐을 했다. 다시는 어머니가 남의 집 개숫물 통에 손을 담그게 해서는 안 된다고.

다시금 학교는 최루탄 가스 냄새에 휩싸였다. 다투듯, 어제는 문리대 앞 지혜의 광장에서, 오늘은 정경대 앞 민주의 광장에서…… 그리고 내일은 중앙광장에서 연합대토론회가 열릴 계획이라는 대자보가 나붙었다.

그는 자진해서 나와 버렸다고 했지만 학점 미달로 퇴원당했다는 소문도 들렸다. 나는 그를 만나기 위해 고시연구원을 찾을 필요가 없게 되었다. 대신 간단한 시장을 봐가지고 꼬불꼬불한 산동네 골목길을 올라 그의 자취방을 찾아가면서 보다 가까이에서 그의 생활을 보살필 수 있게 되었음을 위안으로 삼았다.

캠퍼스에 다시금 아카시아 꽃향기가 진동했다. 그는 아예 학업을 전폐하다시피 하면서 어디론가 바삐 돌아다녔다. 며칠에 한 번씩 겨우 만나게 되면, 그는 열에 들뜬 모습으로 혹은 초췌한 모습으로 민중, 투쟁, 정의를 얘기했다. 그것은 열정이다 못해 광적인 것이었다. 어둠 때문에 오히려 빛을 발하죠. 그는 이미 그때의 추억을 잊어버린 듯했다. 그는 지금 어떤 향기에 취해 있는 것일까. 오월은 깊어갔고 나는 더 이상 견딜 수 없었다.

"준우 씨의 꿈은 어디다가 팽개쳐버린 거죠? 그 꿈을 이루는 것도 투쟁이란 말예요."

"그건 역시 꿈이야. 현실보다 덜 급한 거야. 지금 이 순간에도 역사는 흐르고 있어. 이 암담한 현실, 꿈보다 먼저 빛을 찾아야 해. 역사는 지금 빛을 원하고 있어."

"모르겠어요. 뭐가 암담하다는 것이며 빛이란 게 뭔지 전 이해할 수 없지만, 준우 씨가 그 빛이 되겠다는 생각은 한낱 영웅심일 수도 있어요."

"그래, 영웅심인지도 모르지. 그렇지만 그 영웅심을 오만과 혼동해서는 안 돼. 모두 다 빛이길 거부한다면 암흑 위에 암흑만 쌓일 뿐이야. 다 장님이 돼서 수렁과 늪을 분간하지 못하고 혼란에 빠져버릴 거야. 이건 그리 대단한 의식도 아니야. 다만 비겁자가 되고 싶지 않은 소박한 지성의 욕망일 뿐이다."

나는 그 앞에서 처음으로 열등감마저 느꼈다. 왜 나는 그만큼 똑똑하지 못할까. 법관이 된다는 꿈은, 우리의 장래는, 아니 졸업은 다 어떻게 되는 거죠? 이 속되고 이기적인 항의가 비집고들 틈이 그에게선 보이지 않았던 것이다.

정오가 지나면서 하나둘 모이기 시작한 학생들은 한 시간쯤 후가 되자 중앙광장을 거의 다 메웠다. 도서관인 석조 건물의 이마에 '고뇌하는 자만이 들어오라'라고 음각된 글씨가 유난히 선명했다. 거의 매일 다섯 시간 이상을 머물다 나오는 저 현관을 들어서며 나는 무엇을 고뇌하고 있었던가. 그리고 그 많은 사람들은 또 무엇을 고뇌하고 있었을까.

내가 선 학생회관 2층 베란다에도 많은 학생들이 모여들어 중앙광장을 내려다보고 있었다. 야, 오늘 크게 벌일 모양인데. 에이, 또 눈물깨나 흘리게 생겼군. 미친 자식들……. 방관자들은 제각기 자기네들의 입장을 토로하면서 키들키들 웃기도 했다. 일찌감치 자리를 뜨는 축들도 있었지만 남아 있는 사람들은 기대에 찬 눈초리로 광장을 지켜보고 있었다.

메가폰을 든 사람이 단상 위로 올라섰다. 건물 옥상에서는 몇몇이 붉은 글씨의 현수막들을 내려뜨렸고 국기를 끌어내려 현충일 날처럼 조기를 만들었다. 단상에 선 사람의 사회에 따라 의식은 조용한 가운데 진행되었다.

하늘은 얄미울 정도로 맑았다. 뒷산 기슭을 온통 뽀얗게 물들인 아카시아 꽃향기가 코끝까지 스며왔다. 이제부터 시작이야. 누군가가 옆에서 속삭였고 광장의 기립한 군중은 함성을 지르기 시작했다. 메가폰을 든 사람, 흰 머리띠를 두른 사람, 그의 선창에 따라 군중의 함성은 점점 거세어갔다.

……동참하라. 와서 모여 하나가 되자……. 군중은 스크럼을 짜고 노래를 부르며 파도처럼 정문을 향해 밀려나가기 시작했다. 내 주위에 섰던 사람들도 하나둘 자리를 떴다.

연못 주위에는 젊은이들이 삼삼오오 또는 쌍쌍이 어울려 한가롭게 거닐고 있었다. 그들에겐 오늘이 더할 수 없이 따사롭고 달콤한 초여름의 하루라는 느낌 외엔 다른 아무 의미도 느껴지지 않는 것 같았다. 모레부터 중간고사가 시작되리란 것도, 내일이면 또 몇 명의 동료들이 학교를 떠나리란 것도, 그들에겐 아랑곳이 없어 보였다. 어느덧 검푸른 빛깔을 띠어가는 연잎들이, 조화처럼 화사한 파라솔들의 까딱거림이, 백치처럼 웃고 있는 팬지꽃 상자들이 그랬다.

분수, 연못 한가운데 우뚝 솟은 분수만이 무어라 외치고 있었다. 그 줄기찬 물줄기. 광장을 온통 뒤덮는 물보라 속으로 사람들이 몰려들었다. 사람들은 기갈 들린 듯 분수대 주위로 밀치고 들어와 손으로 물을 움켜쥐거나 떨어지는 물줄기를 받아 마셨다. 가히 아귀다툼이었다.

그때 사람들을 헤치고 한 사내가 분수대 위로 뛰어올랐다. 그는 떨어지는 물줄기에 온몸이 흠뻑 젖은 채 사람들을 향해 외치기 시작했다.

"여러분, 제발 진정하십시오. 이렇게 무분별하다가는 분수가 곧 말라버립니다."

그러나 그의 외침은 너울거리는 물보라에 휩싸여 맥없이 흩날릴 뿐이었다. 한 모금이라도 더 마시기 위해 필사적으로 밀고 밀치는 사람들의 귀에는 그의 목소리 따위는 전혀 들리지 않는 것 같았다. 그는 절규하듯 다시 외쳤다.

"제발, 진정해 주십시오. 우리 도시의 상징인 이 분수가 다 말라가고 있습니다."

다음 순간, 또 한 사내가 사람들 틈에서 튀어나와 분수대로 뛰어올랐다. 그는 다짜고짜 외치고 있던 사내를 아래로 밀어 떨어뜨렸다. 비로소 사람들은 우우, 하고 한 걸음씩 물러섰다. 그 사내가, 시멘트 바닥에 처참한 몰골로 쓰러진 사내를 가리키며 외쳤다.

"여러분, 속지 마십시오. 저 비겁자는 우리가 마실 물을 혼자서 독차지하려는 것입니다. 그러나 염려는 없습니다. 물은 무한하니까요. 마음껏 마시십시오."

사람들은 웅성거리기 시작했다. 사내는 득의만면하여 외쳐댔다.

"여러분, 이 분수는 우리 모두의 것입니다. 누가 마시라, 마시지 말라 할 것이 아닙니다. 마음껏 마시십시오."

그러나 사람들의 웅성거림이 더욱 커지면서 그의 말을 지워버렸다. 하나 둘 분수 주위에서 떠나기 시작하더니 마침내 바닥에 쓰러진 사내와 분수대 위에 올라선 사내만이 남았다. 분수는 여전히 만세를 부르고 깃발을 흔들며 줄기차게 뿜어 올랐다.

안 돼! 나는 가방을 보듬어 안고 정문을 향해 뛰기 시작했다. 함성 속에 난무하는 군중을 헤치고 나는 앞으로 나아갔다. 이제 와서 그들이 '왜?'냐고 묻고 있지 않듯 나 역시 '왜?'냐고 물을 필요가 없었다. 나는 손수건을 꺼내 코와 입을 막았다. ……물러가라…… 자폭하라! 앞에서 외치던 사람들이 또 한 차례 터진 봇물처럼 쏟아져 나갔다. 그들의 손에서 날아간 돌들이 장벽으로 버티어 선 전경대원들의 머리 위에서 콩 볶는 소리를 냈다. 장벽은 꿈쩍도 않았다. 여기저기서 화염병이 날아갔다. 펑, 펑, 군중은 그 검붉은 화염처럼 분노하고 있었다. ……물러가라…… 자폭하라! 쏟아져나간 사람들이 다시금 밀려오기 시작했다. 검은 탄약통들은 그들을 앞질러 미세한 분말을 연기처럼 공중에 터뜨렸다. 군중은 산산이 흩어졌다. 기침소리가 자욱해지고 다들 얼굴을 감싸 쥐었으리라. 안 돼! 그러나 앞이 보이지 않는데 어디다 대고 외칠 것인가.

어디선가 그의 목소리가 들렸다 …… 물러가라…… 자폭하라! 군중은 다시금 모여들고 있었다. 나는 눈을 뜨려고 안간힘을 썼다. 언뜻언뜻 밀려나가는 군중의 틈으로 그의 모습이 보였다. 부르쥔 주먹을 치켜들고 진입로 중간분리대 화단 위에 그는 우뚝 서 있었다. 그 거리가, 내가 건널 수 없는, 아득하게 먼 거리처럼 보였다.

광란하듯 또 한 차례 선두가 무너져 나갔다. 돌과 화염병과…… 그리고 연기 같은 뽀얀 가루가 군중을 뒤덮었다. 분명 장벽이 무너진 것이다. 그러나 그 무너진 조각들은 안쪽으로 쏟아져들었다. 미처 달려들어 오지 못한 몇몇이 삽시간에 붙잡히고 있었다.

"돌을 던지지 마시오. 투사들이 다칩니다!"

군중 속에서 누군가 소리쳤고 여기저기서 따라 외쳤다.

"돌을 던지지 맙시다. 투사들이 다칩니다!"

군중은 술렁이며 대열을 지었고 장송곡처럼 음울하게 합창을 하며 후퇴하기 시작했다.

다음 날, 그의 투쟁 기록은 조간신문의 사회면에 짤막하게 실려 있었다. 그의 이름자 앞뒤 어디에도 투사라든가 영웅이란 칭호는 붙어 있지 않았다. 그는 단지, 집회와 시위에 관한 법률을 위반하고 공무집행중인 경찰관을 폭행까지 한 범법자에 불과했다.

그날 밤, 아니 다음 날 새벽. 불면 속에서 어쩌면 나는 그들을 기다리고 있었는지도 모른다.

"단잠을 깨워서 대단히 죄송합니다. 서에서 나왔습니다. 협조해주시면 감사하겠습니다."

그러는 사이 나머지 두 사내는 다짜고짜 방 안을 뒤지기 시작했다.

"아니, 이게 무슨 짓들이에요. 도대체 우리가 무슨 죄를 지었다고."

어머니는 새파랗게 질려서 숨도 제대로 쉬지 못했다.

"너무 놀라지 않으셔도 됩니다. 댁의 따님이 이번에 체포된 운동권 학생의 친구라서 몇 가지 조사할 일이 있을 뿐입니다."

어머니가 그렇게 놀란, 그렇게 슬픈 표정으로 나를 바라본 적은 없었다.

나는 내 가슴에 무너지는 어머니를 와락 껴안았다.

두 사내는 용케도 그가 보낸 편지들과 내 일기장을 찾아 들고 나왔다.

"아가씨가 윤명희요?"

"……."

"어렵겠지만 서까지 함께 좀 가주시겠습니까?"

나는 그와의 간추린 연애담을 모래 씹는 기분으로 털어놓았고, 내가 알고 있는 한 그의 친구들을 죄다 일러바쳤으며, 그의 심리분석까지 하고난 후에야 돌아가도 좋다는 허락을 받았다.

그렇게 그는 떠났다. 여름이 가고 아카시아 나무들은 그 빛나는 향기의 대가로 훈장처럼 연보랏빛 꼬투리들을 무수히 매달았다.

팽개쳐지다시피 하여 버스에서 내렸다. 앞서 내린 사람들은 제각기의 목적지를 향해 바삐 흩어졌다. 무언가 차가운 것이 코끝을 살짝 스쳤다. 눈이었다. 아무도 눈치채지 못할 만큼 눈은 은밀히 잿빛 하늘 속에서 하나둘 내려오고 있었다. 애들을 불러내야지. 어디로 가야 할지 난감하던 나는 서둘러 공중전화 박스로 들어갔다.

"얘, 잔소리 말고 빨리 창밖을 내다봐."

"글쎄, 빨리 내다보기나 하라니까."

"그래, 너 집에 있는 것 보니까 할 일 없구나. 눈 맞고 싶지 않니?"

"아이, 그러지 말고 나와라. 첫눈인데…… 내가 차 한 잔 살게……. 일은 무슨 일이야. 됐어. 그냥 들어가지 뭐, 안녕."

내려놓은 수화기에서는 바보, 바보 하는 혜옥이의 목소리가 들리는 듯했다. 그녀를 불러내서 무슨 이야기를 하려 했던 것일까. 올해 첫눈이 빨리 온다고, 이제 진짜 겨울이라고, 내가 어디로 가고 있는지를 가르쳐 달라고…… 아니면 내일 아침엔 그와 함께 은빛의 들판과 강변을 바라볼 수 있으리라고…… 하긴 그녀가 옷을 다 갈아입기도 전에 나는 다시 전화를 걸어서 나오지 말라고 했으리라.

상가의 불빛 속에서, 파르스름한 가로등 빛을 감싸며 눈은 함성처럼 장하게 쏟아지고 있었다. 차들은 아예 멈추다시피 하여 도로를 메웠다. 머리와 어깨에 두터운 설면(雪綿)을 뒤집어쓰고 행인들은 종종걸음을 쳤다.

벌써 7시가 넘었어. 나는 쫓기듯 지하철역으로 뛰어 들어갔다. 그리고 벽면에 장애물 경주자가, 수영선수가, 기수들이 달리고 있는 긴 통로를 빠져나가 하강하는 자동계단에 몸을 실었다.

그를 놓쳐선 안 돼. 눈발이 얼굴을 마구 때렸다.

"짐 정리 끝나면 내일 막차로 내려갈까 해."

"막차가 몇 시죠?"

"일곱 시 반, 하지만 나오지 마."

"왜요?"

"다시는 서울에 오지 않을 거니까."

"무슨 뜻예요, 그건?"

"얘기했잖아."

금하(錦河), 1,980원. 나는 재빨리 천 원 권 지폐 두 장을 매표창구 안으로 밀어 넣었다. 차표와 동전 두 개가 곧 밀려나왔다. 술렁이는 귀로의 발길들 속에서 버스들은 사열하는 병사들처럼 횡렬해 있었다. 금하, 금하. 나는 버스들의 이마와 승강대 기둥에 매달린 행선지 표지판을 번갈아 살피며 허둥거렸다.

차내등을 환하게 밝힌 그 버스는 시동을 걸고 있었다. 금하. 그러나 그 것은 뜻밖에도 불쑥 내 앞에 나타났던 것이다. 정지신호등 앞에서처럼 나 는 꼼짝할 수가 없었다. 무얼까 그것들은. 맹렬하게 질주하는 것들이 나 의 전진을 가로막고 있었다. 버스는 곧 나의 정면으로 밀려나왔다. 흰 장 갑을 낀 운전수의 손이 검은 핸들위에서 천천히 돌고 있었다. 출입구에 기대선 안내양이 승강대 쪽을 향해 소리쳤다.

"막차예요, 막차. 금하 가실 분 안 계세요?"

막차, 금하. 버스는 막 내 앞을 지나쳐갔다. 이쪽을 돌아보며 안내양이 또 한 번 소리쳤다.

"막차예요. 금하 가실 분 안 계세요?"

여운처럼 문이 스르르 닫히고 내 시야엔 난무하는 눈발이 가득했다.

(1986)

겨울일기

또 차가 빠진 모양이다. 짐 부리는 소리가 들린 후 10분이 넉넉히 지났는데도 다시 내려오는 기척이 없는 것이다. 아무래도 나가봐야 할 것 같다. 나는 뒤적이던 신문을 탁자 위에 내려놓고 방한외투의 지퍼를 턱밑까지 끌어올렸다. 바람은 밤이 깊을수록 거세어지고 있었다. 함석과 베니어판으로 지은 다섯 평 남짓한 이 조립식 가건물 정도야 금세라도 뒤집어 놓겠다는 기세였다. 나는 랜턴을 집어 들고 외투에 달린 모자를 눈썹 끝까지 끌어내렸다.

우우 하고 달려드는 바람을 맞받아 밀며 어둠 속으로 나섰다. 잔 모래알들이 사정없이 얼굴을 갈길 뿐 차의 엔진소리도 헤드라이트 불빛도 느껴지지 않았다.

차가 빠진 것도 아닌 모양인데……. 거대한 마사토의 언덕 위로 잔별들이 총총했다. 필시 고함 소리였다. 강풍에 날려 마디가 툭툭 분질러지고 있었지만 분명 악이 받쳐 내지르는 욕설들이었다. 나는 끌고 가던 삽을 나꿔채 허리춤을 거머쥐었다.

"야, 이 새끼야, 네 눈깔엔 애밖에 안 보이냐! 어따 대고 반말지꺼리야, 반말이!"

"이거 못 놓겠나! 니가 나이 더 묵으모 밋살이나 더 묵었노."

나는 재빨리 그들 쪽으로 랜턴을 비추었다. 순간, 엉겨 붙은 두 사내가 동시에 이쪽으로 고개를 돌렸다.

"창수, 왜 그래?"

비로소 두 사내는 맞잡은 멱살들을 슬며시 놓았다.

"행님요, 저기 좀 삐차보이소. 꼭 이 차라예."

아직 덤프도 내리지 않은 트럭 후미가 제가 쏟은 마사에 삼분의 일가량이 묻혀 있었다. 나는 창수가 흥분한 이유를 알아챘다. 페이로더 두 대가 연방 쌓이는 마사토를 밀어내리고 짐 부릴 위치를 다듬는 낮에야 투덜댈 짬도 없다지만 일 끝내고 들어가 쉬려는 시간에 두어 시간짜리 삽 일을 만들어 놨으니…….

"안전등도 없는 데서 자꾸 뒤로 빼라고만 하면 어떻게 해. 그러다가 차 뒤집히면 누가 책임질 거야?"

운전수는 내게 들으라는 투로 이렇게 내뱉고는 시적시적 차에 올랐다. 시동 거는 소리가 유난히 거칠었다.

"창수, 빨리 표 끊어줘!"

운전수의 일거일동을 노려보며, 아직도 분이 풀리지 않은 듯 씨근거리며 넋을 놓고 있는 창수에게 내가 소리쳤다. 그제야 창수는 부릅뜬 헤드라이트 불빛 앞으로 다가갔다. 끊임없이 몰아치는 강풍이 불빛 속을 뽀얗게 질주하고 있었다. 창수는 서둘러 차량번호를 확인하고 인수증에 옮겨 적었다. 차창 안으로 창수가 인수증을 던져 넣자 트럭은 천천히 앞으로 나아갔다. 덤프의 꽁무니에 남아 있던 마사토가 마저 쏟아져 내렸다. 트럭은 공룡의 박제처럼 웅크린 포크레인과 페이로더와 드럼통들이 널린 사무실 옆 공터를 차례로 비추면서 야적장을 돌아 내려갔다. 트럭이 자동차 운전학원과 비닐하우스들이 부옇게 어깨를 맞대고 드러누운 사이 길을 지나서 대로로 접어들 때야 우리는 어둠 속에서 마주 보았다.

"내도 짐차 조수 민년 해봤지만얘, 기름밥 묵는 아들 그렇게 다뤄가는 안 됩니더."

"그렇다고 형뻘 되는 사람한테 그렇게 막무가내로 대들면 어떻게 해. 그 사람도 우리 작업장 사람인데, 그러다가 맞기라도 하면 누구에게 하소연할 거야?"

"아따 행님도, 내가 글마한테 맞어얘? 삽자루로 골통을 바사삐지."

더 대거리하다가는 운전수에게 못 다한 분풀이를 내가 당할 것 같아 그 건에 대해서는 그만 입을 다물기로 했다.

"얼기 전에 이거나 퍼 내리자."

나는 벌써 표면이 꾸덕꾸덕하게 얼어가는 마사토 더미 위로 올라섰다.

"씨발놈, 운전도 몬 하능기 무슨 십오 톤짜리를 끈다꼬……. 오늘 밤 잠은 다 잤네."

함부로 내뿌리는 그의 상소리가, 그러나 이젠 낯설지 않게 느껴졌다. 방한 외투를 벗어서 한편으로 던지고 다가오는 그의 튼실한 어깨도 그렇게 믿음직스러울 수가 없었다.

고등학교 선생이었다면서얘. 그을린 개처럼 살풍경한 이 벌판 한가운데로 오던 날, 멀미를 일으키는 덤프트럭들과 중장비들의 굉음을 등지고 서서 그가 싱긋거리며 던진 첫마디였다. 나는 작업복이 든 가방을 팽개치고 돌아서고 싶은 심정이었다. 내는 마 보시다기피 노가다 인생이라예. 나 역시 지금은 같은 처지가 아닌가. 온종일 쓰레기 매립지에서 날아오는 매연의 악취와 찬 모래바람 속을 배회하는 까마귀 떼가 이젠 나의 낯익은 배경이 돼가고 있는 것이다.

"행님은 마 내리가 쉬이소. 내가 대강 처리하고 내리가겠심더."

갑자기 코앞에 쌓인 산더미 같은 일거리에 압도돼서였을까. 흥분된 기세가 거짓말처럼 누그러든 그의 음성은 추위 때문에 사뭇 측은하게까지 들렸다.

"아니야. 빨리 치우고 조금이라도 눈을 붙여야지. 날 새기 무섭게 차가 몰려올 텐데."

나도 방한외투를 벗어 한편으로 던졌다.

"그라다가 또 아래같이 몸살나실라꼬얘. 삽질도 아무나 하능기 아이라예."

"이제 나도 경력이 붙었잖아. 돌도 별로 섞이지 않은 것 같은데 둘이 한 시간만 푸면 될 거야."

삽질을 할 때마다 아직도 어깻죽지며 허리의 근육이 욱신거렸다. 지독한 몸살이었다. 기껏해야 소꿉놀이 기구 같은 이삿짐이나 날라본 내가 거의 이틀 밤을 새다시피 하면서 고참인 창수의 경고를 무시한 채 삽질을 해댄 것이 화근이었다. 아내에겐 말이 좋아 골재사업이었지, 무일푼인 데다 경험도 없는 내가 무얼 믿고 이 일에 뛰어든 것일까. 밀린 방세는 고사하고 당장 땟거리 때문에 만삭의 몸으로 친정을 오가는 아내의 얼굴을 더 이상 지켜볼 수만은 없는 노릇이었다.

세 곱 장사야. 물건이 없어서 못 팔아먹지. 막일이라도 하려는 결심으로 찾아온 내게 고향 선배는 속 모르고 투자를 권유했다. 88년까지는 경기가 좋으니 전세보증금이라도 빼서 자금을 보태라는 거였다. 일단 현장감독이라는 직책을 받았지만 그것이 창수의 조수 역할밖에 안 되는 것이어서 얼마의 보수를 받을 수 있는 건지조차 알 수가 없다.

"아따, 행님 또 몸살 나시겠네."

정신없이 삽질을 해대는 나를 향해 창수가 소리쳤다.

"몸살 안 날 테니 두고 봐."

나는 허리를 펴지 않았다. 주경수 선생은 어떻게 됐을까. 추익호 선생이야 재산이 좀 있다지만 내 처지와 다를 바 없는 그가 못내 궁금했다. 교단자율 및 교육민주화 선언. 제발 선언만으로 끝났으면 좋겠어요. 그러나 경고, 정직으로 이어질 수밖에 없도록 운명 지어진 우리의 선언은 아내의 바람을 애초부터 배반하고 있었다.

여기서 물러서서는 안 됩니다. 어차피 우리는 다시 학생들 앞에 설 수 없습니다. 단식 농성에 들어가기 전에 신찬익 선생이 결연하게 다짐한 말이었다. 이쯤에서 냉정을 되찾아주십시오. 선생님들의 구제방안은 다각도로 모색하고 있습니다. 학생들과 학부형들의 호소문도 준비됐습니다. 선생님들의 슬기로운 단안만 남았습니다. 내일이 시교위의 징계위원회 소집 연기 마감일이라는 사실을 유념하시기 바랍니다. 교장의 능력이 더 미치지 못함을 이해해주십시오 주, 신 두 선생은 탈진한 채 그리고 나와 추 선생은 그 직전에서 교민투련 사무실 문을 박차고 들이닥친 10여 명의 사복경찰들에게 연행되었다.

"이게 뭔지 아시겠지요?"

맞은편의 사내가 책상서랍에서 검은 서류철 하나를 꺼내 펼치더니 내 앞으로 내어밀었다. 16절 갱지에 그려진 그것은 언뜻 보기에 학급 임원 편성표 같았다. 그러나 다음 순간 나는 뭔가 잘못 돼가고 있구나 하는 불안에 사로잡혔다. 교민투련(교육민주화투쟁연합) 계보. 그 계보의 맨 위 단엔 무슨 조직 폭력단의 우두머리를 지칭하듯 두목이라는 타자체가 찍혀 있었고 놀랍게도 그 옆엔 신찬익이라는 이름이 씌어 있었다. 그 바로 아랫단 양 날개에는 각각 자금책 추익호, 조직책 주경수라고 씌어 있었으며 내 이름은 맨 아랫단의 행동책 다섯 명 중에 끼여 있었다.

"자, 한 선생님, 우리 신사적으로 처리합시다. 협조해주신다면 한 선생님은 이번 사건에서 빼드릴 수도 있습니다."

사내는 비아냥거리는 건지 아니면 정말 정중한 태도인지 모를 언사로 이렇게 말하고 나서 볼펜 끝으로 신찬익이란 이름 옆 괄호 안의 물음표를 톡톡 두드렸다.

"신찬익이 두목이 확실한가요?"

나는 잠시 교민투련의 정직 교사들을 떠올려보았다. 과연 이런 계보는 누가 만들었단 말인가.

"우리는 아무런 조직도 편성하지 않았습니다. 이 계보 자체를 이해할 수가 없군요."

나는 단호하게 말했다. 순간, 맞은편 사내의 표정이 험상궂게 일그러졌다.

그는 서류철을 탁 소리 나게 덮고는 내 양 옆의 사내들에게 명령했다.

"모시고 가지. 역시 좀 더 정중하게 대우를 해드려야 불 것 같군."

나는 두 사내에게 이끌려 조용하고 서늘한 복도를 한참 동안 지나갔다. 복도의 막다른 지점에서 앞장선 사내가 벽의 스위치를 올렸다. 아래로 시멘트 계단과 녹슨 철제 난간이 보였다. 폭이 좁았으므로 앞장세운 나를 그들이 뒤따르는 형국으로 우리는 계단을 내려갔다. 덜 마른 시멘트벽에서 나는 것 같은 음습한 냄새 때문인가, 한여름인데도 등줄기에 소름이 돋게 하는 냉기 때문인가. 나는 갑자기 오줌이 마려웠다.

"인자 끝내입시더. 나머지는 페이로더 기사 나오는 대로 밀어달라면 될 낍니더."

예상외로 한 트럭분의 마사토를 얼추 다 퍼 내리는 데 30분 정도가 걸린 듯했다. 창수는 빨리 사무실로 내려가고 싶은지 벌써 방한외투를 집어 들고 있었다.

"그러지. 오늘 밤도 고생이 많았어."

"내사 늘 해온 일 아입니꺼. 행님이 수고 많으셨어얘."

바람은 여전하여 축축해진 등줄기로 금세 서릿발이 돋는 것 같았다. 간간이 저편 쓰레기 매립지에서 날아온 비닐 타는 연기가 야적장을 훑고 갔다.

그 어둠침침한 밀실에 들어서자마자 나는 짐짝처럼 동댕이쳐졌고 다짜고짜 날아오는 발길에 무차별 짓이겨졌다. 얼마를 그랬을까. 비명도 지를 수 없을 만큼 녹초가 된 뒤에야 그들은 까무러치기 직전의 나를 질질 끌어다가 의자에 앉혔다. 조직의 정확한 계보를 밝힐 것, 용공이적 내용이 적힌 유인물의 작성자를 댈 것, 교민투련이 결국 체제전복을 꾀하려는 지하 단체임을 자인할 것 등을 그들은 강요하였다. 도대체 나는 무얼 어떻게 대답해야 좋을지 알 수 없어 난감했다.

"개새끼! 너 같은 놈들이 선생이라고 애들을 가르치니까 대학 가서 데모만 하지."

그들이 증오와 분노에 차서 내뱉은 대로 나는 개새끼처럼 취급됐다. 옷부터 발가벗겼다. 동생뻘밖에 안 돼 보이는 사내들이 함부로 따귀를 후려쳤다. 지독히도 나는 대답할 말이 떠오르지 않았으며, 그럴수록 그들의 분노는 도를 더해가서 마침내 그들은 나를 걷어차 시멘트 바닥에 쓰러뜨린 다음 손목과 발목들을 한데 묶었다. 탁자 밑에서 긴 각목을 꺼내더니 묶인 손목과 발목들 사이로 끼워 넣었다. 난 팔려가기 전 무게를 달리는 돼지처럼 그들 두 사내에게 꿰들려 침상과 탁자 사이에 대롱대롱 매어 달렸다. 팔다리의 관절들이 모조리 뽑히는 것 같은 통증이 왔다. 견딜 수 없어 신음을 토하자 무차별한 발길질이 옆구리를 후볐다. 아, 저들만이 알고 있을 나의 죄가 이렇게 모욕적이고 절망적인 것인가.

"이 쌍노무 새끼, 네가 안 불고 배기나 어디 해보자."

썩은 냄새가 진동하는 걸레조각이 얼굴에 덮였다. 그 위로 물이 쏟아지기 시작했다. 나는 정신없이 코와 입으로 그 물을 빨아마셨다.

"법정에 가서 나발 불어봐야 소용없어. 여기서 뒈져봤자 너만 손해야."

나는 의식을 잃지 않으려고 안간힘을 썼으나 온몸의 감각은 어느 순간 멈춰버리고 말았다.

전속력으로 질주하는 차들의 긴 불빛이 사라지고 나면 대로의 빈 갈림길에 선 신호등만 저 혼자 깜짝깜짝 놀라고 있었다. 오늘은 집엘 가봐야겠어. 얼마나 기다리고 있을까. 보따릴 싸가지고 아예 친정으로 가버렸는지도 모르지.

사무실 안은 난로 위 주전자에서 뿜어 나온 수증기로 인해 안개 속 같았다. 나는 안경을 벗어 탁자 위에 내려놓았다. 창수는 방한외투를 벗기가 무섭게 즉석라면을 꺼냈다.

"속이 비셨을 낀데 이거 하나 드시면 잠도 잘 올 낍니더."

담배를 꺼내 물고 침상에 기대는 내게 창수가 라면을 권했다.

"됐어. 나는 생각 없어."

소화불량에 시달리는 나에게 그는 이제 거듭 권하는 수고를 하지 않았다. 그는 하나를 도로 상자에 던져 넣고 하나만을 뜯었다. 그리고 그는 주전자를 들어 하얀 면발 위로 조심스레 기울이고 나서 탁자 위에 널린 주간지 한 권을 집어 뚜껑 위에 얹었다. 그의 그런 동작들이 왠지 부럽다는 생각이 들었다. 같은 시간, 같은 장소에 있으면서도 그는 퍽이나 만족스러워 보였던 것이다.

"창수는 애인 없어?"

김이 무럭무럭 피어오르는 면발을 듬뿍 건져 올리는 그에게 나는 이렇게 물었다. 그는 수줍음 반, 즐거움 반인 웃음을 씩 웃고는 건져 올린 라면을 맛있게 먹었다.

"없어요."

"시치미 떼지 말라구. 내가 이름까지 다 아는데……."

"이름까지 아신다꼬얘?"

"면허시험장으로 가실 분들은 대기 중인 삼호 차에 타주시기 바랍니다. 바로 그 아가씨지?"

"하하하하. 우째 아셨습니꺼? 줄줄 외시는 거 보이까 행님도 관심 많은 갑지얘?"

"내가 남의 애인에게 뭣 하러 관심을 갖나. 그건 하루 종일 들으니까 외게 된 거구, 실은 낙서한 걸 우연히 봤지. 꽃은 꺾어야 자기 것이 되는 거라구."

"아따 행님도, 버얼써 조지났심더. 요새 가시나들 그래가 안 통해얘. 지맘에 안 차모 언제라도 차고 발라삐얘."

잠시 그의 눈가에 쓸쓸한 기운이 스치는 것 같았다. 아뿔싸, 나는 공연히 그의 아픈 데를 건드린 게 아닌가 하여 내심 불안한 마음이었다.

"하지만 미아는 달라얘."

나는 휴 하고 안도의 심호흡을 했다.

"내가 잘못 짚었군."

"올해는 눈이 참 늦어지네얘."

갑자기 전화벨 소리가 우리의 평화를 깨뜨려버렸다. 창수가 들고 있던 라면 그릇을 내려놓고 송수화기를 낚아챘다.

"예, 칠십다섯 대 들어왔심더."

"아냐, 예순다섯 대야, 예순다섯!"

내가 기댔던 상체를 벌떡 일으키자 창수는 재빨리 발신기 쪽을 감싸 쥐며 나를 향해 한손을 내저었다.

"예, 예. 두시 삼십 분에얘. 예, 안녕히 계시소."

그리고 창수는 집어던지듯이 송수화기를 내려놓으며 투덜거렸다.

"그 영감탱이는 잠도 안 자나……"

"그렇다고 열 대씩이나 착오를 내면 어떻게 해. 어제도 스무 대나 더 들어왔다고 하더니……."

나는 자리를 고쳐 앉으며 창수를 똑바로 쳐다보았다.

"맞습니더. 강 사장님이 시키는 일이라예. 행님도 쫌 있어보시면 알게 될 낍니더."

그는 난처한 표정이 되어 땅바닥으로 시선을 내리깐 채 이렇게 말했다.

"강 사장이 시킨 일이라고?"

"이런 말씀을 드려도 되는 건지는 모르지만얘, 행님도 여기 오래 있지 않는 게 좋을 낍니더."

"무슨 뜻이지, 그건?"

"내도 석 달이나 월급 못 받았어얘. 이 마사장이 겉보기는 거창해도 순 빚덩이라얘. 이쪽이 재개발지구로 되면서부터 벽돌공장들이 이사를 가는 바람에 마사가 잘 안 팔려얘."

나는 일으켰던 상체를 다시 침상바닥에 뉘었으나 좀 전의 평화로운 기분은 좀처럼 회복되지 않았다. 전세보증금이라도 빼서 투자를 하라던 강 사장의 권유는 그럼……. 대로를 지나는 차 소리가 하나둘 늘어나고 어디서인가 꼭 이맘때의 새벽을 향해 던지는 교회 종소리가 아련히 들려왔다.

일주일의 부재가 이렇게 먼 간격을 만들 줄이야. 2년여를 살아온 동네임에도 전혀 생소한 곳에 온 느낌이 드는 건 웬일인가. 급강하한 기온 탓이리라. 고만고만한 아이들의 깔깔거림도 들리질 않고 종종걸음을 치는 행인들마저 낯설기만 했다.

역시 기척이 없었다. 이번 달이 산월인데. 사무실 전화번호조차 알려주지 못했으니. 무슨 일은 없어야 할 텐데. 나는 떨리는 손가락으로 주인집 초인종을 눌렀다.

"누구세요?"

"아랫방에 사는 사람이오."

딸깍 하고 빗장이 열리는 소리가 대답을 대신했다. 조용할 뿐 아니라 밖이나 다름없는 냉기 때문에 나는 급히 벽을 더듬었다. 눈부신 형광등 불빛에 드러난 방 안은 재단한 듯 말끔하게 정돈돼 있었다. 그 낯익은 손길의 흔적들이 한동안 망연히 서 있게 했다. 이렇게 혼자 서 있기엔 너무 넓고 조용한 방임을 깨달으며 나는 과일봉지를 한편에 내려놓았다.

올망졸망한 화장품 병들, 그리고 그 뒤에 수척하게 야윈 서른두 살의 한 사내가 우두커니 서 있었다. 한걸음 다가서자 악수라도 하려는 듯이 사내도 한걸음 다가왔다. 회색 바바리코트에 베이지색 털실 조끼를 받쳐 입은 그는 아무 표정도 없이 물끄러미 정면을 바라보고 있었다. 이윽고 한 손을 들어 안경을 고쳐 쓴 그는 푸릇푸릇한 턱 가장자리에 벤 자국을 손바닥으로 문질렀으며 문득 스킨로션 병을 집어 들었다. 상쾌하면서도 따끔한 감각이 턱에서부터 뺨 전체로 퍼졌다.

연락이 오기를 기다리다 가요. 어머니께서 오셨어요. 몸이 무거워져서 이번 달만이라도 친정에서 났으면 해요. 하시는 일이 잘 되었으면 좋겠어요. 밀린 방세 중에 반은 어머니가 내주셨지만…… 저도 몸이 풀리는 대로 일자리를 잡겠어요. 건강에 유의하시고 이 쪽지 보시는 대로 춘천으로 연락 주세요. 장롱에 갈아입을 옷가지 싸놓았어요.

나는 방 안의 넓이와 고요를 감당할 수 없어 텔레비전의 스위치를 틀었다. 무지개가 살고 있는 저 언덕 너머, 내일의 희망이 우리를 부른다. 젊은 그대 잠깨어 오라. 화려한 조명과 무희들의 발랄한 율동을 거느리고 가수는 목청껏 젊음을 찬미하고 있었다. 아, 사랑스런 젊은 그대. 태양 같은 젊은 그대······ 여운이 채 가시기도 전에 갈채와 환호가 반주의 막간을 채웠다. 이윽고 충만한 열기를 헤치며 동화책 속의 공주처럼 눈부신 드레스 차람의 여가수가 사뿐히 무대 중앙으로 걸어 나왔다. 잦아들던 갈채와 환호가 다시금 고조되고 나는 스위치를 껐다. 방 안은 다시 적막 속에 놓였다.

바로 이러한 고요였는지도 모른다. 서늘하고 질퍽한 시멘트 바닥이었다. 여전히 양 손목과 두 발목은 묶인 채로 물 밖으로 팽개쳐진 올챙이 꼴이었다. 그들이 제풀에 꺾여 포기하고 돌아간 것은 아니리라. 더 잔인하고 혹독한 고문을 준비하기 전에 잠시 휴식을 취하러 나간 것이리라. 나는 그제야 내 어리석음을 깨닫기 시작했으며 죽음의 사자가 바로 곁에서 서성대고 있는 것 같은 공포를 느꼈다.

아내의 모습, 담임을 맡았던 반 아이들의 얼굴, 교민투련의 정직 교사들의 얼굴이 주마등처럼 스쳐갔다. 교육민주화, 교단자율, 교사의 양심적 자유······. 그러나 꿈결처럼 아련한 그것들이 손가락 하나도 제대로 움직일 수 없을 만큼 옥죄이고 잘라내는 것 같은 통증보다 절실한 무엇은 아니었다. 엄습해 오는 죽음에 대한 공포를 덜어주지도 못했다. 그저 막연하고 무력한 환상일 뿐이었다.

나는 살고 싶다. 실낱처럼 남은 의식이 이렇게 절규했다. 여기서 죽어버린

다면 그야말로 모든 게 끝장인 것이다. 나를 살릴 수 있는 사람은 바로 나를 죽일 수도 있는 그들뿐이다. 살아야 한다. 이제는 그들이 아니라 내가 물어야 한다. 어떤 대답을 하면 되는 거냐고.

내 수첩에도 적혀 있고 전화기 위에 매달린 주위 사람들의 전화번호부에도 있을 텐데, 아내는 굳이 십육절지에 사인펜으로 큼직하게 써서 편지와 함께 놔두었다. 송수화기를 들었다. 아득히 발신음만 규칙적으로 되풀이됐다. 일이 잘 안 되고 있다는 얘기 외에 무슨 말을 할 것인가. 그새를 못 참아서 친정으로 갔느냐고 냅다 역정이라도 낼까. 다시 다이얼을 돌렸으나 여전히 그쪽은 부재였다. 오히려 안도감이 느껴졌다. 그때 누군가 이쪽으로 전화를 걸었다. 막 들어온 아내가 마지막 벨소리를 들은 것일까.

"광호구나. 요즘 어떻게 지내?"

"일주일간 어디 좀 다녀왔어."

"전에 한번 가봤었지 왜? 청량리 맥심이라고……."

"그래, 만나서 얘기하자."

히터가 고장나버렸는지 승객조차 서넛인 차내는 한층 썰렁했다. 달아나는 거리의 불빛이나 바라보려고 손톱으로 창에 낀 성에를 긁어냈지만 다시금 되살아나는 성에 떼가 그것마저 허용하지 않았다.

이담에 커서 뭐가 될래. 나는 창에 대고 입김을 불었다. 목을 움츠리고 서 있거나 종종걸음을 치는 사람들이 나타났다간 이내 뿌옇게 사라졌다. 장군이요, 외교관이요, 선생님이요. 그러나 지금 선생님은 필요치 않다. 법관이면 족하고 장군이면 더 좋다.

"선생님. 헌법은 왜 고쳐야 되는 겁니까?"

"너희 집에도 가훈이 있지?"

"네."

"무엇이지?"

"화목과 단결입니다."

" 그 가훈은 누가 지었지?"

"증조부께서 지었다고 들었습니다."

"좋은 가훈이다. 아마도 너의 증조부께서는 당신의 가정뿐만 아니라 바로 너희와 같은 후손의 발전과 행복을 위해서 항상 가족들이 화목하고 단결해야 한다는 깨달음을 일깨우고자 그런 가훈을 지으셨을 것이다. 그런데 만약 그 가훈이 어느 대에 와서는 장식품으로만 방 안 한구석에 걸려 있게 된다면 말이다, 다시 말해 가족들 아무도 더는 그 가훈의 의미를 새겨보는 사람이 없게 되어 가장은 권위와 힘만으로 가족을 다스리고 자식들은 서로 다투며 반목을 일삼는다면 그 집안 꼴이 어떻게 되겠니?"

"선생님께서는 핵심을 말씀하시지 않는 것 같습니다. 그렇다고 해서 가훈이 잘못됐기 때문은 아니잖습니까?"

"그렇다. 헌법의 문제도 마찬가지다. 내 생각으로는 헌법 자체의 문제가 아니라 헌법에 대한 사람들의 태도와 실천이 문제인 것 같다. 그것을 지키고 행사하는 사람부터 시작하여 믿고 따라야 할 사람들까지 다 뭔가 착각하고 있는 것 같다. 그래서 일 못하는 목수가 연장 나무란다는 상황이 벌어지고 있는 것이다."

"그렇다면 선생님, 그 일 못하는 목수가 착각하고 있는 부분은 구체적으로 어떤 것입니까?"

다행히도 휴식시간을 다 빼앗겨버린 나머지 아이들이 웅성거리기 시작할 때쯤 다음 시간 시작종이 울렸으므로 나는 거기서 일단 위기를 모면할 수 있었다.

"그 얘기는 다음 기회에 더 하기로 하자."

그러나 그 기회는 오지 않았다. 이틀 후 3학년 7반 4교시 윤리시간 수업을 다시 들어가기 전에 나는 교장실을 먼저 노크해야 했다. 교장이 굳은 표정으로 건네주는 시교위의 공문서에는 익명의 학부형에 의해 내가 현실 왜곡, 비판 교사로 고발됐다는 내용이 적혀 있었다.

거리엔 캐럴송이 울려 퍼지고 있었다. 쇼윈도마다 깜박이는 꼬마전구들을 줄줄이 늘어뜨렸고 백화점의 대형 네온사인도 유난히 휘황하게 빛나는 것 같았다. 광장에도 거리에도 붐비는 인파로 술렁거렸고 로터리 한가운데에 불 밝힌 거대한 오색 트리가 주변의 밤풍경을 압도하고 있었다. 나는 문득 이 해도 다 가고 있구나 하는 생각을 하며 구세군 자선냄비에 동전 한 닢을 던져 넣었다.

"얼마 만이냐 이게?"

홀 안에 들어서자 계산대 앞에 먼저 와 있던 광호가 웃음을 머금으며 손을 내밀었다.

"그동안 잘 지냈어?"

우리는 곧 웨이터의 안내를 받아 희미한 오렌지 등빛 아래 마주 앉았다.

"몸은 괜찮아?"

"새삼스럽게 뭘, 나야 물 몇 모금밖에 마시지 않았다고 했잖아."

웨이터가 술을 날라 왔다. 아무것도 뚜렷한 형체를 드러내지 않는 홀 안 가득히 슈베르트의 죽음과 소녀가 괴고 있었다.

"그래, 요즘은 어떻게 지내?"

"사업이나 해볼까 해."

등빛을 머금어 발그레한 유리 탁자 위에 잔과 술병과 얼음통과 과일접시들이 가지런히 놓였다. 광호가 건져 올리듯 술병을 들어 잔에 부었다.

"자, 한필호의 사업을 위하여!"

그가 웃고 있었으므로 나도 따라 웃었다.

"사업이라니 뜻밖이군. 무슨 사업인데?"

"잡석이나 마사토 같은 것들을 싸게 들여다가 선별해서 파는 일이야."

"그런 사업이라면 규모도 크고 자본도 꽤 많이 들 텐데……."

광호는 못 미덥다는 듯이 고개를 가로저으며 빙긋이 웃었다.

"걱정되는 모양이군. 나 같은 꽁생원에다가 무일푼이 어떻게 그런 거칠고 큰 사업에 손을 댔느냐는 거지."

"너라고 왜 그런 수완이 없으란 법이 있더냐."

"안심해도 돼. 다 허세였으니까. 고향 선배가 벌이고 있는 사업장에서 현장 감독이라는 걸 하고 있지."

"고생이 많겠구나. 실은 말이지, 네게 도움을 청할 일이 있어서 눈치를 봐 오던 중이야."

그는 자못 진지하게 말했다.

"나 같은 놈도 누굴 도울 일이 있을까?"

"야, 너 아직도 그 감상적인 생각 못 벗어던졌구나."

내 어조가 그에게 자조적으로 들린 것일까, 그는 대뜸 이렇게 받았다. 그는 얼음만 남은 나의 잔에 술을 넉넉히 따르고 나서 담배 한 개비를 피워 물었다.

"도대체 네가 뭘 어쨌다는 거야. 너도 피해자잖아. 그런 상황에서 더 이상 어떻게 버틸 수 있겠어. 너는 가장 인간적인 처신을 했을 뿐이야, 그리고 실제 그 신 선생이란 사람이 주동자였던 건 사실 아냐?

그는 흥분하고 있었다. 모처럼 만난 친구에게 공연히 화를 돋우고 있는 자신이 초라하게 느껴졌다.

"미안하다 광호, 오랜만에 만났는데…….."

"아니, 네가 답답해서 그래. 너 때문에 그 사람이 그렇게 됐다는 생각은 정말이지 지나친 비약이야. 그 사람도 원치 않았을 너만의 감상주의라고,"

나는 자작으로 한 잔을 더 비웠다.

"너무 흥분하지 마라. 내가 감상에 빠져 보이는 건 할 수 없다만 그게 전적으로 그 신 선생 때문은 아니야. 양심이 시키는 대로 행동하는 것이 옳은 줄 알면서도 그걸 실천하기란 얼마나 어려운가를 요즘 새삼스레 깨닫고 있어. 자신이 옳다고 판단하는 것에 대해 끝까지 책임질 수 있는 자세, 윤리교사라는 주제에 그것도 하나 지켜내지 못한 거야, 나는…….."

"문제는 멀쩡한 사람을 끌어다가 그런 극단의 상황까지 몰아넣고서 생사를 건 결단을 강요할 만큼 비인간화된 세상에 있는 거야. 너무 자책하지 마라 제발. 그리고 이제부터 다시 새로운 힘을 키워야지."

그리고 우리는 잠시 침묵을 지켰다.

"그래, 내가 너를 도울 일은 뭐냐?"

"응, 잘 아는 사람이 경영하던 잡지사를 하나 인수했지……."

"알다시피 내 전공은 국민윤리 아냐?"

"그건 염려하지 않아도 돼. 총무부의 일을 좀 맡아달라는 거니까…… 솔직히 말하자면 경영을 도와달라는 거야."

"그럴수록 경력 있는 사람이나 전문가가 필요할 텐데, 내가 무슨 도움이 되겠어?"

"그렇게 너무 어렵게만 생각하지 말고……. 전문적인 것은 그 분야의 전공자를 채용하면 돼. 잡지사에서 전문직이래야 편집하고 사진 정도니까. 믿을만한 사람이 없어서 그래. 경력은 쌓으면 되는 거고."

"이 기회에 그동안 네게 진 신세를 갚을 수 있었으면 좋겠다."

"무슨 소리야, 신세는 따로 갚아야지. 이건 정식 스카우트라구."

그의 눈가로 술기운이 놀빛처럼 번지고 있었다. 우리는 각자의 남은 잔을 함께 비웠다.

"부인은 아직 소식 없어?"

"모르고 있었구나. 이번 달이 산월이야."

"그랬어? 잊지 않았겠지, 딸이면 나하고 사돈 맺기로 한 거."

우리는 소리 내어 웃었다. 음악은 어느새 경쾌한 외국 대중음악으로 바뀌어 있었다. 이 쪽지 보시는 대로 춘천으로 전화 주세요. 문득 아내의 얼굴이 떠올랐다. 그리고 신찬익 선생의 명복을 빌기라도 하듯 나는 잠시 고개를 꺾었다.

그동안 우리는 얼마나 강파른 준령을 넘어온 것이요? 왜? 썩어 수많은 이삭이 되겠다고? 그러나 그것도 최소한의 온기와 습기나마 있어야 하는데 이렇게 차고 메마른 땅에서는 썩을 자리조차 찾을 수 없지 않소? 그렇다면 태워야지요. 우선 온기와 거름이 있어야 할 테니까요. 이제 우리가 그 썩을 자리를 만드는 겁니다. 우리는 짓밟혀도 패배해서는 안 됩니다.

그러나 구치소에서 그의 아내에게 전해준 이 편지가 유언장일 줄이야. 그는 눈마저 감지를 못했다. 그 섬뜩한 눈빛, 그것은 분노라기보다 처절한 안타까움, 아니 슬픔의 눈빛이었다. 창자까지 다 쏟아낼 듯이 토해낸 구정물과 함께 나는 결국 뭐라고 지껄였던 것인가. 민주교사 탄압 중지하라! 시립병원 중환자실 천장을 향한 그의 이 단말마는 그의 가족들과 그가 동지라고 믿었던 우리 세 교사의 가슴에만 메아리를 일으켰을 뿐이었다.

이건 피살이에요. 온몸의 피멍 자국을 보셨지요. 그이가 뭘 잘못했다고……. 아무도 더는 연행되지 않았다.

"너 술 많이 약해졌구나."

광호가 일어서는 나의 팔을 잡아주었다. 우리는 흐느적거리는 홀 안을 빠져나와 인적이 뜸해진 거리를 걸었다.

"고맙다, 광호."

내가 불현듯 광호 쪽으로 돌아서며 말했고, 내려앉은 찬 어둠을 털듯이 그는 내 어깨 위에 힘껏 양손을 얹었다.

"짜식, 우리는 호자 돌림이야."

내가 잠에서 깨어났을 때 먼저 일어난 창수가 난로에 냄비를 얹고 있었다.

"와 벌써 일어나십니꺼? 어젯밤에 술 많이 드셨던데 더 누워 계시소. 해장국 맛있게 끓여 드릴께얘."

"아니야, 작업준비도 해야지."

"할 필요 없습니더."

"왜?"

"어제 오후부터 박 회장이 일 중단시켰십니더."

"그 물주라는 노인 말이지? 새벽마다 확인 전화 하는……."

"맞십니더."

"무슨 일 있었어?"

"일은 무슨 일얘. 마, 연말도 가까워오고, 인자 결산할 때도 됐다 아입니꺼."

"그럼 강 사장은 오늘 안 나오시나?"

"예, 행님하고 사무실 잘 지키고 있으라 카대얘. 내일 박 회장하고 같이 나올 것 같십니더."

창에 성에가 끼지 않은 걸 보면 날이 꽤 풀린 모양이었다. 여명 속에 잿빛 일색인 야적장 주변의 풍경이 서서히 깨어나고 있었다. 어깨를 맞대고 드러누운 벽돌공장들과 뽀얗게 먼지를 뒤집어쓴 비닐하우스들 너머로 새로 조성되고 있는 아파트 단지의 철골들이 바라보였다.

검은 연기가 치솟는 쓰레기 매립지에서 아침마다 이곳의 첫 방문객인 까마귀 떼가 날아오르고 있었다. 처음엔 수십 마리였던 것이 검은 연기가 한 뭉텅이씩 떨어져 살아나기라도 하는 것처럼 순식간에 수백 마리로 불어났다. 그것들은 쓰레기 매립지 위에 거대한 소용돌이를 일으키며 맴을 돌다가는 이윽고 이쪽으로 날아오기 시작했다. 물론 아무 일도 벌어지지 않았지만 그것들의 기분 나쁜 떼울음소리는 언제나 어떤 비극의 징조를 품고 있는 것 같았다. 까마귀들은 곧 사무실 맞은편 마사토 언덕에 까맣게 내려앉았다.

"이 샹노무 까마구 새끼들!"

어느새 창수가 밖으로 뛰어나갔다. 한참을 그렇게 팔매질을 해대고 들어오는 그에게 물으면 대답은 항상 간단명료했다. 재수없다 아닙니꺼.

"맞았다!"

창수의 외침소리에 안경을 고쳐 쓰고 보니, 다른 놈들은 벌써 높이 날아올랐는데 한 놈만이 아직 날개를 푸드덕거리며 깡충거리고 있었다. 창수가 마사토 언덕으로 달음질쳤다. 그러나 그가 언덕에 채 오르기 전에 그놈은 필사적인 이륙에 성공했고 멀어져가는 무리의 꽁무니를 향해 비척비척 날아가 버렸다.

"지가 도망은 갔어도 살지는 못할끼고마는."

못내 아쉬운 표정으로 되돌아온 그는 까마귀들이 사라진 언덕 위를 몇 번이나 더 흘끔거렸다.

"꼭 그렇게까지 해야 되겠어?"

"재수 없다 아닙니꺼."

바람은 불지 않았으나 하늘이 잔뜩 찌푸린 데다 여느 날처럼 트럭과 중장비들의 소음마저 들리지 않아서 한층 을씨년스런 아침이었다.

"오늘 눈 올 것 같지 않십니꺼?"

"글쎄, 하늘을 보면 올 것도 같고."

"꼭 와야 할 낀데."

"데이트 약속이라도 있나 보군?"

"그런데 눈이 와야 돼얘. 눈이 오면 만나기로 했거든얘."

그의 눈길이 확신이라도 해주기를 바라는 것 같아서 맞장구를 쳤다.

"꼭 올 거야. 올 들어 여태껏 한 번도 오지 않았잖아."

"맞십니더. 첫눈이라얘. 행님 사무실 쫌 봐주셔야 돼얘."

"걱정 말아. 오늘은 꼭 그 아가씨를 사로잡으라구."

창수의 휘파람소리에 내 마음마저 가벼워지는 것 같았다. 소담스럽게 끓고 있는 국 냄비를 바라보며 나는 오랜만에 식욕을 느꼈다. 아직 소식이 없는 걸 보면…… 아무튼 순산이어야 할 텐데. 광호와 잡지사 일을 같이 하게 됐고 겨울을 친정에서 나지 않아도 된다는 말은 나중에 해도 늦지 않으리라.

정오가 지나면서부터 내리기 시작한 눈은 저녁 무렵이 되자 발목을 덮을 만큼 쌓였다. 고물 수집을 하는 사람들이 일찌감치 돌아가고 나자 쓰레기 매립지의 연기는 곧 눈 속에 파묻혔다. 까마귀들도 더 이상 날지 않았다. 대로의 차들은 헤드라이트를 켠 채 벌벌 기고 있었으며 라디오에서는 중부 일원에 대설주위보가 내렸고 여러 건의 교통사고가 발생했다는 속보를 전했다.

하늘과 땅과 그 사이를 분간할 수 없는 눈보라 속으로 어둠이 내렸다. 전화마저 불통이 되고 창수가 돌아올 기미는 보이지 않았다. 장거리 자동전화가 있는 곳은 대로에서 버스를 타고 두 정류장이나 나가야 하는데…… 꼭 오늘일 리는 없지 않은가.

창수는 자정이 넘어서야 술이 곤죽이 되어 돌아왔다.

"그 가시나가 나를 속였어얘. 직이뿌릴끼다. 마."

그렇게 남은 시간은 창수가 가져온 소주와 쥐포, 그리고 그의 실연을 달래는 것과 함께 보냈다. 눈은 그치지 않았다.

간밤의 초조와 절망을 되살릴 겨를도 없이 우리는 자동차 경적 소리에 눈을 떴다. 검은 승용차 한 대가 사무실 앞에 와 멎어 있었다. 우리가 깬 것을 확인했는지 운전석에 탄 사람이 먼저 내려 차의 앞머리를 돌아가서 뒷문을 열었다. 60대 중반쯤의 노인이 불편한 거동으로 차에서 내렸다.

"박 회장이라얘."

창수가 나직이 말했다. 노인은 깡마른 체격에 키가 컸고 언뜻 보아 알아챌 수 없을 정도였지만 한쪽 다리를 절고 있었다. 창수가 문을 열어주자 운전사는 차로 돌아가고 노인만 사무실 안으로 들어섰다. 전혀 웃음이라곤 웃어본 것 같지 않은 인상이 섬뜩했지만 눈길이 마주쳤으므로 나는 엉겁결에 고개를 숙였다. 그러나 노인은 아무런 반응도 보이지 않은 채 창수가 당겨준 의자에 묵묵히 앉았다.

"이기 그동안 들어온 거라얘."

창수가 인수증 철이 달려 있는 장부를 노인에게 건넨다. 노인은 그걸 받아서 건성으로 몇 장 넘기다 탁자 위에 내려놓았다.

"강 사장은 언제 온다던가?"

그 쇳소리 같은 음성에 나는 움찔 놀랐다. 그렇게 굳게 잠긴 노인의 입술이 열리리라곤 상상조차 할 수 없었기 때문이었다.

"지금 오고 있십니더."

창수가 턱짓으로 가리키는 창밖으로 강 사장의 파란색 승용차가 보였다. 노인의 눈가에 진 잔주름이 가늘게 떨렸다. 갑자기 실내의 기류가 팽팽하게 긴장되는 것 같았다.

"일찍 나오셨군요."

강 사장은 비굴할 정도로 깊이 허리를 꺾었다. 그러나 노인은 나의 목례에 대해 그러했듯이 아무런 반응도 보이지 않았다. 강 사장은 장갑을 벗어 가죽 잠바의 주머니에 넣으며 엉거주춤 노인의 맞은편에 가 앉았다. 한동안 침묵이 흘렀다.

"나는 강 사장의 이십여 년에 걸친 경험과 이 바닥에서 쌓은 신용을 믿었던 거요. 둘째 놈이 이 일을 하고 있지만 강 사장을 아들 이상으로 믿었던 게 잘못이었소."

노인은 잠시 말을 끊었다. 창수가 재빨리 컵에 따른 물을 노인에게 주었다.

"연말 지불대금이 하도 터무니없어서 도로공사 현장과 트럭 회사에 확인을 해봤소. 두 달 새에 오백 대씩이나 차이가 난다는 건 해도 좀 너무한 게 아니오?"

노인은 창수에게서 건네받아 건성으로 몇 장 들춰보았던 장부를 들어 강 사장을 향해 홰홰 흔들었다.

"단도직입적으로 말하자면 나도 계약을 지킬 수가 없소. 일방적으로 깨고 나올 계약이라면 애 저녁에 무효인 거요."

"말씀 다 하셨습니까. 저도 한말씀 드립시다."

머리를 깊이 숙인 채 잠자코 듣고만 있던 강 사장이 천천히 고개를 들었다. 그러나 그의 노인을 향한 눈초리나 말투는 처음의 안절부절못하던 그것이 아니었다.

"회장님이야 날짜 돼서 따박따박 배당금 챙겨 가시면 끝났지만 말입니다. 장비대, 기름값, 인부들 급료, 그것뿐입니까? 경찰서, 세무서, 도로순찰대 애들한테 먹이는 국물은 다 어디서 나온 줄 아십니까?"

의외의 반격에 노인은 잠시 주춤하는 듯했다. 그러나 곧 자리를 고쳐 앉으며 이렇게 되받았다.

"그건 내 쪽 계약 내용이 아니잖소?"

"좋습니다. 이 바다 물 수십 년 잡수신 분이 이제 와서 계약 운운으로 그렇게 나오신다면…… 우리 까놓고 얘기합시다. 이만큼 키워놓으니까 통째로 잡수시겠다는 계산인 모양인데, 그러시면 안 됩니다."

"지금 나한테 협박하는 거요?"

"누군 회장님의 구린 뒤를 모르는 줄 아십니까. 이번 도로현장 구간 따내는 데 모 의원이 개입돼 있다는 것도 알고, 고명하신 아드님들 앞으로 돼 있다는 그 벽돌공장, 건축회사, 트럭회사, 세금 얼마씩 내고 있는지도 다 알고 있습니다."

강 사장의 번들거리는 얼굴이 불쾌하게 달아올랐다. 노인의 안색은 창백하다 못해 푸른빛마저 뿜어내고 있었다.

"적반하장도 유분수지, 이런 배은망덕한 놈을 봤나!"

뜻밖에도 이 일촉즉발의 상황에 쐐기를 박은 사람은 창수였다. 책상 모서리에 엉덩이를 반쯤 걸치고 서 있던 그가 팔짱을 낀 채 팽팽하게 맞선 두 사람 앞으로 슬며시 나섰던 것이다.

"지도 한말씀하입시더."

이 의외의 틈입자에게 두 사람은 동시에 시선을 모았다.

"제 밀린 월급은 언제 주실 낍니꺼?"

그의 느릿느릿한 발음도 그랬거니와 입가에 번진 야릇한 웃음기로 해서 방금 전까지의 긴장된 분위기가 갑자기 느슨해지는 것 같았다.

"자네 월급 얘기를 왜 이 자리에서 하나? 나는 자네를 고용한 적이 없어."

노인은 귀찮다는 듯이 이렇게 말하고는 창수에게서 시선을 돌려버렸다. 강 사장 역시 아닌 밤중에 홍두깨라더니 무슨 김빠지는 소리냐는 식으로 그를 흘겨본 다음 노인 쪽으로 고개를 돌렸다. 창수의 얼굴에 웃음기가 싹 가셨다.

"강 사장님! 정말 이렇게 나오실 낍니꺼?"

두 사람은 다시 창수 쪽으로 고개를 돌렸다.

"이 짜식이, 보면 몰라! 지금 뭘 어쩌자는 거야!"

강 사장의 호통이 채 끝나기도 전이었다.

"이런 씨발 놈들!"

두 사람의 손이 각각 자신들의 얼굴을 가렸지만 이미 시뻘건 어묵 국물로 얼굴이며 옷 할 것 없이 개벽을 친 후였다. 창수가 아직 치우지 않고 놓아둔 어묵국 냄비를 냅다 걷어찬 것이었다.

매운 국물이 눈에까지 튀었는지 노인은 얼굴을 싸쥐고 쩔쩔매기 시작했으며 강 사장은 주머니에서 급히 손수건을 꺼냈다. 그리고 어느새 그의 한 손은 탁자 위에 놓여 있던 유리 재떨이를 집어 들었다.

"이 싸가지 없는 새끼!"

곁에 있던 내가 제지할 사이도 없이 재떨이는 창수를 향해 날아갔다. 다행히도 그것은 그의 머리가 아닌 어깨를 강타한 다음 바닥에 떨어졌다. 공처럼 움츠렸던 어깨를 펴는가 싶더니 창수는 미친 듯이 곁에 있던 맹꽁이 의자를 거꾸로 치켜들었다. 분노로 이글거리는 그의 눈동자엔 살기가 어려 있었다.

"안 돼, 창수!"

내가 그의 앞을 가로막았다.

"쳐봐! 쳐봐 새꺄!"

난로와 탁자 사이에 선 나는 나를 뚫고 나오려는 강 사장을 필사적으로 버티면서 창수가 치켜든 맹꽁이 의자의 쇠다리를 움켜잡았다. 그리고 그의 눈빛과 마주쳤을 때 나는 한순간 온몸에서 힘이 쭉 빠져나가는 것 같은 절망감을 느껴야 했다. 그 눈빛은 신찬익 선생의 마지막 눈빛, 바로 그 슬픈 눈빛이었다. 나의 귓불께로 씨근거리는 강 사장의 숨소리만 한동안 계속됐다.

"댔십니다, 행님요."

창수는 믿을 수 없을 정도로 조용히 치켜들었던 의자를 내려놓고 휑하니 밖으로 나갔다.

"마, 그 월급 못 받아도 좋십니더, 큰 사업 한다는 놈들이 푼돈 갖고 쫀쫀하게 노는 기 더럽십더."

적설 위에 깊고 또렷한 첫 발자국을 찍으며 우리는 언덕을 올랐다. 가세한 햇빛 때문에 눈을 제대로 뜰 수가 없었다.

"바로 그 새끼고마는, 아래 밤에 내캉 싸운 운전사, 그 새끼가 박 회장한테 찔러 박은 기 틀림없애예. 지는 삥땅 안 처묵고 사나……."

창수는 발 앞의 눈을 툭툭 걷어찼다. 부서진 눈가루가 상쾌하게 얼굴을 스쳤다. 타다 남은 천 조각들처럼 너펄거리던 까마귀들도 보이지 않고 그것들의 본거지인 쓰레기 매립지도 사라지고 없었다.

"행님도 인자 떠나시겠지애?"

그 음성이 목덜미를 움켜쥐는 것 같아서 나는 걸음을 멈추었다. 그는 꼴마리에 두 손을 찔러 넣은 채 빙긋이 웃고 있었다.

"창수는 어떻게 할 거야?"

"고향으로 갈 낍니다, 마, 지긋지긋해도 송충이는 솔잎을 무으야 하능기라애. 아부지하고 계속 괴기나 잡을랍니더."

"삼천포라고 했지……."

나는 때에 전 추리닝 속에서 그의 한 손을 뽑아 힘주어 쥐었다. 운동화 새로 들어간 눈이 녹아 발이 시렸다. 우리는 다시 걸었다. 광활한 은빛의 개활지 끝에서 전동차가 달리고 있었다. 기다릴 게 아니라 내가 달려가야겠다.

그때, 나는 저쪽 눈 시린 비탈 한편에 떨어진 검은 물체 하나를 발견했다. 우리는 마치 처음부터 그걸 찾고 있었던 듯이 그 물체 쪽으로 나아갔다. 낡은 군화 짝처럼, 바람에 날려간 우산처럼 그렇게 거기 까마귀의 주검 하나가 처박혀 있었다. 날개도 접지 못한 채 주검은 머리를 눈 속에 파묻고서 작은 나무 뿌리 같은 두 발로 고만큼의 눈부신 공간을 그러쥐고 있었다.

"어제 그 까마구라애!"

창수가 외쳤다. 어떤 알 수 없는 감동이 나의 착잡한 가슴을 사로잡았다. 우리는 한동안 길의 막다른 지점에 다다른 사람들처럼 꼼짝없이 서 있었다. 이윽고 창수가 허리를 굽혀 까마귀의 주검을 집어 올렸다.

"까무구는 아무 죄가 없어애."

어제까지만 해도 그것들이 야적장 언덕에 내려앉을 때마다 욕설을 퍼부으며 팔매질을 해대던 그가 아니던가. 그는 한 손으로 눈을 헤집어 조그만 구멍이를 만들었다. 그리고 그 속에 집어 올린 까마귀의 주검을 조심스레 뉘었다. 그런 그의 행동은 일견 경건해 보이기까지 했다.

"맞지얘, 행님요?"

까마귀의 무덤을 다독거리고 나서 그는 마치 어제 아침에 눈이 올 것을 다짐받던 그런 눈빛으로 나를 쳐다보았다.

"몸이 껌다꼬 미움받고, 재수 없다는 이유만으로 돌에 맞아 죽는 건 너무 억울한 일이라얘. 지도 알고 있었어얘."

나는 천천히 고개를 끄덕거렸다.

우리는 한참을 걷다가 다시 그 까마귀의 무덤을 뒤돌아보았다. 티 없는 순백의 적설만이 거기에도 빛나고 있었다. 멀리 시가지의 스카이라인이 푸른 하늘에 선명하게 찍혀 있었다. 그리고 어디서 나타났을까, 한 떼의 까마귀가 눈속에 파묻힌 쓰레기 매립지 위에서 날고 있었다. 열 마리, 서른 마리, 아흔 마리, 삼백 마리…… 맴을 돌수록 소용돌이는 커져 갔고 마침내 그것들은 이쪽 야적장 언덕을 행해 날아오기 시작했다. (1987)

실종

　나는 비로소 이틀간의 번잡과 노동에서 풀려난 몸을 새로 이사한 연구실 의자 깊숙이 묻을 수 있었다. 행여 한 점의 표본, 한 권의 책이라도 파손되거나 분실되는 일은 없어야 했으므로 오직 긴장으로 똘똘 뭉친 이틀간이었다. 그 긴장에 내쫓겼던 심신의 피로가 나른하게 몰려들기 시작했다.

　학교 연혁에 자랑스럽게 기록된 대로 당시엔 최고, 최신의 시설이었을지 모르겠으나, 지은 지 28년이 돼가는 지금까지 10층이나 되는 높이에 엘리베이터 한 대도 설치하지 않은데다가 계단마저 가파르고 폭이 좁아서 여간 불편하지 않은 건물이었으므로, 근 한 트럭분의 전공 서적들과 실험기기들, 각종 동식물 표본들, 그리고 철제 캐비닛, 책걸상 등 온갖 잡다한 학과의 살림살이들을 1층에서부터 10층까지 끌어올리는 일은 이만저만한 중노동이 아니었다.

　학기말 시험이 끝나가는 때이고 보니 대다수 학생들이 등교하지 않았고 그나마 실험실 이전에 협력해 달라는 나의 간곡한 호소문을 보고 모인 열대여섯 학생들 중에서조차 약삭빠른 몇몇은 또 제각기 피치 못할 사정을 내세워 발을 빼버렸으므로, 조교인 나까지 합쳐 겨우 열 명에서 그 대역사를 치르게 된 것이었다.

　이틀간의 중노동과 긴장 외에도 열 명분의 점심값, 음료수 값에다 일을 끝낸 오늘은 막걸리까지 한 잔씩 먹으느라 주머니가 바닥나긴 했지만, 군소리 없이 땀을 흘려준 그 의리 있는 후배들이 고맙기만 했다. 무엇보다 오랫동안 숙원해 온 독립실험실을 갖게 되었다는 뿌듯함에 그간의 고충을 잊을 수 있었다.

그렇긴 해도 이곳으로의 실험실 이전이 썩 마음에 내킨 것은 아니었다. 10층 꼭대기까지 걸어서 오르내려야 될 불편이나 이미 치러버린 이사의 악조건 같은 것 때문만은 아니었다.

스무 평 남짓한 합동실험실이라는 데서 화공학과, 물리학과들과 함께 복작거려야 하는 옹색함도 그랬지만 값비싼 실험기기나 시약들이 자주 분실되는 곤란을 해결하고자 2년여에 걸친 건의, 호소에 이어 급기야는 생물학과생 전원의 본관 점거 농성의 결과로 얻어낸 공간이라는 것이 도대체가 실험실로 꾸밀 수 있을까 의심스러우리만큼 형편없이 낡고 피폐한 창고였기 때문이었다.

수위가 한 움큼의 꾸러미에서 한참 만에 찾아낸 열쇠로 시퍼렇게 녹슨 주먹만 한 자물통을 열고, 소름이 돋게 하는 째지는 듯 비명을 질러대며 검붉은 녹 부스러기를 우수수 쏟아내는 철문을 밀어젖혔을 때 내 앞에 서 있던 물리학과 조교가 고개를 설레설레 흔들며 이렇게 내뱉었다.

"몇 명 들어가서 죽어도 모르겠군."

아닌 게 아니라 수위의 랜턴에 비치는 창고 안의 모습은 새 실험실에 대한 나의 기대를 깨끗이 거두어 가버렸다.

"이건 도무지 방이라고도 할 수가 없군. 차라리 밖에서 텐트를 치고 실험을 하는 게 낫지."

금방 박쥐라도 떼 지어 날아 나올 것 같은 음산한 입구를 바라보며 내가 이렇게 투덜거리자 곁에 섰던 기획실 직원이 은근한 말투로 받았다.

"수리만 잘하면 합동실험실보다야 한결 나을 겁니다. 종합실험동이 완공될 때까지만 사용하시면 될 텐데요, 뭘……."

그는 거의 축하한다는 투로 이렇게 말했지만, 이것이 그래 학과생 전원이 2년 동안이나 피눈물 나게 싸워서 얻어낸 결과란 말인가. 나는 슬며시 부아가 치밀어 올랐다.

"그래, 종합실험동은 언제나 완공된답니까?"

"아무리 늦어도 내년엔 완공을 보잖겠어요?"

"내년이라구요, 그것도 그때 가봐야 알 일이지…… 벌써 내년, 내년 한 게 몇 번쨉니까?"

"우린들 하기 싫어 안 하나요. 돈이 없는 걸 어떡합니까. 조교일까지 보시면 학교 사정 알 만도 하실 텐데……."

기획실 직원은 나의 그런 불평에 어처구니가 없다는 듯이 이렇게 내뱉고는 창밖의 분수대 쪽으로 시선을 돌렸다. 공연히 애꿎은 말단 교직원에게나 역정을 내고 있다고 생각하니 더욱 허탈한 심정이었다. 나도 창밖을 바라보기 시작했다.

부족한 것이 어디 실험 실습 공간뿐이던가. 기초단계의 실험에 필요한 시약 몇 상자와 소모성 기자재 몇 가지를 더 구입하고, 1년에 두 번, 그것도 반은 학생들의 부담으로 표본 채집 및 희귀동식물 서식지 탐사를 다녀오면 바닥이 나버리는 실험실습비, 그 쥐꼬리만 한 실험실습비를 또 쪼개고 쪼개서 두 명의 실습 조교를 음성적으로 운영해서야 거의 억지로 전공수업을 치를 수 있는 재정난, 무엇보다 참고도서실이라는 곳에 국내외 생물학 관계 전문잡지 서너 종류를 비치하고 있는 실정이니 전공도서에 이르러서는 언급하기가 부끄러울 정도이다.

우리나라 대학생들이 몇몇 선진국의 대학생들에 비해 현저하게 공부를 하지 않는다는 보도가 종종 신문지상에 오르내리는 모양이지만, 비교 대상인 그들 나라의 중고등학교 수준에도 못 미치는 시설과 도서관의 장서 및 체제에 대해서는 겨우 독자란 한 귀퉁이에나 숨어 있는 손톱만 한 항변의 기사를 찾을 수 있을 뿐이다.

물론 정통성 없는 정부의 퇴진과 그 정권의 우민화 정책의 일환이라며 유치 초부터 전개되기 시작한 올림픽 개최 반대시위에 나서느라 공부를 뒷전으로 미룬 학생들이나 그런 어수선한 분위기 때문에 두 권 읽을 책을 한 권밖에 읽지 못한 학생들도 없지 않았을 터이다.

그러나 우리나라 대학생이면 누구나 겪고 있을 허다한 경우이듯이, 학교 도서관을 뒤지다가 찾지 못한 어떤 자료 한 가지를 구하기 위해 국내 각 분야의 학문적 성과와 지식, 정보의 창고이자 국내외 문화 자료들의 집결지라고 할 수 있는 국립중앙도서관이란 데를 가서 어렵사리 찾은 그 자료의 대여섯 장을 복사하려고 줄을 서거나 맡겨놓은 자료의 복사물이 나올 때까지 기다리느라 하루를 허비해 본 사람이면 왜 그들 선진국의 대학생들에 비해 우리나라 대학생들이 터무니없을 정도로 공부를 못 할 수밖에 없는지보다 근본적인 원인을, 짜증스러움과 서글픔과 분노의 심정으로 깨달을 수 있을 것이다.

개인당 국민소득 3천 달러, 1천억 달러의 무역 총액 달성을 눈앞에 두고 있는 경제대국, 유사 이래 최대 최고 수준의 올림픽을 치러낼 만한 예비선진국의 그래도 유수한 대학들의 도서관이라는 곳이, 국립중앙도서관이라는 곳이, 과연 어떤 형편에 놓여 있는 것인가.

나는 또 스멀스멀 솟아오르는 부아를 담배 연기에 실어 후 불어 냈다. 그러고는 옆에 서 있는 기획실 직원에게 되도록 정중한 어조로 말했다.

"미안합니다, 박 선생님. 학과 사정만 생각하다 보니 짜증이 나서 그렇게 됐습니다."

"아이구, 무슨 말씀을요, 짜증이 날 만도 하게 됐지요."

기획실 직원은 금세 마음이 풀어져 몸 둘 바를 몰라 했다. 내가 담배를 권하자 얼른 자기 담배를 꺼내 물며 그는 체머리를 흔들었다.

"점거 농성까지도 괜찮겠는데, 제발 좀 닥치는 대로 때려 부수지는 말았음 좋겠어요. 그것 다, 저희들 등록금으로 산 것 아닙니까?"

"저도 그 말씀엔 동감입니다만, 어디 그래가지고 해결되는 일이 있어야 말이지요. 이 실험실 문제만 해도 그래요. 처음에 학과생들이 건의서를 올렸을 때 이 문제가 구체적으로 논의됐어야 해요. 결국 이렇게 될 걸 가지고 임시방편 식으로만 대처하다 보니 그렇잖습니까? 어찌 됐건 학생들만 나무랄 것도 못 된다구요. 문제는 그런 과격한 행동으로 실력행사를 하지 않고서도 일이 해결될 수 있다는 신뢰의 분위기를 한시바삐 조성하는 일입니다."

"하긴 우리도 못해 먹을 노릇입니다. 책임자들은 우리한테만 최선을 다 해 보라고 압력을 가하고…… 사실 우리가 무슨 힘이 있습니까? 학생과 당국자들 사이에서 죽어나는 건 우리뿐이라구요. 또 학교 당국자들인들 학생들이 요구하는 사항을 근본적으로 해결할 능력이 있느냐 하면 사실 그렇지를 못해요. 빤한 등록금 수입 가지고 현상유지에나 급급한 그들의 무기력한 자세도 자세지만, 우리나라처럼 교육계에 투자하는 정부 재정이 극소한 실정이고 보면 그야말로 질적인 면에서 세계적인 대학으로 발전시켜보겠다는 의욕 자체가 생겨나기 어려울 겁니다."

"아직까지는 그래도, 우리 학생들이 요구하는 것은 그리 큰 기대나 꿈이 아닙니다. 현상유지의 차원에서나마 효율적이고 정직한 경영을 바라는 것이지요."

"아무튼 학생들의 요구는 학교의 능력보다 한걸음 앞서가는 게 틀림없습니다. 도서관의 장서를 최소한 현재의 두 배 이상으로 늘려야 한다거나, 그 시스템을 한시바삐 전산화해야 된다거나, 각 학과마다 충분한 전용공간을 마련해달라거나, 교수를 대폭 증원하라거나, 장학금과 실험실습비를 현실적으로 인상하라거나…… 문제는 돈이에요. 그것도 물가 상승에 비례한 등록금의 인상 정도로는 턱도 없고 정부 차원의 획기적인 투자가 있어야 한다구요."

"정말 쉬운 문제가 아니에요."

결국 우리는 마주 보며 쓴웃음을 짓는 것으로 좀 전의 화해나 다시 한번 확인했을 뿐이었다.

창고 안의 조명장치가 수리되고 난 후 내 눈에 제일 먼저 뜨인 것은, 마치 시신을 담는 관을 연상시키는 암갈색의 나무궤짝들과 그 빼곡하게 쌓인 궤짝들 사이사이에 빈틈없이 늘어 쳐진 거미줄이었다.

"졸업가운 창고라 일 년에 한 번만 여닫아서 이 모양이지요."

수위가 먼지를 불어대며 한 걸음씩 물러서는 우리를 향해 이렇게 외쳤다. 그리고 그의 손짓에 따라 인부들이 창고 안으로 들어갔다. 방 안은 금세 준동하는 먼지로 자욱해졌고 거기에 섞인 퀴퀴한 냄새까지 가세하여 코를 찔렀다. 겨우 몇 시간 입었다 벗은 옷에서 그렇게 역겨운 냄새가 나다니, 믿을 수 없는 일이었다.

"웬 냄새가 이렇게 지독하죠? 세탁도 하지 않은 채 보관하는 모양이죠?"

"세탁은 무슨 세탁입니까, 내년 졸업 때 가서야 나누어주면서 대강 하는 거죠."

북새통 속에서 궤짝들이 다 끌어 내지고 청소부 아주머니들에 의해 천장의 거미줄과 바닥의 먼지가 다 걷히기까지 반나절이 걸렸다.

그렇게 해서 졸업 가운 창고는 1960년대 초 건물이 지어진 이래 한 번도 수리를 받지 못한 피폐한 몰골을 드러냈다. 벽은 소리만 좀 크게 질러도 금방 무너져버릴 듯이 금이 가 있었다. 언제 칠했는지 흰 페인트는 폐수에 질식해 죽어 썩은 붕어의 비늘처럼 부스스 들떴으며 벽, 천장 할 것 없이 시멘트는 부식하여 여러 군데가 움푹움푹 패였다. 기둥들은 검붉은 철근을 흉측하게 내보이고 있었다.

이럴 줄 알았으면 차라리 합동실험실에서 더 고생하는 건데……. 나의 기대를 일거에 몰아내 버리는 피폐한 방 안을 들여다보며 난감한 심정으로 서 있는 나를 거 보란 듯이 흘끔거리면서 물리학과 조교가 말했다.

"표본 진열실이나 해부실로 쓰기에는 그만이겠는데요."

아무튼 일주일 후에 다시 와본 이 시계탑 아래의 폐허는 거짓말처럼 복구돼 있었다. 패이고 떨어져 나간 부분들이 감쪽같이 메워진 데다 말끔하게 페인트칠까지 돼 있어서 새로 단 형광등의 조명을 가득 채우고 보니 1주일 전의 그 곳집 같던 모습은 어느 구석에서도 찾을 수 없었다. 나는 새삼스레 솟아오르는 뿌듯한 희망감을 만끽하면서 이사할 계획을 찬찬히 세워나갔다.

나는 의자에 기대어 느긋하게 담배를 붙여 물었다. 담배 연기가 형광등 빛을 받아 푸르스름하게 풀어지는 모습을 바라보다가 나는 문득 책상 위에 아무렇게나 놓인, 그러면서도 누군가가 골라 놓은 것 같기도 한 서류철 한 권에 시선을 주었다. 학과의 전 살림살이를 온통 뒤집어엎는 난리 통에서 우연히 그런 모양으로 책상 위에 놓이게 된 4년 전의 학생기록 카드철이었다. 그것은 불현듯 학부 3학년 시절의 추억을 떠올렸고 나는 설레는 손끝으로 조심스레 그것을 집어 들었다.

그는 과연 어디로 사라진 것일까. 나의 그때 카드를 찾아내기 전에 회오의 카드가 먼저 눈에 띄었다. '내가 가긴 어딜 가.'라고나 하는 듯이 그는 생생한 현실의 모습으로, 또한 '이 반역의 시대에서 허영심이나 채우고 있는 너 같은 사이비 지식분자와는 더 이상 얘기하고 싶지 않다.'라고 내뱉고 나서 매정하게 등을 돌릴 때의 그 굳게 다문 입술과 오만에 찬 눈빛으로 그는 여전히 나를 쏘아보고 있었다. 나의 상념은 여지없이 그때의 회오 주변을 향해 달려갔다.

그 무렵 나는 그의 가난한 노모와 공장에서 일하며 야간고등학교를 다니던 그의 누이동생을 동정했었다. 그리고 한 학기만 남겨둔 나의 국민학교 동창이기도 한 그의 졸업을 또 얼마나 염려했던가. 그러나 그가 그렇게 사라지지 않았더라도 졸업은 쉽게 할 수 없었을 것이다. 그는 200만 원의 현상금과 경찰일 경우에는 1계급 특진이라는 미끼까지 목에 걸고 다녔었으니까.

"제발 현실을 직시하기 바래. 지금껏 피눈물 나게 너만 바라보며 뒷바라지해 오신 어머니 생각도 해야잖니. 또 네 등록금을 마련해온 동생의 장래도 이젠 네가 걱정을 해야잖아. 현실은 너의 투쟁을 환상이요 허구이게 하고 있어. 지금의 너는 힘을 기를 처지이지 탕진할 처지가 아냐."

"탕진이라니, 당장 내 앞에서 꺼져버려. 환상이요 허구라고 생각하는 너 같은 비겁자들 때문에 이 역사의 반역이 온존할 수 있다는 걸 명심해라. 그래, 너는 현실을 잘 직시해서 졸업도 제때에 하고 좋은 회사에 취직도 하면 될 것이다. 네겐 그렇게 힘을 키우는 것이 더 시급하고 현실적인 방책이겠지. 하지만 나는 그럴 여유가 없다. 왜냐하면 지금은 불을 사를 때이지 땔감을 더 모으려고 궁리나 할 때가 아니기 때문이다. 그건 거짓말이다. 땔감을 더 모으기 전에 얼어 죽고 말리란 사실을 알면서도 저들의 협박이 두려워서 그 거짓말을 네 양심인 양 되뇌고 있는 데 불과해."

"그렇다면 너는 네 가족들의 고통과 불행에 대해 아무런 책임감도 느끼지 못한단 말이냐?"

"그건 내 사사로운 개인사에 불과해. 그런 사소한 어려움과 불편함 때문에 역사의 반역을 모른 체한다면 우리는 영원히 비겁자로 남게 될 것이다."

이 시대에서는 존재한다는 사실만으로도 죄인이라던 그에게 나는 끝내 역사의 반역자들을 옹호하는 공범자로 낙인찍히고 말았었다. 나의 어떠한 설득도 호소도 그와의 화해를 이끌지 못했다. 내가 그에게서 떠난 것이 아니라 그가 나를 버린 것이었다. 그러나 나는 언젠가 우리가 꼭 화해의 술잔을 나눌 수 있으리라는 희망만은 버리지 않았다.

그런데 그는 사라지고 말았다. 그를 마지막 본 것은 30개 중대 경찰 병력의 삼엄한 봉쇄망 속에서 서울지역대학연합결성대회가 열리던 날 그 연단 위에서였다. 여느 시위 때와 달리 각목과 화염병으로 무장한 이른바 대회사수결사대까지 조직되어 연단을 이중으로 에워싸는 등 분위기는 시작부터 고조되었다. 이미 뿌려진 유인물의 내용처럼 가을학기 학원가의 반정부투쟁 전력을 최대화하고 그 역량을 능률적으로 운영하기 위해 서울지역 전 대학 대표들이 모여 연대투쟁 노선을 결성하려는 자리인 만큼 수배 중인 운동권의 지도급 학생들이 대거 참석할 뿐만 아니라, 여러 명의 재야인사와 구속 중인 학생들의 부모까지 참석하기로 된 대회였다.

이 대회가 성사될 경우 각 대학의 연합시위대가 경찰의 진압 능력에 막대한 타격을 가하게 되리란 점은 둘째로 치고, 대통령에서부터 국방부장관, 내무부장관, 치안본부장, 문교부장관들이 이구동성으로 우려하는 것처럼 사회안정과 국가안보에 크나큰 새 위협의 요소가 될 것이란 예상은 정부 당국으로서 그리 어렵지 않았을 것이다. 수배 중인 학생들과 각 대학 대표 급 학생들은 이틀 전부터 교내로 잠입해 있었으나 초청한 재야인사들과 구속 학생의 부모들은 대회 시작 시간이 지나서까지 한 명도 나타나지 않았다. 경찰의 원천봉쇄망에 걸려 학교 부근에서 귀가 조치되거나 집 안에서 아예 출발조차 못 한 것이 분명했다.

2천여 명의 학생들이 운집한 가운데 대회는 정부 당국과 경찰의 원천봉쇄

조치에 대한 격렬한 비난으로부터 시작되었다. 군중 속에 서 있던 나는 연단 위에 도열한 10여 명의 주도 학생들 틈에 끼여 있는 회오만을 바라보았다. 먼 거리에서도 그는 한 달여 전에 강의실에서 보았을 때보다 몰라보게 야위었음을 느낄 수 있었다. 우리 학교 대표로 나서서 다른 학생들과 거의 같은 내용의 결의문을 낭독하고 학살 원흉을 때려잡자거나 군부독재는 물러가라는 구호를 피를 토하듯이 선창할 때, 그는 온몸을 치 떨며 부르쥔 주먹을 힘차게 하늘로 쳐들곤 했다. 그 모습은 섬뜩하게 나의 뒷덜미를 후려치며 뭐라 말할 수 없는 감동을 가슴속에 차오르게 하였다. 나는 숨이 가빠와서 자꾸만 마른 침을 삼키며 곧 쓰러질 것만 같아 보이는 그를 안타깝게 지켜보았다.

부르쥔 주먹을 치켜들고 그 푸르디푸른 창공으로 치솟다가 부러질 듯 위태롭던 그의 외침, 그의 몸짓이 나의 가슴에 차오르게 하던 그 감동은 기실 슬픔이었다. 좌절이며 절망이었다. 우리의 양심과 도덕의 발뒤꿈치에 널브러져 짓밟히고 있는, 아니 일상의 고달픈 희로애락 가운데에서조차 갈 곳을 잃고 방황하는 자아의 빈 껍질을 끄집어내어 처참하게 태질치는 그런 광기에 찬 분노였다. 그래서 그건 자학이었으며 울음조차 울 수 없게 하는 막다른 지점이었다. 나는 그의 구호를 따라 외칠 수가 없었다. 그리고 그는 사라진 것이었다.

이른바 광주학살을 딛고 출범한 군부 독재정권을 기필코 깨부수자는 요지의 결의를 다시 한번 확인하고 그 결의가 응축된 무수한 구호들과 합창이 끝난 후 정해진 순서대로 군중은 스크럼을 짜고 교문 밖 진출을 시도하였다.

그러나 그날은 여느 날보다 양상이 달랐다. 어느 시위 때보다 격렬한 학생들의 기세는 또한 어느 시위 때보다 강력한 장벽에 부딪혔다. 선두가 교문 앞에 이르기도 전에 시위대는 무차별 난사하는 다탄두 최루탄의 연막 속에 휩싸여버렸다. 선두는 화염병의 심지에 불을 댕길 겨를도 없이 와해되었고 최루탄 발사와 동시에 사방에서 진격해 온 체포조들에게 대부분 붙잡히고 말았다. 흩어진 시위대는 최루가스의 연막을 뚫고 대회장이었던 본관 앞 광장까지 후퇴할 수밖에 없었다.

엎어지고 자빠지면서 가까스로 광장까지 도망쳐 왔을 때 교문 밖에 도열해 있던 완전무장의 전투경찰 병력은 벌써 광장을 포위하는 형국으로 우리를 에워싸기 시작했다. 노란 헬멧에 까만 주먹보호대를 착용한 백골단이라고 불리는 체포조들이 서서히 앞으로 나서고 있었다. 애당초 해산 목적이 아닌 연행 목적이었던 것이 분명했다. 어림하여 본관 앞에 모인 군중은 300여 명에 불과했고 우리를 포위하고 있는 병력은 그 배를 넘을 듯했다. 나는 회오를 찾고 있었다.

"꼭 붙들어 와야 혀, 이번엔 내 결판을 내고 말 낀게. 내가 죽어 뻔진 다음이사 지 맘대로 하든 말든 내 모를 꺼지만 말이제……, 꼭 좀 붙들어줘잉."

한 달여나 소식이 없는 아들을 붙들어달라며 눈물로 호소하던 그의 어머니 목소리가 쫓기고 있는 나를 더욱 초조하게 했다.

눈물, 콧물, 따가운 목구멍으로 치미는 구토…… 다급한 내 심정은 아랑곳없이 그의 모습은 끝내 보이지 않았다. 빠져나갈 구멍은 없었다. 정문 쪽으로도 후문 쪽으로도 측문으로 나가는 길목에도 병력의 이중벽이 버티어 서 있었다. 그 벽 뒤에서 투신에 대비하여 매트리스를 든 병사들이 열을 짓기 시작했고 연행자들을 싣고 갈 철망 친 버스들이 도착하고 있었다. 우리는 몰리듯이 본관으로 들어갈 수밖에 없었다.

최루탄은 창을 뚫고 날아 들어와 복도와 계단, 강의실 할 것 없이 한 치 앞을 분간할 수 없을 정도의 가스지대로 만들었다. 책걸상들과 커피, 음료수 자동판매기들로 쌓은 바리케이드는 방독면을 쓰고 진압봉을 든 무자비한 백골단들에게는 별다른 장애가 되지 않았다. 우리는 약 30분 만에 한 명도 남김 없이 속칭 닭장차에 구겨 넣어졌다.

나는 좀 얻어터지고, 졸업 후 훈련병 시절에 겪어야 했던 기합을 두어 시간 가량 미리 경험한 후 단순가담자로 분류되어 풀려 나왔으나, 회오는 영영 나타나지 않았던 것이다. 그의 전력과 운동권에서의 영향력으로 보아 대학가의 대자보는 물론 일간지 사회면마다 기사가 다투어 오를 만도 한데 그가 체포되었다는 소식은 어디에서도 들을 수 없었다. 그렇다면 용케 경찰의 그물을 빠져나가 어디선가 은신이라도 하고 있단 말인가.

일주일 후 나는 그의 어머니와 누이가 살고 있는 산동네를 찾아갔다.

"아이고, 이런 애물단지……, 그래, 어디 가 있으면 가 있다고 기별이라도 전해얄 게 아니여……. 내가 전생에 무신 죄를 지었길래 이 속을 끓인담 글쎄……."

"너무 염려 마세요. 아직은 수배 중이라서 연락을 하고 싶어도 못하는 처질 겁니다. 어딘가에 안전히 있을 테니 마음 편하게 가지시고 며칠만 더 기다려 보세요."

그 며칠이 한 달이 돼가건만 그의 기별은 오지 않았다. 나는 Y대학에서 열리는 연합집회에는 꼭 나타나리라고 예상하고 이른 아침부터 그곳엘 갔으나 그는 나타나지 않았다. 집회가 끝나고 전경들과 한바탕 투석전까지 치른 후, 날이 어두워질 무렵 정리하는 자리까지 남아서 살폈으나 그의 그림자는 끝내 찾을 수 없었다.

나는 서서히 불안을 느끼기 시작했다. 혹 체포되어 발표도 없이 구속 중인 것이나 아닐까, 고문을 받다가 무슨 사고라도 당한 건 아닐까.

나는 이튿날부터 우리 학교 관할 경찰서를 비롯하여 대학이 소재하는 시내의 전 경찰서를 뒤지기 시작했다. 그러나 일주일 동안의 성과란 소위 블랙리스트에 올라 있는 그의 연고자란 이유와 쓸데없이 왜 수배자의 소재를 파악하러 다니느냐는 이유로 세 군데의 경찰서에서 밤새워 조사를 당하는 곤욕을 치른 것 외에 아무것도 없었다. 어딘가에서 또 새로운 투쟁 준비를 하고 있겠지. 나는 스스로 이렇게 자위했고 그의 어머니와 누이에게도 같은 말로 위로했다.

매정한 자식, 편지라도 한 통 띄울 수 없단 말인가. 그건 전적으로 성의 문제가 아닌가. 나는 그에 대한 염려의 한편으로 배신감마저 느끼기 시작했다. 무엇보다 실의에 빠져 식음을 전폐한 그의 어머니를 생각하면 분노가 치밀었다. 나쁜 자식, 나타나기만 해봐라. 따귀 먼저 올려붙일 테니.

"이 불효막심한 놈, 나타나기만 혀봐, 내 그길로 경찰서로 끌고 갈 팅께."

그의 어머니는 한 달 새에 십 년은 더 늙어진 모습으로 이렇게 별렀으나 안쓰러운 심정으로 돌아서는 내 등 뒤에서 또한 한숨처럼 중얼거리곤 했다.

"그 애가 올해 삼재순디……."

그의 소식이 끊긴 지 두 달이 되어가고 있었다. 대학가의 데모는 그칠 줄을 몰랐고 교정은 항상 최루가스에 오염되어 시위가 없는 날도 손수건 없이 다닐 수가 없었다. 나도 차츰 지쳐가고 있었다. 무소식이 희소식이라고 했던가. 어느 날 갑자기 시위대의 선두에 나타나 핏발 서린 구호를 외치며 군중을 지휘하는 그의 모습들 그리면서 나는 불안을 달래었다.

"내일이 월급날이에요. 공장으로 찾아올지 몰라요. 종종 돈이 떨어지면 그랬거든요. 어머니껜 절대 비밀이에요."

오빠의 학비와 적빈의 세 식구 생활비를 벌기 위해 염색공장에 다니고 있는 그의 누이는 그때까지도 오빠의 안전을 믿고 있었다. 그러나 자정이 가깝도록 그녀가 종종 어머니 몰래 야근수당을 건네주곤 하던 공장 부근의 다방에 그는 나타나지 않았다.

"정말 무슨 일이 생긴 건 아닐까요?"

그녀의 창백한 얼굴에 검은 그늘이 드리웠다. 찬바람이 붙기 시작하는 공단의 황량한 밤거리를 말없이 그녀와 걸으며 나는 불쑥 이렇게 말했다.

"내일부터는 시내의 병원들을 좀 뒤져봐야겠어요."

그렇게 말해놓고 보니 앞뒤 없이 지껄인 듯해서 나는 얼른 그녀의 얼굴 쪽으로 고개를 돌렸다. 아닌 게 아니라 그녀의 표정은 석고상처럼 굳어 있었다. 나도 걸음을 멈추었다. 푸르스름한 가로등 빛이 그녀를 뒤집어씌워 더욱 애처로워 보이게 했다. 아니, 그녀의 가슴속에 그동안 쌓여왔던 불안과 염려와 초조가 일시에 밖으로 뿜어 나와 그렇게 그녀를 휘감아버린 것인지도 몰랐다.

"왜요, 오빠가 무슨 일이라도 당한 것 같아서요?"

그녀는 신음하듯 그렇게 말했고 나는 나도 모르게 그녀의 가녀린 어깨에 양손을 얹었다.

"너무 걱정 말아요."

"안 돼. 오빠에게…… 오빠에게 무슨 일이 생긴다면…… 우리 가족은 끝장이에요."

흐느끼며 걸어가는 그녀의 뒷모습이 나의 가슴을 저몄다.

그는 없었다. 적어도 시립병원, 경찰병원, 대학병원들을 비롯하여 시내의 크고 작은 병원들 30여 군데를 뒤졌으나 그와 비슷한 사람도 찾을 수가 없었다.

그가 관여했던 각 서클에서도, 각 대학의 조직 내에서도, 나와 그의 어머니, 누이만큼은 절실하지 않았지만 그를 찾고 있거나 기다리고 있었다. 그렇다면 그는 어디로 간 것일까. 그런 경우를 일러 우리는 행방불명 혹은 실종이라고 부르는데…… 그제야 그의 어머니와 나는 관할 경찰서에 그의 행방불명 신고를 했다.

"이게 무슨 날벼락이여, 누가 하늘같은 내 새끼를 잡아간 겨!"

그러나 경찰서에서 취한 조치는 그가 탐독하던 책들과 벌써 두 달이 넘게 쓰이지 않은 일기장과 친구들로부터 받은 편지들을 모조리 압수해 간 일 외에 어떤 소식도 전해오지 않았다.

"안 되겠다, 내가 찾아나서야재."

졸업시험을 끝내고 나는 그의 어머니와 교도소들을 순방하기 시작했다. 그러나 한 달여 동안 전국의 교도소를 누빈 우리의 손아귀엔 티끌만 한 단서도 쥐어지지 않았으며 설상가상으로 어머니는 실의와 피로에 지쳐 몸져 눕고 말았다.

이젠 나에게도 더 이상 그들 모녀를 위로할 말조차 남아 있지 않았다. 내 심신의 기력 역시 그의 묘연한 행방을 찾는 데 다 쏟아버려서 그에 관한 것들은 더 이상 아무것도 생각하고 싶지 않았다. 그의 존재는 이제 나의 세계로부터도 차츰 멀어져 갔다.

그렇다고 해서 그의 존재가 완전히 나의 기억에서 사라지지는 않았다. 졸업과 동시에 방위 입대를 하여 구청 사회과에서 복무기간을 마칠 때까지 나는 하루도 그의 생각에서 해방된 적이 없었다.

〈정회오. 23세(1962년생) K대학 4학년 신장 172센티미터 얼굴은 희고 갸름하나 강렬한 인상. 곤색 티셔츠에 베이지색 바지, 흰 운동화를 신었고 검은 뿔테안경을 썼음⋯⋯.〉

그의 행불자 신고 기록철에 사진과 함께 써넣은 것과 같은 양식으로 제각기 인상착의를 밝힌 각양각색의 또 다른 행방불명자들의 서류를 다루던 내가 어찌 그의 존재로부터 자유로울 수 있었을 것인가. 그뿐만 아니라 한 달에 10여 건씩 처리해야 했던 무연고 행려사망자들의 서류를 다루는 데 이르러서야 어찌 그의 신상에 대해서도 그 서류들에서 느껴지던 암울하고 허탈한 감정과 같은 그런 불길한 추측을 떨칠 수 있었을 것인가.

제대하고 대학원에 진학하고서도 나는 종종 그를 떠올렸고 그때마다 행방불명 혹은 실종된 사람들의 운명에 대해 생각하곤 했다. 2~3세의 어린이에서부터 칠순의 노인에 이르기까지 꽤 많은 사람들이 어느 날 갑자기 그들의 가족, 친지들의 주위에서 사라졌다는 보도는 비단 신문 사회면이나 광고란에서만 볼 수 있는 것이 아니었다. 그들은 우유 곽이나 담뱃갑, 고속버스 승차권, 주간지 그리고 각종의 전단들에 소개되고 있었으며, 역사책 전쟁장의 한 면에 수천 혹은 수만 수십만이란 숫자로 기록돼 있기도 하고, 국회에서 학살인가 순교인가를 밝히려는 중대한 정치적 쟁점의 증거자료로 제시되기도 하는 것이었다.

그들은 소재가 분명하게 살아 활동하는 우리 삶의 한 부분을 차지하고 함께 걸어가다가 느닷없이 사라진 경우가 대부분이었다. 회오가 그러했듯이 어떤 사전 준비도, 일을 마무리한 흔적도 전혀 남기지 않은 채, 어쩌면 더 강렬한 진행의 몸짓을 그 마지막 순간에 새겨두고 그들은 어디론가 사라진 것이었다. 그야말로 그들은 달려가다가 비명도 없이 벼랑 아래로 떨어진 것처럼 그렇게 사라진 것이다.

그들의 운명은 어떤 것일까. 납치, 피살, 자살, 불의의 사고⋯⋯. 그의 가련한 어머니마저 세상을 떠났다는 소식을 들은 후 나는 그에 대해서도 이런 비극적인 생각을 갖고 말았다.

담배 한 개비를 더 피울 동안 나는 내내 그의 생각에 빠져 있었다. 문득 지난 5월에 가 보았던 어느 기독교 단체에서 발행한 유인물의 내용이 떠올랐다. '의문의 죽음들 그 진상을 밝혀라' 이런 제목으로 1980년 이래 최근까지 10여 명의 학생, 노동자, 성직자, 군인들이 의문의 죽음을 당한 사실을 폭로하고 있었다. 그들은 하나같이 반정부 민주화운동단체에서 활약하고 있었거나 학생 운동권의 핵심인물이었던 사람들로 보안사령부, 치안본부, 각급 경찰서, 보안부대 등지에서 조사를 받은 직후 전혀 예상 밖의 장소, 즉 해안이나 철도변이나 동굴 같은 데서 처참한 모습의 시체로 발견되었고, 관계기관의 발표는 그들 대부분이 터무니없는 이유로 자살한 것으로 되어 있다는 것이었다.

만약 그 유가족들이 주장하는 대로 그들이 끌려간 기관들에서 고문을 당했거나 심한 정신적 압박을 받고 그에 못 이겨 사망한 것이 틀림없다면, 시체만 발견되지 않았을 뿐 회오 역시 그들과 같은 운명이었을 수도 있으리란 추측에 까지 이르자 등골이 오싹해지는 것이었다.

나는 창밖을 바라보며 한참을 더 희오에 대한 생각에 빠져 있다가 잔뜩 찌푸린 하늘처럼 착잡한 심정으로 새 실험실을 나섰다.

이튿날 아침에 눈을 떴을 때를 거느린 폭우가 쏟아지고 있었다. 이틀간의 노동으로 온몸이 뻐근한 데다 비까지 오고 있어서 늦장을 부리고도 싶었으나 우리의 새 실험실이 아직 엉망인 채로 남아 있다는 사실을 상기하고 나는 무거운 몸을 일으켰다.

새 실험실 앞의 복도는 인적이 없어 적요마저 감돌고 있었다. 아직 등을 달지 않아 어두컴컴한 복도를 나는 빠르게 걸어갔다. 내 발자국 소리의 공명이 사방에서 징징 울렸다. 실험실의 자물쇠를 열기 전에 나는 헛기침을 한번 크게 하였다.

그런데 이게 어찌 된 일인가. 방바닥엔 물이 흥건하게 고였으며 여기저기 되는대로 쌓아놓은 책들은 벌써 반 넘어나 젖어버린 후였다. 물은 출입문 가까이의 천장에서 떨어지고 있었다. 녹물인 듯싶은 검붉은 물방울들이 그 아래 놓인 온갖 동식물 표본들을 무참하게 난장 치고 있었다.

나의 전화를 받은 수위가 황급히 달려왔다. 비가 새는 부분을 주의 깊게 살펴보던 그는 복도 끝으로 가서 사다리를 들고 왔다.

"돈 주고 일 시켜놓으면 이렇다니까 글쎄. 이번 기회에 아주 막아버리라고 일렀건만 눈가림으로 페인트만 잔뜩 칠했군그래."

그가 사다리에 위태롭게 올라서서 각목으로 물이 떨어지는 부분을 몇 번

올려치자 요란한 소리를 내면서 녹슨 철판이 덜컹 떨어져 매달렸다. 그 사이로 시계탑을 받치고 있는 옥상의 철골들이 훤히 내다보였다.

"이게 밖으로 나가는 통롭니까?"

"이건 비밀통로예요."

사다리에서 내려온 수위와 함께 급한 대로 수재당한 물건들을 대강 추스르고 나서 나는 좀 언짢은 말투로 다시 물었다.

"정식 통로가 있을 텐데 왜 이런 걸 만들었죠?"

"진짜 통로는 유신 때부터 여태껏 폐쇄돼 있는걸요. 데모하는 학생들이 그곳으로 나가서 유인물을 뿌리고 투신을 한다는 등 설치는 바람에 학교에서도 사용을 못 해 왔지요. 이것은 일 년에 한 번씩이라도 시계탑을 관리하기 위해 학교에서 몰래 만든 통로예요."

내가 한쪽 고리가 빠진 채 비스듬히 아래로 늘어진 철판을 올려다보고 있자니 수위가 묻지도 않은 말을 하는 것이었다.

"그런데 말입니다. 삼 년 전에 이 구멍으로 사람이 떨어져 죽은 거예요."

나는 흠칫 놀라 그에게로 돌아섰다.

"여기서 말입니까?"

"이 출입문으로 들어와서 자살했다고 알려져 있지만, 내가 알기론 이 위에서 떨어져 죽은 거예요. 문은 밖에서 잠겨 있는 데다 일 년에 한 번밖에 열지 않으니 여기서 떨어져 봐요. 못해도 다리 하난 부러질 텐데, 누가 열어주지 않는 한 살아날 장사 있겠어요?"

"옥상으로 나가는 통로가 폐쇄됐다면 어떻게 거길 올라갑니까?"

"왜요, 맘만 먹으면야 창틀을 타고 올라갈 수도 있지요."

"그렇다면 저 구멍은 함정이란 말입니까? 거기까지 올라간 사람이 왜 이 구멍으로 빠집니까?"

수위는 대답 대신 다시 사다리를 몇 단 오르더니 늘어진 철판의 고리 부분을 가리켰다.

"이것 보세요. 지금은 다 삭아서 탄력이 없어졌지만, 여기에 스프링이 달려 있었어요. 안에서 아래로 잡아당겨 열고, 놓으면 그냥 닫히게 돼 있죠. 이걸 모르고 밖에서 헛디뎌 보세요……."

실로 등골이 오싹해지는 말이었다.

"죽은 사람은 누구였나요?"

"신원은 밝혀지지 않았어요. 졸업 때가 되어 창고를 열고서야 거의 뼈만 남은 유해를 발견했으니까요. 다만 거기까지 올라간 걸로 봐서 젊은 사람이라는 것과 이 학교 학생일 가능성이 높다는 것 정도를 추측했지요."

나는 두서없이 솟아오르는 의혹과 불길한 예감을 억누르지 못하고 빙글빙글 웃기까지 하는 수위를 향해 소리쳤다.

"삼 년 전이라고 했나요?"

"그래요. 그해 겨울이었어요."

그렇다면 회오일지도 모른다. 그리고 희오라면, 왜 거길 올라간 것일까? 경찰에 쫓겨서? 아니면 정말 투신이라도 하려고? 아니, 존재하는 것만으로도 죄인이라던 그 시대로부터 아주 떠나버리기 위해?

뻥 뚫린 천장에서 이제는 아예 날 빗줄기가 들이치고 있었다. (1989)

난파선

남쪽으로 내려갈수록 구름층이 차츰 두꺼워졌다. 흐릿하나마 들판 건너에 굽이치던 산맥들의 등줄기마저 대전을 지나면서부터는 사라지고 말았다. 사방에서 밀려드는 안개 때문이었다.

머잖아 가랑비라도 뿌리는지 차창엔 물 얼룩들이 번지기 시작했다. 빗방울들은 점점 굵어져 차창은 이내 쇄도하는 만세의 몸짓들로 가득 찼다. 그 무수한 맹렬한 파열에도 불구하고 그러나 창을 뚫고 스며드는 음향은 귀를 기울여야 할 만큼 잔잔했다.

없는 줄 알면서도 문득 동반자를 확인하려고 고개를 돌렸을 때, 거기엔 여전히 조그만 여행용 가방 하나만 허전하게 앉아 있었다. 아무 표정도 없이 나를 흉내 내어 그 추억 같은 음향을 듣고 있는 나의 동행을 나는 소중하게 다루어 무릎 위에 올려놓았다.

그날 그녀는 눈부시도록 흰 바탕에 이름을 알 수 없는 다홍색 꽃무늬들이 어지럽게 수 놓인 원피스로 성장을 했었다. 지금 차창 밖에 밀려가는 회색의 시간, 창에 부딪혀 부서지는 이 허망한 순간들의 소멸 너머에서 그녀는 찬란한 쾌청의 풍경을 거느리고 되살아 나왔다.

걷잡을 수 없는 흥분 때문에 나는 오히려 아무런 감탄사도 발하지 못했었다. 다만 빛나는 아침 햇살과 온화한 기류 속에서 꿈꾸듯 떨고 있는 정원수들과 복숭아빛으로 상기 된 그녀의 뺨을 번갈아 바라보면서 '참 좋은 날씨군.'하고 말했을 뿐이었다.

그리고 우리는 양가 가족들의 축복을 받으며 지금 이 길을 나란히 달렸었다. '사람들은 언제까지나 부모 형제와 함께, 그리고 친구들과 더불어 수학여행 때와 존경하던 선생님의 추억을 얘기하며 살 수는 없는 걸까요?' 수천 날 파도의 간지럼으로 자지러진 조가비들을 한 줌 집어 올리며 그녀는 썰물을 안타까워하듯 이렇게 말했었다. 나는 그녀가 살아온 세계에의 믿음, 꿈 그리고 결혼을 앞둔 불안과 초조함까지도 소중하고 아름답게 여겼었다.

그러나 그 썰물의 해안을 물들이던 석양이 우리의 약혼 날을 확증하기 위해 떠오르는 첫 햇살의 빛깔로 출렁이고 있었을 뿐 무슨 불길한 징조 같은 것은 드리우지 않았었는데, 나는 왜 그런 말까지 하고 말았던 것일까. '불꽃이 지고 난 자리를 봐. 그것만큼 허망한 모습이 또 있을까.' 하긴 나는 그때 그녀가 결혼 후에도 사회활동을 계속하겠다는 의욕에 대해서만은 마음을 놓을 수가 없긴 했었다.

추억은 그 투명함으로 해서 더 잔인하다. 그 사건, 그 풍경으로부터 세월이란 땡볕이 살점을 발라가고 모양과 감촉과 냄새를 박탈해 가고 기쁨과 슬픔과 번민 같은 것들마저 죄다 증발시켜버려서 색깔조차 띠지 못한 뼈다귀만으로 뎅그러니 남는 것이기 때문이다. 다만 어느 미지의 세계를 향해 부활하여 보이지 않는 그 혈액, 그리움만이 살아 다시는 건너올 수 없는 저쪽으로 이렇게 썰물처럼 달려가고 있을 뿐.

버스는 쉽사리 안개 지대로 빠져나가지 못했다. 마치 그녀가 주연으로 출연했던 '부활'의 배경처럼 몽롱한 어스름으로 흐르는 안개 속에서 빗발은 거칠어졌다 부드러워졌다가 간간이 그치기를 부안에 이르기까지 계속하였다.

5월 하순의 빗방울은 아직 차가웠다. 거리엔 행인의 발길이 뜸했고 버스정류장에만 각처로 떠날 발길들로 붐비고 있었다. 격포행 버스는 30분 후에 있었다. 나는 비닐우산 하나를 사 들고 그때 우리가 버스 출발 시간을 기다리며 거닐었던 길을 더듬었다.

우두커니 비를 맞고 선 가로수들 사이로 바람이 서성이고 있었다. 지금 이렇게 하릴없이 배회하는 나의 발길만큼이나 거리의 풍경은 그때의 그것이 아니었다. 새로 들어선 상점들이며 그 상점들마다 내어 친 산뜻한 차양들, 새로 깐 보도블록들의 낯선 인상으로 해서 5년 전보다 훨씬 더 많은 세월이 흘러간 느낌이었다. 그때 그녀와 함께 커피를 마셨던 길가의 공터도, 거기 서 있던 어린 백양나무 한 그루와 비치파라솔, 등받이 없는 나무의자 같은 것들도 이젠 거기에 남아 있지 않았다. 그 자리에 들어선, 규모가 크면서도 깔끔한 3층의 여관 건물이 그때의 흔적을 남김없이 지우고 말았으며, 여관의 좌우로 늘어선 횟집과 식당들은 그 여운마저 삼켜버린 것이었다.

그때 우리는 두 번째로 부안엘 왔었다. 처음은 그보다 1년 전, 그 두 번째의 여행을 운명 짓고 오늘의 이 쓸쓸한 발길을 예정한, 우리 첫 만남의 길이었다. '우리 정말 결혼하게 되는 건가요?' 오늘과는 달리 화창하게 갠 하늘엔 은사시 가로수들의 꽃솜털들이 눈보라처럼 흩날리고 있었는데 그녀는 그 말을 생각날 때마다 되풀이했었다. 그리고 지금 남아 있는 것들은 아무런 냄새도 촉감도 형태도 없는, 다시는 이 현실로 끄집어낼 수 없는 기억의 단편들뿐이었다. 나는 그 하얀 뼈들만 주워 모은 채 버스정류장으로 돌아왔다.

버스가 부안의 외곽을 달릴 무렵부터 비가 그치고 안개도 서서히 걷혀갔다. 하늘은 여전히 먹구름으로 가득 차 있었으나 비에 씻겨 선연해진 들판의 초록 빛이 차창으로 뛰어들어 와 가슴속까지 시원하게 씻어주는 느낌이었다.

아직 이 관광지는 제철이 아니라서 그런지 버스 승객은 많지 않았다. 야트막한 언덕들과 저수지를 끼고 돌아 송림 우거진 야산 지대를 벗어나자 이윽고 건너편 창밖으로 해안선이 오락가락하기 시작했다. 나는 그쪽의 빈 창가로 자리를 옮겼다. 변산해수욕장이 가까워오고 있었다. 해풍을 쏘이기 위해 창을 열었다. 습기 찬, 소금기와 개펄의 진득한 비린내를 한껏 머금은 해풍이 확 불어 들었다.

드디어 그 바다인 것이다. 나의 가슴은 거품을 물고 일어서는 파도들처럼 설레기 시작했다. 다시는 돌이킬 수 없는 일이 되어버렸다고 깨닫는 순간, 과거는 현실에 가장 가까이 다가오는 것이다.

우리는 채석강을 다녀오는 길에 저 백색의 해안에 잠시 내렸었다. 거대한 상아의 활처럼 드러누운 백사장은 눈이 부셔서 제대로 걸을 수가 없을 지경이었다. '신혼여행도 이곳으로 왔으면 좋겠어요.' 잔잔한 해면을 굽어보며 그녀는 이렇게 말했으나 불가해의 안개 속에 던진 그런 소망에 대해 누구도 책임지지 못한다는 운명을 우리는 꿈에도 생각하지 못했었다.

잿빛의 대륙 같은 하늘 전체가 빠르게 북동쪽으로 밀려가고 있었다. 수평선이 지워진 군청색 바다는 녹아내린 잿빛 대륙과 저 멀리에서 아련하게 맞

붙어 있었다. 이따금씩 터진 대륙의 틈새에서 눈부신 햇살이 폭포처럼 쏟아져 내렸다. 버스는 이내 그 모든 풍경을 떨쳐버리며 벼랑 위의 고개를 힘겹게 넘어 돌았다.

버스가 변산반도의 끝 격포항에 도착한 것은 부안을 떠난 지 근 한 시간 후였다. 이 조그만 포구의 풍경에도 그때의 모습은 거의 지워져 있었다. 버스 종점에서부터 즐비하게 늘어선 횟집들이며 다방, 식당, 여관, 기념품 가게들이 6년 전의 한산하던 어촌을 화려한 유흥의 거리로 변모시키고 있었다. 나는 낯선 발길들로 흥청거리는 거리를 빠져나와 해안으로 향했다.

썰물의 해안에는 저녁 바다를 즐기는 사람들이 쌍쌍이 혹은 삼삼오오 무리지어 거닐고 있었다. 채석강으로 가기엔 늦은 시간이었고 멀리 서해의 끝을 굽어볼 수 있는 달기봉의 정상에 오르기에도 너무 흐린 날씨였다.

나는 부서지는 파도의 끝자락을 밟으며 기슭을 따라 걸었다. 뭍에 오르려는 안간힘을 파도는 끊임없이 거듭하고 있었으나 언제나 한숨으로 끝나고 마는 그 몸짓은 모래 위에 허망한 물금만을 되풀이하여 그을 뿐이었다. 해풍이 제법 차가웠다. 나는 옷깃을 여미며 저쪽 채석강의 한끝 방파제 주위에 하얗게 모여드는 갈매기 떼를 바라보았다.

이곳에 오면 미래는 나태
정결한 곤충이 건조(乾燥)를
긁어낸다
모든 것은 불타고 흩어져

그 어떤 가혹한 본질의

공기 속에 흡수된다

부재(不在)에 취하면 삶은 드넓고

고통은 감미롭고 정신은 맑아진다

   – 발레리의 시 〈해변의 묘지〉 중에서.

금세 깨달아버릴 것을, 확인하듯 나는 또 옆을 돌아다보았다. 손에 잡힌 것은 파도 소리뿐 이제 이 시를 읊어줄 사람은 거기 없었다. 대신 우리가 약혼 여행을 오기 그 1년 전의 해조음 속에 흘려 둔 대화만이 아련하게 귓전을 두드렸다.

"시를 쓰시나 보죠?"

"시라기보다는 낙서죠 뭘. 쓰는 일보다는 읽기를 더 좋아하구요."

그녀는 E대학 불문과 3학년으로 수학여행 중이었고 K대학 경제학과 졸업 반이었던 나는 졸업여행 길이었다. 그녀는 프랑스 희곡작품들을 번역하는 일에 몰두하는 외에도 교내 연극 서클의 중심회원으로 연출 겸 배우 수업에도 열을 올리고 있었다. 채석강이 마지막 행선지였던 우리는 서울로 돌아와서 그 추억을 죄다 우리의 것이 되게 하려고 애썼다. 바로 이 자리에서 청바지 단을 무릎까지 걷어 올린 채 부서지는 파도 속에서 조개껍질을 줍고 있던 그녀는 1년 후 나의 약혼자가 되었다.

나의 발길은 어느덧 무수한 따개비들과 어린 굴들로 갑주 같은 살갗을 이룬 바위 해안에 이르렀다. 바위틈 여기저기에서 물총새 부리 같고 호미자루

같은 연장으로 아낙네들이 굴을 따고 있었다. 만수위보다 훨씬 높은 지점의 바윗장 위에 부서진 고래의 박제처럼 올라앉아 있던 그 난파선은 바다 쪽으로 비스듬히 기운 채 아직도 거기 그대로 있었다. 나는 그리로 다가갔다.

지난 6년이란 세월에도 불구하고 갑판이 거의 다 뜯긴 몰골에 불에 그슬리고 찌그러지고, 빵 봉지, 과자 봉지, 술병들과 통조림 깡통들로 배를 채워 넣은 채 용케도 여태껏 버티어온 난파선은 반가움과 놀라움과 서글픔이 뒤섞인 복잡한 감정을 일으켰다.

"이렇게 큰 배가 어떻게 여기까지 올라왔을까요? 해면은 저 아랜데 말예요."

"보통의 해일이 아니었던 모양이군요."

"그럼 이 배는 난파선인가요?"

"그렇지 않고서야 이 배가 어떻게 여기에 있겠어요?"

"자연의 힘은 정말 무서워요."

그녀는 날이 저무는 것도 모르고 난파선 주위를 서성이며 상상의 나래를 펼쳤다.

"좀 부서지긴 했지만 아름다워요. 고래의 박제 같기도 하고……. 다시 바다에 뜰 수 있을까요?"

"박제가 살아나는 것 봤습니까?"

"어쩐지 누군가가 이곳으로 옮겨놓은 것만 같아요."

"서해 용왕님이라면 모르죠."

"이 배에 탔던 사람들은 어떻게 됐을까요?"

"용왕님의 제물이 됐겠죠."

"뭐라구요!"

나는 깜짝 놀라 돌아섰다. 그녀는 농담을 하고 있는 게 아니었다. 나는 추근대다가 따귀라도 얻어맞은 사내 같은 심정이 되어 터무니없이 심각해 있는 그녀를 멍하니 바라보았다.

"신은 왜 이런 짓을 하죠?"

나는 아무 말도 하지 못했고 그녀만이 혼자 묻고 대답했다.

"자기 독생자까지 십자가에 못 박을 만큼 인간을 사랑한다면 어째서 이런 짓을 하는 거죠? 끝내 비밀로 부쳐두고 있는, 자기 피조물들을 위한 그 대역사라는 것이 꼭 이런 비극을 노정해야만 이루어지는 것이라면 도대체 그것이 어찌 온전한 선일 수 있을까요. 보여주지 않으면서 믿음만을 보이지 않는 것의 증거라고 외친다면 그동안 벌어지는 모든 비극의 책임은 누가 져야 한단 말인가요? 신은 없어요. 저 배의 선원들은 느닷없이 닥친 폭풍과 싸우다가 죽어갔을 거예요. 그들의 힘이 폭풍을 휘어잡지 못한 탓이에요. 그들에겐 폭풍을 예견하지 못했거나 예견했더라도 그 폭풍과 싸워 이길 힘이 없었던 죄밖엔 없어요. 아마 저 배가 저렇게 작은 목선이 아니고 더 크고 철갑으로 된 고성능의 배였다면 사정은 달랐을 거예요. 아마 신은 그들이 천신만고 끝에 구조되었다 하더라도 자기의 손길로 인도한 것이라고 우기겠죠?"

그녀는 김빠진 맥주 꼴이 된 나를 아랑곳하지 않고 훨씬 많은 얘기를 훨씬 긴 시간 동안 해댔었는데 나의 기억은 여기까지밖에 미치지 못했다. 그러나 이 기억들은 나의 연인으로서, 약혼녀로서, 마침내 아내로서 알아가는 동안 점점 더 절실한 숙제로 되살아났고 이윽고 역사처럼 자리 잡아 버렸다.

우리가 만나기 이태 전까지만 해도 그녀는 독실한 기독교 신자였다. 그녀에겐 그해 1980년 5월, 광주의 어느 거리에서 M16 탄환에 맞아 죽은, 폭도도 아니었고 데모 군중의 향도도 아니었고 그들의 지지자도 심부름꾼도 아니었고, 단지 조그만 시골 개척교회의 목사였던, 그녀의 신앙의 길잡이이기도 했던 외삼촌이 있었으며, 졸업하자마자 극단 '부활'의 창단 멤버가 되어 신에 의한 부활이 아닌 인간 스스로의 부활을 온몸으로 희구하며 표현했던 것이다.

나는 난파선을 뒤로하고 다시금 해안으로 향했다. 발밑에 부서지는 파도를 내려다보다가 나는 가방의 지퍼를 열었다. 이렇게 다시 오고야 말 때를 기약하며 남겨두었던 한 줌 뼛가루의 까칠한 감촉이 손아귀로부터 목구멍으로 서서히 번져 올랐다. 이제 이런 허망한 느꺼움의 매개체로나 화해버린 그것은 생명의 부활을 믿지 않는 내 살아 있는 손아귀를 떠나 짧은 한순간의 흔적만을 뽀얗게 남긴 채 해풍과 파도 속으로 사라졌다.

개어가던 하늘이 다시금 흐려지기 시작했다. 일몰 시간이 가까웠으므로 만(灣)의 저녁은 빠른 속도로 어두워갔다. 모래밭을 거닐던 사람들도 이제 다 돌아간 후였다.

가느다란 빗방울들이 날리기 시작했다. 하나둘 피어나고 있는 포구의 불꽃들 저편으로 구름에 반쯤 가린 달기봉이 검은 윤곽으로 서 있었다. 그 음울한 울음 같은 풍경을 향해 나는 걸음을 재촉했다. 방파제 너머로 서서히 도망치고 있는 썰물을 건너 귀항하는 고깃배들의 고동 소리가 또 한 차례 달기봉의 가슴으로 달려가고 있었다.

선착장이 가까워질수록 빗방울도 굵어져서 나의 어깻죽지는 금세 축축하게 젖어버렸다. 나는 갑자기 그때 우리가 민박했던 마을로 가려던 생각을 바꾸어 상가가 있는 거리 쪽으로 방향을 돌렸다.

좁고 어둠침침한 거리는 비까지 내리고 있어서 한층 스산한 분위기를 자아 냈다. 즐비하던 기념품 가게들은 아예 문을 닫아버린 모양이었고 이따금 환하 게 불 밝힌 횟집들의 홀 안에서 한두 명의 나그네가 그림같이 앉아 소주잔을 기울이고 있었다.

인적도 끊어지고 비릿한 갯바람을 따라 궂은비만 몰려다니는 거리에 살아 꿈틀대는 것이라곤 그 썰렁한 횟집들의 입구마다 설치된 대형 수족관 안의 물고기들뿐이었다. 검은 등줄기에 흰 배를 기다랗게 늘어뜨리고 출렁대는 바 다 장어들, 형광등 불빛에 유난히 반짝이는 은어들의 비늘, 낙지와 우럭들의 그 소리 없는 몸짓만이 이 거리의 유일한 삶처럼 느껴졌다.

조금 전까지 해변을 거닐던 사람들은 다 어디로 간 것일까. 막차를 타고 돌아갔거나 일찌감치 숙소로 발길을 돌린 것일까. 길모퉁이 어둠 속 어디에 선가 들려오는 밴드 소리가 이 조그만 항구의 밤 풍경을 더욱 낯설게 인상 짓고 있었다.

나는 불 꺼진 버스종점 입구에서 다시 발길을 돌렸다. 그렇게 온 길을 되짚 어 더 걷다가 마치 그곳을 찾고 있었기라도 한 듯 비스듬히 기울어진 '서해다 방'이란 아크릴 간판 밑으로 들어섰다.

비를 맞아선지 다방 안의 후텁지근한 공기는 오히려 푸근한 느낌이었다. 홀 의 가운데 자리를 차지한, 어부들로 보이는 구릿빛 얼굴의 세 중년 사내가 텔레비전을 보고 있는 외에 다른 손님은 없었다. 나는 거리를 내다볼 수 있는 창가에 자리를 잡았다.

"비를 맞으셨군요."

잠바를 벗고 있는 내게 엽차 잔을 날라 온 여자가 말을 건넸다. 대꾸할 새도 주지 않고 여자는 엽차 잔을 다탁에 내려놓자마자 빠른 걸음으로 다시 계산대 쪽으로 가더니 수건 한 장을 들고 왔다.

"자, 이걸로 머리라도 좀 닦으세요."

"감사합니다."

단순한 장삿속의 친절만은 아니라고 생각하며 나는 진심으로 사례의 인사를 했다. 젖은 머리나마 닦고 나니 한결 마음이 상쾌했다.

"커피 한잔합시다."

나는 주문받을 생각은 않고 계산대 뒤에 앉아서 무슨 잡지인가를 뒤적이고 있는 여자를 향해 말했다. 관광지라고는 해도 아직 철이 이른 한적한 포구이고 보면 이렇게 늦은 시간까지 자리를 채울 손님도 드물 것이었고 그래서 장사를 하는 데도 이런 가외의 친절까지 베풀어가며 여유로울 수 있으리라. 그러나 왠지 이 삼십 대 중반의 여인에게선 직업적인 인상이 느껴지지 않았다. 객지인데다 뜻하지 않은 친절을 받아서일까. 어쩐지 이런 외딴 포구에서 차 장사나 하기엔 어울리지 않는 교양과 지성을 가진 여인일 거라고 나는 생각했다.

그런 생각은 채석강의 전경이 담긴 계산대 위의 대형 사진 액자를 중심으로 벽면마다 걸려 있는 수십 개의 흑백 또는 천연색 사진 액자들이 이루는, 다방이라기보다 전시회장에 더 가까운 분위기로 해서 더욱 확고해지는 것이었다. 다섯 개의 다탁이 계산대를 향해 반달형으로 배치된 아늑한 공간에 여느 다방과 달리 조명이 밝아서 나는 커피를 마시며 그 사진들을 하나하나 감상할 수 있었다.

힘겹게 그물을 끌어올리는 뱃사람들, 석양을 등지고 앉아 어구 손질을 하는 노인, 개펄에서 조개를 캐는 여인들, 어시장 사람들…… 몇 점의 풍경을 제외하고는 다 어장 주변과 어부 그리고 그 가족들을 소재로 하고 있었는데, 그것들은 특히 검게 그을리고 주름진 얼굴들의 표정이나 힘줄이 선명하게 드러난 팔뚝들, 불거진 어깨의 근육들에 초점이 맞추어져 있어서 무언가 의도된 작가의 의지를 강하게 반영하고 있어 보였다.

흔치 않은 취미다. 아니면 주인이면서 손님 차 시중까지 드는 저 여자 남편의 취미든지……. 두서없이 이런 생각을 하다가 나는 자리에서 일어났다. 배도 고팠고 젖은 옷 속이 스멀거리기 시작했던 것이다.

"조용하고 깨끗한 여관을 아시면 하나 소개해 주시겠습니까?"

나는 찻값을 계산하고 나서 여자에게 물었다.

"채석강엔 처음이신가 보죠?"

"오래 전에 두 번 왔었긴 하지만…… 그땐 민박을 했었지요."

"격포장이 괜찮다고들 하던데. 방값은 좀 비싼 편이라더군요."

여자는 길 건너 두 번째 골목 입구에 있다는 격포장의 위치를 자세히 설명했다. 내가 고맙다는 인사를 하고 문을 나서려 할 때,

"잠깐만요, 손님."

그녀가 나를 불러 세웠다.

"이걸 가지고 가세요. 내일 저희 다방으로 모닝커피를 드시러 오는 길에 가져오시면 됩니다."

우산이었다. 보기보다 장삿속이 꽤 밝다고 생각하며 우산을 받았다.

"내일 아침에 꼭 커피를 마시러 오겠습니다."

나는 유쾌하게 말했다. 격포장은 서해다방에서 불과 오륙십 미터 거리에 있었다. 늦은 저녁을 시켜 먹고 샤워를 하고 나서 석간신문을 꼼꼼하게 다 읽었는데도 밤은 쉬 깊어지지 않았다. 일찌감치 잠이나 청하려고 시외버스 종점에서 산 잡지를 몇 번이나 뒤적였으나 역시 신통한 약이 되지 못했다.

이곳에 오기만 하면 가슴 한구석에 휑하니 뚫린 구멍이 조금이나마 메워지리라고 생각했었는데 오히려 더 넓어지고만 있는 것이었다. 나는 축축한 옷가지들을 다시 주워 입고 무작정 거리로 나섰다.

어둠침침한 골목을 더듬어서 불 꺼진 선착장 입구까지 나는 한참을 걸었다. 쌀쌀한 비바람만이 줄곧 나의 동행이었다. 거뭇거뭇한 목선들의 용골을 갈기는 해풍 소리, 청승맞은 나의 이 방황을 훔쳐보고 있을 바다 귀신들의 번들거리는 눈초리, 나는 더 나아가지 못하고 걸음을 멈추었다. 달기봉이 바로 면전으로 다가와 섬뜩한 어둠을 벌리고 있었다.

누가 추억을 아름다운 것이라고 했던가. 나는 발길을 돌려 마을의 불빛들을 바라보았다. 낯설지만 그 부피만큼이나마 따뜻한 빛이었다. 그리고 문득 나는 서해다방을 떠올렸다. 그리로 가자. 그 사진수집가 혹은 사진작가의 아내일지도 모를 여자가 말벗이 되어줄 것이다. 나는 다시금 불빛들을 향해 걷기 시작했다.

그러나 어느새 그곳의 문도 굳게 닫혀 있었다. 불현듯 절해고도에 버려진 듯한 막막함이 엄습했다. 이 하릴없는 발걸음에 변명이라도 하듯 나는 눈에 띄는 구멍가게로 들어가서 소주 한 병과 마른오징어 한 마리를 사 들고 곧장 여관으로 도망쳐오고 말았다.

커튼을 젖히자 기다렸다는 듯이 그 바다의 밤이 밀물져 왔다. 창은 이쪽의 현실로부터 저쪽 비현실의 세계로 통하는 마술의 문인가. 차고 매끄럽고 까만 그 어둠의 밀물 속에서 그녀는 아주 오래전부터인 듯 나를 바라보고 있었다. 당신이 오실 줄 알았어요. 우리의 꿈을 잊지 않으셨군요. 여기서조차 우리가 서로의 이상 때문에 다툴 리는 없겠지요? 나는 당신의 아내로서 뭣 하나 기쁘게 해드린 게 없군요. 그게 늘 나를 괴롭혀요. 하지만 이젠 마음 졸이지 않고 편안하게 지내시나요. 언제나 그렇게 사셔야 돼요, 당신은. 내가 항상 빌고 있을 거예요.

실은 그 무표정한 쓸쓸한 환영은 어딘지 모를 아득한 곳에서 그녀가 이끌어다가 세워놓은, 그녀의 반항에, 분노에, 혁명에, 부활에, 좌절감만을 안겨주었던 이 시대의 뻔뻔스러운 비겁자, 고루한 남편에 불과했던 나의 모습이었다. 그리고 거듭 열 수 없는 문 밖에 서 있는 그녀였다.

이 안타깝기만 한 환영을 깨뜨려버리려고 나는 창을 열었다. 들릴 듯 말 듯 한 빗소리를 연방 밀어내면서 기슭을 할퀴는 파도가 쏴아쏴아 어둠 속으로 사라지고 있었다. 그 허전한 외침 사이사이, 암회색으로 일렁거리는 해변 위에서 흰 깃발들이 불쑥불쑥 일어섰다. 한밤의 어둠 속에서도 결코 잠들지 않았음을, 어둠에 삼키어 신음만을 토해내고 있지 않음을, 바다는 그렇게 허연 분출의 몸짓을 끊임없이 지어 보이고 있었다. 마치 그날 그 무대 위에서 그녀가 떨쳐 일어서며 도약하던 모습처럼.

그 공연이 끝나면 우리는 이 채석강으로의 여행을 기필코 실현시키겠다는 기대에 차 있었다. 겨울이라는 이유를 내세워 신혼여행지로 결정했던 약속을 내가 깨버린 후 해마다 다음 해로 미루어온 꿈이었다. 그러나 그녀가 6개월 동안이나 피땀 흘려 준비했던 공연은 어느 것 하나 도와준 것 없이 훼방만 놓아왔던 나의 예언대로 사흘 만에 정지명령을 받고 말았다. 신록과 눈부신 태양과 민주화 투쟁의 열기로 나라가 온통 용광로처럼 달아올랐던 그 5월에서 6월로 이어지는 날들이었다.

그녀의 죽음, 그녀가 원망하고 있었을지라도 한순간도 그녀에 대한 염려에서 벗어나지 못했던 나의, 사랑하는 아내의 죽음은 너무도 허망하게 닥쳐왔다. 그녀는 임신 중이었으므로 다른 단원들과 함께 철야 단식 농성에는 가담할 수 없었다. 경찰의 짜인 각본대로 농성자들은 가장 지친 상태에서 그리고 가장 극렬한 저항의 순간에 가장 가혹한 방법으로 연행되기 시작했다.

집안에서 이 소식을 들은 아내는 동료들의 마지막 모습이라도 지켜보기 위해 극장으로 내달렸다. 차라리 그녀가 농성자들 사이에 끼여 있었더라면……. 참으로 허무하게 그녀는 집 앞 노상에서 교통사고를 당하고 만 것이었다.

그녀의 고향이기도 한 그 짓밟힌 도시의 부활을 꿈꾼 죄로 인해 단원들은 모조리 감옥으로 끌려가고 '부활' 그 연극의 제목을 주문처럼 외며 기도했던 나와 가족들의 소망은 끝내 물거품이 되고 말았다.

들이치는 빗방울의 차고 쓸쓸한 촉감을 덜기 위해 나는 거푸 소주를 들이켰다. 알코올은 몽롱한 해상의 암회색 공간 속으로 뛰어들고픈 욕망을 더욱 충동질하면서도 실상은 그 실행의 가능성을 희박하게 하고 있었다. 어쩌면 나는 이 안전한 창가에 기대어 서서 내 아내가 아닌 저 서글프고도 무시무시한 어둠을 쥐어뜯으며 또한 끝없이 무너지는 파도의 운명을 애도하는 것인지도 몰랐다. 그리고 파도는 한때 현실이었던 추억이며 영원할 것으로 착각했던 그 무상한 일상의 가운데에 던져진, 무력하기 짝이 없는 나 자신인지도 몰랐다.

이튿날 아침, 나는 가뿐한 몸으로 자리에서 일어났다. 간밤에 마신 술이 숙면을 취하게 해준 덕분인가 보다. 기지개를 켜며 창을 열었을 때 아, 놀라운 광경이었다. 그토록 음울하던 밤의 역사는 씻은 듯이 사라지고 구름 한 점 없이 갠 하늘 아래서 초록빛 바다가 넘실대고 있었다. 백사장에 반사되는 햇빛만큼이나 산책길에 나선 사람들의 옷차림도 발걸음도 눈이 부시게 명랑했다. 갈매기들을 거느리고 출항하는 배들이 손에 잡힐 듯 가까워 보였다. 나는 몇 번이고 그 모든 것들을 벌여놓고 또한 투명하게 싸안은 대기를 가슴 가득히 빨아 마셨다.

나는 간단히 아침 식사를 마친 후 우산을 찾아 들고서 서해다방으로 향했다.

"안녕하십니까. 어제는 정말 고마웠습니다."

내가 접은 우산을 계산대 위에 올려놓으며 인사하자,

"뭘요, 다 장삿속인걸요."

다탁을 훔치고 있던 그녀는 미소를 띠며 이렇게 받았다. 엊저녁에 우산을 건네받으며 빙긋이 웃었던 내 얼굴에서 속마음까지 읽었나 싶어 한결 더 반가웠다.

"이렇게 일찍 손님이 있습니까?"

"선생님은 손님이 아니신가요?"

"저야 빚을 갚으러 온 사람이지요."

우리는 마주 보고 웃었는데 짧은 순간이었지만 비로소 나는 그녀의 얼굴을 정면에서 볼 수 있었다. 아직 화장을 하기 전인 그녀의 눈가엔 잔주름이 몇 가닥 파문 지고 있었다. 어깨 아래로 늘어뜨린 생머리는 신선해 보였으나 탐스럽거나 윤기 흐르는 머릿결은 아니었다. 얇은 입술은 아직 분홍빛이었고 알맞은 높이의 반듯한 콧마루가 전체적으로 갸름한 얼굴선을 돋보이게 하고 있었다. 무엇보다 나는 그 미소 짓는 표정이 정색으로 돌아가는 순간, 넓은 미간 사이에 언뜻 드리웠다가 지워지는 한자락 그늘을 나는 놓치지 않았다.

"자, 이리 앉으세요."

그리고 그녀는 또 말했다.

"일찍 문을 여는 건 제 습관입니다. 이 일은 직업이라기보다 제 생활이기도 하니까요."

그 묘한 억양 속에 복잡하게 얽혀 있는 어떤 알 수 없는 사연의 무게로 해서 나는 어정쩡하게 이렇게 대꾸했다.

"그렇습니까……."

왠지 그러고 나서 나와 그녀 사이엔 잠깐 침묵이 흘렀다. 그녀는 가스풍로 위에서 끓고 있는 커피 한 잔을 따라다 주고는 사진액자 닦는 일을 계속했다.

"그 사진들은 부인께서 찍은 겁니까?"

나도 모르게 부인이란 호칭을 쓰고 나서 나는 좀 당황하고 있었다. 그러나 그녀가 곧 내 추측이 옳았음을 확인시켜 주었다.

"아니에요. 제 남편이 찍은 겁니다."

"부군께선 사진작가시군요."

그녀는 가볍게 미소 짓는 것으로 대답을 대신했다. 나그네 주제에 주인의 사생활까지 넘보다니…… 내친김에 남편과 아이들에 대해서까지 물어보려던 나는 문득 자리에서 일어났다.

"이 사진은……?"

"……."

"저쪽 바위 해안에 버려진 난파선이 아닙니까?"

"거기에도 가보셨군요."

'해일'이란 제목이 붙은 그 사진에 넋을 빼앗기고 있는 나를 물끄러미 쳐다보며 그녀가 또 말했다.

"이 난파선이 이 시대 식자들의 양심과 흡사하다나요……."

"부군께서 그렇게 말씀하셨습니까?"

그녀는 대답 대신 알 수 없는 미소만 또 엷게 머금었다. 이 시대 식자들의 양심, 해일……. 나는 그 두 의미 사이의 함수관계를 얼른 짚어낼 수 없었다. 해일이라니? 사진 속의 어느 구석에서도 풍랑의 조짐은 찾을 수 없었고 해조음 한 가닥조차 들려 나오지 않았다. 화면의 삼분의 이를 차지한 바다는 질식한 듯 미동도 없는 초록의 수평선으로 구획돼 있었다. 하늘 또한 백치의 얼굴마냥 투명했으며 그 아득한 구도를 배경으로 무대 위의 소도구처럼 혹은 데생을 위한 정물처럼 그 난파선이 왼편의 화면을 삼분의 일쯤 점하여 배치돼 있었다. 배경에 압도된 난파선은 뜯긴 갑판의 단면까지 세밀하게 내보이고 있음에도 그 단순한 구도와 색채의 분위기에 거의 쐐기처럼 박혀버린 느낌이었다. 그리고 깊이를 헤아릴 수 없는 정적이었다. 해일, 해일…… 나는 그 난파선 주위에서 터무니없이 흥분하던 6년 전의 내 아내를 떠올리며 사진작가의 아내를 향해 돌아섰다.

"격포엔 오래 사셨습니까?"

"삼 년째예요. 선생님은 세 번째 오시는 길이라고 했던가요?"

"그렇습니다. 꽤 오래전 일이지요. 이곳에 삼 년씩이나 사셨으면 부근 지리에 대해서도 훤하시겠군요?"

"그렇지도 않아요. 나다니는 성미가 아니라서 겨우 이 손바닥만 한 마을의 골목 수나 세고 있는 정도지요. 채석강에나 가끔 바람을 쐬러 나갈 뿐이니까요."

마침 그렇게 정성스러울 수가 없는 그녀의 액자 닦는 일이 끝났으므로 나는 창밖을 가리키며 말했다.

"다른 사람들에게만 맡기기엔 너무 아까운 날씨 아닙니까?"

"정말 그렇군요."

고맙게도 그녀는 이렇게 대답해주었다.

"아직 손님이 들기엔 이른 시간인 듯한데…… 어떻습니까, 함께 바람이라도 쐬지 않으시렵니까?"

"추억에 젖으시는 데 방해되지 않을까요?"

나는 찔끔했다. 이 여자가 어떻게 눈치를 챘을까. 내가 청승맞게 홀아비 냄새라도 풍기고 있었단 말인가. 그러나 다음 순간, 이 예민한 육감을 가진 여인에게서 나는 자극과도 같은 동병상련을 느끼고 말았다.

"방해라뇨. 채석강에 대해 그동안 보고 들은 것들을 제게 들려주시면 되잖습니까."

우리는 선착장을 지나 달기봉으로 오르는 오솔길 입구에서 걸음을 멈추었다.

"어떻게 하시겠어요? 저 전망대에 올라 채석강의 전경을 먼저 감상하시겠습니까, 아니면……."

그녀가 눈을 가늘게 뜨고 눈부시도록 하얀 봉우리 꼭대기의 전망대를 올려다보며 말했다.

"먼저 해안으로 갑시다. 산을 오르느라 힘을 빼고 나면 정작 가봐야 할 채석강의 진면목은 소홀하게 지나칠지도 모르니까요."

"분석적이시군요. 이곳에 오는 사람들은 대뜸 저 전망대부터 오르는 게 보통인데, 부분을 세세히 뜯어보고 나서 전체를 조망하시겠다는 걸 보니."

그녀는 미소 지으며 달기봉의 오른쪽으로 길게 뻗어 나간 나직한 언덕길로 접어들었다.

"그게 그렇게 되는 겁니까? 로봇처럼 살아가는 내게도 그런 구석이 있다는 걸 일깨워주시니 고맙습니다."

"직업과 성격이 꼭 일치하는 건 아니지만, 분석적이라는 건 비판적이라는 뜻도 되는데, 아마도 선생님께선……."

"증권회사에서 돈이나 세는 일을 하고 있지요."

그녀의 추측이 더 빗나가기 전에 앞질러 고삐를 당겨준다는 것이, 그러나 그녀에겐 자조적으로 들렸나 보았다.

"죄송해요. 그럴 뜻은 없었는데……."

그녀는 돌아보며 멋쩍게 웃었다. 이렇게 좋은 날을 머리에 이고 하찮은 일로 의견충돌을 빚다니…… 나는 달기봉을 가리키며 말했다.

"저 봉우리를 왜 달기봉이라고 부를까요?"

"글쎄요, 멀리서 보면 닭의 머리 모양을 닮았대서 그렇게 부른다고들 하지만, 한자로는 달 월에 옛 고, 봉우리 봉, 이렇게 월고봉이라고 쓰거든요."

"닭 머리뿐 아니라 달과도 관계가 있는 거로군요."

"제 생각엔 닭보단 달과 더 깊은 관계가 있는 것 같아요. 왜냐하면 달기봉을 포함해서 이 일대의 해안을 채석강이라고 부르지 않습니까. 일설에 의하면 이 채석강이 이태백이 달맞이를 했다는 그중국의 채석강과 흡사한 경치라고 해서 따온 이름이라고도 하니까요."

"그렇지만 이곳은 엄연히 바다가 아닙니까?"

"물론 바다와 강을 혼동해서 그렇게 부른 건 아닐 테고, 바다나 강이나 같은 물이라는 점, 특히 달이 비칠 만큼 고요하고 맑은 수면 때문에 그렇게 불렀겠지요. 이태백이 취중에 채석강에서 수면에 비친 달을 건지려다가 빠져 죽었다는 전설이 있듯이 이 채석강의 중심부요 전망대라고 할 수 있는 달기봉의 문헌상의 이름이 월고봉이라는 데는 서로 연관이 있잖겠어요? 월고봉의 그 가운데 옛 고 자는 벌릴 진 자와 같은 의미로 쓰이기도 하는데 그 벌릴 진 자는 베푼다는 뜻도 갖고 있거든요. 그러니 이만한 풍광에다 달빛마저 한바탕 쏟아져 보세요. 달이 그 빛으로 잔치를 베푸는 봉우리, 우리의 옛 시인 묵객들이 저 봉우리 위에서 달빛에 싸인 바다를 굽어보며 술잔을 기울이다가 이태백의 시구를 떠올렸으리라는 것도 쉽게 짐작할 수 있는 일이고, 그렇다면 저 봉우리엔 아무래도 닭보다는 달이 더 잘 어울리는 것 아니겠어요."

그녀는 다소 들뜬 목소리로 차근차근 이렇게 설명했다.

"그래서 월고봉이 달고봉이 되고, 모양마저 닭의 머리를 닮았으니 닭의봉은 달고봉과 함께 좀 더 부르기 쉬운 달기봉으로 음이 변하게 되었다…… 정말 훌륭한 해석이시군요. 그저 놀랄 뿐입니다."

나는 진심으로 놀라움을 표했다.

"너무 추켜세우지 마세요. 이것저것 들은 얘기에다가 과장을 좀 했을 뿐이니까요."

이윽고 우리는 흑갈색의 바윗장들이 드넓게 펼쳐진 해안에 당도하였다. 그 평평한 바윗장들과 거의 같은 높이로 맞닿아 있는 바다는 일망무제의 푸르름으로 우리가 선 육지를 싸안고 있었다. 우리는 달기봉이 솟아오르기 직전의 위치까지 내려온 것이었다.

"여기가 마당바위예요."

그 품 안의 여기저기에 점점이 떠 있는 고깃배들을 바라보며 그녀가 말했다.

"마당이라기보다 광장이군요."

우리는 거대한 괴물이 서해를 향해 이빨을 세우고 입을 벌린 형상인 달기봉의 발치를 향해 광장을 가로질러 걸었다.

"어떻습니까, 해삼을 드실 줄 아세요?"

커다란 플라스틱 함지박에 해삼과 멍게 등을 가득 담고서 우리에게 손짓하는 아주머니들 쪽으로 돌아서며 내가 말했다.

"저도 먹을 줄 알아요. 제 걱정은 마시고 마음껏 드세요. 여기까지 와서 좋은 멋 한 가지를 빠뜨릴 수는 없잖아요."

벌써 입안에 군침이 돌았다. 나는 해삼 한 접시와 소주 반병을 시켰다.

"서울에서 드시던 것과는 많이 다를걸요."

그녀는 내가 따라준 술잔을 묵묵히 받아 쪼그려 앉은 옆자리 돌 위에 내려놓았다. 육질이 질기고 짠맛이 더한 것은 바다 밑에서 방금 건져 올린 것이라 싱싱하다는 증거이려니와 해삼 특유의 알싸한 향기가 한층 진하게 느껴졌다. 농축된 바다 향, 해저의 약수를 먹고 자아내는 그 싱그러운 향취를 씹으며 문득 나는 옛날을 떠올렸다.

아내는 해삼을 먹을 줄 몰랐다. 나는 결혼조건이라고까지 위협하여 기어코 한 점을 그녀의 입안에 집어넣었었다. 그러나 그녀는 몇 번 우물거리다가 토악질을 해대며 나를 야만인이라고 몰아붙였다. 즐거워 못 견뎌 하는 나를 따돌리고 그녀가 달아났던 저쪽 바위 끝으로 나는 시선을 던졌다. 쫓아가던 내게 이젠 거꾸로 그녀가 뛰어내리겠다고 위협하며 오도카니 올라섰던 바위 끝에서 지금은 파도 소리만 들려오고 있었다.

"부군께선 사진작가시죠?"

나는 마지막이자 두 잔째인 술잔을 입안에 털어 넣고 불쑥 이렇게 말했다.

"그분도 그랬지만 저 역시 작가라고 부르진 않아요. 그저 사진쟁이지요."

"무슨 말씀을, 예사로운 사진과는 달리 혼이 깃든 예술품이던데요."

"그렇게 말씀해주시니 고맙군요. 하지만……."

그녀의 미간 사이에 이 눈부신 초여름의 햇빛마저도 지우지 못하는 그늘이 드리웠으므로 나는 감히 왜냐고 다그쳐 물을 수 없었다.

"그분은 결코 빨갱이가 아니에요. 어떤 사상에 물들어서 선량한 사람들을 선동하고 국가에 반역이 될 만한 일을 꾸밀 위인이 되지 못해요. 심약하고 눌변인 데다 몸도 허약했지요. 다만 그분의 고향인 이 조그만 포구와 이곳 사람들에 대한 애정만은 남달라서 몇몇 대학에 시간강사로 나가는 일 외에는 틈만 나면 이곳으로 달려와 사진을 찍곤 했었지요. 그분의 숙원이던 전시회가 열리던 날, 작년 이맘때였어요. 그분은 어디론가 끌려가고 만 겁니다. 만신창이가 된 그분을 가까스로 면회했을 때 빨갱이 누명을 쓰고 있다고 했어요. 차라리 그렇다고 말하지 그랬느냐고 했더니 그들이 말하는 빨갱이가 뭔지도 모르면서 그렇다고 말할 수는 없다고 했어요. 재판은 너무나 어이없는 판결로 끝났어요. 마치 그분의 핏속에 흐르는 빨갱이 유전자를 벌해야 한다는 식이었어요. 7년형을 받았지요. 바로 그 사진들 속에 배어 있는 그분의 혼 때문이었지요."

나는 그녀의 흥분을 가라앉혀야겠다고 생각했다.

"햇볕이 뜨겁군요. 저쪽 절벽 아래 그늘로 가시지요."

우리는 마당바위를 건너 이내 절벽 아래로 들어섰다. 거기서 우리는 휴식을 취하듯 한동안 말없이 바다를 향해 서 있었다. 수백 겹으로 층층이 쌓인 저 수성암의 암판들 수보다 몇 십 몇 백 갑절이나 더 오랫동안 파도에 깎이고 해풍에 씻겨 오늘의 장관을 이루어낸 자연의 대역사, 그에 비하면 우리의 그런 아픈 사연쯤이야 얼마나 하찮은 찰나에 불과한가. 그러나 그것이 지금 살아 숨 쉬는 우리에겐 또 얼마나 절실하고 소중한 의미인가.

"제가 쓸데없는 얘기를 했군요."

얼마간 안정을 되찾은 목소리였다.

"아닙니다. 그렇게 안타까운 사연이 있는 줄은 몰랐습니다. 그럼, 아직 복역 중이신가요?"

"어쩌면 이번 8·15 전에 출감하게 될지도 모른다고 했어요. 요즘 불고 있는 대사면 바람 덕분이죠."

다시금 밝아지는 그녀의 표정 때문에 나는 하마터면 축하한다고 말할 뻔했다.

"정말 다행이군요."

우리는 바위틈을 지나고 자갈을 밟으며 계속 앞으로 나아갔다.

나는 내 아내의 얘기를 그녀에게 들려주었다.

"아마 선생님의 부인께서도 우리 그이가 느꼈던 것과 같은 심정이었을 거예요. 선원들이 아무리 튼튼한 근육과 기백을 가졌더라도 저 엄청난 바다의 요동 속에서는 한낱 가랑잎이었을 테니까요."

"권력이란 파도에 도전한 지식인이란 선원…… 하지만 부군께선 왠지 그것 말고도 또 다른 무언가를 표현하고 있는 듯했습니다."

"그게 뭐라고 생각하세요?"

"글쎄요, 거의 허무할 만큼 정적인 구도, 살아 움직이는 것들이나 그 기미조차 배제한 극단의 침묵, 그리고 그 한 귀퉁이에 쐐기처럼 박힌 난파선…… 그건 분명……."

"무슨 예언 같은……?"

"맞습니다. 그분이 의도하지 않았더라도 부지불식간에 드러나고 만……."

우리는 더 적절한 낱말들을 이끌어내지 못하고 마주 보며 웃는 것으로 마무리를 지었다.

채석강을 거의 한 바퀴 돌아 갈매기들이 떼 지어 모여드는 방파제 부근까지 왔을 때 선착장 쪽의 해안은 썰물이 져서 거뭇한 개펄로 드러나 있었다.

"빨리 가요. 동작이 빠르면 게도 잡을 수 있다구요."

나는 개펄에 발이 빠지는 줄도 모르고 소녀처럼 달려가는 그녀를 따라 허둥거렸다. 동작이 느려서 게는 잡을 수 없었지만, 한동안 그녀와 함께 주운 조개가 빈 과자 봉지에 가득 채워졌다.

"언제 돌아가시나요?"

"오늘 오후엔 출발해야 합니다. 대책 없이 내일부터는 출근해야 하니까요."

"세 시 차가 있어요. 이 조개로 국을 끓여드릴 테니 점심은 저희 집에서 드세요."

"서해다방 말입니까?"

"어찌 다방으로 모시겠습니까. 제 시댁이 가까이 있어요. 가족이라곤 연로하신 어머님뿐이니까 너무 부담 갖지 마시고요."

"시어머니께서 며느리 바람난 줄 아시면 어쩌려구요?"

"염려 놓으셔두 돼요. 제 남편 친구 분들이 자주 들르니까요."

우리는 그 뿌듯한 수확물을 들고서 천천히 달기봉 정상으로 향했다.

전망대에서 굽어보이는 서해의 풍광은 새삼스레 나의 마음을 사로잡았다. 바다로, 바다로 내달려온 산맥들의 발목을 부여잡고 바다는 끊임없이 뭍으로 기어오르며, 또한 저 멀리 하강하는 하늘과 아득한 횡선을 이루며 승천하고 있었다. 땅과 바다와 하늘이 시작되고 끝나는 지점들 가운데에 나는 서 있었다. 불어오는 해풍을 정면으로 맞으며 그 허무할 정도의 풍경에 압도되어 나는 오히려 서글픈 심정이 되고 말았다.

그때 나와는 반대쪽으로 서 있던 그녀가 나를 불렀다.

"저 마을을 보세요. 우리가 출발한 곳이에요."

기대와 안타까움과 그리움이 밴 목소리였다. 격포항의 아담한 자태가 거기에 있었다. 끝없는 초록과 군청과 파랑의 한 귀퉁이에 울긋불긋한 지붕들과 오밀조밀한 골목들, 고깃배들 그리고 손톱만 한 사람들…… 방금 전 그녀와 나누었던 우리들의 얘기가 숨 쉬고 있는 세계였다. 검은 머리카락을 마구 흩날리는 그녀의 옆모습을 바라보며 얼굴도 이름도 모르는 그녀의 남편을 그려보며 나는 코끝이 찡해 옴을 느꼈다.

"그리고 이것들 좀 보세요."

그녀가 흰 난간 곳곳에 유려한 필체로 혹은 서툰 솜씨로 깨알처럼 쓴 글씨들을 하나하나 짚어 보였다. 거기에 아로새겨진 것들은 비바람에 지워지고 얼룩진 수많은 젊은 영혼들의 기쁨과 슬픔이었다.

〈천년만년이 지나도 저 푸른 바다에 맹세한 우리의 사랑은 변함없어라. K and Y〉,〈내 마음 둘 곳 없어 우리 처음 만난 여기 채석강에 왔으나…… 그러나 구름이 걷히면 태양은 다시 빛나리. 大英〉

그리고 나는 그 난간의 한편에서 보다 선명하고 보다 굵은 글씨로 휘갈겨 쓴 붉은 외침의, 아니 절규의 파편을 발견하였다.

〈군○독재 학○원흉 전○환은 지옥으로!〉

흰 페인트로 여러 번 덧칠해 지운 위에 기어이 다시 쓴 흔적이 역력한, 군데군데 이가 빠진 그 구호는 어떤 보이지 않는 강력한 힘으로 나의 전신을 찍어 눌러 꼼짝도 못 하게 만들었다. 이 아름답고 평화로운 전망대 난간에까지 새겨진 저 섬뜩한 저주의 외침…….

나는 문득 깨달은 듯했다. 그 '해일'의 예언은 적중했다고. 그 난파선은 결코 나의 아내만은 아니었다. 나를 여기까지 안내하여 이렇게 꼼짝도 못 하게 만들어버린 저 여인의 남편만도 아니었다. 그것은 내 아내와 그 사진작가와 저 저주의 외침을 토한 사람과 또한 그 외침을 토하게 한 사람 모두였다. 밝게 차려입은 소풍객들이 줄지어 전망대로 올라오고 있었다. (1990)

개 짖는 소리

1.

손목시계의 바늘이 9시 15분을 가리키고 있는 것을 확인한 K씨는 드디어 파출소 쪽으로 자전거를 몰았다. 전학 온 지 두 번째 월요일을 맞는 초등학교 2학년 딸아이를 등 뒤에 태워서 교문 앞까지 데려다주고도 시간이 어중간하게 남아 단풍이 한창인 학교 주위와 아파트 단지의 샛길들을 산책하듯 한 바퀴 돈 후였다.

파출소라는 데가 24시간 휴일도 없이 문을 열어놓는 곳이기는 해도 정식 일과 시작 시간 땡 치자마자 쳐들어가서는 안 된다는 것이 K씨의 배려 겸 계산이었다. 비록 부도를 맞아 퇴직금 한 푼 건지지 못하고 그만두어야 했지만 두 달 전까지만 해도 K씨는 제법 큰 기업의 영업부 부장으로 근무를 했었다. 출근해서 커피 한잔 느긋하게 마실 여유도 없이 전화벨이 요란하게 울려대거나 기다렸다는 듯이 짠하고 나타나는 거래처 사람들의 방문은 정말 반갑잖은 일이 아니었던가.

'무엇을 도와드릴까요? 여러분의 편에 서서 봉사하는 경찰입니다' 현관 오른편에 내걸린 이 친절한 문구가 경찰서와 인연이 닿으리라고는 생각도 못 해본 K씨의 마음을 한결 편안하게 해주었다. K씨는 헛기침을 한번 하고 옷매

무새를 가다듬은 다음 현관문을 조심스레 밀었다.

파출소 안은 긴장된 K씨의 예상과는 달리 다소 산만한 분위기였다. 정복 차림이기는 하되 포갠 두 구둣발을 책상 위로 쭉 뻗고서 거의 누운 자세로 퍼질러 앉은 한 명과 그 책상에 비스듬히 엉덩이를 걸친 또 한 명이 자판기 커피를 손에 들고 낄낄대고 있었으며 그 옆 책상에서는 무궁화 잎사귀 2개짜리 순경이 열심히 컴퓨터 자판을 두드리고 있었다. 이들 외에도 한 명이 더 있었는데 그는 권총이 디룽디룽 매달린 요대를 어깨에 걸친 채 거울 앞에 서서 복장을 정돈하는 중이었다.

K씨가 아주 조용히 실내로 들어왔기 때문인지 이들은 아무도 그를 발견하지 못한 것 같았다. 빳빳하게 주름 잡힌 제복에 절도 있고 권위가 넘치는 경찰을 떠올렸던 K씨로서는 약간 어리둥절했다. 누구라도 빨리 자신을 발견해 주기를 기대하며 K씨는 주뼛주뼛 실내를 둘러보았다.

"어떻게 오셨습니까?"

이내 거울 앞에 서 있던 잎사귀 두 개가 K씨를 돌아보며 말했다. 낄낄거리던 두 명도 자세를 바로잡으며 K씨 쪽으로 고개를 돌렸다. 거의 누운 자세였던 사내의 견장은 잎사귀 4개짜리였고 다른 한 명의 것은 3개였다.

"예에, 저는 이 아파트 단지에 사는 주민인데요. 상담을 좀 드릴 게 있어서 찾아왔습니다."

"접수는 저쪽입니다."

거울 앞의 잎사귀 두 개가 요대를 허리에 철컥하고 채우면서 컴퓨터 앞에 앉은 순경을 턱짓으로 가리켰다.

"아닙니다. 저는 무슨 신고를 하러 온 게 아니고 그저 뭣 좀 한 가지 여쭈어 보려고 왔습니다. 그러니까 상담을 좀 하려고요."

"상담이요? 그럼 부소장님하고 얘기하시죠. 저희는 지금 순찰 교대시간이 거든요."

부소장이라고 불린 잎사귀 네 개가 멀뚱하게 K씨를 건너다보았다. 그러는 사이 거울 앞의 잎사귀 두 개와 잎사귀 세 개는 서둘러 밖으로 나갔다. K씨는 엉거주춤 부소장 앞으로 다가갔다. 그제야 부소장은 자신의 맞은편 의자를 가리키며 좀 앉으라고 권했다.

"말씀해 보시지요. 무슨 일로 그러시는데요?"

사람 좋아 보이는 인상의 부소장은 이내 가벼운 미소까지 띠면서 정중하게 말했다. 밖에 내걸린 구호대로 들어서자마자 환영을 받지는 못했지만, 부소장 의 이런 부드러운 태도가 K씨의 긴장을 풀어주었다.

"예, 밤에 이웃집 개가 너무 짖어서 잠을 잘 수가 없는데, 이런 일도 경찰의 도움을 받을 수 있나 해서요."

"개가 짖어서 잠을 못 주무신다고요. 지금 사시는 곳이 어딥니까?"

"12단지 36동 102홉니다."

"36동이라면⋯."

하더니, 부소장은 회전의자를 빙그르르 돌려 자리에서 일어났다. 그리고 그 벽에 걸린 관내도의 한 지점에 손가락을 뻗어 동그라미를 그려 보였다.

"이 단독주택단지 뒤쪽에 있는 3층짜리 연립 말인가요?"

"맞습니다. 그런데, 혹시 저와 비슷한 문제로 찾아온 주민은 없었습니까?"

K씨는 지금 자신이 제기하고 있는 문제가 오직 자기 개인의 일만은 아니리라는 사실을 이 자상한 파출소 부소장에게 환기시키고 싶었다. 그러나 부소장은 고개를 갸웃거리더니 이렇게 되물었다.

"혹시 최근에 이사를 오셨습니까?"

"그렇습니다. 지난주 토요일에 왔는데요."

부소장은 고개를 끄덕였다. K씨는 그런 부소장의 끄덕임에 뭔가 의미가 담겨 있다고 느꼈지만, 그는 자신이 갑자기 물었던 K씨의 이사 건에 대해서는 건너뛴 채 다시 앞의 대화로 돌아갔다.

"글쎄요. 아직 그런 민원이 접수된 적은 없었습니다. 종종 풀어놓은 개들이 어린애를 물거나 함부로 오줌똥을 싸고 다녀서 신고가 들어오는 적은 있지요. 하지만 그것도 이쪽 동네는 아니에요."

K씨는 조금 난감해졌다. 지난 일주일 동안 자신이 겪어온, 그 이 갈리는 고통을 떠올리면, 비슷한 민원이 쇄도까지는 아니래도 적어도 한두 사람은 파출소를 찾았어야 마땅하다고 생각됐기 때문이었다.

"그렇다면 밤에 개 짖는 소리 때문에 안면을 방해받고 있다며 찾아온 사람은 제가 처음이란 말씀이시군요."

"그래요. 이 아파트 단지는 단독주택 세대들과 섞여 있어서 개들이 많긴 하지만, 다들 관리를 잘하는 편이죠. 특별히 불편하다는 민원이 접수되거나 한 적은 아직 없었습니다. 상황을 좀 더 구체적으로 설명해 보시지요."

K씨는 이사 온 첫날 밤부터 바로 오늘 새벽까지 자신이 겪어온 괴로움에 대해 과장하지 않으려고 노력하면서 털어놓았다.

2.

　K씨네가 이사를 하기로 결정하고부터 전에 살고 있는 아파트를 부동산 중개소에 내놓고 새집을 구해 짐을 옮기기까지는 한 달밖에 걸리지 않았다. K씨네로 말하자면 자기 집을 전세 놓는 경우여서 IMF 사태 이후 터무니없이 떨어진 전셋값의 차액 반환 문제 같은 애로를 겪지 않아도 되었다. 새집의 전세 계약 또한 별 탈 없이 이루어졌다. 이삿짐센터 인부들이 짐 다 들여놓고 나서 목욕비 운운하는 식으로 웃돈을 요구했을 때도 K씨는 따지지 않고 선선히 만 원짜리 석 장을 팀장의 손에 쥐어 주었다.

　서른세 평짜리 아파트의 살림살이를 스물다섯 평에 욱여넣자니 적잖이 성가시고 번잡스러워서 녹초가 된 채 자정을 넘겨서야 대충 정리를 끝낼 수 있었지만 그래도 기분만은 상쾌했다. K씨도 그의 아내도 어린 딸아이도 새집이 정말 마음에 들었기 때문이었다.

　전에 살던 집보다 좁기는 해도 구조가 쓰임새 있게 짜여 있고 주인이 살던 집이라 욕실이며 부엌이며 새로 손댈 구석 없이 깨끗하였다. 무엇보다 전국 제일의 전원도시답게 잘 가꾸어진 주변 환경이며 한적하다 싶을 정도로 안온한 동네 분위기가 줄곧 고층아파트 숲에서만 살아온 K씨 가족을 사로잡기에 충분했다.

　"여보 정말 이사 잘 온 것 같아요, 어쩌면 집들이 다 저렇게 예쁠까. 동네도 너무너무 조용하고."

　"우리도 저런 집에서 살았으면 좋겠다. 마당이 넓어서 뛰놀기도 좋고, 강아지도 기를 수 있잖아."

이삿짐센터 인부들이 돌아간 후 한숨 돌리는 사이 베란다 난간에 팔을 걸치고서 자기네 아파트와 10m 거리를 두고 마주해 있는 단독주택들을 눈이 부신 듯이 바라보며 K씨의 아내와 딸아이는 이렇게 만족스러워했다.

"엄마, 저거 까치지?"

"맞아. 세 마리나 되네."

까치라는 말에 K씨도 밖을 내다보았다. 베란다 바로 맞은편에 주황색 기와를 빼고는 외벽을 모두 흰 페인트로 칠한 2층 저택이 보기에도 우아했다. 야트막한 목제 울타리 안으로 70~80평은 되지 싶게 널찍한 정원에는 잘 손질된 나무들이 제각기 아름다운 자태를 뽐내고 있었는데, 저택의 지붕 높이를 훌쩍 넘는 키에 이제 막 금빛으로 물들어가는 은행나무 한 그루가 그중 눈에 띄었다. 까치들은 그 은행나무 가지에 앉아 K씨네의 이사를 반기기라도 하듯 우짖고 있었다. K씨의 아내는 자못 달뜬 목소리로 말했다.

"여보, 우리도 나중에 돈 벌면 저런 단독에서 살아요. 낮에 둘러보니까 빈택지도 여기저기 있던데 그걸 사서 우리 맘에 들게 짓는 거예요. 저 집 지붕은 녹색이나 군청색이 더 잘 어울릴 것 같지 않아요?"

비록 K씨의 실직으로 인해 집을 좁히긴 했지만, 다행히 이사만큼은 이만하게 만족스러웠다.

그러나 K씨는 이 쾌적하고 아름다운 동네에 도사리고 있는 새벽의 복병에 대해서는 꿈에도 생각하지 못했다. K씨 부부는 짐 정리를 얼추 끝내고 샤워를 한 다음 잠자리에 들었다. 이사는 참 잘한 것 같고, 이제 K씨에게 새 일자리만 잡힌다면 더 바랄 것이 없겠다는 등의 얘기를 나누다가 설핏 잠이 들었는가 싶었는데, 창밖에서 신경질적으로 짖어대는 개 소리에 K씨는 잠을 깨고 말았다. 새집에서 맞은 첫 밤이라고 엄마 아빠 사이에서 재운 딸아이만 세상모르고 곯아떨어져 있을 뿐 잠을 깨기는 K씨의 아내도 마찬가지였다.

"무슨 일이지?"

K씨는 뻐근한 몸을 일으켜 밖의 동정에 귀를 기울였다. 하지만 그악스럽게 짖어대는 개 소리 외에 사람의 목소리나 발소리 같은 어떤 인기척도 들리지 않았다. 개는 계속 짖어댔다. K씨가 눈을 비비고 시계를 보니 새벽 3시 30분이었다.

"동네에 개들이 많긴 하더라고요. 조금 짖다가 말겠죠, 뭐."

몇 번 뒤척이던 K씨의 아내는 딸아이를 보듬어 안고 다시 잠을 청했다. K씨도 피곤한 몸을 다시 침대에 뉘었다. 개야 원래 짖는 동물이고 마침 늦게 귀가하는 주민이 그 집 앞을 지나간 참이었겠지. 그리고 이 동네의 주거 형태를 보면 공동주택은 모두 3층 아니면 5층이고, 단독주택은 1~2층에 대부분 가슴께에도 못 미치는 목제 울타리들을 치고 있으니 밤이면 개들이라도 짖어야 마음이 놓일 게 아닌가. 억지로 잠을 청하면서 K씨는 이런 생각을 해보았다.

그러나 아무리 그칠 때를 기다려도 녀석은 3초나 5초 간격을 두고 자지러지게 짖어대기를 계속했다. 월월월월 오오우월, 월월월 오오우 월월…. 앙칼진 고음으로 봐서 셰퍼드나 도사 같은 큰 개는 아니고, 그렇다고 치와와나 푸들처럼 아가씨들이 가슴에 품고 다닐 정도로 몸집이 작은 종류의 개도 아닌 듯했다. 짐작컨대 여우처럼 주둥이가 뾰족하고 몸집도 고만한 스피츠 종 같았다.

"당신도 시끄러워서 못 주무시는군요."

이리저리 뒤척이던 K씨의 아내가 부시시 자리에서 일어났다.

"도대체 뉘 집 개가 저렇게 짖는 거야."

마침내 벌떡 일어난 K씨는 베란다로 나갔다. 낮에 보았을 때 베란다에서 마주 보이는 세 채의 단독주택들 모두 한두 마리씩 개를 키우고 있던 사실을 상기한 K씨는 주위를 환하게 밝히고 있는 외등 빛의 도움을 받아 그 집들의 정원과 현관 앞을 꼼꼼하게 훑어보았다. 그런데 신기한 것은 K씨가 그러는 동안 누군가 틀어놓았던 녹음기의 스위치를 꺼버리기라도 한 것처럼 녀석도 짖기를 뚝 멈춘 것이었다. 도대체 무슨 일이 있었냐는 듯이 아름다운 주택들은 오렌지색 외등 빛에 고즈넉하게 감싸인 채 잠들어 있었다. 짖고 있는 녀석의 주둥이는커녕 개 꼬리같이 생긴 것조차 발견하지 못한 K씨는 할 수 없이 창을 닫았다.

K씨가 막 거실로 돌아서려는 순간 가까이에 숨어서 엿보고 있었기라도 한 듯 녀석이 다시 월월월월 짖기 시작했다. K씨는 재빨리 몸을 돌려 창을 열어젖혔다. K씨네 베란다 바로 앞에 있는 하얀 집이었다. 털이 복슬복슬한 스피츠 종 한 마리가 은행나무 밑 둥 아래 놓인 개집 안으로 슬그머니 들어가고 있었다. K씨는 조용히 창문을 닫고 녀석의 동태를 살폈다. 아니나 다를까. 녀석은 개집 밖으로 뾰족한 주둥이를 쏙 내미는가 싶더니 은행나무 아래도 쫄랑쫄랑 걸어 나와 하늘을 향해 목을 길게 뽑아 올리고는 오오우 월월, 기세 좋게 짖기 시작했다.

"대체 어느 집 개예요?"

K씨의 등 뒤에서 그의 아내가 짜증 섞인 목소리로 말했다.

"요 앞집 스피츤데 우리 이사 오는 바람에 스트레스를 받은 모양이야. 어릴 때 집에서 키웠던 개도 스피츠였는데 신경이 되게 예민하더라구."

"개는 그렇다 치고요, 벌써 삼십 분이 넘게 저렇게 짖어대는데 저 집 사람들은 왜 나와 보지도 않는 거죠?

"저러다 말겠지, 뭐. 며칠 지나고 낯이 익으면 괜찮을 거야."

"하긴, 우리가 너무 피곤해서 그럴 거예요. 애는 잘 자잖아요."

이렇게 자위한 K씨 부부는 침실로 돌아와 누웠으나 그 후로도 한 시간 가까이나 계속된 녀석의 절규 때문에 달아난 잠을 다시 부를 수가 없었다. 대신 K씨는 이 동네에 신문이며 우유가 배달되는 시간이 새벽 5시쯤이라는 사실과, 곧이어 주차장의 몇몇 차들이 첫 시동을 건다는 사실도 알게 되었다. 어쨌든 이사 온 집에서 맞은 K씨의 첫날은 몹시도 찌부둥하고 피곤하게 시작되었다.

첫날 한 번으로 그치기를 바랐던 K씨네의 기대를 고 쬐그맣고 앙살맞은 스피츠는 다음 날 새벽 깨끗이 무시해버렸을 뿐만 아니라, 혹시, 설마 하면서 견딘 게 나흘째가 돼서도 녀석의 새벽 두 시간씩의 울부짖음은 계속되었다. K씨 부부의 일상은 엉망이 되어갔다. 날이 훤히 밝아올 무렵에서야 부부가 동시에 잠에 빠지는 바람에 전학 온 지 겨우 사흘 밖에 안 된 딸아이를 지각시키고 말았으며, 하루 종일 수면 부족으로 인한 피로와 두통에 시달려야 했다.

K씨가 실직 상태이니 망정이지 그런 컨디션으로 아침 일찍 출근까지 해야 할 처지였다면 정말 낭패가 아닐 수 없었다. K씨는 허구한 날 머릿속이 멍하고 운동신경이 둔해져서 운전조차 할 수 없는 지경이었다. 곧잘 짜증을 부리는 엄마 아빠 사이에서 갈피를 잡지 못한 K씨네 딸아이마저 악몽을 꾸는지 새벽녘에 깜짝 놀라 깨어나곤 했다.

닷새째 되는 날 더는 견디지 못한 K씨의 아내는 아이 방으로 꾸미기에도 너무 좁아서 창고로나 쓰려고 허드레 살림살이들을 빼곡하게 쌓아놓은, 베란다에서 그중 멀리 떨어진 문간방의 짐 꾸러미들을 반 넘게 베란다로 옮겨 쌓고는 딸아이와 함께 잠자리를 그리로 옮겼다. 혼자 남은 K씨는 딸아이 방인 건넌방과 거실을 오가기도 하고, 솜으로 귀를 틀어막는다, 술을 마신다 해서 별의별 묘책을 다 짜내 보았지만 숙면의 효과는 거두지 못했다. 나중에는 아예 새벽 3시 30분만 되면 저절로 잠이 깨었다. 그리고는 악마 같은 그 개새끼의 울부짖음을 분노를 삭이며 고스란히 듣고 있어야 했다.

일주일째를 맞으면서 K씨의 인내는 한계에 이르렀다. 문간방으로 잠자리를 옮긴 그의 아내는 그럭저럭 적응해가는 모양이었지만, 도대체 집안 꼴이 말이 아니었다. K씨는 안방과 아내를 잃은 셈이었으며, 골방에서 엄마와 새우잠을 자야 하는 아이는 아이대로 제방에서 왜 잘 수 없느냐며 투정을 부렸다. K씨는 집안 여기저기에 아직 풀지 않고 쌓아둔 짐들을 정리할 의욕마저 잃어버렸다. 나날이 단풍의 때깔이 짙어지면서 주택가의 가을 풍경은 아름다움을 더했으나, 좀 구석지긴 해도 처음에 보았던 32동의 그 집을 잡았어야 했다고 뒤늦은 후회에 빠진 K씨를 감동시키지는 못했다.

K씨에게 있어 이 문제는 단순한 안면방해 차원을 넘어 가족 간의 유대마저 깨뜨리는 심각한 것인 만큼 시급히 해결하지 않으면 안 되는 과제였다. K씨도 처음엔 곧바로 개 주인을 찾아가서 따질까도 생각해 보았으나, 얘기가 통하면 다행이지만 개 짖는 것까지 왜 간섭하느냐는 식으로 나오거나 미안하다면서 무조건 참아주기를 호소할 경우 문제는 해결하지 못한 채 이웃 간의 불화만 일어날 수도 있겠다는 데에 생각이 미쳤다. 주차 문제 같은 사소한 일로 칼부

림까지 벌이는 게 요즘 인심 아니던가.

K씨는 먼저 아파트 관리소를 찾아갔다. 그러나 거기서도 뾰족한 해결의 실마리는 잡히지 않았다. 단독주택은 관리대상이 아니므로 이래라저래라 할 권한이 없다는 것이었다. 대신 K씨가 관리소 직원으로부터 얻은 소득이 있다면 전에도 K씨가 사는 36동 주민 몇몇이 비슷한 불편을 호소한 적이 있었다는 것 정도였다.

"그래서 결과는 어떻게 되었습니까?"

"그 후론 얘기가 없었으니까…… 모르지요, 뭐. 그럭저럭 참고 넘어간 게 아닌가 싶기도 하고요. 개가 짖는다고 그걸 죽입니까 살립니까. 요즘 개들 귀애하는 거 보면 끔찍들 하잖아요? 특히 이 동네는 유별나요."

"아무리 그래도 그렇지, 남에게 피해를 줘가면서 제 개만 귀애한다면 너무 이기적인 거 아닙니까?"

"그러니 어쩌겠습니까. 마음먹고 해결을 보려면 싸우는 수밖에요."

K씨에게 싸우고 싶은 마음까지는 없었다. K씨가 경찰의 도움을 받아봐야겠다는 생각은 그렇게 해서 하게 되었다. 아파트와 단독주택을 다 포함해서 동네 전체의 문제를 관리 할 수 있는 곳은 경찰일 것이기 때문이었다.

3.

"듣고 보니 심각한 문제겠습니다."

부소장은 지루할 수도 있었을 K씨의 저간의 사정에 대해 비교적 성실하게 들어주었다.

"그러니 어떻게 했으면 좋겠습니까?"

"예, 사정은 딱해 보입니다만 사실 저희로서도 뾰족한 방법이 없습니다. 선생님 입장에서는 심각한 문제지만 그 개 주인이 납득을 해야 하는데……."

"경찰에서 도와주실 수 있는 일은 어떤 게 있나요?"

"일단 그 집을 방문해서 신고하신 내용을 고지시키고, 주의를 주는 수밖에는 없습니다. 지금 말씀하신 내용에 대해 명백한 증거나 그 집 주인의 고의성이 밝혀지지 않는 한 저희로서도 그것이 최선이지요. 취객이 소란을 피워서 신고가 들어오는 경우가 있는데, 그때는 당사자를 현행범으로 연행해서 즉결심판에 넘길 수가 있지만 상대가 개라서 말입니다. 주인이 발뺌을 하면 저희로서도 대책이 없습니다."

"개 주인이 경찰의 주의를 받고도 개선의 의지를 보이지 않는다면 그때 가서 저는 어떻게 대처해야 합니까?"

"글쎄요, 할 수 없이 증거 수집에 나서야 되겠지요. 문제의 장소와 시간대, 소음의 크기, 그러니까 개 짖는 소리 등을 객관적으로 증명할 수 있도록 녹음을 하거나 사진을 찍을 수도 있고, 같은 피해를 당한 주민들의 연대서명을 받는다든가 해서……."

"본격적인 싸움을 걸어야 한다는 말씀이시군요?"

"쉽게 말해 법원의 판결을 받아야 한다는 것이지요."

K씨는 난감했다. 잘살아보자고 꿈을 갖고 이사 온 동네에서 이웃들 얼굴도 익히기 전에 이런 낭패스러운 일로 고민을 하게 되다니 하는 생각이 들자 서

글프기까지 했다. 입맛만 쩝쩝 다시고 있는 K씨가 안돼 보였는지 부소장이 대안을 제시했다.

"그 집을 한번 방문해 보시는 게 어때요. 이차저차해서 고통을 당하고 있으니 배려를 좀 해달라고 말입니다. 꽉 막힌 사람이 아니라면 얘기가 통하지 않겠습니까. 경찰이 나서서 감정을 상하게 하는 것보다 그게 더 효과적이지 않겠어요?"

"저도 그렇게 하려고 생각하고 있습니다만, 만약 대화가 통하지 않을 경우를 대비해서 다음 단계의 대응방법까지 찾아두려는 것이지요. 바쁘신 중에 이렇게 오랜 시간 상담해주셔서 감사합니다."

"천만에요. 언제라도 불편한 일이 있으면 저희 경찰을 찾아주십시오. 문제가 잘 해결됐으면 좋겠습니다."

K씨도 지금으로선 그 방법이 최선일 듯싶었다. 아직 그 개 주인이 누군지도 모르는 입장이 아닌가. 의외로 얘기가 잘 통한다면 좋은 이웃을 하나 얻을 수도 있겠고 말이다. 이렇게 생각하니 집으로 돌아오는 K씨의 마음은 조금 홀가분해졌다.

K씨는 개 주인을 찾아가기 전에 주민들의 의견을 먼저 들어봐야겠다고 생각했다. 다른 주민들도 자기와 사정이 비슷하리라고 짐작은 됐지만 개 주인이 마음 고약한 사람이면 왜 혼자서 날뛰느냐고 미친놈 취급을 당할지도 모를 것이기 때문이었다. 그런 결과는 하루 이틀도 아니고 매일 새벽마다 비정상적으로 개가 짖어대는 데도 주인이 한 번도 나와서 말리는 기척이 없었다는 사실만 봐도 충분히 예상되었다.

그날 저녁 K씨는 바로 옆집부터 방문했다. 짐작했던 대로 그 집 역시 K씨
네와 똑같은 고충을 겪는 중이었다. 석 달 전에 이사를 왔는데, 처음 한 달간
은 큰 고통을 당했으며 견디다 못해 고3생인 큰아들은 고모네 집으로 보냈다
는 것이었다. 다시 이사를 갈까도 했지만 집이 잘 나가지 않아 그도 여의치
않았고, 그러다 보니 이젠 만성이 돼서 그럭저럭 견딜 만하다고 했다. 그러면
서도 한번 짚고 넘어가긴 해야 한다고 흥분했다.

"맞아요. 이건 명백한 기본권 침해라고요. 이 동네가 어디 저희네만 사는
동네냔 말입니다."

"그래서 말씀입니다만, 제가 그 개 주인을 한번 만나보려고 합니다. 주민들
이 이렇게 고통받고 있다는 사실을 확실하게 알리고 시정을 요구해야지요."

"바쁘실 텐데 주민들 문제로 앞장까지 서시겠다니 고맙습니다."

"고맙긴요, 바로 제 일인데요, 뭘⋯⋯."

옆집의 이런 반응에 자신감을 얻은 K씨는 자기 집을 빼고 은행나무 집과
마주 보고 있는 나머지 다섯 세대를 사흘에 걸쳐 모두 방문해서 자신의 출전
에 대한 당위성을 공인받았다. 새벽잠이 없어서 자기네는 별문제가 없었다는
302호의 노부부와 오래전부터 일찍 자고 일찍 일어나는 버릇을 들인 덕분에
개 짖는 소리에 그다지 괘념하지 않고 지낸다는 202호의 사십 대 중반 독신
남도 다른 주민들의 고충이 그러하다면 K씨가 그 고충을 해결하려고 나서는
데 대해 적극적으로 찬성한다는 입장을 밝혔다.

이 두 집을 제외하고는 다들 새벽 개 짖는 소리 때문에 심각한 피해를 보고
있었다. 301호에 사는 공무원 가족은 순전히 새벽 개 짖는 소리 때문에 이사를

가려고 부동산에 집을 내놓은 상태이며, 갓난아기를 키우는 201호의 젊은 부부는 무리해서 방음창을 설치하기까지 했다는 것이었다. 이런 지경인데 왜 여태껏 견디기만 했느냐고 했더니 한결같이 귀찮아서라거나, 해결될 리가 없을 것이라는 회의 때문이라고 했다. 적극적으로 대응한 경우라야 아파트 관리소에 전화를 걸거나 찾아간 정도였다. 상황이 이렇다 보니 K씨가 나서겠다는 데 대해 하나같이 진심에서 우러난 감사와 격려의 마음을 표시한 것도 이상할 게 없었다.

특히 자신을 고등학교 윤리 선생이라고 소개한 202호의 독신남자로부터는 그 개의 이력에 대해서도 소상히 들을 수 있었다. 그는 이 아파트에서 3년째 살고 있는데, 문제의 개는 2년 전 은행나무 집에 살던 사람들이 이사를 가면서 버리고 간 개라는 것이었다. 버리고 간 사람들도 그 개를 그다지 귀여워하지는 않은 것 같으나 지금 주인처럼 묶어 놓고 키우지는 않은 모양이었다.

"지금 사는 사람들이 이사를 온 뒤엔 밤낮없이 묶어 놓고 며칠에 한 번씩만 풀어주곤 하지요. 그러니 스트레스가 쌓일 밖에요. 한마디로 개를 사랑하지 않는 겁니다."

"주인이 어디를 가든 개는 곧잘 찾아가는 법인데, 저 개는 그냥 이 집에 남아 있었다는 말입니까?"

"요즘 이사가 어디 옛날처럼 보따리 짊어지고 걸어서 겁니까. 차에다 짐 꾸려 가지고 순식간에 휭 가버리면 제아무리 영리한 개인들 어떻게 찾아갑니까. 주인 떠난 집에서 새로 들이닥친 낯선 사람들 주위를 빙빙 돌다가 붙잡혀 묶인 거지요. 개는 묶어 놓고 키워야 사나워지고 잘 짖는 법이에요. 잘 짖어야 도둑도 막고 그러잖아요."

그러나 윤리 선생은 그 개가 그렇게 절규하듯 짖어대는 것이 집 지키느라고 짖는 것이 아니라 정작은 자기를 버린 옛 주인을 원망하거나 그리워하는 것이라든지, 자유에 목말라서 호소하는 것이라는 좀 엉뚱한 해석을 폈다.

"그 개 짖을 때 보세요. 이 동네에 개가 수십 마리나 되지만 장단을 맞춰주는 개는 한 마리도 없잖아요. 저는 어릴 때 시골에서 살았고 집에서 개를 키우기도 해서 잘 아는데, 뉘 집 개 한 마리가 짖기 시작하면 금세 온 동네 개들이 죄다 따라 짖는 법입니다. 왜 그런지 아세요? 사람들은 잘 모르는 저희들끼리만 통하는 신호가 있는 거지요. 전에 못 보던 낯선 사람이 나타났다 월월, 뒷산 너구리 한 마리가 귀동이네 담장을 넘고 있다 크르르릉 왈왈. 우리 집 장닭이 암탉을 올라타고 있다 워워월 워~얼. 뭐 이런 식이라고나 할까요. 그런데 그 녀석이 짖는 것은 매양 한 가지 톤이잖습니까. 다른 개들에게 전하는 메시지가 없는 거예요. 그저 별이나 향해서 혼자 짖어대는 거지요. 그렇다 보니 동네 개들 사이에서도 왕따가 되고 만 거죠. 불쌍하지 않습니까."

그러면서 윤리 선생은 K씨가 개 주인에게 요구하려고 하는 성대 수술은 그 불쌍한 개에게 너무 가혹한 처사이기도 하거니와 비용이 들어서 실현 가능성이 희박하니 일단 풀어서 키우거나 주기적으로 산책을 시킬 것을 제안해보라고 조언했다.

어쨌든 주민들로부터 전폭적인 지지를 얻은 K씨는 그날 저녁, 회사에 다닐 때도 임원회의에 참석할 때나 입던 양복을 꺼내 입고 머리도 신경을 써서 다듬은 다음 당당하게 은행나무집으로 향했다. 초인종을 누르기 전에 K씨는 은행나무 아래 묶여 있는 그 문제의 개에 관심을 두지 않을 수 없었는데, 이상하게도 녀석은 K씨를 보고도 짖지를 않았으며, 지은 죄를 아는지 K씨와 눈이 마주치자 쭈그리고 앉았던 자리에서 일어나 제집 안으로 슬그머니 들어가 버리는 것이었다.

K씨는 목제 울타리 한편에 열린 채 매달린 조그만 문 밖에서 '실례합니다.' 하고 주인을 부를까도 생각했으나 그러기에는 현관까지의 거리가 너무 멀었다. 이럴 때 개라도 짖어준다면 오죽 좋으련만 녀석은 한번 집에 들어간 후로는 코빼기도 내보이지 않았다. K씨는 할 수 없이 발바닥이 간질간질할 정도로 매끄러운 조약돌 포장보도를 조심조심 가로질러 현관 앞까지 들어갔다. 한번 헛기침을 하고 초인종을 누르자 열댓 살 가량의 여자애가 문을 열었다. 아이는 문고리를 잡은 채 고개만 빼꼼이 내밀고는 재빨리 말했다.

"누구세요? 어떻게 오셨어요?"

"요 앞집에 사는 사람인데, 아버지 계시니?"

"앞집 어디요?"

"36동 말이다."

"아, 조 연립이요. 무슨 일인데요?"

"응, 아버님께 상의드릴 일이 좀 있어서."

여자애는 K씨를 위아래로 한번 훑어보고는 아빠~ 하면서 안으로 사라졌다. 잠시 후에 이마가 시원스레 벗겨진 오십 대의 풍채 좋은 사내가 현관에 나타났다. K씨는 정중하게 인사한 후 간략하게 용건을 설명했다. 그때까지도 사내는 동네 이웃 간에 응당 갖추어야 함 직한 예의도 차릴 줄 몰랐다. 하긴 용건부터가 기분 좋은 내용은 아닐 테니, 안으로 들어오라거나 아니면 자신이 좀 나온다거나 하는 배려도 없이 엉거주춤 문지방에 한 다리를 걸치고서 할 말이나 빨리하고 꺼지라는 식의 그의 태도에 대해서까지 K씨가 마음에 둘 필요는 없었다.

"우리 개가 주민들의 안면을 방해하다니, 그게 무슨 말이요?"

"선생님께서는 새벽마다 댁에서 기르는 개가 심하게 짖어대는 사실을 모르신단 말입니까?"

"댁은 개 짖는 소리 처음 듣소?"

K씨는 좋은 대화로 문제를 풀어가기는 애 저녁에 글렀다는 생각이 들었다.

"그냥 짖는 게 아니라 아주 심하게 짖지 않습니까? 다들 곤히 잠든 시간인 새벽 3시경부터 두 시간을 줄기차게. 그것도 매일 짖지 않습니까?"

얘기가 길어지겠다고 판단했는지 사내는 슬리퍼 짝에 발을 꿰더니 밖으로 나왔다.

"거 참 이상한 사람들일세, 여적지 가만있다가 왜 갑자기 트집을 잡고 난리래요?"

"그동안 다들 참아온 것이지요. 한 주민은 댁의 개 짖는 소리 때문에 이사를 가려 하고 있고, 또 한 주민은 비싼 돈을 들여서 방음창을 달기도 했습니다. 저희는……."

"말이 되는 소리를 하시오. 저 코딱지만 한 개새끼가 짖으면 얼마나 짖는다고 이렇게 찾아와서 생떼를 쓰는 거요."

사내는 은행나무 아래로 걸어가서 나무 밑동에 매인 줄을 잡더니 제집 안에 쥐 죽은 듯이 웅크리고 있는 개를 사정없이 끌어내서는 보라는 듯이 K씨 앞으로 끌고 왔다. 오줌을 지리며 낑낑거리기나 할 뿐인 녀석에게서 새벽마다 그토록 절규하던 열정은 찾아볼 수 없었다. 사내는 개가 도망가려고 버팅기자

잡았던 줄을 놓아주고는 손바닥을 탁탁 마주쳐 털었다.

"보시다시피 털만 북실댔지 순 허깨비 같은 개새끼요. 순해 빠져서 낯선 사람이 들어와도 짖지조차 못하잖소. 그래, 원하게는 게 뭐요?"

생각 같아서는 당장 뒤돌아서 나오고 싶었지만 할 말은 다 해야겠기에 K씨는 감정을 자제하며 본론을 말했다.

"개의 성대를 제거해서 짖지 못하게 해주시든가, 아니면 다른 데로 보내시든가 해주셨으면 고맙겠습니다."

그렇게 말하는 K씨의 뇌리로 풀어서 키워보라고 권하라던 윤리 선생의 조언이 문득 떠오르긴 했지만, 사람 대하는 태도뿐만 아니라 개 다루는 손길마저 거칠기 짝이 없는 이 사내에게는 그런 부탁이 한낱 우스갯소리에 불과할 것 같다는 생각이 들어서 그만두었다.

"뭐라구, 당신 지금 무슨 권리로 남의 재산을 이래라저래라 하는 거야! 정말 웃기는 사람일세."

이젠 아예 반말이었다. K씨는 이런 사내를 상대하려고 자신이 오후 내내 그토록 마음을 졸이고 옷차림을 가다듬었나 하고 생각하니 맥이 빠졌다.

"댁의 개가 중요한 만큼 저희에게도 밤에 편안히 잠 잘 권리가 있습니다. 정 이렇게 나오신다면 할 수 없지요. 저희도 대책을 세울 수밖에요."

"당신 지금 협박하는 거야! 고발하겠다는 모양인데 어디 해보라구. 살다 보니 별…….

개새끼 좀 짖는 걸 가지고 고발을 하겠다고 협박을 하지 않나, 내 참 기가 막혀서…….

사내는 제 흥분에 겨워서 되는대로 지껄여 대고는 더 이상 상대할 가치도 없다는 듯 현관 쪽으로 돌아섰다. 그렇게 몇 걸음 떼어놓던 사내는 허탈한 심정으로 멍하니 서 있는 K씨를 힐끗 돌아보며 다시 한번 이렇게 내뱉었다.

"당신 왜 거기 서 있어. 빨리 가서 고발해!"

K씨는 참담한 기분으로 힘없이 집에 돌아왔다.

4.

다음 날 새벽에도 은행나무집 스피츠는 변함없이 짖어댔다. 며칠 전부터 텔레비전 아홉 시 뉴스만 끝나면 바로 잠자리에 드는 버릇을 들여가고 있는 덕분에 이사 온 처음 한 주일보다는 한결 견딜 만했다. 인간이란 원체 적응력이 뛰어난 동물이라서 어떤 환경에도 곧 익숙해질 수 있다는 사실을 그는 이렇게 변해가고 있는 자신을 통해 확인하고 있었다. 그러나 이런 자신의 변화가 정말 불가피한 상황 때문이거나 스스로 선택한 것이 아니라 누군가의 강요에 의해서 일어나고 있다면 그건 치욕이요 수모라고 K씨는 생각되었다.

이건 관용이나 이해로 받아들이기에 정도가 지나친 횡포. 예의를 갖춰서 정중하게 해결 방법을 의논하려고 찾아간 자신을 그토록 무참하게 짓밟아버린 은행나무집 대머리를 K씨는 용서할 수 없었다. 자기 아내와 어린 딸이 부러운 눈길로 바라보던 그 아름답고 풍요로운 저택이 차라리 부끄러운 그 무례함, 자기 집 개가 새벽마다 짖는다는 사실도 그로 인해 주민들이 고통을 당하고 있다는 사실도 빤히 알고 있으면서 전혀 미안하게 생각하지 않는 그 이기심과 뻔뻔스러움, 25평짜리 서민 아파트에 사는 주제에 대지 150여 평의 저택과 그런 부를 뒷받침하기 위한 또 다른 보이지 않는 힘을 가진 자기를 상대해서 고발할 테면 해보라며 위세를 떠는 그 거만함. K씨는 불쌍한 그 집 개 짖는 소리보다 이런 것들을 더 용서할 수 없었다.

K씨는 할 수 없이 주민들의 연대 서명을 받아야겠다는 결론에 이르렀다. 예상했던 경우 중 최악의 경우였다. 일단은 경찰에 진정서를 접수시켜서 결과를 보고, 그래도 그 무례한 개 주인이 시정의 의지를 보이지 않는다면 파출소 부소장이 말한 대로 법정투쟁까지 불사하겠다는 생각이었다. 마치 이런 K씨의 각오를 부추기기라도 하듯 은행나무집 개는 줄기차게 짖어댔다. K씨 또한 녀석의 절규를 응원 삼아 관할 경찰서장 앞으로 보내는 진정서 작성으로 날을 밝혔다.

그날 저녁 K씨는 36동의 각 세대를 다시 방문하여 그 개 주인으로부터 자신이 당한 수모와 진정서 제출의 필요성에 대해 설명했다. 학교 아이들 수학여행에라도 따라갔는지 이틀 동안 보이지 않는 202호 윤리 선생을 제외하고는 K씨의 설명을 들은 주민들은 하나같이 그 무례하고 이기적인 개 주인에 대해 분노하면서 진정서 제출에 적극적으로 찬성한다는 뜻을 밝혔다.

그러나 K씨가, '제가 이렇게 작성해 봤습니다만…….' 하면서 막상 연대서명난이 포함된 A4용지 세 장 분량의 원고를 내밀자 태도들이 바뀌기 시작했다. 조금 전까지 함께 흥분하고 고무했던 사람들이 자신들의 실명을 밝혀서 공식적으로 도모하려는 대목에 이르자 흔들리기 시작했던 것이다. 어느 정도 예상은 하고 있었지만 K씨는 난처하기 짝이 없었다.

'우리는 이제 그럭저럭 견딜 만하잖아? 안 그래, 여보.' 하면서 과거지사로 돌리려 하거나, '곧 이사 갈 건데요, 뭘.' 하면서 자신은 열외라는 사실을 상기 시키거나, '이렇게 까지는 아닌데……' 하면서 표현상의 문제를 들고나오는 등 다들 시큰둥한 반응이었다. 맨 윗줄에 본보기로 서명한 자신을 제외하고 는 결국 한 칸의 서명난도 더 채우지 못한 채 K씨는 어깨가 축 처져서 집으로 돌아왔다.

"세상 사람들이 어디 다 내 맘만 같나요. 너무 실망하지 말아요, 여보."

그동안 묵묵히 바라보기만 해온 K씨 아내가 이렇게 그를 위로했다.

"그리고 당신, 이제 그만하셨으면 좋겠어요. 오늘 낮에 알아봤는데, 우리 처음에 봤던 그 집 아직 나가지 않았대요. 비어 있으니까 언제라도 들어오면 된댔어요."

"당신 왜 쓸데없는 짓 해! 우리가 왜 쫓겨가야 되느냐구!"

K씨는 자신도 모르게 버럭 소리를 지르고 말았다. 그러나 K씨의 아내는 침착하게 말했다.

"우리가 왜 쫓겨 가는 거예요? 버리고 가는 거죠. 우리에게도 더러운 것은 버릴 자유가 있다구요."

그날 밤 K씨는 잠을 이룰 수 없었다. 딸아이와 아내가 골방에 들어가서 잠든 사이 K씨는 슈퍼로 나가서 소주 두 병을 사 왔다. 지난 열흘 동안 쌓인 피곤이 한꺼번에 몰려오는데 잠은 영 달아나기만 했다. 소주를 거푸 들이켰어도 정신은 말똥말똥해서 그냥 다 잊어버리고 싶은 생각들을 자꾸만 떠오르게 했다.

어떻게 하면 은행나무집 주인 사내처럼 그토록 철저하게 무례하고 이기적일 수 있을까. 다시는 얼굴을 맞대고 인사조차 나누기 어려울 것 같은 아파트 주민들, 혼자서라도 계속 싸움을 벌여야 하나 어쩌나, 아직 다 풀지도 않은 짐을 다시 꾸려서 이사를 가야 하나 말아야 하나……. 그리고 이런 생각들 사이사이에서 자신의 무력함에 대한 회의와 연민이 비집고 올라왔다.

그의 아내가 쫓겨가는 것이 아니라 버리고 가는 것이라는 기가 막힌 선언을 하긴 했지만, 진실을 말하자면 그게 어떻게 해서 버리고 가는 것이 된단 말인가. 순진하던 아내의 머리에서 이런 궤변까지 만들어지고 있었다는 데 생각이 미치자 K씨는 사람들이 무섭게 느껴졌다.

두 병째 소주가 거의 바닥에 이르러서야 K씨는 억지로 자리에 누웠다. 그런데 어느새 시간은 새벽 세 시를 넘어섰으며 기다렸다는 듯이 은행나무집 스피츠가 짖어대기 시작했다. 길든 짐승처럼 K씨는 다시 자리에서 일어났다. 월월월월, 오오우 월월……. 녀석의 절규는 새벽하늘을 무수히 찢고 또 찢으면서 초연하게 계속되었다.

저것이 어떻게 여느 개 짖는 소리란 말인가. 완벽한 방음 장치를 하지 않고서야 어떻게 저 소리를 들으면서 잠을 잘 수 있단 말인가. 귀머거리들도 아닌데 저 집구석에 사는 인간들은 어떻게 잠을 자는 것인가. 아니, 저희들이야 잠을 자든 않든 수단이 있겠지만, 왜 저희로 인해서 고통받는 남의 사정을 무시하는가. K씨의 신경은 취기의 상승작용을 받아 바늘 끝처럼 곤두섰다. 이보다 더 명백한 증거는 없다. 그자를 깨워서 직접 들어보게 해야 한다. 마침내 K씨는 자리를 박차고 일어나 은행나무집 앞으로 달려갔다.

"야! 이 개 주인 좀 나와 봐! 나와서 짖는 소리를 한번 들어보라구!"

그의 외침 소리가 저택과 아파트 사이에서 쩌렁쩌렁 울렸다. 때맞춰 양옆의 두 저택에서 개들이 자지러지게 짖기 시작했다. 잠시 후에는 무슨 일 났구나 하면서 동네 개들이 일제히 짖어댔다.

"개 주인! 은행나무집 말이야! 내 말 안 들려! 빨리 나오라니까!"

그때까지도 개들만 요란하게 짖을 뿐 어느 집에서도 기척이 없었다. 자신도 알 수 없는 격정에 숨을 헐떡이며 K씨는 계속 외쳤다.

"안 나와! 내가 깨워줄까!"

K씨는 목제 울타리 한 편에 세워져 있던 기다란 각목을 집어 들어 울타리를 후려치기 시작했다. 아파트 창에 하나둘 불이 켜졌고, 양쪽 저택의 이 층에도 차례로 불이 켜졌다. 그러나 끝내 은행나무 집의 창은 깜깜한 채 침묵이었다.

"나와 보라니까! 나와서, 개 소리가 어떤지, 한번 들어보란 말이다!"

마음 놓고 짖어볼 기회를 드디어 만났구나 하고 집집의 개들은 발악을 해댔다. K씨 또한 그런 개들 소리에 묻히지 않으려고 목이 터져라 소리를 질러댔으며, 나중엔 그저 '에이 쌍!', '야아!' 하는 단말마 같은 소리를 반복했다. 어느 것이 개 짖는 소리고 어느 것이 K씨의 절규인지를 분간할 수 없는 소리들로 해서 36동과 단독주택 사이의 골목은 아수라장을 방불케 했다.

그러나 K씨의 광란은 오래 가지 못했다. 그 아수라장을 뚫고 요란한 경적과 함께 경찰 순찰차 한 대가 골목으로 들이닥쳤다. 적당한 거리에서 두 명의 경관이 재빠르고도 절도 있게 차에서 내리더니 그중 한 명이 K씨를 향해 명령했다.

"손에 든 각목을 왼쪽으로 던져라!"

K씨는 손바닥이 얼얼하도록 울타리를 후려 팼던 각목을 멀찍이 던져버렸

다. 두 번째의 명령이 떨어졌다.

"그대로 땅에 엎드렷!"

K씨는 명령대로 했다. 이내 뚜벅뚜벅 다가온 두 명의 경관이 K씨의 양팔을 등 뒤로 꺾어 일으켜 세웠다. 꺾인 팔의 통증 때문에 신음하는 K씨의 귓등으로 한밤 소란으로 인한 안면방해 혐의로 체포한다는 둥 묵비권을 행사할 수 있고 어쩌고 하는 경관의 목소리가 들렸다.

거짓말처럼 골목은 평온했으며 집집마다 밝혀졌던 등불들도 하나둘 다시 꺼졌다. (1999)

서울, 2000년 가을

1.

내가 미진을 처음 만난 것은 아파트 단지의 은행이며 단풍들이 가을이 깊어졌음을 제 빛깔로 한껏 외치기 시작하던 10월 하순경이었으니까 지금부터 대략 한 달 전이다. 그 이름이 본명인지 가명인지, 그리고 성은 무엇인지 미처 물어보지 못해서 알 수가 없다. 단지 '예쁘고 참하다'는 뜻이라며 자랑을 하기에 한자로는 아마 '美眞'이라고 쓰겠거니 하는 생각을 해보았었다. 우리 나이로 열일곱. 내 딸보다 두 살이 많고 나보다는 스물다섯 살이 어리다. 물론 사는 곳이며 생활 형편도 그녀가 들려준 대로 믿고 있을 따름이다. 확실한 것이 한 가지 있다면 내가 사는 아파트 단지에서 가까운 여자고등학교 2학년 학생이라는 사실이다.

나로선 괴이하기 짝이 없는 첫 만남을 포함해서 그동안 우리는 매주 두 번 꼴로 만났는데, 나는 오늘 아홉 번째를 끝으로 그 만남을 끝내야만 했다. 나도 회사를 그만두었기 때문이다. 그동안 그 소녀와 나와의 관계를 지금 와서 생각해 보니, 우리가 두 번째 만나던 날 그녀가 장난스레 이름 붙인 대로 일종의 원조교제 관계였던 것도 같다.

2.

　미진을 만나기 전날 내가 다니던 유신건설이 마침내 대몽건설과 합병하기로 결정되었다. 말이 합병이지 헐값에 그냥 넘기는 꼴이었다. 일차 부도를 맞은 이후 회사 살려보겠다고 15년을 근속한 기획부장인 내가 월급 100만 원으로 버텨온 지 6개월 만이었다. 그날 직원들은 모두 출근했지만, 대리급 이하들이나 일상 업무 처리로 책상에 코를 박고 있었을 뿐 과장 이상 고참들은 초상집에 문상 간 표정으로 좁은 휴게실에 모여 너구리나 잡거나 아예 회사 밖으로 나가버렸다.

　오후가 되자 어디서 유포됐는지 알 수가 없는 50% 감원설에다 기획실이 영순위라는 소문이 돌기 시작했다. 마음의 준비라면 수익곡선과 부채곡선이 도저히 재회할 수 없을 위치로 멀어져간 지난여름부터 다져온 터라 이런 식의 내몰릴 시나리오가 별로 새삼스러울 게 없었다. 기획실이 영순위라면 최고참인 내가 당연히 테이프를 끊는 첫 번째 주자일 수밖에 없었다.

　그날 저녁 나는 석 달 동안 아내와 아이들에게 온갖 불편을 강요해가며 안방 가득 벌여놓았던 자료들을 휩쓸어 정리하는 일로 착잡함을 달랬다. 지난 10년간의 국내외 영업실적 자료들을 이 잡듯 재분석하고, 최근의 건설수급 동향과 향후 5년간의 전망치며, 경쟁사에 다니는 동창을 구워삶아 어렵게 뽑아낸 대외비 자료까지 동원해서 꾸린 회사 회생 방안은 이제 그 실행 여부는 고사하고 발표 기회도 얻지 못한 채 휴지가 돼버렸다. 낮에는 회사에서, 밤과 주말은 집에서 오직 회사 살려보겠다는 일념으로 쌍코피를 쏟아가며 애쓴 결과가, "자금난과 수주 부진으로 어려움을 겪어온 국내 굴지의 유신건설이 끝내 제삼자 매각의 길을 걷게 되었습니다."라는 아홉 시 뉴스의 헤드라인을 장식하는 것으로 끝나고 만 것이다.

"공부를 그렇게 했으면 박사 논문 열 편은 썼겠네요."

사태의 심각성을 자세히 모르는 아내의 이런 타박을 들어가며 회사에 반납할 자료들을 추려서 박스에 챙기는 데만 꼬박 두 시간을 설치고 나니 나머지 복사물들이며 잡지, 스크랩 철 따위는 쳐다보기도 싫었다. 한편으론 잘 갈무리해서 베란다 구석에라도 쌓아놓을까 하는 생각도 없지 않았으나, 다 끝난 마당이라는 절망감이 고개를 들자 다 팽개치고만 싶었다. 나는 날이 밝는 대로 내다버리기 위해 그것들을 한데 뭉뚱그려 비닐 끈으로 단단히 묶어버렸다.

"너무 걱정하지 마. 오늘 당장 쫓겨나는 건 아니니까."

이튿날 새벽, '잘 다녀오세요.'라는 목소리에 풀기가 쪽 빠져버린 아내를 이렇게 안심시키고는 전날 밤 묶어서 문간에 기대놓은 폐지 뭉치를 집어 들었다.

"그냥 놔두고 가세요. 이따가 내가 내다 놓을게요."

"차를 그쪽에 세워놨어. 그리고 거기 너무 후미지잖아. 앞으로는 당신 혼자서 가지 말라구."

거기란 뒷산 자락으로 향한 우리 동의 맨 끝쪽, 지하주차장 환기구 겸 출입 계단 옆에 잇대어 붙인 네댓 평짜리 시멘트 구조물로, 매주 수요일 아침의 재활용품 수거 시간을 맞추지 못한 주민들이 벼르고 벼르다가 막판에 이용하는 창고다. 우리도 서너 달 만에 한 번씩 하는 대청소 때마다 묵은 신문이며 빈 박스 따위를 묶어다 넣어두곤 해왔는데, 산에서 뻗어 내린 떡갈나무

가지들과 아파트 단지에서 뻗어 오른 히말라야시다의 가지들이 뒤엉켜서 평소에도 경비원들 외에 주민의 발길이 잘 닿지 않는 곳이다.

창고의 철문 앞에 폐지 뭉치를 내려놓은 나는 문을 열려다가 이상한 낌새에 멈칫하고 말았다. 그러고 보니 올 때마다 질러져 있던 빗장이 벗겨졌고 철문의 틈새도 조금 벌어져 있었다. 분명 안쪽에서 난 인기척이었다.

"안에 누가 있어요?"

나는 오늘따라 관리인이 일찍 나와서 폐품 정리를 하고 있나 보다 하고 생각했다. 그러나 대답이 없었다. 뭔가를 끄는 듯도 하고 옷자락들이 비벼지는 소리 같기도 했는데 거짓말처럼 뚝 그친 것이다. 관리인이라면 조명도 창도 없는 깜깜한 그 안에서 문을 닫은 채 작업을 할 리가 없었다.

나는 '잘못 들었나.' 하고 생각해 보았지만 불과 몇 초 전의 청각 잔상은 너무나 생생했다. 소리는 멈췄지만, 철문 안쪽에서 전해오는 어떤 미지의 기운이 나의 호기심을 강하게 자극했다. '분명 안에 사람이 있다.' 나는 반사적으로 철문에서 한 걸음 뒤로 물러났다. '누굴까?' 요즘 관리실에서 아침저녁 방송으로 주의하라고 경고해온 '단지 내에 들끓는 좀도둑'일까. 무엇엔가 쫓기는 사람일까. 어쨌든 나는 10여 초의 긴장된 대치 속에서 철문 안의 그 미지의 사람이 밝아오는 아침거리로 떳떳이 얼굴을 내밀 수 없는 처지임에 틀림없다고 생각했다.

"안에 누가 있지요?"

좌우로 유리한 위치에 서 있는 나로서는 100미터도 넘는 경비실을 향해 그냥 돌아서기가 얼른 내키지 않았다. 그보다 지척에서 숨죽이고 있는 그 사람의 정체가 궁금해서 발을 뗄 수가 없었다. 나는 안에 있는 사람이 불안을 느끼지 않도록 하기 위해 가능한 한 부드러운 목소리로 한 번 더 재촉해 보았다.

"괜찮으니까 문을 열어봐요."

뜻밖에도 안에서 들려온 것은 앳된 소녀의 목소리였다.

"아저씨가 들어오세요. 나갈 수가 없어요."

조금 떨리기까지 하면서 가녀린 애원조였다. 나는 그 애원조에 보조를 맞춰 조심스레 철문을 열었다. 짧은 순간 깜깜한 창고 안은 차갑지만 눈부시게 밝은 빛이 담뿍 채워졌다가 사라졌다. 그 푸른빛의 명멸 사이에 드러난 모습이 나의 놀란 눈길을 통과해서 그대로 기억에 각인되어 버렸다. 열예닐곱이나 됐을까. 불안하고 부끄러운 듯 움츠린 소녀는 브래지어와 팬티만 걸친 알몸이었다. 빛은 그녀의 손에 들린 손전등에서 터졌다가 꺼진 것이었다. 어둠 속에서 가늘지만 강인한 손길이 재빨리 나의 옷소매를 잡아끌었다.

"죄송하지만요, 아저씨만 알고 계시면 안 될까요?"

소녀는 아예 나의 품 안으로 파고들었다. 상황파악이 얼른 되지 않는 내게는 소녀가 추울 거라는 생각이 먼저 들었다. 결코 풍만하다고 할 수 없는 등과 허리의 근육은 경직돼 있었고 피부에 돋은 소름이 나의 손바닥에 까실하게 느껴졌다.

"왜 옷을 벗고 있지?"

"약속하시는 거죠?"

"이유를 얘기해준다면."

"이유는 없어요. 원하신다면 저를 가지셔도 좋아요."

저돌적이고도 맹랑한 타협안이었지만 그만큼 절박하다는 뜻으로 들렸다.

"하, 그러기엔 너무 갑작스러운데. 나는 지금 출근길이야."

"알았어요. 아저씨는 좋은 분 같아요."

비로소 소녀는 내 품에서 빠지더니 찰칵하고 다시 손전등을 켰다. 다시금 그녀의 알몸이 어둠 속에 드러났다. 나는 얼른 그녀의 얼굴을 살폈다. 그러나 이내 손전등의 푸른 빗줄기가 더듬은 곳은 그녀의 가느다란 종아리 아래 까만 하이힐의 뒷굽 쪽이었고 거기에 종이 쇼핑백과 옷가지들이 흩어져 있었다. 불빛은 거기서 다시 꺼졌다.

"내가 비춰줄까?"

"괜찮아요. 하지만 나가시면 안 돼요."

3분여가 흘렀을까. 소녀가 세 번째로 밝혀 든 손전등 불빛은 다시 한번 나를 놀라게 했다. 평소 출퇴근길마다 아파트 단지 옆 도로 가의 보도를 가득 메우는, 흰 블라우스에 곤색 스커트 차림의 여고생들 중 하나가 장난기 어린 미소까지 머금은 채 내 앞에 서 있었던 것이다.

"아니, 아가씨는 희망여고 학생이야?"

"놀라셨죠?"

"그런데 왜 여기서······."

소녀가 검지를 펴서 나의 입에 갔다 댔다.

"무슨 말씀 하시려는지 다 알아요. 궁금한 게 한두 가지가 아니시잖아요. 하지만 저도 지금은 시간이 없어요. 자율학습 세 번 지각하면 열흘 동안 보충으로 채워야 되거든요. 오늘이 그 세 번째예요."

"여기서 옷을 갈아입나?"

"일주일에 두세 번요."

"왜?"

"왜라는 말은 너무 복잡해요."

"언제 얘기해줄 건데?"

"핸드폰 번호 가르쳐주세요."

"넌 핸드폰 없니?"

"있지만 지금은 안 돼요."

"나를 못 믿는구나."

"어른들은 다 못 믿어요."

"그럼, 난 너를 어떻게 믿지?"

"제가 말하지 않으면 경비실이나 학교로 가실 거잖아요."

이것이 미진과의 첫 만남이었다.

3.

대몽건설과의 매각 협상이 진행되는 동안 회사 분위기는 의외로 차분했다. 내 책상 위에는 여느 날과 다름없이 건설일보와 경제신문, 세 가지 일간지가 가지런히 놓였고, 부서 직원들도 빠짐없이 출근해서 자리들을 지켰다. 대몽건설 측에서 다음 달까지 지난 6개월간의 체불임금을 해결하겠다는 조건과 사무직 생산직 불문하고 임원을 제외한 전 인력에 대해 1년 동안 감원을 하지 않을 것이며, 그 후에 단계적인 구조조정에 들어가겠다는 조건을 공표했으므로 노조에서도 별다른 움직임을 보이지 않았다.

초기에 떠돌았던 50% 감원설이나 기획실 영순위설도 슬그머니 자취를 감추었다. 과거 비슷한 예에서 봐왔듯이 이런 경우 과장 이상의 간부급들은 자의든 타의든 반 이상 회사를 떠나야 했던 관례를 깨는 조건이었다. 국내 건설 경기 자체가 불황기에 접어든 상황에서 이렇게 파격적인 조건으로 부실 덩어리 회사를 떠안는다는 것은 어딘지 앞뒤가 맞지 않았다. 당장 죽기 살기로 들고 일어날 노조를 잠재우기 위한 고단수 전략이 아닌가 하는 의문이 들었지만, 불안에 떨었던 직원들은 일단 안도의 한숨을 내쉬는 분위기였다.

하지만 내 경우는 달랐다. 기획실 영순위설이 자취를 감추었다고 하나 그 설과는 관계없이 스스로 알아서 관두는 것이 두 회사 모두에 대한 예의였다. 경영자의 책임은 차치하고 우리나라 기업 조직의 성격상 경영부실의 가장 큰 책임은 일단 기획실에 있다고 보는 인식이 지배적이기 때문에 새로 짜일 기획 부분 진용에 어찌 부실한 인원이 끼어들 수가 있겠는가 말이다. 결국 내 운명은 대몽건설에서 제시하는 장밋빛 인수조건에도 불구하고 여전히 불안하기 짝이 없는 상황에 놓여 있는 셈이었다.

그렇다면 내가 버틸 수 있는 기간은 기본적인 인수인계 절차가 대충 끝날 때까지 길어야 한 달 정도였다. 그 후의 대책? 언제 대책을 세워볼 여유나 있었던가. 지난해 말 연봉 3,300만 원으로 계약은 했지만 금년 들어 제대로 수령한 월급은 석 달에 불과하고 그 후 내내 월 100만 원씩 밖에 수령하지 못했으니, 계약 기간 두 달을 남겨둔 시점에서 수령한 총금액은 1,500만 원이었다. 이번 달까지 해서 나머지 1,500만 원 정도를 더 받는다 해도 이미 당겨 쓴 가계비를 충당하고 나면 남는 게 별로 없을 것이다. 퇴직금? 그래 15년간 근무한 퇴직금이 있다. 하지만 어림잡아 5,000만원 남짓. IMF 외환위기 사태 직후에는 특별위로금이라고 해서 퇴직금에다 1년 치 월급을 얹어주곤 했었는데 다 옛날얘기다. 그러니 퇴직과 동시에 손에 쥘 돈이라고는 6,500만 원 정도가 전부인 셈이다.

그러면 그동안 재테크엔 관심이 없었던가. 회사가 그런대로 호황을 누리던 IMF 사태 직전에 무리 좀 해서 양평 부근 전원주택 한 채를 사두었으나 반값으로 떨어진 지 3년이 돼가도록 요지부동인데다 팔리지도 않고 있다. 또 수완 좋은 증권회사 동창만 믿고 작년 여름에 투자한 5,000만 원의 주식은 한때 2억 원대로 불어나서 살림 좀 펴는가 싶었는데 지금은 800만 원으로 쪼그라들어버렸다.

그나마 서른 평 아파트가 내 집이고 아내가 번역 아르바이트로 최저생계비나마 벌고 있어서 다행이라면 다행일까. 일흔 넘으신 어머니가 잔병치레 없이 건강하시니 식구 입에 풀칠이야 어떻게든 한다고 해도 당장 초등학교 6학년 아들놈과 중학교 3학년 딸애의 대여섯 가지 과외비는 어떻게 한단 말인가. 다른 건설회사에 다니는 친구가 위로 차 전화를 해서 자기 회사에 자리를 알아본다고는 했지만, 회사마다 어떻게 하면 한 명이라도 더 내보낼까 하고 눈을 부릅뜨고 있는 판국에 마음만 갸륵할 뿐이지 그게 어디 쉬운 일인가. 창업이라는 돌파구도 있다고들 한다. 그러나 내 재주에 벤처회사를 차릴 자본도 용기도 없으니 눈에 띄느니 피자집이요 생과일 아이스크림 하우스, 치킨 체인점이라 역시 막막한 따름이었다.

미진이 전화를 걸어온 것은, 그날 아침 폐품창고에서 내 핸드폰 번호를 손바닥에 적어가고 난 이틀 후 퇴근 무렵이었다. 한 걸음 한 걸음 닥쳐오는 현실의 절박감과 장래에 대한 대책 없는 상념들 사이사이에서 어쩌면 나는 그녀의 전화를 목마르게 기다렸는지도 모른다. 달리 표현하자면, 이런저런 현실에 대한 대책이 막힐 때마다 묘하게도 거기서부터 미진에 대한 상념이 시작되는 것이었다. 그날 새벽 불안에 떨던 그녀의 움츠린 모습을 향해 어느덧 나의 상념은 나래를 펴고 한없이 구름 속을 헤매는 것이었다. 문득 나는 자문해보았다. '내가 무엇에 홀렸나?' 그런지도 몰랐다. 푸른 손전등 불빛과 더불어 TV CF의 스킵 영상처럼 명멸했던 그녀의 눈부신 나신이 날카롭게 되살아날 때면 나도 모르게 떨리는 한숨이 토해졌으며 그것은 이내 은근한 흥분의 여운으로 이어졌다.

그 이틀을 견디는 동안 나는 물론 그녀가 우려했던 경비실을 찾아가지 않았고 그녀의 학교 근처에도 얼씬거리지 않았다. 이미 그녀가 던진 덫인지도 모르겠지만 평소 외출 때를 제외하고 항상 책상 위에 놓아두던 핸드폰을 안주머니에 고이 챙기는 버릇이 생겼다.

"아저씨 저예요. 기억나시죠?"

나는 대번에 알아들었지만 짐짓 거리를 두었다.

"아, 그래. 어디지?"

"분수공원 입구 버스정류장요."

"그런데 여긴 어떻게 알았어?"

"만나서 얘기할게요."

"알았어. 곧 나갈게."

"그런데 아저씨, 저 알아보시겠어요? 교복 안 입었거든요."

"버스정류장에서 한 오십 미터쯤 위쪽에 택시 정류장이 있어. 거기서 5분 후에 비상등 깜빡이는 차를 타면 돼."

미색의 화사한 투피스 차림으로 미진은 보도 위에 서 있었다. 하이힐 때문인가 훌쩍 큰 키에 곡선을 살린 정장이 누가 봐도 여고 2년생이라고는 믿지 못할 만큼 성숙해 보였다. 나는 속도를 낮추고 비상등을 켰다. 그녀가 지체없이 다가와 내 옆자리에 올라탔다. 낯선 향수 냄새가 풍겼고 그녀의 꼬고 앉은 무릎 위로 아슬아슬하게 치켜 올라간 스커트 자락이 눈을 어지럽혔다. 이렇게 그녀가 움직이는 순간마다 나는 가슴이 뛰었다. 이때까지 내 차에 동승한 어떤 여자에게서도 나는 그런 느낌을 받지 못했었다. 되도록 빨리 그리고 멀리 달리고 난 후에야 나는 그녀에게 물었다.

"어디가 좋을까?"

"방배동이요. 거기서 아르바이트 하거든요."

"그런데 회사는 어떻게 알았지?"

"회사뿐인 줄 아세요. 아저씨 이름도 알아요. 이제 아저씨는 제 손안에 있어요."

나는 무심코 그녀 쪽으로 고개를 돌렸다. 그녀는 웃고 있었다.

"이게 수렁으로 빠지는 길목이 아니기를 하는 표정이시네요. 하지만 너무 신경 쓰지 마세요. 저 그렇게 나쁜 애 아니니까요. 거기 옷 갈아입으러 다시 갔다가 아저씨가 갖다 놓은 폐지 뭉치를 들춰봤어요. 뭐 하는 분인가 궁금해서요."

"나는 아직 네 이름도 몰라."

"미진이요. 예쁘고 참하다는 뜻이래요. 아저씨는 어때요?"

"예쁜 이름이군."

나는 무슨 아르바이트인지 묻지 않았다. 그 색깔은 이미 엿본 마당이었고 자세한 내용을 듣기에는 시간이 많았다. 러시아워의 남부순환도로는 여지없이 만원이었다.

"저 못된 애 같죠?"

"글쎄."

"뭣부터 얘기해 드릴까요?"

"몇 학년이야?"

"2학년이요."

"집은?"

"아이, 참. 빙빙 돌리지 마세요. 왜 거기서 옷을 홀랑 벗고 있었는지가 제일 궁금하시잖아요?"

"그래. 그럼, 그 얘기부터 해봐."

"저 단란주점에 나가요. 룸에서 잠깐 눈 붙이면 날 새잖아요. 화장 지우고 세수하고 달려가서 옷 갈아입는 곳이 거기예요. 교복 때문에 그럴 수밖에 없어요. 학교를 그만둘 수는 없고……."

"집안이 어렵니?"

"집안 얘기는 안 할래요."

"출근은 몇 시부터니?"

"출근이라고 하시니까 우습네요. 그냥 가게 근처에서 저녁도 먹고, PC방에서 채팅도 하면서 시간 죽이다가 열한 시 넘어서 핸드폰 오면 룸 뛰러 가는 거예요."

"돈은 좀 버니?"

"룸 한번 뛰면 삼만 원 받아요. 대개 두 탕 뛰는데 맘 좋은 아찌 만나면 차비도 얻고 그렇게 해서 하룻저녁에 보통 10만 원은 벌어요. 공치는 날도 있고요."

봉천동 사거리를 100여 미터 남겨두고 20분이 넘도록 차들은 꼼짝을 하지 않았다. 차라리 상도동 길로 해서 총신대 쪽으로 길을 잡을 걸 잘못했다고 생각해 보았지만 소용없었다. 미진의 얘기는 거기서 끊겼다. 뚫리지 않는 길만큼이나 답답하게 나도 한동안 할 말이 없었다.

"아저씨 애기 있어요?"

"내 나이에 애가 없으면 어떡하니."

"아들이에요, 딸이에요?"

"아들딸 다 있다, 왜?"

"아저씨, 저 오늘 혼내키실 거죠?"

"혼날 짓 했나 보지."

"저 불량학생이잖아요. 학교에서 알면 당장 퇴학이에요."

"그래도 학교는 잘 다니나 보구나."

"학교마저 안 나가면 우리 엄마 죽어요."

이쯤에서 내가 궁금했던 사실은 거의 다 들었는지도 모른다. 하지만 이 얘기를 듣자고 이틀이나 초조하게 그녀의 연락을 기다렸던 것일까. 아니면 자식 키우는 어른으로서 잘못된 길로 빠진 한 청소년을 올바른 길로 인도해보겠다는 의협심 때문에 이렇게 노심초사했더란 말인가. 아주 쬐끔, 그랬는지도 모르겠다. 그러나 솔직히 많게 기대한 것은 이런 상식이 아닌 그 무엇. 코가 석 자나 빠져버린 현실이면서도 떨쳐버릴 수 없는 야릇한 그 무엇을 나는 쫓아온 게 아니던가.

어쨌든 나와 미진은 러시아워의 교통지옥을 뚫고 방배동의 한 조용한 카페에 마주 앉아 저녁을 먹었다. 조용히 얘기할 수 있는 분위기 때문에 정한 곳이었지 밥이 목적은 아니었다. 아주 옛날에 먹어봤던 함박 스테이크가 내 입맛에는 맞지 않았으나 미진은 맛있게 먹었다. 후식으로 나는 커피를 미진은 아이스크림을 시켰다.

"아저씨 금방 들어가실 거죠?"

시계를 보니 8시 30분을 넘고 있었다. 이것이 주제넘은 청소년 상담인지 낯간지러운 데이트인지 헷갈리긴 했지만 어차피 맘먹고 낸 시간이라 딱히 일찍 들어갈 이유는 없었다.

"왜 내가 빨리 갔으면 좋겠니?"

"아뇨. 저하고 얘기 더 하실 수 있나 해서요."

"그럼. 오늘 너하고 얘기하려고 시간 낸 건데."

"아저씨, 아직도 궁금한 거 많죠?"

궁금한 것. 그래 그 궁금한 것 때문에 내가 이렇게 시간을 낸 게 아닌가. 그런데 그 궁금한 것이 뭐지? 뭘까? 궁금하긴 한데, 그게 뭔지 꼬집어낼 수가 없었다.

"궁금한 것도 같은데 그게 뭔지 잘 모르겠네."

"그럼 궁금한 게 없는 거예요. 솔직하지 못하든지요."

나는 여기서 막히고 말았다. 이 아이를 만나기 위해 내가 무슨 사전준비를 할 수 있었던가. 그저 실없이 웃기나 할 뿐이었다.

"아저씨 삼행시 아시는 거 있어요?"

"없는데. 네가 한번 해봐라."

"좋아요. 아저씨로 할게요. 운 떼주세요."

"아."

"아저씨."

"저."

"저 좀 보세요."

"씨."

"씨발 되게 뜸 들이네."

나는 실소를 금할 수 없었다.

"재미있네."

"또 있어요. 이번엔 아가씨로 해요. 원래는 아저씨가 해야 되는 건데. 그냥 제가 해볼게요."

"아."

"아가씨."

"가."

"가자구."

"씨."

"씨비나 하게."

"요즘 여고생들 그런 삼행시 읊고 다니니?"

"룸 언니들한테 배운 거예요."

나는 또다시 웃기나 할 수밖에 없었지만, 그녀의 삼행시에 박힌 가시를 깨닫지 못할 만큼 둔하지는 않았다. 이미 처음 만나던 날 새벽에 이 아이는 '원하시면 절 가지셔도 돼요.'라고 하지 않았던가. 그러나 뭐든 학습하지 않고서는 잘할 수 없는 법이다. 이렇게 딸아이처럼 어린 소녀는 고사하고 외간 여자라면 말같이 다 큰 여자조차 이제껏 나는 그림의 떡으로밖에 어울려본 적이 없었던 것이다.

미진의 삼행시로 해서 얼마간 벽이 허물어지긴 했지만, 여전히 어색한 구석에 이리저리 부딪히면서 우리는 식은 커피와 녹은 아이스크림을 다 비웠다. 계산을 끝내고 난 내 지갑에는 3만 원이 남아 있었다. 갑자기 왜 그럴 생각이 났던 것일까. 나는 남은 3만 원을 꺼내 미진에게 건넸다. 의미 있는 미소를 짓더니 그녀는 그걸 받아 쥐었다.

"제가 이걸 받으면 아저씨하고 제 관계가 뭐가 되는지 아세요?"

"뭐가 되긴, 나는 그저 오늘 네가 시간을 내줬길래……."

"후후후, 이제 아저씨와 저는 원조교제 관계예요. 아셨죠?"

순간 얼굴이 화끈했다. 돌아오는 차 안에서 나는 원조교제라는 화두와, 그리고 그녀와의 세 번째 만남에 대해 골몰하고 있었다.

4.

미진과의 세 번째 이후 만남은 수요일과 금요일 오후 7시경부터 서너 시간씩 사당동과 방배동의 몇 군데 카페를 돌아가며 이루어졌다. 회사가 넘어가기 전, 평소 내 퇴근 시간은 거의 매일 11시가 넘었기 때문에 집에서는 아무도 의심하지 않았다. 무너진 기업의 마무리 일이라는 것도 변변할 턱이 없어서 6시만 넘으면 일찌감치 자리를 정리하고 나왔다.

우리가 만나서 하는 일이란 처음과 별반 다를 게 없었다. 만나면 식사부터 하고 차 마시고 가끔 칵테일을 곁들이면서 이런저런 얘기를 나누는 것이었다. 그러다 보면 보통 5만 원이 들었고 어떤 날은 3만 원, 어떤 날은 5만 원을 미진에게 용돈으로 주었다.

이 돈은 집에서 타 쓰는 빠듯한 용돈으로 모자라 할 수 없이 일부를 카드에서 뽑을 수밖에 없었다. 다행히 미진은 돈을 더 달라거나 무엇을 사달라거나 어디 놀러 가자거나 하고 보채지 않아서 편했다.

얘기는 주로 미진이 하고 나는 듣는 편이었는데, 같이 일하는 고참 언니들에게서 들은 음담패설이며 갖가지 유형의 남자 손님 행태들, 이른바 본격 원조교제를 하는 다른 친구들 얘기, 주유소, 편의점 아르바이트 등등 그런 내용이었다. 내가 간간이 눈치를 봐가며 집안 사정이나 학교생활에 대한 질문을 던지기도 하는데, 그 부분만은 여덟 번째 만날 때 가지 '예, 아니오' 식의 대답 밖엔 들을 수 없었다.

만나자마자 러브호텔로 직행하거나 차 안에서 헐떡대고 화대를 주고받는 소위 매스컴에서 떠드는 원조교제족들이 보면 싱겁기 짝이 없을 테지만 나도 미진도 그쪽에 대한 사인을 주고받지 않았다. 물론 두 번째 만났을 때 미진이 삼행시로 내 의중을 떠보기는 했어도 알고 보니 그것이 바로 이후의 만남을 결정짓는 분기점이었다.

"그게 무슨 교제예요. 몸 파는 거지."

세 번째 만나던 날 미진은 요즘 매스컴 버전의 소위 원조교제를 이렇게 일축했다. 그리고 이런 얘기도 했다.

"그거 좋아하는 기집애들 꽤 많아요. 꿩 먹고 알 먹고. 그렇게 해서 받은 돈으로 메이커 신발 사고, 쩨(외국 유명상표) 화장품에다 옷 같은 거 사는 애들 말예요. 남자친구랑 짜고 사기도 치구. 집에 알린다고 협박해서 목돈 뜯어내고…… 아저씨들만 호구 잡히는 거죠, 뭐. 다 아저씨들이 꼬셨다가 당하는 거긴 하지만요."

그렇다고 그녀가 순결하거나 성적 결벽증이 있는 것은 아니었다. 그녀는 스스럼없이 룸 손님과 이 차를 갔던 얘기도 했다. 내키지 않았지만 자기네 가게에서 계속 일을 하려면 알아서 하라는 마담 언니의 강요에 의한 것이었고 어디까지나 비즈니스 차원에서 응한 서비스였다고 토로했다. 말하자면 자기는 성 자체를 돈 받고 팔지 않았다는 주장이었다.

어쨌거나 이렇게 싱거운 만남이었어도 내겐 그 시간들이 예전에 맛보지 못했던 설렘을 일으켜주고 긴장감 넘치는 쾌감에 젖게 하는 시간이었다. 시시각각 다가오는 사표 쓸 순간의 처량함이나 아련히 떠올려볼 추억거리 하나 없이 회오리바람 속을 지나온 것만 같은 지난 15년이 쓸쓸하게 느껴질 때 어김없이 내 마음은 미진을 향해 날아갔다.

그래서 그녀는 현실의 존재라기보다 환상, 우연히 길을 걷다가 부담 없이 주울 수 있는 예쁜 단풍잎 하나같은 그런 살아 있는 환상이었다. 내가 주는 용돈이 넉넉지 않은지 어떤지 한 번도 불평하지 않았던 그녀 역시 나를 싫어하지 않는 눈치였다. 그녀의 표현대로 우리는 '궁합이 잘 맞는 커플'이었던 셈이다.

그녀가 드디어 속사정을 털어놓은 것은 여덟 번째 만나던 날이었다. 그날 미진은 몸이 좋지 않아 쉬기로 했다면서 내게 맥주를 사겠다고 자청했다. 그녀는 술을 잘하지 못했다. 맥주 한 잔을 힘겹게 마시고는 얼굴이 빨개져서 숨까지 할딱거렸다.

"그래가지고 어떻게 룸서비스를 하니?"

"요새는 억지로 먹이는 손님 없어요. 매상 올리려고 마셔야 할 때도 있는데 금방 화장실에 가서 토해버리면 돼요. 우리 가게는 삼류라 노래 잘 못 불러도 되고, 술값이 싸니까 성가시게 구는 아저씨도 잘 없어요."

이런 얘기 끝에 미진은 빈 잔을 한참 만지작거리다가 이렇게 말했다.

"그런데 말이죠. 저 궁금한 게 하나 있어요."

"뭔데?"

"아저씨는 왜 저랑 이 차 가자는 얘기 안 해요?"

"왜, 그게 이상하니?"

"아뇨, 이상하다기보다는 남자들 다 그렇잖아요. 아저씨라고 해서 다를 게 뭐 있나 싶기도 하고…… 언젠가는 그런 얘기를 하실지도 모르지만……"

나는 이 아이가 나 같은 가난뱅이와 더 이상 만나봐야 별 재미없으니 이제 끝내자고 말하는 건 아닌가 생각했다.

"나는 지금이 좋지만, 언젠가는 이 차도 한번 해야지 하고 생각하던 중이야. 지금 같은 관계가 부담되니?"

"사실은 그런 뜻이 아니었어요. 저 아저씨 좋아해요. 무지무지요. 우리 아빠보다 더요. 그래서 아무한테도 안 한 얘기 해드리려고 그런 거예요."

"이 차 같은 거 안 해도 얼마든지 들어줄 수 있어."

"하지만 절대로 부담 같은 거 갖지 마세요. 그냥 누구에게든지 안 하면 못 견딜 것 같아서 그래요."

그녀는 역시 가슴에 맺힌 얘기를 누군가 믿을 수 있는 사람에게 털어놓지 않고서는 견디지 못하는 그런 어린 소녀에 불과했다. 내일이 될지 모레가 될지 이미 써놓은 사표를 주머니에 넣고 다니며 던질 순간만을 짚어보고 있는 나였지만, 그녀가 들려준 사연은 5,000만 원의 퇴직금이 너무 적어서 그것으로 무얼 할 것인가 막막하던 나를 한없이 부끄럽게 만들었다.

미진은 아래로 중학교 1학년, 초등학교 5학년인 두 남동생과 신장병으로 누워 있는 어머니를 부양하는 소녀가장이었다. 중장비 기사였던 아버지가 건재하던 재작년까지만 해도 남부럽지 않게 행복한 가정이었다. 그러나 아버지는 작년 여름 다니던 건설회사가 부도나는 바람에 실직하고, 여기저기 건설현장에서 막노동을 하다가 다리를 다쳐 그동안 벌어놓은 돈마저 죄다 까먹고 지하

단칸방으로 이사를 했다. 어머니가 파출부, 식당 도우미, 도배 보조원 등 닥치는 대로 일을 해서 생활을 꾸렸지만, 아버지 치료비 때문에 끼니도 잇기 어려운 형편이었다. 그러던 금년 봄 아버지는 '자리 잡아서 소식 전할 테니 용기 잃지 말고 꿋꿋이 살아라.'는 편지 한 장을 써놓고 집을 나가고 말았다. 어머니와 미진은 서울역, 용산역, 노숙자 쉼터, 청량리 희망의 집 등을 비롯해서 전국을 헤맸으나 아버지를 찾지 못했다. 마음을 다잡아먹은 어머니는 세 아이 키우고 가르치기 위해 밤낮을 가리지 않고 일했다. 미진도 주유소 주유원, 신문배달원, 패스트푸드점 점원 등의 아르바이트로 생활을 도왔다. 그러나 경기가 나빠지면서 그런 일자리마저 얻기가 쉽지 않아진데다 급료도 낮았다. 미진은 학교를 그만두고 본격적으로 생활전선에 뛰어들겠다고 했지만, 어머니의 만류로 학업만은 포기할 수 없었다. 지난여름부턴가, 밤에 하는 일거리라면서 나가기 시작한 어머니는 자주 술에 취해 돌아왔고 생활은 예전보다 나아졌다. 어머니는 그저 유흥가 주변의 밤샘하는 식당에서 일한다고만 했다. 그 어머니가 지난달 쓰러진 것이다. 신장이 크게 상하여 두 달 내에 수술을 받지 않으면 죽을 수도 있다는 진단이 나왔다. 미진이 월 30만 원도 벌고, 40만 원도 벌던 아르바이트를 그만두고 단란주점에 뛰어든 것은 바로 그때부터였다.

"엄마는 제가 한 달에 100만 원도 넘게 버는 줄 모르고 계세요. 그냥 밤샘 편의점 점원인 줄만 알고 계신 거죠. 다음 달까지만 벌면 일 차 수술비는 돼요."

"수술비가 얼만데?"

"이 차까지 해야 하는데 모두 천만 원 정도 든대요."

"그 돈을 어떻게 벌려고?"

"앞으로 육 개월만 더 룸 뛰면 벌 수 있어요."

나는 뭐라고 할 말이 없었다. 남은 맥주잔을 기울이는데,

"그런데 말이죠, 정말 슬픈 거는……."

담담하게 이어가던 미진이 갑자기 흐느끼기 시작했다. 그렇게 한참을 주체하지 못하고 울던 그녀는 다시금 자세를 가다듬고 끊어진 얘기를 이었다.

"엄마가, 우리 엄마가, 내가 나가는 그 술집에서 일을……."

"그걸 어떻게 알았어?"

"마담 언니하고 얘기 끝에 알게 됐어요. 나는 모른 척했지만…… 아저씨 처음 만나던 날, 그 창고에 가서 얼마나 울었는지 몰라요."

나는 테이블 너머로 손을 뻗어 눈물 젖은 그녀의 조그만 손을 꼭 잡아주었다.

5.

내가 예상했던 한 달을 다 채우지 못한 채 사표를 던질 때가 왔다. 아침 일찍 회사에 나가니 내 자리 회의 탁자에 오 부장, 박 부장, 차 부장 등 고참 간부들이 자판기 커피 한 잔씩을 앞에 놓고 송충이 씹은 얼굴들을 하고 있었다.

"김 부장, 이거 봐."

어떻게 입수했는지 오 부장이 내민 A4 복사지에는 새 조직원 명단이 빼곡히 적혀 있었다. 예상대로 맨 윗줄의 기획부 여섯 명 명단에 내 이름은 들어 있지 않았다. 3년차 최 대리와 금년에 입사한 신입사원 한 명만이 구색 갖추듯 맨 아래에 들어 있었고 위 칸의 나머지는 낯선 이름이었다.

"우리 다 개털 됐다. 일 년 동안 구조조정 안 한다고 해놓고 이런 식으로 간부들부터 조지는구먼."

한 시간이 못 돼 회사 전체가 술렁이기 시작하자 사내방송이 흘러나왔다.

"전 사원에게 알립니다. 현재 사내 일부에 근거 없는 조직명단이 나돌고 있으나 회사 인사정책과는 무관한 문건이므로 직원 여러분께서는 동요하지 마시고 동 문건을 가지고 계신 사원께서는 즉시 인사부로 전달해 주시기 바랍니다."

이렇게 해서 진정될 일이 아니었다. 노조위원장이 급히 사장실로 들어갔고 과·부장 급 간부들은 자체적으로 긴급 대책회의를 소집했다. 오전 내 이런 북새통을 겪은 끝에 사장이 직접 나서서 문제의 문건을 찢어 보이며 사과하는 것으로 겨우 사태가 진정됐다. 그날 퇴근 무렵 나는 5년 동안 모셔온 직속상사 황 상무를 찾아가 일주일 전부터 품고 다니던 사직서를 제출했다. 비장한 얼굴로 가타부타 말이 없던 황 상무가 무겁게 입을 열었다.

"힘든 결단에 경의를 표합니다. 어려울 때 함께 나눈 정 잊지 않겠습니다. 나도 다음 주면 유신과 이별입니다."

이렇게 나는 유신건설과의 15년 인연에 종지부를 찍었다. 악수라도 나눠줄 것에 대비해 잠시 머뭇거리는 사이 황 상무가 서랍을 열더니 흰 봉투 하나를 꺼냈다.

"나중에 전해드리려고 준비했던 건데, 결국 퇴직 선물이 되고 마네요."

"뭡니까?"

"유신 회생 프로젝트 운영비로 배정받아 쓰고 남은 예산 중 일부예요. 김 부장님이 제일 고생하셨잖습니까. 천이백만 원입니다. 더 쪼개보려고 했지만 제

능력이 그것밖에 안 되네요. 그리고 이 돈은 대몽과 상관없는 거니까 부담가질 필요 없어요. 퇴직금이나 체불임금과도 관계가 없으니까 오해 마시고요."

"이렇게까지 배려해 주시니 뭐라 감사드려야 할지…… 아무쪼록 황 상무님의 건투를 빌겠습니다."

나는 자리로 돌아와 짐을 쌌다. 그리고 정 든 부서원들을 데리고 오랜만에 회사 옆 횟집으로 향했다. 사장이 나서서 임시변통으로 불은 껐지만 어차피 수순 밟기에 불과하다는 사실을 부서원들은 다 알고 있었다. 술이 한 순배 돌고 난 후에야 눈치를 챈 박 과장이 유신 사람 한 명이라도 더 살리겠다는 용단이라며 나를 추켜세운 뒤, 이 회식자리를 송별회 겸해 자신들이 책임지겠다고 제안했다. 나는 기꺼이 2차를 쏘겠다고 호기를 부렸다.

제법 거나해져서 횟집을 나왔을 때는 거의 10시가 되고 있었다. 여사원 유대리와 김 과장은 피치 못할 사정이 있어서 먼저 작별하고 나머지 세 명과 함께 나는 2차를 쏘러 출발했다. 바로 오늘이 미진과 아홉 번째로 만나려던 날이었다. 택시 안에서 나는 미진의 핸드폰 번호를 눌렀다.

"지금 미진이 보러 가고 있어."

"저 가게에 있는데요."

"그래, 그 가게로 가고 있는 거야. 나까지 네 명인데 마담한테 빵빵한 손님이라고 말해."

"어머! 아저씨가 웬일이세요. 내일 해가 동쪽에서 뜨겠다."

미진이 아르바이트 장소라고 말했던 단란주점 'Colar'는 이름에 값할 화려한 입구 장식도 천장의 깜박이 조명도 없는 초라한 업소였다. 아마도 마담인

듯, 귀부인 복장에 몸집 좋은 중년 여인을 위시해서 아줌마인지 아가씨인지 분간이 가지 않는 네 명의 여자들과 연미복 차림의 웨이터 둘이 현관 양쪽으로 도열하여 우리를 맞았다. 우리는 곧 텅 빈 홀을 가로질러 비상구라고 쓰인 실내의 한 문을 통과해 밀실로 안내되었다.

미진은 그날의 특별 손님에게만 파트너로 지정되는 영계였다. 당연히 미진은 내 옆에 자리를 잡았다. 그리고 우리의 파티는 길고 길게 이어졌다. 또 다른 밀실은 없는 것인지, 우리가 첫 고객이자 마지막 고객인지, 아줌마인지 아가씨인지 분간이 가지 않는 여자들도 끝까지 우리와 마시고 춤추고 노래했다. 마담은 간간이 나타나서 테이블을 휘 둘러보고는 '김 군아, 여기 과일 두 접시 더 가져와라!' '오징어도 떨어졌네!' 하고 외치고는 나를 향해 '서비스 예요'라며 생색을 냈다.

저마다 대여섯 곡의 십팔 번을 두세 번씩 되풀이하고 아는 곡 모르는 곡 무조건 목이 터지도록 불러대다가 더 이상 부를 노래가 없어졌을 때, 우리는 모두 어깨동무를 하고 '아침이슬'로 피날레를 장식했다. 새벽 세 시가 넘고 있었다. 아침이슬의 비장미에 감동한 부서원들은 모두 나를 붙잡고 눈물을 흘렸다.

"부장님. 저희들 잊으시면 안 돼요."

"우리도 언제 짤릴지 모르지만… 아무튼 부장님. 건강하게 잘 사세요."

"퇴직금 주식투자 하지 마시고요. 그냥 좀 쉬시다가 경기 좋아지면 움직이세요."

이렇게 눈물겨운 인사와 당부를 받으면서 우리는 헤어졌다. 그리고 나와 미진만 횅한 거리에 남았다. 이차를, 언젠가 미진이 왜 요구하지 않느냐고 했던 이 차를 가기 위해 함께 남은 것이었다. 우리는 곧 택시를 잡았다.

"행복아파트로 갑시다."

미진이 내 허리를 쿡 찌르며 속삭였다.

"거긴 아파트밖에 없잖아요."

"호텔보다 더 좋은 곳이 있어."

"에이, 아저씨 돈 없어서 그러는구나. 오늘 끝내주게 쏘시더니 다 털렸죠?"

"아냐, 나 돈 많아."

"괜찮아요, 아저씨. 저한테 돈 있어요. 오늘 매상 많이 올렸다고 마담 언니가 보너스 십만 원이나 줬다구요."

"그래, 고맙긴 하지만 일단 내가 가자는 곳으로 가보자."

"알았어요. 가요."

택시는 이내 행복아파트 단지 입구에 멎었다. 새벽 거리는 인적이 끊겼고 싸늘했다. 미진이 내 팔짱을 끼며 바짝 붙어 섰다.

"가자. 우리의 낙원으로."

"거기가 어디예요?"

"우리 처음 만난 곳."

"에이, 그 폐품창고 말이에요?"

"네 드레스 룸이기도 하잖아. 우리 거기서 이 차 하자."

"말도 안 돼. 아저씨 변탠가 봐."

"하하하. 변태라, 그런지도 모르지. 하지만 한 번만 내가 원하는 대로 해줄 수 없겠니. 지금 다른 데 가봐야 방 못 잡아."

"알았어요."

미진은 순순히 따라왔다. 보안등도 없는 폐품창고 입구는 깜깜했다. 내가 더듬거리자 미진이 핸드백을 열고 손전등을 꺼냈다. 창고 안은 신문지며, 폐지, 종이박스 뭉치들이 쌓여 있어서 운신할 자리가 거의 없었다. 나는 미진이 비춰주는 손전등 불빛에 의지하여 폐품들을 한쪽으로 몰고 종이박스로 자리를 깔았다. 제법 아늑한 공간이 만들어졌다.

"남은 술이라도 가져올 걸 그랬는데."

그러는 사이 미진은 손전등을 끄더니 부스럭거리기 시작했다.

"뭐하는 거니?"

"잠깐만요."

잠깐 후, 미진이 '짜안' 소리까지 내면서 찰칵 손전등을 켰다. 그날 새벽 내 기억 속에 충격으로 각인됐던 모습이 푸른 손전등 불빛 속에 환하게 되살아나 있었다. 몽롱한 정신을 가다듬으며 나는 그녀의 허리에 팔을 둘렀다. 그녀는 가만히 내 앞에 무릎을 꿇었다.

"아저씨, 저 못생겼죠?"

솟은 듯 만 듯한 젖무덤은 아직 브래지어가 낯설었고 수줍게 오므린 허벅지 위로 흰 팬티에 가린 도톰한 불두덩이 부끄러웠다. 그리고 그녀의 눈에 금방 쏟아질 듯한 눈물이 고여 있었다.

"못생겼다니. 이렇게 예쁜데……."

나는 있는 힘껏 그녀를 품 안으로 끌어안았다. 나도 왠지 눈물이 나려 했다.

"추울 텐데……."

나는 그날 새벽처럼 까실하게 소름이 돋은 그녀의 등을 어루만지다가 저고리를 벗어 감쌌다. 금세 따스한 체온이 나의 가슴으로 가득 물결쳤다.

"따뜻해요."

따뜻했고 경직됐던 그녀의 몸도 부드럽게 풀어졌다. 그녀는 두 다리를 한껏 벌려 내 허리를 감았다. 이내 두 팔을 뻗어 내 목에 두르고는 제 입술을 내 입술에 갖다 댔다. 배릿한 향기와 촉촉하고 매끄러운 감촉이 나의 온몸으로 퍼지는 듯했다. 그러나 나는 허리와 목에 감긴 그녀의 팔다리를 가볍게 떼어 내, 언제였던가 내 딸아이를 그렇게 안았듯이 무릎 위에 앉혔다.

"아저씨 이 차는 참 특이해요."

"이건 이 차가 아니라 막차야."

"그럼, 이제 저 안 보실 건가요?"

"곧 겨울인데, 다시는 이렇게 추운 창고에서 옷 갈아입지 말아라."

"알았어요."

그리고 그녀는 스르르 잠이 들었다. 나는 철문 틈새로 희미한 미명이 새어들 때까지 잠든 그녀를 안고 있었다. 헤어질 때 미진은 나를 똑바로 올려다보며 말했다.

"아까 막차라고 하셨던 말 거짓말이죠?"

나는 그냥 웃어주었다. 그리고 저고리 안주머니에서 황 상무로부터 받았던 봉투를 꺼내 그녀의 핸드백에 찔러 넣었다.

"이게 뭐예요?"

"집에 가서 열어봐."

"정말, 거짓말이죠?"

나는 그녀를 한번 꼭 껴안아 주고는 돌아섰다. 뒤에서 울먹이며 그녀가 말했다.

"저, 내일 여기 다시 와 볼 거예요."

그녀가 다시 온다 해도 문을 열 수는 없을 것이다. 내가 자물쇠를 사들고 경비실을 찾아갈 테니까. (2001)

선택

1.

그는 문틀을 꽉 채워 보일 만큼 몸집이 건장했다. 요즘 젊은이들의 로망이라는 185cm를 훌쩍 넘어 보여서 '키가 크군요.'라고 했더니 그는 입가의 주름을 보일 듯 말 듯 아주 조금 움직일 뿐이었다. 반응이 그래서 90kg이 넘을 듯한 체중에 대해서는 입을 다물었다. 크지도 작지도 않은 눈은 약간 처진 눈꼬리로 해서 순해 보였다. 얼굴은 구릿빛이었고 번들거렸다. 햇볕에 그을려서 그런 게 아니라 원래 그렇다는 것을 그의 반소매 티셔츠 칼라 사이로 들여다보이는 목울대와 그 아래 쇄골 부근을 덮은 황갈색 피부가 말해주었다. 이를테면 새 일자리 면접을 보는, 오늘처럼 특별한 날에나 가끔 깎는지 턱과 구레나룻 자리를 따라 면도 자국이 선명했다. 자주색 티셔츠와 검정 바지는 주름이 잘 잡혀 있었다.

"올해 스물아홉이라구요?"

나는 생년월일 난을 보다 말고 그를 올려다보았다. 못 돼도 서른 대여섯은 먹어 보였기 때문이었다.

"예."

멋쩍은 듯 그는 입가의 주름을 아까보다 조금 더 치키고 눈을 내리깔았다.

아차하면서 나는 그 나이가 맞을 거라고 얼른 생각을 바꾸었다. 왁스를 발라 꽤나 정성스레 손질한 머리 모양이 요즘 김 대리가 즐겨하는 짧은 울프컷 스타일이었던 것이다.

"박 선배가 칭찬을 많이 하더군요."

"말 놓으세요, 선배님."

"그러려고 했는데…… 말 놓기 쉬운 위엄이 아니네."

"죄송합니다. 중년 아저씨 같지요?"

"그건 좀 오버고, 듬직하니 포스가 느껴지는군."

"좋게 봐주셔서 감사합니다."

"머리는 직접 손질한 건가?"

"이거요? 예, 여사원들에게 잘 보이려고 신경 좀 썼습니다."

목소리까지 바리톤이었다면 말 놓는 시점이 더 늦어졌을지도 모르겠다. 몸집에 비해 터무니없이 가늘고 여린 음색이었으나 발음은 똑똑했다. 나름대로 시원시원하면서 순진한 구석이 엿보였다. 무엇보다 유들유들하지 않아서 다행이었다. 사람 만나 처리해야 할 일이 별로 없는데다 정한 기간도 두 달 정도이니 나만 괜찮다면 첫인상쯤이야 문제 될 게 없었다.

"경력이 화려하군."

"예, 자주 옮긴 편이긴 합니다."

목록은 화려했으나 잡다해 보였다. 출판사, 광고회사, 건축설계회사 홍보과, 전시 디자인회사 해서 이력서에 적은 회사만 여섯 개였다. 근무 기간은 다섯 회사가 3~7개월이었고 마지막 유니크에이스라는 전시 디자인 회사에서 1년을 근무한 걸로 되어 있었다. 마지막 줄에 '수시로 방송 구성작가, 프리랜서 사진작가, 애니메이션 시나리오 작가 등으로 활동'이라고 적혀 있었다. 군대는 육군 포병으로 복무했다. 종교는 기독교. 술, 담배를 하지 않으며 취미는 여행이라고 적었다.

"할 일이 뭔지 혹시 박 선배가 얘기하던가?"

"전시 콘텐츠 개발이라고 하시던데요."

확인이라도 하듯 그는 경력 난에 쓴 대로 최근까지 유니크에이스에서 전시 콘텐츠 기획과 시나리오 구성 작업을 해왔다고 꽤 자신 있게 덧붙였다. '여수 엑스포 주제관', '철기의 새벽 박물관', '불교문화 전시관' 등의 건립 제안 작업에 참여했고 그중 불교문화 전시관이 당선되었단다. 이 정도면 회사에서 기대하는 능력에는 부족함이 없어 보였다. 직접 관련 분야의 경력이 짧은 게 걸렸으나 이 회사 저 회사 자주 옮겨 다니는 업계 인력 흐름의 특성을 고려하면 흠이라고 할 수는 없었다. 전시 디자인 말고도 이리저리 연관 있는 분야에서 다양하게 경험을 쌓았으니 오히려 매너리즘에 빠지지 않겠다는 생각도 들었다.

회사에서는 K시에서 두 달 후로 예고한 '삼국유사 테마 전시공원' 건립 제안 공모에 올인하기로 계획하고 있었다. 이 프로젝트는 삼국유사에 담긴 한국 고유의 정신적, 예술적 가치들을 첨단 소프트웨어 전시 기법을 동원해 현대적 개념으로 형상화해내는 일이었다. K시는 이 테마공원을 한국의 대표 특화 관광 상품으로 육성해 농축산업 외에 이렇다 할 만한 산업이 없는 지역 사회의 미래 성장 동력으로 삼겠다는 구상이었다. 메인 주제관과 세

개의 소주제관, 야외 전시장으로 이루어질 테마공원은 건축을 제외한 전시부문 예산만 500억 원대에 달하는 초대형 프로젝트였다.

벌써 이번 공모에 정상급 업체들은 물론 국내 전시 디자인 전문업체가 총출동한다는 소문이 돌고 있었다. 업체마다 사활을 걸 게 뻔했다. '이번 건 당락이 우리가 메이저로 가는 마지막 길목을 정하게 될 거야.' 사장은 앞선 두 번의 공모 실패 책임을 이렇게 에둘러 추궁했다. 나 역시 이번 프로젝트의 성패에 따라 거취를 결정해야 할지도 모른다는 위기감을 떨칠 수 없었다.

삼국유사의 여러 설화 속에서 기획 의도에 맞는 콘텐츠들을 뽑아내고 이를 전시 시나리오로 구성하는 것, 이게 그에게 맡기려는 일이었다. 텍스트가 담고 있는 고유 가치를 훼손하지 않으면서 재미있어야 하고 교육 효과도 커야 한다는 주최 측의 지침에 부합돼야 했다. 텍스트의 학술적 분석과 고증작업은 역사, 문화, 종교, 고문화 분야의 교수들로 구성된 주최 측 자문위원단의 도움을 받으면 되고, 세부 연출은 영상, 모형, 그래픽, 각종 효과 부문의 사내 선수들이 진행할 텐데, 이 모든 작업의 개념을 설정하고 그 전개의 틀을 짜는 것이 시나리오 구성이었다. 다시 말해 이 프로젝트를 가동시키는 열쇠요 기본 설계도이자 나아갈 길을 안내할 나침반이 바로 그 시나리오였다.

"어때, 할 만하겠어?"

"재미있겠는데요. 공부도 많이 되겠고요."

"열심히 해보자구."

그는 흥미 있어 하고 자신감을 보였다. 몸집과 달리 그의 일머리는 섬세하고 날랬다. 1차 기획회의 후 2주일 만에 주제를 잡고 기본구성안을 작성해 냈다.

성과물은 기대 이상이었다. 삼국·가락국·후고구려·후백제의 연표인 왕력(王歷)을 제외하고, 고조선부터 후삼국까지의 단편적인 유사를 기록한 기이(紀異) 1·2, 불교의 전래와 고승전을 담은 흥법(興法), 불탑·불상에 얽힌 이야기들을 풀어놓은 탑상(塔像), 고승들의 별난 일화를 소개한 의해(義解), 밀교의 이적에 관한 기록인 신주(神呪), 세상의 영검한 이야기들을 모은 감통(感通), 은둔 고승들의 특이한 행적을 갈무리한 피은(避隱), 뛰어난 효행담을 추린 효선(孝善)등 8편에 걸쳐 수록된 140여 가지의 설화와 전설을 꼼꼼히 읽고 아이디어를 끌어내는 작업만도 만만치 않았을 텐데, 이 중에서 전시 콘텐츠 화할 20편의 이야기를 가려낸 다음 이들을 관통하는 대 주제를 잡고, 그 전개의 대강인 시놉시스와 스토리라인까지 구성한 것이었다. 자문위원단이 제공한 기본 분석 자료를 참고했겠지만 빡빡한 일정과 텍스트의 난이도를 감안하면 놀라운 순발력이었다. '감각이 있고 성실해.' 박 선배가 추천할 만하다고 나는 안심했다.

그가 잡은 대주제는 '어울림'이었다. 고전과 첨단 디지털 기술의 어울림, 환상과 현실의 어울림, 재미와 교훈의 어울림, 지역사회와 방문객의 어울림, 그리고 이렇게 잡은 대주제와 여러 세부 전시공간들의 소주제들이 서로 어울려 전통 문화유산을 발전적 미래상으로 제시하려는 K시의 염원이 실현되는, 한바탕 큰 어울림의 세계를 창조한다는 내용이었다.

"평소 삼국유사에 관심이 많았나?"

"애니메이션 작업할 때 캐릭터 개발하면서 한번 훑어봤었어요. 그게 도움이 꽤 됐습니다."

"그랬구나. 출발 느낌이 좋아."

연출을 비롯한 영상, 모형, 그래픽, 음향·조명 등 주요 부문의 담당자들도 그의 구성안에 별다른 토를 달지 않았다. 특히 작업의 중심을 이룰 연출과 영상 쪽 담당자의 얼굴이 환해졌다. 방대하고 복잡한 설화의 바다에 빠져서 어느 가닥부터 붙잡아야 할지 막막하다던 그들은 큰 고민을 덜었다며 반겼다. 제안 평가의 핵심 부분으로서 킬러 아이템이 될 수밖에 없는 주제관의 시나리오가 한눈에 들어왔던 것이다.

주제관 시나리오는 '무궁의 세계에서 어울리다'라는 콘셉트 아래 '열림의 장', '펼침의 장', '혼돈의 장', '약속의 장', '에필로그'로 일목요연한 서사구조를 이루었고, 각 장에서 다룰 콘텐츠들이 설득력 있게 제시되고 있었다. 단군의 개벽신화와 더불어 주몽, 온조, 박혁거세가 삼국을 여는 이야기(열림의 장), 바위를 타고 일본에 건너가 왕이 된 연오랑과 그 왕비 세오녀로부터 신라 판 트로이의 목마라 할 나무 사자로 울릉도의 오랑캐를 무찌른 박이종, 삼국통일, 이차돈의 순교, 황룡사 구층탑, 만파식적에 이르는 찬란한 빛과 꿈의 시대 (펼침의 장), 왕의 배신과 궁파의 반란, 처용, 왕거인과 거타지, 견훤들의 설화 속에 드리운 혼란의 징조(혼돈의 장), 월명사, 광덕과 엄장이 염원하는 구원의 세계와 이를 약속하는 어산의 부처 그림자(약속의 장), 그리고 자신이 펼쳐놓은 이 무궁의 세계 속으로 표표히 사라지는 80세 노장 일연의 뒷모습(에필로그)을 음미하며 다들 한시름 놓았다고 안도했다.

비빌 언덕이 마련되자 일에 속도가 붙었다. 장엄한 분위기와 신비감을 연출하고 이를 사실적으로 체험하게 해 흥미와 교육 효과를 극대화할 세부 아이템들이 속속 개발됐다. 3D영상 패널, 디오라마, 영웅 캐릭터들, 인터랙티브

LED 모형, 4D 입체영상과 무빙스크린, 각종 음향과 조명 등 여기에 적용할 매체와 기법들이 하나하나 설정됐다.

이런 디테일 작업 과정에서 콘셉트가 바뀌고 구성이 뒤집히는 우여곡절도 없지 않았다. 효선편의 효행 미담 다섯 편을 제3 소주제관에 모두 담으려는 그의 구상에 전 팀원이 만장일치로 반대한 것이다. '천마 타고 환상여행을 하다가 갑자기 효행교실에 떨어진다? 확 깨는데.', '흥미와 교훈이 어울리는 게 아니라 교훈에 먹히잖아.' 내 생각도 같았다. 대 주제 '어울림'을 세울 때의 균형감은 어디 갔나 싶었다. 무엇보다 '흥미와 교훈적 요소가 충돌할 때는 흥미쪽에 무게를 둔다.'는 주최 측의 지침을 무시할 수 없었다.

다들 반대하고 나서자 물러서긴 했지만 그는 아쉬운 표정을 지우지 못했다. 나는 그의 처진 어깨를 두드리며 약속했다. '당선만 되면 설계과정에서 얼마든지 고칠 수 있어. 효행관은 그때 가서 다시 생각해보자고.' 결국 제3 소주제관은 귀신들을 부리는 비형의 집과 여승으로 둔갑한 요괴 여우를 활로 쏴 퇴치하는 거타지의 연못으로 꾸미는 데 합의를 보았다. 대신 주린 노모의 봉양을 위해 손순이 자신의 아이를 땅에 묻고자 했다는 효행 비 하나를 향가 14수의 시비로 꾸밀 야외공원에 함께 설치하기로 결론 냈다.

어쨌든 다들 뇌에 쥐가 오를 지경이었지만 작업이 스케줄을 따라 꼿꼿이 앞으로 나갈 수 있었던 것은 그가 짠 기본 틀이 단단하기 때문이었다. 2~3일마다 대여섯 시간씩 계속되는 마라톤 회의와 숱한 밤샘 작업에도 그는 잘 버텼다. 작업은 순조롭게 진행됐고 사장은 '이제 영업만 잘하면 된다.'는 말로 만족을 표했다.

2.

이런 그의 어느 구석에 죽음의 그림자가 드리워 있었던 것일까. 나는 지금도 그 쓸쓸한 비밀을 알지 못한다. 정신없이 돌아친 두 달의 짧은 기간에 그가 남겨놓은 몇 가지 흔적들, 경찰이 내게 말해준 수사 결과, 몇몇 주변 사람들, 가족들로부터 들은 얘기를 떠올리며 여전히 짐작해볼 뿐이다.

공모 제안서 제출 날짜를 사흘 앞 둔 토요일 저녁. 디자인 마무리 작업에 들어가기 직전까지 나는 그와 머리를 맞대고 제안서 문안에 대한 일차 교정을 끝마쳤다. 이제 월요일 오전 최종 OK만 놓으면 인쇄소에 넘길 일만 남았다. 그날 저녁 나는 홀가분한 기분으로 삼겹살집에 그와 마주 앉았다.

"취미가 여행이라고?"

"예."

"어때, 제안서 내러 갈 때 같이 갈까?"

"제가 함께요?"

"일찍 내려가서 제안서 던져버리고 그 길로 경주 한 바퀴 돌아보려고 하는데. 제대로 된 여행이야 나중에 혼자 실컷 하고."

"그래도 되겠습니까. 저도 경주 가본 지 오래됐는데……."

그는 기꺼이 동행하겠다고 했다. 나는 그 길에, 이번 프로젝트만 잘되면 여기저기 돌아다니지 말고 이제 우리 회사에 눌러 앉으라고 그를 붙잡을 참이었다. 팀원 모두 환영했고 사장도 은근히 그를 탐내는 눈치였다.

그는 겨우 소주 한 잔에 얼굴이 벌겋게 달아올랐다. 대작이 안 되니 대화는 겉돌았다. 나 혼자 취해서 여자 친구는 있는가, 가족관계는 어떻게 되나, 이 프로젝트 끝나면 뭘 할 건가 같은 별 의미 없는 질문들을 건성 던졌던 것 같다. 그런데 소주 한잔에 용기를 얻었는지 그는 평소와 달리 장황하게 속 얘기를 풀어냈다. 5년 사귄 여자와 얼마 전에 헤어졌고, 어머니가 갑상선암으로 병원에 누워 있으며, 건설 경기가 죽는 바람에 아버지의 소규모 건축 인테리어 사업은 부도 직전이라는 등 암울하기만 한 내용이었다. 괜히 물어봤다 싶었다. 뾰족이 위로할 말이 없어서 그저 힘내라는, 세상에 죽으란 법은 없다, 능력이 있지 않으냐, 떠난 사람은 빨리 잊는 게 상책이다 같은, 전혀 힘이 되지 못할 말들을 격려랍시고 늘어놨던 것 같다.

그리고 나는 이틀 후 월요일 아침에 일찍 회사에 나와 제안서 전체 출력지를 작업대 위에 펼쳐놓고 최종 OK작업을 하기 위해 그를 기다렸다. 그는 오지 않았다. 오후 두 시까지 인쇄소에 넘겨야 하는데 늦어도 9시면 나오던 그가 10시가 넘도록 오지 않았다. 이제 더 이상 내용에는 손을 댈 수 없고 오탈자 정도나 짚어보는 일이라 혼자서 처리해도 됐지만 마무리가 매끄럽지 못한 것이 찜찜했다. 결국 점심을 걸러 가며 내 손으로 OK를 놓아 인쇄소에 넘겼다.

그의 핸드폰은 꺼져 있었다. 저녁때까지도 연락이 없었다. 설마 소주 한잔에 탈이 난 건 아닐 테지 하면서도 은근히 불안했다. 무슨 일인지 모르지만 어떻게든 연락은 해야 되는 게 아닌가. 한편으로 서운한 마음이 없지 않았는데, 그리고 보니 보름 전에도 그런 적이 한 번 있었다. 전체 내용 구성을 끝내고 제안서 작성에 들어가기에 앞서 파트별 종합 정리회의를 하는 날이었다. 그날도 아무런 연락 없이 회의에 나타나지 않아 스케줄이 꼬였었다. 이튿날 출근한 그는 몸살 때문이었다고 말했다. 일에 지장을 줄 만큼 큰 문제가 아니었고 다들 갈 길이 바빠서 대수롭지 않게 넘어갔었다.

하지만 이번에는 뭔가 석연치 않았다. 일을 마무리하는 시점이 아닌가. 그의 집에 연락을 해봐야 되겠다는 생각에 이력서를 꺼내 봤더니 집 전화번호 난이 비어 있었다. 두 달 아르바이트 성격의 고용이라 굳이 집 전화번호까지 따져서 챙기지는 않았던 것이다. 문자와 음성 메시지를 거듭 남기고 기다려 봤으나 제 안서 제출하러 같이 가기로 한 화요일 아침까지 끝내 연락이 오지 않았다.

나는 개운치 않은 마음으로 혼자 K시로 출발했다. 제안서를 제출하고 경주 한 바퀴 돌려던 계획도 버린 채 곧바로 귀경길에 올랐다. 서울요금소를 막 빠 져나오는데 한 통의 낯선 전화가 걸려왔다.

"주 자마이카의 신준호 팀장님이십니까?"

"그렇습니다만."

"희망서 김 형삽니다. 장민수 씨를 아십니까?"

"예, 무슨 일로 그러시는데요?"

"살인사건입니다. 몇 가지 여쭐 게 있어서요."

"살인이라니요? 장민수가……."

"장민수가 피해잡니다."

나는 외곽순환도로로 바꿔 타고 A시로 향했다.

오늘 아침 7시 30분경, A시 외곽 하천변의 한 소공원 벤치에서 그는 산책 나온 주민에 의해 변사체로 발견되었다. 그의 지갑에 내 명함이 들어 있었다. 나는 그와 최근까지 관계를 가진 한 사람으로서 그에 대해 아는 사실들을 묻는 대로 대답했다. 변사자의 신원이 이미 확인됐고 사건 현장이나 정황 등이 단순하여 질문 내용은 간단했다. 죽은 장민수와는 어떤 관계인가, 그가 자마이카에 입사한 시점은 언제며 맡은 일은 무엇인가, 회사에서 그의 근무 태도와 평판은 어떠했나, 그의 신상에 특이한 점은 없었나, 그를 마지막으로 본 시점과 나눈 대화는 무엇인가 하는 정도였다. 나도 궁금한 점을 묻지 않을 수 없었다.

"어떻게, 왜 살해되었는지는 아직 모릅니까?"

"목을 졸랐습니다. 단순 강도일 수도 있고 원한에 의한 살인일 수도 있습니다. 그 부분은 지금 수사 중입니다."

"범인은요?"

"현재로서는 아는 사람일 가능성이 높다는 정돕니다."

김 형사의 보다 자세한 설명은 이러했다. 범인은 등 뒤에서 노끈으로 목을 감아 살해했다. 그 노끈이 변사자의 목에 감겨 있었다. 사망 추정시간은 지난 밤 자정에서 새벽 1시 사이. 변사자가 비스듬히 누운 모양으로 발견된 벤치 아래서 빈 소주병 하나와 먹다 만 새우깡 한 봉지, 담배꽁초 다섯 개가 수거됐다. 신분증과 연락처, 얼마간의 현금이 든 지갑은 변사자의 주머니에 그대로 있었다. 핸드폰은 전원이 꺼진 상태로 변사자의 머리맡에 있었다. 변사자가 반항한 흔적을 찾을 수 없었고 범인이 증거인멸을 시도한 정황도 없었다. 인근 불량배에 의한 우발적 살인은 아닌 것 같다. 면식범에 의한 계획적인 살인일 가능성이 높으며, 살해 전 한동안 현장에 함께 있었을 범인은 변사자 못지 않은 체격과 완력의 소유자일 것으로 추정된다. 변사자의 집과 통화내역, 개인 컴퓨터 조사에 들어가는 한편 국과수에 수거한 물품에 대한 지문 및 유전자 감식이 의뢰되었다.

"남의 일로만 알았던 살인사건을 직접 겪으니 당황스럽네요."

"그러시겠지요. 통화 내역하고 컴퓨터 사용 기록 조사 결과가 나오면 쉽게 풀릴 수 있을 것 같습니다."

김 형사는 이후 수사에 참고가 될 만한 전화를 받거나 새로운 단서가 발견되면 즉시 연락해달라고 말했다. 아울러 수사가 길어질 경우 한두 번 더 부를 수 있으니 협조해 달라고도 했다. 나는 무거운 발걸음으로 경찰서 문을 나섰다.

범인은 누구이며 왜 죽였을까. 그가 이렇게 죽음을 당해야 했던 이유는 무엇일까. 사장은 제안서 제출하는 날 왜 이런 일이 벌어지는지 모르겠다며 께름칙해했다. 그를 적극 추천했던 나 역시 불길한 예감을 떨칠 수 없었다. 그가 앉았던 의자와 작업대 위에 어지럽게 널린 파지들을 보고 있자니 우울했다.

그가 사용했던 컴퓨터에는 일과 관련된 검색기록 외에 특별한 것이 없었다. 혹시나 해서 책상 서랍을 뒤져보았다. 치약과 칫솔, 소설 책 한 권, 그리고 단서가 될 만한 것들이 몇 가지 손에 잡혔다. 그중 하나가 무료 정보지에서 찢어낸 대여섯 장의 사채업체 광고 난이었다. 몇 개의 전화번호에 줄이 그어져 있거나 동그라미가 쳐져 있었다. 날짜를 보니 회사에 나오기 시작한 지 일주일 후부터였다. 낡은 수첩 사이에서 세 장의 현금 영수증도 나왔다. 모두 한 안마시술소에서 발행한 것이었고 금액은 18만 원씩으로 일정했다. 두 장은 지난달 초와 중순의 것이고 한 장이 보름 전에 발행된 것이었다. 수첩에는 내가 알 수 없는 사람들의 이름과 전화번호, 짤막한 메모, 낙서들이 씌어 있었다. '신용불량자,

카드, 카드, 카드…… 그래 보내주마 선영아. 이효숙. 엄마. 언제나 해가 뜨려나. 파라다이스. 일거에 정리하면 되리. 사채 놈들도 정보를 공유하나' 등의 낙서가 나를 서글프게 했다. 그중에서도 결의를 다지는 듯 검은 볼펜으로 진하게 눌러 쓴 '일거에 정리하면 되리'라는 글씨가 오래도록 내 눈길을 붙잡았다.

사채 빚에 몰리고 있었구나. 신용불량자가 돼서 더 이상 카드를 발급받을 수 없었고, 사채로 사채를 돌려막는 막다른 구렁텅이에 빠졌구나. 그렇다고 사채업자의 짓이라고 하기엔 얼른 납득되지 않았다. 가족이나 지인을 협박하는 게 그들의 첫 번째 공식일 테고, 그게 신통치 않으면 간이든 콩팥이든 돈 될 것을 빼내려고 할 테지 채무 당사자를 죽여서 무슨 실익을 얻겠는가. 그것도 보란 듯이 증거를 흩뿌려가면서 말이다.

모르겠다. 어설픈 하수인이 독촉하는 과정에서 저지른 우발적인 사고일지도. 그런데 수첩에 굳세게 눌러 쓴 '일거에 정리하면 되리' 이 능동형의 문구가 자꾸 거슬렸다. 사람 속은 알 수 없으니 뜻밖의 사연이 있을지도 모를 일이었다. 대학 후배라고 하지만 학번이 한참 아래이고 나이 차이도 15년이나 되다 보니 이번 프로젝트 전에 그를 본 적이 없었다. 그래서 그가 살해된 이유가 더욱 궁금했다.

나는 책상 서랍에서 찾아낸 그의 흔적들을 김 형사에게 전해야 할지 말아야 할지 고민하다가 일단 보관해 두기로 했다. 비록 죽은 사람의 것이지만 매우 사적인 내용들이지 않은가. 통화 내역과 개인 컴퓨터 조사로도 경찰이 이정도의 단서는 찾아내지는 않겠는가. 혹 조사가 여의치 않아서 이것들이 결정적인 단서가 된다면 모르겠지만 그가 감추고 싶었을지도 모를 일들을 나서서 까발릴 필요까지야 없지 않은가. 그 전에 이것들은 그의 가족에게 전해야 할 유품이었다.

그리고 나는 초조하게 수사 결과를 기다렸다. 내심 김 형사의 전화를 기대했으나 그는 다시 부르지 않았다. 김 형사가 무덤덤하게 예상한 대로 사건은 간단히 해결된 모양이었다. 방송 보도는 들을 수 없었고 이틀 후 몇몇 일간지 사건 사고 난과 인터넷 뉴스창에 다음과 같은 기사가 실렸다.

"A시 희망경찰서는 15일, 인터넷에 자살카페를 개설한 뒤 자살하고자 하는 회원을 살해한 정 모(28)씨를 촉탁에 의한 살인 혐의로 긴급체포했다. 정씨는 지난 13일 자정께 A시 희망구 장수동 느림천변 공원에서 자신이 운영하던 자살카페 회원 장 모(29)씨를 노끈으로 목 졸라 숨지게 한 혐의를 받고 있다. 정 씨는 경찰에서 '지난 6월 인터넷에서 낯선 사람이 쪽지를 보내 죽고 싶다고 말하는 것을 듣고 재미삼아 카페를 개설했고 이후 그 사람이 카페에 가입해 자살을 도와달라고 부탁해 들어줬다'고 진술했다. 경찰 조사 결과 정씨는 '나도 오는 9월에 자살할 것'이라며 맞장구를 쳐 숨진 장 씨와 금세 가까워질 수 있었던 것으로 드러났다."

허탈하기 짝이 없는 기사였다. 죽으려는 사람이 있고 이를 도와 죽여주는 사람이 있다는 말이 아닌가. 의지는 자살이고 실행은 살인이라. 인터넷에 떠도는 풍문을 이렇게 실제로 접하고 보니 소름이 돋았다. 그가 수첩에 남긴 '일거에 정리하면 되리'라는 결의가 바로 이것이었나. 나는 일이 손에 잡히지 않았다. 왜 그랬을까. 김 형사는 경찰에서 공식화한 그의 자살 촉탁 동기를 따분하다는 투로 말해주었다.

"신용불량자고요. 사채를 네 군데에서 끌어 썼는데 한 군데만 이자를 갚고 있던 걸로 확인됐어요. 최근에 애인과 헤어졌습니다. 어머니는 암 말기고, 아버지 사업은 부도가 났답니다. 가족들이야 자살할 이유가 없다고 하지만, 안 됐지만 범인이 자백을 했고 인터넷 카페에 남긴 글이며 범인과의 통화 내역으로 볼 때 자살 동기가 확실해요."

궁지에 몰린 경제 사정과 가정형편에 대한 비관이란 결론이었다. 나도 그럴 만하다는 생각이 들었다. 하지만 그럴 만할 뿐이지 그게 어찌 실제로 목숨까지 끊을 일인가. 당장 로또복권이라도 당첨되지 않는 한 이런 구렁텅이에서 헤어날 방법이 없다고 그는 결론 낸 것인가. 그랬겠구나. 두 달 치 아르바이트 월급이라 봐야 600만 원. 원금만 2,000만 원을 넘고 이자가 한 달에 350만 원이라면…… 작업 스케줄을 따라 정신없이 달려오느라 잊고 있던 기억 하나가 불현듯 뒤통수를 때렸다.

출근 일주일 만에 그는 한 달치 월급을 미리 좀 당겨 줄 수 없느냐고 힘들게 사정했었다. 사기진작을 내세워 사장을 설득하면 안 될 것도 없었지만 나는 회사 회계방침 상 어렵다며 거절했다. 이번처럼 헤쳐모여 식의 한시적인 고용이 잦고 선불을 지급하는 경우가 왕왕 있었기 때문에 마음만 먹으면 들어줄 수 있는 부탁이었다. 솔직히 나는 좀 귀찮았다. 두 번의 공모 탈락으로 시선이 곱지 않은 사장에게 내가 추천한 사람의 선불 문제까지 꺼내서 징징거리고 싶지가 않았다.

아, 그가 새 사채업체 광고 난에 표시를 한 날이 그날이었다. 그 부탁을 들어줬더라도 사태의 흐름을 잠시 늦출 뿐 근본적인 해결책이 되지는 못했을 것이라고 생각해 봤지만 그는 이미 나의 목덜미를 움켜쥐고 있었다. 뜻하지 않게 빠뜨린 설명 한 줄이 큰 프로젝트 실패의 결정적 원인이 된 적도 있지 않던가. 그가 자살 의지를 다지는 데 내가 한몫하고 있었구나 하는 부채감이 엄습했다. 그리고 보니 그는 작업 중에 자주 핸드폰을 받았었는데 한 번도 작업 테이블에서 통화하는 모습을 보여주지 않았었다. 마지막 날의 암울한 얘기들도 마음에 걸렸다. 그날 그저 힘내라고만 할 것이 아니라 정식 직원으로 채용할 계획이라는 말을 미리 했더라면 어땠을까.

그런데, 이런 형편이면서 한 달에 두 번씩이나 안마시술소를 드나든 것은 또 무엇인가. 18만 원짜리면 단순한 피로회복 차원의 안마가 아니라 성매매가 포함된다는 특별 서비스가 아닌가. 자포자기 상태였던가. 그런 심리상태로 어찌 감쪽같이 일에 전념하는 모습을 보일 수 있었는가. 나는 안마시술소 영수증을 다시 꺼내 보았다. 마지막 영수증의 발급 날짜와 그가 무단결근한 날이 겹치고 있었다. 그의 첫인상, 일 하던 모습, 행동거지, 박 선배가 추천하던 말들을 떠올려보았다. 그가 제안서의 뼈대로 잡았던 '어울림'이란 주제와 달리, 불법 성매매업소를 금방 연상시키는 안마시술소 파라다이스와 그는 아무래도 잘 어울리지 않았다.

3.

나는 김 형사에게 전화를 걸어 장민수 가족들 전화번호를 물어보았다. 집 전화는 불통이고 여러 번의 시도 끝에 아버지와 통화가 되었다. 잔금 처리하고 흔적들 빨리 정리하라며 못내 께름칙해하는 사장의 채근이 아니더라도 그의 유품을 가족들에게 전하면서 듣고 싶은 얘기가 있었다.

"민수 씨의 잔금은 계좌로 곧 입금될 겁니다."

"저어…… 어려우시겠지만 현금으로 직접 주시면 안 될까요?"

"회사 회계 처리상 계좌로 입금하게 되어 있습니다."

"잘 압니다만. 그 계좌는 제 계좐데 사채업자들이 벌써 눈치를 챘더군요."

나는 무슨 말인지 알아들었다. 사채업자들에게 어찌 그들 나름의 채권회수 매뉴얼이 없을 것인가. 그러나 알량하나마 고인이 남긴 유산이 아닌가. 이것마저 그들의 손에 고스란히 넘겨줄 수는 없었다. 나는 사장에게 싫은 소리를 좀 듣기로 각오했다. 그리고 함께 일한 사람이자 대학 선배라는 명분을 내세워 빚에 쫓기는 외에 다른 고민은 없었는지 그의 아버지에게 물어보았다.

"참 착했어요. 효자였지요. 직장도 여러 군데 열심히 다녔고. 지 에미가 입원하고 나서는 간병하랴, 돈 벌랴 무척 힘들었을 거예요. 내 사업마저 고꾸라지는 바람에 살림은 거덜이 나고, 그런 와중에……."

그런 와중에 그는 자신이 입양이라는 사실을 알았다. 석 달 전이었다. 어떻게 알았는지는 말하지 않았다. 자식 없이 결혼 10년 만에 입양한 아이라 애지중지 키웠다. 그때는 살림이 넉넉하여 남부러울 것 없이 귀하게 자랐다. 아이는 몸도 건강하고 우람했지만 성정 또한 착해서 주위의 귀여움을 한 몸에 받았다.

"스무 살이 되면 일러 주려고 했지요. 애가 마음은 여려도 심지가 곧았거든요. 오히려 지 에미가 마음을 못 잡고 차일피일하는 바람에 여기까지 왔던 거지요. 덜컥 가슴이 내려앉았지만 그 애는 태연했어요. '나는 복도 많지. 엄마가 둘이네.' 그 애가 한 말이 이게 다였어요. 그리고 몸져누워 있는 지 에미한테 는 충격 받을까봐 절대 말하지 말라고 하더군요. 그래서 집사람은 아직도 그 애가 모르고 있는 줄 알아요. 변함이 없었어요. 직장도 잘 다녔고 지 에미 병 간호도 지극정성 그대로였어요. 집사람 상태가 좀 나아지면 앉혀놓고 자세한 얘기를 하려고 마음먹고 있었지요. 어쨌거나, 내색을 안 해서 그렇지 마음고 생이 얼마나 컸겠어요. 그게 쟤가 이리 된 원인의 하나가 아닌가 해서 더 측은 하고 가슴이 아프네요."

"생모는 만나 봤다던가요?"

"그럴 필요가 뭐 있느냐고 했어요. 생모에게 물어보고 싶은 게 없느냐니까 그 럴 만한 사연이 있지 않았겠느냐하면서 아직은 만날 생각이 없다고 하더군요."

"소재는 알고 있었다던가요?"

"알고 있던 것 같아요. 하지만 당최 그 이상은 말을 하지 않았어요."

이런 사연을 듣고 있자니 강하게 짚이는 것이 있었다. 나는 전하려고 들고 온 그의 유품 봉투에서 안마시술소 영수증을 빼내 안주머니에 넣었다. 왠지 이것만은 그가 양부모에게 전해지기를 원치 않을 것이라는 생각이 들었기 때 문이었다. 나는 김 형사에게 전화를 걸어 소주 한 병 살 테니 좀 도와달라고 부탁했다. 나긋한 겉과 달리 속은 험악하기 짝이 없을 터라, 안마 받을 손님도 아니면서 이것저것 캐묻다가 소득 없이 쫓겨나든지 더 나쁘면 빈 방으로 끌려 가 봉변당하기 십상일 것 같아서였다.

역삼동 술집 골목 뒤편에 들어앉은 파라다이스는 이름에 어울리지 않게 허 름했다. 저녁 7시라 아직 한산한 편이었다. 김 형사에게 이번 프로젝트 성공하면 진짜 안마 한번 쏘겠다며 옆구리를 찔렀다. 중년 사내 둘이 들어가자 카운터에 앉았던 여자가 반색했다. 김 형사가 카운터에 팔꿈치를 걸치고 기대서며 나직한 소리로 말했다.

"우리는 손님이 아니고 뭣 좀 물어보려고 왔는데."

여자는 금세 얼굴색을 바꾸며 자리를 고쳐 앉았다.

"어디서, 오셨어요?"

김 형사가 지갑을 꺼내 슬쩍 펴보였다. 여자가 잠깐만요 하면서 일어서려고 했다.

"아아, 단속 나온 거 아니니까 걱정 마시고, 그냥 몇 가지 묻는 말에 대답이나 해주면 돼요."

여자는 다시 자리에 앉았다. 내가 영수증을 꺼내 펼쳐놓자 여자는 유심히 들여다보더니 이게 왜요? 하는 표정을 지었다. 나는 손가락으로 발행 날짜들을 짚으며 혹시 이 영수증을 끊어 준 손님을 기억하느냐고 물었다. 키 크고 얼굴 검은 아저씨 말이죠. 여자는 기억했다. 기억할 뿐만 아니라 자세한 얘기는 그 손님을 모셨던 하 양에게 들으라면서 핸드폰으로 불러냈다. 하 양이 곧 카운터로 나왔다. 여자가 우리를 카운터 뒤편의 내실로 안내하고 차를 가져왔다. 하 양은 눈치를 살피면서 좀체 입을 열지 않았다. 손님에 대한 비밀은 무덤까지 가슴에 담고 가겠다는 것이 자신의 신조라며 버텼다. 할 수 없이 김 형사가 그의 죽음을 말했다.

"정말이에요? 참 좋은 아저씨였는데…… 어떡해, 우리 아줌마."

하 양은 두 손바닥으로 얼굴을 감쌌다. 그는 이 안마시술소에 다섯 번 왔었다. 그의 관심은 안마에 있지 않았다. 그는 옷만 갈아입고, 얘기나 하자면서 자신이 여기까지 찾아온 사연을 풀어놓았다. 그는 이효숙이란 여인, 젊었을 때는 손님을 모시기도 했을지 모르지만 쉰 줄에 접어든 지금은 사장의 배려로 청소와 주방 일을 거들며 업소 구석방에 기대 근근이 병든 몸을 추스르고 있는, 그 아줌마를 보러 오는 것이었다.

"두 사람이 상봉은 했나요?"

"아니요. 그냥, 문틈으로 아줌마가 지나가는 모습을 물끄러미 바라보기만 했어요. 아줌마가 아파서 누워 있는 날이거나 장을 보러 나간 날이면 우두커니 앉았다 돌아가곤 했지요. 겨우 두 번이나 보았을까. 그 덩치 큰 남자가 눈물을 철철 흘리는데, 가슴이 많이 아팠어요."

그는 자신이 나설 때까지 아줌마에게 말하지 말아 달라고 하 양에게 부탁했다. 방이라도 한 칸 마련한 다음에 모셔갈 거라고 했다. 하 양은 그가 다녀갈 때마다 자기 몫으로 받는 8만 원 중에 2만 원씩을 떼어 아줌마 손에 현금으로 쥐어주곤 했다. 내심 아줌마를 부러워하면서 그의 꿈이 이루어지기를 진심으로 바랐다.

하 양에게서 들을 수 있는 얘기는 여기까지였다. 손님이 몰려오는 모양이었다. 문을 나설 때, '꼭 한번 오세요. 특별히 모실 테니까.' 카운터의 여자가 너스레를 떨었다. 우리는 근처 참치집에 마주 앉았다.

"어때요. 형사님은 별의별 사건들을 다 보셨을 텐데, 이런 사연이 자살 동기가 된다고 생각하세요?"

"될 수가 있지요. 사람에 따라서 말이죠."

"사람에 따라서라면 자살 성향이 강한 사람이 있다는 말씀이군요."

"공식이야 있겠습니까만, 아무튼 제 경험으로는 그래 보입니다."

"장민수의 살려는 의자가 좀 더 강했다면 어땠겠습니까?"

"쓸데없는 가정입니다. 장민수는 이미 자살을 했으니 제쳐 놓고요. 내가 알고 있는 다른 사람의 예를 들어볼까요. 직장에서 짤리고, 부인은 가출하고, 어린 아이가 둘이나 되고, 사채업자가 간을 빼겠다며 중국으로 끌고 갈 준비를 하고 있고, 지하 셋방에서마저 내쫓기고, 아무튼 장민수보다 상황이 더 안 좋았는데 지금 영등포 시장에 가게를 내서 잘살고 있거든요."

"결국 의지의 문제군요."

"그 의지도 성향이 지배한다고 해야 할까요."

김 형사의 논리는 간단했다. 죽을 사람은 상황을 죽을 수밖에 없는 쪽으로 스스로 몰아가고, 살려는 사람은 무슨 짓을 해서든 살아남는다는. 예로 든 남자가 칼 든 사채업자에게 배 째라며 속옷을 걷어 부치고, 경찰에 도움을 청하면서 개인파산 신청을 하고, 애들은 보호소에 보내고, 의외로 주워 먹을 거리가 많은 밑바닥을 기어서 마침내 살아남은 것을 보면 틀린 말은 아니었다.

"장민수는 기독교를 믿는다고 했는데요?"

"글쎄요. 교인이라고 해서 특별히 범죄율이 낮지도 않거니와 의지가 남달리 굳세다는 생각을 해본 적이 없는데요. 죽음은 사람이 선택할 영역이 아니라 신의 영역이다. 그래서 자살은 죄악이다. 뭐 이런 종교 윤리에 비춰볼 때 장민수에게는 좀 특이한 이유가 있지 않았을까? 하지만 신앙에도 개인차가 있으니까요. 그냥, 우리처럼 죽어라 하고 열심히 살아가는 사람들의 상식으로 보자면 말입니다. 코앞에 닥친 극한 상황을 어떻게 맞이하느냐인데, 누구는 자살을 해결 책으로 삼고 누구는 끝까지 살아남는 방법을 찾고 그 차이 아니겠어요."

김 형사의 말은 쉬웠다. 도통한 사람의 얘기처럼 들렸다. 그러나 도사의 법문을 듣고도 나의 머릿속은 개운치가 않았다. 나는 여전히 알 수 없었다. 애초에 왜 그는 구렁텅이로 빠지는 길에 들어섰을까. 조화와 상생의 메시지로 채운 '어울림'에 몰두하면서도 한편으로 어찌 자기 파괴의 길을 걷고 있었을까. 그토록 '효선편'에 매달렸으면서 귀하게 키워준 암 말기의 양모와 눈물을 철철 흘리며 애달파했던 생모는 어찌하라고 '일거에 정리'해버렸는가. 죽음을 선택하는 것이 정녕 의지와 성향만의 문제일까. 내가 그의 마음속으로 들어가 볼 수 없는 한 이 의문들은 풀리지 않은 채 오래도록 내 기억의 갈피에서 맴돌 것이다.

참치집을 나설 때 사장에게서 핸드폰 문자 메시지가 왔다. '축하해^^. 우리가 삼국유사 먹었어. 신 팀장 그동안 고생 많았어♡♡. 회사에서 보자구.'

우산도 없는데 비가 추적추적 내리고 있었다. (2012)

젠틀맨

"40년 전입니다. 나는 구제불능의 악동이었습니다. 복주머니가 그런 나를 40년 동안 철들게 했습니다. 그 복주머니를 지어준 천사에게 나는 꼭 용서를 빌어야 합니다. 나의 무례에 대해, 무지와 무책임에 대해. 그리고 38년 전에 띄 웠다 되돌아온 편지를 지금이라도 다시 전하고 감사해야 합니다. -젠틀맨-"

금동초등학교 75회 졸업생 모임 카페의 '보고 싶다 친구야' 난에 이 메시지를 올린 지 보름이 지났다.

지난달 아들 녀석의 군 입대에 이어 이달 초에는 딸애마저 1년짜리 교환학생으로 미국에 가고 나니 집 안이 텅 빈 느낌이었다. 아내는 허전함을 달랠 겸 이참에 한동안 쓰지 않을 물건들을 갈무리한다며 며칠을 두고 소란을 피웠다. 그 와중에 나도 덩달아서 해야지, 해야지 하고 미뤄뒀던 옛것들 뭉치 정리에 뛰어들었다.

딸애 초등학교 입학식을 끝으로 정리가 멈춘 가족 앨범, 대학시절 아내와 주고받은 연애편지며 시답잖은 선물들, 학창시절의 일기장과 친구들에게서 받은 편지 묶음, 해외 출장길에 거래처에서 주었거나 관광지에서 산 각양각색의 기념품들, 담배 피던 시절에 썼던 라이터들, 안경, 시계, 명함, 그리고 바로 찍어 바로 보거나 전송할 수 있게 되면서 잘 들여다보지 않게 된 엄청난 양의 옛 사진 꾸러미들……. 이런 것들이 한때 의미 있었다는 이유만으로 이름 붙이기 애매한 또 다른 잡동사니들과 뒤섞인 채 다섯 개의 종이박스에 갇혀 20여 년을 방치돼 있었던 것이다.

그 복주머니는 특별히 소중하게 여기는 물건들만 모아둔 세 번째 박스에서 나왔다. 그것을 마지막으로 확인한 것이 언제던가. 정확히 기억나지 않는다. 그 존재는 항상 잊지 않고 있었지만 실물을 직접 꺼내봤던 때는 적어도 30년이 넘은 듯했다. 군에 입대할 무렵 한동안 홀로 남겨질 물건들을 정리하면서 한번 풀어봤던가. 그 후로 나는 이 복주머니를 만져본 기억이 없었다.

그것은 그 아이가 내게 주었을 때와 똑같은 모양으로 옛날 누런 비료포대 종이에 싸인 채 청색 홍색 색실로 묶여 있었다. 이렇게 내 손으로 다시 싸고 고이 묶어서 보관해온 것이었다. 언젠가 잃어버렸던 소중한 물건을 기대하지 않은 때와 장소에서 발견한 것처럼 새삼스러웠다. 그 복주머니가 내게 부여한 사명이 다시금 선명해졌다. 이 사명에 집중할 기회가 왔다. 더 미루어서는 안 된다. 나의 이러한 절실함이 금동초등학교 동창회 홈페이지를 거쳐 75회 졸업생 카페로까지 오게 한 것이다.

사실 나는 금동초등학교 졸업생이 아니다. 겨우 5학년 1학기부터 6학년 2학기 초까지 약 1년 반을 다닌 게 전부였으니 모교라고 하기에도 크게 부족하다. 그 무렵 건설회사 직원이었던 아버지가 지방 현장을 순례하는데 따라 나도 학교를 자주 옮기지 않을 수 없었다. 마지막 서울로 전학 올 때까지 짧으면

한 학기, 길면 2년 해서 다섯 번이나 옮겨 다녔으니 그 학교들 이름조차 얼른 떠올리지 못하는 판에 어느 학교를 모교라고 해야 할지 헷갈리는 것이다.

어쨌든 나는 어린 나이에 잦은 이사와 전학에도 불구하고 주눅 드는 일 없이 잘 적응하며 성장했다. 주눅이 들기는커녕 자주 새로운 환경을 맞이하는 일이 퍽이나 설레고 즐거웠다. 사춘기가 찾아오면서 성격이 180도 바뀌었지만 아동기 때의 나는 과잉행동 장애가 의심될 정도로 산만하고 충동적인 면이 없지 않았다.

나는 새로운 또래 아이들과 금방 사귀는 재주를 타고났다. 그것은 입담이었다. 아버지께서 '사내 녀석이 왜 그리 웃음이 헤프냐.'고 하실 만큼 나는 늘 웃는 낯이어서 누구하고도 쉽게 눈인사를 나누었는데, 일단 마음을 트고 나면 이야기보따리부터 풀어놓았다. 나는 아이들 세계의 주요 관심사, 재미있는 이야기, 새로운 이야기들을 또래의 누구보다 많이 알고 있었다. 요즘 아이들이 끼고 사는 컴퓨터와 게임기, 스마트폰의 기능을 두루 갖췄다고나 할까. 그만큼 책을 많이 읽었다. 아버지가 매달 사다주시는 청소년 잡지며 소설책은 말할 것도 없고 학교 도서관의 책들을 거의 매일 빌려다 읽었다.

나는 책에서 읽은 이야기를 곧이곧대로 기억하지 않았고, 아이들에게 그대로 들려주지도 않았다. 아이들의 관심사에 맞춰 각색하고 서로 이어 붙이고 때로 변형시켜서 나만의 새로운 이야기 세계를 만들었다. 아이들은 이런 내 이야기에 열광하면서 나에게 이박사, 이야기꾼, 이참새 등의 별명을 붙여주었다. 비도 오고 아이들은 떠들고 그날따라 수업에 흥이 나지 않으면 선생님은 나를 불러내 이야기를 시켰다. 아이들은 책상을 치면서 좋아했다. 이야기가 끝나면 선생님은 이렇게 말씀하셨다.

"석아. 너는 더 볼 것도 없다. 작가 돼라. 이야기 꾸미는 거 보니까 천재다. 알았지?"

금동초등학교에 전학 와서 2km가 넘는 등하교 길은 나의 새 소식 이야기와 연재소설 구연을 들으려는 아이들로 항상 북새를 이루었다. 아이들 말로 순 뻥인 얘기들이 주를 이루었으나 아이들은 그래서 더 좋아했는지 모르겠다. 근 한 달간에 걸쳐 연재 구연했던 '어린이흥부전'의 경우, 그 시절 또래 아이들이 저지르는 비리들을 낱낱이 결합해서 각색한 '놀부 심보' 대목에 이르러 아이들은 거의 자지러졌다.

그런데 문제는, 여기서 그치면 좋으련만 그야말로 문제적 상황으로 종종 내달려서 무고한 사람들을 괴롭히거나 부모님을 낭패에 빠뜨린다는 데 있었다. 한번은 몇몇 아이들과 짜고 '놀부 심보 따라 하기'를 감행하였다. 동네에 새로 이사 온 예쁘장한 여자 아이 근희와 그 이웃집에 사는 우리 또래 사내 아이 진태를 먹잇감으로 엮은 것이었다. 진태는 숫기가 없고 어딘가 좀 모자란 아이였다. 그를 희생양으로 삼은 것은 바로 이런 약점으로 해서 등하교 길이며 동네 놀이마당에 잘 끼지 않는다는 죄 때문이었다. 근희야말로 그 애네 옆집에 산다는 점과 예쁘장하고 만만하다는 이유만으로 제물이 되었다.

우리는 진태 여동생 진숙이와 근희가 한반이라 자연스럽게 서로의 집을 드나들고, 학교 갈 때 골목길에서 셋이 같이 나온다는 사실을 빌미로 뻥을 튀겼다. 내가 발표한 '우리 동네 새 소식'을 통해 '근희와 진태가 사귄다', '둘이서 보리밭으로 가는 것을 봤다', '뒷동산에서도 같이 있는 걸 본 사람이 있다'는 등의 소문이 퍼져나갔다. 심지어 어떤 애들은 근희와 진태를 주인공으로 등장시켜 입에 담기 어려운 노골적인 표현으로 남녀관계를 묘사하기까지 하였다. 당연히 이 소문 테러의 주범은 나였으며 소문에 입을 보탠 아이들은 들러리에 불과했다.

나는 일이 그렇게 커지리라고는 생각하지 못했다. 근희는 학교에 가지 않고 밥도 먹지 않고 앓아누웠다고 했다. 근희 부모님은 얼굴을 들고 다닐 수 없다면서 집안 문을 닫아걸었으며, 진태네는 이장님과 더불어 범인 색출에 혈안이 되었다. 범인의 윤곽이 나로 좁혀지자 나는 부모님께 이실직고하였다. 어머니는 '세상에 이런 미친놈을 봤나. 여자 애 혼사길 막을라고 별짓을 다하는구나.'라고 하시며 당신 가슴을 치셨다. 그날 저녁 나는 부모님의 뒤를 따라 근희네, 진태네 집을 차례로 찾아가 무릎 꿇고 빌었다.

사실 그때도 근희, 진태 부모님에게 머리를 조아리며 사과하는 부모님께는 죄송했지만 근희, 진태 두 아이에게는 크게 미안한 마음이 없었다. 우리가 뭐 진짜라고 그랬나. 재미로 그런 건데. 그냥 아니면 그만이지. 누가 뭐랜다고 그렇게 호들갑이람. 이렇게 볼멘소리로 쑤군거리며 우리는 정신을 차리지 못하고 있었다.

그 애는 내 눈에 별로 띄지 않았다. 한 학년이 달랑 세 반이다 보니 반이 달라도 몇 달이면 다들 알게 되었다. 5학년 때 그 애는 2반이고 나는 3반이었다. 우리 동네는 은동1리고 그 애 동네는 은동2리였다. 그래서 등하굣길이 중간에서 갈렸다. 내가 기억하는 그 애는 학교 밖에서 늘 혼자 다니고 학교에서는 꼭 순영이하고만 다녔다. 평소에는 새침한 얼굴이지만 눈이 마주치면 나만큼이나 잘 웃었다. 언제부턴가 등하굣길 내 이야기 마당의 무리 중에 그 애가 끼어 있곤 했다. 등굣길에는 갈림길에서 기다렸다가 끼어들고 하굣길에는 다른 애들처럼 교문 근처에서 내가 나오기를 기다렸음에 틀림없다.

6학년에 올라와 그 애는 내 첫 짝이 되었다. 첫 날 아침, 새 담임선생님을 기다리며 아이들은 새 반, 새 동무, 새 학기를 화제로 정신없이 떠들고 있었다. 북새통 속에서 그 애는 나와 눈이 마주치자 입술 사이로 하얀 덧니를 드러내며 미소 지었다. 양쪽 입 꼬리가 위로 치켜질 때 오른쪽 뺨에만 보조개가 파였고 보일 듯 말 듯 고개까지 갸웃하는 바람에 가늘게 뜬 눈이 졸린 듯 보였다. 그 애가 먼저 이렇게 말했다.

"내 이름은 향이야, 전 향."

이름만큼이나 내가 그때까지 들었던 어떤 여자 애의 목소리보다 곱고 똑부러지는 발음이었다. 하지만 나는 흔들리지 않았다. 여기서 지면 안 되지. 나는 속으로 '그래?' 하면서 그 애를 물끄러미 쳐다보았다. 쳐다만 본 것이 아니라 아랫입술에 힘을 주어 일그러뜨리고는 마주친 눈길을 사선으로 내리깔았다. '그래서 어쩌라고?' 하는 내 표정을 그 애는 읽지 못한 것일까 무시한 것일까. 그 애는 보조개가 파인 미소를 거두지 않은 채 내 눈을 똑바로 쳐다보았다. 그리고는 내 오만한 잔꾀를 훤히 꿰뚫어보고 있다는 듯이 이렇게 나직이 말하는 것이었다.

"네 이름은 뭐~야?"

"이진석."

나는 얼떨결에 대답하고 말았다.

"나는 오학년 때 이반이었어. 너는?"

"삼반……."

"나는 은동2리에 살아. 너는?"

"은동1리."

"우리 집보다 멀구나. 그치?"

"어, 그럴껄."

나는 이렇게 선생님이 묻는 말에 답하듯이 그 애가 묻는 말에 꼬박꼬박 대답하면서 무참히 무너지는 자신을 깨달았다. 그 애가 먼저 말하고 같은 내용을 곧바로 묻는 화법에 완전히 말려들고 만 것이었다. 왜 나는, '다 알고 있거든. 너도 알면서 왜 물어?' 하고 대꾸하지 못했을까. 부모님 말씀마따나 까불기는 해도 뒤가 물러서였을까. 자존심이 좀 상해서 그날은 여기까지만 물러서기로 했다.

그때 그 애는 내게 묻기 위해서 말한 것이 아니라 말하기 위해서 물은 것이라는 사실을 깨닫기까지는 많은 시간이 필요했다. 그 애, 향이는 벌써 사춘기였는데 나는 아직 아동기를 벗어나지 못하고 있었다.

향이의 나를 향한 관심이 보다 구체적으로 드러난 것은 그로부터 일주일후, 찐 밤 사건을 통해서였다. 1교시 수업이 끝나고 쉬는 시간이었다. 운동장에 나가려고 하는데 향이가 조그맣게 '석아' 하고 부르는 것이었다. 고개를 돌리니 책상 속에서 뭔가 쥔 손을 꺼내더니 내 앞으로 펴보였다. 탐스럽게 윤기 흐르는 밤톨 두 알이 그 애의 손바닥에 놓여 있었다.

"야아, 맛있겠다. 나 주는 거야?"

향이가 고개를 주억거렸다.

"찐 거야. 엄청 달아."

내가 얼른 받지 않자 향이는 멋쩍은 미소를 지으며 주위를 둘러보았다. 그 순간 나의 악랄한 장난기가 발동하고 말았다. 나는 밤톨이 놓인 향이의 손을 덥석 잡아서는 위로 끌어올렸다. 그 바람에 향이도 자리에서 일어나야 했다.

"얘들아, 여기 좀 봐라. 향이가 나한테 준 선물이다!"

아이들이 무슨 일이야 하는 눈들을 이쪽으로 모았다. 나는 양 손 엄지와 검지로 밤톨 한 알씩을 잡고는 자랑스럽게 흔들었다.

"석아, 왜 그래?"

애원하듯 말하는 향이의 얼굴이 귀밑까지 빨개졌다. 아이들이 재밌구나 하면서 몰려들었다. 나는 아이들 머리 위로 밤 한 톨을 휙 던졌다. 금방 난리가 벌어졌다. 아이들은 '여기, 여기', '나도, 나도' 하면서 깔깔거렸다. 교실 안은 난데없는 밤 던지기 놀이터가 되었다. 나는 나머지 한 알을 마저 던지고는 양 손으로 쥠쥠을 하면서 의기양양하게 향이를 돌아보았다.

"더 없니?"

북새통 속에서 향이는 멋쩍게 웃기만 했다. 그러거나 말거나 몇 차례 돌아친 밤톨 하나가 다시 내 손에 들어왔다. 나는 그것을 덥석 깨물었다. 향이가 말한 대로 껍질 사이로 삐져나온 노란 속살 맛이 고소하고도 달았다. 내가 알맹이를 더 먹으려고 손끝으로 껍질을 벗기려는데 날쌘 손 하나가 날아와 그것을 낚아챘다. 순영이였다.

"너 참 못됐어!"

순영이는 나를 야멸차게 째려보고는 향이의 손을 잡고 교실 밖으로 나갔다. 흥분이 가라앉자 나는 좀 심했다는 생각이 들었다. 하지만 개학 첫날 당한 굴욕의 멋진 복수였다. 눈가가 붉게 물들어 들어온 향이에게 나는 건성으로 '미안해'라고 말했다. 향이는 고개를 숙인 채 '괜찮아'라고 대답했다.

그 후로 나와 향이가 사귄다는 소문이 쫙 퍼졌다. 향이가 나를 좋아한다는 내용이 압도적이었고 내가 향이를 좋아한다는 내용도 꽤 있었다. 아이들은 곁눈질을 해가면서 무척이나 재미있게 나와 향이에 대한 얘기를 속살거렸다. 나와 향이가 어쩌구저쩌구했다는 음담패설이 빠지지 않았으나 너무 유치해서 대꾸하기도 싫었다. 나 같으면 좀 더 재미있게 꾸몄을 텐데. 어쨌든 나의 완승이었다.

향이는 반 아이들이 다 예쁘다고 했다. 내 눈에도 그랬다. 마음까지 곱고 행실은 얌전했다. 게다가 나를 좋아한다지 않는가. 이보다 더 만만한 상대가 어디 있겠는가. 나는 향이를 미워할 이유가 없었다.

하지만 그때의 나는 소문들 속에 드리운 은밀한 어떤 감정이나 관심 같은 것과는 거리가 멀었다. 그런 감정의 영역을 나는 알지 못했던 것이다. 내게는 그런 소문이 내 일이라기보다 마치 다른 사람들의 이야기처럼 들렸다. 그렇다 보니 나는 이야기 중에 터무니없는 내용들이 있어도 개의치 않았다. 대부분의 이야기들은 너무 싱거워서 나의 목마름을 채워주지 못했다. 나는 좀 더 폭발적인 사건이 터지기를 고대했다.

우리는 곧 사이좋은 짝꿍의 모습을 회복했다. 엎질러진 물이라고 생각했는지 향이는 대놓고 내게 관심을 표시했다. 삶은 계란, 사과, 대추 따위를 가져와서 점심시간에 보란 듯이 내게 주었고, 예쁜 새 지우개, 연필, 색종이 같은 학용품도 나눠주었다. 그뿐만 아니라 틈틈이 뭉툭해진 내 연필들을 정성스레 깎아서 필통에 가지런히 정돈해주곤 했다. 그러면 나는 '너 누나놀이 하는 거니?' 하고 물어보고 싶은 것을 꾹 참고, '너 연필 참 잘 깎는다.'라고 칭찬해주었다. 그러면 향이는 볼우물을 더욱 깊게 파며 웃었다. 물론 나는 향이에게 몽당연필 한 자루 주는 법이 없었다. 저 하고 싶은 짓을 하도록 허락하는 것만으로 나는 착한 일을 하고 있었으니까. 밤톨 사건 때처럼 '이거 향이가 줬다' 하고 불어대지 않으니 아이들이 날뛸 일도 순영이가 도끼눈을 뜨고 나를 째려볼 일도 없었다. 그래서 어째 좀 심심하기도 하였다.

쪽지 사건이 터진 것은 여름방학을 일주일쯤 앞둔 한여름 날이었다. 4교시 수업이 끝나고 점심시간이 돼서 다들 도시락을 꺼내놓은 참이었다. 나는 오전 수업 내내 기다려온 대로 아침에 향이가 준 쪽지를 까발리기로 하였다. 사연 중에 혼자만 읽으라는 말만 없었어도 나는 그렇게 미칠 듯한 공개 충동을 느끼지 않았을지 모른다. 다들 도시락에 코를 박고 있는 시간을 택함으로써 찐 밤 사건 때와는 비교할 수 없을 정도로 공개 효과가 클 것으로 기대되었다. 입에 밥을 잔뜩 물고 호기심에 눈을 반짝일 아이들의 표정, 향이의 난처해하는 모습, 무엇보다 향이의 지킴이 순영의 반응이 못 견디게 궁금했다. 나는 도시락 먹기에 여념이 없는 아이들의 뒤통수 위로 쪽지를 읽어나갔다.

"석아, 이 쪽지는 혼자만 읽었으면 좋겠어. 저번에 네게 준 밤 있잖아, 너

주려고 예쁜 것을 골라 가져온 건데. 너는 먹지도 않고 장난만 쳐서 좀 속상했어. 나 미워서 그런 거 아니지? 그냥 골려주려고 그런 거 다 알아. 나는 네가 재미있는 이야기도 잘하고, 마음이 착해서 좋아. 너하고 많은 얘기 나누고 싶어. 궁금한 것도 많아. 앞으로 우리 잘 지내자. 방학 잘 보내라고 미리 인사할게. 향이가."

아이들은 입에 문 밥도 삼키지 않고 쥐 죽은 듯이 들었다. 그런데, 아이들의 반응은 거기까지였다. 시작한 일이니까 끝까지 가야했지만 저번 찐 밤 사건 때와 달리 너무 조용한 것이 불안했다. 다 듣고 난 아이들은 묵묵히 밥 먹기를 계속했다. 젓가락으로 도시락 뚜껑을 두드리며 환호하기는커녕 나를 보고 웃는 아이조차 없었다. 얼굴이 빨개진 향이가 쪽지를 뺏으려고 손을 뻗고 나는 뺏기지 않으려고 손을 내젓는 실랑이만 무슨 연극을 하듯이 밥 먹는 애들 앞에서 두드러졌다. 아이들의 반응은 그야말로 '어쩌라고?'였다. 낭패한 건 나였다. 순영이가 달려와서 내 따귀를 후려치며 이렇게 소리치지 않았던들 나는 정말 그 자리에 주저앉아버렸을지도 모른다.

"야, 임마! 너는 연애편지를 아무데서나 그렇게 막 소리 내 읽니? 너 바보니?"

나는 운동장 뒤로 도망쳤다. 그러나 순영이의 말을 이해할 수 없었다. 그게 연애편지라니. 어디에 어른들이 쓰는 사랑한다는 말이 들어있단 말인가. 나는 아이들이 나와 향이가 주고받는 뭔가 은밀한 대화에 호기심을 가질 것이고 그걸 까발림으로써 다 함께 즐겁기를 기대한 것뿐이었다. 향이가 쪽지 앞머리에서 부탁했다시피 나 혼자만 읽기를 바랐지만 내가 그 부탁을 무시하고 공개

한다 해서 뭐가 잘못될 것인지도 생각해봤으나 아무것도 달라질 것이 없다는 판단을 내렸다. 나는 떳떳했고 향이 또한 무얼 잘못하고 있는 게 아니었다. 혼자만 읽으라는 그 말만 없었어도…….

하지만 순영이와 함께 강당 한 모퉁이에 쪼그려 앉아 어깨를 들썩이는 향이의 모습을 보니 가슴이 찡해왔다. 앞으로 이런 장난은 하지 말아야겠다는 생각이 들었다. 오후 수업시간 내내 책상에 엎드려만 있는 향이에게 나는 이렇게 말해주었다.

"내가 너무 심했지. 정말 미안해, 앞으로는 이런 장난 안 칠게."

저번 찐 밤 사건 때는 미안하다고 하니까 괜찮다고 하더니 이번에는 정말 화가 많이 났는지 향이는 아무런 대답도 하지 않았다. 이렇게 향이와 서먹해진 상태로 방학을 맞았다.

방학이 끝나고 새 학기가 돼서 다시 만났지만 우리 사이의 서먹한 그늘은 걷히지 않았다. 짝꿍이 바뀐 것이 그나마 다행이었다. 나는 더 해명하고 자시고 할 것이 없었다. 하지만 향이는 여전히 아쉬운 게 있지만 드러내지 않을 뿐인 듯했다. 그랬다가는 내가 또 아이들 앞에 까발릴까 두려워서 말을 못하는 것인지도 몰랐다. 아이들은 우리가 헤어졌다고도 했고 어른들처럼 사랑싸움을 벌이는 중이라고도 했다.

나는 아이들의 그런 터무니없는 반응이 여전히 재미있었다. 시간이 지나면 아이들은 자기들 생각이 얼마나 허망한 것이었는지를 깨닫게 될 것이고 향이도 마음을 풀고 예전처럼 밝은 모습으로 나를 대할 것이었다. 그러나 우리에게 그런 때는 오지 않았다. 나는 추석을 지내자마자 아버지의 전근에 맞춰 또 다시 전학을 가야 했기 때문이다.

아버지는 그때 서울에 자리 잡을 계획을 세우셨다. 나 못지않게 여러 학교를 전전하던 준석 형이 때맞춰 서울의 일류고등학교에 합격했던 것이다. 아버지는 내게도 중학교 때부터는 떠도는 생활을 하지 않게 하겠다고 다짐하셨다. 졸업이 몇 달 밖에 남지 않았지만 부모님은 연고가 없는 타지에 나만 남겨둘 수가 없으셨으리라.

나는 교무실 밖 복도에 서 있었다. 내 전학 관련 서류를 받기 위해 담임선생님을 만나고 계신 어머니를 기다리면서. 그렇게 서서 나는 복도 끝 6학년 1반 교실을 멍하니 바라보았다. 아까 작별인사를 할 때 잘 가라고 박수를 쳐주던 아이들의 얼굴이 떠올랐다. 그중에 향이도 있었다. 그동안 괴롭히기만 했던 향이. 문득 그 애가 보고 싶었다. 교실 문을 나설 때 무언가 할 말이 있다는 듯 안타까운 얼굴이었는데……. 그때 저쪽 6학년 1반 교실 문이 빼꼼히 열리더니 누군가 복도로 나왔다. 거짓말처럼, 향이였다. 향이는 여기 내가 서 있는 것을 확인하고는 달려오기 시작했다. 그 애의 손에 무언가가 들려 있었다.

향이가 들고 온 것은, 누런 비료포대 종이로 싸고 남색과 붉은색의 색실, 그러니까 청실홍실로 단단히 묶은 것이었다. 향이는 그걸 내밀며 그냥 '잘 가.'라고 말했다. 나도 따라서 '잘 있어.'라고 했다. 그때 담임선생님과 어머니가 나오셨다. 향이가 어머니에게 꾸벅 인사를 했다. '네가 향이구나. 석이 말대로 예쁘기도 해라.' 어머니는 내가 하지도 않은 말을 보태가며 향이의 머리를 가볍게 쓰다듬으셨다.

그렇게 간단히 우리는 헤어졌다. 나는 향이가 준 작별선물, 왠지 모르게 촌스러우면서도 비밀스런 그 작은 꾸러미를 바로 열어보지 않았다. 그렇다고 버려서는 안 될 것이었기 때문에 나중에 열어보기로 하고 간직하였다.

서울로 와서도 나는 빨리 적응했다. 다섯 번의 전학과정에서 쌓이고 재생산되고 다듬어진 내 기묘한 얘기들은 새로운 것에 굶주린 서울 아이들을 황홀경에 빠뜨렸다. 서울 아이들은 거칠지 않았고 예의도 발랐다. 요즘 아이들이 말하는 왕따 비슷한 것이 그때도 없지 않았지만, 찌질이가 찌질이 취급받는 것그 이상도 이하도 아니었다. 요즘처럼 어른들 조폭을 흉내 낸 야비한 폭력이나 따돌림은 없었다. 전학 온 아이에게 종종 텃새를 부리는 경우가 있었지만새 울타리 안에 들어가는 얼마간 성가신 통과의례 정도였지 견디기 어려운폭력이나 아파트 옥상에서 뛰어내리게 할 만큼 집요한 위협은 아니었다.

몇 달 아이들과 얼굴 익히고 나니 바로 방학이었고, 중학교 입학 준비하랴바삐 돌아치다 보니 어느덧 졸업이었다. 서울에서 맞은 중학생활은 나름대로즐거웠다. 갑자기 공부할 양이 많아져서 초등학교 때처럼은 못됐지만 여전히나는 특유의 입담으로 아이들을 사로잡았다.

내가 향이에 대해 다시 생각하게 된 것은 중학교 2학년이 되던 해였다. 중학교 1학년 때 까지만 해도 나는 초등학생 시절과 다름없이 부모님의 '철 좀 들어라'는 말을 귀에 달고 살았으나 중학교 2학년이 되면서 갑자기 그 철이 들어버렸다. 내가 생각해도 신기할 만큼 성격이 180도로 돌변해서는 그야말로 착한 '범생이'가 되었다. 아동기가 길었다고 해야 할지, 사춘기가 늦게 왔다고 해야 할지알 수 없었으나 어쨌든 내게도 이때 사춘기라는 것이 찾아온 것이었다.

어느 날 나는 전에 없던 신기한 경험을 하게 되었다. 아침 등교시간, 버스 정류장으로 가는데 저만치 맞은편에서 한 무리의 단발머리 여학생들이 걸어오고 있었다. 흰 블라우스에 검정 치마 교복을 입고 무어라 재잘거리면서 걸어오는 여학생들. 그들과의 거리가 좁혀질수록 가슴은 쿵덕거리고 얼굴까지 화끈거렸다. 여학생들이 코앞에 닥치자 고개를 들 수가 없었다. 긴장한 나머지 숨도 제대로 쉬어지지 않았다. 여학생들을 보아온 게 어제오늘의 일이 아니건만 도대체 이 무슨 조화속이란 말인가. 이런 황당한 순간을 전후로 하여 나의 아동기와 사춘기는 확연히 갈라졌다.

나는 한 동네 여학생을 눈여겨보기 시작했다. 등굣길, 그 여학생은 버스 정류장으로 가는 길모퉁이 슈퍼마켓 저쪽에서 꼭 그맘때쯤 나타났다. 선화여중 교복을 입었고 나보다 한 정류장 먼저 내렸다. 하교 길에는 그 애가 정류장에 서 있는 모습을 보려고 만원버스의 오른쪽 창가로 비집고 들어서곤 하였다. 그 애는 대개 정류장 한쪽에 서서 무슨 책인가를 열심히 읽고 있었는데 그 모습이 참으로 예뻐 보였다. 그때부터 내 가슴은 뛰기 시작했다. 버스에 오른 그 애가 다른 승객들에 떠밀려 내 쪽으로 다가오기라도 하면 숨이 멎을 것만 같았다.

그렇게 한 학기를 다녔는데도 이런 나의 존재를 아는지 모르는지 그 애는 나를 안중에도 두지 않는 듯했다. 한 동네 살면서 아침마다 같은 방향으로 한 버스를 타고 다니면서 모른다는 것은 말이 안 되었다. 마침내 나는 용기를 내었다. 나의 존재와 설레는 마음을 쪽지에 적어 하교 길 슈퍼마켓 모퉁이에서 그 애에게 전하기로 했다. 그동안 지켜보면서 함께 얘기 나눠보고 싶었다. 용감중학교 2학년이고 이야기를 잘한다. 공부도 상위권이다. 슈퍼 위 골목에 산다. 대략 이런 내용이었다.

"저기……."

그 애가 돌아봤다. 내가 다가가자 그 애도 돌아서서 나를 똑바로 쳐다봤다. 나는 주머니에서 접어둔 쪽지를 꺼내 그 애 앞으로 내밀었다. 그 애는 쪽지와 내 얼굴을 번갈아보더니 고개를 갸웃 하고는 쪽지를 받았다. 나는 그냥 싱긋 웃었다. 그 애는 말없이 돌아서서 걸어갔다. 잠시 후 나도 돌아서서 집으로 왔다. 그런데 며칠 후 저녁 밥상머리에서 어머니가 이런 말씀을 하시는 것이었다.

"아 글쎄, 중학생 것들이 연애질이나 하고 큰일이야."

아버지가 받았다.

"그게 무슨 소리야?"

"선희 딸이 중학교 2학년이잖아요."

"아, 당신 고등학교 동창이라는?"

"예, 그런데 엊그제 어떤 남학생이 글쎄 불쑥 앞을 가로막고는 연애편지를 건네면서 헤실헤실 웃더래요."

"허허, 남자애가 쫓아다니는 거 보니 아이가 꽤 예쁜가 보군."

"즈이 엄마 닮아서 예쁘장하지요. 하지만 애가 워낙 조신해서 그 쪽지를 제 엄마한테 보여줬으니 망정이지……. 그거 졸졸 쫓아다니기라도 하면 어쩐대요? 딸 가진 집은 걱정이 참 많겠어요."

나는 목구멍으로 넘어가던 밥알들이 도로 기어 올라오는 느낌이었다.

"어쨌거나 이 동네 남자애라고 하던데……."

하시면서 어머니는 나를 넌지시 건너다보시는 게 아닌가.

"혹시 우리 진석이는 아니겠지? 요즘 철이 들어서 공부밖에 모르는데……."

내 얼굴은 불을 뒤집어쓴 것처럼 뜨거웠다. 사실이 밝혀지기는 시간문제일 것 같았다. 은밀하고도 소중히 다뤄져야 할 그 진심어린 쪽지가 어째서 이렇게 엄마들의 무책임한 입방아에 오르다 못해 불량학생의 낙인을 찍는 증명서가 되고 있단 말인가. 엄마에게 보여주다니, 그 애는 바본가. 나는 처절한 마음으로 밤잠을 이루지 못했다.

두 어머니는 기어코 쪽지의 주인공을 추정해내고야 말았다. 더 볼 것도 없었다. 딸이 말한 용감중학교 교복에다 쳐다볼 때 눈웃음 짓는 인상이며, 쪽지에서도 고백했다시피 슈퍼에서 갈리는 위쪽 골목에 사는 남학생. 딱 걸린 것이었다. 어머니는 진지하다 못해 비장하게 말했다.

"내 친구 딸이라서 하는 말이 아니라 걔 착해. 공부밖에 몰라. 예화고등학교 입학이 목표라더라. 내 친구한테는 아니라고 못을 박아서 아직 넌 줄 몰라. 만약 알게 되면 무슨 망신이니. 그러니까 다시는 그런 짓 하지 마라. 정신 차리고 공부 열심히 하고."

정나미를 떼려고 아버지와 형까지 거들고 나서자 오히려 반발심이 생겼다. 나는 무조건 '예, 예' 해서 부모님을 안심시켰지만 어떻게든 만나보기로 마음을 굳혔다. 신비롭던 이미지가 좀 맹한 계집애로 바뀌긴 했어도 조신하고, 일류 여고인 예화여고를 목표를 할 만큼 공부도 잘한다는 등의 칭찬이 이런 나의 생각을 고무시켰다. 나는 적당한 날을 잡아 하교 길 그 애가 타는 버스정류장에 미리 가 있다가 말을 걸었다.

"저기, 잠간 얘기 좀 할까?"

어떻게 그런 용기가 났는지 나도 신기할 따름이었다. 더 놀라운 것은 그 애였다. 당황하기는커녕 마치 이런 일이 벌어지기를 기다렸다는 듯이 싱긋 웃기까지 하는 것이었다. 어머니에게 들어서 그려본 모습과는 딴판이었다.

"얘기해. 무슨 말인데?"

그 애는 거만하게 턱을 치켜들고 눈까지 샐쭉 흘겼다. 그 서슬에 순간적으로 주눅이 든 내가 머뭇대자 그 애는,

"저기 들어가서 얘기할래?"

하고는 정류장 근처의 빵집으로 앞장서서 또박또박 걸어갔다. 나도 비적비적 따라갔다. 그 애는 구석자리로 가서 앉더니 찐빵을 시켰다. 나는 엉거주춤 그 애 맞은편에 앉았다. 내가 무슨 말을 하려고 했던 거지. 빵이 나오고도 한참을 나는 꿀 먹은 벙어리처럼 앉아만 있었다.

"말해봐."

그 애가 너무도 당당해서 내가 무슨 억지나 생떼를 쓰려고 수작을 부리는 건 아닌가 하는 착각이 들었다. 나는 다시 용기를 내 입을 열었다.

"저기, 그러니까……."

그 애는 답답하다는 듯이 미간을 찡그렸다.

"내가 준 쪽지 내용을……."

"그게 뭐?"

"어떻게…… 너희 어머니가 아셔?"

아, 내가 지금 무슨 말을 하고 있는 것인가. 어떻게 이런 뜻하지 않은 소리가 내 입에서 튀어나온 것일까. 내 말이 끝나기도 전에 그 애의 머리가 뒤로 젖혀졌다.

"푸하하하!"

그 애의 입에서 빵과 팥 앙금 조각이 사방으로 튀었다. 그 애는 눈가에 번진 눈물까지 훔치고 나서 이렇게 말했다.

"너, 그거 따지자고 나한테 온 거니?"

"아니, 그게 아니라…… 내 말은……."

"근데, 우리 엄마가 그 쪽지 봤단 걸 어떻게 네가 알아? 너 준석 오빠 동생이지?"

미처 예상하지 못한 상황에 나는 먹히고 말았다. 어디부터 설명해야 할지 갈피를 잡지 못한 내 입은 버벅거렸고 머릿속은 하얘졌다. 내가 하려던 말의 골자는 이게 아니었다. 그저 운이나 떼려던 말은 주제로 둔갑해버리고 어머니가 그토록 두려워하신 내 정체마저 까발리는 실수를 저지르다니. '진심을 몰라줘서 서운했다.', '정류장에서 책 읽는 모습이 예뻐 보였다.', '나에 대해서 어떻게 생각하느냐.' 진짜 하려고 했던 말은 이거였다. 그런데 봄날 언덕에 풀어놓은 망아지처럼 거침이 없는 그 애의 어느 구석에 이런 낯간지러운 대사를 들이댄단 말인가. 그 애가 다시 기습적으로 물었다.

"너 나 좋아하니?"

갈수록 태산이었다.

"……."

"그렇구나. 내 어디가 그렇게 좋은데?"

"……."

그 애는 나를 빤히 쳐다보며 생글생글 웃었다. 기가 막혀서 대답을 못하자 그 애는 한숨을 돌리듯이 빵 하나를 집어 우유와 함께 천천히 먹었다. 이 정황에 빵 맛이 날까. 종잡을 수 없는 아이였다. 나도 같이 먹을까 하다가 그냥 구경만 했다. 이윽고 빵을 다 먹더니,

"미안해. 나 남자 친구 있어."

그 애는 이렇게 말하고는 발딱 일어나 가버렸다. 목소리나 좀 작든지…… 주위가 갑자기 조용해졌고 홀 안 가득한 여학생들의 시선이 내 얼굴을 찔렀다. 나는 자리에서 일어나 그 애가 나간 출입구 쪽으로 도망치듯 황급히 걸어갔다. 막 문을 나서려는데,

"저기, 학생!"

"저 말인가요?"

"빵 값 내고 가야지."

나는 비참한 심정으로 다섯 정류장을 버스도 타지 않고 터덜터덜 걸었다. 그때, 잃어버렸던 물건이 생각지도 않은 곳에서 불쑥 나타난 것처럼, 반짝이는 밤톨 두 개를 내 손에 쥐어주며 수줍게 웃던 저 금동초등학교의 향이가 불현듯 떠올랐던 것이다.

나는 그제야 그날 향이의 얼굴이 귀밑까지 빨개지던 이유를 알 수 있었다. 향이의 쪽지를 아이들 앞에서 낭독하던 날, 나는 기어코 착한 향이를 울리고

말았다. 나는 지금 이렇게 당해도 싸구나. 향이도 이렇게 아팠을까. 어둠이 내리는 주택가 골목 위 하늘을 향해 조그맣게 불러보았다. 친구들이 정답게 부르던 대로 '향아~' 하고.

집에 돌아오자마자 나는 내 옷 궤짝 깊숙이 넣어놓았던 꾸러미를 꺼냈다. 색실 매듭을 풀고 정성스레 접힌 비료포대 종이를 벗겨내자 색동 복주머니가 나왔다. 주머니 끈을 풀고 안을 들여다보니 쪽지가 들어 있었다. 그걸 꺼내는 내 손가락이 떨렸다. 쪽지에는 이렇게 씌어 있었다.

"진석아, 안녕? 나는 우리 반에 네가 있어서 좋았는데, 너는 아니지? 헤어지게 되니까 슬퍼. 그동안 나 때문에 기분 나쁜 일 있었으면 미안해. 새 학교 가서도 잘 지내기 빌께. 그리고 이 주머니는 가사책을 보고 내가 지은 거야. 잘 간직하면 복이 들어온대. 너는 얘기를 참 잘하니까 나중에 훌륭한 작가가 될 거야. 이 주머니에 그 이야기들을 담아. 네가 얘기했던 것처럼 온 세상이 다 들어가는 마법의 자루가 됐으면 좋겠어. 안녕."

나는 나도 모르게 흐르는 눈물을 주체할 수 없었다. 불쌍한 향이, 정말 미안해. 미안해, 미안해, 미안해…… 다행히 향이는 쪽지 말미에 집 주소를 적어놓았다. 나는 노트와 볼펜을 꺼내 두서없이 편지를 쓰기 시작했다.

"미안해, 향아. 너무 늦었지? 벌써 2년이 지났네. 금동초등학교는 잘 졸업하고, 중학교에도 들어갔겠구나. 좀 더 일찍 답장을 했어야 하는데. 뭐라 할 말이 없어. 미안해. 정말 미안해. 나는 절대로 너를 미워하지 않았어. 단지 내가 너보다 어려서 그랬다고나 할까. 이건 말이 안 되겠지. 너는 정말 좋은 친구였어. 웃을 때 오른쪽 뺨에만 파이는 볼우물이 참 예뻤어. 기분 좋을 때 졸린 것처럼 가늘게 뜨는 눈도 신기했고. 그렇게 괴롭혔는데도 너는 한 번도 나를 원망하지 않았지. 미안해. 지금 생각하니 너는 누나 같기도 하고 엄마 같기도 했어. 늘 까부는 나를 챙겨주었지. 고마워. 그리고 미안해. 찐 밤 가지고 장난 친 거, 네 편지 애들 앞에서 읽은 거. 지금 생각하니 정말 나쁜 짓이었어. 그때 얼마나 속상하고 괴로웠었니? 미안해. 정말 미안해. 용서해 달라는 말도 하기가 부끄러워.

향아. 이 편지 보고 놀라지 않니? 내가 너무 변해서. 하지만 이건 진심이야. 그때로 돌아갈 수만 있다면 너에게 사과하고 싶어. 네가 만들어준 복주머니 잘 간직할게. 꼭 훌륭한 작가가 돼서 거기에 가득 재미있는 얘기를 담아 네게도 나눠줄 거야. 너는 장래 꿈이 성악가라고 했지. 목소리가 참 고우니까 꼭 이루어질 거야. 향아, 다시 한번 미안해. 이 편지 받으면 꼭 답장 해줘. 너무 늦긴 했지만 나도 답장했잖아. 그럼 다시 볼 때까지 안녕. 진석이가.”

그러나 나의 간절한 바람에도 아랑곳없이 이 편지는 열흘 만에 수취인 불명 딱지가 붙어서 되돌아왔다. 나는 편지를 들고 우체국에 가서 물어보았다. 받을 사람이 이사를 갔다는 뜻이라고 했다. 나는 안타깝고 슬펐지만 어찌해 볼 도리가 없었다.

인생은 쉴 새 없이 흐르는 강물 위의 배와 같다. 지나온 저 위쪽에 아쉬운 것을 남겨 뒀더라도 흐르는 물을 거슬러 오를 수는 없다. 다음 포구에 닿을 때까지 그냥 아쉬운 채로 가야만 하는 것이다. 전하지 못한 나의 참회록은 향이의 복주머니와 함께 내 보물창고에 다시 보관되었다. 그리고 기억의 갈피에서 되살아난 열세 살 향이는 눈부신 천사가 되어 내 가슴속 깊이 자리하였다.

향이가 만들어준 주머니가 너무 커서 채우기에 턱없이 부족하긴 하지만 나는 그녀가 빌어준 대로 작가가 되었다. 그 천사는 내가 특별히 기쁠 때, 어려운 일로 우울할 때마다 깨어나서 함께 기뻐하고 또는 위로해주었다. 어떤 과제를 세워서 추진할 때는 수시로 용기를 북돋워주었다. 복주머니는 부적이요 향이는 나의 수호신이었다. 그래서 나는 꼭 향이를 다시 찾고 싶었다. 만나서 고맙고 미안하다고 말하고 싶었다.

그 메시지를 올려놓고 처음 며칠 동안은 수시로 들어가서 댓글을 확인하곤 했다. 보름이 지나도록 아무 답도 없는 메시지가 뻘쭘해서 다음 주 쯤에는 내릴까 하고 생각했다. 하긴 흘러간 세월이 얼마인가. 아직 그럴 나이는 아니지만 사고나 암으로 이미 세상을 떠났을 수도 있고, 이런 카페에 기웃거리는 것과는 거리가 먼 삶을 살고 있을 수도 있다. 겨우 1년 반을 다녔고, 졸업도 하지 않은 주제에 누가 좀 알아봐 달라고 나 여기 있소 하고 광고를 하기도 멋쩍었다.

이래저래, 우회로까지 막힌 처지를 절감하면서도 희망을 버리지 않은 것은 잘 한 일이었다. 마침내 나의 수호신이 강림했으니. 내일은 꼭 내려야지 하면서 들어간 날, 댓글 하나가 눈에 띄었다. 그냥 댓글이 아니었다. 첫 문장부터 예사롭지 않은 기운이 뻗쳤고 나의 가슴은 쿵쾅거리기 시작했다.

"닉네임처럼 신사가 되셨군요. 신사가 되신 순간 다 용서받은 게 아닐까요? 38년 전이라니, 그 편지가 정말 궁금하네요. 새삼스레 가슴이 뜁니다. -전향-"

그리고 그 다음 페이지에는 이번 주 일요일 예술의 전당에서 열리는 '소프라노 전향 독창회' 공지와 함께, '젠틀맨 필히 참석 요망'이라는 추신이 붙어 있었다.(2013)

작품 해설

잃어버린 고향을 찾아서

반경환(문학평론가)

　서사시는 자아와 세계, 언어와 대상, 인식과 행동, 본질과 현상, 인간과 인간들 사이의 간극이나 균열이 없던 세계의 문학 양식을 뜻하고 소설은 그 서사적 총체성이 산산이 부서지고 파편화되어버린 세계의 문학 양식을 뜻한다. 고대 그리스인들은 범죄와 광기를 알지 못했고 자아와 세계 사이의 어떠한 간극이나 균열도 알지 못했다. 그들은 어떠한 질문도 알지 못했고 어떠한 수수께끼도 알지 못했다. 그들은 그들의 삶에 있어서의 최고의 정점과 극단적인 무의미에로의 하강마저 알지 못했고, 비록 정적이고도 좁은 세계에서이긴 하지만 그 자체로서 완결된 행복한 삶을 영위할 수가 있었던 것이다.

　하지만 현대 사회에서 우리 인간들은 자아와 세계, 언어와 대상, 인식과 행동, 본질과 현상, 인간과 인간들 사이의 화해로운 일치는커녕 어떠한 해답도 갖지 못한 채 떠돌이-나그네로서의 부유하는 삶을 살아가고 있는 것처럼 보인다. 위대한 영웅도 있을 수 없고 전지전능한 신도 있을 수가 없다. 밤하늘에 빛나는 별들도 있을 수가 없고 어떠한 선험적 좌표마저도 있을 수가 없다. 소설은 서사적 총체성이 파편화된 시대의 문학 양식이며 범죄와 광기는 선험적 고향 상실의 객관화이다. 떠돌이-나그네는 공동체 사회에서 소외되고 버림받은 익명인들을 말하고 범죄와 광기는 그 익명인들의 지배적인 삶의 양식을 말한다. 떠돌이-나그네에게 있어서 고향은 오디세우스의 이타카와도 같고 『율리시스』의 주인공인 리오폴드 블룸의 더블린과도 같다.

어머니가 살고 있고 아내와 자식이 살고 있는 고향, 언제 어디서나 마주쳐도 반갑고 그리운 이웃들과 졸졸졸 시내와 산이 있고 이따금씩 뱃고동이 울고 송아지들이 한가로이 금빛 울음을 우는 고향 -. 수구초심(首丘初心), 문학이란 고향에 대한 향수이자 언제 어디서나 자기 집에서 머물고자 하는 충동이라고 하지 않을 수 없다. 탄생-출발-시련-시련극복-귀향이라는 세계영웅 탄생 신화가 그것을 말해준다. 자아의 발견과 성숙이라는 대전제 아래 떠돌이-나그네들의 귀향을 미화하는 교양 소설도 그것을 말해주고 있다. 떠돌이-나그네에게 있어서 고향이란 에덴동산과 이음동의어이며 범죄와 광기는 그들의 선험적 고향 상실의 객관화라고 하지 않을 수 없다.

김주성의 작품집 『불울음』은 한 편의 장편소설과 한 편의 중편소설, 그리고 아홉 편의 단편소설로 구성되어 있는 이채로운 작품집이다. 600매 내지 700매 정도의 장편소설만으로도 한 권의 단행본으로 출간되고 있는 이 상업주의의 시대에, 한 편의 장편소설과 중편소설 그리고 아홉 편의 단편소설로 한 권의 작품집을 엮어낸다는 것은 그가 애초부터 상업주의와는 담을 쌓고 있다는 좋은 증거라고 할 수가 있다. 얄팍한 상업주의는 천박한 대중들의 심금을 울려서 치부를 하겠다는 속셈만이 드러나지만 순수한 문학주의는 작가의 살아 있는 영혼과 최고급의 격세유전이라는 고전주의의 냄새가 드러나기도 한다. 그러나 김주성의 작품집 『불울음』은 세계영웅 탄생 신화를 그려 넣을 수 있을 만큼 웅장하지도 않고 자아의 발견과 성숙을 그려넣을 수 있을 만큼 중후하지도 않다. 그의 소설은 어떠한 잠재적 가능성을 안고 있는 소설이다. 잠재적 가능성이란 '좋은 무한성'을 뜻하지 '나쁜 무한성'을 뜻하지 않는다. 잠재적 가능성이란 고전주의의 생산성을 뜻하지 상업주의의 불모성을 뜻하지 않는다. 김주성은 고전주의의 씨앗을 배태하고 있는 작가일는지도 모르고 일군의 90년대 작가들을 뛰어넘어서 한국문학사의 새로운 금자탑을 세울 수 있는 작가일는지도 모른다.

〈어느 똥개의 여름〉은 잡종 개를 주인공으로 해서 우리 인간들의 사회를 희화화하고 날카롭게 비판하는 뛰어난 중편소설이다. 우화란 어떤 동물이나 식물 등을 의인화시켜서 삶의 교훈이나 지혜를 이끌어내는 양식을 말하고 그것을 하나의 이야기로 엮어냈을 때 우리는 그 이야기를 우화 소설이라고 부른다. 우화 소설은 문학작품의 형식 가운데 가장 잘 읽히는 형식 중의 하나이다. 우리는 그 소설을 통해 우리가 살고 있는 세계와 자기 자신을 반성하고 성찰할 수 있는 계기를 얻는다.

〈어느 똥개의 여름〉은 잡종 개들의 이야기이며 개백정들에 대한 이야기이다. 잡종 개-똥개의 운명을 결정짓는 것은 그들의 출신성분이고 개백정들의 운명을 결정하는 것도 그들의 출신성분이다. 범죄와 광기의 도가니 속에 갇힌 출신성분이 그들의 운명을 규정하지 그들의 존재 자체가 주체적으로 자신들의 운명을 창조하지 못한다. 잃어버린 고향 자체가 그들의 실존적인 삶의 양식을 규정하지 그들의 주체적인 삶의 양식 자체가 이 세계의 주인공을 만들어 내지는 못하는 것처럼.

"도대체 우리가 그들 족보 있는 개들과 다른 점이 뭔데?"
"날 때부터 피가 다른 거야. 이를테면 족보 있는 개들은 그들의 피 속에 다른 종의 피가 섞이지 않은 순종이란 거고, 우리는 이 개 저 개의 피가 잡다하게 섞여 있는 잡종이란 얘기야. 그래서 쓸모라고는 복날 보신탕감밖엔 안 된다는 거지. 하기야 개고기가 정력에 좋다는 소문이 돌고 있는 요새는 아예 사철탕이라고 해서 시도 때도 없이 우리 똥개들을 잡아대지만 말이야"(〈어느 똥개의 여름〉 p.194)

"인간들이라고 다 같은 건 아니에요."
"맞는 말이다. 인간들이 하는 말 중에 끼리끼리 모인다는 말이 있다. 고기 값이나 하기 위해서 우리 똥개들이 이렇게 모여 있는 것처럼 여기 있는 인간들도 똥개들이나 상대해서 목구멍을 채우는 똥개 같은 인간들이지. 만약에 너나 복실이나 누렁이가 똥개가 아니라 어떤 씨 좋은 순종 혈통이었다면 애초에 이곳의 개백정들과도 만날 인연이 없었을 테지."(〈어느 똥개의 여름〉 p.208~209)

잡종 개가 '진돗개, 치와와, 푸들, 셰퍼드' 등 이른바 족보 있는 개가 될 수 없고 개백정들이 똥개 같은 인간들을 떠나서 고귀한 인간이 될 수 없다. 잡종 개들은 우리 인간들의 정력에 좋다고 알려져 여름 복날에 가장 많이 희생된다. 개백정들은 고귀한 인간들의 노예이며 똥개들의 공급과 수요에 따라서 목구멍에 풀칠을 하게 된다. 족보 있는 개와 똥개들이 다르듯이 고귀한 인간과 개백정들도 다르다. 전자는 그들의 운명을 능동적으로 창조할 수가 있지만 후자는 전혀 그렇지가 못하다. 그렇지만 현대 사회에서는 전자의 삶은 보이지 않고 후자의 삶만이 드러나게 된다. 영웅도 없고 신도 없고, 있는 것은 똥개와도 같은 개백정들뿐이다. 진돗개도 없고 치와와도 없고 있는 것은 이 개 저 개의 피가 잡다하게 섞여 있는 잡종 개들뿐이다. 이러한 차이의 소멸은 위계질서의 무너짐을 뜻하고 현대 사회가 곧 문화적 혼란기임을 말해주기도 한다.

〈어느 똥개의 여름〉의 주인공인 '설구'(雪狗)는 어느 날 길을 잃고 쓰러지지만 안젤라라는 은혜원의 수녀가 데려다가 보살펴 준다. 안젤라 수녀의 천사 같은 사랑과 따뜻한 보살핌도 잠시, 설구는 소망의 학교 수영이에게 건네지고 얼마 후 또 다른 동료인 칠칠이와 함께 개백정들에 의해 납치돼 보신탕집의 임시 사육장으로 끌려간다.

사육장은 설구와 칠칠이처럼 훔쳐온 개들과 팔려온 개들로 북적대며 문전 성시를 이룬 보신탕집 손님들의 요청에 따라 매일같이 여러 마리가 죽어나간다. 칠칠이는 즉시 살해되지만 설구는 늙은 개, 병든 개, 어린 개들의 임시 사육장에 갇힌다. 하지만 그 사육장에서는 곧 죽을 운명임에도 불구하고 개들 사이의 권력투쟁이 일어나기도 하고 복실이라는 암컷을 둘러싸고 삼각관계의 치정이 발생하기도 한다. 보신탕집의 임시 사육장은 현대 사회의 상징적 축도

이자 범죄와 광기가 난무하는 곳이기도 하다. 설구라는 예쁘고 아름다운 이름은 출신성분을 떠나서 그 운명의 주체가 되려는 작가의 의지를 암시한다. 탈출에 성공한 설구가 천사의 집 혹은 은혜원을 찾아가는 장면은 작가의 회귀본능과 정확하게 대응의 짝을 이루고 있다.

〈어느 똥개의 여름〉은 우화 소설이면서 심리소설이기도 하다. 똥개의 신분을 한사코 인정하지 않으려는 설구의 내면 심리가 살아 있고 다른 개들의 죽음과 공포스러운 사육사와 셰퍼드에게 반응하는 순간들도 살아 있다. 복실이란 개를 둘러싸고 일어나는 애정이나 질투의 장면도 살아 있고 잡종 개들 사이의 잡다한 권력투쟁의 장면도 살아 있다. 그런가 하면 탈주의 실패와 탈주할 때의 가슴을 두근거리게 하는 장면도 살아 있고 천사의 집인 은혜원과 소망의 학교에서 즐겁고 유쾌하게 보냈던 날들에 대한 회상의 장면도 살아 있다.

우화 소설은 기법상 해학과 풍자를 택하고 있지만 그 날카로운 도덕적 비판과 야유에는 작가의 환멸적인 세계관이 드러나기 십상이다. 해학과 풍자는 타락한 세계를 꿰뚫어보는 기법이고 그 기법은 일체의 가식이나 꾸밈이 없는 무기교의 세계를 늘 하나의 청원처럼 간직하기 마련이다. 우화 소설의 환멸적인 세계관은 작가의 이상적인 세계관의 또 다른 일면이며 그 환멸적인 세계관은 그의 이상주의가 시간과 공간에 부딪쳐서 굴절된 형태라고 하지 않을 수 없다. 〈어느 똥개의 여름〉은 김주성이 꿰뚫어보고 있는 현대 사회의 구조적 모순이 하나의 우화 형태로 드러나고 있는 소설이자 그의 다양한 심리묘사가 섬세한 그물망처럼 독특하고도 아름답게 빛을 발하는 소설이다.

우화 소설이 인간 사회에 대한 패러디라면 분단 소설은 어떠한 우회로도 없는 정통적인 소설이라고 할 수 있다. 우화 소설이 작가의 이상주의가 하나의 흔적처럼 지워져 가면서 환멸적인 세계관이 드러나고 있는 소설이라면 분단 소설은 작가의 환멸적인 세계관이 지워져 가면서 그의 이상적인 세계관이 드러나고 있는 소설이라고 할 수 있다. 우화 소설에서는 어떠한 희망이나 목적도 찾아볼 수 없지만 분단 소설에서는 사랑과 화해 혹은 관용이라는 대전제들을 어렵지 않게 찾아볼 수 있다. 1970년대 작가들, 이를테면 김주영, 김원일, 전상국, 유재용의 어떤 소설들이 그러한 것처럼 김주성의 장편소설 〈불울음〉 역시 예외는 아니다.

김주성의 장편소설 〈불울음〉은 분단 소설이자 가족 소설이고 또한 연애 소설이라고도 할 수 있다. 〈불울음〉의 역사적 배경은 한국전쟁과 1980년대 말까지로 되어 있으며, 소설적 구조는 주인공인 나(영수)와 명희의 집안에 얽힌 가족사의 비밀에 의해 지탱되고 있다. 좌우의 이데올로기에 의한 대리전쟁이든 주체적인 국가로서의 위대한 민족해방전쟁이든 '전쟁은 지상에서 가장 추악하고 비열한 죄이자 징벌이다'라는 말로 작가 김주성은 한국전쟁의 성격을 규정하고 있다.

〈불울음〉은 전쟁 때문에 봉당리의 대지주였던 홍씨 가계가 어떻게 몰락해 갔는가를 보여주고 있고 그 홍씨 가계의 몰락의 기미를 틈타 무식한 천민이자 하층계급이었던 박재필의 가계가 어떻게 이루어지고 있는가를 보여주고 있다. 홍씨 가계의 몰락은 박씨 가계의 부흥이고 박씨 가계의 부흥은 홍씨 가계의 몰락이다. 그러나 〈불울음〉은 그 두 가문의 원한 맺힌 비극적 결말로 끝나지 않고 박씨 가계의 행운으로도 끝나지 않는다. 전쟁의 상처가 홍씨 가계에 짙은 암영으로 드리워져 있다면 그 상처는 박씨 가계에도 짙은 암영으로 드리워져 있다. 부르주아 반동분자로 낙인이 찍혀서 지방빨갱이들의 죽창에 찔려 죽은 홍 영감, 한 형제간에 인민군과 국방군으로 나란히 죽어가야 했던 그의 두 아들, 공산당에 가입했다가 '반동분자 색출 결사대'의 무리에서 탈출하여 그 어느 쪽에도 설 땅이 없었던 박재필. 약 한 첩 못 쓰고 죽어간 그의 아내와 화상을 입고 '불 부루는 소리'라는 기이한 주문을 외며 마침내 그의 저택을 잿더미로 만들어버리는 병수, 박재필의 비참한 최후 등 아직까지 그 전쟁의 상흔은 70여 년이 지난 오늘날까지도 우리들의 가슴속에 남아 있는 것이다.

하지만 〈불울음〉은 1950년대 작가들, 이를테면 장용학, 이호철, 서기원 등처럼 실존적 허무주의에 침윤되어 있지도 않고 1970년대의 김원일, 김주영, 전상국 등에서처럼 감상적인 휴머니즘으로 채색되어 있지도 않다. 홍씨 가계의 후손인 홍명희와 나의 결혼 약속은 어떤 인위적인 장치, 또는 추상적이거나 관념적인 장치에 의해 이루어지지 않고 있다. 40여 년 전 아버지의 죄-홍씨 가문의 재산을 도둑질한 것-를 진정으로 뉘우치고 사죄하는 영수라는 인물도 살아 있고 홍씨 가계의 몰락을 한이나 증오의 차원에서가 아니라 역사적 차원에서 담담하고 의연하게 받아들이는 홍윤우라는 인물도 살아 있다.

"용서를 할 사람은 내가 아니라 나의 선친들일 것이요. 그리고 이미 용서를 하셨을 것이라고 믿소. 그 재산에 대해서도 이제 와서 어찌 돌려받기를 원하시겠소. 그 재산들은 어쩌면 제 주인들에게 돌려졌으므로 이미 해결이 난 셈이 아니요. 그럼에도 그동안 학생 가족들이 지불한 대가는 너무 비싼 것이 아니었나 싶소. 한낱 흙덩이, 쇠붙이, 종이쪽에 불과한 그것들로 해서 전 가족이 이제까지 얼마나 많은 후회와 불안과 번뇌 속에서 살아왔소. 그리고 또 얼마나 비참한 최후를 마쳤소. 남은 재산은 이제 마땅히 학생의 집안 것이 돼야 하오. 대가를 그토록 어렵게 치렀으니……."

홍윤우 씨는 여기서 잠시 말을 중단했다가 한층 진지한 어조로 계속했다. "그렇소. 중요한 것은 지금 학생이 보여주고 있는 것처럼, 이렇게 화해를 이루려는 마음이며 그러기 위해 진실을 진실대로 밝혀내려는 용기일 것이요. 학생의 집안과 나의 집안에 얽힌 과거사는 이제 거리를 두고 바라봐야 한다고 생각하오. 그 비극은 더 이상 당신의 또는 나의 일이 아니라 우리의 일이요. 이렇게 우리의 것으로 확대해 놓고 본다면, 그 사건이 결코 집착의 대상이나 원한의 근원이 아니란 것을 알게 될 거요. 여기서부터 우리는 우리의 참모습을 발견할 수가 있고 그럴 때 새로운 화합도 꾀할 수가 있는 것이요."(〈불울음〉 p.154)

그렇지만 사랑과 화해, 혹은 관용이라는 대전제가 그렇게 쉬 이루어지는 것은 아니다. 가해자는 진실을 진실대로 드러내서 진심으로 용서를 구하는 용기가 필요한 것이고 피해자는 그 사건을 객관화시켜서 한이나 증오의 차원이 아닌, 너그러운 관용을 베풀어 줄 수 있는 용기가 필요한 것이다. 〈불울음〉을 분단 소설로 읽을 때 우리 인간들의 범죄와 광기가 드러나게 된다. 또한 가족 소설이나 연애 소설로 읽을 때는 사랑과 화해 혹은 관용이라는 화해의 구조가 드러난다. 범죄와 광기 혹은 전쟁은 선험적 고향 상실의 객관화이며 사랑과 화해 혹은 관용은 그 잃어버린 고향을 찾아가는 과정이다. 작가의 영수에 대한 애정이 홍윤우라는 인물을 창조해냈고, 그의 홍윤우에 대한 애정이 영수라는 인물을 구원해냈다. 홍윤우와 영수는 살아 있는 한 인물의 양면이라고 하지 않을 수 없다.

이밖에도 김주성의 사랑과 화해 혹은 관용이라는 주제는 단편소설 〈邂逅〉(해후)와 〈실종〉에도 여실히 그려져 있다. 이복 남매 혹은 원수 형제간의 갈등을 주제로 해서 '천수관음대비상'을 아름답게 형상화한 〈邂逅〉와 "이 반역의 시대에 허영심이나 채우고 있는 너 같은 사이비 지식분자와는 더 이상 얘기하고 싶지 않다."(〈실종〉 p.308)는 회오의 선언에도 불구하고 '언젠가 꼭 화해의 술잔을 나눌 수 있으리라는 희망'을 버리지 않는 생물학도의 회고담인 〈실종〉이 그렇다.

고대 그리스 사회가 완벽한 神正論을 통해서 사랑과 화해 혹은 관용의 삶을 살아가고 있는 사회라면 현대 사회는 완벽한 무신론을 통해 잃어버린 고향을 찾아 나서고 있는 사회일지 모른다. 금욕주의를 통해서든 휴머니즘이나 이상주의를 통해서든 잃어버린 고향은 찾아져야 되는 것이지만, 소설은 그 잃어버린 고향을 찾을 수가 없다는 것을 형상화함으로써 문학적인 진실을 드러내는 장치일지도 모른다. 어머니가 살고 있는 고향도 없고 어떠한 선험적인 좌표도 있을 수 없다. 범죄와 광기가 난무하는 사회에서는 어떠한 사랑과 화해와 관용도 가능하지 않고 또한 행복한 삶도 가능하지가 않다. 임철우가 〈아버지의 땅〉에서 보여주고 있듯이 김주성의 〈邂逅〉나 〈실종〉 그리고 〈난파선〉 등에서 서정적인 아름다운 문체로 그려지는 삶의 현장들이 그렇다.

니체가 『비극의 탄생』에서 역설한 바 있지만 서정적인 아름다움은 비극의 진수에 해당된다고 할 수 있다. 고향에 대한 향수나 행복한 사회에 대한 청원이 서정적인 아름다운 문체를 낳게 되고 그 서정적인 아름다운 문체가 현대사회에서의 진정제적인 효과를 낳게 된다. 아름다운 고향과 범죄와 광기만이 난무하는 사회, 행복한 사회와 행복하지 않은 사회, 바로 이 지점에서 모든 작가들의 환멸과 이상주의가 교차하게 된다.

김주성은 그의 문학적 성과보다도 앞으로의 잠재적인 가능성이 더 많은 작가이다. 그러나 잠재적 가능성이라는 말이 곧바로 고전주의적 생산성으로 이어질 수 있는 것도 아니고 한국문학사의 새로운 금자탑과 직결될 수 있는 것도 아니다. 잠재적 가능성이라는 말은 앞에의 의지나 이웃 압도에의 노력으로 수많은 자기 자신의 결함과도 싸워야 한다는 것을 뜻하고 대작가들과 경쟁하며 그들의 한계를 넘어서서 어떠한 고통의 훈련과정도 극복해내야 된다는 것을 뜻한다.

작가의 존재의 집이란 자기 자신이 아버지가 되는 그런 곳이다. 그는 인류의 조상이 되어야 하며 언어의 기원이 되어야만 한다. 또한 그는 빛의 기원과 물의 기원이 되어야 하며 우리 인간들의 삶과 행복의 주인공이 되어야만 한다. 멋진 고통, 생살이 찢어지고 모든 뼈마디가 잘려나가는 고통, 견딜 수 없는 외로움과 슬픔들이 살아서 펄쩍펄쩍 뛰어오르는 고통, 이러한 모든 고통들이 우리 작가들의 일용할 양식이 되지 않으면 안 된다. 젖과 꿀이 없어도 모래와 갈증이 달콤하고 비단금침이 없어도 만고풍상을 벗 삼아 저절로 잠이 오는 곳, 바로 그곳이 부푼 꿈을 키워나갈 수 있는 모든 작가들의 조국이기도 한 것이다.

나는 김주성의 잠재적인 가능성을 믿어 의심치 않는다. 그는 사랑과 화해, 혹은 관용이라는 주제로서 오디세우스의 바다와도 같은 우리 인간들의 삶에 도전했다가 난파당한 작가이기도 한 것이다. 그렇다. 잃어버린 고향은 고향을 찾아가고자 하는 작가의 황금 의지 속에 담겨 있는 것일는지도 모른다. 마치 〈난파선〉의 어떤 장면처럼…….

우리는 마당바위를 건너 이내 절벽 아래로 들어섰다. 거기서 우리는 휴식을 취하듯 한동안 말없이 바다를 향해 서 있었다. 수백 겹으로 층층이 쌓인 저 수성암의 암판들 수보다 몇 십 몇 백 갑절이나 더 오랫동안을 파도에 깎이고 해풍에 씻겨 오늘의 장관을 이루어낸 자연의 대역사, 그에 비하면 우리의 그런 아픈 사연쯤이야 얼마나 하찮은 찰나에 불과한가. 그러나 그것이 지금 살아 숨 쉬는 우리에겐 또 얼마나 절실하고 소중한 의미인가.(〈난파선〉, p.345)